LA VENGEANCE
PAR LE FEU

Torkil Damhaug

LA VENGEANCE
PAR LE FEU

TRADUIT DU NORVÉGIEN
PAR HÉLÈNE HERVIEU

ÉDITIONS DU SEUIL
25, bd Romain-Rolland, Paris XIVᵉ

COLLECTION DIRIGÉE
PAR MARIE-CAROLINE AUBERT

Titre original : Ildmannen
Éditeur original : Cappelen Damm
Traduction publiée
avec le soutien financier de NORLA
© Cappelen Damm, 2011
ISBN original : 978-82-02-36473-1

ISBN : 978-2-02-112506-1

© Éditions du Seuil, novembre 2014, pour la traduction française

www.seuil.com

J'ai une photo en noir et blanc devant moi. Depuis des semaines, elle traîne sur mon bureau, mais c'est seulement maintenant que je la prends pour l'examiner de près. Deux gamins et un buffle d'eau. Les garçons portent des tuniques et des pantalons larges, ils ont des sandales aux pieds. Derrière eux, un homme d'une quarantaine ou cinquantaine d'années. Sa barbe lui arrive jusqu'à la poitrine. Sur le col de sa tunique blanche, une inscription brodée. Il arbore un turban de couleur sombre. Il ne regarde pas l'objectif, mais les gamins, d'un œil sévère. Peut-être aussi avec une pointe de tristesse. L'un des garçons a un peu la même expression que lui, tandis que l'autre, plus grand et plus maigre, a passé un bras autour de l'encolure du buffle et affiche un large sourire.

Le jour où la photo a été prise, la famille venait d'emménager dans une nouvelle maison. Les précédents habitants étaient des Sikhs qui, quelques années auparavant, s'étaient déplacés vers l'est en laissant derrière eux les plaines autour des rivières Jhelum, Chenab et Ravi ; cela avait été un des plus grands exodes de l'histoire de l'humanité, une poignée d'hommes de leur ethnie les ayant exhortés à fonder un nouvel État. La maison abandonnée par les Sikhs était plus grande et plus claire que l'ancienne demeure de la famille et convenait mieux à leur rang. Le père dirigeait le conseil du village, c'était un homme respecté. Il représentait souvent le village lors de cérémonies dans d'autres lieux de la région et il avait eu la bénédiction d'engendrer quatre fils. Zahir, le garçon à gauche sur la photo, était le plus impressionnant et n'avait aucun problème pour imposer sa loi à la force des poings. À droite, celui au large sourire, c'est Khalid. Il avait un an de moins que son frère aîné, mais le dominait quand il s'agissait de monter à cheval ; il avait aussi l'esprit plus vif et serait celui qui irait à l'école jusqu'au bout.

La famille possédait presque dix hectares de terre, trois buffles et donc quatre garçons, qui en grandissant aideraient aux champs. Elle était surtout propriétaire d'un des puits du village, ce qui, au-delà de son approvisionnement personnel, lui assurait des revenus puisque d'autres devaient payer pour venir chercher l'eau dont ils avaient besoin. Le père avait été parmi les premiers à se procurer une radio, et, plusieurs années après, dans la pénombre de l'hiver, dans un pays dont il n'avait à l'époque jamais entendu parler, ce serait un des souvenirs les plus marquants de Khalid : les propriétaires terriens des environs réunis dans leur salon devant le poste, tirant sur leur pipe d'opium, écoutant la retransmission d'un match de cricket, le discours du président ou un programme musical.

La mère ne figure pas sur la photo. C'est sans doute la raison pour laquelle le souvenir que Khalid a gardé d'elle n'en est que plus vivace. Ses cheveux roux, en partie cachés par le châle, son visage aux yeux souriants. Il est possible qu'elle se soit efforcée de traiter ses quatre fils de la même façon, mais elle n'a jamais réussi à cacher sa préférence pour Khalid. Il était son prince, disait-elle, et son devoir le plus important était de travailler à son bonheur. À l'âge de dix-huit ans, Khalid fut marié à une cousine de Kanak Pind, un village des environs. Au printemps suivant, ils devaient être parents mais *kismet*, le destin, en décida autrement. L'enfant refusa de sortir et le médecin dépêché deux jours plus tard ne parvint à le faire descendre qu'en le comprimant terriblement. Quand enfin l'enfant sortit, c'était trop tard. Et dans sa mort, le petit garçon entraîna celle qui devait lui donner la vie.

La terre procurait à la famille de Khalid un revenu confortable, mais le père était un homme qui voyait plus loin que le bout de son nez. Il investit son argent dans des animaux domestiques et put louer d'autres terres pour augmenter ses récoltes. En revanche, acquérir davantage de terre était impossible. Et quand ses fils, au soir de sa vie, se partageraient son domaine, chacun d'entre eux se retrouverait avec une part réduite et beaucoup de bouches à nourrir. La seule solution était qu'un ou deux de ses fils partent à l'étranger pour y travailler.

Plusieurs éléments penchaient en faveur du départ de Khalid : sa femme était morte, il était le plus intelligent de tous et avait passé dix ans sur les bancs de l'école. En outre, il était indépendant et personne ne doutait qu'il réussirait n'importe où dans le monde. Seul point négatif : sa mère était malade à l'idée de le voir partir. Mais cela ne fit peut-être que renforcer la décision du père.

Khalid Chadar arriva à Oslo en décembre 1974, en fin de journée. Il avait entendu parler du froid, de la neige, de l'obscurité. Avant son départ, il avait lu tout ce qu'il avait pu trouver sur ce pays qui était situé à l'extrême nord ; il estimait qu'il était bien préparé. Mais en marchant dans les rues sombres, et grelottant comme jamais auparavant, sous de lourdes stalactites de glace accrochées aux toits des maisons, il ressentit pour la première fois ce désespoir si profond qui semblerait ne plus jamais vouloir le quitter. Le froid et l'obscurité, il les supporterait, ne pas comprendre les autochtones était bien pire. Il ne s'agissait évidemment pas de la langue, mais de la manière dont il était accueilli ; ils étaient amicaux, quoique d'une façon pudique, assez distante. S'il essayait d'aller plus loin dans cette étrange convivialité, ils le laissaient vite en plan.

Il dénicha un petit boulot dans une brasserie de la ville et partagea un studio avec quatre autres Pendjabis, tous d'une caste inférieure à la sienne – le patronyme Chadar remontait en effet jusqu'au roi Pandu du Mahabharata.

Un autre compatriote rencontré à la brasserie était de l'ethnic kami, lui aussi d'une caste inférieure, ce que l'on ne manquait jamais de lui rappeler à la moindre occasion. Ce Kami habitait dans une ferme quelque part au nord d'Oslo. À la fin de l'hiver, alors que les journées commençaient à rallonger, il invita Khalid chez lui. Le froid restait vif, mais le pire serait bientôt un lointain souvenir : des semaines entières sans voir le soleil. Ce qu'il retiendrait de cette journée à la ferme Stornes, ce serait avant tout la lumière. Tout à coup intense et perçante, réfléchie par la neige dans les champs, elle parvenait en même temps d'en haut et d'en bas ; elle était si forte qu'il dut plisser les paupières pour pouvoir avancer.

Les gens de la ferme étaient différents de ceux qu'il avait pu rencontrer en ville. Ils s'adressaient à lui sans cette gentillesse distante qui – comme il avait fini par le comprendre – était une forme de mépris. On l'invita dans le salon pour prendre le café et des pâtisseries, on s'enquit du pays d'où il venait, de sa famille et de ses enfants. En apprenant qu'il était veuf, l'épouse et l'une des filles de la maison eurent la larme à l'œil.

Finalement, il apparut qu'ils avaient une idée derrière la tête. Ils avaient entendu dire que Khalid s'y connaissait en chevaux et avaient besoin d'aide pour s'occuper des vingt juments et des deux étalons qu'abritait l'écurie. Khalid n'en crut pas ses oreilles quand l'épouse lui annonça qu'elle se proposait de faire avec lui le tour du bâtiment. Pour lui, c'était totalement inconcevable de se retrouver seul en présence d'une femme inconnue. Mais le propriétaire de la ferme, qui avait une course à faire en ville, laissa sans hésitation ce soin à son épouse. Elle n'était pas laide, loin s'en faut, Khalid en avait conscience même s'il s'efforçait de fixer son regard sur tout et n'importe quoi, sauf sur elle.

Il lui fallut peu de temps pour prouver qu'il savait s'y prendre avec les animaux. Il repéra rapidement ceux qui se laissaient approcher et ceux avec lesquels il fallait garder une certaine distance. Les chevaux étaient attachés dans l'obscurité, mais il détecta vite l'étalon dominant et lui consacra plus de temps qu'aux autres.

Dès la semaine suivante, il s'installa à la ferme Stornes. Il disposait d'une chambre dans une petite maison ; il partageait la cuisine avec le Kami du Pendjab, et avait accès à la salle de bains de la grande maison où vivait la famille. Soigner les chevaux ne lui prenait pas trop de temps et il pouvait conserver son emploi à la brasserie en ville. À présent, il jouissait de deux revenus, chacun bien supérieur aux meilleurs salaires de son village natal. Chaque mois, il envoyait chez lui les deux tiers de ce qu'il gagnait et, en retour, son père lui écrivait des lettres de remerciements et informait Khalid qu'il pourrait choisir sa nouvelle épouse parmi la parentèle la plus noble de Gujrat.

À la ferme Stornes, il y avait deux filles. L'aînée se prénommait Gunnhild. Âgée de vingt-deux ans, elle avait ce que l'on appelait un « petit ami », un homme légèrement plus âgé qu'elle et qui se vantait d'être officier dans l'armée. Voir cette jeune femme habillée d'une courte veste en daim et d'un pantalon étroit, cheveux au vent, s'asseoir dans la voiture de ce « petit ami » fut l'une des choses les plus choquantes pour Khalid dans ce nouveau pays. Un jour qu'il sortait de l'écurie en début de soirée, il la vit allongée sur le siège avant, son « petit ami » à moitié couché sur elle, une main glissée sous son pull-over.

Quand Khalid s'en ouvrit au Kami, qui vivait en Norvège depuis plusieurs années, celui-ci lui dit avoir vu bien pire dans les parcs d'Oslo à la belle saison. Des jeunes femmes y étaient allongées en rang d'oignons, les seins à l'air, vêtues en tout et pour tout d'une petite culotte ! Khalid ne le croyait pas. Le Kami lui dit en riant qu'il n'avait qu'à attendre la fonte des neiges et il verrait par lui-même…

Que Gunnhild ait un « petit ami » qui la déshabille dans des endroits où n'importe qui pouvait les surprendre ne signifiait pas pour autant qu'elle se marierait avec cet homme-là. « Peut-être, peut-être pas », répondit-elle, évasive, quand Khalid lui posa directement la question. Puis elle rit : « Tord est du genre lent. Peut-être lui grilleras-tu la politesse ? »

Se moquait-elle de lui ?

Quelque chose dans sa voix et dans ses yeux semblait sincère. Et, dans des moments de faiblesse, il caressait l'idée de rentrer au village du Pendjab avec une épouse norvégienne. Celle-ci exigerait de marcher deux pas devant lui dans les rues, dans toute sa blondeur rayonnante, sans foulard sur la tête. Il devait parfois allumer la lumière au beau milieu de la nuit pour chercher la photo posée sur la commode, celle où il est avec Zahir sur le buffle d'eau, et retrouver le regard de son père à l'arrière-plan. Ce n'était qu'à ce prix qu'il parvenait à se calmer.

Mais Gunnhild n'était pas la seule à se comporter ainsi. Sa mère, une femme toujours aimable et souriante qui devait bien avoir la cinquantaine, lui demandait souvent s'il comptait se trouver une nouvelle épouse en Norvège. Il avait appris à rire avec elles – la mère et la fille attablées dans la cuisine autour d'un verre de vin –, même s'il avait du mal à saisir ce qu'il y avait d'amusant dans ce genre de remarque. Il jugeait cela irrévérencieux et il lui arrivait de quitter la cuisine, plein d'une colère rentrée.

La cadette avait seize ans. Elle se prénommait Elsa et c'était l'antithèse de sa sœur. Des cheveux noirs et des yeux graves, d'un bleu profond. Elle ne parlait ni ne riait autant, mais quand elle s'exprimait, il aimait l'écouter. Elle réfléchissait beaucoup et il se reconnaissait dans cette attitude, car au fond de ce prince qu'il incarnait au sein de sa famille au Pendjab – celui qui, béni des dieux, réussissait tout ce qu'il entreprenait –, il s'était toujours senti habité par autre chose ; ainsi, dans son pays, il pouvait soudainement devenir silencieux, se promener seul à travers les champs de moutarde, jusque parmi les arbres, jusqu'au tombeau du saint homme, s'agenouiller en prières et en méditation.

Parfois il restait dans la cuisine avec Elsa. Elle parlait bien anglais, mieux que sa sœur aînée, et elle s'était fixé comme but d'enseigner le norvégien à Khalid. Différente de Gunnhild, elle voulait savoir d'où il venait, à quoi ressemblait son pays, comment les gens vivaient là-bas, quelles étaient leurs opinions. Elle écoutait attentivement ses réponses, comme si elle était heureuse d'apprendre tout ça. Quand elle l'interrogea sur son Dieu, il lui répondit qu'Allah n'était pas seulement son Dieu à lui, mais le Dieu de tous, à elle aussi. Son colocataire kami l'avait mis en garde à cet égard, mais Khalid n'avait jamais ressenti le besoin d'afficher sa foi. Il priait en effet, mais pas cinq fois par jour. Il ne suivait pas les préceptes du Coran dans les moindres détails et, durant cet hiver, il avait à plusieurs reprises bu de la bière qu'il avait rapportée de la brasserie. Concernant le jeûne, il le pratiquait de manière peu rigoureuse, et il n'envisageait pas dans l'immédiat de faire le pèlerinage à La Mecque. Mais quand cette jeune femme aux grands yeux bleus lui posa des questions sur Dieu, il fut capable de lui parler de l'essentiel : sans Allah, le monde n'existerait pas, il n'y aurait ni humain, ni animal. Elle hocha lentement la tête, comme si elle voulait partager cette idée avec lui.

Dans ce pays où tout était à l'envers, où rien n'était *haram*, c'est-à-dire interdit, mais où rien n'était non plus sacré – où les gens croyaient parfois en Dieu, puis le lendemain ne croyaient plus en lui –, on pouvait envoyer une jeune fille de seize ans à l'écurie avec n'importe quel homme. Un beau jour, ce fut l'amoureux de Gunnhild qui s'y rendit avec Elsa. Peut-être ce Tord avait-il à y faire quelque chose, car il portait une caisse sous le bras. Les chevaux, il les évitait ; on avait même l'impression qu'il avait peur d'eux. De la fenêtre de sa chambre, Khalid les vit traverser la cour. Après cinq longues minutes, ils n'avaient toujours pas réapparu. Il attendit encore une, puis deux minutes. Ensuite, il enfila sa veste et y alla à grandes enjambées. Ils ne se trouvaient pas dans l'écurie. Alors il entendit la voix de Tord provenant du grenier à foin : un grognement et, au même instant, la voix d'Elsa, suivie d'un cri bref. Pour Khalid, il ne faisait aucun doute que c'était un appel à l'aide. Saisissant une pelle, il ouvrit grand la porte. Dans la pénombre, il vit Elsa dans le foin, Tord couché sur elle. Il prit de l'élan et lui abattit le plat de la pelle sur le dos. Tord rugit de douleur et se leva d'un bond. Il se rua vers lui – tous deux faisant sensiblement la même taille – et Khalid leva la pelle pour le frapper à nouveau.

Soudain, Elsa s'interposa.

– Laisse-le !

Difficile de savoir à qui elle s'adressait.

– Pakistanais de merde ! hurla Tord.

Khalid s'avança d'un pas.

– Si tu la touches encore une fois, je te tue, dit-il calmement.

Tord cracha par terre, tourna sur les talons et ficha le camp.

– Tu dois raconter ça à ton père, s'écria Khalid. Il faut qu'il sache quel genre d'homme ta sœur a comme amoureux.

Elsa secoua la tête.

Au cours des jours suivants, Khalid veilla à se trouver dans l'écurie quand elle y était, et Tord eut l'intelligence de se tenir à l'écart. Selon Elsa, il ne tenterait pas sa chance une deuxième fois, mais Khalid ne voulait pas prendre de risques. Visiblement, elle aimait s'occuper des chevaux en sa compagnie. Elle avait gagné la confiance de chacun d'entre eux, leur parlait longuement, se rendait vite compte si quelque chose n'allait pas.

Un matin alors qu'il nourrissait les chevaux, Khalid entendit la porte s'ouvrir derrière lui. Il sursauta en laissant tomber ce qu'il avait dans les mains, et se retourna, prêt à en découdre avec Tord. Mais c'était Elsa qui arrivait dans la pénombre avec un harnais et une brosse.

– Tu n'es pas à l'école ? s'étonna-t-il.

Elle haussa les épaules.

– Je suis malade aujourd'hui.

– Qu'est-ce que tu as ?

Sans lui répondre, elle commença à brosser l'une des juments, celle qui était pleine et sur le point de pouliner.

Il termina son travail et s'apprêta à partir. Il avait déjà été seul avec elle, mais ses parents avaient toujours été au courant. Ce matin, ils n'étaient même pas à la maison.

– Khalid, viens ici, dit-elle comme si c'était la chose la plus naturelle au monde qu'une jeune fille de presque dix ans sa cadette se trouve dans l'écurie et lui donne des ordres.

Il alla vers la pouliche enceinte et lui flatta l'encolure.

– Touche ici.

Elsa lui prit la main, la guida sous le ventre.

– Tu le sens ?

Ça bougeait dedans.

– Combien penses-tu qu'il y en a ?

Il passa sa main doucement d'avant en arrière, tout en gardant un œil sur la tête de la pouliche.

– Deux, dit-il. Je crois qu'il y en a deux.

– C'est ce que je pense aussi, dit-elle, se tenant tout près de lui. Je mettrai au monde le même nombre d'enfants, ce printemps.

Il ne put s'empêcher de sourire. Elle disait tellement

de choses. Elle décelait toujours dans ses rêves des signes prémonitoires. Elle avait des intuitions – elle lui en avait parlé –, elle voyait des choses invisibles pour les autres. Dans son pays à lui, il n'était pas rare de posséder de telles prédispositions. Au village, il y avait un saint que l'on pouvait consulter si l'on avait des soucis, car il pouvait lire le *kismet*, le destin. Khalid n'avait aucune raison de mettre en doute que cette jeune femme, si telle était la volonté de Dieu, possédât des dons analogues à ceux du vieil homme. Et en retirant sa main, il frôla involontairement ses cheveux retombés sur son front. Il remit la mèche en place et ce qui se passa ensuite, c'était le *kismet*. C'était en tout cas l'idée à laquelle il s'accrochait au fond de cette sombre écurie. C'était le destin, comme l'avaient été son voyage jusqu'à ce pays nordique et son arrivée dans cette ferme où on l'avait accueilli à bras ouverts, ce qu'il n'avait jamais connu ailleurs en chemin.

Il lui dit que le destin avait voulu qu'elle se trouve si proche de lui qu'il sentait son haleine dans le cou. Et quand elle lui fit oui de la tête, il s'en remit de nouveau au destin qui prit les choses en main et le guida.

Ce printemps-là, ils firent de nombreuses balades ensemble. Ils laissaient les chevaux aller au pas le long des ruisseaux qui débordaient de leur lit, pour ensuite galoper sur les sentiers où les taches d'herbe verte et de mousse grandissaient de jour en jour. Ils s'arrêtaient près d'un étang là-haut dans la forêt. Elle avait emporté une couverture qu'ils dépliaient sur le sol encore humide. Et, tandis qu'il s'allongeait pour la regarder, elle se mettait dans la lumière crue du printemps pour se déshabiller.

— Et si on allait vivre dans ton pays natal ? suggéra-t-elle un jour, couchée à côté de lui.

— Ce serait formidable, dit-il avec un sourire sans mentionner un seul des obstacles qui rendaient le projet irréalisable.

— J'aurais *adoré* habiter dans ta ferme pour monter les chevaux. J'aurais pu t'aider dans les champs. Ou être institutrice à l'école du village.

— Cela t'aurait bien convenu, admit-il. Mais il aurait fallu que tu deviennes musulmane. As-tu pensé à cela ?

— Ça ne doit pas être si difficile de devenir musulmane.

Non, ce n'est pas difficile. Mais tu serais obligée de prendre un nouveau nom.

— Pourrais-je le choisir moi-même ?

Il réfléchit.

— Il faudrait que ce soit un nom musulman, de préférence pakistanais.

— J'aurais voulu m'appeler Jasmine, dit-elle. J'adore ce parfum. Ça serait possible, tu crois ?

Il ne connaissait personne de ce nom.

— Je ne sais pas.

Dans ce pays-ci, le printemps était encore plus incroyable que l'hiver. À présent, le soleil ne se couchait quasiment jamais ; Khalid se réveillait, se tournait et se retournait dans la lumière grise filtrant à travers le rideau. Le Kami lui racontait que ce n'était que le commencement : de plus en plus forte, elle irait jusqu'à illuminer la nuit.

Une nuit à la fin du mois de mai, il fut réveillé par Elsa qui se tenait à côté de son lit. Il fut frappé par sa ressemblance avec un *djinn*, un esprit venu lui dire quelque chose. Il fut saisi d'angoisse, mais ne le montra pas. Quand elle le toucha, il retrouva son calme.

— Je t'ai fait peur ?

Il secoua la tête, énergiquement, il ne voulait pas qu'elle vienne dans sa chambre, mais c'était trop tard pour l'en empêcher.

— Il faut que je te parle, chuchota-t-elle en s'asseyant au bord du lit.

Ceci était autre chose que leurs balades à cheval, que leurs étreintes dans le grenier à foin derrière l'écurie, ou que leurs mains se glissant sous les vêtements, quand ils étaient dissimulés derrière les corps des chevaux. C'était sa chambre à coucher, elle n'avait rien à y faire et personne ne devait savoir ce qui se passait entre eux. Ni Tord qui s'était mis à le haïr et qui crachait par terre à chaque fois qu'il le voyait, ni Gunnhild, ni ses parents, ni son colocataire kami. Surtout pas lui, parce que s'il venait à l'apprendre, la rumeur se répandrait en quelques heures parmi les autres Pendjabis et ne s'arrêterait pas avant d'avoir atteint le village de Khalid.

— Tu ne peux pas rester ici, dit-il à voix basse.

Elle ne bougea pas.

— Je vais partir, marmonna-t-elle enfin. Mais d'abord, il faut que je te dise quelque chose.

Il demeura au lit ce matin-là, incapable de se lever. Comme si une énorme main s'était posée sur sa poitrine pour le repousser vers le bas. Le patron de la ferme passa le voir et lui demanda s'il avait besoin d'un médecin. Il déclina l'offre, il n'avait pas la force de soulever la tête du coussin. Il était seulement « à plat », expliqua-t-il, une expression qu'il avait apprise depuis son arrivée dans le nouveau pays.

Dans cette lumière grise qui pénétrait de partout, il réfléchit aux propos d'Elsa. Elle était fermement décidée à ce qu'ils vivent ensemble le restant de leur vie et était persuadée que ses parents accepteraient son choix. Certes ils seraient contrariés, ils la gronderaient, la sermonneraient et la menaceraient de tout et n'importe quoi pendant quelque temps, avant de renoncer et de se calmer. D'ailleurs, si ce n'était pas le cas, elle était prête à partir avec lui dans son pays d'origine. Il lui avait raconté des histoires sur le Pakistan et elle les avait gardées en mémoire, disait-elle. Plusieurs de ces histoires racontaient que l'amour entre un homme et une femme reflétait l'amour de Dieu pour les humains, et cet amour était capable de tout vaincre, y compris la mort. Elle avait seize ans, et dans ce pays cela voulait dire qu'elle était encore considérée comme une enfant. Et qu'elle raisonnait comme une enfant. Comme l'attestait le nom musulman qu'elle s'était choisi. Elle avait lu quelque part que « Jasmine » était d'origine perse, alors cela devait pouvoir aller.

Angoissé, en sueur, il passa toute la journée à se tourner dans son lit. Au cours de l'après-midi, il tomba malade pour de bon.

On aurait pu raconter plein de choses encore sur Khalid Chadar s'il avait été le personnage principal de l'histoire. Selon ses dires, ils s'en prirent à lui, menacèrent de l'envoyer en prison, de l'expulser du pays, de détruire sa vie. Mais en réalité la famille de la ferme Stornes ne pouvait rien lui faire car il n'avait enfreint aucune loi de ce pays. D'ailleurs, ils tenaient autant que lui à éviter le scandale. Lui, en revanche, avait réellement enfreint quelques-unes des lois qui régissaient sa vie. Pour cette raison, il se tourna vers son Dieu afin de lui laisser le soin de le juger. À présent, il priait plus fréquemment, il respectait les cinq prières quotidiennes et se jura d'effectuer un jour le voyage à l'endroit le plus sacré entre tous. Son Dieu dut entendre ses prières, car, quelques mois plus tard, il fut clair que personne ne saurait rien, à part ceux qui avaient toutes les raisons du monde de garder le secret.

Il s'agit d'événements qui conduisirent à la mort de nombreuses personnes. J'ai connu plusieurs d'entre elles. Cette histoire n'a pas de début, mais je la fais commencer avec Khalid, avec la photo en noir et blanc de son frère et lui-même le bras passé autour d'un buffle d'eau, le regard du père qui veille sur eux. Quand j'ai découvert cette photo, j'avais déjà compris comment tout était lié. Mais à l'époque, j'essayais encore de comprendre *pourquoi*.

PREMIÈRE PARTIE

Avril 2003

1

Une braise peut couver puis s'éteindre, mais elle peut aussi couver puis flamber. Ce court laps de temps où elle peut encore basculer de l'un ou de l'autre côté est le moment que je préfère. Tu as tout préparé et tu t'es mis en retrait. Tu n'es plus maître de la situation, d'autres critères hors de ton contrôle entrent en jeu : inflammabilité des matériaux, humidité, apport d'oxygène.

Cette braise qui n'est pas encore une flamme se trouve dans un mégot. Elle peut couver pendant une minute, peut-être plus. Il est possible de calculer la probabilité pour qu'elle ne s'éteigne pas, qu'elle se répande à l'autre extrémité de ce bout de cigarette sans filtre. Alors, elle serait capable d'allumer au moins une des trois allumettes qui y sont fixées à l'aide d'un élastique. Ceci représente le deuxième moment critique, à savoir si la braise est assez forte pour supporter la transition au carton dont sont faites ces allumettes-là. Si c'est le cas, la braise se transformera en une petite flamme qui rampera, tel un ver aveugle, vers la tête des allumettes. Ce trajet prendra moins de vingt secondes et, si elle y arrive, une tout petite explosion sifflante se produira. La flamme hésitera alors sur le seuil entre le possible et l'inévitable. Si elle bascule, et à présent la probabilité est forte, le feu prendra et consumera la bande de coton imbibée d'alcool à brûler, dont on se sert l'été pour faire griller la viande ou le poisson au barbecue.

Ce n'est pas encore l'été, ce n'est que la première nuit du mois d'avril. Les chevaux savent depuis longtemps que quelque chose se trame. Ils se sont mis debout, leurs sabots grattent le sol en béton, certains donnent des coups de tête, comme un avertissement aux autres. Cela veut peut-être dire qu'ils doivent maintenant faire face ensemble, qu'aucun ne doit quitter le groupe. Certains humains réagissent de la même manière en percevant un danger : ils se blottissent contre leurs semblables, essaient de se protéger en se collant le plus près possible aux autres. Si quelques-uns prendront leurs jambes à leur cou, de rares individus voudront retourner sur les lieux pour faire face au danger. Ce qui l'intéresse, c'est comment un animal perçoit le danger et comment le danger fait réagir les humains comme des animaux. Les chevaux ne pensent pas – c'est ce qu'il a décidé – et cette existence sans pensée le remplit d'un étonnement qui frise la colère. Cet animal que d'aucuns trouvent très beau et à qui l'on prête des qualités qu'il ne pourrait en aucun cas posséder est en réalité très primitif et doté d'un cerveau étonnamment simple. Il a lu quelque part que le cheval est l'animal qui se laisse le plus gagner par la panique. D'où la barbarie que cela peut provoquer chez certains, ou plutôt chez tout le monde. Aucun autre animal n'incite l'homme à aller plus loin dans la cruauté, se dit-il en grimpant sur un rocher entre les sapins. Une trouée entre les arbres lui offre un point de vue sur la ferme en contrebas. Il s'est maintenant écoulé quatre minutes depuis qu'il a quitté l'écurie, refermé la porte au verrou cassé et s'est sauvé en tournant le dos au bâtiment principal. En quelques mois, il était venu trois fois à la ferme. Pas pour apprendre l'équitation. Pas davantage attiré par la vacuité d'esprit des chevaux, leurs grands corps musclés, leurs grandes bites qui sortaient de leurs gaines sous l'abdomen, le balancement de leur gros arrière-train quand ils marchaient sur la route ou traversaient la prairie. Ni parce qu'il s'intéressait à celles qui s'agglutinaient autour : des adolescentes et des femmes plus ou moins jeunes, même si leur relation aux chevaux trahissait forcément une forme d'amertume. Les jeunes filles pouvaient passer des heures dans l'écurie à les flatter et à les panser, à pelleter leur crottin ou rien que pour être à proximité du corps de ces animaux. Comme si elles cherchaient une protection. Comment ces créatures sans cervelle et dominées par la panique pouvaient-elles éveiller de tels sentiments ? À sa troisième visite, il remarqua que cette fascination l'exaspérait. À une occasion, il ne se maîtrisa pas et flanqua un coup sec sur les naseaux tendres d'une des juments ; pas très fort, mais assez pour qu'elle se cabre et montre le blanc de ses yeux. Il pensait être seul, mais une des jeunes filles venait d'entrer sans qu'il s'en rende compte. Quand il se retourna, il lut dans son regard qu'elle rapporterait ce qu'elle venait de voir. Il fit un pas dans sa direction, mais elle s'agrippa à l'homme sur le cheval qu'elle était venue panser. Il se ressaisit et quitta l'écurie.

Il n'y était pas retourné avant la semaine dernière. C'était une journée ouverte et il avait déambulé à l'intérieur avec un groupe de gens dont la plupart étaient des parents avec des jeunes enfants à la traîne, que l'on soulevait pour les mettre à la hauteur des chevaux. Cela l'avait dégoûté, il avait été pris de nausées mais s'était forcé à rester écouter le gazouillis des mères, à regarder des doigts d'enfants tripoter les naseaux humides. À ce moment-là, l'idée qui couvait au fond de lui avait pris forme pour ne plus le lâcher.

Il consulta sa montre. Six minutes. Le sort en était jeté. Quand il avait tâtonné pour trouver son chemin dans l'écurie sombre, les chevaux avaient senti quelque chose et avaient commencé à piaffer – un présage de la panique qui allait les gagner. L'attente le rendait euphorique : tout était encore incertitude, tout pouvait encore être évité, les chevaux pouvaient peut-être se calmer et les humains dormir sur leurs deux oreilles...

Sept minutes. Ce n'était pas encore gagné. Encore que… N'entendait-il pas déjà la panique derrière les murs de l'écurie à cent mètres de là ? Le piétinement toujours plus frénétique de sabots et même un hennissement ? Il avait du mal à rester tranquille. L'attente, l'incertitude. Le sentiment que tout pouvait basculer, changer, lui compris. Il ne voulait plus faire partie du troupeau. D'aucun troupeau.

Encore un hennissement. À présent, il en était sûr. Le dispositif de mise à feu avait fonctionné. Ce qui était en route n'était pas de l'ordre du mesurable, il s'agissait de forces s'attirant entre elles, invisibles, inaudibles. Voilà les termes qu'aurait utilisés Elsa. Des volontés et des réticences qui ne se remarquent pas parce qu'elles sont partout. Il s'était contenté de poser une question, de forcer les événements à lui donner une réponse. Il avait tout préparé : ramassé un peu de foin près du mur et l'avait arrosé d'alcool à brûler. Ce faisant, il avait tapé du pied sur le sol et il avait ri en s'en rendant compte, un rire qui avait pris feu lui aussi, en quelque sorte, pour devenir un fou rire. Il aperçut de la fumée, un mince filet qui montait du toit vers le ciel nocturne dégagé. Il sortit son téléphone portable et commença à filmer. Il était encore temps pour les gens de la maison de se réveiller, de sortir étourdis pour voir ce qu'il se passait. Certains, à l'instar d'Elsa, étaient d'avis que les gens qui s'occupent de chevaux ont développé une sensibilité particulière aux signaux infimes. Elle disait que fréquenter ces animaux pouvait faire émerger des aptitudes cachées. Il ne croyait guère à ce genre de choses, mais il gardait en mémoire tout ce qu'elle lui disait.

Huit minutes. La clameur montant de l'écurie allait grandissant. Les propriétaires auraient dû se réveiller depuis longtemps. Peut-être prenaient-ils des somnifères ? Ah, elle était belle, leur fameuse sensibilité ! L'odeur de goudron brûlé lui parvint, à la lisière de la forêt. Il dut redescendre de son rocher, courir parmi les arbres pour se réchauffer alors qu'il n'avait pas froid. Il fut pris d'un rire incontrôlable, à la pensée de ce qui était en train de se passer. En regagnant son poste d'observation, il aperçut une lueur derrière une des lucarnes de l'écurie. Neuf minutes s'étaient écoulées depuis qu'il avait lancé le compte à rebours, et à présent les jeux étaient faits, plus rien ne pourrait interrompre le cours des choses, quand bien même il appellerait les propriétaires pour leur demander de sortir de leur lit. De grosses volutes de fumée s'élevèrent, denses et noires, par les lucarnes et les hennissements de plus de trente chevaux résonnèrent dans la nuit, déchirant l'air glacial. Il les imaginait pris au piège dans l'écurie, les voyaient se rapprocher les uns des autres, presser leurs gros corps lisses. Il y avait aussi quelques poulains – il les avait remarqués pendant sa visite – qui maintenant devaient se cacher sous la panse de leur mère. Leurs hennissements étaient plus frêles, il avait l'impression de pouvoir les distinguer des autres. Tout à coup, il fut saisi d'une colère irrépressible contre les propriétaires restés couchés dans leur lit.

– Mcrde ! Réveillez-vous, espèces d'abrutis ! vociféra-t-il et, au même instant, une lumière s'alluma dans l'une des pièces.

Aussitôt après, il entendit une porte claquer et une voix de femme hurler.

2

Fait assez rare pour être signalé, Karsten avait dormi trop longtemps. Certes, il ne s'agissait que d'un petit quart d'heure, mais cela suffisait pour dérégler son rituel matinal. Primo, il était contraint d'attendre que Synne ait terminé dans la salle de bains. Deuxio, il n'aurait pas le temps de lire le journal en entier, peut-être juste de parcourir les pages sport. Il pourrait rattraper son retard en prenant la voiture pour aller au lycée, mais demander à emprunter la Volvo déclencherait un long exposé sur le réchauffement climatique. En vérité, son père avait si peur qu'il érafle ou abîme sa XC90 que Karsten osait à peine l'utiliser. Il ne pouvait pas demander à sa mère, elle était déjà partie avec la Golf. C'était précisément cela qui l'avait réveillé, la porte d'entrée qui avait claqué.

Il sortit en clopinant dans le couloir, comme un vieillard, se dit-il en exagérant le boitillement, laissant son corps se tasser et pencher de côté. Quand il frappa du poing à la porte de la salle de bains en exigeant que Synne (qui commençait les cours une demi-heure plus tard que lui) le laisse entrer, sa voix avait aussi quelque chose d'un vieil homme. Ce jeu l'empêchait de trop stresser. De l'autre côté de la porte, sa petite sœur répondit sur un ton sarcastique. Il abandonna la partie, descendit à la cuisine en traînant les pieds et versa du lait sur le muesli.

La deuxième fois qu'il frappa à la porte, ce fut avec l'énergie d'un homme énervé, d'ailleurs il l'était peut-être vraiment. En tout cas, Synne comprit le message. Elle déverrouilla la porte et sortit avec une serviette éponge jaune enroulée autour du corps et une serviette rose en guise de turban. Karsten fut informé qu'elle était bien bonne d'aller s'habiller dans sa chambre à coucher qui était glacée et qu'il lui était redevable d'une faveur. Il dit qu'il était d'accord, il voulait bien lui rendre service, la conduire à l'écurie, par exemple.

Quand il arriva dans la cuisine onze minutes plus tard, elle se tenait près de la radio, le regard fixe, pendant que le journaliste développait une dépêche. La tranche de pain garnie de salami était restée intacte sur l'assiette. Deux fois déjà, il l'avait trouvée dans cet état distant où elle ne réagissait pas, mais cela remontait à plus d'un an. Il lui effleura l'épaule et poussa un soupir de soulagement quand elle le regarda.

La voix à la radio parlait d'un incendie.

– Que se passe-t-il ?

– La ferme Stornes, balbutia-t-elle.

Les infos parlaient à présent d'un rapport de la Cour des comptes.

– La ferme ? Il y a eu un incendie là-haut ?

Elle ne répondit pas.

– Y a-t-il des morts ?

– Les chevaux, chuchota-t-elle dans un souffle. Près d'une trentaine ont brûlé vifs.

Il vit les larmes lui monter aux yeux. Synne avait pratiqué l'équitation à la ferme Stornes pendant plusieurs années avant sa première crise. Par la suite, les médecins avaient décrété que c'était trop risqué. Que se passerait-il si tout à coup elle avait des absences sur le dos d'un cheval lancé au galop ? Ses protestations furieuses ne furent pas prises en compte, mais elle continua d'aller à l'écurie s'occuper de ces animaux qu'elle n'avait plus le droit de monter. À présent, puisque aucun des tests ne prouvait qu'elle fût réellement épileptique, on lui avait promis qu'elle pourrait bientôt refaire du cheval.

La voyant sur le point de pleurer, Karsten lui tapota l'épaule. Elle avait cinq ans de moins que lui. Depuis qu'elle faisait ces crises, un certain nombre d'activités lui étaient interdites et elle refusait les autres. Il n'aimait pas qu'elle s'isole de la sorte. Lui-même n'était pas très sociable, mais ça, c'était une autre histoire.

– C'est un coup dur, dit-il en regardant l'horloge murale. Mais ils ont quand même pu en sauver quelques-uns ?

– Seulement sept, gémit-elle.

– C'est mieux que rien.

Elle éclata en sanglots.

– Les chevaux ne voulaient pas se séparer.

– Ils ne *voulaient* pas ?

– Quand il y a un incendie ou un problème, ils se regroupent pour s'entraider, expliqua-t-elle en fermant les yeux et secouant la tête. Il y a des chevaux qui parviennent à s'échapper, mais ils retournent dans le feu pour rester avec les autres.

Leur père arriva au même moment.

– N'essayez pas de me faire un poisson d'avril, dit-il. C'est déjà passé.

En découvrant que Synne pleurait, il fronça les sourcils.

– Il y a eu un incendie cette nuit à la ferme Stornes, expliqua Karsten. Plein de chevaux ont brûlé vifs.

– Ah bon, commenta le père en sortant sa tasse du placard. Mais pas de victimes humaines ?

– C'est tout l'effet que ça te fait ? renifla Synne.

Le père remplit sa tasse en lui jetant un coup d'œil.

– Qu'il n'y ait aucune perte humaine à déplorer ne me semble pas tout à fait insignifiant.

Synne laissa échapper un son, à mi-chemin entre un grognement et un cri, et sortit en trombe. Ils l'entendirent monter l'escalier quatre à quatre et claquer la porte de sa chambre.

– Eh bien dis donc, fit le père en prenant le journal et sa tasse de café avant de se laisser tomber sur le siège près de la fenêtre.

Karsten était sûr qu'il y avait autre chose que les chevaux. À plusieurs reprises ces derniers temps, sa petite sœur avait fait des crises de colère et refusé d'aller à l'école. Quand elle se mettait dans cet état, elle devenait inaccessible, se renfermant physiquement et mentalement. Cela l'inquiétait et ce n'était pas nouveau.

– Je ne me suis pas réveillé, lança-t-il. Est-ce que je peux prendre la voiture ?

Le père le regarda par-dessus ses lunettes.

– Et tu trouves ça bien dans un monde comme le nôtre ?

– Non. Ce n'est pas très écologique, mais je ne voudrais pas rater le premier cours de la journée. Et puis, j'ai besoin de conduire pour acquérir plus d'expérience. D'ailleurs, la voiture a besoin de rouler de temps en temps.

Depuis moins d'un an, sur un coup de tête, sans prévenir personne, son père avait acheté cette Volvo, le seul investissement que l'on eût pu qualifier au-dessus de ses moyens. L'excuse était qu'un 4x4 s'avérait nécessaire pour atteindre le chalet de montagne pendant la saison hivernale.

Il haussa les épaules, histoire de dire que les arguments présentés étaient recevables. Après s'être assuré que Karsten n'irait pas se garer près de voitures d'hommes imprudents ou de jeunes femmes maladroites susceptibles de heurter, en ouvrant leur portière, le véhicule d'à côté, comme par exemple sa propre XC90, il céda et donna son accord pour ce trajet inutile qui de surcroît mettait en danger l'avenir de la planète.

3

Au moment même où Dan-Levi Jakobsen dépassait l'Expo-rama pour amorcer la montée vers Gjelleråsen, le téléphone vibra. Un message de Sara. Arrivé à la hauteur du pub de Morten, il gara la voiture, éteignit le moteur et l'appela. À sa petite voix, il comprit qu'elle s'était couchée.

– Toujours des nausées ? demanda-t-il doucement. Tu n'es pas en mesure de déposer Rakel ?

– Non, gémit-elle.

La dernière fois qu'elle avait été enceinte, Sara avait également eu des nausées le premier mois, mais pas autant que maintenant. Elle restait au lit à gémir pendant toute la matinée, et il osait à peine la laisser seule.

– Je vais me faire porter malade, dit-il, même s'il savait que cela serait mal vu.

– Non, dit-elle faiblement. Ne fais pas ça. Mais passe me voir quand tu pourras, et emmène Rakel chez maman. Si tu as le temps.

Elle était courageuse. Chaque fois qu'il entendait sa voix, il se sentait l'homme le plus heureux du monde. Et en avoir conscience lui donnait une double raison d'être reconnais-sant. De plus, il avait une fille. Triple raison. Et ils allaient avoir un autre enfant ! Quadruple raison. Il croisa les mains en prière : *J'ai toutes les raisons pour remercier le Seigneur. Avant tout, parce que Tu me fais connaître la gratitude, Tu me fais connaître Ta voix à l'intérieur de moi.*

Encore une fois, il envisagea d'appeler le journal pour expliquer la situation. Mais il savait ce que Stranger lui dirait. Dan-Levi avait déjà eu plus de gardes de jour que les autres du groupe de permanence, et le rédacteur en chef ne manquait pas une occasion de le lui rappeler.

Il reposa le téléphone et tourna la clé de contact. Le CD de Springsteen redémarra aussitôt, ainsi que les essuie-glaces qui balayèrent la couche de neige fondue. *Mister state trooper, please don't stop me.*

La route qui montait à la ferme Stornes étant fermée à la circulation, il se gara près de l'ancien sanatorium pour parcourir à pied le dernier kilomètre. En chemin, il croisa deux voitures de pompiers qui redescendaient. Il y avait des barrages également à l'entrée de la ferme. Dan-Levi s'adressa à un policier, mais n'en tira pas grand-chose. Il marcha vers la lisière de la forêt, prit quelques photos des ruines fumantes et se rendit vite compte qu'elles étaient exploitables. En grimpant sur un rocher, l'angle était encore meilleur. Le mur porteur noirci qui tenait encore debout, les lances qui arrosaient les ruines sur trois côtés. Comme d'habitude, calculer les angles et la lumière pour obtenir la meilleure photo lui faisait oublier qu'il était témoin d'une tragédie. Cela le gênait toujours, mais moins qu'à ses débuts au journal.

Il redescendait de son poste d'observation quand une autre voiture de police vint se garer derrière lui. Deux hommes en sortirent, l'un d'eux en uniforme. C'était Roar Horvath, le meilleur copain de Dan-Levi à l'époque du lycée.

— Je vois que les tabloïds sont déjà là, dit-il en le saluant.

— Eh oui, toujours sur la brèche.

Il avait une blague grivoise au bout de la langue, mais la jugea déplacée ici, où s'était déroulée une tragédie, même s'il ne s'agissait que d'animaux.

Le collègue en civil souleva le ruban de signalisation pour passer en dessous. Roar Horvath resta debout.

– Je parie que tu as mangé du poisson toute la semaine ?

En effet, le dimanche précédent, ils s'étaient retrouvés au chalet de Roar, à Nes. Ils avaient pêché sur la glace – une glace qui commençait à fondre – mais étaient rentrés à la maison avec un dîner de perches pour Sara et la nouvelle copine de Roar. Entre ces dames, dès le premier instant, il y avait eu des étincelles. La petite amie, une certaine Monica, agent immobilier, était du genre à contrôler en permanence tout ce qui se passait. De plus, elle ne pouvait ni comprendre ni concevoir que quelqu'un, au vingtième siècle, pût s'intéresser à la langue des anges. Elle prenait un plaisir évident à répéter ce message. Sara en fut vexée et s'isola, mais Dan-Levi ne cloua pas le bec à Monica pour autant. De toute façon, son camarade changeait de petite amie à peu près une fois par an, et celle-ci ne tiendrait pas longtemps... Pendant une courte période au lycée, Roar était aussi sorti avec Sara. Celle-ci se désolait aujourd'hui de voir qu'il n'arrivait pas à *se poser*. Dan-Levi préférait garder ses pensées pour lui. Sa camaraderie avec Roar constituait pour lui une zone de liberté. Entre eux deux régnait une loi tacite selon laquelle ils ne devaient jamais aborder des questions portant sur la religion, la rédemption ou la morale.

– Tu peux me dire ce qui s'est passé ici ? demanda Dan-Levi en montrant du doigt les ruines de l'écurie. T'as des tuyaux sur les chevaux ?

Il s'aperçut trop tard du double sens macabre de sa question.

– Les pompiers n'ont pas encore pu pénétrer à l'intérieur, l'informa Roar avec un sourire en enlevant la neige fondue de sa moustache.

Il avait commencé à porter la moustache pendant sa dernière année à l'École de Police. Et ces derniers temps, il cirait même les pointes pour qu'elle ait la forme d'un guidon. Mais ce matin-là, il n'en avait visiblement pas eu le temps car elle pendait mollement en touffes sur ses bajoues.

— Que penses-tu de l'origine de l'incendie, *Eggman* ?

Roar le regarda du coin de l'œil.

— *Eggman* ?

— *I am the eggman.*

Il ne voyait toujours pas où il voulait en venir, même si les anciennes chansons pop et rock constituaient un domaine qu'ils avaient jusqu'ici toujours partagé. Dan-Levi dut expliquer qu'il se référait à la moustache triste du morse, le *walrus*, dans la chanson des Beatles.

Son camarade leva les yeux au ciel.

— Ce n'est pas mon boulot de parler aux journalistes collants, grommela-t-il.

— Tu veux donc m'obliger à m'adresser au commissariat de police pour entendre exactement ce que tu ne veux pas me raconter ?

— Nous devons vérifier toute une liste d'erreurs techniques, de négligences, etc.

— *Et cetera* ?

— Je vais te dire quelque chose, Dan-Levi. Le journalisme d'investigation ne te convient pas. Comment, grands dieux, as-tu pu te retrouver dans ce groupe de reporters ?

Dan-Levi s'était également posé la question. Dès que l'occasion se présenterait, il demanderait à être transféré au service culture.

— Donc rien n'indique que l'incendie aurait pu être volontaire ? insista-t-il.

Roar sortit une boîte de tabac à priser et dévissa le couvercle.

— Qu'est-ce qui te fait croire que j'aimerais partager mes convictions intimes avec tes lecteurs ?

— Du calme, Horvath, dit Dan-Levi.

Ses lunettes s'embrumaient. Il les enleva pour les essuyer avec un bout de sa chemise.

– Même du Destop, ne serait-ce qu'une goutte, ne me ferait pas fuiter une fois que je me suis décidé à ne rien dire.

Roar rigola en glissant sous sa lèvre supérieure un doigt d'une matière qui ressemblait à un bout de réglisse.

– Je serai fixé plus vite que tu ne crois, dit Horvath. Je pensais faire un tour chez toi ce soir pour voir ta cuisine.

Dan-Levi hésita. Il vivait depuis un peu plus d'un an dans la maison qu'il avait récupérée de ses beaux-parents. Non seulement la cuisine mais aussi le salon avaient besoin d'une rénovation totale. Et Roar était le bricoleur-né, exactement son contraire dans ce domaine.

– Nous allons certainement devoir repousser les travaux.

– C'est ce que j'avais pensé, souriait Roar. Sara est toujours malade ?

Elle s'était sentie mal après ce fameux dimanche au chalet. Dan-Levi évita d'en évoquer la cause. C'était un peu trop tôt, ils voulaient encore garder le secret. Cette période de temps fragile où eux seuls savaient ce qui allait arriver.

– Elle a encore des nausées, admit-il. Bon, tu n'exclus donc pas que l'incendie puisse être volontaire ?

– Nous avons des témoignages que nous devons examiner de plus près. Elle est enceinte ?

Malgré le regard inquisiteur de Roar, Dan-Levi garda obstinément le silence. Aussi loin que remontaient ses souvenirs, on lui avait inculqué une phrase fondamentale, base de toutes les autres règles de vie : Mentir est le pire des péchés car il englobe tous les autres. Le pasteur Jakobsen revenait sans cesse sur la malédiction causée par le mensonge, pas seulement à la maison, mais lors de ses nombreux prêches. En vieillissant, Dan-Levi se rendait compte à quel point son père avait raison – aussi à ce sujet.

– Vous ne vous sentez pas concernés par la surpopulation ? plaisanta Roar. Tu es pourtant pentecôtiste, n'est-ce pas ? Je croyais que c'était seulement aux catholiques qu'on interdisait l'usage de la capote.

Dan-Levi eut un rire forcé. Avec Roar, il pouvait plaisanter de presque tout, mais il voulait préserver son jardin secret des gros sabots de son camarade

— Ce n'est pas encore sûr.

— Comment ça ? Soit elle est enceinte soit elle ne l'est pas.

Dan-Levi capitula.

— Tu gardes ça pour toi, d'accord ?

— Pas de problème, dit-il en lui adressant un clin d'œil. Moi aussi je résiste au Destop.

4

Il rejeta le journal et une pile de publicités sur la table. Vingt-quatre heures qu'il n'avait pas dormi. Mais il ne se sentait pas encore trop fatigué. Il alluma l'ordinateur, alla sur le site du journal *VG Nett*. L'article sur l'incendie avait été actualisé. Ce n'était plus vingt-six animaux qui avaient été dévorés par les flammes, mais vingt-neuf. Il embraya sur le *Dagbladet*. Eux aussi annonçaient vingt-neuf. Même s'il ne s'agissait que d'un groupe de chevaux, il voulait avoir le nombre précis. Vingt-neuf voulait dire que six des chevaux avaient réussi à s'échapper. Peut-être n'avaient-ils pas pu les récupérer tous, peut-être certains de ces chevaux s'étaient-ils sauvés dans la forêt et erraient à présent dans la neige humide là-haut ?

VG Nett avait mis en ligne une vidéo de l'incendie, visiblement enregistrée avec une simple caméra, mais prise de près et d'une qualité bien meilleure que ce que lui-même avait filmé avec son téléphone depuis la lisière de la forêt, à une centaine de mètres de là. Il repassa la vidéo. L'écurie était consumée, seule la charpente se détachait contre les flammes incandescentes et aveuglantes. De la fumée grise flottait dans la nuit, se fondait dans l'obscurité d'une dépendance qui était également touchée. Quelques branches de bouleau nues tremblaient dans la lumière vacillante. Tous les membres de l'équipe arrivés sur place parlaient d'une voix posée, comme s'ils discutaient d'une solution pour régler un problème quotidien. L'enregistrement avait donc dû être réalisé après que les chevaux avaient cessé de hennir. Sur sa vidéo à lui, les hennissements de panique étaient si forts que cela faisait mal. Cette douleur suscitait en lui le sentiment contradictoire de se trouver devant quelque chose qu'il contrôlait et qui le dépassait en même temps. Et quand il n'y eut plus de cris, ni de chevaux ni d'humains, et que l'équipe se fut écartée, il perçut enfin la rumeur de l'incendie. Le crépitement ressemblait au bruit de petits animaux gloutons qui dévoraient tout sur leur passage, et en arrière-plan, à l'instar d'un faible vent, un souffle semblait chuchoter tout en inspirant. Cette voix, il l'avait déjà entendue. Encore et encore, il repassa l'enregistrement. La fumée qui montait dans la nuit ; ce quelque chose qui bougeait dans la lumière vorace. Mais cette vision n'était pas ce qui le saisissait le plus. C'était ce chuchotement, le souffle de la voix presque inaudible de l'incendie lui-même.

Il alla calmement à la salle de bains, cassa trois ampoules qu'il avait déjà préparées. S'injecta deux millilitres de Trenbo dans un bras, mélangea le Testo et le Primo pour se les injecter dans l'autre. Alors qu'il essayait de se reconstruire, il avait appris à ne pas aller trop vite, fermement décidé cette fois à ne plus perdre le contrôle. Dans la chambre à coucher, il se déshabilla, fit des pompes et des abdos. Il resta ensuite allongé à fixer le plafond. Tout à coup, il sut quel serait le prochain endroit à être incendié. Il le vit clairement devant lui, même s'il n'y avait pas mis les pieds depuis plusieurs années. S'il se concentrait bien, il pouvait même entendre les bruits à l'intérieur. Des voix d'adultes. Et les odeurs de l'huile de lin, de gouache et, de temps à autre, de chocolat et de pain frais.

Il se releva, ouvrit le placard, glissa la main sous les caleçons et les chaussettes pour ressortir le soutien-gorge. La veille au soir, il s'était enfermé chez Elsa avant de monter à l'écurie. Dans l'air de la salle de bains flottait encore l'odeur du parfum qu'elle avait utilisé avant de partir. Son soutien-gorge était accroché à la patère avec deux serviettes éponge rouge. Il l'avait fourré dans la poche de sa veste. Maintenant, il se trouvait devant le miroir du placard, nu, le soutien-gorge à la main. Une grande fatigue le submergea enfin et il s'allongea sur le couvre-lit. Un courant d'air frais venant de la fenêtre sécha la sueur qui lui coulait dans le dos. Il fourra le soutien-gorge entre ses cuisses. Un oiseau chantait tout à côté, un autre lui répondait dans le lointain. Les draps étaient propres, les vêtements qu'il avait portés la nuit étaient dans la benne à ordures et, ce matin, il avait savonné et douché chaque millimètre de son corps. Malgré tout, il captait un léger relent de poix en frottant doucement le dos de sa main sous son nez. Cette odeur faisait surgir la vision de l'écurie en feu. Mais sa perception des chevaux était changée. Leur seule vue ne le faisait plus enrager. Il referma les yeux pour évoquer à nouveau le crépitement des flammes. Et quelque part à l'arrière-plan, le vague chuchotement d'un souffle de voix puissant.

5

Les élèves de terminale de Lillestrøm avaient la réputation d'être les plus minables de tout le Romeriket, et de faire des fêtes pourries. Presten était bien décidé à changer les choses. Autour de la table de la cuisine, des idées plus fumeuses les unes que les autres jaillissaient. Comme de baptiser les lycéens de Lørenskog à l'aide d'extincteurs. Des types de là-bas s'étaient moqués d'eux en disant qu'ils pensaient plus à bûcher qu'à faire la fête. Presten, qui affirmait posséder un don pour accomplir des missions très spéciales, accepta de mener l'attaque lors de la prochaine fête des terminales. Mais pas pour consolider son statut de héros, car il s'était déjà forgé une réputation au mois de décembre, quand il s'était vu infliger une nuit en cellule de dégrisement après la première soirée arrosée.

À présent, il voulait savoir ce que Lam, en tant que bouddhiste, pensait de ses projets. Lam qui avait déjà bu plusieurs pintes, riait à tout ce que proposait Presten. Mais en entendant la question, il redevint tout de suite sérieux. Mieux valait laisser tomber cette affaire d'extincteur. Non seulement ils abîmeraient tout l'intérieur de la maison où se déroulerait la fête, mais ils risquaient de se faire dénoncer à la police et d'avoir un procès avec les assurances, sans compter que des gens pourraient se blesser s'ils venaient à recevoir de la mousse dans les yeux. Presten se leva en saluant Lam, l'incarnation de la raison dans ce monde de brutes. On lui porta un toast, un *chia* comme on disait en vietnamien.

Près de la porte, Karsten mâchonnait un morceau de pizza. Il leva également son verre, mais ne but rien. Qu'il ne bût pas d'alcool n'était un secret pour personne. Mais Presten lui avait quand même rempli son verre de vodka, sous prétexte que c'était comme une célébration de l'eucharistie. Il affirmait que son père lui avait donné les pleins pouvoirs pour l'administrer ; peut-être pas le Père de tous, mais en tout cas le sien, qui était pasteur paroissial.

Karsten ouvrit la porte du salon dans l'idée de s'esquiver. Le volume de la musique le heurta de plein fouet. Tonje était assise sur le canapé ; la dernière fois qu'il était allé à une fête chez elle, elle était assise exactement à la même place. Cette fois-là, il s'était laissé tomber à côté d'elle et elle avait posé la tête sur son épaule. Il faudrait inventer un dictionnaire pour expliquer ce que ces attitudes signifiaient. Si une fille t'embrasse sur la joue, cela veut dire qu'elle t'aime bien. Si elle pose sa tête sur ton épaule, cela veut aussi dire qu'elle t'aime bien, comme cela peut aussi vouloir dire qu'elle veut aller plus loin. Mais pas forcément. Pas si tu n'as, par exemple, qu'un seul testicule. Si tu n'assures pas la transmission de tes gènes et incarnes une impasse dans la chaîne de l'évolution. Karsten avait essayé de comprendre cette chose concernant la production de sperme. Durant une éjaculation normale, de deux à trois cent millions de spermatozoïdes pouvaient être projetés vers l'ovule qui les attendait. Si l'on n'a qu'un seul testicule, cela veut-il dire que l'on n'en produit que la moitié ?

Tonje leva les yeux vers lui, lui cria quelque chose à travers la musique. Cela aurait pu être « ça va ? » et il fit oui de la tête. Tonje voulait que tout le monde aille bien. Cette fois encore, la place à côté d'elle était libre. À l'instant où Karsten le remarqua, la même question refit surface ; la question que, pendant toute la période au lycée, on lui posait jusqu'à vingt fois par jour. « Quelle est la personne plus pauvre au monde ? » « Je ne sais pas », répondait-il toujours, même si cela déclenchait invariablement la réponse : « La quéquette de Karsten, parce qu'elle n'a qu'une seule pièce dans sa bourse. »

La fête battait son plein. Il quitta le salon, s'avança dans le couloir, il était presque une heure et demie, l'heure qu'il s'était fixée pour filer à l'anglaise.

Lam s'en aperçut et vint le voir.

– On peut rentrer ensemble.

Il était l'un des rares élèves de sa classe avec qui il s'entendait. Ils faisaient souvent leurs devoirs de maths et de physique ensemble et avaient une manière similaire de penser, bien que Lam fût bouddhiste et Karsten agnostique, la seule opinion défendable à ses yeux sur le plan rationnel. De toute façon, Lam était bien trop intelligent pour s'entêter, et Karsten trouvait que l'on perdait son temps à discuter de religion.

Au moment d'enfiler sa veste, Inga surgit derrière lui. Elle l'enlaça avec un bras ; la fumée de sa cigarette lui irrita immédiatement les yeux.

– Ne pense pas pouvoir t'en tirer si facilement.

Il se tourna à demi vers elle. Son chemisier blanc était déboutonné pour mettre bien en vue le bord en dentelle de son soutien-gorge.

– Je dois me lever très tôt, balbutia-t-il, en regrettant sur-le-champ de ne pas avoir de meilleure excuse.

Elle se hissa sur la pointe des pieds pour l'embrasser sur la joue, passa la main dans ses cheveux en répétant « bye-bye ». Voulait-elle le faire marcher ou était-elle sincère ? Non, elle avait dû écoper d'un gage d'un nouveau genre : réussir à se faire peloter par un geek, l'asocial type. Elle avait déjà fait ça à une fête, quelques semaines plus tôt. Elle avait alors été élue « la reine des terminales » tandis que lui-même recevait la distinction du « terminale le plus ennuyeux de toute l'Europe du Nord ».

Lam s'éclipsa dans le couloir pour l'attendre avec un sourire aux lèvres, pendant que Karsten tentait de se dégager d'Inga. À la fin, la jeune fille fut vexée qu'il ne veuille pas d'elle. Elle l'accusa d'être hautain, de se croire supérieur uniquement parce qu'il avait la bosse des maths et autres gentillesses du même style.

Presten arriva à cet instant :

– Tu as besoin d'aide, *mate* ?

Et en ricanant, il ajouta :

– Je peux te procurer une boîte de Viagra. De la bonne marchandise. Achetée en Lettonie.

Inga le repoussa.

– Karsten, lui, c'est un vrai mec. Tu crois qu'il a besoin de ça ?

– Qui n'aurait pas besoin de ça avec toi ?

– Il tiendra sûrement plus longtemps que toi.

– Il ne manquerait plus que ça, fit Presten avec un clin d'œil. Je tire plus vite qu'un lapin.

Inga lui souffla la fumée en plein visage, se tourna de nouveau vers Karsten pour lui passer un bras autour du cou, puis elle attira sa tête vers elle pour l'embrasser ; il sentit une main lui caresser les fesses.

– Reste un peu, veux-tu, murmura-t-elle, et cette lubricité exagérée dans sa voix acheva de le convaincre qu'il devait bien s'agir d'un gage. Qu'elle empeste la vodka et la cigarette, et que son rouge à lèvres bave n'arrangeaient rien.

Il fut sauvé par la sonnette. Trois longues sonneries. Karsten se dégagea et se dirigea vers la porte. Presten le retint.

– Ne laisse personne entrer sans que Tonje donne son feu vert. Il y a des types louches qui traînent dehors.

Il se retourna pour appeler la maîtresse des lieux. On sonna encore une fois, une sonnerie longue et stridente qui n'en finissait pas.

Tonje apparut dans le vestibule.

– Vérifie qui c'est, dit-elle à Presten.

Il déverrouilla la porte. Sur la marche la plus haute se tenait un type vêtu d'une veste noire au col relevé.

– Lam, dit-il.

C'était un Pakistanais, ou quelque chose d'approchant, songea Karsten.

Presten se retourna pour demander :

– Où est Lam ? Il était là, il y a un instant.

Puis il s'adressa à l'inconnu :

– Qu'est-ce que tu lui veux ?

– Lui parler.

En bas de l'escalier, quatre autres individus surgirent. Presten jeta un regard à Tonje qui faisait vigoureusement non de la tête en chuchotant :

– Ne les laisse pas entrer.

– Vous êtes qui ? hasarda Presten.

Celui qui se trouvait en haut des marches répondit :

– Tu t'en fous, non ?

Presten voulut refermer la porte, mais rapide comme l'éclair, le type intercala son pied et ouvrit violemment. Au même instant, les quatre autres s'engouffrèrent dans l'appartement. Le premier colla Presten contre le miroir du vestibule.

– Je n'aime pas ta face de gonzesse.

Un poing serré s'abattit sur son nez qui craqua comme un fagot de brindilles sèches. Presten s'affaissa dans un râle caverneux. Réfugiées au fond du vestibule, Inga et Tonje fermèrent la porte en hurlant. Une idée prit forme dans la tête de Karsten : se planter devant la porte pour en défendre l'accès. Il fit un mouvement du bras. Le type qui avait assommé Presten se tourna vers lui.

– Ne bouge pas, aboya-t-il d'une voix sombre et avec un regard plus sombre encore.

Karsten secoua la tête pour indiquer à l'autre qu'il n'avait pas le droit de lui dicter sa conduite. Mais il s'aperçut que le type en question avait compris le contraire.

Un autre membre de la bande arracha l'extincteur du mur pour casser le carreau de la porte du vestibule. Le hurlement paniqué des filles s'arrêta instantanément, avant de reprendre de plus belle. La porte céda sous les coups de pied, une pluie d'éclats de verre s'abattit autour d'eux, mêlée à un jet de mousse venant de l'extincteur. Celui qui avait frappé Presten aboya :

– On veut juste Lam, épargnez-vous des ennuis.

Karsten demeurait comme pétrifié, seul son cerveau continuait de raisonner, ce cerveau qui s'acharnait à rassembler les morceaux d'un puzzle. Le gang de Lia était originaire du quartier où vivait Lam ; les Vietnamiens étaient depuis longtemps en guerre avec le gang des Pakistanais. Mais Lam ne les fréquentait pas, c'était un type intelligent qui projetait de faire des études d'architecture, il voulait construire des maisons.

– Lam ne fait pas partie du gang de Lia, lança-t-il aux cinq types qui avaient pénétré dans le salon.

Au moment où la musique fut coupée, il entendit gémir Presten qui se tordait de douleur sous le miroir. Puis tout à coup, couvrant le bruit de verre qui se brisait, le hurlement des filles, suivi de pas qui couraient dans l'escalier, et quelque chose de lourd tomba sur le sol, peut-être le téléviseur. Karsten sentit un picotement se répandre dans ses bras devenus gourds. C'était comme si le déchaînement se passait ailleurs, dans une maison très éloignée de l'endroit où il se tenait appuyé contre le mur.

Il jeta un coup d'œil sur Presten.

– Tu as mal ?

Le jeune garçon avait le regard fixe. Le sang dégoulinait de son nez cassé, mais il respirait et pouvait bouger la tête. Soudain, Karsten revint à lui et comprit ce qu'il devait faire. S'arrachant à sa torpeur, il enjamba son camarade, se glissa dans l'escalier et sortit de sa poche son portable pour appeler les urgences. Près d'une minute s'écoula avant que quelqu'un ne réponde. Il expliqua la situation à son interlocuteur et indiqua l'adresse du lieu et le nombre des agresseurs d'une voix qui lui sembla lointaine.

Au même moment, deux des intrus ressortirent en hâte, ils traînaient Lam entre eux. Il était en chaussettes et du sang lui coulait de la bouche. Dans la lumière sous le réverbère, Karsten entrevit son regard : hagard, les pupilles dilatées comme un diaphragme bloqué sur l'ouverture la plus grande. Il les poursuivit dans l'escalier et tenta de les interpeller dans la cour.

– Ne... eut-il le temps de dire avant d'être projeté à terre.

Il resta couché dans la neige boueuse, la tête contre la haie.

– Tu te tiens tranquille et on te laisse la vie sauve. Compris ?

Le type posa le pied sur sa poitrine. Le visage était rond, encadré d'un mince filet de barbe comme un trait de crayon soulignant sa mâchoire. Ses larges sourcils se rejoignaient au-dessus du nez et à l'une de ses oreilles était fixée une boucle avec une pierre noire.

– Compris ?

Je ne répondrai pas, se dit Karsten.

– Tu sais lire ? hasarda-t-il.

– Hein, de quoi tu parles ?

– Tu sais lire ? répéta Karsten, plus haut cette fois-ci, mais le type ne comprenait toujours pas.

C'est un minable, se dit-il. Il finira à Ullersmo ou avec une allocation pour handicapé. Bref, quelque chose dans ce genre.

Près de la voiture, Lam beugla quelque chose. Karsten entendit des coups, des coups secs sur les os et plus sourds contre les parties molles. Le beuglement se changea en gémissement et ce fut le silence. Le bruit des coups resta comme suspendu dans l'air. Il sentait que la neige commençait à fondre sous lui. Elle se faufilait par capillarité à travers son pull et sa chemise pour couler sous la ceinture de son pantalon. Il était couché, seul, sous le ciel noir. Une branche de la haie lui chatouillait la joue. Celui qui le surveillait était parti, mais Karsten ne bougeait pas. Il entendait toujours les coups qui pleuvaient encore et encore, jusqu'à se noyer dans le bruit d'un moteur qu'on allume, qui vrombit une ou deux fois avant de disparaître. Même là, il ne se leva pas.

6

Nu devant son miroir, il bandait les muscles de ses bras et de son torse et ressentait les courbatures provoquées par ses exercices du début de soirée. Il venait d'aller sur Internet où il avait lu plusieurs articles sur les pyromanes. Mettre le feu à une maison, avait-il lu quelque part, c'était un appel au secours. Ceux qui allumaient des incendies, disait-on dans un autre article, le faisaient pour se débarrasser d'une tension dont ils n'arrivaient pas à se défaire autrement. Ils ne pouvaient pas participer à l'extinction du feu, mais ils bandaient à la vue de la propagation des flammes qui échappait à tout contrôle. Les personnes animées de telles pulsions étaient des malades qui avaient besoin de se faire soigner.

Rien de ce qu'il avait pu lire ne le concernait. La première fois qu'il avait allumé un feu, il était encore à l'école primaire. Celui qui se prénommait Tord et qui se faisait passer pour son père faisait brûler feuilles et branchages au printemps dans le champ en contrebas de la maison. Il se servait d'un râteau en fer pour éteindre les flammes, puis allumait un autre feu de broussailles un peu plus loin. Vêtu d'un jogging noir, il s'avançait fièrement dans le pré comme un maître des flammes. Aux aguets, il les frappait dès qu'elles menaçaient d'échapper à sa volonté.

Lui-même s'était trouvé un râteau et trottinait derrière ce père. Il laissait de petites langues de feu prendre ici et là et avaler des touffes de paille fanées, avant de les attaquer quand il estimait que c'en était assez. Tord lui avait jeté un coup d'œil une ou deux fois, sans un mot ; cela voulait donc dire qu'ils faisaient équipe tous les deux, non ?

Un large sentier délimitait l'extrémité de la petite prairie. Les flammes devaient aller jusque là-bas, mais pas plus loin. Ici, elles s'éteignaient d'elles-mêmes. Les langues de feu s'étiraient pour lécher le gravier d'un noir grisâtre avant de mourir petit à petit, comme si elles avaient léché du poison. Il avait arraché une touffe d'herbes pour l'approcher du feu. La touffe avait commencé à fumer et à grésiller, car elle contenait de l'herbe verte et grasse d'où il dégoulinait comme de la bave. Ayant le dos tourné, Tord ne le vit pas traverser la moitié du sentier pour lancer la torche ardente de l'autre côté. Il avait envie de voir combien de temps elle mettrait avant de s'éteindre. Il nota bien la durée : une demi-minute avant que cela commence à fumer et chuchoter dans un souffle. Il avait encore le temps de courir là-bas pour tuer les petites braises, mais alors Tord s'apercevrait de ce qu'il avait fait. Il préféra regagner à la maison où il se coucha derrière le parking. Et il y resta jusqu'à ce qu'il entende des appels montant de la prairie. Alors il enfila son pantalon et dévala la route. Tord était de l'autre côté du sentier et frappait comme un fou, tout autour de lui, encerclé par les flammes. La haie des voisins n'était qu'à quelques mètres et, derrière, il y avait des framboisiers et, encore derrière, leur maison jaune.

Il descendit en courant. Le voisin aussi accourut ainsi que des garçons plus âgés. Épaule contre épaule, ils firent front devant la haie, frappant encore et encore les flammes qui, à présent, rendaient coup pour coup. C'était comme si l'incendie partait d'un grand ricanement. Tout autour de lui, le feu sifflait. Et le souffle de la voix qui chuchotait rendait les hommes furieux. Il vit à l'expression du visage de Tord qu'il avait peur, qu'il avait rencontré plus fort que lui. Il combattait la bouche grande ouverte et le regard fixe. À moins d'un mètre de la haie, l'incendie abandonna la partie. Mais en apparence seulement, car il était capable de repartir n'importe quand, n'importe où, et personne, pas même celui qui se faisait appeler son « père », ne pourrait plus jamais se sentir en sécurité. Pour l'heure, le feu se coucha avec un petit rictus, arrêta de susurrer en laissant aux hommes la victoire. Pour l'instant.

Il effleura de ses doigts les cicatrices et les taches sur le dessous de son avant-bras. C'était un signe, que ce souvenir surgisse précisément ce soir. Ça allait se reproduire. Il s'habilla, retourna dans la cuisine pour finir sa tasse de café. Tiède et amer ; il s'en servit un autre, se força à l'avaler.

De nouveau dans sa chambre, il ressortit le paquet de cigarettes, les élastiques et les bandes de coton. Il avait chapardé une pochette d'allumettes en carton dans un hôtel où il avait passé la nuit. Elles trouveraient enfin une utilité. Il s'appliqua à améliorer le dispositif de mise à feu. Posant deux mèches côte à côte, il les imbiba de dégrippant, transporta le dispositif dans la salle de bains pour le tester dans la baignoire. Si Elsa avait été à la maison, il lui aurait peut-être raconté cette vieille histoire d'incendie, et qu'après il avait été renvoyé dans sa chambre pour y *réfléchir*. Mais quand Tord était monté le voir, ce n'était pas au sujet de l'incendie qu'il l'avait grondé. Il se rappelait parfaitement chaque parole prononcée. Ces mots s'étaient mélangés à l'odeur de la térébenthine, parce que le sol du couloir venait d'être verni. Il avait dû garder la chambre afin de réfléchir encore plus longtemps à ce qu'il avait fait. Il s'était faufilé dans le placard, derrière le panneau descellé dans le mur, où se trouvait un espace dont personne ne connaissait l'existence. Il y était resté caché à ruminer ce que Tord lui avait dit. Celle qui se prétendait sa mère l'avait cherché. C'était déjà le soir. Plus tard, elle avait crié son nom dehors, devant la maison. Mais il n'était pas sorti de sa cachette. Et non seulement il réfléchissait mais il donnait vie à ses réflexions : il avait allumé le briquet qu'il avait chipé dans le tiroir de Tord, avait fixé la flamme jusqu'à savoir exactement ce qui allait se produire. Il l'avait gravé dans le bois du montant, avait fait des brûlures tout autour pour former une bordure et scellé ainsi sa décision : la condamnation de la maison où ils habitaient.

Plus tard, il voulut voir ce que les flammes étaient capables de faire. Elles détruisaient les choses, et les gens étaient aussi des choses. Il avait pris l'habitude d'utiliser sa cachette pour ses expérimentations. Une fois à l'intérieur, il soulevait le capot du briquet, l'allumait. Même dans cette mince flamme, en dressant l'oreille, il était possible d'entendre le souffle de la voix qui murmurait. Il ne pouvait distinguer des mots, mais lui, il sentait ce que la flamme voulait. Il l'approchait de la peau sous son bras, sentait le picotement, l'éloignait, l'approchait de nouveau, laissait la flamme brûler le léger duvet. Si elle s'approchait trop près, elle traverserait la peau. Il la tenait sans bouger jusqu'à sentir une odeur de roussi. Ainsi eut-il tout loisir d'étudier ce que la flamme était capable de faire avec la chair, c'est-à-dire de la transformer en quelque chose qui n'était plus que douleur, de détruire irrémédiablement le corps.

Il n'en avait jamais soufflé mot à Elsa. Elle l'avait pourtant interrogé sur les événements remontant à cette époque, mais il n'avait pas pu se décider à lui en parler. Et ce soir, elle n'était pas là, elle était sortie dîner avec son *prince*. Elle n'avait plus que cet homme-là en tête. Comme si cela faisait des années qu'elle l'attendait.

Il alla s'asseoir dans la voiture, tira sur un bout du revêtement, sous le tableau de bord, y glissa la pochette avec les quatre dispositifs de mise à feu qu'il avait préparés. Il pensait encore à Elsa et à son prince en démarrant le véhicule pour faire une marche arrière, mais en appuyant sur la pédale d'accélération, il heurta quelque chose. Il enclencha la marche avant et sortit en trombe de la voiture. Trois poteaux de clôture cassés. Il jura tout haut, puis se calma et décida de téléphoner à Elsa pour lui expliquer ce qui s'était passé. Comme ça, elle lui dirait de rester à la maison ce soir-là, d'abandonner son projet. Il se ravisa. Elle croyait au bien dans ce bas monde. Pourtant, c'était elle qui avait dit que le feu était une force purificatrice.

Quelques minutes plus tard, il bifurqua dans la Erleveien. Ça faisait des années qu'il n'était pas revenu dans le coin. Il avait été envoyé là-bas quand il avait quinze ans.

La maison avait pris une couleur brunâtre, alors que celle du voisin était jaune comme autrefois. Dans la prairie où ça avait brûlé, on avait construit un petit immeuble de quatre appartements séparés, rouge avec des cadres de fenêtres peints en blanc. Il gara la voiture au bord de la route et contempla un moment le crépuscule. Des gamins jouaient sur le petit bout de jardin, dernier vestige de la prairie. Dans la maison où lui-même avait vécu, il n'y avait aucun signe de vie. Il descendit de la voiture et s'approcha de la boîte à lettres. Le nom inscrit était *Jakobsen*. Le modeste portail grinça sur ses gonds quand il l'ouvrit. Du temps où il habitait là, ils étaient toujours huilés. Tord faisait attention à ces choses-là, le moindre laisser-aller l'agaçait. Commandant dans l'armée, il avait l'habitude que tout soit nickel autour de lui. Maintenant, cette baraque aurait bien eu besoin d'un coup de peinture ; devant l'abri du jardin traînait une brouette qui avait vraisemblablement passé l'hiver dehors, pleine de cailloux recouverts d'une couche de glace.

La porte d'entrée était visible depuis la route, mais pas des maisons voisines. La lumière au-dessus de la porte n'étant pas allumée, il déchiffra ce qui était écrit sur la plaque à la lueur du crépuscule : *Ici habitent Sara, Dan-Levi et Rakel Jakobsen.*

Au même moment, il entendit une voiture plus bas dans la rue. Il se glissa au pied des marches et se plaqua contre le mur de l'abri. La voiture dépassa le portail pour entrer dans le garage. À cet instant, il aurait encore pu s'enfuir, sauter par-dessus la clôture pour disparaître entre les arbres alentour. Mais il attendit que la voiture fût rentrée, la porte du garage fermée et que des pas crissent sur le chemin gelé. Les pas résonnèrent sur les marches, jusqu'à la porte qui fut ouverte et refermée. Alors seulement, il sortit de l'ombre, descendit calmement le chemin dallé et poussa le portail qui grinçait. Un peu plus haut dans la rue, il s'arrêta et regarda les lumières s'allumer dans la maison. D'abord la cuisine, puis le salon. Puis, plus tard, à l'étage au-dessus. Mais son ancienne chambre resta dans le noir.

Sur le chemin du retour, il fit un crochet par le Studio Q. Il n'avait pas prévu de s'entraîner ce jour-là, mais il fallait qu'il se débarrasse de ses démangeaisons avant qu'elles ne se répandent dans tout son corps ; il en avait déjà dans les bras et les jambes.

Il fit une séance facile avec développements couchés, musculation des biceps et des ischio-jambiers. Une femme en survêtement rouge courait sur le tapis. Il l'avait déjà remarquée et lui adressait toujours un signe de tête quand elle lui souriait. Elle avait un nez busqué, bien trop grand pour son visage étroit. Il jaugea son corps. Pas mal. Il la regarda encore une fois. Il n'était pas intéressé plus que ça, mais elle s'attendait certainement à ce qu'il le soit.

Aux toilettes, il sortit la pochette contenant les ampoules et les seringues, en remplit une avec du Testo et du Trenbo, deux millilitres de chaque, toujours fermement décidé à ne pas être trop gourmand. Il jeta un coup d'œil à son visage dans le miroir : trois ou quatre boutons étaient apparus à la naissance des cheveux. Elsa avait des herbes contre ce genre de problèmes. Donc, il avait une excuse pour faire un crochet chez elle dans le courant de la soirée.

De retour dans la salle de sport, il vit un homme en uniforme de police à l'accueil. Après avoir tressailli à la pensée que le type était venu pour lui, il se dirigea calmement vers la salle des haltères sans le moindre regard vers le côté. En se retournant pour fermer la porte, il vit la femme au nez busqué se diriger vers l'accueil. Elle se hissa sur la pointe des pieds pour embrasser rapidement le policier.

Il s'éloigna de la porte vitrée. Du coin de la salle des haltères, il pouvait les apercevoir dans le miroir sur le mur opposé. L'homme en uniforme avait une moustache rousse en forme de guidon avec des pointes ridicules. Intrigué mais soulagé, il ne put s'empêcher de rire. Mais c'était un signe. Il devait rebâtir sa musculature plus doucement. S'il brûlait les étapes, le Testo et le Trenbo le rendraient fou. Et il savait à quel point c'était facile de se laisser emporter.

7

Pendant le dernier cours de la journée de lundi, il fut encore question de ce qui s'était passé à la fête chez Tonje. Le prof était un remplaçant du genre à laisser traîner ses oreilles partout. Et il avait pigé de quoi il s'agissait.

— Si je comprends bien, vous vous êtes fait attaquer par un gang ?

Karsten regarda fixement sa table. Quand il avait quitté la fête, des débris de verre et de la mousse d'extincteur jonchaient le sol du vestibule et du salon, la télé était fracassée au milieu de livres, de CD et de bibelots en morceaux. Certains avaient pleuré, d'autres vomi et quelques-uns avaient parlé de vengeance.

— Combien étaient-ils ? voulut savoir le remplaçant.

— Quatre ou cinq, affirma Tonje.

L'un des garçons ajouta :

— Il y en avait toute une flopée qui attendait à l'extérieur.

— C'était donc une sorte d'attaque stratégique. Et vous dites que c'étaient des Pakistanais. En êtes-vous certains ? Pourquoi pas des Kurdes ou des Irakiens ou des Afghans ?

Ce jeune professeur devait avoir dans les vingt-cinq ans et étudiait, disait-on, à l'université de Blindern. Il portait une veste qui avait l'air chère, un pantalon sombre à plis marqués et une chemise à grand col. Il s'avéra qu'il avait été soldat, entre autres en Afghanistan.

– Je m'en fous d'où ils venaient, décréta Presten de sa place au milieu de la salle. (Son nez enflé était barré d'un sparadrap.) C'était un véritable règlement de comptes. Ils venaient chercher Lam. La bande de Pakistanais de Lørenskog et le gang de Lia, celui dont Lam fait partie, se mènent une vraie guerre.

Dans la classe, il y avait une fille d'origine pakistanaise. Après l'intervention de Presten, Karsten ne put s'empêcher de jeter un coup d'œil vers elle. Elle s'appelait Jasmeen. Durant toute l'année scolaire, elle avait été assise dans le coin derrière lui et à plusieurs reprises, ils avaient fait des travaux de groupe ensemble. Quand elle croisa son regard, il détourna le sien.

– Une telle guerre de gangs, n'est-ce pas une sorte de conflit culturel ? reprit le remplaçant.

Plusieurs élèves dans la classe protestèrent.

– Ça n'a rien à voir avec la culture, dit Presten. C'est des trous du cul et des salauds, ils veulent foutre le bazar, c'est tout.

Le remplaçant était grand et large d'épaules, il avait des cheveux mi-longs, rejetés en arrière, la mâchoire forte et une barbe soignée.

– Combien étiez-vous à la fête ?

C'est alors que Karsten remarqua quelque chose dans sa façon de parler, un accent quasi imperceptible.

– Près d'une trentaine, répondit Tonje.

– Et combien de garçons ?

Elle regarda autour d'elle :

– À peu près la moitié.

Le remplaçant lissa sa barbe du doigt :

– Cela veut dire qu'il y avait dans la maison au moins le double de garçons par rapport aux attaquants, voire trois fois plus. Je suis sûr que des filles auraient pu aider à organiser une sorte de défense, s'il en avait été question. Mais cela n'a pas dû être le cas…

Un vague malaise se répandit dans la salle.

– Qu'est-ce que vous voulez dire ? marmonna l'un des garçons.

Il fut interrompu par Inga :

– Il veut dire qu'il est possible de lever le petit doigt, quand on est menacé de mort. Karsten est le seul à s'être bougé.

Karsten avait le regard fixe. Un picotement brûlant se répandait sur sa peau depuis la naissance de ses cheveux. Il s'apprêtait à la contredire, mais elle continua sur sa lancée :

– Karsten est loin d'être un Rambo, mais lui au moins a osé s'opposer à eux, même s'il a reçu un coup de couteau au visage.

Le picotement s'intensifia au milieu de sa joue, dans l'égratignure causée par la branche de la haie devant la maison de Tonje.

– Et puis à chaque fois qu'il faut être un peu sur ses gardes, il n'est pas ivre mort, continua Inga. La moitié d'entre vous, les garçons, vous étiez en train de vomir et l'autre moitié était complètement paralysée. C'est dingue.

Karsten jeta un coup d'œil au remplaçant dans l'espoir qu'il allait bientôt commencer le cours.

– On était plusieurs à essayer de les arrêter, protesta Presten. Mais ce n'est pas évident d'organiser une défense quand on est pris par surprise.

Le remplaçant pointa son doigt sur lui :

– Très juste, Finn Olav.

Presten couvrit son nez cassé, visiblement surpris que le remplaçant eût déjà retenu son nom.

– Comme je l'ai déjà dit, j'ai été soldat pendant quelques années, poursuivit le remplaçant. J'ai connu des situations où l'effet de surprise est déterminant. Alors, imaginons que vous ayez été prévenus à l'avance de l'attaque et que vous disposiez de quelques minutes. Qu'auriez-vous fait ?

Il y eut différentes suggestions, de plus en plus audacieuses. L'idée de gâcher la vodka pour en faire des cocktails Molotov entraîna des protestations avant que la discussion ne finisse en queue de poisson, au grand soulagement de Karsten. Le remplaçant rit et les laissa continuer un moment avant de les interrompre.

Nous allons parler de l'époque qui a suivi la guerre froide. En fait, c'est probablement ce que nous venons de faire.

Il marqua une pause. Le silence se fit dans la salle de classe. Ce remplaçant avait une autorité naturelle.

– Pendant la guerre froide, le monde était divisé par les idéologies politiques, l'Ouest libéral contre l'Est communiste. Dans le monde d'aujourd'hui, la lutte oppose deux civilisations de culture et de religion différentes, l'Islam contre le monde occidental. Qui sait si nous ne verrons pas un lien entre ce que vous allez apprendre en histoire et ce que vous vivez au quotidien ?

Il laissa cette éventualité flotter dans l'air quelques instants avant de poursuivre.

– Je vous ai demandé si ce qui s'est passé avait quelque chose à voir avec la culture. C'est bien évidemment le cas. Tout tourne autour de la culture.

Il commença à parler des civilisations, retraça sommairement l'Antiquité autour des grands fleuves de la Mésopotamie jusqu'à l'Irak moderne gouverné par l'homme le plus haï en Occident – ce même Occident qui avait armé ce tyran jusqu'aux dents avant d'envahir le pays pour se débarrasser de lui. Sans élever la voix, il faisait vibrer l'histoire qui prenait la forme d'une lutte entre des forces contraires, d'un drame auquel ses élèves participaient et pouvaient être amenés à jouer un rôle déterminant. Alors que le bac devait se dérouler dans quelques mois et que le prof d'histoire avait depuis longtemps indiqué les sujets à réviser, voilà qu'un remplaçant introduisait quelque chose qui n'était pas sur la liste ! Néanmoins personne ne protesta. Que les filles restent bouche bée à le regarder comme un extraterrestre n'était au fond pas si étonnant, se dit Karsten, mais les garçons aussi se comportaient différemment. C'était seulement sa deuxième heure de cours avec la classe, mais le remplaçant s'adressait déjà à chacun par son prénom. Et quand on lui demanda combien de noms il avait retenus, il les désigna tous, un par un, par leur nom. Sans se tromper une seule fois. Ils le regardèrent étonnés, comme s'il avait réussi un tour de passe-passe. Même Karsten, réputé avoir une excellente mémoire, fut impressionné.

— Nous allons faire un sondage, annonça le remplaçant tout à coup. Qui dans la classe est chrétien ?

Trois élèves levèrent la main. Un murmure parcourut la salle de classe. Presten prit la parole.

— Je ne sais pas si vous avez le droit de nous le demander. Ce n'est pas privé ?

Le remplaçant acquiesça.

— Bonne question, répliqua-t-il avec un petit sourire. Cela dépend bien évidemment si tu parles d'un point de vue, par exemple, juridique ou éthique. Bien sûr, vous ne répondez que si vous le voulez.

Deux autres mains se levèrent alors.

— En tout, cinq, résuma le remplaçant. Qu'en est-il des autres religions ? Bouddhisme, sikhisme, hindouisme, islam ?

Karsten ne fut pas le seul à regarder Jasmeen. Elle leva une main hésitante.

— Jasmeen Chadar, dit le remplaçant.

Pourquoi s'adressait-il à elle à la fois par son prénom et son nom de famille ? Karsten se dit que c'était peut-être une manière de témoigner du respect envers les filles, dans les pays où le remplaçant avait fait la guerre.

— Je suis musulmane, déclara Jasmeen.

La classe fut parcourue d'un frisson, comme si tous étaient surpris d'entendre tout haut ce que chacun savait déjà. Au cours de l'année scolaire précédente, ils avaient étudié les grandes religions, et un type d'une autre classe – pakistanais lui aussi – avait fait un exposé. Pas un seul mot sur les guerres de religion ni sur l'attaque du 11 Septembre. Pas un seul mot sur les mariages forcés ni les fillettes aux organes génitaux mutilés par l'excision. Personne n'avait rien trouvé à redire. Si le Pakistanais s'en était tiré à si bon compte, c'était au nom de l'assimilation. Leur prof d'histoire n'avait fait aucun commentaire non plus ; aimant tout ce qui était multiculturel et multicolore, il avait toujours veillé à ne jamais offenser une quelconque minorité par ses propos. Karsten lui-même n'était pas du genre à débattre de ces choses-là en classe. Ayant d'autres centres d'intérêt, il se contentait de constater qu'une partie du monde vivait encore au Moyen Âge.

Le remplaçant s'assit au bord de son bureau.

– Alors, cinq chrétiens et une musulmane. J'en conclus donc que les autres, vous êtes athées.

Tonje était assise sur le banc le plus proche du bureau. Durant tout le cours, elle l'avait dévisagé d'une façon qui s'apparentait aux fantasmes auxquels Karsten se livrait parfois. Plusieurs des filles de sa classe y apparaissaient à tour de rôle, dernièrement il y en avait même eu plusieurs à la fois. Mais jamais Tonje. Elle était inaccessible, même en imagination. Rien que de penser qu'elle pût s'intéresser au remplaçant de *cette manière-là* lui provoqua des élancements dans le bas-ventre. À la longue, Karsten s'était habitué à l'idée que ce qu'il avait entre les jambes était ridicule. Il avait même pensé aller plus loin encore en se faisant enlever l'unique testicule qui avait survécu à sa maladie. Du coup, le problème serait réglé une bonne fois pour toutes et il pourrait se livrer tranquillement à la recherche scientifique, consacrer sa vie à des choses plus utiles, à tout ce qu'il maîtrisait parfaitement.

Il leva la main.

– Les athées croient aussi, déclara-t-il. Ils croient que Dieu n'existe pas.

Le remplaçant se tourna vers lui :

– Aurions-nous un agnostique ici ? Quelqu'un qui ne veut pas avoir d'opinion sur ce que nous ne pouvons pas savoir. Développe.

Karsten essaya de s'exprimer de manière rationnelle. Dans une autre situation, il l'aurait bouclée, mais comme c'était lui à présent que Tonje dévisageait, il se ressaisit :

— Je crois à la génétique.

Il aurait fallu ajouter autre chose. Ce n'était pas seulement le regard de Tonje mais celui de toute la classe qui était maintenant fixé sur lui, et la sensation de picotement à la naissance des cheveux gagnait maintenant chaque centimètre carré de sa peau. Bien évidemment qu'il avait une opinion sur la question posée par le remplaçant. Sa mère, une chrétienne peu fervente, les avait néanmoins fait baptiser, sa sœur et lui, mais elle ne leur avait jamais parlé de Dieu. En revanche, son père, qui était chercheur en physique nucléaire et athée, dissertait en permanence sur l'origine de toute chose, parlant des molécules dans la soupe originelle qui avaient fait le grand saut pour sortir de l'inorganique et se répliquer toutes seules. Karsten n'était que moyennement intéressé, les maths et la physique ayant sa préférence, alors que dans la biologie régnait un trop grand désordre.

— Les gènes ont une vie qui dure des milliers, voire des millions d'années, dit-il en se rappelant les paroles de son père. Même les plus grandes civilisations s'effondrent après quelques siècles d'existence.

Il comprit qu'il avait dévié un peu de la question, mais le remplaçant le regardait avec curiosité.

— Les gènes se reproduisent aux dépens de leurs concurrents et font avancer le monde en le faisant évoluer. Dans ce but, ils se servent de nous.

— Enfin quelqu'un qui a une opinion ! s'écria le remplaçant. Continue.

Karsten perdit ses moyens. Il balbutia que les religions avaient vu le jour parce que les gens avaient besoin de quelque chose à quoi se raccrocher. Finalement, le remplaçant le lâcha pour interpeller le reste de la classe.

— De nombreux exemples démontrent que l'Islam et le

monde occidental trouvent en permanence de nouveaux terrains pour entrer en conflit et se faire la guerre. L'Islam présente-t-il des traits qui pourraient contribuer à expliquer ce fait ?

– Tu veux dire que c'est la faute de l'Islam s'il y a des guerres dans le monde ? lança Jasmeen tout haut, d'une voix bien audible.

Ils avaient été dans la même classe pendant presque deux ans sans que Karsten ose lui parler en dehors des travaux de groupe. Elle s'exprimait peu pendant les cours et, au début, il avait à peine remarqué sa présence. Aux récréations, elle restait avec les autres filles immigrées. Elle habitait à Lørenskog, lui avait-on dit. Son père possédait un ou deux commerces, dont une supérette à Strømmen.

Le remplaçant avait encore les yeux fixés sur elle quand Karsten se tourna de nouveau vers Jasmeen, et il crut la voir à travers les yeux du jeune homme. Les garçons qui établissaient des classements étaient d'avis qu'elle était bonne, soit entre huit et neuf sur une échelle de dix. Ses nichons étaient aussi gros que ceux d'Inga, même si ceux qui le claironnaient n'avaient jamais pu le vérifier. Ceux d'Inga, en revanche, étaient décrits avec précision car ils servaient de référence suprême depuis le primaire. Karsten ne s'était jamais engagé dans de telles évaluations. Bien que fondées sur des données vérifiables telles que la taille et la forme, ces évaluations comportaient cependant des faiblesses fondamentales. Petite et menue, Tonje n'avait presque pas de seins. Mais, récemment, elle avait intégré l'équipe nationale de handball junior et c'était elle qui s'occupait du Bureau des élèves. Aucun des garçons qui s'amusaient à classer les filles ne lui aurait refusé quoi que ce soit.

– Je vais tout de suite poser la question différemment, dit calmement le remplaçant. Y a-t-il quelque chose dans le christianisme ou dans la culture occidentale qui peut mener à un conflit ? Vous autres, qu'en pensez-vous ?

À la fin du cours, Karsten traîna un peu avant de se lever. Il espérait que Tonje allait s'attarder. Ainsi, il pourrait l'accompagner et enfin lui avouer son comportement pathétique lors de l'apparition des intrus à la fête. Mais elle s'éloigna avec le remplaçant, ayant apparemment une question à lui poser. Presten les suivit, les oreilles basses. Karsten resta sur place, il n'avait envie de parler à personne d'autre qu'à Tonje, mais Jasmeen était toujours assise sur son banc.

— Je ne pense pas vraiment qu'il en a après ceux qui croient en l'islam, dit Karsten qui, sans raison apparente, prit la défense du remplaçant.

— On s'habitue à ces choses, dit-elle en glissant ses notes dans son sac.

Depuis les vacances de Noël, elle avait changé, remarqua Karsten. C'était ses cheveux. Ils étaient plus courts et lâchés, alors qu'auparavant ils étaient toujours ramassés en une longue natte dans son dos.

— Cette chose concernant les gènes, tu l'as dit seulement pour impressionner le prof ?

— Pourquoi j'aurais cherché à l'impressionner ? protesta Karsten.

— C'est pourtant ce que font tous les autres.

Il haussa les épaules :

— Alors, tu crois que je n'étais pas sérieux quand j'ai dit que les gènes régissent tout ?

Elle secoua énergiquement la tête :

— Dans ce cas, la vie n'aurait pas de sens.

Il allait lui demander quelle était sa raison de vivre, mais se ravisa. Récemment, il avait vu une émission à la télévision sur l'étude scientifique de la foi et l'explication l'avait convaincu : le vécu religieux répondait à une hyperactivité dans certaines parties du cerveau. Chez des personnes ayant développé certains schémas nerveux dans ces zones précises, cette hyperactivité produisait des sentiments intenses s'apparentant à de profondes convictions.

Elle fit un pas vers lui.

– L'éraflure que tu as, c'est là où ils t'ont donné un coup de couteau ?

Il se passa la main sur la joue et eut brusquement envie de lui raconter ce qui s'était réellement passé. Il devait avouer à quelqu'un qu'il était au contraire le plus lâche de ceux présents à la fête.

Autant le lui dire à elle.

– Tu es courageux, fit-elle et du coup, il était trop tard pour rétablir la vérité.

Il regarda par la fenêtre :

– J'étais juste là.

Ce qui n'était pas tout à fait faux et pouvait passer pour un aveu.

– Lam sera absent pendant plusieurs semaines, ajouta-t-il.

À défaut d'être intervenu pour éviter que Lam soit blessé, Karsten l'avait au moins accompagné dans la voiture d'un voisin qui les avait emmenés à l'hôpital en pleine nuit. Presten avait été renvoyé chez lui après un examen rapide, mais ils avaient gardé Lam. Non parce qu'il avait plusieurs dents cassées par les coups de pied ainsi que, probablement, la mâchoire, mais parce qu'il se plaignait de douleurs au ventre que les médecins ne s'expliquaient pas.

– De quoi avaient-ils l'air, ceux qui vous ont attaqués ?

On lui avait posé la question plusieurs fois, mais pas plus que la veille il ne pouvait donner de réponse claire. Il se rappelait seulement celui qui s'était tenu au-dessus de lui, un type costaud au visage rond avec un mince filet de barbe, et un bijou clinquant à l'oreille.

– Et la voiture qu'ils conduisaient ? s'enquit Jasmeen.

– Noire, je crois. Il faisait sombre et je ne voyais pas très bien. Je ne veux pas dire que c'est la faute des Pakistanais, ajouta-t-il pour faire diversion. On ne devrait pas parler de guerres entre deux cultures et de choses de ce genre à cause de quelques bandes de jeunes.

Elle le regarda.

– C'est bien d'en parler, affirma-t-elle avec un sourire qui laissait apparaître des fossettes. Ça nous force à réfléchir. N'est-ce pas pour cela que nous sommes ici ?

Karsten n'avait d'autre solution que de descendre l'escalier avec elle.

– Comment va Shahzad ? demanda-t-il, bien que le sujet ne l'intéressât pas le moins du monde.

Le frère de Jasmeen avait fréquenté la même école que lui deux ans auparavant. Il chapardait des téléphones portables et autres appareils électroniques au centre commercial, en se vantant de ne voler que les marques les plus chères. À en croire les rumeurs, il était en contact avec le redoutable gang B, et même s'il n'était pas particulièrement costaud, personne, même les plus baraqués, ne lui cherchait querelle. Shahzad avait lâché le lycée en pleine année scolaire. Il devait se faire tellement d'argent avec son business qu'étudier, pour lui, c'était perdre son temps.

En guise de réponse, Jasmeen fronça le nez. Parler de son frère l'intéressait peut-être encore moins que Karsten. En bas, dans le préau, il chercha une excuse pour lui dire au revoir et aller à la bibliothèque, mais Jasmeen voulait soudainement connaître ses préférences musicales. La musique n'avait jamais retenu l'attention de Karsten et il n'en avait jamais écouté qui vienne de son pays d'origine, si c'était à cela qu'elle faisait allusion. Les Pakistanais avaient leur propre style de musique, comme pour le reste. C'était une réalité. Elle faisait partie de ce monde-là. Lui ne faisait partie de rien.

En sortant, il lui tint la porte. Quand elle le précéda, il sentit son odeur, un fort mélange d'épices et de savon. Il se demanda si cette odeur provenait de ses vêtements ou de sa peau.

Une bruine se déposa en une fine pellicule sur l'asphalte. L'horloge du clocher de l'église sonna trois coups. Jasmeen trottina dans ses bottines de cuir noir pour traverser la place. Karsten, lui, portait des chaussures de montagne à semelles épaisses. Un avion volait bas dans le ciel quelque part dans les nuages ; à en juger par le son, il ne s'apprêtait pas à atterrir à Gardermoen, mais venait de décoller et prenait de l'altitude. Son vélo était garé contre une congère de neige avec trois ou quatre autres. Karsten le désigna de la tête, pour signifier à Jasmeen dans quelle direction il allait. Alors, elle s'arrêta et le regarda. Elle plissa ses paupières, ouvrit grand les yeux et dit :

– Je t'aime bien. Est-ce que tu t'en rends compte ?

Il regretta d'avoir traîné et de ne pas être parti dès la fin du cours. Il sentit de nouveau le picotement à la naissance de ses cheveux ; il savait qu'il fallait dire quelque chose, mais s'il ouvrait la bouche, il risquait d'être grossier. D'un autre côté, rester planté là ne faisait qu'aggraver la situation.

– Je t'aime bien aussi.

Il lui avait dit ça, mais sa voix semblait venir de très loin. Et à cause du bruit de l'avion, il avait dû hausser le ton. Toujours aucun sourire sur son visage, rien que ce regard qui le fixait bizarrement. Il avait peut-être mal entendu, elle avait dû dire autre chose, à propos d'un travail en groupe ou d'un exercice de trigonométrie car, à y réfléchir, cela sonnait comme : « J'aime bien la trigonométrie. » À cet instant précis, elle lui toucha la main et, soulagé de savoir qu'il avait finalement bien entendu, il attrapa la sienne et la serra rapidement. Il jeta un coup d'œil vers le bâtiment de l'école. À travers les branches nues du châtaignier, il vit une silhouette à la fenêtre : quelqu'un les observait de là-haut. On aurait dit le remplaçant.

8

Il se gara près du lycée, marcha au hasard le long du sentier pédestre, parvint à ce qui restait de la forêt dans laquelle il traînait jadis. Parmi les arbres, il pouvait voir la maison plus bas, dans la Erleveien. Presque toutes les fenêtres étaient éclairées à présent, également celle de la chambre qui avait été autrefois la sienne. Il avait vérifié qui ils étaient. L'homme, celui qui laissait la brouette à l'extérieur de l'abri du jardin tout l'hiver, était journaliste et écrivait dans le quotidien local. Sur sa femme, il n'avait presque rien trouvé, juste quelques lignes à propos d'une réunion au temple évangélique Betania. Qu'ils puissent être des pentecôtistes le rendait euphorique. Il commença à chantonner tout bas pour lui-même : *Plus près de Toi mon Dieu, plus près de Toi...*

Presque une semaine s'était écoulée depuis l'incendie de l'écurie. Maintenant, il pouvait penser aux chevaux sans se mettre en colère, comme si l'incendie avait emporté toute sa rage, purifié ses pensées une fois pour toutes. Peut-être en serait-il ainsi avec tout ce qui brûlerait. Cet hiver, il avait été très mal. Il n'avait pas la force de se lever et restait couché dans sa chambre jusque dans l'après-midi, les rideaux tirés. Cette fois encore, Elsa était venue vers lui pour l'aider à se relever. Elle l'avait fait entrer dans la pièce où elle tirait les cartes. Elle pouvait lire son avenir et savait ce dont il avait besoin. C'était elle qui lui avait révélé qu'il était né sous le signe du feu. « Le feu purifie », avait-elle dit et, aujourd'hui, il comprenait enfin ce que cela signifiait.

Il retourna à la voiture, grimpa plus haut dans la colline. En moins de deux minutes il avait localisé le jardin d'enfants. Une nouvelle aile avait été ajoutée, l'aire de jeu était différente, mais sinon tout était comme avant. Il passa lentement devant la façade, trouva un endroit pour se garer plus haut et redescendit à pied, les mains dans les poches comme s'il faisait sa promenade du soir, comme s'il était venu pour apprécier cette fraîche soirée d'avril juste avant l'explosion du printemps.

Il referma le portail derrière lui, avança le long du mur aux fenêtres aveugles. Sur l'une d'elles on avait écrit *Bienvenue au carnaval* à l'aide de lettres découpées. Des rubans de papiers colorés et des masques étaient accrochés aux chambranles. La porte était verrouillée.

Il fit un tour dans le bosquet voisin. On avait construit une hutte et fait du feu à l'intérieur ; cela sentait encore le feu de bois et la suie. Le sol tout autour avait été piétiné comme si toute une tribu d'Indiens avait vécu là. Autrefois, il avait lui-même couru parmi ces arbres. Mais il ne se rappelait pas y avoir joué. Grandir, cela voulait dire autre chose : observer, se tenir à l'écart. Attendre son tour.

Sous un abri, il y avait deux énormes poubelles, l'une avec des déchets puants, l'autre à moitié remplie de magazines, de papiers d'emballage, de cartons aplatis. Il la renversa et la traîna jusqu'au mur. Dans sa poche, il avait les dispositifs de mise à feu qu'il avait bricolés et améliorés. La moitié d'une cigarette dont le filtre avait été enlevé, attachée par un élastique à trois allumettes en carton avec un fil de coton tressé, intercalé entre les têtes d'allumettes. Il sortit la bouteille d'alcool à brûler, en imbiba le fil de coton avec précaution afin de ne pas toucher la cigarette. Il versa à peu près la moitié de la bouteille de liquide d'allumage dans la poubelle contenant les papiers. Ensuite, il glissa la mèche entre des papiers d'emballage, déplaça une pile de journaux devant l'entrée qui se trouvait à l'arrière de la maison, puis prépara la mise à feu. Au moment de tout déclencher, il régla le chronomètre de sa montre sur zéro. Ensuite, il retourna en courant jusqu'aux poubelles, mit le feu à la cigarette et quitta l'abri. Il avait calculé qu'il faudrait un peu plus d'une demi-minute avant que le feu prenne, plus qu'assez pour avoir le temps de rejoindre la voiture. *Si* le feu prenait. Il pensa à Elsa. C'était elle qui lui avait dit que le hasard n'existait pas, que c'était seulement un mot donné à ces forces invisibles qui nous gouvernent.

Il passa devant la caserne de pompiers et s'arrêta tout au bout du parking de l'autre côté, actionna les vitres automatiques, mais seule la fenêtre du côté conducteur réagit. Il se pencha pour taper sur l'autre, sans résultat. Il poussa un juron. Il avait acheté la Chevrolet moins de six mois auparavant. Un type avec qui il avait travaillé autrefois l'avait rapportée des États-Unis. Il n'allait pas être simple de trouver des pièces détachées pour ce modèle vieux de dix ans… Il descendit de la voiture et claqua la porte, s'accroupit près du mur, jeta un coup d'œil sur sa montre, essaya de contenir son irritation grandissante. Dix minutes s'étaient écoulées. Rien n'était encore joué. Il ferma les yeux. Se représenta la petite flamme qui courait vers l'extrémité du fil de coton. S'imagina que les journaux et les cartons imbibés d'alcool à brûler prenaient feu et la poubelle devenaient tout à coup un énorme brasier dévorant le mur. Il crut voir le feu se frayer une ouverture vers l'intérieur du bâtiment, rempli d'oxygène. Les flammes s'en nourrissaient comme le vampire vit de sang ; plus elles suçaient, plus elles étaient vigoureuses. Il était neuf heures dix. Il n'y avait personne dans le jardin d'enfants à cette heure-ci. Douze heures plus tôt, le bâtiment était plein d'enfants. Il les imagina : de petites mains tenant des ciseaux et du papier, des bouts de chou qui déambulaient en collants et en pantoufles en forme de nounours, ou qui dévalaient le petit toboggan dans la pièce réservée aux jeux. Des nez rouges, des rires et des pleurs. Il essaya de se représenter l'expression de ces petits visages si les enfants s'étaient trouvés là, enfermés, tandis que les flammes léchaient les murs pour foncer vers eux sous la forme d'une colonne de feu. Cette colonne, flexible et souple, se répartirait sur les côtés pour danser tout autour d'eux. Il croyait voir les visages des enfants à l'instant où ils comprenaient que toute issue était bloquée. Il aurait pu être là avec eux. Pour les consoler, les cajoler, en prendre quelques-uns sur ses genoux, comme cette petite fille avec des nattes et de grands yeux noisette derrière ses lunettes. Alors, il se serait levé et serait sorti calmement par la porte assaillie de flammes, il l'aurait refermée et verrouillée derrière lui. Il aurait ainsi enfermé les cris à l'intérieur de l'énorme souffle et il aurait disparu parmi les sapins, derrière la tente sami, dans l'obscurité.

Il fut tiré de sa rêverie par une voiture qui s'arrêta devant la caserne de pompiers. Quinze minutes depuis l'heure zéro du chronomètre. Un homme sauta de la voiture, courut vers l'entrée où il disparut. De la lumière s'alluma à quelques fenêtres. Il aperçut des ombres qui s'agitaient à l'intérieur. Une minute plus tard, le rideau métallique du parking remonta, un monstre de voiture de pompiers démarra dans un rugissement. Elle s'avança lentement jusqu'à la route et bifurqua vers le haut de la colline. Alors seulement, la sirène se mit à hurler.

9

Karsten pratiquait la course à pied. Ce soir, il ne devait pas s'entraîner. En règle générale, il courait trois soirs par semaine, toujours le même itinéraire, mais il ne respecterait pas son planning hebdomadaire. Il avait aussi séché ses cours d'échecs. Il sortit sans rien dire et personne ne lui demanda où il allait.

Il courut le long de la Fetveien, passa devant le bout de la piste d'atterrissage, suivit la Storgata, bifurqua près de l'école, dépassa l'endroit où, quelques heures plus tôt, il avait parlé avec Jasmeen. La neige fondue qui recouvrait les trottoirs avait trempé ses baskets depuis un bon moment déjà. Des bribes de leur conversation lui revinrent : « Je t'aime bien. Est-ce que tu t'en rends compte ? » Il ne lui était encore jamais arrivé pareille aventure. Tout en courant, il résuma ainsi l'épisode : *Ils traversèrent ensemble la cour de l'école. Un avion passa au-dessus de leur tête. Il se dirigeait vers son vélo, elle vers l'arrêt de bus. Ils marchèrent côte à côte. Et puis elle prononça ces mots-là. « Je t'aime bien aussi »*, répondit-il sans même savoir si c'était vrai.

Il longea la piscine fermée, s'engagea sur le sentier piétonnier en direction du fleuve. Accéléra encore un peu, histoire de se fatiguer davantage. Avait-il rêvé ou cela avait-il vraiment eu lieu ? Il marqua une pause, appuya ses mains sur ses genoux, fut pris d'une vague nausée. Brusquement, il sortit son portable, chercha parmi ses contacts et la trouva. Son numéro n'était pas arrivé là par hasard. Il n'était donc pas en train de rêver. Le bruit de la circulation sur la Fetveien lui parvenait. La sirène des pompiers. Il lui envoya un texto. Vite, avant d'avoir le temps de se raviser. Il reprit sa course à un rythme moins soutenu en direction de la pointe de Nittebergtangen. Son portable vibra dans sa poche. Il s'arrêta et lut : *Pense à toi aussi. Je n'arrive pas à penser à autre chose depuis que je t'ai vu.*

Il se remit à courir, de toutes ses forces, et marqua une nouvelle pause. Appuyé contre la rambarde au milieu du pont, une pensée qui le laissait assez démuni le traversa : se jeter en bas, briser les restes de glace pourrie, s'enfoncer dans l'eau boueuse…

Sur le chemin du retour, il entendit plusieurs sirènes. Il vit des gyrophares bleus sur la colline et, une fraction de seconde, se demanda si toutes ces voitures ne se dirigeaient pas vers chez eux. Mais très vite il vit un véhicule d'intervention de la police remonter la Erleveien et disparaître. Il grimpa en direction du sommet. La route à droite était barrée. Il y avait là un bâtiment de ferme et le jardin d'enfants que lui-même avait fréquenté. Les riverains s'étaient repliés plus loin, en petits groupes, sur la prairie. Une pluie d'étincelles se trouva projetée dans le ciel sombre. Il se précipita pour les rejoindre, il connaissait quelqu'un là-bas.

— Le jardin d'enfants, constata-t-il, ce que confirmèrent les personnes autour de lui.

Il remarqua Dan-Levi qui prenait des photos.

— Qui peut avoir l'idée de faire un truc pareil ! cria Karsten.

— Que veux-tu dire ?

— Qui met le feu à un jardin d'enfants ?

Dan-Levi se tourna vers lui.

— Qui a dit qu'on y avait mis le feu ?

— Ça paraît assez évident.

En fait, il n'en était pas sûr, il n'était plus sûr de rien, de toute façon. Il regarda les flammes lécher le toit, les jets d'eau qui brillaient dans l'obscurité, la lumière bleue des gyrophares qui tournaient sans répit.

— Désolé de ne pas être venu à l'entraînement d'échecs, dit-il à Dan-Levi, se souvenant qu'il lui avait promis une partie ce soir-là.

Dan-Levi secoua la tête, la mine plus sombre tout à coup.

— Il semble que tu ne m'y aurais pas trouvé non plus.

Il disparut parmi les badauds, mais réapparut quelques minutes plus tard et commença à ranger son appareil photo.

— Autre chose, Karsten. Je vais écrire un article sur les incidents à Lillestrøm. Tu étais à la fête où la bande a débarqué, si je ne m'abuse ?

Karsten se mordit la lèvre :

— Je n'ai pas trop envie d'en parler.

Dan-Levi ôta son bonnet vert en tricot. C'était un pente-côtiste et ses cheveux, qu'il avait attachés en queue-de-cheval, lui arrivaient aussi bas dans le dos que ceux de Jésus sur les tableaux anciens.

— Tu penses que ça aide de garder les choses pour soi ? demanda-t-il.

— La police y arrivera bien sans moi, dit Karsten.

Dan-Levi ne répondit pas tout de suite.

— Espérons-le. Mais les policiers n'étaient pas là quand vous avez eu besoin d'eux.

Karsten se ressaisit :

— Il y a certainement d'autres personnes qui pourront vous en dire plus sur ce qui s'est passé, j'étais en dehors de ça.

— Oui, au sens littéral du terme, à ce que j'ai entendu dire.

Karsten essaya de sourire :

— Au sens littéral du terme.

De la buée s'était formée sur les verres des petites lunettes rondes de Dan-Levi. Il les essuya avec un chiffon.

– J'ai parlé avec plusieurs personnes. Entre autres, la fille chez qui vous étiez.

– Tonje ? Qu'est-ce qu'elle a dit ?

– Que tu étais le seul à être intervenu pour tenter d'arrêter les intrus. Elle a dit que tu avais couru à leur poursuite quand ils ont entraîné ton camarade à l'extérieur et qu'ils ont sorti le couteau lorsque tu as voulu lui porter secours.

Karsten se frotta la joue.

– N'en parlez pas dans votre article, s'il vous plaît.

Dan-Levi le regarda longuement.

– Tu as peur des représailles ?

Cette pensée n'avait pas effleuré Karsten.

– Non, ce n'est pas ça. Je n'ai juste pas envie d'être cité dans le journal. Je n'ai rien fait de spécial. Bon, il faut que je rentre, dit-il soudain en se détournant et il se remit à courir.

Une fois dans la salle de bains, il enleva son caleçon, entra dans la cabine de douche, tourna le robinet d'eau chaude et urina dans la bonde. Certes, on pouvait purement et simplement considérer les choses sous l'angle de la perpétuation de l'espèce. Des animaux qui se battaient contre des rivaux et remportaient le combat avaient de meilleures chances, même s'ils avaient laissé beaucoup d'énergie dans la lutte. Ceux qui se couchaient par terre et faisaient le mort étaient également capables de perpétuer l'espèce. Au fond, à quoi bon penser à ce qui s'était passé dans la cour de l'école avec Jasmeen ? Il y parvint pendant quelques secondes, puis tout lui revint comme un boomerang.

Il s'essuya, reprit son portable et relut les messages, d'abord celui qu'il avait envoyé, puis celui de Jasmeen, avant de les effacer. Ce qu'il regretta dans l'instant. Il essaya de visualiser un organigramme de programmation. La séquence alternative était de l'appeler ou pas. Chaque choix renvoyait à d'autres boîtes avec de nouveaux choix allant dans des directions différentes vers d'autres boîtes et ainsi de suite.

De la musique arrivait du salon, un morceau classique, son père devait être dans la pièce. Il jeta un coup d'œil dans la cuisine et vit Synne qui lisait un livre. Une tartine entamée – du salami sur une épaisse couche de beurre – traînait sur une assiette. Pendant un moment, il avait essayé de lui faire manger autre chose, de varier davantage son alimentation, mais il avait dû y renoncer. Elle refusait de toucher les fruits et les légumes. Elle ne voulait même pas goûter à la confiture.

– Il y a un incendie à Vollen, annonça-t-il. Dans le jardin d'enfants.

– Tu crois que je suis sourde ?

Il savait pertinemment que non, mais il avait voulu voir comment elle réagirait. La semaine passée, elle n'avait cessé de parler des chevaux qui avaient brûlé dans l'écurie.

Elle poursuivit sa lecture. À tout moment, elle pouvait se plonger dans un livre et ne plus y être pour personne. Il était alors impossible d'entrer en contact avec elle tant qu'elle n'avait pas décidé de revenir dans ce monde-ci. Parfois, il lui enviait cette capacité.

– Quelqu'un t'a appelé tout à l'heure, dit-elle sans lever les yeux de sa page.

– Qui ça ?

– Je ne sais pas.

– Garçon ou fille ?

– Je dirais plutôt un homme. Il a dit qu'il était ton professeur, je crois.

– Tu crois ?

Il la soupçonnait d'avoir une fâcheuse tendance à mentir. Elle lui racontait souvent que quelqu'un avait téléphoné, sans lui dire qui c'était. La première fois, il l'avait crue, mais pas la quatrième ni la cinquième. Il y avait aussi d'autres choses, mais il s'agissait toujours de mensonges anodins pour lesquels il était difficile de la coincer. Était-ce pour cette raison qu'elle n'avait pas d'amis ? Quand il n'y avait pas école, elle restait à la maison ou se rendait à l'écurie. Il arrivait qu'une camarade de classe passe chez eux, celle qui avait été adoptée et était aussi rejetée par les autres camarades. Lui-même avait du mal à suivre les événements dès qu'il y avait trop de monde. Sans doute, un héritage de gènes paternels. Mais dans le cas de Synne, ce n'était pas seulement une histoire de gènes. Il n'y comprenait pas grand-chose, mais ça le rendait triste de la voir ainsi.

Le soir, devant son bureau, sans allumer la lumière, il regarda au loin la piste d'atterrissage et l'embouchure du fleuve au-delà, le reflet d'une vague lueur dans l'eau. Tout était calme dans la maison. L'horloge du salon sonna dix heures et demie. Alors il essaya de joindre Jasmeen avec l'idée de lui parler du contrôle de maths, le seul sujet qu'il se sentait capable d'aborder pour l'heure étant la trigonométrie.

Elle ne prit pas l'appel, il envoya un message. Peu après lui parvint une réponse : *Pas possible de parler maintenant. Te rappelle plus tard.*

Il resta éveillé dans son lit. Un avion à l'approche survola le toit de la maison. Le son s'éloignait quand son portable sonna. Il se jeta sur l'appareil.

– Désolée de te rappeler si tard, dit-elle. Tu dormais ?

– Oui. (Elle rit tout bas.) On avait de la visite. Je ne pouvais pas m'échapper.

Aucune question sur la raison de son appel. Juste cette voix chuchotée comme s'ils se connaissaient bien. Comme si leur contact plus tôt dans la journée était un pacte qu'aucun d'eux ne pouvait rompre. Il essaya de l'imaginer chez elle dans son lit, blottie sous une couette et il eut envie de lui demander ce qu'elle portait.

– Tu es couchée ? finit-il par dire.

Elle confirma.

– Tu as une chambre à toi ?

– Oui, chuchote-t-elle. Depuis que je suis une jeune fille.

C'est donc pour ça qu'elle peut appeler. « Depuis que je suis une jeune fille. » Jusqu'ici, il n'avait pas encore été question de trigonométrie.

Tout à coup, elle cria quelque chose, et il comprit que cela ne lui était pas adressé. Quelques secondes passèrent.

La voix d'un homme ou d'un garçon de son âge demanda :

– Tu t'appelles Karsten ?

– Désolé, je me suis trompé de numéro.

– Non, je ne crois pas. Qu'est-ce que tu veux ?

Il voulait juste raccrocher.

– Rien de particulier. Il s'agit d'un devoir de trigonométrie.

– C'est la dernière fois que tu appelles ce numéro, dit la voix au bout du fil.

Karsten eut le temps de comprendre avec qui il parlait.

10

Il poussa la barre de musculation vers le plafond et tint un instant la position avant de la baisser lentement. La quinzième fois, il sentit une brûlure dans les bras. Il voulait en faire encore dix. La brûlure devint une douleur qui s'infiltrait dans chaque fibre musculaire. Il n'aurait su dire où il trouva la force de soulever une dernière fois la fonte. Il parvint à la remettre sur son support, se redressa, et resta près de l'appareil à secouer ses bras endoloris. Une bande de Pakistanais était entrée pendant qu'il s'entraînait. Il les avait déjà vus, cela faisait un moment qu'ils rôdaient dans le coin, telle une horde de chacals, parlant très fort dans leur langue, en intercalant des mots de norvégien. Ils envahissaient l'espace, l'annexaient complètement. Comme partout où ils allaient. Personne n'osait intervenir. Cela le mettait hors de lui. Qu'ils parlent norvégien ou alors qu'ils la bouclent ! Qu'un ou deux d'entre eux viennent donc le provoquer pour qu'il puisse leur casser la gueule !

Il fit craquer les jointures de ses doigts. Les Pakistanais échangèrent un regard, firent un commentaire, peut-être sur les poids qu'il avait soulevés. Aucun d'eux n'aurait pu faire la moitié de ce qu'il venait d'accomplir, alors il leur tourna le dos et sortit, laissant les disques sur la barre. À eux de les enlever s'ils voulaient s'entraîner à leur tour.

Il jeta un rapide coup d'œil dans la salle. La matinée n'était pas très avancée. Des jeunes musclaient leurs biceps avec la barre curl. Il vit le type en jogging Adidas qui lui avait proposé plusieurs fois des anabolisants à la Ben Johnson, ainsi que la femme en survêtement rouge, attablée près du distributeur de boissons, qui lisait un journal. L'idée qu'elle fréquentait un policier avait quelque chose d'excitant.

Il prit une bouteille d'eau au distributeur et s'assit de l'autre côté de la table. Elle ne leva pas les yeux. Plusieurs journaux traînaient là. Le matin, il avait déjà parcouru les nouvelles sur Internet. Aucun des grands quotidiens nationaux ne parlait de l'incendie. Il avait été chercher le courrier dans la boîte à lettres pour qu'Elsa ait son journal local, le *Romerikes Blad*. Plusieurs pages y étaient consacrées au sinistre et on l'apercevait sur une des photos, de dos. Il prit ce même journal sur la table. C'était encore mieux de lire l'article avec des gens autour de soi. La plus grande photo couvrait presque une demi-page. Il s'abîma dans la contemplation des flammes qui lançaient des étincelles dans le ciel du soir.

– Waouh ! Impressionnant ! dit-il tout haut sans attendre de réaction, mais la femme en survêtement rouge le regarda en esquissant le même petit sourire que la fois précédente.

– L'incendie ?

Il acquiesça.

– Encore heureux que ce soit arrivé le soir, dit-elle. Je n'ose pas imaginer ce qui se serait passé si les enfants avaient été là…

Il attendait qu'elle ajoute quelque chose. Il ne voyait aucun inconvénient, au contraire, à discuter avec cette femme de l'incendie, de passer pour quelqu'un qui observait tout ça de loin. Mais elle se contenta de secouer la tête.

– Je préfère ne pas y penser !

Bien sûr qu'il avait songé aux enfants. Pas seulement lorsqu'il était près de la caserne de pompiers à attendre le départ du camion, mais plus tard aussi quand il traînait sur le lieu de l'incendie et filmait, se mêlant aux badauds.

Après aussi, il avait songé aux enfants. Il avait passé la plus grande partie de la nuit devant son ordinateur à charger ses images et ses vidéos et à tout visionner. Il aurait aimé s'en tenir strictement à ce qui s'était passé, mais ne parvenait pas à chasser la pensée de ce qui aurait pu se produire. Il s'imaginait dans le bâtiment avec les enfants, leur disant au revoir avant de les enfermer à l'intérieur et de les regarder ensuite par la fenêtre. Ils se seraient poussés les uns les autres, complètement paniqués, comme les chevaux l'avaient fait, se réfugier dans les coins les plus éloignés tandis que les flammes gagnaient du terrain, ils n'auraient pas crié avec la bouche quand leurs vêtements auraient pris feu mais avec leurs corps tout entiers... Toutefois, au petit matin, quand il avait été faire un tour sur les lieux de l'incendie, il avait ressenti un moment de plénitude comme cela ne lui était pas arrivé depuis longtemps. La pensée des enfants ne le touchait plus, le feu avait nettoyé tout ce qui l'excitait et le tourmentait.

— Ils pensent que c'est un acte volontaire, déclara-t-elle.

Il la regarda : son nez busqué, son visage fin, sa poitrine sous le haut moulant.

— Je ne vois pas ça dans le journal.

Elle se pencha par-dessus la table, il sentit son parfum mêlé de sueur et se fit la réflexion que le mélange était meilleur que chacune des deux odeurs.

— Je connais quelqu'un de la police qui travaille sur l'affaire, révéla-t-elle. Et aussi celui qui a écrit dans le journal.

Il avait tout de suite remarqué le nom du journaliste au bas de l'article. Ce n'était rien de moins que le type qui habitait dans la maison de la Erleveien, à moins qu'il ait un homonyme qui travaille dans le même journal ! Il dut se retenir pour ne pas rire.

— La police pense que quelqu'un a mis le feu ? demanda-t-il sur le ton le plus neutre possible. Mais qui pourrait avoir l'idée de faire un truc pareil ?

– Il y a plusieurs hypothèses, répondit-elle en jetant à travers la fenêtre un regard sur cette matinée ensoleillée.

Il s'essuya la nuque avec sa serviette, il ne fallait pas manifester trop ouvertement d'intérêt pour l'incendie.

– Tu travailles avec des enfants ? hasarda-t-il.

Elle haussa les sourcils, deux fins traits au pinceau.

– Pas mal. C'est ce qu'on appelle l'intuition masculine.

Elle rit et ajouta :

– Je n'aurais pas tenu plus d'une heure dans un jardin d'enfants. Je suis agent immobilier.

Il pinça les lèvres et sourit. Derrière ce que l'on peut appeler des coïncidences, des forces insoupçonnées étaient à l'œuvre. Comment expliquer sinon qu'elle ait été assise là à attendre qu'il vienne vers elle ?

– Je m'appelle Monica. Avec un *c*, ajouta-t-elle.

Il hocha la tête, comme si ce *c* au lieu du *k* était déterminant pour lui aussi. Au même moment, son portable sonna, il le prit et regarda l'écran.

– Faut que je réponde, dit-il en se levant.

Une vapeur grise s'éleva de son corps quand il se retrouva à l'extérieur dans la froide clarté du soleil.

– Tu es dehors avec quelqu'un ? voulut savoir Elsa.

Il dressa l'oreille pour deviner si elle était contente ou fâchée. Elle avait quelque chose à lui demander, sinon elle n'aurait pas appelé.

– Je m'entraîne. Au Studio Q, ajouta-t-il car il aimait qu'elle sache où il était.

– Très bien. Est-ce que tu pourrais passer au centre commercial et me rapporter deux trois choses ?

C'était le moins qu'il puisse faire pour elle. Il tourna la tête vers la fenêtre et mémorisa ce qu'il devait lui acheter : un cubi de vin rouge, de la roquette et de la feta. La femme qui s'appelait Monica avec un *c* se leva de sa chaise. Si elle partait maintenant, il laisserait tomber. Mais si elle restait jusqu'à ce qu'il revienne, il la raccompagnerait chez elle. Elle lui jeta un regard comme si elle hésitait. Puis elle s'installa à l'endroit où il était assis quelques minutes plus tôt et se mit à feuilleter le journal ouvert. La sueur de son survêtement se mêlerait à la sienne sur le dossier de la chaise.

— Autre chose, dit Elsa et il remarqua une ombre fugace se glisser dans sa voix. Tu as vu ce qui est arrivé à la barrière ?

Il jura intérieurement, il avait oublié de la prévenir. Maintenant, c'était comme si elle le prenait en flagrant délit.

— *Sorry*, commença-t-il et il l'entendit souffler entre ses lèvres pressées, signe qu'elle était à deux doigts de s'énerver.

Il promit de la réparer le plus vite possible, et Elsa retrouva sa voix normale.

Monica habitait un appartement près de la place du marché. Toit-terrasse, aménagement moderne. Elle souhaitait apparemment qu'il découvre toutes les pièces, comme si elle lui faisait visiter les lieux. Soudain il comprit qu'elle voulait qu'il décide où ils iraient : la cuisine avec son carrelage noir, le salon où la lumière du jour se reflétait sur le parquet ou la chambre à coucher à la lumière tamisée, qui donnait sur la cour.

Il opta pour la chambre. Il y régnait une atmosphère un peu triste qui lui convenait. Il l'attira sur le bord du lit, glissa la main sous sa jupe courte et lui enleva son slip. Elle était prête et n'avait pas besoin de préliminaires, ou alors tout ce qui s'était passé pendant qu'elle l'attendait en survêtement trempé de sueur près du distributeur automatique en avait tenu lieu. De l'autre main, il ouvrit sa braguette, baissa son pantalon et son caleçon, se coucha sur elle, se demandant quelle serait sa réaction quand il la pénétrerait, car c'était au fond la seule chose excitante. Elle ferma les yeux, se mordit la lèvre, pas de cris exagérés, pas de profonds soupirs. Il aimait ça. Elle était serrée, constata-t-il, il dut se frayer un chemin pour mieux la pénétrer. D'abord elle ne bougea pas, son visage avait la raideur d'un masque et les dents pressaient si fort contre sa lèvre qu'une goutte de sang jaillit. Il mit plus d'intensité dans son mouvement – c'était pour ainsi dire comme ajouter un disque supplémentaire à sa barre de poids – et enfin elle poussa un gémissement. Il monta en rythme et vit dans son visage qu'elle aimait être prise de cette manière. Elle essaya de rassembler ses jambes, comme pour l'empêcher d'aller jusqu'au fond, mais il lui saisit les cuisses et les écarta pour continuer à son aise. Alors elle ouvrit les yeux et le regarda. Il posa les lèvres sur son épaule pour éviter son regard, laissa sa bouche glisser sur sa peau qui sentait le savon et lui mordit un téton. À deux reprises, elle eut un orgasme, à quelques minutes d'intervalle. Il jouit à son tour, non pas que ce fût nécessaire, mais parce qu'elle attendait ça. Alors, elle lui chuchota quelque chose à l'oreille, et ce chuchotement lui rappela qu'il ne devait pas oublier de passer au magasin de bricolage après avoir fait les courses au centre commercial.

Il n'aimait pas s'attarder, mais il fit une exception. Elle prépara du café et posa des morceaux de chocolat sur une assiette bleue.

– Faut fêter ça, dit-elle en s'excusant.

Son sourire avait changé, il était moins artificiel qu'au Studio Q.

– On doit pouvoir se le permettre, acquiesça-t-il. Après tous ces exercices.

Elle émit un petit rire. Peut-être rougit-elle ou bien elle avait les joues encore en feu après ce qui s'était passé dans la chambre à coucher.

– Tu n'es pas le genre de type qui aime parler de lui-même, constata-t-elle en s'installant à côté de lui.

– J'ai travaillé pour la Défense, dit-il pour couper court à d'autres questions. Comment tu connais ce journaliste ?

Elle le regarda, étonnée.

– Tu veux dire, celui qui a écrit sur l'incendie ?

– Tu as dit que tu le connaissais.

Elle plissa le front comme si elle ne comprenait pas pourquoi il abordait ce sujet à ce moment précis.

– On a passé un dimanche ensemble, il y a quelques semaines. Avec sa femme et lui. Ce sont des pentecôtistes.

Il fit mine d'être surpris.

– Eh bien dis donc !

– Oui, des gens un peu bizarres. On parle comment avec ces gens-là ?

– Peut-être avec des gémissements extatiques ?

Cela la fit rire de nouveau, un rire bref et clair. Elle reposa la main sur sa cuisse et un doigt se glissa sous le bord du caleçon.

– Tu as beaucoup à faire, monsieur le soldat ?

Il regarda l'heure et finit sa tasse de café. La pensée de rentrer chez Elsa sans avoir ce qu'il avait promis de lui rapporter le contraria. Sans répondre, il la renversa sur le canapé. Il la pénétra le visage écrasé contre le cuir froid, sans ressentir la moindre excitation, pas comme cette femme dont certains gémissements ressemblaient à des mots qu'il n'avait pas envie d'entendre.

L'armoire de la salle de bains était remplie de produits de maquillage et de crèmes. Mais au fond de l'étagère du haut, il trouva les médicaments. Du Stesolid et de l'Imovane, et un autre qu'il ne connaissait pas. Dans un sac plastique traînaient des ampoules qu'il reconnut, sans grand étonnement. Il savait que les femmes recouraient aussi à ce type de produits. Non pour augmenter leur masse musculaire, mais pour faire partir la graisse. Et pour mieux supporter les efforts prolongés, à moins que ce ne soit parce qu'elles souhaitaient pouvoir faire l'amour à tout bout de champ…

Il allait tirer la chasse d'eau quand il entendit une porte claquer. Par mesure de sécurité, il verrouilla la porte. Peu après il entendit la voix de Monica annoncer qu'elle allait prendre une douche. Une voix d'homme marmonna une vague réponse. Il colla l'oreille contre la porte, perçut des bribes, l'homme semblait être revenu pour chercher quelque chose qu'il avait oublié. Il se représenta ce policier à la moustache ridicule. Des bruits de bottes martelèrent le parquet, en direction de la chambre à coucher, revinrent et s'approchèrent. Il s'attendit à ce que la poignée se baisse à tout moment.

— Je laisse tomber, grommela la voix de l'autre côté.

C'était dit d'un ton las plus que menaçant, et la poignée ne bougea pas. Il entendit les pas s'éloigner, puis Monica dit quelque chose et la porte d'entrée se referma.

Il sortit de la salle de bains. Vêtue d'un simple T-shirt et d'un string, elle haletait comme une biche qui venait d'échapper aux chasseurs et à leurs chiens.

— J'ai cru que j'allais mourir, gémit-elle.

— La police a débarqué ? plaisanta-t-il.

— Comme tu dis.

— Et tu as eu peur qu'il te coffre ?

Elle s'accroupit, glissa les mains sous le canapé et sortit une boule de vêtements.

— Alors c'est comme ça qu'on prend soin de mes habits ? blagua-t-il.

Elle esquissa un sourire.

— Il s'en est fallu de peu qu'il n'aille dans la salle de bains. Je lui ai dit que je venais d'utiliser les toilettes…

Il jeta un coup d'œil vers la porte de la salle de bains. On pouvait voir de l'extérieur si elle était verrouillée ou pas. Un policier aurait dû le remarquer.

— Il ne devait pas avoir le temps d'aller aux toilettes. Avec ces incendies, je veux dire.

Elle leva les yeux :

— Parce qu'il y en a plusieurs ?

Il hésita.

– Celui de la ferme Stornes, là-haut, la semaine dernière.
Elle se déshabilla.
– J'ai besoin de prendre un bain.
– La police ne pense pas qu'il y a un lien ? Je veux dire,
entre les deux affaires ?
– Si.
Il chercha à faire rebondir la conversation sans donner
l'air d'être intéressé par la réponse.
– Car les deux incendies sont bien des actes volontaires ?
Elle passa devant lui, entra dans la salle de bains et tourna
à fond les robinets.
– Tu ne penses qu'à ça ou quoi ? dit-elle en se tournant
vers lui.
L'espace de quelques secondes, il la fixa. Quelque chose
se réveillait en lui, s'agitait, prévenait ses muscles de se tenir
prêts. Il se calma et se força à sourire.
– C'est clair que ce type te raconte tout.
– En tout cas, plus qu'il ne le devrait.
À croire qu'elle s'en vantait presque.
– Mais bien sûr, je t'ai raccompagnée chez toi pour parler
de ces foutus incendies, qu'est-ce que tu crois ?
– Attends, gémit-elle en baissant la lunette des toilettes
pour s'asseoir. Je t'assure, je ne peux plus me retenir.
Planté devant elle, il sentit sa respiration lui arriver au
niveau du ventre. Tandis qu'elle se soulageait, elle saisit
l'élastique de son caleçon et l'attira vers elle.

11

Dan-Levi arriva au travail avec deux heures et demie de retard. Rakel était restée éveillée la moitié de la nuit. Elle n'avait pas de fièvre et ne paraissait pas malade. Mais elle réclamait tout le temps à boire, de sorte que Dan-Levi avait dû se lever au moins trois fois pour lui chercher de l'eau.

En montant l'escalier pour rejoindre la rédaction, il croisa Stranger qui descendait en courant.

– Il faut que tu suives l'affaire de l'incendie au jardin d'enfants.

– Tu ne m'as pas dit hier soir que c'était Gunders qui s'en chargeait ?

Stranger leva les deux mains en l'air.

– Il y a eu une réunion ce matin, depuis qu'on s'est parlé, toi et moi, dit-il en secouant la tête. Il y a eu de la casse là-haut, à Maura.

Dan-Levi avait entendu parler de l'accident de voiture à la radio locale. Gunders avait dû se jeter sur l'affaire, dès qu'il avait eu vent des carrosseries défoncées et du diesel mêlé de sang. D'accord, l'incendie survenu au jardin d'enfants était désolant, mais comme il n'avait eu lieu qu'à quelques centaines de mètres de la maison de Dan-Levi, il préférait, quant à lui, s'occuper de l'autre affaire.

– Ah, autre chose, aussi.

Dan-Levi se retourna. Stranger remonta deux marches.

– Ce que tu as écrit sur les bandes… dit-il en s'éclaircissant la voix d'une manière qui ressemblait davantage à un grondement qu'à autre chose.

Dan-Levi était satisfait de son article. Il avait interviewé deux chercheurs qui travaillaient sur la violence générée par les bandes dans la commune. Des jeunes se mobilisaient avec quelques clics sur un portable. Il s'agissait toujours de vengeance et d'honneur. Les hommes politiques et la police étaient toujours pris au dépourvu et assistaient, impuissants, à leurs exactions et règlements de comptes. La pensée que ses enfants allaient grandir dans ce milieu le désespérait.

– J'ai écrit une connerie ? demanda-t-il au rédacteur en chef.

Stranger baissa la voix.

– Je n'emploierais pas ces termes. Tu flirtes dangereusement avec la ligne rouge, mon vieux. Libre à toi de ne pas aimer l'islam, mais bon sang, Dan-Levi, nous ne sommes pas les porte-parole du Parti du Progrès[*], que je sache !

– J'ai seulement fait référence à certaines recherches.

– Seulement ? Ah, tu crois ça ?

Stranger s'énerva :

– Regarde sur ton bureau. J'ai souligné les formulations que tu peux garder pour toi : *Les violences en bande peuvent avoir un lien avec l'islam.* Reprends-toi !

Il fit demi-tour et dévala l'escalier.

Le chemin d'accès au jardin d'enfants restant fermé, Dan-Levi se gara sur le parking de l'autre côté de la route. En traversant le sol boueux, où le grillage troué d'un but de foot bricolé avec les moyens du bord flottait au vent, il reconnut l'odeur sucrée et synthétique du plastique brûlé. Il s'arrêta, sortit son appareil et photographia ce qui restait du bâtiment, un toit effondré et la façade qui, la forêt grise en arrière-plan, ressemblait à une rangée de dents usées...

* L'équivalent du Front national.

89

Cela aurait pu être le jardin d'enfants de Rakel, songea-t-il tout à coup, si elle n'avait pas eu des grands-parents pour s'occuper d'elle. En un instant, ces images se télescopèrent : sa fille qui dort dans un lit et une maison en flammes. Il avait toujours redouté un incendie. Le soir, il vérifiait plusieurs fois s'il avait bien éteint les plaques électriques et les lumières avant de se coucher. Sara ne se gênait pas pour le qualifier de névrosé.

Il chassa ces idées et réfléchit à la manière de progresser dans cette affaire. Les pompiers, la police... Contacter la direction du jardin d'enfants, peut-être certains parents. Rien d'insurmontable et il aurait le temps de passer à la maison quand il aurait terminé son travail avec les photos. S'asseoir sur le bord du canapé, caresser le front pâle de Sara. Poser la main sur son ventre tout doux.

De retour dans sa voiture, il attendit un moment. Dire qu'il avait travaillé jusqu'à minuit passé pour son article sur les bandes de Romerike et qu'il le considérait comme un des meilleurs papiers qu'il eût écrits ! Et Stranger avait censuré une bonne partie de son texte... Certes, il reconnaissait qu'ici et là pointait un certain scepticisme vis-à-vis d'une religion qui n'acceptait pas la sienne. Une religion dont les porte-drapeau partaient en guerre pour édifier un califat à l'échelle mondiale où le Coran et quelques autres textes décideraient de ce qui était répréhensible. Où les infractions à la loi étaient punies par des coups de fouet, des lapidations, des mains coupées. Où tous ceux qui ne se convertissaient pas étaient décapités. Pourtant, il avait fait des efforts pour mettre de côté ses réticences...

L'article était bon à jeter, maintenant ; toutefois seuls les compromis permettaient au monde de ne pas se disloquer. Il décida de mettre en sourdine l'idée de « menaces de notre époque ». Ce soir, à la réunion au temple évangélique Betania, il reprendrait les thèmes qu'il ne pouvait pas aborder dans le journal. Dans ce groupe de jeunes, il n'y avait aucune censure relevant du politiquement incorrect, on pouvait parler librement des dangers qui menaçaient la société. Rien à voir avec tous ces jeunes à qui l'on inculquait la tolérance, l'égalité et toutes ces fadaises.

Le téléphone sonna, il vit que c'était Roar Horvath.

– *Goo goo g'job, eggman*, lança-t-il.

Son camarade soupira à l'autre bout du fil.

– Je n'ai pas le temps de rester là à discuter barbes. C'est pas bon pour le karma.

Il n'eut pas l'air de vouloir expliquer ce qu'il entendait par là.

– J'ai entendu dire que tu étais au jardin d'enfants et que t'as pris des photos pendant que ça cramait.

Dan-Levi le lui confirma.

– J'y suis maintenant, ajouta-t-il. Il m'en fallait d'autres.

– C'est les photos d'hier qui sont intéressantes. Tu peux me les envoyer ?

Dan-Levi ne voyait pas d'objections à aider la police, mais il n'aimait pas livrer des documents sans contrepartie. Au boulot, ils avaient évoqué ce type d'échanges. Avant, certains estimaient que les liens entre les journalistes et la police étaient trop étroits, et Stranger avait décidé de faire le ménage.

– Il faut que j'y jette un coup d'œil d'abord. Est-ce que cela signifie que vous recherchez un incendiaire ?

– C'est encore trop tôt pour le dire.

– Oh, vous avez bien dû trouver quelque chose.

– Écoute, Dan-Levi. Tu sais bien que les incendies sont les affaires les plus difficiles que nous ayons à régler.

Dan-Levi resta sur sa position.

– Pas de photos si tu ne me dis pas ce que tu recherches.

Roar se racla longuement la gorge.

– Comment t'expliques un départ de feu dans des poubelles sorties, un soir d'avril ?

– C'est tout ? insista Dan-Levi.

Roar soupira de nouveau.

– Nous avons fait une découverte. Ça ressemble à première vue aux restes d'un dispositif d'allumage primitif. Bon, mais je t'en ai trop dit.

– Est-ce qu'il n'y aurait pas un lien avec l'incendie à Stornes ? Hoche deux fois la tête si j'ai mis le doigt sur quelque chose.

Roar ricana à l'autre bout du fil.

– Aucun commentaire. Ça te dirait une bière, ce soir ?

Cela faisait un bail qu'ils n'avaient pas bu un verre ensemble.

– J'ai une réunion avec mon groupe de jeunes. Peut-être plus tard dans la semaine ?

– Je pars pour Trysil jeudi, expliqua Roar. J'ai besoin de me changer les idées. Tu aurais pu venir.

– Il aurait fallu me prévenir plus tôt.

– Voilà ce que c'est d'être chef de famille, on est coincé...

Roar profitait de la moindre occasion pour rappeler que leur voyage aux États-Unis, qu'ils avaient mis un an à préparer, avait dû être annulé parce que Dan-Levi allait être père pour la première fois. Tous deux se sentaient attirés par l'Amérique, ils rêvaient de parcourir les grandes étendues sauvages à moto, de traverser les Rocheuses, descendre en Californie et s'arrêter face au Pacifique.

Dan-Levi détourna la conversation avant que son camarade ne poursuive.

– Tu devais emmener une copine à la montagne, si je me souviens bien ?

Roar grommela.

– Il y a eu un empêchement.

– Ce n'est quand même pas déjà terminé ? hasarda Dan-Levi.

– Bien sûr que non.

– Mais...

– Pas de *mais*.

Dan-Levi n'insista pas, même s'il avait l'impression que quelque chose clochait. Il sentait toujours, à certaines intonations de Roar, quand ses histoires risquaient de mal tourner. Il n'avait jamais compris la relation de son camarade avec les femmes. Bien sûr, le fait que Roar soit sorti avec Sara, à l'époque du lycée, faisait partie des sujets de conversation qu'ils préféraient éviter.

12

Selon l'énoncé du problème, Archimède voulait que sa pierre tombale soit une sphère à l'intérieur d'un cylindre dont elle toucherait les bords. Quelle devait être la hauteur du cylindre pour que le rapport entre les deux volumes des corps soit le même que le rapport entre les surfaces ?

Karsten mit les questions en équation et résolut le problème en une demi-page, tout en sachant que cela aurait pu être fait encore plus simplement. Mais qui donc croyait qu'Archimède, quelque part en Grèce, calculait à l'aide d'un bâton dans le sable la hauteur de sa propre pierre tombale ?

Pourtant, ce n'était pas ça qui le préoccupait. Ce qu'il appelait son « cerveau mathématique », qui d'habitude pouvait travailler en paix, se voyait envahi par d'autres parties du cerveau. Toute la journée, il avait essayé d'avoir un échange avec Jasmeen, mais elle n'avait jamais été seule pendant les récréations, toujours avec des filles pakistanaises d'autres classes. Il fallait absolument qu'il lui parle pour savoir ce qui s'était passé la veille au soir. Encore une fois, il se tourna vers la table où, plongée dans son devoir, une calculatrice dans une main, un crayon dans l'autre, elle ne levait pas les yeux de sa feuille. Il essaya une dernière fois de se concentrer sur la hauteur de la pierre tombale d'Archimède, renonça à trouver une solution plus simple, se leva et rendit son devoir. Elle ne lui avait toujours pas accordé le moindre regard. Il aurait pu rentrer chez lui, mais il se rassit, sortit son livre d'histoire et commença à le feuilleter sans lire.

Tonje rassembla ses affaires et se dirigea vers la porte. En pleine nuit, il avait pris la décision de ne pas attendre plus longtemps pour lui dire ce qui s'était réellement passé quand ils avaient pris Lam. Il ne supportait pas l'idée que Tonje s'imagine qu'il avait tenté de venir en aide à son camarade, s'était battu avec la bande de Pakistanais et avait écopé d'une estafilade au visage.

Il se hâta de la rejoindre. Tant pis si Jasmeen le remarquait, mais elle ne leva pas les yeux de son devoir.

Tonje s'arrêta et se retourna au bout du couloir en l'entendant crier son nom.

– Comment ça va, à la maison ? demanda-t-il.

Elle continua sur la galerie au-dessus de la grande salle.

– C'est gentil de ta part de t'inquiéter, Karsten, répondit-elle en surveillant l'heure. Mon père a porté plainte. Ils ont été en état de choc tout le week-end.

Je suis un imbécile, avait-il envie de dire, lâche de surcroît. Mais au lieu de cela, il demanda :

– T'as réussi ?

Elle le regarda, surprise.

– Tu parles du contrôle de maths ? Oui, je crois.

– Combien tu as trouvé au dernier exercice ?

– C'est *toi* qui me demandes ça ? (De nouveau elle consulta sa montre.) La racine de je ne sais plus quoi. Et toi ?

– 2 r.

– Je me disais bien que je m'étais plantée, fit-elle avec un sourire las.

– Je ne suis pas sûr du résultat, dit-il pour la consoler.

Elle souffla :

– Si je n'ai pas la même réponse que toi, c'est que j'ai faux.

Il aimait sa manière de le dire.

– Comment as-tu posé le problème ?
– Pourquoi ? Il y a plusieurs façons ?
Il acquiesça.
– Oui, plusieurs compliquées et une seule très simple.
Tout à coup elle se mit sur la pointe des pieds et lui donna un baiser sur la joue.
– Il faut que j'y aille, j'ai rendez-vous avec Thomas.
– Je croyais que c'était terminé, vous deux, lâcha-t-il, car il l'avait vaguement entendu dire à la cantine.
Elle haussa les épaules et disparut dans l'escalier.

Après un détour par les toilettes, il regagna la classe. Il n'avait pas dû s'absenter plus de trois minutes, mais Jasmeen n'était plus là. Elle avait donc profité de l'occasion pour filer à l'anglaise, ce qui, raisonna-t-il, pouvait s'interpréter de deux façons.

Tout bien considéré, les avantages prenaient le dessus. Il fourra ses livres dans son sac et lança un coup d'œil par la fenêtre. Il la vit près de l'entrée du lycée, devant le cheval en plâtre du jardin d'hiver. Elle parlait avec quelqu'un. Peu importait qui, d'ailleurs. C'était le remplaçant du prof d'histoire. Il faisait une tête de plus qu'elle, portait un blouson militaire noir, avec ses cheveux mi-longs rejetés en arrière. Jasmeen semblait être celle qui parlait le plus, elle n'arrêtait pas de bouger la main et paraissait très énervée. Raison de plus pour se tenir loin d'elle, résolut Karsten. Dans quelques mois, ce serait la fin des cours et il y avait peu de chances qu'ils se rencontrent de nouveau.

Quand il descendit quelques minutes plus tard, il n'y avait plus personne devant le jardin d'hiver, et il en fut soulagé. Il avait besoin de courir, de se fatiguer, alors il décida de faire son parcours habituel même si ce n'était pas inscrit dans son planning.

En détachant son vélo, il remarqua que la roue arrière était à plat. Il toucha la valve, elle était bien vissée. Le pneu avant aussi était à plat. Il commença à traîner son vélo dans la neige fondue, tout en réfléchissant au taux de probabilité pour que ceci soit dû au hasard.

Une Golf noire dont le moteur tournait était stationnée devant le portail et deux types se tenaient appuyés à la carrosserie. Des Pakistanais. Karsten reconnut immédiatement l'un d'eux. Par malheur il lui avait parlé au téléphone la veille au soir. Il n'en fallait pas plus pour comprendre ce qui était arrivé à son vélo et la raison de leur présence.

Au moment où Karsten passait devant les deux types sans les regarder, le plus grand lança :

– Alors, on ne dit plus bonjour ?

Karsten tourna la tête vers lui sans s'arrêter. Shahzad Chadar portait un costume avec une chemise blanche au col ouvert. Il fit un signe de tête à son camarade qui se mit à courir et bloqua le vélo.

– T'as l'air drôlement pressé.

Trapu, le visage rond et le sourcil épais, celui-ci portait une barbe peu fournie. À son oreille, un anneau avec une pierre sombre.

– C'est toi, marmonna Karsten qui, à cet instant, savait exactement où il l'avait déjà vu.

La coupure à la joue commençait à l'élancer. Il n'avait jamais supporté l'idée de la souffrance physique et avait plusieurs méthodes pour éviter ce genre de pensées qui, pour lui, étaient pires que la douleur elle-même. Depuis qu'il était tout petit, il refusait d'aller chez le dentiste. Mais des caries s'étant déclarées, il avait fallu s'y résoudre et on avait dû l'endormir pour pouvoir le soigner. Voilà le genre d'idées qui lui traversait l'esprit maintenant : ah, si seulement quelqu'un avait pu le mettre sous anesthésie générale, jusqu'à ce que tout soit terminé !

Shahzad Chadar s'approcha nonchalamment. Il était à peine plus grand que Karsten, mais il avait l'air beaucoup plus costaud que lors de leur dernière rencontre.

– On dirait que t'as envie de filer. T'as fait une connerie ?

Karsten fit une grimace qui aurait pu passer pour un sourire, parce qu'il restait une infime probabilité pour que Shahzad Chadar voulût seulement le charrier. Plus que dix pour cent mais moins de vingt... De toute façon, c'était un calcul en l'air.

– J'entends que tu commences à t'intéresser aux filles, lança Shahzad avec un clin d'œil. Moi qui croyais que t'étais homo. T'en as pourtant tout l'air.

Il se déhancha. Son copain eut l'air d'apprécier.

– Il n'a pas de couilles. En tout cas, pas grand-chose.

Karsten tira sur le guidon pour se dégager de là, mais l'autre le retenait.

– Tu ne te prends pas pour rien, constata Shahzad d'une voix plus menaçante. T'es le genre de type qui n'adresse même pas la parole à ceux qui ont été à l'école avec lui. Il ne dit même pas bonjour. Il appelle et raccroche.

– Qu'est-ce que tu veux ? dit Karsten en sentant tout de suite qu'il avait posé la mauvaise question, car c'était précisément ce qu'il n'avait pas envie de savoir.

Shahzad tourna la tête vers son camarade.

– Le type demande ce que nous voulons.

– Peu importe, grommela Karsten.

Shahzad le toisa lentement.

– Est-ce que tu demandes ce que je *veux* là, tout de suite ?

Il s'approcha de son visage :

– Tu embêtes ma sœur.

– Je l'embête ?

– Elle a assez de choses à penser comme ça, elle n'a pas besoin d'avoir des types comme toi qui la collent, grogna Shahzad. Je vais te dire, moi, ce que je *veux*. Et je vais aussi te *montrer* ce que je veux, fils de pute !

– Tout va bien, Karsten ?

Il se retourna. Le remplaçant en histoire était là ; il mangeait un fruit, une nectarine apparemment. Karsten se rappela tout à coup qu'il s'appelait Adrian. Vu la situation, ce pouvait être un avantage de connaître l'autre par son prénom.

— Je ne sais pas trop.

Le prof remplaçant jeta le noyau du fruit, s'approcha et regarda Shahzad Chadar droit dans les yeux.

— Si tu as autre chose à dire à Karsten, dépêche-toi.

Shahzad détourna les yeux.

— J'ai dit ce que j'avais à dire. Pour le moment.

Le soulagement qu'éprouva Karsten en entendant ces mots fut si grand qu'il faillit partir d'un éclat de rire. Il réussit à se maîtriser et bredouilla quelque chose tout bas. Shahzad fit un pas vers lui, peut-être dans le but de répéter « pour le moment », et son acolyte se racla bien la gorge, se pencha en avant et déposa un gros glaviot sur la selle du vélo.

Le remplaçant posa une main sur l'épaule de Karsten.

— Le singe essaie de te dire quelque chose.

Karsten fixa des yeux la masse verdâtre et luisante. Sous la fine membrane, on apercevait de minuscules taches brunes.

— Rien de grave, dit-il sans regarder aucun de ceux qui se tenaient autour de lui.

— En effet, confirma le remplaçant.

Saisissant soudain le deuxième type par le poignet, il le fit pivoter et mit l'avant-bras sous sa gorge.

— *Rien de grave*, répéta-t-il en lui faisant courber le thorax jusqu'à ce que son visage touche la selle.

Il la frotta quatre ou cinq fois avant de redresser le type en le tirant par les cheveux.

— Satisfait ? demanda-t-il à Karsten.

Ce dernier regarda le crachat qui s'était étalé sur la joue et le coin de la bouche du Pakistanais.

— Est-ce que la selle est assez propre maintenant ? demanda calmement le prof.

— Ça va, parvint à dire Karsten.

Le prof relâcha son étreinte et l'autre chercha à reprendre son souffle, les mains sur les genoux. Shahzad Chadar considéra le prof en plissant les paupières. Dix secondes, peut-être plus. Puis il lui tourna brusquement le dos et sauta dans la Golf. Son acolyte se laissa tomber à côté de lui. Le moteur rugit plusieurs fois, avant que la voiture ne s'éloigne et disparaisse en direction de la Storgata.

– Il aurait mieux valu laisser tomber, soupira Karsten. Ils vont en avoir après vous maintenant.

Et après moi, aurait-il pu ajouter.

Le prof rit.

– On verra bien, dit-il en brossant la manche de sa veste, l'air pas le moins du monde affecté par ce qui s'était passé.

– Ils ont fait ça aussi ? fit-il en montrant les roues.

Karsten avait oublié l'état de ses pneus. Selon le calcul des probabilités, ce ne pouvait qu'être eux.

– Ils ont de la suite dans les idées, commenta le prof. C'était, si je ne me trompe, le frère de Jasmeen qui est dans ta classe.

Karsten tressaillit.

– Comment vous le savez ?

Le prof haussa les épaules.

– On remarque forcément certaines choses quand on fait cours.

Karsten sortit un mouchoir et se moucha.

– Est-ce que vous vous appelez Adrian ?

– Pourquoi tu me poses la question puisque tu le sais ? Que répondre ?

– Qu'est-ce que vous avez remarqué exactement ?

Le prof fit un large sourire.

– Il faudrait être complètement idiot pour ne pas voir qu'il se passe un truc entre vous deux. C'est fou ce qu'on capte dès qu'on est un peu attentif.

– Vous venez de parler avec elle, dans la cour de l'école.

Le visage du prof s'assombrit.

– Je ne suis pas là pour te compliquer la vie. Tu t'en charges très bien tout seul.

– Mais il ne s'est rien passé du tout, protesta Karsten. Je lui ai seulement parlé quelquefois, c'est tout…

Le prof sembla réfléchir.

– J'habite au bout de la rue pour le moment, dit-il. Si tu veux, on peut aller chez moi boire un café.

Karsten ne savait pas quoi répondre. Il avait l'impression d'être redevable au prof et de ne pas pouvoir décliner son offre. En chemin, il tenta de lui expliquer cette histoire avec Jasmeen. Curieusement, Adrian avait l'air intéressé et l'écouta sans l'interrompre. Quand ils arrivèrent au niveau de la Bjørnsons gate, il dit :

– Et alors tu lui as téléphoné ? Ah, tu n'as peur de rien.

– De quoi aurais-je dû avoir peur ? s'exclama Karsten. On vit dans un pays libre.

Adrian fit la moue et balança doucement la tête.

– Ça se discute.

Il n'approfondit pas sa pensée.

Quand ils arrivèrent plus bas dans la Strandgata, il ouvrit le portail menant à une grande maison peinte en rouge. Elle ne se distinguait guère des maisons voisines, si ce n'est qu'au pied du mur poussaient plusieurs rosiers et que la demeure semblait très bien entretenue. Mais à côté du portail, des piquets de la barrière étaient cassés, constata Karsten. Comme chez eux, depuis que son père avait fait marche arrière et enfoncé la leur. Cela faisait six mois maintenant et elle n'était toujours pas réparée, ce que sa mère ne manquait pas de faire remarquer tous les jours.

Ils enlevèrent leurs chaussures dans l'entrée. Une odeur sucrée flottait dans l'air. Cela ne provenait ni de la nourriture ni d'un parfum, mais d'autre chose que Karsten ignorait.

– T'es seul à la maison ?

– Non.

Adrian indiqua d'un vague signe de tête l'escalier menant au premier étage.

– Ça fait longtemps que tu habites ici ?

– Non, je n'y suis que de temps en temps.

Karsten fut conduit au sous-sol dans une grande pièce meublée d'un lit, de chaises, de deux étagères et d'un bureau. Une des portes de ce qui devait être une penderie était recouverte d'un grand miroir. Adrian prit une bouilloire sur la table dans un coin. Pendant qu'il faisait chauffer l'eau, Karsten regarda les CD sur l'étagère. Du Metallica et du death metal. Mais aussi beaucoup de trucs plus classiques.

– T'aimes bien Beethoven ? demanda-t-il lorsque Adrian réapparut.

– Ça te pose un problème ?

– Non, c'est cool.

Adrian versa de l'eau bouillante dans sa tasse.

– Que comptes-tu faire ?

Karsten s'affaissa un peu.

– Comment ça ?

– Tu m'as très bien compris. Tu es engagé dans une histoire avec une jeune Pakistanaise. Sa famille l'a découvert. Alors tu laisses tomber ou tu t'obstines ?

Comme s'il s'agissait d'une partie d'échecs. Proposer le match nul dans une situation difficile, se retirer ou tenter un coup risqué qui peut renverser le jeu.

– Tu la trouves bien.

– Oui, avoua Karsten.

– Je suis d'accord avec toi. Elle est incontestablement la plus belle des filles de ta classe. Et elle a un faible pour toi.

Karsten sentit un picotement dans sa nuque.

– Si tu le dis...

– Ton problème n'est pas là. (Adrian sourit.) Ce pourrait être le scénario classique : une jeune fille du Pakistan s'amourache d'un jeune Norvégien. Ce n'est pas une famille de musulmans intégristes, mais tu as été seul avec elle et tu l'as touchée, n'est-ce pas ?

Karsten fit un mouvement de tête indéterminé.

— Il semble que son père l'ait déjà promise à un membre plus âgé de la famille, annonça Adrian.

— Tu le sais ?

— C'est ainsi que ça se passe. C'est une question d'argent, de statut, d'honneur. Ce sont des alliances.

Adrian le regardait fixement, ses yeux étaient si sombres et profonds qu'il aurait pu être pakistanais, se dit Karsten. Il n'était pas sûr de savoir pourquoi le prof remplaçant l'avait invité à venir chez lui.

— Où habitais-tu avant ? demanda-t-il.

— Ici et là.

— Et tu as été soldat ?

— Oui, en Bosnie, au Kosovo et en Afghanistan.

— Tu vas aussi aller en Irak ?

— Ce n'est pas exclu. (Adrian s'adossa à sa chaise.) Et toi, tu as passé toute ta vie au pays des Bisounours.

Il l'observa un moment.

— Est-ce que tu te souviens de ce que tu as dit en cours, il y a quelques jours ? Quand je t'ai demandé si tu croyais à quelque chose ?

Karsten réfléchit.

— C'était à propos des gènes ?

— Exactement. Tu as dit que le seul sens de la vie était de transmettre ses gènes.

— Je ne crois quand même pas que le monde soit tout à fait aussi primitif.

Adrian rit.

— Alors c'était un coup de bluff ? Moi qui étais persuadé que tu le pensais !

Il tendit à Karsten sa tasse de café soluble.

— Le pays des Bisounours a longtemps été un endroit épargné par les conflits et le mal, dit-il. Mais le monde finit toujours par le rattraper. Et tu te retrouves tout à coup en ligne de mire. C'est pourquoi je te demande ce que tu as l'intention de faire.

Karsten le regarda, troublé. Suis-je censé faire quelque chose ? faillit-il dire. Il entendit des pas à l'étage au-dessus, quelqu'un ouvrait une porte. Il aurait aimé savoir qui c'était, mais s'abstint de poser la question.

Adrian allongea les jambes sur la table en verre.

– Tu as des dons qui intéresseront beaucoup de gens. De grandes possibilités s'offriront à toi. Surtout que tu n'as pas peur d'être différent des autres.

Karsten ne se reconnaissait pas dans ce portrait, néanmoins c'était agréable à entendre. Adrian était son professeur, mais il ne lui parlait pas de haut. Il avait plutôt le ton d'un copain.

– Je veux que nous gardions le contact, Karsten. J'ai envie de savoir ce que tu comptes faire.

Karsten posa sa tasse de café vide.

– Qu'est-ce que tu ferais à ma place ? voulut-il savoir.

Adrian caressa d'un doigt sa barbe courte.

– Je ne laisserais jamais des Pakistanais m'imposer leurs choix. Et je n'accepte jamais de recevoir des ordres de quelqu'un que je ne respecte pas.

Karsten approuva, c'était bien formulé.

– Tu veux la rencontrer ?

Karsten n'avait pas de réponse à cette question. Il y avait des arguments pour et des arguments contre. Adrian coupa court à ses réflexions.

– Ne te laisse pas gouverner par la peur. Ça ne mène à rien.

Dans ce cas, il fallait être fort. Karsten aurait aimé être de cet avis.

– À quoi bon essayer de la rencontrer si elle n'en a pas envie ? objecta-t-il. Depuis notre conversation hier soir, elle m'a évité. Je crois que ça s'arrêtera là.

– Elle a suffisamment de choses à régler de son côté, dit Adrian qui se leva et débarrassa les tasses.

– Qu'est-ce que tu entends par là ?

Adrian haussa les épaules.

– Elle va te contacter.

Il avait dit ça comme si c'était lui qui en avait décidé ainsi.

13

Il avait demandé à Elsa si elle voulait qu'ils fassent quelque chose ensemble. Cela leur arrivait de temps en temps, ils dînaient dehors ou allaient voir un film. Il l'aurait même accompagnée à un concert ou une exposition, si elle en avait eu envie. Mais elle lui répondit qu'elle ne pouvait pas, sans donner de raison. Il alla dans sa chambre, se déshabilla, tira les rideaux, se laissa tomber sur le bord de son lit, tenant son briquet Zippo. Il l'alluma, l'éteignit, le ralluma. La pointe de la mince flamme léchait sa peau. Il resta dans l'obscurité, le regard dans le vague, à passer la flamme sous son bras, de haut en bas, entre les anciennes cicatrices.

Il entendit alors sa voix à l'extérieur. Elle riait. Il se redressa et écarta les rideaux. Il s'en était douté dès le départ : elle allait sortir avec son prince. Ils traversaient la cour de l'immeuble, il lui racontait quelque chose qui la faisait rire encore plus, elle s'appuyait contre lui et l'embrassait sur la joue, glissait son bras sous le sien lorsqu'il fermait le portail derrière eux.

Il aurait pu les suivre. Il aurait su où ils allaient. Il les aurait observés depuis l'extérieur du restaurant, les aurait vus commander, se laisser servir. Alors il aurait pu faire irruption et renverser la table sur eux.

Il fit cent vingt abdominaux. Avala deux ampoules supplémentaires de Testo alors qu'il avait déjà pris sa dose hebdomadaire. Prit une longue douche brûlante, imagina sa peau qui se détachait et tombait. Dégoulinant, il regagna sa chambre à coucher, ouvrit en grand la fenêtre pour laisser entrer l'air froid. Elsa n'avait de cesse de lui répéter qu'il devait sortir et se mêler aux autres. *Naturellement qu'elle a raison*, marmonna-t-il. *Faut que je sorte davantage.*

Il ne trouva pas de caleçon propre, et sans prendre le temps de se sécher, il enfila un pantalon de jogging et un sweat à capuche, attrapa les clés de voiture accrochées près de la commode et sortit. Une fois dans l'escalier, il s'arrêta et respira profondément quelques secondes, car une pensée qu'il avait déjà eue lui traversa de nouveau l'esprit. Il revint sur ses pas, rafla les dispositifs de mise à feu dans le tiroir de son bureau – il en avait préparé quatre à l'avance. Dans le placard sous le lavabo de la salle de bains, il chercha deux bouteilles d'alcool à brûler.

Il allait tourner dans la Storgata quand lui vint une idée. Quand il avait quitté l'appartement de Monica dans la matinée, elle lui avait fait comprendre qu'elle aimerait le revoir. Quelques heures plus tard, il avait d'ailleurs reçu un texto. Il n'avait pas répondu. Une fois, ça allait. Deux fois, c'était le début de quelque chose. Et ce n'était pas dans ses plans. Six mois plus tôt, il avait enfreint cette règle, donné son numéro de portable à une femme et accepté de la revoir. Pas question de commettre cette erreur deux fois.

Il se gara dans la Solheimsgata. Quelques minutes plus tard, il étudiait les rangées de sonnettes devant la porte de l'immeuble quand il se rendit compte qu'il ne connaissait pas son nom de famille. Il leva les yeux, la fenêtre de son salon était éclairée. Il crut apercevoir quelque chose bouger là-haut. Peut-être avait-elle la visite de son policier. Dans sa salle de bains, il avait vu deux brosses à dents, chacune dans son verre, et un rasoir où traînaient des poils roux. Il avait vu une photo de ce policier dans le journal. Il s'appelait Horvath et avait été interviewé dans le cadre de l'incendie du jardin d'enfants. Selon Elsa, il y a toujours un lien entre les événements. De temps en temps, on entrevoit un schéma derrière ce que nous appelons « le hasard », comme si soudain un rideau se déchirait devant nos yeux.

Au rond-point de Kjellerholen, la chaussée était couverte d'une fine pellicule de pluie gelée. Il laissa la voiture glisser sur le côté avant de redresser le volant et de se diriger vers la Olavsgård. Une bande de lumière flottait encore dans le ciel à l'ouest lorsqu'il emprunta l'autoroute en direction du nord. Il se rangea sur la file de gauche et appuya à fond sur l'accélérateur. Plus de deux cents chevaux s'emballèrent sous la carrosserie de sa Chevrolet. Il aurait pu fermer les yeux, les laisser prendre le dessus et l'emmener où ils voulaient. Mais ce n'était pas ainsi que ça devait se terminer. Il ne mourrait pas dans une voiture. Il avait interrogé Elsa à ce sujet. Elle avait d'abord refusé de répondre : elle avait enfermé ces questions dans des pièces qu'elle ne voulait pas ouvrir. C'est ce qu'elle avait dit, mais il avait insisté pour savoir jusqu'où elle était prête à imaginer sa mort à lui. Voir si elle allait l'interrompre : *Tu ne dois pas partir, reste près de moi, toujours.* Mais elle avait dit que la manière dont il mourrait aurait un lien avec le feu.

Il lui avait posé la question quelques semaines plus tôt. Juste avant que son prince ne refasse son apparition. Elle avait consulté ses cartes un moment avant de les mélanger aux autres. « Le feu, avait-elle dit, c'est la purification qui détruit, fait place nette pour autre chose. » C'est après ça qu'il avait décidé de mettre le feu à l'écurie. Histoire de voir si l'on pouvait ainsi se débarrasser de ses souvenirs. Des images de chevaux dans les flammes lui revinrent alors qu'il traversait la plaine à Kløfta. Des images qui en entraînèrent d'autres : jaillissant des recoins les plus sombres, des souris, des rats et des lézards cherchaient à échapper au feu qui s'étendait rapidement... Il frappa si violemment le volant qu'il se retrouva sur la file de droite. Il mit un CD et poussa le volume à fond. *With the lights out it's less dangerous... I feel stupid and contagious*, une chanson qu'il passait en boucle dans son walkman, une douzaine d'années plus tôt. Hurlant ces paroles en même temps que Kurt Cobain, il sut qu'il n'allait pas continuer indéfiniment à rouler vers le nord. Il s'engagea dans la sortie pour Gardermoen. Pourtant il n'avait rien à faire à l'aéroport. Il n'avait nullement l'intention de voyager car il ne voulait pas être dans un endroit où elle n'était pas. Dès qu'il eut dépassé l'aéroport et pris la direction de l'ouest, il sut où il allait.

Sur le premier kilomètre après avoir quitté la nationale, la route était étroite et sinueuse. Comme il avait eu mal au cœur la première fois qu'on l'avait emmené ici ! Il était alors assis à l'arrière. Aucun de ses prétendus parents ne l'accompagnait. On avait déclaré qu'il valait mieux qu'il parte sans eux.

Après le petit magasin d'alimentation, la route redevenait droite. Un supermarché Rema l'avait remplacé, mais sinon tout était comme autrefois. Un jour, il était entré et avait volé des bières avec deux autres jeunes. Eux s'étaient fait prendre, mais ils ne l'avaient pas dénoncé. Lui passait toujours à travers les mailles du filet. Qu'il s'agisse de vol, de vitre cassée, de départ de feu. Il était trop intelligent pour eux.

Un chemin forestier partait à quelques mètres de la voie d'accès au bâtiment, tout comme dans son souvenir. Il le suivit un moment et se gara devant une barrière. Il avait coincé le sac avec les dispositifs de mise à feu contre la portière avant et le reste se trouvait dans le coffre. Tout était encore possible, tout pouvait arriver. Il attendit une demi-heure dans la voiture. Elsa et son prince. Les mots dansaient devant ses yeux. Il souffla de la buée contre la vitre, les silhouettes des arbres disparaissaient dans un halo gris et ressurgissaient avant qu'il ne les fasse s'évanouir en soufflant à nouveau.

Dans l'obscurité, la peinture claire du bâtiment principal se détachait. De son poste d'observation sur le parking en contrebas, il constata que le foyer de Furutunet continuait à être géré par les services de protection de l'enfance. Récemment, après avoir piraté leur site, il avait vu qui travaillait sur place et combien de jeunes y logeaient. Douze ans auparavant, ils étaient dix, à présent plus que la moitié, mais il y avait toujours quatorze employés. Deux d'entre eux étaient les mêmes qu'autrefois. Il en avait bien aimé une : elle était âgée alors d'une vingtaine d'années et s'appelait Siv. Elle ne s'adressait pas à lui comme aux autres. Elle pensait qu'il n'aurait jamais dû se retrouver à Furutunet. C'est du moins ce qu'elle disait, même si elle n'avait pas le droit d'émettre ce genre d'avis. Elsa aussi avait déclaré qu'il n'avait rien à y faire. Mais il lui avait fallu du temps pour le faire sortir de là, presque un an après son retour d'Angleterre. Il ne lui avait jamais demandé pourquoi elle avait attendu aussi longtemps.

Il traversa la cour, se posta dans un coin, hors de portée du faisceau de la lampe à l'entrée. Il sut à ce moment-là qu'il lui faudrait pénétrer dans le bâtiment et se balader dans les locaux. Il s'agissait de repérer le bon endroit. Le point zéro. Là où tout pouvait arriver.

La porte du sous-sol donnait sur la pente que dévalait un ruisseau. Avec un camarade, il l'avait déjà forcée dans le passé. Cette fois-là, ils avaient brisé la vitre avec une hache, et si les adultes n'avaient pas été si abrutis, ils auraient entendu le bruit à dix kilomètres. Lui et son copain s'en foutaient de faire du boucan. Ils voulaient seulement entrer par principe, parce que la porte était fermée. Là, il utilisa un pied-de-biche. Quelques craquements et une bonne prise pour faire levier et la serrure céda.

Tout au fond du couloir du sous-sol se trouvaient les salles de cours, comme autrefois. *Grande salle de cours professeurs*, était-il affiché sur une porte en jolies lettres brodées sur un bout de tissu. Le point zéro, c'était évident. Sans aucun doute, cette pièce regorgeait de choses facilement inflammables et sa localisation était parfaite. Le plafond du couloir était doté de détecteurs de fumée, un à chaque extrémité. À supposer qu'il les démonte, ceux des étages fonctionneraient et tous les occupants auraient largement le temps de sortir. Car il n'en avait pas après eux, mais au bâtiment proprement dit. Lui seul déciderait de ce qui lui arriverait : le sort du bâtiment était désormais entre ses mains.

Il se rappelait que les vestiaires se trouvaient un peu plus loin. Il ouvrit la première porte, de celui des femmes, il y flottait une odeur de parfum. Plusieurs fois il s'était caché là, quand il savait que Siv y était.

Après le vestiaire des hommes, il y avait l'escalier. Il s'arrêta et tendit l'oreille. Entendit vaguement une voix grave puis une plus aiguë qui répondait et enfin de la musique. Le gardien de nuit regardait la télévision, comprit-il. Le salon était situé au bout du couloir à l'étage du dessus, surplombant la porte du sous-sol par laquelle il s'était introduit. Une fois en haut des marches, il marqua un arrêt pour analyser, une à une, les odeurs qui traînaient dans ce couloir éclairé. On avait fait cuire quelque chose au four, du pain ou peut-être de la pizza. Des odeurs d'épices se mêlaient à celles du savon noir, de poussière, de sueur et d'urine. Le son du téléviseur était bas mais distinct, la porte du salon entrebâillée. La lumière projetait des ombres sur les murs de la pièce obscure. C'était un film américain, devina-t-il aux intonations. Le gardien de nuit somnolait sur le canapé, ils faisaient tous ça.

L'escalier menant au premier étage partait du milieu du couloir. Il avança d'un pas calme. Ses semelles adhéraient au linoléum raide avant de se décoller avec un petit bruit. Il s'arrêta net, attendit, rien ne se passa.

À l'étage, on avait tout refait. Des couleurs plus claires, de nouvelles corniches, de nouvelles portes aussi. Certaines d'entre elles portaient un nom. *Marita*, était-il écrit sur un carton sous une fleur pressée. Sur un autre, *Sveinung*, imprimé avec des personnages de Star Wars. Quelqu'un du nom de Bizhan s'était contenté de griffonner son patronyme sur un Post-it jaune. C'était la quatrième porte qui l'intéressait. La quatrième chambre sur la gauche. Il n'y avait rien d'affiché dessus. Peut-être que la pièce était vide. Ou alors celui ou celle qui l'occupait ne voulait rien avoir à faire avec ce lieu. Comme lui-même autrefois.

Il entrouvrit la porte et tendit l'oreille dans le noir. D'abord le silence, puis un vague chuintement, un souffle léger que le sommeil laisse à peine échapper. Il se glissa à l'intérieur, referma la porte, s'immobilisa les yeux clos. Des années après avoir réussi à sortir de là, cette chambre l'avait obsédé. Il arrivait encore qu'elle le hante dans des rêves ou même en plein jour. Mais il ne régnait pas la même odeur. La forte senteur du déodorant lui fit penser au Teen Spirit, une odeur tout sauf discrète. *I feel stupid and contagious.* À l'époque où il vivait ici, ça sentait toujours la pourriture, partout les murs empestaient le moisi.

Il fit un pas, heurta une chaise. Des vêtements étaient jetés sur le dossier. Il les connaissait. Jean, sous-vêtements, chaussettes. Il se retrouva avec une petite culotte à la main. Elle était minuscule et il huma le fin tissu, s'enivra de l'odeur âcre et forte de la fille.

Un son le fit tressauter. Elle respirait différemment tout à coup, le rythme s'était accéléré comme si elle avait basculé dans une autre phase du sommeil. Peut-être rêvait-elle qu'un étranger s'était introduit dans sa chambre ? Qu'il se glissait sous ses couvertures et se blottissait contre elle ? Mais il n'était pas venu pour ça. Il n'y avait qu'un moyen d'en finir avec ses souvenirs. Avec toutes les pensées qu'il avait eues entre ces murs, l'année de sa présence ici. La purification par le feu. *La thérapie, oui, j'ai mis au point tout seul ma foutue thérapie.*

Il se retint de rire tout haut, avança sans bruit. Le lit était à la même place, dans le coin près de la fenêtre. Les contours d'une tête bordée de cheveux sombres, coupés court, se détachaient sur l'oreiller blanc. Il eut soudain l'impression que la fille le regardait fixement.

— C'est Bizhan, chuchota-t-il avant de se rappeler que ce nom était marqué sur la porte d'à côté.

Il se pencha doucement au-dessus d'elle, ses yeux étaient grands ouverts et maintenant il ne pouvait plus arrêter son mouvement, il était obligé de s'approcher jusqu'à les voir de près dans l'obscurité. Si près qu'il put voir sa bouche s'ouvrir, car elle s'était rendu compte maintenant que ce n'était pas Bizhan qui se tenait penché au-dessus d'elle.

Il fut plus rapide qu'elle et appuya son poing sur les lèvres de l'adolescente, l'obligeant ainsi à la fermer ; il sentit monter le cri et le repoussa dans la gorge frêle pour l'empêcher de sortir. Il fallait qu'il lui dise quelque chose, des mots qui la calmeraient, mais elle ne devait pas entendre le son de sa voix. À cet instant, la douleur ressentie à l'index lui remonta dans le bras. Il geignit, appuya encore plus fort, sut alors qu'il y aurait des taches, des gouttes de son sang qui glisseraient sur les joues de la fille et tomberaient sur l'oreiller.

— Tu n'aurais pas dû faire ça, gronda-t-il.

Alors, elle le mordit de nouveau, plus fort cette fois. Il mit donc tout son poids dans sa main, comme pour fermer la gueule d'un petit animal. De l'autre main, il saisit l'oreiller sous elle et le posa sur la bouche qui le mordait. Elle se débattit, ses mains se dégagèrent de la couette et le griffèrent. Il recouvrit tout le visage avec l'oreiller, s'assit même dessus, les mouvements devinrent de plus en plus frénétiques, il dut se tourner pour maintenir son corps plaqué sur le lit. Quelque part dans sa tête, il compta les secondes car il savait qu'il ne pouvait pas tenir longtemps ainsi. Mais le petit animal se cabrait et se révoltait, commençait aussi à donner des coups de pied et il pouvait entendre le cri qui sortirait de cette pitoyable gueule dès qu'il se relèverait. Il compta lentement. S'interdit de penser à autre chose que ces chiffres. À quarante-cinq, elle se cambrait encore, mais ne donnait plus de coups de pied. Il continua à compter. À soixante, il relâcherait la pression. Il y avait là un intervalle, décida-t-il, une ouverture entre la phase où elle mordait et criait, et le point où elle ne crierait plus jamais. *C'est pour toi que je compte, Elsa*, chuchota-t-il, *même si tu es partie avec ton prince. C'est toi qui me fais suspendre mon geste à temps, tu veux que je choisisse ce qui est bien.*

Il arriva à soixante-cinq. Elle était toute molle à présent. Il se leva et ôta l'oreiller. Ses yeux le fixaient dans le noir, mais autrement ; il plaça la main au-dessus de sa bouche pour sentir si elle respirait. Pas un souffle. Il arracha la couette et colla l'oreille contre sa poitrine. Se jeta en avant, couvrit la petite bouche avec la sienne et souffla dedans, deux, trois fois, s'arrêta, attendit que le thorax se lève de lui-même. Continua à souffler, appuya violemment sur les côtes, les pressant si fort que le lit grinça, répéta l'opération dix ou vingt fois, fit de nouveau du bouche-à-bouche ; il y avait un goût de sang, c'était le sien. Tout à coup, il entendit un bruit dans le couloir, des semelles qui chuintaient sur le linoléum. Il tressaillit et se dissimula dans le coin près de l'armoire. C'étaient les pas d'un homme qui approchait. Ils s'arrêtèrent à l'extérieur, une autre porte fut ouverte.

Aucune torche ne vint balayer la pièce. Tapi, il entendit le veilleur de nuit parler tout bas à quelqu'un dans la chambre à côté. Dans la pénombre près de la fenêtre, il entrevit le lit, la couette par terre, un bras qui pendait sur le côté.

Il courut les quelque cinq cents mètres jusqu'au bois où était garée la voiture, ouvrit le coffre et tira le sac plastique contenant les trois bouteilles d'alcool à brûler. Il récupéra les dispositifs de mise à feu qu'il avait rangés à l'avant, sachant qu'il ne pouvait pas prendre le risque de les utiliser, mais les fourra malgré tout dans sa poche. Il sentit alors quelque chose au fond. Ses doigts se serrèrent autour d'un bout d'étoffe soyeuse qu'il avait pris dans la chambre. Sa propriétaire faisait désormais corps avec le bâtiment, se dit-il, elle n'était plus qu'une partie de ce qui devait disparaître.

De retour dans le sous-sol, il s'arrêta pour reprendre son souffle. Des pensées allaient surgir, il savait qu'il reverrait le bras qui pendait sans vie, qu'il sentirait l'odeur du déodorant et la morsure à son doigt. Mais il était décidé à aller jusqu'au bout. Cette partie de lui qui avait hiberné tout l'hiver s'était réveillée. Il avait l'habitude de diriger un commando. De devoir changer des manœuvres en cours de route contre des positions adverses. Il enfonça le pied-de-biche dans la porte de la grande salle de cours et la fit céder. Les bruits du bâtiment avaient changé, il y avait comme un bruissement. Il s'aperçut que c'était sa propre respiration. Il retint son souffle. Seuls les battements de son pouls se répercutaient dans le couloir du sous-sol.

La pièce dans laquelle il entra n'avait pas changé : une estrade, un tableau, quelques pupitres. Dans une armoire, il trouva des rouleaux de tissu en coton qu'il déchira et entassa. Il dressa trois foyers, imbibés d'alcool à brûler, dans différents coins de la pièce, mais cela n'était pas suffisant. S'il ne voulait pas laisser le hasard compromettre l'issue de son entreprise, il lui fallait s'assurer d'autres points stratégiques. Entre les deux petites salles de classe, une pièce n'était pas fermée à clé : elle servait à isoler les élèves perturbateurs. Il poussa la porte qui buta contre un obstacle. Il interrompit son geste, mais c'était trop tard. Des chaises empilées et un seau en fer tombèrent dans un terrible vacarme. L'espace de quelques secondes, il ne bougea pas et enregistra tous ces bruits, en leur interdisant de sortir de la pièce. Puis il courut dans le couloir. Une porte s'ouvrit à l'étage au-dessus. Il pouvait déjà entendre les pas, les mêmes qui s'étaient approchés de la chambre de la fille, ce petit chuintement des semelles qui adhéraient au lino du sol. Il se faufila dans le vestiaire des femmes, se plaqua à côté de la rangée d'armoires. Les pas avançaient dans le couloir du sous-sol.

– Bizhan ?

La voix était trop aiguë pour être celle d'un homme. Il ressentit le besoin irrépressible de faire un sort à cette voix. Quand les pas se dirigèrent vers la grande salle de cours, il tapa le pied-de-biche contre une armoire. Les pas se figèrent.

– Bizhan ?

Il donna encore plusieurs coups contre l'armoire, le bruit grinçant du métal frotté contre le métal ralentit ses pulsations cardiaques. Soudain il était calme, prêt.

– Tu es là ?

La lumière du couloir s'ouvrit en éventail. Tapi dans l'ombre, il fixa les contours du veilleur de nuit dans l'embrasure de la porte. Une silhouette frêle, de petite taille, qui correspondait bien à la voix, tâtonnait pour trouver l'interrupteur. À l'instant précis où les néons du plafond clignèrent, il fit un pas en avant, ses yeux croisèrent dans le reflet du miroir ceux du veilleur de nuit. Puis il frappa. Le pied-de-biche atteignit le dos. Il frappa une deuxième fois lorsque l'homme essaya de se retourner et leva les mains. L'outil s'abattit plus haut cette fois, à l'arrière de la tête. Le type fut projeté contre le mur. Il le saisit par les maigres cheveux de la nuque et cogna son front contre le miroir qui se brisa en morceaux et dont les éclats tombèrent dans le lavabo. Il continua à cogner jusqu'à ce que l'homme s'effondre en renversant la poubelle et ne soit plus qu'un sac mou à ses pieds.

Il se précipita vers la grande salle de cours, vida la dernière bouteille d'alcool à brûler sur le sol et en aspergea les murs le plus haut possible. Puis il mit le feu à des lambeaux de tissu et les jeta à différents endroits de la pièce. Le feu prit avec une déflagration, comme si la pièce n'avait attendu que ça depuis des années. Il aperçut son reflet dans la vitre ; entre deux langues de feu, son visage, d'un blanc éclatant, était méconnaissable.

La porte du vestiaire pour femmes était grande ouverte, remarqua-t-il, lorsqu'il recula dans le couloir du sous-sol. À l'intérieur, la silhouette bizarrement tordue par terre n'avait pas bougé. L'idée de traîner le type dehors le traversa.

Pendant deux ou trois secondes, il considéra cette éventualité. Puis il ferma la porte du vestiaire et courut dans la nuit froide.

14

Jasmeen, installée devant l'ordinateur tout près du comptoir, leva à peine les yeux quand Karsten descendit l'escalier. Il passa devant elle et se dirigea vers un des rayons, il n'était encore jamais allé à la bibliothèque de Lørenskog. Aux aguets, il prit un livre sur les poissons et le feuilleta le plus lentement possible. Deux ou peut-être trois minutes après, elle passa derrière lui et sa main lui frôla le dos. Elle s'arrêta au bout de la rangée et se pencha sur le côté, faisant mine de lire les titres au dos des livres.

Il fit un pas vers elle.

– Ne me parle pas, chuchota-t-elle en indiquant des yeux l'étage au-dessus.

Il se détourna à moitié, la vit écrire quelque chose dans un des livres puis s'éloigner dans l'autre direction.

Le livre dépassait de l'étagère. Tout en bas sur la page de titre, elle avait écrit d'une écriture fine et régulière : *Prends la sortie du haut, traverse la rue, dépasse l'entrée de la jardinerie et attends-moi au bout du bâtiment.*

Les flocons qui tombaient du ciel lui firent penser à des insectes blancs. Ils atterrissaient dans ses cheveux et se dissolvaient. Dans le crépuscule, une voiture sortit de la jardinerie. Karsten chercha refuge à côté d'un garage. Il attendit un quart d'heure. La neige fondue ruisselait sur son front. Elle avait demandé à pouvoir le rencontrer. Il était là pour parler avec elle, rien d'autre. Il ne pourrait jamais y avoir d'histoire sérieuse entre eux. Mais Adrian avait raison, la lâcheté ne devait pas gouverner nos actes. En tout cas, pas tous. Karsten ne comprenait toujours pas pourquoi Adrian s'intéressait à lui.

Vingt-cinq minutes. Il sortit de nouveau dans la rue.

Qu'est-ce qu'elle me veut ? murmura t il, avec lassitude.

Il l'aperçut alors qui arrivait par le sentier piétonnier.

— Désolée de t'avoir fait attendre, s'exclama-t-elle. Bilal ne me lâchait pas d'une semelle.

Elle lui caressa la joue, deux fois. Il oublia son découragement et lui saisit la main.

— Quelqu'un peut nous voir, protesta-t-elle tout bas. Tout le monde me connaît ici.

Cela lui paraissait peu probable, mais elle se retourna, continua de descendre le chemin, dépassa une congère et s'engouffra entre les arbres près d'une usine. Il la rattrapa.

— Qui c'est, Bilal ?

— Mon frère, qui veux-tu que ce soit ? répondit-elle d'une voix contrariée. Je n'en peux plus qu'il me suive partout comme un petit chien.

Elle expliqua que son petit frère était chargé par la famille d'espionner ses moindres faits et gestes. Puis elle se tut et le regarda, comme si elle attendait qu'il entreprenne quelque chose, fasse un mouvement. Dans une tentative pour l'embrasser, il pressa le corps de la jeune fille contre le tronc du pin et fit tomber une averse de gouttelettes sur eux.

— Excuse-moi, bredouilla-t-il, ce qui la fit rire.

Par deux fois dans le passé, il avait déjà embrassé une fille. La première fois, sur un canapé, lors d'une fête de classe au collège, et ça c'était à peu près bien passé. Mais après, la fille s'était levée, prétendument pour aller aux toilettes, et elle n'était jamais revenue. Quant à la seconde fois, aussi sur un canapé, il s'était juré de rayer cet événement de sa mémoire. Mais sous le pin qui laissait tomber des gouttes d'eau sur eux, en cette fin d'après-midi d'avril dans la zone industrielle de Lørenskog, cette pensée ressurgit tout à coup et avec elle, inévitablement, l'image de Tonje qui reculait, effarée, et le fixait bouche bée, comme si elle venait de trouver un insecte dans sa nourriture.

Le visage pincé, il pressa maintenant sa bouche contre celle de Jasmeen. À sa grande surprise, celle-ci s'ouvrit et sa langue se glissa à l'intérieur et toucha une autre langue, petite et lisse. Elle avait un goût de fraîcheur chlorée, mais avec plus de sucre que d'amertume, et il se représenta aussitôt, dans son livre de biologie, le croquis de la langue avec l'emplacement des pailles. En ouvrant les yeux, il plongea son regard dans le sien et soudain, elle lui mordit légèrement la lèvre. Il lui rendit la pareille, mais avec trop de force, comprit-il, car elle s'écarta.

— Excuse-moi, répéta-t-il, ce qui la fit rire de nouveau.

— J'ai pensé à toi toute la nuit, chuchota-t-elle en l'attirant vers elle, et il en conclut qu'il ne devait pas être si rejeté que ça si elle pouvait dire une chose pareille.

— Moi aussi, j'ai pensé à toi.

Ça allait comme phrase, mais il savait qu'elle attendait de lui autre chose qu'un simple écho de ses déclarations à elle. Et s'il parlait des gènes des poissons ? Non, ce n'était pas une bonne idée.

— Est-ce qu'on ne pourrait pas faire comme s'ils n'existaient pas ? lâcha-t-il soudain.

Non, ce n'était pas ça non plus. Savait-il seulement lui-même ce qu'il entendait par là ?

Elle posa son front contre le sien.

— Tu ne comprends rien. Toi qui es incollable en trigonométrie et en équations différentielles. Bon, il faut que j'y retourne.

Il hocha la tête, imperceptiblement.

— Et il ne faut plus que tu m'appelles.

Il la regarda droit dans les yeux ; dans la faible lumière du jour, ils paraissaient grandir en s'approchant de lui, telles des méduses ou d'autres créatures marines qui, portées par le courant du fond, remontent à la surface.

– Il faut que nous trouvions un moyen, ajouta-t-elle et il acquiesça encore une fois, comme si ce genre de problème avait forcément une solution.

– Attends ici jusqu'à ce que tu ne me voies plus.

Il la saisit par-derrière et la tint fermement. Alors elle déboutonna son manteau, les boutons d'en haut, prit les mains de Karsten et les pressa contre ses seins. Pendant quelques secondes, il se crut en chute libre et fut à deux doigts de crier. Il dut serrer sa mâchoire de toutes ses forces pour se retenir.

– Jasmeen !

Ce n'était pas lui qui avait crié. La voix provenait du chemin et était celle d'un enfant. Jasmeen se raidit et se dégagea.

– Cache-toi ! chuchota-t-elle en le poussant contre l'arbre tandis qu'elle enjambait la congère.

Il obéit, resta dans la pénombre et essaya de disparaître, de ne faire plus qu'un avec le tronc de pin rugueux.

*

Le micro-ondes émit un signal. Karsten se traîna dans la cuisine et prit la barquette de lasagnes tout en appelant Synne. Sa sœur paraissait fatiguée quand elle descendit l'escalier.

– Tu dormais ?

Elle ne répondit pas.

– Tu ne peux pas dormir en plein jour, la sermonna-t-il.

– Ça te regarde pas.

Ah, si ça pouvait être aussi simple. Comme s'il n'avait pas assez de soucis ! Il avait rencontré une fille qu'il n'aurait pas dû rencontrer. Il aurait préféré ne plus la voir et surtout il aurait préféré que l'on sonnât là, maintenant, et que ce fût elle derrière la porte...

— Tu penses toujours à cette histoire d'incendie ? demanda-t-il pour changer de sujet.

— À ton avis ?

Elle avait de la sauce sur le menton. Il arracha un morceau de papier absorbant qu'il posa devant son assiette. L'incendie de l'écurie remontait à plus d'une semaine, mais mieux valait ne pas le faire remarquer.

Au moment où il se levait de table, elle annonça :

— Ça a encore brûlé cette nuit.

Il se retourna.

— Dans l'écurie ?

— Bien sûr que non, soupira-t-elle. Elle a déjà brûlé.

— Ça, je le sais.

— Je crois qu'en fait tu ne sais pas grand-chose. Est-ce que tu suis au moins ce qui se passe dans *le monde* ?

Elle avait accentué ce dernier mot en faisant un geste démonstratif en direction de la fenêtre de la cuisine.

Il chercha une réponse qui ne risquait pas de la blesser. D'ailleurs, elle n'avait pas tort, il était trop enfermé dans ses propres pensées.

— Je compte sur toi pour me dire ce qui se passe à l'extérieur, dit-il simplement.

Elle hésita, comme si elle s'interrogeait : méritait-il d'être mis au courant ?

— Il y a eu un incendie dans un foyer pour jeunes à Nannestad.

— Ça aussi je le sais. Un mort et un blessé grave.

Elle le regarda d'un air las.

— C'est la troisième fois que ça brûle dans les environs en une semaine.

— Nannestad n'est pas vraiment dans les environs.

— Ce n'est pas loin, en tout cas.

Il réfléchit à ce qu'elle venait de dire.

– Est-ce que tu as lu quelque part qu'il y avait un lien entre tous ces incendies ?

Elle secoua la tête.

– Pas la peine, ça va de soi.

Tout le monde n'a pas ton intelligence, faillit-il dire, mais il s'abstint. Sa sœur était réellement intelligente, même si c'était d'une tout autre manière que lui. Elle dévorait toutes sortes de livres, de la fantasy, des romans policiers et des livres d'horreur.

Il se rassit.

– Tu as été sur les lieux et tu as trouvé des indices ?

– Ha ha.

– Dis-moi ce que tu as compris.

Elle écarta de son front ses cheveux épais et emmêlés, qui n'avaient pas visiblement pas été lavés depuis un moment. Quand elle les glissa derrière ses oreilles, ils rebiquèrent un peu ; on aurait dit un elfe de bande dessinée.

– D'abord l'écurie a brûlé, puis six jours après le jardin d'enfants à Vollen et, à peine deux jours plus tard, le foyer de jeunes à Nannestad.

– Tu veux dire que c'est de plus en plus rapproché ?

– On dirait bien. Et tous ces lieux ont un point commun.

– Ah ? Je ne vois pas bien ce qu'il y a de commun entre une écurie et un jardin d'enfants.

Elle leva les yeux au ciel.

– Tu ne vois pas ? Ce sont des lieux où l'on garde des hommes ou des animaux sous surveillance.

Cette fois, Karsten ne put refréner un sourire.

– Alors selon toi, tous les lieux dans lesquels quelque chose ou quelqu'un est sous surveillance peuvent être incendiés par un cinglé ?

– Qu'y aurait-il d'étrange à ça ?

– Tu lis trop de livres bizarres, conclut-il. Il faut que tu sortes davantage. Dans *le monde*, là, dehors. Il ne suffit pas de rester enfermé et de laisser vagabonder son imagination.

Elle plaça son assiette dans le lave-vaisselle. Leva les yeux, manifestement énervée.

— Tu peux parler, toi. Le plus grand geek de Lillestrøm.

— D'Europe du Nord, corrigea t-il.

Il lui avait fait part du titre honorifique que ses camarades de lycée lui avaient décerné.

— La police va employer les grands moyens, maintenant qu'il y a un mort, poursuivit-il après avoir réfléchi.

Synne balança sa fourchette.

— *Maintenant* qu'il y a un mort ? Vingt-neuf chevaux ont brûlé vifs dans l'écurie. Mais eux, ils ne comptent pas, vu que ce ne sont pas des êtres humains !

— Mais si, ils comptent aussi, dit-il d'un ton conciliant.

— Une vie de cheval compte tout autant qu'une vie humaine, sinon plus. Mais ce serait trop demander que des gens comme toi comprennent ça.

Elle bondit de sa chaise et sortit comme une furie, claquant la porte derrière elle. Il entendit ses pas marteler les marches qu'elle monta quatre à quatre, puis elle referma violemment une autre porte. Il pensa un instant monter la voir. Elle n'avait presque pas d'amis, passait le plus clair de son temps dans sa chambre à lire ou à jouer sur l'ordinateur. Elle avait suivi quelques séances chez un psychiatre à la clinique de Lillestrøm. La dernière fois, elle était rentrée furieuse parce qu'il n'avait pas cessé de lui demander comment ça se passait à la maison, comme si ses crises avaient un rapport avec ça !

Il sursauta en entendant la sonnerie de son portable. Elle lui avait dit qu'elle l'appellerait. Il avait pensé qu'il vaudrait mieux qu'elle s'en abstienne. Il regarda l'écran, hésita quelques secondes à répondre puis passa dans le salon pour être le plus loin possible des oreilles de Synne.

— J'avais envie d'entendre ta voix, dit Jasmeen et il songea à son répondeur où il parlait d'une petite voix plus aiguë qu'il ne le pensait et qui lui semblait appartenir à un autre.

– Est-ce que ton frère t'a vue ? demanda-t-il.

– Il voit tout et il entend tout.

– Il a cafté ?

Elle hésita.

– Ils ne sont pas encore rentrés.

– J'espère que tu n'auras pas d'ennuis.

– Ne pense pas à ça.

Il y eut un silence. Il ferait mieux de lui dire qu'ils ne devaient plus se revoir.

– On se revoit quand ? demanda-t-il.

– Je ne sais pas.

Soudain, le contrôle de maths avec la pierre tombale d'Archimède se mêla à ses pensées déjà confuses... il n'avait pas encore réussi à le résoudre de manière plus simple.

– Qu'est-ce que tu fais ? demanda-t-elle.

– Rien de spécial. Des maths. Je parle à ma sœur.

Jasmeen voulait en savoir plus sur Synne, et il lui raconta qu'elle était préoccupée par ces histoires d'incendie. C'était plus facile de parler du monde de sa sœur, un monde de chevaux et de livres bizarres. Il mentionna aussi ses crises, même si Synne lui avait interdit d'en parler à qui que ce soit. Il ne dit pas un mot en revanche sur son caractère difficile, ou sur le fait qu'elle n'avait pas d'amis et pouvait mentir à propos de n'importe quoi. Ni qu'il s'inquiétait de plus en plus pour elle.

– Tu aimes beaucoup ta sœur, dit Jasmeen.

– Oui, d'une certaine façon. Et toi, qu'est-ce que tu fais ?

– Je prie. Je réfléchis et je prie.

C'était précisément ce qu'il avait besoin d'entendre : qu'elle appartenait à un autre monde où toutes les odeurs et les sons étaient différents, où les gens s'agenouillaient pour prier plusieurs fois par jour.

– Je pense à une histoire, poursuivit-elle, que mon père me

racontait souvent quand j'étais petite. Elle vient de l'endroit dont il est originaire. Tous les Pakistanais la connaissent. Tu veux l'entendre ?

Il n'était pas très sûr d'en avoir envie.

— Il s'agit d'une femme du Pendjab très belle et courageuse qui s'appelle Heer. Elle tombe amoureuse d'un garçon qui s'appelle Ranjha.

Karsten s'affala sur le canapé et fit de son mieux pour suivre ce qu'elle lui racontait. Ranjha et Heer s'aimaient plus que tout. Mais un oncle jaloux rapporta leur aventure et Heer dut épouser un autre homme et fut conduite dans un village très loin de là. Ranjha erra seul et malheureux jusqu'au jour où il rencontra un sage homme qui lui apprit à renoncer à tout.

— Tu comprends ?

Non, Karsten ne comprenait pas. Il regarda l'heure, il était huit heures et quart, ses parents allaient bientôt rentrer.

— Ranjha trouve l'endroit où Heer vit malheureuse avec le nouvel homme. Elle obtient la permission de ses parents de divorcer et de se marier avec Ranjha, mais juste avant la noce, l'oncle jaloux empoisonne sa nourriture.

Jasmeen s'interrompit puis chuchota soudain :

— Quelqu'un arrive, je dois raccrocher. Je te rappellerai.

Karsten s'était écroulé sur son livre de maths. Il ne voulait pas se réveiller, mais le sommeil se retirait de lui, les images de son rêve commençaient à s'évanouir. Il n'en resta plus qu'une : il marchait dans un parc zoologique, mais il n'y avait pas d'animaux. Quelqu'un criait son nom. Ce ne devait pas être un rêve, raisonna-t-il, car il avait froid aux pieds. Près du portail, il y avait une voiture dont le moteur tournait. Il ouvrait la portière. Jasmeen était allongée sur le siège avant. Nue. Adrian était au volant. *Nous t'attendons, Karsten.*

Il se réveilla parce que son père venait de rentrer. Karsten sut que c'était lui. Sa mère refermait toujours la porte derrière elle avec une certaine force, Synne la laissait le plus souvent ouverte tandis que son père l'ouvrait et la fermait d'un mouvement souple et efficace. Mais quelque chose n'était pas comme d'habitude. Ses pas continuèrent dans le couloir sans qu'il s'arrête pour enlever ses chaussures.

– Karsten, j'attends.

Son père ne l'appelait jamais. Il lui arrivait de venir dans sa chambre, de s'attarder un moment et de voir sur quoi Karsten travaillait. « Aucun nuage en vue », disait-il alors, pour formuler qu'il n'avait pas lieu de s'inquiéter. Son père haussait rarement la voix. Karsten se souvenait des quelques fois où il l'avait vu en colère. La dernière remontait à cinq ou six ans, lorsque deux des gamins du voisinage avaient attrapé Synne, l'avaient déshabillée et aspergée avec un tuyau d'arrosage.

Il se tenait près de la table dans l'entrée, avec le combiné de téléphone à la main.

– Bonsoir, papa, dit Karsten.

Son père se redressa et raccrocha. Il paraissait plus inquiet qu'en colère.

Hésitant, Karsten descendit l'escalier.

– Qu'y a-t-il ?

– Viens.

Son père sortit dans la cour, attendit devant la porte ouverte du garage où la lumière était allumée. Karsten s'approcha de la voiture. Deux grandes rayures blanches partaient en ondulant du pare-chocs arrière jusqu'au capot, se rencontraient au milieu, s'écartaient de nouveau l'une de l'autre dans un motif qui ne correspondait à aucun système coordonné. Son père lui indiqua l'autre côté : les mêmes vagues, encore plus irrégulières.

– Est-ce que le garage est resté ouvert ?

– Non, il était fermé, mais pas à clé.

La voix de son père était mal assurée. Le vent froid soulevait quelques cheveux de sa frange mince.

Karsten fit encore une fois le tour du véhicule, plus d'ailleurs pour se soustraire au regard de son père qui n'avait pas bougé, les mains collées le long du corps.

— Ah la racaille ! s'écria-t-il en sortant. Est-ce que tu as une idée de qui aurait pu faire ça ? marmonna-t-il.

Oui, Karsten savait. Mais il secoua la tête.

Il courut comme un forcené en direction du rond-point, longea le trottoir et traversa le marais près de la piste d'atterrissage. Son corps reprenait le dessus, son besoin d'oxygène, la montée de l'acide lactique dans les muscles. Cela agissait aussi sur ses pensées qui, sous l'effort, se morcelaient, rencontraient moins d'obstacles, glissaient presque.

Quand il s'engagea dans la Strandgata, Karsten réalisa soudain où il se rendait. S'il s'en était aperçu plus tôt, il aurait couru dans une autre direction, mais c'était trop tard. Il s'arrêta devant le portail. À la vue de la barrière endommagée, il repensa à son père devant le garage, droit comme un piquet, le vent jouant avec ses cheveux fins. Sans qu'il pût expliquer pourquoi, cette vision le décida à sonner à la porte. Il allait repartir au pas de course lorsque la porte s'ouvrit. Une femme apparut, portant un vêtement rouge qui ressemblait à une robe de chambre.

— Est-ce qu'Adrian est là ? demanda Karsten essoufflé, d'une voix frêle.

— Non, pas pour le moment.

Il enregistra la nouvelle en hochant légèrement la tête. La femme était belle, se dit-il en se tournant pour repartir.

— Tu peux entrer et l'attendre, si tu veux. Il doit revenir d'une minute à l'autre.

Karsten n'avait pas vraiment envie, mais il revit la voiture rayée et n'eut pas la force de répondre.

— C'est toi, Karsten ?

Il tressaillit.

– Comment le savez-vous ?

Elle lui ouvrit grand la porte.

– Adrian m'a parlé de toi.

Et le voilà dans l'entrée. Elle avait des yeux bleu foncé et des cheveux bruns. Il s'interdit de regarder son corps, parce qu'elle le fixait. Il avait la sensation de se retrouver dans une grande plaine sans aucun endroit où se réfugier. Il se pencha et tripota ses lacets.

– Je m'appelle Elsa.

Elle lui tendit la main. Il se releva, la serra furtivement.

– Karsten, dit-il simplement, mais vous le savez déjà.

Elle sourit et son visage devint encore plus beau.

– Je vais te préparer quelque chose. Café ? Thé ?

– Oui, merci.

Il se pencha de nouveau, continua à défaire ses lacets. Son père devait aller à la police déposer plainte pour vandalisme. Il risquait de lui demander de l'accompagner… Si Karsten s'attardait ici, il pourrait peut-être y couper.

– Donc du thé et du café, c'est ça ?

Il entendit à sa voix qu'elle souriait.

– Du café, répondit-il, même s'il aurait en réalité préféré une tasse de thé avec du lait et quatre cuillers de sucre.

Elle l'introduisit dans le salon. Il essaya d'objecter qu'il venait de faire un footing, que ses vêtements étaient sales et trempés, mais elle le pria de s'installer sur le canapé. Celui-ci était d'une couleur rouge qui n'était pas sans rappeler celle de la robe de chambre.

– Si tu veux bien m'excuser, je vais m'habiller.

Il bafouilla quelque chose.

– Je fais des gardes de nuit, expliqua-t-elle avant de disparaître dans l'escalier.

Il s'enfonça dans le canapé moelleux. Elle s'appelait Elsa. En ce moment, elle était en train de se changer dans une pièce à l'étage. Peut-être qu'elle avait laissé la porte entrouverte ?

En redescendant, elle portait un jean et un pull vert bouteille. Elle posa des tasses et une cafetière à piston sur la table, les servit et se laissa tomber dans le fauteuil en face.

Il tendit la main pour prendre la tasse bleue.

— Ça fait combien de temps qu'Adrian et vous… ?

Il s'interrompit de lui-même en faisant un geste de la main si brusque qu'il renversa un peu de café sur la table.

— Excusez-moi, je suis désolé.

Elle lui assura qu'il n'y avait pas de mal. Alla chercher du papier absorbant qu'elle posa sur la petite flaque. Le papier devint marron et Karsten observa les fibres gonfler.

Elle se rassit et but dans une grande tasse en verre une gorgée d'un liquide verdâtre qui ne ressemblait ni à du café ni à du thé.

— Tu es un génie des maths, à ce que j'ai cru comprendre.

Nulle ironie dans sa voix.

— Disons que ça m'a toujours intéressé. Je suis un vrai geek, en fait.

— Adrian dit que tu es bon dans toutes les matières.

Adrian avait donc parlé de lui à cette femme ?

— Tu vas étudier les maths ?

Il haussa les épaules.

— J'ai postulé à différents endroits. Chez moi, ils aimeraient que je fasse médecine.

C'était idiot comme phrase. Comme si ses parents décidaient de son futur métier.

— Mais je ne crois pas que ce soit pour moi.

— Pourquoi ? voulut savoir Elsa en le fixant avec attention.

— Je ne sais pas.

Il est clair qu'elle attendait une vraie réponse.

— Je ne sais pas trop m'y prendre avec les gens…

Elle dodelina de la tête. Il avait vu Adrian faire le même mouvement.

– C'est ce que tu apprendras en faisant tes études.

Cela avait été un sujet de discussion à la maison. Sa mère surtout insistait pour qu'il choisisse médecine. Son père prenait les choses moins à cœur, trouvant que rien ne pressait. « Est-ce que tu vois Karsten assis au bord du lit d'une femme qui va accoucher ? » avait-il lancé avec un ton amusé. « Pourquoi pas ? » avait rétorqué sa mère. « D'ailleurs il peut faire de la recherche. » Son père dut admettre que c'était une idée. Lui-même était chercheur en physique nucléaire et avait un doctorat sur la matière noire. Mais penser à son père fit resurgir l'image de la carrosserie rayée de la voiture au garage et, du coup, celle du visage de Shahzad Chadar.

Karsten but une gorgée de café, elle lui en avait servi beaucoup trop et il était encore brûlant.

– Ce sera sans doute la recherche, parvint-il à dire après avoir toussé. Je crois que ça me conviendrait bien.

Elle l'observa comme pour vérifier si cela pouvait être le cas.

– Qu'est-ce que vous faites comme travail ? s'enhardit-il à demander. Vous m'avez dit que vous étiez de garde.

Elle posa sa tasse de breuvage indéterminé.

– Dans un centre de soins. C'est seulement un job que je fais de temps en temps. Sinon j'aide des gens qui me consultent pour avoir des conseils et faire le point.

– Je m'en doutais, lâcha Karsten.

– Ça se voit sur moi ?

Il sentit des picotements à la racine des cheveux.

– Vous avez l'air d'avoir, comment dire, l'esprit si ouvert…

– C'est joliment dit.

– Vous êtes psychologue ? hasarda-t-il.

Un sourire illumina tout son visage, les yeux surtout.

– J'ai recours à plusieurs moyens. Principalement le tarot.

Il dut paraître assez médusé car elle partit d'un grand

éclat de rire. Forcément c'était de lui qu'elle riait, vu qu'ils n'étaient que tous les deux.

– Tu sais ce que c'est ? demanda-t-elle.

Il secoua la tête.

– Le tarot est une méthode ancestrale pour savoir ce qui s'est passé dans la vie des gens et ce qui va leur arriver. Les personnes qui sont inquiètes peuvent avoir de l'aide pour faire le tri et prendre les bonnes décisions. Pour ça, je me sers d'un paquet de cartes particulières.

– Vous lisez l'avenir dans les cartes ? s'exclama-t-il.

– On peut dire ça.

Elle se recula dans son fauteuil de sorte que son pull lui moula davantage la poitrine.

– Il existe des domaines dans la vie où la raison seule ne peut pas nous aider.

Karsten finit sa tasse de café. La superstition et la magie étaient pour lui l'apanage des hommes primitifs qui manquaient de connaissances. Néanmoins, il hocha la tête pour acquiescer.

– Je vois que tu es sceptique et c'est tout à fait naturel.

– Effectivement, je suis sceptique…

Il leva alors sa tasse vide, fit semblant de boire, la reposa, regarda l'heure… Il sentait qu'il devait ajouter quelque chose, mais quoi ?

– Si je vous racontais des choses sur ma vie, est-ce que vous pourriez me prédire ce qui va arriver ?

Elle le dévisagea longtemps.

– Je pourrais t'indiquer une direction.

– Avec un jeu de cartes ?

– Pas n'importe quel jeu de cartes. Les cartes de tarot ont des qualités particulières, elles mettent en branle les pensées, les visions, les pressentiments.

À son grand soulagement, Karsten entendit la porte d'entrée s'ouvrir. Quelques secondes plus tard, Adrian apparut dans le salon.

– Ça alors !

Karsten se leva du canapé.

– Je faisais mon footing, expliqua-t-il, et j'ai eu envie de passer. J'avais quelque chose à te demander.

– *Sure.*

Adrian disparut dans la cuisine, revint avec une tasse et s'assit dans l'autre fauteuil. Karsten décela une vague ressemblance entre eux, et soudain il comprit qu'Elsa n'était pas la petite amie d'Adrian. Elle avait bien une dizaine ou une vingtaine d'années de plus que ce qu'il avait cru au premier abord. Elle devait avoir l'âge de sa mère, c'est-à-dire une petite quarantaine, voire plus. Adrian avait vingt-quatre ans, les filles de la classe avaient réussi à lui faire avouer son âge...

– Je vois qu'Elsa s'est occupée de toi, dit-il en souriant.

– Je n'avais pas l'intention de...

D'un geste de la main, Adrian lui fit signe de se taire et de se rasseoir.

– C'est la moindre des choses.

– Bon, je monte, annonça Elsa en se levant. Comme ça, vous pourrez discuter tranquillement.

Karsten lui jeta un regard à la dérobée. Il remarqua quelques fines mèches grises dans la masse sombre de ses cheveux.

– D'autres ennuis ? voulut savoir Adrian quand elle eut regagné le premier étage.

– Quelqu'un a vandalisé la voiture de mon père.

Il décrivit ce qui s'était passé. Adrian plissa les paupières.

– J'en déduis que tu as revu une certaine fille qui est issue de l'immigration, pour employer les termes officiels.

– En quelque sorte.

– Et *en quelque sorte*, vous vous êtes bécotés, c'est ça ?

Karsten fit oui de la tête.

– Ou est-ce que vous avez été encore plus loin ?

– Non, il ne s'est rien passé. Ou presque rien, rectifia-t-il.

133

Adrian fit un large sourire et ressembla encore plus à Elsa.

– Donne-moi les détails.

Karsten hésita. Il commença à parler de leur rendez-vous à l'extérieur de la bibliothèque. Se contenta des grandes lignes.

– Et tu te demandes si cela a un lien avec les dégradations de la voiture ?

– « Dégradations » est un grand mot, il n'y a que des éraflures sur la carrosserie.

– Mais personne chez toi ne comprend pourquoi c'est arrivé.

– Ils travaillent beaucoup, surtout ma mère. Et ma sœur a peut-être une maladie grave. Ils ont assez de soucis comme ça.

Adrian se versa du café et approcha la cafetière de Karsten qui ne put décliner son offre, alors que ses mains tremblaient. Le café le mettait dans un état d'excitation pas possible, d'autant qu'il n'était pas dans son état normal en arrivant. Il aurait dû faire tout le contraire, et empêcher les événements de se précipiter...

– Quel genre de maladie a ta sœur ?

Karsten était embarrassé pour répondre.

– Elle fait des crises épisodiques. Peut tomber du lit. Un jour, elle s'est évanouie à l'école et s'est cogné la tête. Il est possible que ce soit une forme rare d'épilepsie.

Adrian se cala dans le fauteuil et leva les yeux au plafond.

– C'est intéressant ce que tu racontes.

– Ah ?

– J'ignorais cet aspect de ta vie.

Karsten ne voyait pas que répondre à cela.

– Je ne comprends pas qu'ils puissent faire une chose pareille, lâcha-t-il.

Adrian caressa sa barbe à fleur de peau.

– Cette fille est leur propriété. Tu les offenses, alors ils se vengent et rétablissent leur honneur. Voilà ce qui gouverne le monde quand on n'est plus chez les Bisounours : l'honneur et la vengeance.

– Il faut que je les dénonce.

Adrian partit d'un grand éclat de rire.

– Tu crois vraiment que la police va débarquer avec ses sirènes pour relever des empreintes digitales et des traces d'ADN et qu'en l'espace d'une soirée toute la famille Shahzad va se retrouver sous les verrous ?

Karsten n'en pouvait plus de rester assis. Il avait besoin de se dégourdir les jambes. Trop de caféine. Il fallait qu'il coure.

Adrian se leva à son tour.

– Je comprends que tu aies les boules. Moi aussi.

Karsten ne se serait pas exprimé ainsi.

– Je n'aurais pas dû venir ici, dit-il en s'excusant, tu n'as rien à voir là-dedans.

Alors Adrian lui posa la main sur l'épaule.

– Tu as bien fait de venir.

Il avait l'air de le penser.

– C'est lâche de vouloir mêler ta famille à tout ça. Mais fais-moi confiance : ce qui s'est passé avec la voiture de ton père n'est pas près de se reproduire de sitôt.

Karsten lui jeta un coup d'œil. Il ne comprenait pas ce qu'Adrian voulait dire ou pourquoi il se donnait ce mal. Mais au fond de lui, il se sentit plus léger.

À cet instant, il entendit des pas dans l'escalier. Elsa revint dans le salon.

– Tu pourrais proposer à Karsten de rester dîner, suggéra-t-elle.

– Peut-être, répondit Adrian sans manifester d'enthousiasme débordant.

Elsa écarta une mèche sombre de son front. Elle avait des yeux obliques qui ne ressemblaient pas à ceux d'Adrian. Mais ils avaient la même bouche.

Soudain, Adrian déclara :

– Karsten et moi avons discuté des conditions de l'amour.

– Ah bon ?

— La question est de savoir si la culture et la religion ont le droit de contrarier le désir de jeunes gens qui s'aiment.

Elsa se tourna vers Karsten.

— Tu as rencontré quelqu'un issu de l'immigration ?

Karsten se fit tout petit.

— Ne t'inquiète pas, dit Adrian. Elsa sait garder sa langue. (Il sourit en la regardant.) Karsten est en train de vivre une histoire d'amour avec Jasmeen Chadar.

Quelque chose dans sa voix indiquait qu'il trouvait ça drôle. Karsten observa Elsa. Son visage affichait une expression qui ressemblait à de la stupéfaction. Brusquement, elle tourna les talons et disparut dans la cuisine.

15

Après trois tentatives infructueuses, il renonça à faire démarrer la Chevrolet. La batterie était à plat. Pas même un toussotement dans le moteur. Il avait écumé les sites Internet sans trouver la pièce pour la vitre automatique. Il glissa la clé dans la porte d'entrée, tendit l'oreille. La maison était silencieuse. Elsa avait travaillé de nuit et devait dormir à poings fermés. Il prit dans l'armoire les clés de la Peugeot. Le modeste moteur français démarra au quart de tour, il était encore chaud et ronronna comme un chat indolent entre ses genoux, d'une voix chétive presque féminine.

Au magasin Byggmaker, il alla chercher des planches qu'il fit couper à la bonne dimension ; elles entraient tout juste dans le petit coffre. En redémarrant, il repensa au veilleur de nuit. Ce dernier n'était pas mort, les émanations de fumée l'avaient fait sortir du vestiaire. Il était en réanimation à Åhus. Sur le site Internet du journal *VG Nett*, son état était décrit comme critique et instable.

Il installa les trois montants de la barrière, enfonça le dernier clou. Passa les doigts sur la surface en bois avant de se remettre au volant et de rentrer la voiture au garage en marche arrière. Le veilleur de nuit était-il conscient ? Est-ce que la police avait pu l'interroger ? Se rappellerait-il un visage dont il n'avait vu qu'un reflet dans la glace avant d'allumer la lumière ? Il n'avait cessé de penser à la manière dont il devrait s'introduire dans l'hôpital, trouver la chambre du type et s'assurer qu'il ne raconte jamais rien.

Quant à la fille, elle ne parlerait plus. Il fut presque surpris de ne pas ressentir autre chose que du soulagement. Le site *VG Nett* publiait une photo d'elle. Somalienne. Ils avaient beau dire qu'elle était norvégienne avec des origines somaliennes, qu'elle était bilingue ou avait une double culture, elle était somalienne, point barre. Même son nom ne lui faisait aucun effet. Elle s'appelait Abiya. Elle avait quatorze ans.

Après être sorti du sous-sol, il avait roulé en direction de Hadeland avant de faire demi-tour au bout d'une heure. Sur le chemin du retour, la route était barrée. Quand il se gara un peu plus loin, il regarda l'heure et calcula qu'elle était morte depuis presque trois heures. Comme si le temps pouvait avoir de l'importance pour elle ! Un attroupement de badauds s'était formé, tels des papillons de nuit attirés par la lumière. Il se glissa parmi eux, sortit son portable et filma. Deux lèvres de feu s'élevaient dans le ciel infini violacé, formant une bouche qui l'aspirait à elle, laissant des taches noires flottantes. Quand il visionna les images plus tard, il vit les flammes se frayer un passage derrière les murs de la façade qui tenait encore, attaquer les canalisations et les circuits électriques, gagner le cœur du bâtiment où les matériaux émettaient à intervalles irréguliers des sortes de toussotements rauques. Il avait lu que les températures à l'intérieur d'une construction en feu pouvaient dépasser les mille degrés, que les métaux fondaient, le béton aussi, et la charpente, peu importe le matériau, finissait par céder. Le feu était capable de produire une chaleur si inconcevable qu'elle pouvait tout transformer. Quand il transféra ses données sur son ordinateur et regarda le film sur l'écran, les sons furent amplifiés au point qu'il put entendre, en arrière-plan des craquements du bâtiment, le même chuchotement qu'avant, celui qui provenait de l'incendie lui-même. Il le suivit de la grande salle de cours jusqu'à l'escalier, puis en haut. Il pénétra avec le feu dans les chambres l'une après l'autre en quête de quelque chose à emporter, et dans la quatrième pièce à gauche, ils découvrirent ensemble le bras sans vie qui pendait vers le sol et trouvèrent le corps dans le lit. Le feu l'enveloppait, faisait fondre la peau, les cheveux, les ongles, les yeux, ramollissait le squelette pour qu'il pût se ratatiner. Ce voyage dans les profondeurs du bâtiment en feu le tint éveillé le restant de la nuit. Il se repassa la vidéo en boucle en tentant d'imaginer la fille qui se déplaçait à l'intérieur du foyer avant l'incendie, parlait, riait, mangeait, se douchait. Il élabora tout un scénario, alla chercher sa culotte rangée dans une boîte au fond de l'armoire, la tint dans sa main, elle avait une odeur encore plus forte et âcre qu'avant. Oui, Abiya devait être la petite amie de Bizhan de la chambre d'à côté, se dit-il. La nuit, ils se rendaient visite, le garçon la déshabillait… Il ressentit à cette pensée une excitation particulière comme lorsqu'il était au lit et entendait les pas de Siv dans le couloir, ou quand il la suivait dans le sous-sol et, le temps qu'elle s'habille dans le vestiaire pour femmes, collait l'oreille à la porte. Cette porte qu'il avait amené le veilleur de nuit à ouvrir.

Il était toujours assis au volant de la Peugeot, le marteau à la main. Il le balança sur le siège passager et coupa le moteur. Il s'attarda encore quelques minutes dans la pénombre du garage, à regarder à travers le pare-brise. Il n'aurait pas à peindre les planches avant des mois, peut-être pas avant l'automne. Il pourrait proposer à Elsa de rafraîchir toute la barrière. Il avait soudain envie de faire plus pour elle. Il descendit de la voiture et sortit dans la lumière. Pendant quelques instants, il n'eut en tête que de chercher à faire plaisir à Elsa. Il agrippa la clôture réparée, ferma les yeux, emplit ses poumons d'air frais, un vent différent s'était levé, rude et insistant, toutefois plus chaud. Il n'avait jamais aimé le printemps, mais celui-ci, avait-il décidé, ne serait pas comme les autres. Il pardonna à Elsa de l'avoir négligé ces dernières semaines parce qu'elle était occupée par quelqu'un d'autre. Il allait la récupérer, une bonne fois pour toutes.

Le jour se leva tandis qu'il faisait son jogging vers le centre-ville. Le soleil chauffait l'air et faisait fondre la neige sur les faîtes des maisons. La lumière émanant du bitume humide était si forte qu'il dut plisser les yeux. Il s'arrêta devant le kiosque. Même les journaux nationaux parlaient en première page du dernier incendie. Vraisemblablement volontaire, disait-on. La police cherchait l'agresseur. Ça le fit rire. *Good luck.* Le seul problème, c'était le veilleur de nuit. Se réveillerait-il ? Se souviendrait-il ? Serait-il en état de le reconnaître ? Il avait trouvé son nom. Ce type n'avait aperçu qu'un reflet de lui, ça ne mènerait nulle part. Pourtant, le doute subsistait, un doute qu'il fallait éliminer. Il prit le temps de bien s'échauffer. Sur le vélo, il augmenta la résistance et maintint une vitesse de trente kilomètres à l'heure. Il contrôla son rythme cardiaque, puis pédala comme un fou pendant dix minutes. Son portable vibra. Sans arrêter son échauffement, il le prit. Sæter avait interdit que son nom figure sur les répertoires, mais il reconnut le numéro, sauta à bas du vélo et alla dans un coin de la salle.

– C'est moi.

Dans une conversation non plus, son nom ne devait jamais être prononcé. C'était complètement ridicule. Qui, dans ce pays, s'intéressait à ce qu'il faisait ?

– Tu es essoufflé ?

Il expliqua pourquoi.

– Il s'agit de la réunion de ce soir, reprit Sæter. Il faut la déplacer.

Il s'efforça de respirer normalement. Ce n'était pas la première fois que Sæter décidait au dernier moment de repousser la réunion. Il était persuadé que les services de surveillance de la police mettaient en œuvre de gros moyens pour le suivre. Il n'arrêtait pas de lancer des fausses pistes et de faire des manœuvres de diversion, avec l'illusion que cela faisait de lui quelqu'un d'important.

– Je t'enverrai un message d'un autre téléphone, dit Sæter à voix basse. Tu feras circuler. Alerte niveau jaune.

Il ricana, en prenant soin que ça ne s'entende pas à l'autre bout du fil.

– Tous doivent passer le contrôle, tous sans exception.

– Le contrôle ?

– Message à suivre, dit Sæter en raccrochant.

Il se plaça devant la glace, souleva les haltères. Il avait augmenté la charge de quinze kilos depuis qu'il avait décidé de se reprendre en main. Chaque fois qu'il poussait, le biceps jaillissait sous son maillot, tel le ventre d'un gros poisson. Il rajouta encore cinq kilos. Au moment où il s'apprêtait à produire son effort, il l'aperçut près de la porte d'entrée. Monica avec un *c*. Elle s'avançait sur des talons aiguilles vers l'accueil. Il pouvait profiter du moment où elle serait dans le vestiaire pour s'éclipser, enfiler rapidement ses vêtements et disparaître ni vu ni connu. Il suivit ses déplacements dans un miroir sur le mur du fond. Son corps était ferme sans être trop musclé. Qu'elle sorte avec quelqu'un mettait du piment à l'affaire, surtout s'il s'agissait d'un policier qui le recherchait, lui.

Le flic s'appelait Horvath. Il retenait tout ce qui concernait ces gens-là. Il avait créé sur son ordinateur un dossier contenant les listes des pompiers, des policiers, des journalistes et de leurs proches. Avec le temps, c'était devenu une véritable cartothèque. Il savait tout de ce flic. En voyant Monica entrer dans le vestiaire, il sut à quoi elle allait lui servir. Au cas où le veilleur de nuit se réveillerait et se rappellerait, il saurait prendre la police de vitesse.

Il fit encore deux autres séries avec les haltères, puis se leva et ouvrit la porte de la salle. Occupée à un appareil, le dos tourné, elle travaillait ses pectoraux et ses abdos. La serviette autour du cou, il s'approcha d'elle nonchalamment.

– Pas mal, dit-il.

Elle fit lourdement retomber les haltères qui heurtèrent la barre avec un bruit désagréable. Elle le regarda sans répondre et quand ses pupilles commencèrent à se rétracter, il effleura d'une main la cuisse de la jeune femme.

Disons que c'est à cause du veilleur de nuit, pensa-t-il.

Il choisit le canapé du salon parce qu'il aimait cette forte odeur de cuir. Dans la cuisine, la cafetière crachotait, mais il n'avait nullement l'intention de rester jouer à la dînette. Il la poussa contre le cuir froid, elle avait encore son bas de jogging mais pas de culotte. La dernière fois, elle avait une toison sombre et soignée, à présent celle-ci était rasée. Il la laissa garder le haut, écarta ses jambes et la pénétra. Même morsure à la lèvre que la fois précédente. Il attendit que ça se mette à saigner quand soudain il revit la bouche de l'adolescente à Furutunet, barbouillée de son sang à lui. Abiya, pensa-t-il, et peut-être le dit-il à haute voix car Monica ouvrit les yeux et il fut contraint de poser sa main dessus pour les lui refermer. Alors elle gémit et il lui prit les bras et les plaqua au-dessus de la tête dans une poigne de fer, tandis qu'elle se jetait d'un côté à l'autre et il la laissa faire jusqu'à ce qu'elle atteigne l'orgasme.

Ensuite il se leva, se plaça près de la fenêtre du salon entrouverte. Il entendit les bruits qui remontaient de la place du marché, une balayeuse à l'autre bout de la rue qui s'approchait, la musique provenant d'un café.

– Comment tu m'as appelée ?

Il se retourna en fronçant les sourcils.

– J'ai dit quelque chose ?

Elle acquiesça.

– Tu as prononcé un prénom.

Il ricana en secouant la tête et regarda l'heure.

– Tu as une petite amie ? insista-t-elle. Sabina, ou quelque chose comme ça ?

– C'est toi qui as un petit ami, rectifia-t-il.

Elle parut hésiter.

– Pas nécessairement.

Une réponse pitoyable.

– Ils en sont où dans leur enquête ? demanda-t-il.

– À quel sujet ?

– Je croyais que ton mec s'occupait des incendies. Tu as vu qu'il y en encore eu un récemment ?

Elle fit un vague geste de la main.

– Qu'est-ce que tu crois ? Roar ne parle que de ça.

– Ce n'est pas si étonnant. Quand une fille est brûlée vive à l'intérieur…

Il n'avait pas bougé et regardait dehors, le soleil perçait l'épaisse couche de nuages au-dessus de la place du marché.

– Ils ne croient pas qu'elle soit morte dans l'incendie.

Il tressaillit, ramassa le pantalon de jogging au sol.

– Roar serait fou s'il savait que je parle de ça.

Sur ce, elle fila dans la salle de bains, laissant la porte entrebâillée. Quand elle revint, elle portait un string.

– De quoi est-elle morte, si ce n'était pas à cause de l'incendie ?

Elle s'assit sur la table en verre.

– Tu parles toujours de la fille ?

Il s'avança et se planta, nu, face à elle.

– Ils ont pratiqué une autopsie, dit-elle en lui caressant l'avant-bras. C'est quoi, toutes ces cicatrices ?

– Un accident. Quand j'étais enfant.

– On ne dirait pas.

Il retira son bras.

– Et qu'est-ce qu'a montré l'autopsie ?

Elle soupira, lasse.

– Ils pensent qu'elle était morte avant que ça brûle.

– Ce qui signifie ?

– Je t'en ai assez dit comme ça.

– Qu'elle a été tuée ?

– C'est ce qu'ils croient en tout cas. Je n'en sais pas plus.

– Et que l'incendie avait servi à effacer les traces ?

– On ne pourrait pas parler d'autre chose ?

Elle se pencha en arrière, ses cuisses s'écartèrent et prirent une autre forme contre la plaque en verre teinté. Une fente s'ouvrit sous le fin tissu du string.

– Je croyais que cet incendie avait un lien avec celui du jardin d'enfants, dit-il d'un air détaché.

Ce n'était pas la vue des lèvres nues sous le string qui le décida à remettre ça.

– Ils pensent effectivement qu'il y a un lien, déclara-t-elle. Même si la fille a été tuée.

Comment s'y prendre pour qu'elle en dise davantage ? Soudain il se pencha et la souleva.

– Hé ! Qu'est-ce que tu veux ? gémit-elle.

– Tu verras bien.

Dans la chambre à coucher, il faisait plus frais car la fenêtre était grande ouverte. Il la laissa retomber sur le lit, ferma la fenêtre et tira les rideaux.

– Arrête de me faire peur, hasarda-t-elle comme si ce n'était pas ça qu'elle voulait.

Une robe de chambre traînait sur une chaise. Il en arracha la ceinture.

– J'ai froid, se plaignit-elle d'une voix de gamine, en s'enveloppant à moitié dans la couette.

– Ça passera, déclara-t-il en saisissant sa main et en la serrant autour de sa queue, la tenant jusqu'à ce qu'il bande dur. Puis il la remonta jusqu'à la tête du lit et attacha ses mains aux barres en fer forgé.

– Pas si fort, le pria-t-elle, mais il ne desserra pas le nœud.

– C'est pour que tu ne puisses pas t'échapper, expliqua-t-il en ouvrant sa penderie pour voir ce qu'il pourrait utiliser ; il trouva une autre ceinture, et sur le sol, coincée vers le mur du fond, une cravate à rayures bleues et blanches.

– J'espère qu'il ne va pas débarquer en croyant qu'il va s'envoyer en l'air, ricana-t-il.

Elle secoua la tête.

– Il est au boulot toute la journée.

Il attacha la cravate autour de sa cheville et tira.

– Il te tient forcément au courant. Est-ce qu'il t'appelle pendant sa pause déjeuner pour te dire ce qu'il fait ?

Elle acquiesça.

– Il me raconte tout.

– Et maintenant, tu vas tout me rapporter.

Elle secoua la tête.

– J'ai promis de la fermer.

Il fixa la cravate reliée à la cheville au bord du lit.

– Nous allons voir combien de temps tu tiendras.

Il écarta l'autre jambe, laissant son sexe grand offert.

– Tôt ou tard, tout le monde finit par parler, quand ça devient trop dangereux.

Elle le regarda droit dans les yeux.

– Dangereux, comment ?

– Tu n'en as aucune idée.

Il se laissa tomber sur elle.

– Il y en a un autre qui a failli mourir.

Elle fit signe que oui. Il arrêta le mouvement.

– Le veilleur de nuit. Il est écrit dans le journal qu'il est hospitalisé à Ahus. Ils l'ont interrogé ?

Elle secoua la tête, l'air sombre.

– Il est dans le coma.

Il posa soudain ses mains autour de son cou.

– Il est si mal en point que ça ?

– Je ne dirai rien.

Il attendit un moment avant de relâcher son étreinte et la laisser respirer.

– Il a été intoxiqué par la fumée, lâcha-t-elle.

Elle tira sur la ceinture et pressa son bas-ventre contre le sien.

– Ils attendent. Mais moi je déteste qu'on me fasse attendre.

16

Jasmeen n'était pas au lycée. D'abord, ce fut un soulagement, il n'aurait pas à être assis à trois mètres d'elle et faire comme si de rien n'était. Mais au cours de la matinée, ce soulagement commença à devenir oppressant, et lorsque la sonnerie de la récréation retentit, Karsten préféra rester dans la salle de classe. Il prit un livre et regarda les exercices de physique. Si elle était malade, elle aurait pu lui envoyer un message. Il était content qu'elle ne l'ait pas fait. Si elle ne le recontactait pas, le problème disparaîtrait de lui-même.

– Ohé, Karsten ! Ici, la Terre. Est-ce que tu m'entends ?

Debout à côté de sa table, Tonje agitait les deux mains. Il se rappela qu'elle avait surgi dans un de ses rêves du petit matin, lorsqu'il retardait le moment d'entendre la sonnerie du réveil. Vêtue seulement d'une petite culotte, elle avait disparu dans une pièce, en compagnie d'Adrian.

– T'es tellement parti dans ton livre de physique que plus personne ne peut entrer en contact avec toi ?

Il cligna des yeux plusieurs fois, et ses joues s'enflammèrent.

– Je réfléchissais à quelque chose.

D'une main, elle s'appuya sur la table. Elle portait autour du poignet un large bracelet en or qui paraissait tissé de fils fins. Karsten savait que c'était un cadeau de Noël de Thomas. Cela faisait plusieurs semaines qu'elle ne l'avait pas porté. À en croire les rumeurs, Thomas allait s'entraîner avec l'équipe A de LSK à Pâques, mais Karsten refusait de croire que c'était la raison pour laquelle elle avait recommencé à porter ce bracelet.

– On se retrouve à plusieurs au café Martins vendredi soir. T'as envie de venir ? Ça n'a rien à voir avec la soirée des terminales, ajouta-t-elle. C'est juste pour fêter les vacances de Pâques.

Il se frotta la nuque. C'était la première fois que Tonje lui proposait quelque chose de ce genre. À moins que ce ne soit une blague ? Ou un gage, du genre « sors un geek de chez lui et on verra combien de temps tu réussiras à le tenir éveillé ».

– Tu ne pars pas pendant les vacances ?

Elle secoua la tête.

– J'ai plein de cours à rattraper. Surtout en maths et en physique. Et puis on a une série de matches d'entraînement.

– Au café Martins, tu as dit ?

– Histoire de se retrouver quelque part. Après, on ira chez quelqu'un pour regarder un film, par exemple, on ne sait pas trop encore.

Il aurait pu se lever, faire tournoyer son petit corps en l'air et danser avec elle.

– Réfléchis-y, dit-elle en allant vers la porte.

– Qui viendra ? hasarda-t-il, à part toi ?

Elle se retourna, rejeta sa tresse dans le dos.

– Presten et quelques autres. Peut-être Inga.

Thomas ? faillit-il demander, mais il serra les lèvres.

Le proviseur passa dans le couloir.

– Je voudrais te dire quelques mots, fit-il au moment où il croisait Karsten.

Il se retourna et, précédant l'élève, monta l'escalier jusqu'à son bureau dont il ferma la porte derrière lui.

– Assieds-toi.

Il indiqua à Karsten de prendre place sur une chaise

et lui-même s'installa à son bureau où des documents de toutes sortes s'empilaient. Curieusement, les piles faisaient presque toutes la même hauteur.

– Quelle est exactement la nature de ta relation avec Jasmeen Chadar ?

Décontenancé, Karsten répliqua :

– Jasmeen, dans ma classe ?

Le proviseur le dévisagea. Ses verres grossissaient non seulement ses yeux mais toute la zone autour. De petites veines bleutées transparaissaient sous la peau. On aurait dit de minuscules vers se frayant un chemin vers la pupille pour en manger un morceau.

– Il se trouve que son père m'a appelé hier soir. Ce que je vais te dire doit rester entre nous, je compte sur ta discrétion, Karsten.

Le proviseur ôta ses lunettes et se gratta la nuque avec une des branches.

– Ils parlent de la retirer du lycée. Pour l'instant, elle est consignée à la maison jusqu'à Pâques. Tu comprends pourquoi je te parle de cela ?

– Vaguement.

– Alors permets-moi de te poser directement la question, Karsten. Est-ce que tu es sorti avec elle ?

– Sorti avec elle ?

Sa fausse question lui permettait de gagner du temps, mais à quoi bon ? Le but était d'en finir au plus vite et de filer. Il ne restait qu'une journée de cours avant les vacances de Pâques qui dureraient dix jours. Il s'entraînerait, réviserait, jouerait aux échecs. Peut-être accompagnerait-il finalement sa famille au chalet. Être loin d'ici. Et quand il reviendrait, tout serait terminé. Il ne savait pas trop comment, mais ce serait forcément terminé et plus personne ne lui en parlerait. Alors, il pourrait chasser, une bonne fois pour toutes, ces pensées de son esprit.

– Le père de Jasmeen prétend qu'elle a fait l'objet d'un

harcèlement. Que quelqu'un l'a agressée. Et il a cité ton nom.

Les paroles du proviseur tournaient dans la pièce, se heurtaient à un mur, s'entrechoquaient, se dissolvaient dans des sons dépourvus de signification. Karsten se rendit compte qu'il fixait un point sur le front du proviseur, légèrement au-dessus d'un sourcil, où il avait une tache brune qui ressemblait à une pièce de monnaie.

— Agressée ?

Il tripota une lanière de son sac.

— Agressée ? répéta-t-il en essayant de comprendre ce que ce mot signifiait.

Le proviseur se leva, fit le tour de son bureau et se pencha au-dessus de lui.

— J'ai vraiment du mal à imaginer que tu aies fait quoi que ce soit de répréhensible, déclara-t-il, mais son père affirme que tu en as après elle depuis longtemps. C'est pourquoi j'aimerais que tu répondes à la question que je t'ai posée tout à l'heure. Es-tu sorti avec elle de telle manière que...

Il se redressa, se posta devant la baie vitrée, joignit les mains derrière son dos et regarda la cour de l'école.

— S'il s'est passé quelque chose de votre plein gré à tous les deux, comme les citoyens de notre société sont tout à fait libres de faire, il n'y a pas d'affaire, si je peux m'exprimer ainsi. Mais ce n'est pas si simple quand deux conceptions morales s'affrontent et ne se respectent pas mutuellement.

Il se tourna à nouveau et plissa les yeux en direction de Karsten avant de reprendre son exposé. C'était tout aussi bien, car le jeune homme avait toujours autant de difficulté à formuler une réponse.

— Je lui ai un peu parlé, parvint-il à dire quand le proviseur eut terminé.

— Après l'école ?

— Je l'ai rencontrée à la bibliothèque.

Le proviseur parut tout à coup mieux respirer, comme si

le terme « bibliothèque », étant donné la situation, surpassait tous les autres, comme s'il expliquait tout et déplaçait le problème sur un terrain moins miné.

– Je me disais bien, aussi… Je suis sûr que tout va s'arranger. Il faut simplement les convoquer, elle et sa famille, et mettre les choses à plat.

Karsten gardait la bouche fermée, inquiet à l'idée de ce qui pourrait en sortir s'il l'ouvrait. Il aurait pu dire au proviseur que le monde n'était pas le genre d'endroit où l'on peut parler avec des musulmans dont l'honneur a été offensé. Il aurait pu lui dire qu'ils ne vivaient plus au pays des Bisounours…

– Si, mais c'est peu probable, nous devons aller plus loin, raisonna le proviseur, nous ferons appel à la Commission d'arbitrage.

Lorsque Karsten, un peu sonné, dévala l'escalier, il aperçut Adrian qui discutait devant la salle des profs avec un autre enseignant.

– Faut que je te parle, dit Karsten en essayant de garder son calme.

Adrian hocha la tête.

– J'en ai pour deux minutes. Attends-moi dehors.

En sortant, il affichait une mine réjouie.

– Tu as eu audience chez le proviseur en personne ! Viens, je t'accompagne, tu vas me raconter en chemin.

Ils se dirigèrent vers la Storgata. Karsten fit de son mieux pour rapporter l'objet de la conversation.

– La Commission d'arbitrage, s'écria Adrian avec un large sourire. Rien que ça !

– Ce n'est pas Jasmeen qui est derrière tout ça, bégaya Karsten qui refusa de laisser ses pensées vagabonder.

– Pas Jasmeen, mais le reste de la famille Chadar, constata Adrian avec une grande fermeté. Ils ont changé de tactique, mais nous serons vite fixés.

C'était une forme de soulagement de l'entendre dire
« nous ».

— Le premier imbécile venu comprendrait que ça ne sert
à rien d'aller à la police.

— Il faut laisser mon père et ma mère en dehors de ça,
s'exclama Karsten.

C'est cette pensée qui l'avait taraudé dans le bureau du
proviseur et il n'arrivait toujours pas à s'en débarrasser.
Comment réagiraient ses parents, surtout son père qui avait
en horreur tout ce qui était démonstratif ? Il s'éclipsait du
salon dès que deux personnes commençaient à s'embrasser
à la télévision, même si c'était un film que Synne était
autorisée à regarder !

— Tu trouves que c'est le plus important ?

Une brise tiède flottait dans la rue, mais Karsten restait
frigorifié.

— Je ne sais pas. Peut-être.

— Voilà qui est intéressant, Karsten. Si tu flirtes avec une
Pakistanaise, tu as toute sa famille sur le dos avant que tu
aies le temps de fermer ta braguette. Alors que *toi*, tu vas te
retrouver sacrément seul, si tu ne veux pas mettre ta famille
au courant. Cela mérite que tu y réfléchisses à deux fois.

Karsten n'avait pas la force d'aller au bout d'un raison-
nement.

— Qu'allons-nous faire ? marmonna-t-il.

Adrian s'arrêta et regarda alentour.

— Bonne question.

Il paraissait content de lui et son calme avait quelque
chose de contagieux.

— En fait, c'est la seule question que tu aies besoin de
te poser, pour l'instant.

— En tout cas, il faut que je me tienne le plus loin
possible d'elle.

Adrian se passa deux doigts sur le menton, lissa sa barbe
taillée court.

– Ce n'est pas si sûr.

Il eut l'air de se concentrer.

– L'important, c'est d'avoir un coup d'avance. J'ai une proposition à te faire, Karsten.

– Très bien.

– Je connais un certain nombre de personnes qui ont réfléchi précisément à ce type de problèmes.

Karsten l'interrogea du regard.

– On se rencontre de temps en temps et on discute des choses qui se passent autour de nous. Des choses qui nous obligent à prendre position, qu'on le veuille ou non. Je peux te faire entrer, si tu veux. Nous avons justement une réunion ce soir.

– Me faire entrer ? s'étonna Karsten. C'est quelque chose de secret ?

Adrian haussa les épaules.

– Pour l'instant, c'est aussi bien que peu de gens soient au courant. Ce n'est pas la peine de le crier sur les toits.

– Je ne crois pas que je puisse, ce soir.

– Tu veux dire que ce n'est pas quelque chose pour toi ? Alors que tu ne sais même pas de quoi il s'agit ?

– C'est possible.

– Je passerai chez toi avant d'y aller, décréta Adrian. D'ici là, tu auras le temps de changer d'avis.

*

Karsten accéléra le long de la Fetveien. La neige fondue giclait sur ses jambes, ses chaussures de jogging étaient trempées. La bruine plaquait ses cheveux contre son front. Il piqua un dernier sprint en remontant la Erleveien. De là, il trottina jusqu'à la maison, attendit dans l'allée d'avoir récupéré son souffle puis sortit son portable. Il s'accroupit au coin du garage et appela les renseignements pour obtenir le numéro fixe de la famille Chadar.

– Allô ? Qui c'est ?

Une voix d'enfant lui répondit, un petit garçon apparemment.

– C'est le lycée de Lillestrøm. J'aimerais parler avec Jasmeen Chadar, ai-je fait le bon numéro ?

Il entendit le petit garçon crier quelque chose dans une autre langue. Des personnes parlaient dans la pièce. Puis soudain, il y eut sa voix au bout du fil :

– Jasmeen.

– C'est moi. Il faut que je te parle.

Une petite pause, puis elle dit sur un ton poli :

– C'est difficile, mais je vais essayer de me débrouiller. Je te rappellerai dans un quart d'heure.

Impossible de rester tranquille en attendant. Il se remit à courir, et venait de passer devant la maison de Dan-Levi quand son portable sonna. Il le sortit vite de sa poche.

– Il ne faut pas que tu m'appelles, Karsten.

– Mais tu ne réponds pas à mes messages, protesta-t-il.

– Je n'ai plus de portable. Ils me l'ont pris.

– Tu m'appelles d'où, alors ? demanda-t-il, tout à coup méfiant.

– Quelqu'un m'aide. Ne pose pas de questions, je n'ai que quelques minutes.

– Tu veux déposer plainte contre moi pour harcèlement et agression, déclara-t-il. J'ai quand même le droit d'en parler avec toi, non ?

– Agression ?

Il raconta ce que le proviseur avait dit.

– C'est vrai ?

– Tu crois que ça m'amuse de mentir sur un tel sujet ?

Il y eut un silence à l'autre bout de la ligne.

– Tu es là ? voulut-il s'assurer, soulagé qu'elle tombe des nues en entendant l'accusation contre lui.

– Je les hais.

Il sursauta en percevant une pointe de rage dans sa voix.

Il crut l'entendre sangloter tout bas et il se sentit encore plus soulagé.

— Comment peuvent-ils faire une chose pareille sans que tu le saches ? demanda-t-il malgré tout.

— Tu ne les connais pas ! Tu ne sais pas ce qu'ils veulent que je fasse…

Non, il préférait ne pas le savoir.

— Mon père n'arrête pas de me crier dessus en disant que je suis un être mauvais, et tu peux imaginer les insultes. Quelqu'un a vandalisé sa voiture. Même ça, c'est de ma faute.

Karsten se raidit.

— Vandalisé ?

Maintenant, nul doute qu'elle pleurait à chaudes larmes.

— Si on ne se voit plus, commença-t-il, ils finiront par passer l'éponge et ça sera de l'histoire ancienne.

— Tu ne les connais pas, répéta-t-elle et, brusquement, elle raccrocha.

Karsten dut refaire un tour en courant. Passer devant la station-service, puis devant le stade d'Åråsen. Il aurait pu continuer à courir le long de la Fetveien qui s'étirait sur des kilomètres pour rejoindre la rivière Glomma. Franchir le pont à Fetsund et s'enfoncer dans les forêts qui s'étendent jusqu'en Suède. Il aurait pu courir jusqu'à tomber évanoui et ne plus avoir la force de penser.

En rentrant une heure plus tard, il vit une Peugeot bleue garée devant leur maison. Quand il fut à sa hauteur, une vitre se baissa :

— Tu n'as pas l'air d'être prêt, dit Adrian.

Karsten s'arrêta net.

— Prêt ?

— Aurais-tu oublié la réunion dont je t'ai parlé ?

— Quelqu'un a vandalisé leur voiture, lâcha-t-il aussitôt.

Adrian le regarda, sans broncher.

– La voiture de qui ?

– De Jasmeen.

– Elle a une voiture ?

– Mais non, soupira Karsten. Son père. Tu sais très bien de quoi je parle.

Il jeta un œil autour de lui, personne dans les parages, mais une fenêtre de la maison voisine était grande ouverte.

– Est-ce que c'est toi qui…

– Du calme, Karsten, dit Adrian en descendant de voiture.

Il portait le même blouson en cuir, mais avait coupé ses cheveux noirs plus court, une mèche lui tombait sur le front.

– Du calme, répéta-t-il sans hausser la voix. Quelqu'un leur a visiblement parlé. Ce n'était pas moi, mais peu importe.

Il posa une main sur l'épaule du jeune homme.

– C'est une langue qu'ils comprennent. Tu n'auras plus de problèmes avec la famille Chadar. Fais-moi confiance. Tu es seul à la maison ?

Karsten leva les yeux vers les fenêtres.

– Je ne sais pas. Peut-être que ma sœur est là.

– Alors je t'attendrai à l'intérieur pendant que tu te douches.

Karsten comprit qu'Adrian voulait absolument l'emmener à cette réunion.

– Ça m'était sorti de l'esprit, dit-il pour s'excuser. Tu n'as qu'à y aller sans moi.

– Ne te stresse pas. Il te faut combien de temps ?

Karsten hésita.

– Il y aura qui là-bas ?

– Des gens qui ont un avis sur ce qui se passe ici dans le pays.

– Il ne s'agit pas d'un parti politique, rassure-moi.

– Non, on en a déjà assez comme ça.

Le jeune homme comprit qu'il ne pourrait pas se défiler. Il glissa la clé dans la porte d'entrée, entendit Synne qui écoutait de la musique dans sa chambre. Quand il sortit de la douche, un quart d'heure plus tard, sa sœur discutait avec Adrian dans le salon.

— Synne a joué les maîtresses de maison, dit Adrian avec un grand sourire.

Sur la table étaient posés des biscuits et une corbeille de fruits.

— Et il paraît qu'elle est experte avec la cafetière.

Synne fila à la cuisine et revint avec une tasse de café fumant qu'elle plaça devant Adrian. Il but de petites gorgées du liquide brûlant.

— Effectivement, tu ne m'as menti. Ton café est encore meilleur que ce que je pensais.

Elle rougit et s'assit sur le bord de la chaise. Adrian fit un clin d'œil à Karsten.

— Tu sais que tu as une sœur très intelligente ? Elle est incollable sur la révolution française.

— C'est un vrai rat de bibliothèque, admit Karsten.

— Adrian en sait plus que moi, minauda Synne en faisant la modeste.

— Je vais à l'université, protesta Adrian. Quand j'avais treize ans, je ne savais pas le centième de ce que tu sais.

Synne se redressa toute fière sur sa chaise.

— Et si on mettait de la musique ?

— Je doute qu'Adrian soit venu ici pour écouter du Michael Jackson, soupira Karsten.

Adrian balaya l'objection de la main.

— Michael Jackson, c'est super. Tu as des DVD ?

Elle en avait. Elle courut à l'étage et revint avec deux ou trois pochettes. Adrian y jeta un coup d'œil et lui demanda de passer « Thriller ». Karsten était plutôt content qu'Adrian eût changé d'avis et préférât passer la soirée chez eux. Mais une fois que Michael Jackson eut dansé dans le cimetière rempli de morts-vivants et souhaité bonne nuit à sa petite amie, en laissant planer un doute sur le fait qu'il était peut-être lui aussi un monstre, Adrian se leva et but son café.

Synne les raccompagna dans l'entrée et serra la main qu'Adrian lui tendit. Karsten se débattait avec quatre, voire cinq problèmes sans trouver de solution. Mais les yeux brillants de sa sœur lui mirent un peu de baume au cœur. Cela dura jusqu'à ce qu'ils prennent place dans la voiture.

– Je ne sais plus du tout où j'en suis, lâcha-t-il.

– Pour ce qui est des accusations qui ont été portées contre toi, tu peux les oublier. L'affaire est classée, répondit Adrian.

– Qu'est-ce que tu veux dire ? Tu leur as parlé ?

Cela fit rire Adrian.

– On peut dire ça comme ça.

– Si quelqu'un s'en est pris à leur voiture, ils vont rendre la pareille. Tu m'as dit toi-même que la vengeance est la seule chose qui les intéresse.

Adrian s'engagea dans la route qui montait vers Skedsmokorset.

– Cela n'arrivera pas.

Sans s'arrêter, il défit sa ceinture de sécurité, enleva son blouson en cuir et le lança à l'arrière. Des pectoraux impressionnants apparaissaient sous le T-shirt moulant.

– Pour l'instant, il faut que tu t'en tiennes à ce que je te dis. Fais-moi confiance.

Son portable sonna, il le prit.

– On est en route, dit-il. On sera là dans quarante minutes.

Ce bref échange terminé, il alluma le lecteur de CD, appuya sur quelques touches et des notes de piano s'élevèrent.

– Il importe de comprendre la manière de penser du clan Chadar. Nous ne devons surtout pas les sous-estimer, mais passer son temps à avoir peur d'eux, c'est encore pire. Comment as-tu su pour leur voiture ?

– J'ai appelé Jasmeen.

Adrian le regarda rapidement.

– Elle a récupéré son portable ?

Karsten lui expliqua comment il avait procédé.

– Pas mal.

– Il fallait que je lui dise qu'on arrêtait là.

Adrian tambourina des doigts sur le volant.

– Alors tu as décidé de laisser gagner les puissances de l'obscurité ?

Karsten essaya de trier les questions qui se bousculaient dans sa tête.

– Pourquoi tu t'intéresses tant à tout ceci ?

Adrian ne répondit pas. Il mit le clignotant et prit une sortie. Peu après, il quitta la nationale et traversa une forêt.

– Essaie de considérer ta vie dans un contexte plus large, finit-il par dire. Notre civilisation a dominé le monde pendant quatre siècles. Nous avons eu notre apogée et maintenant nous sommes sur le déclin.

Karsten cligna plusieurs fois des yeux. Il avait du mal à voir le rapport entre les agressions qu'il avait subies et l'histoire des civilisations...

– Toi qui t'intéresses à l'évolution, tu as un point de vue sur l'existence bien plus approfondi que moi, poursuivit Adrian. Comme tu l'as fait remarquer à un de mes cours, l'histoire des civilisations n'est qu'un bref instant quand on trace les grandes lignes de l'univers.

Il baissa le son.

– C'est à toi de choisir si tu veux revoir Jasmeen Chadar ou pas, mais à ta place, moi je n'hésiterais pas. Elle n'a vraiment pas la vie facile en ce moment.

– Qu'est-ce que tu en sais ?

– J'essaie de l'aider, répondit Adrian. Toi aussi tu peux le faire.

– Je ne peux même pas la joindre, dit Karsten troublé. Ils lui ont pris son portable et l'empêchent d'aller en classe. Je vois mal comment je pourrais l'aider.

Ils arrivèrent au sommet d'une colline et Adrian se rangea sur le côté.

– Donne-moi ton téléphone.

Karsten obéit. Adrian tapa sur plusieurs touches et le lui rendit.

– Je dois sortir le chien, comme on dit. Appelle-la pendant ce temps.

Il coupa le moteur. La musique cessa et un silence pesant s'abattit.

Karsten regarda le numéro qui s'affichait sur l'écran. Il aurait aimé lui poser des questions, mais Adrian avait déjà claqué la portière et s'était posté devant la voiture, le dos tourné.

Il appuya sur la touche appel, en espérant que personne ne répondrait.

– Allô ? Ici Rachida, dit une voix de femme.

Karsten s'éclaircit la voix.

– Jasmeen ? hasarda-t-il.

Un blanc de quelques secondes et il entendit sa voix.

– Nous ne pouvons pas parler longtemps, chuchota-t-elle.

– Je comprends, dit-il alors même qu'il ne comprenait rien.

– Est-ce que tu es chez toi demain ? demanda-t-elle.

– Je pense.

– Et tes parents, est-ce qu'ils seront là ?

Il hésita.

– Ils partent au chalet avec ma sœur.

Adrian continuait à lui tourner le dos. Karsten essayait de regarder ailleurs, observant par la vitre le déclin de la lumière du soir grâce à une trouée dans les arbres. On devinait un lac dans le fond.

– Je viendrai chez toi.

– Chez moi ?

– Le soir. Quand mon père et Shahzad seront à la mosquée.

Adrian refermait sa braguette. Karsten était comme tétanisé.

– Il faut que tu sois là quand je viendrai, reprit Jasmeen. Je vais leur montrer que tu ne m'as rien fait de mal.

De nouveau, il perçut la colère dans sa voix.

– Ils n'ont rien à me dire, ajouta-t-elle.

– Il ne faut pas, bredouilla-t-il, mais elle avait déjà raccroché.

– Elle dit qu'elle veut venir chez moi, soupira-t-il quand Adrian revint s'asseoir.

Ce dernier se tourna vers lui et le regarda sans prononcer un mot. Là, il va se passer quelque chose, songea Karsten. Mais Adrian démarra la voiture, la musique reprit. Toujours le même thème répété, encore et encore. Ils descendirent la pente, le lac se rapprocha, tel un œil noir, avant de disparaître.

Une dizaine de minutes plus tard, ils s'arrêtèrent devant une ancienne demeure. À côté se dressait une maison plus petite et, juste derrière, une grange. Deux voitures étaient déjà garées, une Mazda et une Audi avec des taches de rouille sur les portières. Des chiens aboyaient de manière hystérique. Une silhouette massive traversa la cour d'un pas lourd. Adrian baissa la vitre.

– Sæter ne veut pas avoir une flopée de voitures devant la maison, annonça le type. Une longue ligne de cheveux se dressait au milieu du crâne qui était rasé sur les côtés : il évoquait à Karsten un géant indien dont il avait lu la description dans un livre.

– Il faut les disperser un peu partout.

Adrian fit marche arrière.

– Noah s'occupe de la sécurité pour ces réunions, expliqua-t-il.

– Il s'appelle *Noah* ?

– Pourquoi n'aurait-il pas le droit de s'appeler comme ça ?

Karsten ne put s'empêcher de commenter :

– Porter le nom de celui qui a sauvé l'humanité de la noyade, alors qu'il a l'air d'un Iroquois…

– Noah est un type avec qui mieux vaut ne pas plaisanter,

constata Adrian. S'il te prend en grippe, tu peux être sûr qu'il ne t'oubliera pas. Toi non plus d'ailleurs.

Ils roulèrent sur une centaine de mètres et se garèrent au bord d'un champ avant de revenir à pied à la ferme. Les chiens étaient enfermés dans un chenil à côté de la grange, quatre ou cinq molosses qui sautaient en s'agrippant au grillage et aboyaient aussi furieusement qu'à leur arrivée.

Adrian tira une cordelette à l'entrée du bâtiment principal, une sorte de klaxon retentit à l'intérieur, on aurait dit un clairon dans un camp militaire. Une porte fut déverrouillée et le colosse Noah à la coupe d'Iroquois apparut. Il avait l'air d'avoir le même âge qu'Adrian.

– Des soucis ?

Adrian secoua la tête.

– Karsten avait des choses à faire avant.

Noah se tourna vers lui.

– Alors c'est toi, le petit génie en maths ?

Il avait l'air agacé.

– Passe-moi ton blouson.

Karsten consulta Adrian du regard.

– Fais ce qu'il te dit.

Avec des gestes lents, il enleva son blouson et le tendit au colosse qui le posa sur une table, passa les deux mains dessus comme s'il cherchait quelque chose, avant de le suspendre à un clou.

– La procédure habituelle, dit Adrian qui donna à son tour son blouson en cuir, lequel eut droit au même traitement.

– *Don't touch that gun*, ricana-t-il en donnant un coup d'épaule à Noah.

– Le vieux est de plus en plus à cheval là-dessus, grommela le géant en les précédant dans un couloir.

Tout au fond, il poussa une porte qui ouvrait sur un grand salon. À l'intérieur, quinze, peut-être vingt personnes faisaient face à un mur où brûlait un grand feu de cheminée. À côté de cette cheminée se tenait un homme d'un certain âge, grand et maigre, vêtu d'une veste en jersey. Ses cheveux étaient gris, mais ses sourcils paraissaient noirs. Il interrompit ce qui devait être son exposé pour saluer de la tête les retardataires. Toutes les personnes présentes se retournèrent. Qu'est-ce que je fais ici ? songea Karsten en s'asseyant sur une des chaises du fond. Adrian resta debout près de la porte, en compagnie de Noah.

L'homme à la veste en jersey reprit son discours. Karsten comprit qu'il parlait de la Seconde Guerre mondiale. Il jeta un regard autour de lui. Le mobilier du salon était en bois recouvert de tissu à fleurs. Un diplôme était accroché à un mur, apparemment une distinction militaire. La plupart des participants semblaient avoir le même âge que lui-même : des garçons pâles et tatoués au crâne rasé vêtus de treillis militaires et d'autres qui avaient une apparence plus normale. Une femme qui portait une veste en jean était assez belle, elle devait avoir la trentaine et ressemblait à une actrice dont le nom lui échappait.

– D'un autre côté, admit l'homme à la veste en tricot, l'assassinat de centaines de milliers d'innocents à Dresde a été considéré comme un acte héroïque, ce qui nous amène aux « Cinq grands mensonges ».

Il se pencha pour prendre une bûche. Ses sourcils broussailleux donnaient l'impression qu'il avait une moustache noire au-dessus de chaque œil.

– Le premier est que nous vivons dans une démocratie, continua-t-il après avoir placé la bûche au-dessus des braises dans la cheminée. La démocratie, cela signifie, comme vous savez, le gouvernement par le peuple, alors que la Norvège aujourd'hui est gouvernée par l'argent et les manipulateurs politiques.

Il leva deux longs doigts en l'air.

– Le deuxième est que le christianisme a fait de la Norvège une société plus civilisée.

Il but une gorgée, reposa son verre et marqua une pause.

Cela semblait avoir pour but de créer une attente parmi les auditeurs, mais à en juger par les visages las, l'effet tombait à plat. Une bûche craqua dans le silence. Karsten fit des efforts pour se concentrer sur ce que disait l'homme. Sa voix était rauque et ne portait pas. Seuls certains mots tels que « mensonge » et « christianisme » résonnaient dans la pièce avec emphase.

Quand il eut fini de parler, quelqu'un se mit à applaudir, suivi par les autres. L'orateur s'assit dans un fauteuil profond près de la cheminée et sortit une pipe de sa poche de pantalon. Au même instant, une femme apparut par une porte à droite. Le pas lourd, le dos voûté, les cheveux jaune paille. Elle apportait trois grandes cafetières sur un plateau qu'elle posa sur une table. Une adolescente la suivait, chargée elle aussi un plateau avec des tasses empilées.

L'homme à la veste en tricot exhala un gros nuage de fumée qui le fit disparaître un instant.

— Après la pause, nous parlerons de ce qui se passera ce week-end, dit-il. Ceux qui participent restent. Les autres sont les bienvenus à notre prochaine réunion. On vous tiendra informés.

Certains sortirent. Karsten s'approcha d'Adrian qui discutait avec Noah.

— Nous restons, déclara-t-il avant même que Karsten ait pu ouvrir la bouche.

Il lui tourna le dos, lui signifiant que les objections n'étaient pas de mise.

Des volutes de fumée flottaient dans la pièce, surtout celles de la pipe de l'orateur. Il parlait près de la fenêtre avec la femme à la veste en jean. Derrière lui, Karsten aperçut la lisière de la forêt et les nuages gris qui recouvraient la cime des sapins. Comme s'il avait remarqué le regard de Karsten, l'homme plus âgé se tourna, vint vers lui et lui tendit une grosse main ridée :

— Je suis Sæter, dit-il. Et tu es Karsten, je présume.

Sans attendre de confirmation, il poursuivit :

— Bon. Nous avons besoin de gens qui ont la tête bien faite. Absolument.

Il se détourna et glissa quelques mots à ceux qui se tenaient près de la porte. Adrian hocha légèrement la tête. Noah et lui sortirent avec Sæter. Aussitôt, un type trapu surgit. Forte carrure, cheveux décolorés, bronzage de solarium.

— Suis-moi, dit-il.

Karsten le suivit dans la cuisine. La femme voûtée et la fillette grassouillette furent priées d'aller ailleurs.

— Assieds-toi.

Karsten obtempéra.

— Ne fais pas cette tête de condamné.

— Ai-je été gracié ? dit Karsten en tentant de jouer la carte de l'humour et l'autre rit.

— Je vais te poser quelques questions, c'est tout. Tous ceux qui viennent à ces réunions doivent passer par là. Au fait, je m'appelle Kai.

Il sortit de sa poche une feuille qui avait l'air d'un formulaire et voulut savoir son nom en entier, sa date de naissance, son adresse. Karsten demanda à quoi cela allait servir.

— Sæter exige cela de tous ceux qui veulent participer, fut la réponse qu'il obtint.

Karsten leva les deux mains en signe de protestation.

— Mais je n'ai nullement l'intention de participer à quoi que ce soit !

Le type qui s'appelait Kai afficha un air surpris.

— Pourquoi tu es ici, alors ?

— Je ne sais pas. J'ai seulement accompagné quelqu'un.

Kai l'observa un instant puis lui fit un large sourire.

— Pas de problème, Karsten. C'est toi qui vois. Quoi qu'il en soit, j'ai besoin que tu répondes à quelques questions. Rien de secret, ce que je te demande est de l'ordre de ce que l'on peut lire dans des registres officiels.

Le ton amical rassura Karsten. Il répondit brièvement aux questions posées. Non, il n'appartenait à aucun parti politique. Oui, il habitait avec ses deux parents. Son père travaillait à l'Institut pour la recherche de l'énergie, sa mère était avocate et représentait la droite au conseil municipal. Non, il n'était ni chrétien ni juif ni musulman ni autre chose. Qu'est-ce que je fabrique ici ? se répétait-il intérieurement. Oui, qu'est-ce que je fous ici ? Cela aidait de répéter la question en boucle, car ainsi il maintenait toutes les autres pensées à distance.

17

Il se gara près du poste de police de la circulation routière. Glissa la main dans la poche de la portière intérieure
et sortit le sac avec les dispositifs de mise à feu. Il en
fourra trois dans la poche de son pantalon. Au moment
où il ouvrait le coffre pour prendre deux bouteilles d'un
demi-litre d'alcool à brûler, il se ravisa. Quelques centaines
de mètres le séparaient de la maison dans la Erleveien. Il
n'en aurait pas pour longtemps. Mais il se rendit compte
qu'il était trop proche, il fallait déplacer la voiture avant
de pouvoir passer à l'action.

Il fit le tour de la propriété. La brouette gelée traînait
encore près de la remise, ce qui le fit sourire. Ça en disait
long sur l'homme qui vivait là. Ne pas prendre le temps
de rentrer une brouette avant l'hiver… La laisser disparaître
sous la neige puis attendre que ça fonde pour la voir réap-
paraître, toute rouillée…

La serrure de la porte d'entrée était un modèle simple
TrioVing. Aucune sécurité. Aucun panneau indiquant un
système d'alarme relié à une société de surveillance. Il refit
encore un tour d'inspection. À l'arrière, il grimpa en deux
enjambées les marches verglacées de la terrasse, jeta un
coup d'œil à travers les rideaux légèrement entrouverts. Un
faisceau de lumière couleur rougeâtre, venant de l'entrée, se
dessinait sur le sol du salon. Pris d'une intuition, il abaissa
la poignée. Stupéfait, il sentit la porte de la terrasse s'ouvrir.

Il resta un moment à l'intérieur, à sentir les différentes odeurs. Des reliefs de nourriture, des odeurs de poisson, de poussière, de vêtements humides. Le journaliste pentecôtiste et sa femme avaient clairement un autre rapport à la propreté que ses parents. À l'époque, tout était toujours impeccable là-bas, il flottait toujours une odeur de savon noir mêlée à celle du citron.

Il traversa le salon et alla dans le vestibule, essaya de faire le tri entre ce qui était dû aux nouveaux habitants et ce qui était propre à la maison. Une poussette était rangée dans un coin. L'odeur de vêtements humides et de chaussures imprégnées de sueur devenait plus insistante. Ça sentait le pourri aussi. Près de la porte d'entrée, il aperçut un immense sac-poubelle. Sortir jeter les poubelles avant d'aller se coucher, c'était trop demander à ce pentecôtiste !

Deux jeux de clés pendaient à des crochets à côté du compteur électrique. Seules deux clés étaient TrioVing. Elles étaient identiques et il en détacha une qu'il glissa dans sa poche avant de se faufiler dans la cuisine. Ici aussi, il y avait des odeurs de poubelle, et bien sûr, des restes du poisson du dîner. Il alluma sa lampe-torche et inspecta les lieux. Dans l'évier, les assiettes s'empilaient. Il ne put s'empêcher de secouer la tête à cette vue. Mais la cafetière et le grille-pain étaient débranchés. La bouilloire aussi. Le genre de choses que préconisaient les pompiers pour éviter les drames en pleine nuit. Tout à coup, il eut la vision de ce terrain avec les ruines d'une maison calcinée. Un terrain incendié, songea-t-il, en accentuant chaque mot à part.

Il monta lentement l'escalier, vérifia si c'étaient toujours les mêmes marches qui craquaient. À l'étage, deux des portes étaient entrouvertes. Dans la plus grande chambre, devinat-il, dormaient le journaliste et sa femme, car c'étaient là que Tord et Gunnhild dormaient autrefois. Il ferma les yeux, comme s'il pouvait encore entendre leurs voix résonner dans le salon en dessous. Il savait qu'il n'était pas censé écouter ce qu'ils se disaient, « il faut qu'on le lui dise ». Il ne bougea pas et tendit l'oreille, les voix déferlaient vers lui comme des vagues. « Il est encore si petit. On ne peut pas attendre un peu ? »

C'était le soir où Tord avait passé une couche de vernis sur le parquet dans l'entrée. Et l'odeur du white spirit lui agressa les narines, presque aussi fort que ce jour-là, « il faut qu'on le lui dise », et il avait su – sans avoir rien décidé de précis – qu'il allait se passer quelque chose dans cette maison. Quelque chose qui mettrait un terme, une bonne fois pour toutes, à l'odeur du white spirit et aux voix en bas qui le tourmentaient.

Il poussa légèrement la porte, entendit la respiration de ceux qui dormaient à l'intérieur, le journaliste et sa femme. Il se souvint tout à coup s'être glissé dans la chambre de Tord et Gunnhild, après qu'ils s'étaient couchés. Il avait emporté la bouteille de white spirit et des allumettes. S'était tenu près de leur lit et les avait observés. Il ne leur avait rien fait, il lui suffisait de savoir ce qu'il *aurait pu* leur faire.

La chambre qui autrefois avait été la sienne se trouvait sur la droite. C'est là qu'il voulait aller. Il abaissa la poignée qui ne fit aucun bruit. Comme si la pièce m'avait attendu, se dit-il en entrant. Cela sentait le renfermé, la sueur rance. Il alla jusqu'à la fenêtre, l'ouvrit doucement. Tord entrait toujours ici en trombe et ouvrait en grand, il voulait aérer, changer et régler la température, peu importe la saison, il aimait prendre le contrôle de l'air que l'on devait respirer.

À la lumière des réverbères de la rue, il examina la pièce. La chambre avait gardé ses panneaux en pin, un mauvais lambris de planches posées horizontalement et piquées de nœuds. Le soir, il passait de longs moments à observer les motifs formés par les taches plus sombres, comme s'il y était écrit quelque chose dans une langue qu'il devait apprendre à déchiffrer.

La penderie était pleine de vêtements, de vestes, de blousons, de manteaux, il y avait aussi un costume. Il les écarta et éclaira la paroi latérale. Une plaque y était posée à la verticale. Il se faufila à l'intérieur, poussa les chaussures et les bottines, retira la plaque et éclaira. Cela sentait la même odeur qu'avant ; des poussières de bois, de carton et de fibres de verre étaient tombées des interstices entre les poutres du toit. Cette pièce n'avait rien perdu de son mystère. Ni le pentecôtiste, ni sa femme, ni personne d'autre ayant occupé les lieux n'avait remarqué cela. Il éclaira le montant qu'il avait entaillé. Les mots étaient toujours là, entourés de traces de feu. Il dut se retenir pour ne pas éclater de rire. Il devait remettre la plaque à sa place et sortir de là, s'asseoir dans le canapé le long du grand mur, renverser sa tête en arrière et emplir ses poumons de l'air de la nuit qui entrait par la fenêtre. Il rit en silence dans l'obscurité, ferma les yeux jusqu'à ce que le bouillonnement dans sa poitrine se fût apaisé.

Un ordinateur portable était posé sur le bureau, contre l'autre mur. Il était en veille. Il se leva et le réactiva. Sur l'écran apparurent une multitude de dossiers. Certains contenaient des reportages, semblait-il, et l'un d'eux portait le nom de « Furutunet ». Ainsi le journaliste avait rédigé à ce bureau ses articles concernant les incendies et écrit sur lui… Il trouva quelque chose qu'il avait lu dans le journal local le matin même. Un autre document était plus récent, il avait été écrit dans la soirée. Un inspecteur de police faisait des déclarations : ils avaient déployé de grands moyens, ils suivaient des pistes. Ça le fit sourire. Il cliqua sur un lien relatif au document et tomba sur un article paru dans *VG Nett* : *L'incendie mortel a fait une victime de plus.*

L'article avait été envoyé tard dans l'après-midi, mais il n'avait pas pris le temps de jeter un coup d'œil aux journaux sur Internet, après son retour de la réunion chez Sæter.

L'employé âgé de 48 ans qui avait échappé de justesse à

l'incendie du foyer de Furutunet à Nannestad dans la nuit de mardi à mercredi a succombé ce soir à ses blessures.

Il relut ce qui était écrit. Ils n'avaient rien à se mettre sous la dent, ils ne comprenaient rien. Lui pouvait les voir, eux ne le voyaient pas. Ni l'inspecteur, ni l'officier de police Horvath avec sa moustache à la noix et sa gonzesse qui se faisait baiser par un autre homme, ni le journaliste qui dormait dans le lit de Tord.

Tout à coup, il tressaillit, colla son oreille contre le mur. N'entendit d'abord rien, puis un grognement, de nouveau le silence.

Quand il se fut calmé, il retourna à l'ordinateur. En bas dans le coin de l'écran, un document s'afficha – *Pensées en cours* –, une sorte de journal, puisque les commentaires étaient datés. Il consulta l'historique : le document avait été modifié à vingt-deux heures cinquante, soit moins de trois heures auparavant.

Rakel a demandé : « Est-ce que l'oncle Picsou est Dieu ? » Sara, effrayée : « Qu'apprenons-nous aux enfants ? » Je ne pus m'empêcher de rire, elle prenait ça tellement au sérieux. La dernière fois qu'elle était enceinte, elle prenait tout tellement au sérieux. J'essaie de la faire rire davantage.

Mon Dieu, je Te suis si reconnaissant. Mais surtout, de me faire éprouver la reconnaissance. Chaque jour, chaque soir.

À cet instant, un bruit derrière lui, dans le couloir : une porte s'ouvrit. La porte de l'autre chambre à coucher, la plus petite, celle que l'on n'utilisait jamais quand il habitait ici. Cela va recommencer, songea-t-il en un éclair. Je vais faire du mal à quelqu'un… Il se retourna. Une enfant se tenait dans l'embrasure de la porte. Une toute petite fille. Elle devait à peine avoir un ou deux ans. Il mit son poing derrière son dos, pour l'immobiliser. Ne crie pas, l'implora-t-il intérieurement, s'il te plaît, ne crie pas.

– Soif, dit l'enfant.

Il vit de longs cheveux blonds briller et se souvint que le nom de Rakel était inscrit sur la plaque de la porte.

– Tu vas avoir de l'eau, chuchota-t-il. Attends ici.

Il descendit l'escalier le plus discrètement possible, il aurait pu se précipiter dehors et filer. Il tendit l'oreille. Aucun des adultes n'était réveillé. Il pouvait se permettre n'importe quoi dans cette maison, ils ne mettraient jamais la main sur lui. Il trouva un verre sur le plan de travail, ouvrit le robinet, le rinça d'abord puis le remplit à moitié. Il le prit et vit que l'enfant se tenait en haut des marches. Il remonta doucement, l'oreille aux aguets, prêt à tout moment à déguerpir.

– Tiens, Rakel, chuchota-t-il en tendant le verre à l'enfant.

Il écouta l'enfant boire. S'il s'était ravisé, ce n'était pas par considération pour cette famille, ni pour la femme enceinte et encore moins pour le journaliste qui utilisait sa chambre comme bureau et écrivait qu'il était reconnaissant à Dieu. Qu'est-ce qui ferait pencher la balance de l'autre côté, permettant à ceux qui avaient emménagé dans cette maison de se réveiller au matin sans savoir à quoi ils avaient échappé ? Quelque chose sans doute dans le bruit que faisait la petite gorge de l'enfant quand elle avalait de l'eau.

– Maintenant, il faut aller te coucher, chuchota-t-il. Faut dormir.

Il se tourna, redescendit l'escalier et se retrouva dans le vestibule, empli d'une excitation qu'il ne savait pas comment faire retomber. Avec un rire inaudible pour autrui, il saisit le sac-poubelle, déverrouilla la porte d'entrée et jeta le sac dans le container.

Il dut faire un tour dans les rues désertes de la ville. Impossible de se débarrasser de ce rire nerveux. Le veilleur de nuit était mort. Mais avait-il raconté ce qu'il avait vu avant d'expirer ? Cela paraissait difficile à croire, mais il fallait qu'il en ait le cœur net. C'était devenu un jeu maintenant, il lisait dans les cartes ce qu'ils faisaient, il les suivait à leur insu.

Il s'arrêta au milieu de la place du marché. La lune avait surgi derrière le toit de la maison où elle habitait, un œuf courbe et lumineux qui découpait de fines couches de nuages autour de lui. Il envoya un texto : *Je peux passer ?* Il n'attendait pas de réponse, mais moins d'une minute après, l'écran de son portable s'alluma et une minute plus tard encore, il était chez elle, dans son entrée. Elle était démaquillée, portait un T-shirt mais rien en bas. Elle dégageait une odeur de sommeil. Il aimait ça.

— J'aurais dû t'apporter des fleurs, plaisanta-t-il. Mais le magasin était fermé.

Elle le regarda dans le miroir au-dessus de la commode.

— Tu prends des trucs ?

Ça le fit rire.

— Si je ne vis que d'amour et d'eau fraîche, tu veux dire ?

Elle ouvrit la porte de la cuisine.

— Tu veux du café ?

Il observa les contractions de son fessier quand elle se hissa sur la pointe des pieds pour attraper des tasses dans le placard.

— Donne-moi deux minutes, je ne suis pas encore bien réveillée, dit-elle en titubant vers les toilettes.

À côté du miroir de l'entrée, il y avait une armoire à clés. Il trouva les clés de la voiture ainsi que ce qui ressemblait à un double des clés de l'appartement. Il ouvrit la porte et vérifia la serrure avant de les empocher. La pensée qu'il pouvait s'introduire chez elle quand bon lui semblerait l'excitait terriblement.

Elle revint, cette fois en pantalon de jogging.

— Manque de bol, dit-elle. Je viens de voir que j'ai mes règles.

Ah, l'excuse éculée pour ne pas baiser ! Il se leva, reprit son blouson, surtout pour voir sa réaction.

– Tu ne peux pas rester quand même ?

Il haussa les épaules.

– Et ton policier ?

– Ce n'est pas *mon* policier. D'ailleurs, il est parti en voyage.

– Je croyais qu'il était occupé à débusquer les pyromanes. On ne peut pas tout laisser en plan comme ça.

– Ça fait deux semaines qu'il est sur ces affaires nonstop. On lui a dit de prendre son week-end.

Il s'attabla dans la cuisine.

– J'ai vu que le type de Furutunet est mort.

– Effectivement.

Il attendait qu'elle ajoute quelque chose mais elle bâilla et avait visiblement d'autres pensées en tête.

– Peut-être que c'est lui qui a allumé l'incendie là-bas, hasarda-t-il.

– Et qui se serait frappé lui-même et allongé dans la cave ?

Elle secoua la tête, agacée. Il fit semblant de réfléchir.

– Ils ont pu tirer quelque chose de lui avant qu'il meure ?

– Comment le saurais-je ?

– Je croyais que ton flic te racontait tout.

Elle eut un bref sourire.

– C'est à se demander si ce n'est pas pour lui que tu viens me voir.

Il rit. Elle ne savait pas à quel point elle avait vu juste. Il aurait pu lui dire qu'il en savait très long sur eux tandis qu'eux ne sauraient jamais rien de lui. Le nom de son policier, par exemple, Horvath, venait de Hongrie. L'homme habitait dans la Rælingsveien et avait un revenu brut d'un peu moins de trois cent mille couronnes par an. Quelques jours plus tôt, il s'était tenu devant la porte de la salle de bains de Monica, mais était finalement reparti la queue entre les jambes.

– Tu t'imagines donc que je m'intéresse davantage à ce que fait la police qu'à toi.

– Tu t'intéresses à moi ?

Il l'attira sur ses genoux. C'était bizarre comme sensation, un geste entre amoureux, mais elle se détendit et laissa aller son corps contre le sien.

Il lui caressa le cou avec un doigt.

– Est-ce qu'ils ont pu l'interroger ? répéta-t-il.

– Qu'est-ce que j'aurai si je te le dis ?

Il sourit et lui chuchota à l'oreille :

– Tu auras le droit d'avoir ce que tu veux.

– Ce que je veux ?

Elle frotta sa joue contre la sienne.

– Tu n'es pas très intelligent, dis donc.

– Non, c'est un fait. Alors, je t'écoute.

– Il est mort sans reprendre connaissance. Ils n'ont rien pu tirer de lui.

18

Dan-Levi saisit son portable sur la table de nuit et essaya d'éteindre la sonnerie programmée avant que Sara ne se réveille. Elle avait besoin de dormir autant que possible. Il chaussa ses lunettes et la regarda, crut qu'elle avait les yeux fermés, mais au moment où il allait franchir le seuil de la porte, son caleçon et ses pantoufles à la main, elle murmura :

– Tu peux t'occuper de Rakel ? Je n'ai pas le courage de me lever.

Il retourna près du lit et lui posa un baiser sur le front.

– Bien sûr, rendors-toi.

Elle grommela « merci » et il glissa une main sous la couette pour lui caresser le ventre. Cette fois, ce serait un garçon, disait-elle. C'est Dieu qui déciderait. Dan-Levi avait toujours souhaité avoir une fille et son vœu s'était exaucé. Mais ce n'était pas bien de sa part de préférer un enfant à un autre.

Il alluma la lumière dans le couloir et remarqua aussitôt Rakel, affalée sur la dernière marche de l'escalier. Dan-Levi la prit vite dans ses bras : son corps était froid et tout mou, et il eut l'impression que ses lèvres étaient bleues. En poussant un hurlement, il courut à la chambre à coucher, la pressant contre lui. Sara se redressa d'un coup.

– Elle était dans le couloir, balbutia-t-il en déposant sa fille sur le lit.

L'enfant ouvrit alors les yeux et les regarda, étonnée.

– Dieu soit loué, s'écria Dan-Levi. Dieu soit loué au plus haut des cieux !

Sara alluma la lumière.

– Mais qu'est-ce qui te prend ?

Il passa sa main dans les cheveux de Rakel. Elle sourit, ensommeillée et se blottit à côté de sa mère.

– Je l'ai trouvée dans l'escalier. Elle a dû sortir de son lit et rester là toute la nuit.

Sara posa une main sur la poitrine de l'enfant.

– Elle a froid.

Dan-Levi se pencha au-dessus de Rakel.

– Qu'est-ce que tu faisais dans le couloir ?

Rakel le regarda de ses grands yeux. Un jour, elle avait escaladé son lit à barreaux, ils avaient parlé de renforcer la sécurité d'une manière ou d'une autre.

– Soif, dit-elle.

Il bondit, comme si ce souhait exprimé confirmait que sa fille allait bien.

– Tu vas avoir du lait autant que tu veux.

Sur ce, il se précipita hors de la pièce. En haut de l'escalier, à l'endroit où il l'avait trouvée, il aperçut un verre avec un fond d'eau. Il le rapporta dans la chambre à coucher.

– Tu t'es levée cette nuit pour donner de l'eau à Rakel ?

Sara, qui s'était rallongée, entrouvrit un œil.

– Non, je n'ai pas quitté mon lit, que je sache.

De nouveau, Dan-Levi se pencha au-dessus de sa fille.

– Tu t'es levée pour aller prendre un verre d'eau ?

Rakel s'était mise à parler assez tôt, elle se réveillait souvent la nuit et avait toujours soif. Mais de là à descendre dans la cuisine et remplir un verre d'eau, c'était impensable...

– Le môssieur, répondit-elle avec un sourire malicieux.

– Le *môssieur* ? Comment ça, le *môssieur* ?

– Le môssieur a de l'eau.

– Laisse-la, intervint Sara. Elle est fatiguée, moi aussi et en plus j'ai la nausée.

Dan-Levi alla lui chercher un verre de lait dans la cuisine. En remontant, il s'écria :

– Je n'y comprends plus rien. Il n'y a aucune chaise près de l'évier. Est-ce qu'elle l'aurait remise à sa place ?

– Le mô... môssieur, insista Rakel en buvant de grosses gorgées de lait.

Sara esquissa un sourire.

– T'entends pas ce qu'elle dit ? Un monsieur... Oh, et puis laisse tomber, Dan.

Elle enveloppa Rakel dans la couette et tourna le dos à Dan-Levi. Il s'assit sur le bord du lit, fit sa prière du matin, la termina en remerciant Dieu de lui avoir donné une fille si magnifique. Et une épouse si magnifique. Rien dans la vie ne saurait surpasser ces deux êtres.

Dehors, le temps s'était radouci. On était le vendredi précédant le dimanche des Rameaux et la dernière neige dégouttait des toits. Dan-Levi avait prévu de faire tomber les plus grosses couches de neige, mais voilà qu'il en était dispensé puisque la neige disparaissait toute seule. Il ferma la porte à clé derrière lui et résolut de laisser de côté l'énigme du verre d'eau de sa fille.

Il se souvint soudain qu'il avait posé le sac-poubelle dans l'entrée. La veille, épuisé, il s'était endormi sur le canapé et n'avait pas eu le courage de faire les huit mètres jusqu'au portail. Il rouvrit la porte, ne trouva pas le sac, faillit appeler Sara, mais à la pensée de Rakel blottie contre le ventre de sa mère, il se ravisa.

Une fois sur le perron, il aperçut Karsten Clausen qui avançait vers lui sur les dalles verglacées. Il avait appuyé son vélo contre le portail ouvert.

– Tu es bien matinal pour faire du vélo, lança-t-il.

Karsten haussa les épaules.

– À quoi ressemblerait notre planète si tout le monde devait conduire une voiture ? commenta-t-il.

Malgré le ton moqueur, Dan-Levi eut un accès de mauvaise conscience. Il utilisait trop la voiture. À vrai dire, il n'en avait pas besoin tous les jours au boulot.

– Vous allez au chalet pour Pâques ? voulut-il savoir.

– Mes parents partent cette après-midi, répondit Karsten. Moi, je crois que je vais rester à la maison. Je n'ai pas encore décidé.

– Il y a entraînement d'échecs mardi pour ceux qui peuvent, annonça Dan-Levi. Je ferais bien une partie, si tu n'as pas peur de jouer contre moi.

Karsten fréquentait le club d'échecs depuis ses neuf ans. Au début, ils avaient le même niveau. Cela faisait plusieurs années que Dan-Levi n'avait pas l'ombre d'une chance de le battre.

– Je ne crois pas que je pourrai venir. J'ai trop de choses dans la tête en ce moment.

Dan-Levi eut le sentiment que Karsten voulait lui dire quelque chose, aussi pour lui laisser le temps il regarda autour de lui. À côté de la première dalle, il vit une cigarette coupée en deux. Il la ramassa. Trois allumettes comme on en donne dans les hôtels y étaient fixées avec un élastique. Ils n'avaient pas eu de visite récemment, donc la cigarette devait être là depuis un moment. D'un autre côté, elle n'était pas prise dans la fine couche de gel qui couvrait le sol.

– C'est toi qui t'amuses à faire ce genre de figurine ? demanda-t-il en brandissant la cigarette attachée avec les allumettes.

– Parce que c'est une figurine, ça ? répondit Karsten qui l'examina en plissant les paupières.

– Tu le sais bien. Personne d'autre que toi ne peut avoir perdu ça ici.

Karsten secoua la tête, la mine soudain devenue grave.

– Je ne te crois pas. Ce sont bien tes empreintes, non ?

Pour joindre le geste à la parole, il examina les traces de bottes à côté de l'endroit où il avait découvert la cigarette.

– Le motif de la semelle ressemble à une carte. Montre-moi ta semelle.

– Ha ha, dit Karsten.

Dan-Levi mit la cigarette à côté de l'oreille du jeune homme.

– Allez, avoue que tu me fais marcher, dit-il d'une voix rauque.

Karsten eut un rire bref, la mine toujours aussi sombre.

– Tu sais ce qui va arriver si tu continues à faire la tête ? dit Dan-Levi en toussotant.

En fait, c'était une bonne idée à retenir pour le théâtre de marionnettes que d'utiliser des cigarettes et des allumettes. Un truc à essayer avec les jeunes de Betania. Mais il n'avait pas envie de voir ce genre de choses traîner devant sa maison. Car non seulement Rakel avait toujours soif, mais elle avait une fâcheuse tendance à tout porter à sa bouche. Aussi jeta-t-il le tout à la poubelle.

– Tu voulais me parler de quelque chose, Karsten ? Quelque chose qui n'a rien à voir avec les échecs ?

Karsten le regarda et Dan-Levi sut qu'il avait eu la bonne intuition. Mais avant qu'il ait pu lui poser la moindre question, Karsten avait enfourché son vélo, l'avait salué de la main et avait continué à descendre la Erleveien.

19

Il sursauta. Une lumière grise et compacte filtrait à travers les rideaux. Il jura tout bas et enfila son pantalon. Il n'aurait pas dû s'endormir. Pas dans cette chambre. Pas à côté d'elle. Il jeta un coup d'œil au lit. Monica n'était pas là. La porte de la chambre à coucher était entrebâillée, il la vit assise dans le salon, lui tournant à moitié le dos. Elle tenait à la main un portable. Mais pas le sien à elle, puisqu'il était posé sur la table du salon. Il faillit ouvrir grand la porte d'un coup de pied, mais il entendit soudain un faible son venant du portable qu'elle manipulait. Le son d'une sirène. Il n'eut aucun mal à identifier les bruits, car il connaissait chaque détail de cette vidéo. Il entendait à présent ses propres commentaires et le fracas lointain de l'étable en feu.

Il maîtrisa sa colère. Mieux valait en faire bon usage. Sans bouger un doigt, il regarda Monica visionner les vidéos qu'il avait prises. Ses cheveux mouillés lui arrivaient à peine aux épaules, une assiette se trouvait sur la table devant elle ainsi qu'un verre de jus d'orange à moitié rempli et une tasse de café fumant. Après avoir vu ce qu'il avait filmé à Furutunet et au jardin d'enfants, elle revint à la vidéo de la ferme Stornes qu'elle se repassa en entier. Puis elle se leva et remit le portable dans la poche du blouson où elle l'avait pris. Elle entreprit de fouiller cette poche – il savait ce qu'elle allait trouver – et sortit le double des clés qu'il avait subtilisé. Elle resta un moment indécise, les clés à la main, avant de marmonner quelque chose d'incompréhensible. Elle replaça les clés dans la poche, prit son propre portable et commença à appuyer sur les touches... Alors il sortit de la chambre à coucher. Elle tressaillit comme si elle venait de recevoir une décharge électrique. Pendant une seconde, elle le fixa, ses pupilles se dilatèrent, puis elle détourna les yeux et laissa retomber la main qui tenait le téléphone.

– Salut, dit-elle d'une voix exagérément forte. Je ne voulais pas te réveiller.

Il fit quelques pas vers elle. Il n'avait encore pris aucune décision. Cela sentait le café et le pain grillé. Elle leva les yeux vers lui et il chercha à y lire une sorte de solution, quelque chose dont ils auraient pu rire ensemble, tout sauf cette peur qui s'emparait d'eux. Elle portait un chemisier blanc et une jupe moulante. Prête à aller au travail. Et soudain pétrifiée. Car elle n'irait pas au travail. Tout à coup, il eut presque de la peine pour elle.

– Il faut que je passe un coup de fil, glissa-t-elle dans un souffle.

Il lui prit son portable. L'écran affichait *Roar*, mais elle n'avait pas encore appuyé sur la touche d'appel. Il aurait suffi d'une légère pression... Il sut comment cela allait se passer.

– Va dans la salle de bains.

– Je viens de prendre ma douche, murmura-t-elle.

– Oui, tu t'es douchée, dit-il. Tu sens bon.

– Il faut que j'aille bosser, chuchota-t-elle. J'ai une réunion, elle commence dans quelques minutes.

Il secoua la tête.

– Ils vont s'inquiéter de mon absence. Je ne suis jamais en retard.

– Ils s'inquiéteront de ton absence.

Il lui prit le bras, pas fort, plus pour sentir la tension à l'intérieur et mesurer son degré de résistance. Sa poitrine fut parcourue d'une secousse, comme si un cri montait de son ventre et il appuya aussitôt sa main sur la bouche ouverte. Le cri rencontra la paume de la main et fut renvoyé à l'intérieur, ressortant par les pores de sa peau et par les yeux. Monica commença à se débattre, mais il suffit d'une prise avec le bras pour bloquer son corps.

— Viens, dit-il en la conduisant dans la salle de bains.

La pièce était encore embuée. Il flottait un parfum de savon aux herbes et de crèmes. Un paquet de serviettes hygiéniques ouvert traînait sur le bord du lavabo. Ce n'était donc pas du bluff.

— T'es une fille bien, dit-il en la serrant moins fort.

Elle avait le souffle court.

— Il faut que j'y aille, répéta-t-elle.

— Remplis la baignoire.

— Non.

Sa voix trahissait à présent une prise de conscience, comme si la buée se dissipait. Il lui serra de nouveau le bras, pas très fort, mais assez pour qu'elle se baisse et mette le bouchon au fond de la baignoire.

— Ouvre le robinet.

Elle obéit.

— Qu'est-ce que tu veux faire ?

Il sourit, mais ce n'était pas son sourire habituel, et il vit que cela l'effrayait.

— Rien qui te fasse mal, assura-t-il. Tu m'as dit ce que j'étais venu entendre. Tu n'as plus besoin de parler.

Elle tendit la main, la posa sur sa braguette. Il la repoussa.

— Je ne suis pas comme ça, dit-il en évitant de prononcer son prénom.

Il ne fallait pas se laisser amadouer. Ne pas trop réfléchir.

— Déshabille-toi.

Elle baissa les yeux.

— Je saigne.

— Tu peux garder ta culotte.

Elle lui tournait à moitié le dos, il vit qu'elle tremblait.

– Tu as froid. Va dans la baignoire.

Elle ne réagit pas.

– Mets-toi dans la baignoire, répéta-t-il en remarquant que sa voix s'était faite tranchante, bien qu'il ne ressentît nulle colère, pas même de l'agacement.

Il ne voulait pas qu'elle ait peur, alors il ouvrit l'armoire à pharmacie, trouva la boîte de Stesolid et les plaquettes d'Imovane, remplit un verre d'eau et le lui tendit avec un comprimé de chaque. Elle détourna la tête.

Il regarda l'heure. Huit heures vingt.

– Avale ça et ça suffira.

Elle prit les comprimés et les laissa tomber dans la baignoire.

Il grimaça.

– C'est dommage, lâcha-t-il en prenant cette fois deux comprimés de chaque boîte. Il va falloir doubler les doses.

Elle pinça la bouche. Alors il lui agrippa les cheveux et renversa sa tête en arrière, la força à avaler les comprimés et la fit boire. Elle toussa et manqua étouffer, des restes de comprimés mêlés de salive dégoulinèrent sur son menton.

Il attendit qu'elle respire normalement.

– Pourquoi tu me rends les choses si difficiles ? dit-il d'un ton posé en lui tendant quatre comprimés cette fois.

Hésitante, elle les prit et les avala. Ensuite elle se recroquevilla au bout de la baignoire, en serrant les genoux contre elle. L'eau ne lui arrivait qu'aux chevilles. Posté à côté du lavabo, il attendait que l'eau monte.

– Et si tu t'en allais maintenant ? hasarda-t-elle.

Il s'assit sur le rebord de la baignoire.

– Si je m'en allais maintenant ?

Elle regardait droit devant elle.

– Je ne dirai jamais rien.

– Comment ça ?

– Sur les incendies, murmura-t-elle.

Il posa une main sur son épaule qu'il caressa. Sa peau était glaciale.

– C'est bien. N'en dis rien.

Elle leva les yeux vers lui.

– Tu peux t'en aller ?

Sa voix avait pris un accent plaintif.

– Est-ce que je peux finir de me préparer toute seule ?

Il continuait à lui caresser la nuque.

– Je ne veux pas te laisser seule.

Elle pencha la tête.

– Je peux t'aider.

Il aimait qu'elle dise cela, peu importe ce qu'elle entendait par là, c'était gentil de sa part. À cet instant, le portable de Monica sonna. Il était resté sur la table du salon.

– Est-ce que je peux le prendre, s'il te plaît ?

Elle leva la tête de nouveau et pendant quelques secondes, il plongea ses yeux dans ce regard suppliant.

– Tu n'as besoin de personne d'autre maintenant, trancha-t-il.

L'eau lui arrivait au milieu des jambes.

– Ne bouge pas.

Il se leva en emportant les comprimés. Sur le plan de travail de la cuisine, il y avait un mortier. Au moment où il les mettait dedans, il perçut un clapotis venant de la salle de bains, puis des pas dans le couloir. En deux secondes, il fut là derrière elle tandis qu'elle essayait de déverrouiller la porte. Un instant, il envisagea l'éventualité de la laisser ouvrir et partir dans l'escalier.

Il la saisit par-derrière, elle hurla, se débattit et donna des coups de pied dans la porte. Il la ceintura avec les deux bras et une main sous le menton l'obligea à fermer la bouche au point que ses dents claquèrent. Il souleva alors le corps trempé, le ramena dans la salle de bains et le déposa délicatement dans la baignoire.

– Tu prends d'abord un bain, lui chuchota-t-il à l'oreille.

De retour dans la cuisine, il se plaça de façon à pouvoir surveiller la porte de la salle de bains, pendant qu'il broyait finement, un à un, les cachets dans le mortier. Elle aurait pu se remettre à crier. Elle aurait pu se relever, briser un verre, attraper une paire de ciseaux. Non, songea-t-il en secouant la tête, la fille tremblante dans la baignoire n'était plus en état de faire ce genre de choses.

Il ne chôma pas. Au final, il réduisit en poudre quinze Imovane et vingt Stesolid. Il trouva du jus d'orange dans le réfrigérateur, versa la poudre dans la boisson, mélangea le mieux possible jusqu'à ce que presque tout soit dissous.

La baignoire était remplie à ras bord, de l'eau éclaboussait le sol. Monica était dans la même position, le regard fixe. Il ferma le robinet, lui tendit le verre.

— Tiens.

Elle ne bougea pas.

— Alors je vais être obligé de t'aider encore une fois, dit-il d'une voix sourde.

D'un doigt, il lui souleva le menton, lui tordit la bouche avec la main pour écarter les lèvres et verser la mixture.

— N'aie pas peur, Monica. Je vais veiller sur toi.

20

La fenêtre était entrouverte. Sur la gouttière, un pinson chantait joyeusement. Ses plumes dressées sur la tête formaient une crête qui lui donnait un petit air de punk. Karsten savait bien que ces trilles n'exprimaient pas la joie mais étaient une manière pour l'oiseau de marquer son territoire et d'empêcher d'autres mâles de rivaliser avec lui concernant la nourriture et les femelles. Il ferma la fenêtre et essaya de se concentrer sur le dessin qu'il avait tracé, un disque circulaire percé d'un cylindre. Cette histoire de pierre tombale d'Archimède était une piètre invention du prof de maths. Il aurait tout aussi bien pu s'agir d'une bouche d'égout. Il se pencha sur sa table pour considérer à nouveau le croquis et réfléchit aux différentes formules, sachant qu'il était à deux doigts de trouver une solution plus simple, mais ses pensées s'obstinaient à prendre une autre direction.

On était vendredi. Le matin, il avait reçu un message de Jasmeen : *à 18 h.* Rien d'autre. Il était alors dans la salle de bains en train de se brosser les dents. Il avait rappelé aussitôt, mais personne n'avait répondu. Et s'il accompagnait finalement ses parents au chalet ? Puis c'est le moment qu'avait choisi Adrian pour l'appeler. La conversation n'avait pas duré longtemps, quelques minutes seulement, et c'est surtout Adrian qui avait parlé.

Quelques minutes plus tard, en descendant la Erleveien, Karsten avait vu Dan-Levi sortir sur le perron. Il avait posé son vélo, soudain déterminé à tout lui raconter : Jasmeen, Adrian, la réunion avec Sæter. Mais Dan-Levi lui avait coupé son élan en faisant toute une histoire d'une cigarette ramassée par terre. Après, c'était trop tard.

Lorsque son père vint dans sa chambre, Karsten était penché sur des exercices de physique. Les changements de vitesse de l'atome d'oxygène lors de l'émission de photons. Ce genre de chose. Ou la perte de masse du soleil par seconde, compte tenu de l'effet de rayonnement total. Des problèmes simples. Son père jeta un coup d'œil par-dessus son épaule. Son petit toussotement indiquait qu'il avait tout de suite vu que les solutions trouvées par Karsten étaient justes.

— Aucun nuage en vue, annonça-t-il. Mais si tu démolis la maison, veille à ce qu'elle soit de nouveau debout avant le jeudi saint à cinq heures... de l'après-midi, je précise.

Il sifflota, comme pour souligner que c'était censé être une plaisanterie. Karsten descendit l'escalier et sortit avec lui sur le perron. À l'arrière, Synne avait baissé la vitre.

— Tu te rappelles ta promesse ?

Karsten se caressa le menton en faisant mine de réfléchir.

— C'était quoi déjà ? Donner de la nourriture à tes peluches ?

— Je vais te tuer, le menaça-t-elle.

Ces derniers temps, son vocabulaire était devenu plus violent, il n'était pas sûr d'aimer ça.

— Je dois t'enregistrer une émission, ce n'était pas *Sesam Station* ?

Elle plissa ses paupières, mais il vit qu'elle se retenait de rire.

— Je vais te tuer, répéta-t-elle. Je te verserai du poison dans l'oreille pendant que tu dors.

Drôle de façon de tuer quelqu'un. Elle avait dû voir ça dans une série télé ou dans un des milliers de livres qu'elle avait lus. Elle avait presque terminé *Le Seigneur des anneaux* alors que lui ne l'avait jamais ouvert.

— Arrête de la taquiner, prévint son père. C'est nous qui en ferons les frais.

Karsten balança la tête de droite à gauche. Comme le faisait Adrian, tiens.

— D'accord. Michael Jackson.

— Toute l'émission, hein !

Il regarda la voiture s'éloigner avant de rentrer s'affaler dans le salon. Le silence qui déferlait par vagues lui évoquait quelque chose de douloureux. Soudain, il bondit sur ses pieds et fit le tour de chaque pièce du rez-de-chaussée. Il était cinq heures et demie. Il chercha son livre de maths, dessina encore une fois la pierre tombale et le cylindre sur une des pages blanches à la fin. Au lieu de noter les formules mathématiques, il gribouilla sur son croquis. Il n'écrivit pas le nom d'Archimède sur la tombe, mais ses propres initiales ainsi que sa date de naissance suivie d'un tiret. Il caressa l'idée d'inscrire une date après ce trait. Dans cinquante ans, peut-être, ou simplement l'année prochaine ? Il pensa à la mère d'Adrian qui prédisait l'avenir aux gens avec un jeu de cartes. Et s'il demandait à Elsa Wilkins la date, comme ça, à titre d'expérience ? Il eut une autre idée. Il alla chercher un dé dans son jeu de Yatzy, établit un tableau en donnant une signification à chaque nombre et il commença à jeter le dé. Selon ce tableau, le jour de sa mort serait cette année, ce mois-ci ! Il secoua la tête d'un air dubitatif, mais hésita à lancer deux fois le dé pour déterminer précisément la date. Ce fut à cet instant qu'on sonna à la porte. Deux sonneries brèves. Malgré le message reçu dans la matinée, il n'avait pas cru qu'elle viendrait. Il avait espéré qu'elle y renoncerait. Cela aurait été tout autant un soulagement qu'une déception. Qu'est-ce qui était pire ?

La pluie s'était mise à tomber et à peine eut-il ouvert la porte que Jasmeen se glissa à l'intérieur. Il avait éteint dans l'entrée, et elle se tenait dans la pénombre, son châle noir autour de la tête.

— Tu es venue, parvint-il à dire.

— Tu n'y croyais pas ?

— Si. Ou non. Je ne savais pas.

Elle déboutonna son manteau mouillé. Elle portait une tenue en tissu soyeux, marron clair avec un reflet rougeâtre. Un grand motif de fleurs était brodé dessus, au niveau de la hanche. Elle venait d'un autre monde.

— Tu trouves que j'ai l'air bizarre.

— Pas du tout, bredouilla-t-il.

— J'ai dû raconter que j'allais chez ma cousine. J'étais obligée de m'habiller comme ça.

Elle tenait toujours son manteau à la main. Il le prit et l'accrocha.

— Rachida est la personne en qui j'ai le plus confiance.

Il la laissa entrer la première dans le salon.

— Tu reviendras bientôt en classe ?

Elle se tourna vers lui.

— Je ne sais pas.

— Tu ne peux pas y aller, tout simplement ?

Elle secoua la tête.

— Tu ne comprends pas ce qui se passe, Karsten.

Elle jeta un rapide coup d'œil dans la pièce avant d'ajouter :

— Ils veulent m'emmener au Pakistan. Ils ont prévu de me marier là-bas. Cet été.

Elle s'approcha et lui prit la main.

— Il a trente-cinq ans, des dents pourries et il est presque analphabète. Je ne m'y résoudrai jamais. Jamais, tu m'entends ?

— Tu en as parlé avec Adrian, constata Karsten.

Elle acquiesça.

– Il m'aide.

– Comment ?

Elle eut un temps d'hésitation.

– Il a appelé mon père. Après ce coup de fil, mon père a été très bizarre. À la fois en colère et fâché contre lui-même. Je ne sais pas de quoi ils ont parlé. Adrian m'a dit qu'il connaissait ma famille de longue date. Je ne le savais pas.

– Est-ce qu'ils ont reparlé des accusations contre moi ?

– Ils ont laissé tomber.

– À cause du coup de fil d'Adrian ?

Elle se détourna.

– Mon père a changé d'avis, en tout cas, et Shahzad a toujours été contre. Karsten, on ne pourrait pas parler d'autre chose ?

– Shahzad préfère me frapper, c'est ça que tu veux dire ?

Elle le regarda longuement.

– Il ne le fera pas ou, plus exactement, il ne le fera plus maintenant.

Ils se tenaient au milieu du salon. Elle tendit alors le cou et frotta sa joue contre celle du jeune homme. Elle avait une autre odeur. Peut-être la pluie avait-elle effacé le parfum sucré qui l'entourait d'habitude.

– Je pense à toi, Karsten. Toute la nuit, toute la journée. C'est pour ça que je suis ici.

Voilà, elle l'avait dit. Si elle partait maintenant et que les choses en restaient là, il se souviendrait de ces mots. Il l'enlaça à la hauteur de la hanche, l'attira vers le canapé et pressa ses lèvres contre son cou. Soudain, elle se releva.

– Il faut que j'aille à la salle de bains.

Quand elle revint, il n'avait pas bougé. Elle resta debout au milieu de la pièce. Dans son dos, une sorte de cape rouge touchait presque le sol. Elle soutint son regard et déclara :

– Je sais que j'ai l'air un peu spéciale.

Il s'enfonça dans le canapé, scruta le plafond et, tout à

coup, elle fut à côté de lui et lui caressa les cheveux. Alors il la saisit, ses doigts glissèrent sur l'étoffe en soie. Elle se dégagea et s'assit à côté de lui dans le canapé.

– Sois prudent, Karsten, dit-elle en écartant la main qu'il avait posée – sans s'en rendre compte – sur son sein. Il faut que nous soyons prudents, répéta-t-elle à voix basse. Si on veut avoir une chance d'être ensemble.

Il ne savait que faire de cette main qu'elle avait écartée. Il la glissa discrètement dans son entrejambe où la pression exercée était carrément douloureuse.

– Tu as un lit ? demanda-t-elle tout bas. Un grand lit ?

– Oui, cria-t-il presque en bondissant sur ses pieds et en sortant dans le couloir.

Elle le suivit dans l'escalier. Il ouvrit la porte de la chambre à coucher des parents. Ou plus exactement de sa mère, puisque son père dormait dans son bureau dans la cave.

– Il fait froid ici, dit-il en mettant le chauffage à fond.

– Tu peux trouver une bougie ?

Il descendit à toute allure dans la cuisine et revint avec un chandelier à trois branches, persuadé qu'elle avait changé d'avis. Mais elle se tenait toujours au pied du lit. Ses mains tremblèrent quand il sortit les allumettes mais il réussit à allumer les bougies.

– Je veux que nous nous déshabillions et restions allongés côte à côte sur le lit, déclara-t-elle.

Il hocha la tête, trop anxieux pour dire quoi que ce soit.

– Mais tu ne dois pas me toucher, tu me le promets ?

Il avait dû acquiescer, car elle se détourna et entreprit de déboutonner sa tenue. Les flammes des bougies jetaient des ombres fébriles sur son dos nu, on aurait dit des animaux bizarres qui rampaient, se vautraient en essayant de se dévorer les uns les autres. Toujours le dos tourné, elle laissa tomber le haut de sa tenue sur ses hanches, dégrafa son soutien-gorge et retira ensuite le bas et ses sous-vêtements.

Ensuite elle se tourna vers lui, les bras ballants, une jambe légèrement devant l'autre.

– Maintenant c'est ton tour.

Il commença avec les boutons de sa chemise, mais cela prenait trop de temps, alors il la passa par-dessus sa tête. Sa boucle de ceinture s'était déjà défaite sans qu'il sache trop comment, et la fermeture Éclair de sa braguette s'était ouverte toute seule. Il ôta son pantalon et se retrouva dans la pièce froide étendu sur le lit, à moins d'un mètre d'elle, la première fille qui s'était déshabillée pour lui, la première qui l'avait vu ainsi, avec son unique testicule, étalé sur la couverture du lit.

Elle tendit le bras, ramassa une ceinture du tas de vêtements et la posa entre eux au milieu du lit.

– Tu ne dois pas franchir la limite, dit-elle tout bas.

Il poussa un vague grommellement, le son dans sa gorge se transforma en petites secousses qui traversèrent son corps jusque dans son entrejambe, un lointain écho des crampes insupportables qu'il avait ressenties la nuit où il s'était réveillé parce que le cordon d'un de ses testicules s'était enroulé sur lui-même et bloquait l'afflux sanguin. La même nuit, il avait dû subir une ablation à l'hôpital.

– Je veux que tu sois près de moi, chuchota-t-elle. Mais ne me touche pas.

Il sentit son souffle contre son épaule. Son corps qui bougeait de l'autre côté de la ceinture provoquait de minuscules oscillations dans les ressorts du matelas. Elle resta longtemps ainsi. Puis il sentit son souffle descendre sur sa poitrine.

– Tu ne dois pas me toucher, l'entendit-il à nouveau murmurer.

– Non, gémit-il et au même moment il se dit qu'elle allait observer son corps, voir si ce qu'elle avait entendu était vrai, à savoir qu'il était à moitié infirme, qu'il n'avait pas la même chose que les autres entre les jambes, qu'il avait tiré un mauvais numéro dans le jeu de la fertilité, un cinq de carreau peut-être, ou pire encore, un trois de trèfle, bref, il incarnait une voie sans issue sur le plan de l'évolution. Mais le souffle de Jasmeen se rapprochait de plus en plus. Au moment où il pensait qu'elle allait s'écarter, il sentit sa bouche se refermer sur son sexe. Il vit alors la pierre tombale d'Archimède et le cylindre qui la perçait. Soudain, la solution du problème s'imposa à lui, elle était si évidente qu'il avait envie de la clamer à haute voix.

Debout au milieu de la cuisine, il voyait le reflet de son corps dans la fenêtre. Une pensée le frappa. Il sortit précipitamment dans le couloir, saisit son portable posé sur la commode et prit une photo de lui-même éclairé par la lumière du salon.

– Qu'est-ce que tu fabriques ? demanda Jasmeen tout habillée dans le canapé, enveloppée dans une couverture.

Il se retourna, fit quelques pas vers elle et la prit aussi en photo.

– Il ne faut pas, s'écria-t-elle en levant les mains. Il faut que tu la supprimes, tu entends ?

Il promit de le faire, retourna dans la cuisine et brancha la bouilloire. Il entendit alors qu'il avait reçu un texto sur son portable. Il ouvrit sa messagerie. *Nous sommes au café Martins. Tu viens ?*

Tonje n'avait pas oublié. Aussitôt ressurgit son soupçon : il s'agissait peut-être d'un gage, convier un geek et se moquer de lui quand il arrive en pensant qu'il était réellement invité... Inga aurait été capable de ce faire ça, ou une autre fille, mais pas Tonje. Ce n'était pas son genre.

Quand il revint au salon avec la bouilloire, Jasmeen n'avait pas bougé du canapé. Il s'installa à côté d'elle.

– Tiens, du thé.

– Tu es un garçon bien, toi, murmura-t-elle.

À cet instant, il était sûr qu'elle le pensait. Il versa l'eau bouillante sur le sachet de thé dans sa tasse.

— Il va falloir que j'y aille, dit-elle. Mais je ne regretterai jamais. Quoi qu'il arrive.

Elle regarda l'heure.

— Je ne regrette pas, répéta-t-elle en posant son sachet de thé sur l'assiette. À quoi tu penses ?

Il n'avait jamais aimé partager ses pensées avec quelqu'un, et surtout pas quand on le lui demandait.

— J'ai trouvé l'autre solution, avoua-t-il malgré tout.

— Quelle autre solution ?

Il s'enfonça dans le canapé.

— Tu sais, le dernier problème du contrôle de maths. Le cylindre et la pierre tombale. Je t'avais dit qu'il y avait une manière plus simple de le résoudre. Tout à l'heure, quand on était là-haut, je l'ai trouvée.

Elle ouvrit de grands yeux.

— Tu pensais à des problèmes de maths quand on était allongés ?

Il comprit qu'il aurait dû penser à tout autre chose.

— Pas seulement, rectifia-t-il.

Elle secoua la tête.

— C'est d'une simplicité enfantine, dit-il en expliquant que le rapport entre la surface et le volume du cylindre doit être équivalent au rapport entre la surface et le volume du cylindre, et partant, il suffisait de poser une formule simple qu'on pouvait résoudre avec un seul calcul. Seul point incompréhensible : qu'il lui ait fallu trois jours pour trouver quelque chose d'aussi évident.

— Est-ce que tu croiras un jour en Dieu, Karsten ?

Il se redressa, but une gorgée de café. Il croyait à un jeu où les pions étaient des forces mesurables de différentes sortes, comme il croyait que la vie organique était issue d'une soupe de particules. Cela s'était produit par hasard, dans cette soupe originelle s'étaient formées des particules capables de fabriquer des copies d'elles-mêmes. Il s'égarait dans ses explications.

– Tu fais semblant de croire à une histoire beaucoup trop simple, l'interrompit-elle. Rien de ce que tu dis n'aurait pu avoir lieu s'il n'y avait pas un Dieu derrière tout ça.

Tu as peut-être raison, admit-il. Ou peut-être tort. Nous n'avons aucun moyen de le savoir.

Elle fit tourner sa tasse chaude entre les mains.

– Est-ce que tu aurais pu être musulman ?

La question le fit avaler de travers et il toussa. Elle ne pouvait pas être sérieuse, mais il ne voulait pas se moquer d'elle. Pas après ce qui s'était passé.

– En tout cas, j'aurais tout aussi bien pu être musulman que chrétien, dit-il de manière diplomatique. Tu as l'intention de me faire baptiser ?

Elle posa sa tasse et il l'entoura de ses bras. Apparemment, rien de ce qu'il faisait n'était considéré par elle comme un contact, car nul endroit de son corps ne fut interdit d'accès à ses doigts, du moment qu'elle gardait ses vêtements.

– Ça n'existe pas le baptême musulman, dit-elle à voix basse. Tu feras partie d'une communauté.

Elle se serra contre lui.

– Je ne pourrai jamais partager ma vie avec quelqu'un qui n'a pas la foi.

Il préféra ne pas répondre. La théine commençait à faire son effet dans son cerveau et il comprit que ce qui s'était passé sur le lit de sa mère pouvait se reproduire. Il avait beau tenir un cinq de trèfle ou un trois de carreau en main, il pouvait de manière incompréhensible gagner malgré tout.

21

Karsten avala une demi-bouteille de jus d'orange et enfila sa tenue de jogging et ses baskets. La pluie n'avait pas cessé, cela lui convenait parfaitement. Aucun vent, mais de minces filets froids qui tombaient à la verticale.

Dan-Levi s'affairait dans son jardin, essayant de déplacer une brouette enfoncée dans le sol. De nouveau, Karsten fut tenté d'aller raconter à son partenaire d'échecs ce qui lui arrivait. Mais le savait-il seulement lui-même ? Son monde était sens dessus dessous, son univers avait basculé et il ne s'y retrouvait plus. Il avait passé une bonne partie de la nuit à tenter de remettre un peu d'ordre dans ses pensées. Au moment de partir, elle lui avait dit quelque chose. Il était plus de dix heures du soir. Une fois au pied de l'escalier, elle était revenue vers lui, s'était dressée sur la pointe des pieds et l'avait embrassé. Et elle avait prononcé ces trois mots. Stupéfait, il les avait répétés. De fait, cela ressemblait plus à une question. Mais après son départ, les mots avaient continué de lui trotter dans la tête. Les mots ne signifiaient pas grand-chose, ce qui comptait, c'était cette intimité partagée. Ils entretenaient donc une relation. Ce qui n'était pas possible. Elle venait d'un autre monde. Il fallait qu'il l'évite. Il fallait qu'il la revoie...

Il avait dépassé la piste d'atterrissage quand son portable vibra. Le message provenait de Tonje. *Dommage que tu ne sois pas venu hier.* Le plus étrange n'était pas qu'elle lui envoie ce texto, mais que lui n'en soit pas davantage étonné. Il répondit : *Tu es chez toi ?*

Cela lui prit dix minutes pour s'y rendre en courant. Alors qu'il traversait la Storgata, une BMW noire déboula. Un homme sortait son chien, noir lui aussi. Et les nuages qui s'accumulaient dans le ciel à l'ouest au-dessus de la rivière Nitelva étaient bien sûr noirs, ou presque.

Il continua à compter ce qui était noir autour de lui et en était arrivé à dix-sept, quand il sonna à la porte de Tonje.

Sa mère lui ouvrit.

— Bonjour, Karsten, s'écria-t-elle comme si sa présence était la chose la plus naturelle au monde. Entre donc.

C'était une femme blonde et mince. Tonje avait hérité de ses traits, mais était brune. L'évolution distribuait les caractères selon son bon vouloir, les mélangeant à loisir.

Il resta sur le perron.

— Je voulais juste poser une question à Tonje.

Elle apparut dans l'entrée et sa mère se retira avec un sourire aux lèvres énigmatique.

— Je passais dans le coin quand j'ai eu ton message, déclara-t-il. Alors je me suis dit que je pouvais tout aussi bien sonner chez toi.

— Tu n'es pas venu hier.

— J'ai eu un empêchement de dernière minute.

Elle sembla accepter l'explication. Il fit un pas vers elle, se pencha et l'embrassa vite, au coin des lèvres.

Elle le regarda, éberluée.

— Qu'est-ce qui t'arrive ?

— Il m'arrive quelque chose ?

— Tu es différent.

Elle recula d'un pas.

— On peut se voir un de ces jours, dit-elle et ces mots lui évoquèrent une chanson qu'ils avaient dû apprendre à l'école primaire.

– Pourquoi pas ce soir ? suggéra-t-il en se mettant presque à chantonner.

– Peut-être.

– Tu as des projets ?

Je ne crois pas.

Il respira le plus calmement possible.

– Tu sors avec Thomas ?

Elle haussa les épaules.

– Non, ça fait longtemps que c'est terminé.

Un de ces jours ? faillit-il demander. Mais il fut soudain pris de vertige et fit un pas en arrière, au risque de trébucher sur la première marche.

– Je te rappellerai, lâcha-t-il.

Elle franchit le seuil, effleura ses lèvres de l'index avant de le poser sur le bout du nez de Karsten.

– N'oublie pas, lui rappela-t-elle, je connais ta timidité maladive.

Il descendit rapidement les marches et gagna le portail à petites foulées, prit à droite et augmenta la vitesse pour courir à perdre haleine. Il allait courir loin. Faire un plus grand tour que d'habitude. Courir jusqu'à ce que l'épuisement ralentisse ses pensées. Près de l'étroit tunnel, il croisa une BMW, noire, rutilante, et se rappela l'avoir vue ailleurs. Malgré les vitres teintées, il devina qu'il y avait quatre ou cinq personnes à l'intérieur. Il continua à courir sous la nationale, en direction du port de plaisance, puis tourna vers la zone industrielle. Un chien à la fourrure pelée grisâtre bondit sur lui à son passage, il n'était pas en laisse, mais son propriétaire l'appela immédiatement. Un F16 décolla de l'aéroport dans un vacarme assourdissant. À cet instant, une grosse voiture noire passa en trombe, tourna vers l'usine et pila net à quelques mètres devant lui. C'était la même BMW que plus tôt et à peine eut-il compris que cette manœuvre le concernait directement que deux portières s'ouvrirent. Il se retourna et vit un type en blouson noir traverser dans sa direction. Des Pakistanais... Ils sont venus me faire la peau. Il contourna le bâtiment, le parking clôturé de l'usine était désert, on était samedi, c'étaient les vacances de Pâques. Il tira sur la porte. Fermée. Le temps de faire volte-face, il se rendit compte qu'il était encerclé. Le type au blouson noir à gauche, un autre, plus grand, en costume, et un troisième en chemise qui vint droit sur lui ct brandit une batte de base-ball. Il prit le coup sur le côté, bascula en arrière contre la barrière et tomba.

Il faut que je m'en aille, gémit-il. Un chien aboyait dans le lointain. Deux des hommes se penchaient sur lui. L'un lui dit quelque chose dans un norvégien approximatif, mais Karsten avait du mal à le comprendre. Ça concernait une dette, il leur devait apparemment quelque chose. L'autre lui pointa alors un couteau sur le visage. La lame large et brillante était légèrement incurvée.

— Écoute-moi bien, pendant que tu es encore en état d'entendre.

Ça y est, pensa-t-il, je vais y passer.

Le type se pencha plus près. Sa bouche sentait la viande pourrie comme s'il venait de dévorer à pleines dents un animal vivant ou mort.

— Nous n'allons pas te tuer tout de suite. Chez nous, on s'y prend autrement avec les violeurs. Tu sais ce qu'on leur coupe ?

Une main tâtonna pour défaire son pantalon, en arrachant le bouton. Karsten cria et se recroquevilla, un jet chaud lui coula le long de sa jambe de pantalon. Il entendit le type rire et dire quelque chose à l'autre dans une langue étrangère.

— Je n'ai violé personne, hurla Karsten. C'est elle qui est venue chez moi.

L'explication ne produisit apparemment aucun effet.

— Nous savons tout sur toi.

Plusieurs mains l'agrippèrent et lui tordirent le bras.

– Est-ce que tu as réfléchi qu'il peut arriver la même chose à ta sœur ? La même chose que ce que tu as fait ? Tu y as réfléchi ?

On le maintint fermement et on lui baissa le pantalon. Rires. La lame du couteau qui commence à lui érafler le ventre. Sous le choc, Karsten se vida. Le type ôta ses mains.

– Quoi, putain, tu me chies dessus ?

Un autre son se mêla à sa voix, l'aboiement d'un chien. Il surgit au coin du bâtiment. C'était celui à la fourrure pelée devant lequel il était passé en courant quelques minutes plus tôt. Les hommes reculèrent de quelques mètres, échangèrent quelques mots à voix basse dans cette langue étrangère.

Soudain, Karsten remonta son pantalon, bondit et entreprit d'enjamber la barrière. L'un de ses agresseurs le rattrapa, mais au même instant le chien se mit aboyer comme un fou. Le Pakistanais lâcha prise et essaya d'écarter le chien en lui donnant des coups de pied. Le temps pour Karsten d'atteindre le sommet de la barrière et de se laisser tomber en roulant de l'autre côté. Le type en costume, le plus grand des trois, escalada derrière lui. Karsten se releva et se mit à courir en tenant son pantalon. Arrivé près d'un entrepôt, il jeta un regard derrière lui. L'homme était à ses trousses, les autres escaladaient la barrière à leur tour. Aucune trace du chien. Karsten s'engagea sur une rampe, poussa une porte coulissante qui ne bougea pas. Il sauta de nouveau par terre, disparut au coin du bâtiment, vit un container, souleva le couvercle et se laissa tomber au fond où traînaient des cartons ; le couvercle se referma avec un petit bruit sec qui lui parut assourdissant. *Qu'est-ce que tu as fait ?* gémit-il en sachant que rien n'allait s'arranger. *Qu'est-ce que tu as fait ?* répéta-t-il en se pelotonnant sous un carton aplati et en retenant sa respiration.

Des voix à l'extérieur, une aiguë et une grave ; il n'entendait pas ce qu'ils disaient. Ils s'éloignèrent, revinrent. La trappe latérale fut ouverte. Il compta les secondes. Arrivé à dix, il allait se rendre, ne supportant plus cette attente, lorsque la trappe fut refermée et que la voix plus claire cria quelque chose.

Il sortit tout doucement son portable. Il était midi dix. Cela faisait une demi-heure qu'il était allongé là. Il attendit encore dix, quinze minutes. Puis il se redressa et jeta un coup d'œil en soulevant le couvercle. Attendit encore quelques minutes avant de sortir en rampant. Au moment où il sauta par terre, il entendit un bruit en provenance de l'entrepôt. Il prit les jambes à son cou, sans se retourner, escalada la clôture au bout du terrain, traversa un marais en s'enfonçant jusqu'aux genoux, remonta de l'autre côté. Là, il trouva un sentier qui menait à la promenade le long des berges. Il regarda en haut, en bas, encore en haut. Puis il s'effondra, un instant tout devint noir, et il crut entendre la voix du type au couteau : « Il peut arriver la même chose à ta sœur. La même chose que ce que tu as fait. » *Il ne faut pas qu'il arrive quelque chose à Synne*, dit-il avec un gémissement en titubant le long du chemin, en direction du pont.

Adrian répondit dès la première sonnerie. Karsten ne savait pas quoi lui dire, adossé contre un pilier du pont, entre des cannettes de bière vides et des sacs-poubelle. Il ne fallait pas qu'il reste là. S'ils surgissaient d'un côté, il pourrait se sauver de l'autre. Mais s'ils l'avaient vu se réfugier ici et bloquaient les deux issues, il était fait comme un rat. À moins de se jeter dans la rivière boueuse où dérivaient de fines plaques de glace.

— T'as des problèmes ?

— Ils m'ont suivi en voiture, parvint à dire Karsten. Ils ont essayé de me tuer.

— Tu es blessé ?

Il remonta son sweat et son T-shirt. Au milieu du ventre, il avait une estafilade où perlait du sang.

– Ils m'ont taillé. Je saigne un peu.

– Les Pakistanais ?

– Oui.

– T'es où maintenant ?

Karsten expliqua.

– Il faut que j'aille à la police, balbutia t-il.

– Réfléchis, l'interrompit Adrian. Tu peux être sûr qu'ils t'attendent à deux endroits : près du poste de police, et chez toi.

– Ils ont menacé de s'en prendre à Synne, se lamenta Karsten.

– Ah, merde ! lâcha Adrian. Mais cela n'arrivera jamais, tu entends, je m'en charge.

C'était bon de pouvoir se raccrocher à la colère qui perçait dans sa voix. Il ne faut pas que je lâche prise, songea Karsten.

– Est-ce que toi, tu peux appeler la police ? gémit-il.

Il y eut une pause avant qu'Adrian ne réponde :

– Ça peut attendre.

– Mais qu'est-ce que je dois faire ?

– Les Pakistanais n'iront pas dans votre chalet, le coupa Adrian. Synne est en sécurité, pour le moment du moins. Et nous allons t'aider.

– Tu es où ?

– Pas très loin de l'endroit où il y avait la réunion l'autre soir. Nous sommes dans la forêt. Je viendrai te chercher dans deux heures.

– Deux heures ?

La voix de Karsten s'étrangla, et il hoqueta sans pouvoir s'arrêter.

– Va chez moi, dit Adrian. Fais attention à ce que personne ne te voie. Je vais dire à Elsa de te laisser entrer.

En quittant le sentier pour déboucher sur la Strandgata en direction de la piscine en plein air, il se sentit gelé jusqu'aux os. Il regarda des deux côtés avant de franchir le portail de la maison rouge.

Elsa lui ouvrit la porte avant qu'il n'ait eu le temps de sonner.

– Mais dans quel état tu es !

Karsten détourna les yeux, incapable de soutenir son regard. Il avait fait sur lui et quasiment rampé dans un marais. Il n'avait même plus la force d'avoir honte. Pas encore.

– Adrian m'a dit que tu t'es fait agresser.

Sa voix était chaude, amicale et calme.

– J'ai pensé à toi aujourd'hui, ajouta-t-elle.

Difficile de croire que c'était vrai.

– Adrian a quelques vêtements ici.

Sans attendre de réponse, elle disparut dans la cave et revint avec un caleçon, un T-shirt et un pantalon de jogging usé.

– Ça devrait faire l'affaire en attendant. Maintenant tu as besoin d'un bon bain.

Elle ouvrit une porte au-delà de la cuisine. Sortit une serviette qu'elle posa sur le rebord de la baignoire. Karsten se faufila dans la pièce, arracha ses vêtements puants et les roula en boule. Puis il tourna le robinet de la douche à fond et se recroquevilla sous le jet chaud.

Elsa entra au salon avec une bouteille et lui versa un verre. Il n'avait jamais aimé le vin rouge, mais il l'accepta volontiers.

Elle s'assit dans le fauteuil face à lui et le regarda droit dans les yeux. Elle portait un pull carmin. Elle était belle. Soudain, elle s'exclama :

– Mais tu saignes ! Laisse-moi voir.

Il se leva et remonta le T-shirt où apparaissaient des taches semblables à du vin. Le sang s'écoulait de l'estafilade qu'il avait reçue sous le nombril. La coupure paraissait plus profonde qu'il ne l'avait cru. Elsa alla chercher du désinfectant et des pansements, sécha soigneusement la plaie. Le sang avait coulé jusque sous la ceinture du pantalon.

– Pas besoin de points de suture, constata-t-elle. Mais qui t'a fait ça ?

– Des gens. Ils en ont après moi.

Cela paraissait assez évident.

– Tu n'es pas obligé de me raconter ce qui s'est passé si tu ne veux pas.

Mais si, il voulait lui parler de ce qui le tourmentait. Et soudain il déballa tout, Jasmeen, le rendez-vous à la bibliothèque, l'accusation de harcèlement, elle qui voulait venir chez lui. Et qui était venue. Il cherchait ses mots.

– Je suis un parfait imbécile, marmonna-t-il. Aucune fille ne s'était jamais intéressée à moi jusqu'ici, et je me retrouve dans une situation à chier.

Elsa lui tapota le bras.

– Ça ne sert pas à grand-chose de regretter, Karsten.

Il jeta un regard bref sur elle, son visage, son pull carmin. Il était ailleurs, inquiet, ne comprenait pas ce qui lui arrivait. Et au milieu de tout ça, il avait envie de dire tout haut à quel point il la trouvait jolie.

– Peu importe au fond ce qui m'arrive.

Ce n'était pas tout à fait vrai, mais ça aidait de le dire.

– Le pire, c'est qu'ils menacent Synne.

– Synne est ta petite sœur ?

Il acquiesça.

– S'il lui arrive quelque chose…

Des larmes jaillirent et coulèrent sur ses joues, son menton. Il leva son visage, voulait qu'elle le voie ainsi.

– Tu es un garçon bien, Karsten.

– Vous ne me connaissez pas, protesta-t-il.

– Mieux que tu ne penses.

Il ouvrit la bouche mais ne trouva rien à dire.

– Tu es apparu dans mes cartes, ces derniers temps. Plusieurs fois.

À ce stade, cette phrase lui parut naturelle. Il avait envie d'être dans ses cartes. Il voulait bien lui conférer tous les dons qu'il raillait d'habitude, et était prêt à croire qu'elle savait des choses sans que personne lui en ait parlé, voire qu'elle pouvait prédire ce qui allait arriver. Il aurait pu lui demander de lui faire la lecture à haute voix, des contes pourquoi pas, du moment qu'il y avait un rapport avec son histoire.

— Que se passe-t-il quand j'apparais dans les cartes ?

Elle but une gorgée dans sa tasse chaude, se leva.

— Je vais te montrer.

La chambre à l'étage était plus grande qu'il ne l'avait imaginée. Une table recouverte d'une nappe rouge trônait au milieu de la pièce. Les rideaux, également rouges, étant tirés, la lumière provenait d'une lampe dans un coin. Quelques volutes de fumée s'élevaient de deux bols sur la table, c'est de là que devait provenir le parfum doucereux qui flottait dans cette maison.

Elle lui désigna une chaise, alluma une bougie et prit place de l'autre côté de la table. Elle l'observa un moment. Curieusement, il n'en ressentit aucune gêne, alors qu'en temps normal il aurait trouvé ça embarrassant.

— Ferme les yeux, dit-elle.

Il obéit.

— D'abord tu vas te calmer. Tu as vécu quelque chose d'effrayant. Quelqu'un t'a agressé. Et ils ont menacé ta sœur que tu aimes plus que tout au monde.

Il acquiesça.

— Inspire profondément, Karsten. Sens le calme te gagner. Laisse les pensées te traverser, quelles qu'elles soient. Tu es en sécurité ici, personne ne peut te faire du mal.

Je suis en sécurité ici, pensa-t-il, mais au même instant la vision des trois agresseurs surgit dans son esprit et la voix qui disait ce qu'ils faisaient aux violeurs.

Il fut obligé d'ouvrir les yeux. Elle tenait un jeu de cartes.

– Ça c'est toi, Karsten.

La carte qu'elle posa sur la table représentait un chevalier au sommet d'une colline, une épée à la main.

– Le valet d'Épée. Voilà comment je te vois. Et c'est ainsi qu'Adrian te voit : un homme jeune, intelligent. Tu es curieux. Et honnête. Un esprit en éveil. Mais tu as aussi ceci en toi.

À côté du valet, elle posa une autre carte, celle d'un personnage, homme ou femme, vêtu d'une cape rouge avec une lumière à la main. Sous l'illustration, on pouvait lire : *Le Magicien.*

– Tu es volontaire et créatif. Tu le sais déjà. Mais il y a encore autre chose, que tu gardes enfoui en toi.

Elle indiqua un signe sur la tête du personnage, un huit couché, le signe de l'infini.

– Le magicien est le passeur entre le monde physique et le monde spirituel. Tu as aussi ça en toi.

Il commença à ressentir un certain malaise et eut envie de se lever.

– Attends, dit-elle comme si elle avait compris ce qui se passait en lui. Ce n'est pas tout. Il y a autre chose et je veux que tu l'entendes. Cela t'aidera. Et cela aidera Synne.

Elle continua à poser des cartes sur la table et à expliquer leur signification. Les odeurs dans la pièce devenaient de plus en plus entêtantes. Il essaya de se concentrer, fixa son regard sur quelques-unes des images, une tour en flammes et des personnes qui se précipitaient du sommet, un homme qui ne trouvait pas le sommeil et restait assis dans un lit, neuf épées au-dessus de lui, et une sorte de clown suspendu par les pieds à un arbre. Les mains d'Elsa étaient pâles avec des doigts très fins. À trois d'entre eux, elle portait des bagues serties de grosses pierres.

– Tu passes beaucoup de temps à réfléchir, constata-t-elle, et il ne pouvait pas le nier.

– Comme tout le monde, non ?

Elle eut un rire bref. Une de ses canines chevauchait la dent voisine. Adrian avait dit qu'elle avait une formation d'infirmière. Est-ce qu'Adrian croyait à ces cartes ?

– Le simple fait que tu m'écoutes, c'est déjà beaucoup, Karsten. Je sais que tu ne prends pas ça au sérieux.

Elle n'avait pas tort. Au fond, ce qu'elle disait importait peu. Il aimait le son de sa voix.

– Tu vas rencontrer des épreuves, reprit-elle en indiquant la tour en flammes. Je crois que tu as un profond désir de changement dans ta vie.

– J'aimerais qu'elle redevienne comme avant, rectifia-t-il.

Elle ne le quittait pas des yeux.

– Cela va bien au-delà. Et il t'en coûtera. Cela peut être dangereux, Karsten.

Elle montra la tour. Un éclair dessiné de manière assez grossière s'abattait sur le sommet.

Soudain, ses yeux se voilèrent.

– Je suis contente que nous ayons eu cette conversation, dit-elle. Et sache que tu as quelqu'un qui peut veiller sur toi quand tu en as besoin.

*

Adrian démarra la voiture et s'engagea sur la route.

– Et tu n'avais jamais vu un de ces hommes avant ?

Karsten secoua la tête. La voix de l'homme au couteau résonnait encore dans ses oreilles. Il pouvait encore sentir son odeur, cette puanteur de viande faisandée qui se mêlait à du parfum. Il fut repris de tremblements. Cela commença dans le ventre, s'étendit aux bras, ses jambes s'engourdirent.

– Il y en avait un ou deux autres avec eux, dit-il en claquant des dents. Ils sont restés dans la voiture.

– Aucune importance. Nous savons qui ils sont.

– Synne, se lamenta Karsten. Tu sais, je m'en fous de ce qui va m'arriver, mais s'ils la trouvent...

— Ils ne la trouveront pas, décréta Adrian.

— Et mon père et ma mère… Je ne veux pas qu'ils soient embarqués là-dedans.

— Fais-moi confiance.

— Tu m'as déjà dit ça l'autre fois.

Adrian ouvrit une bouteille d'eau pétillante. Comme Karsten n'en voulait pas, il but quelques gorgées.

— Nous avons fait une erreur de jugement. Cela ne se reproduira pas. Le vieux Chadar semble avoir laissé son fils se charger de l'affaire. Tu es sûr que tu veux retourner chez toi ?

— Où veux-tu que j'aille ?

Sans ralentir, Adrian saisit son portable et composa un numéro :

— Tu es opérationnel ?

Quelqu'un répondit et il ajouta :

— Ils ont menacé de s'en prendre à sa petite sœur.

Se tournant vers Karsten, il lui demanda :

— Ton adresse ?

Karsten lui indiqua le chemin, Adrian transmit les infos.

— Maison en bois sombre, soubassement en ciment blanc. Tu as Vemund et Gros-qui-sue avec toi ? Nous attendons que la voie soit libre.

Il bifurqua vers la station-service Statoil sur la Fetveien. Karsten se recroquevilla sur le siège avant.

— Tu n'es pas le seul à qui arrive ce genre d'histoires.

— Maigre consolation, fit Karsten.

Adrian fit claquer sa langue.

— Ça t'avancerait à quoi si quelqu'un te tapotait la joue en ayant de la peine pour toi ?

Karsten ne répondit pas.

— Tu ne leur en veux pas à mort ? insista Adrian.

— Si.

— Eh bien, garde cette colère.

Adrian but le reste de la bouteille d'eau.

– Ce n'est pas de réconfort que tu as besoin, reprit-il, mais d'apprendre à rendre coup pour coup. Ouvre la boîte à gants.

Karsten obéit et plongea la main à l'intérieur où il trouva un chargeur de téléphone portable, le carnet d'entretien de la voiture et un marteau. Adrian prit le dernier objet et le glissa dans la poche de sa portière.

– Il y a autre chose aussi.

Tout au fond, Karsten sentit la crosse d'une arme. Il retira aussitôt sa main.

– Tu roules avec un revolver dans ta voiture ?

– Un revolver ? ricana Adrian. Bien sûr que non. C'est un pistolet. Sors-le.

Karsten fit ce qu'il lui demandait.

– C'est un vrai ?

Adrian rit.

– Tu peux me dire ce que je ferais d'un jouet ?

– Je ne sais pas. Tu pourrais t'en servir pour effrayer quelqu'un, par exemple. Il est chargé ?

– Douze balles dans le chargeur. Ne t'amuse pas avec. Tu t'es déjà servi d'une arme ?

Karsten regardait fixement le pistolet. Il pressentait qu'il allait se passer quelque chose, oui, il allait se passer quelque chose, mais quoi exactement ?

– Ce que tu tiens dans la main, c'est un Luger, expliqua Adrian. Il a toute une histoire.

Le pistolet n'était pas lourd. Karsten pressa doucement les doigts autour du manche noisette et tressaillit quand le portable d'Adrian émit un son de sirène.

– Une BMW noire ?

Tout son corps se remit à trembler.

– Ils sont en faction devant chez toi, annonça Adrian après avoir raccroché.

Karsten contracta les muscles de ses bras pour les calmer, mais cela ne fit que redoubler ses tremblements.

– Qu'est-ce qu'on fait ? dit-il, les dents serrées.

– Bonne question. Voyons un peu les possibilités. L'une est d'aller à la police. De mettre toutes les cartes sur la table.

– Les cartes sur la table ? protesta Karsten. Mais je n'ai rien fait de mal.

– Cela dépend de la loi à laquelle tu te réfères. Tu as fricoté avec une fille de chez eux. Ils n'ont rien à faire de savoir si elle était consentante. Tu as pris quelque chose qui ne t'appartenait pas.

– C'est toi qui pensais qu'elle pouvait venir chez moi.

Adrian haussa les épaules.

– C'est ta vie, ton choix. Vous avez baisé ?

– Pas vraiment, répondit Karsten d'une voix faible.

– Sûr ?

– Tu crois que je ne le sais pas moi-même ?

Cela fit rire Adrian.

– Dis-moi ce qui s'est passé, exigea-t-il en s'enfonçant dans son siège.

D'un ton hésitant, Karsten lui fit le récit des événements.

– Je doute que les Pakistanais de ta future belle-famille s'intéressent à ce que *vous n'avez pas fait*, l'interrompit Adrian.

Karsten goûta peu la plaisanterie, mais il donna d'autres détails, Adrian voulant toujours avoir plus de précisions : où ils se trouvaient dans la maison quand ils s'étaient déshabillés, ce que Jasmeen avait dit, ses moindres faits et gestes.

Quand Karsten lui eut tout dit, Adrian se redressa.

– Considérons les choses avec un peu de distance, comme le fera la police. Tu as été agressé. Tu connais le numéro d'immatriculation ?

– C'était une BMW noire, marmonna Karsten.

– Ça, j'avais compris. On ne va pas loin avec ça.

– Il y avait le type avec le chien.

Adrian dodelina de la tête.

– Il se peut qu'il t'ait vu foutre le camp. Il peut avoir

remarqué la voiture. Quelles sont les probabilités pour qu'il ait noté le numéro ?

Karsten leva le pistolet, le fixa d'un regard las.

– Là, c'est la sûreté, indiqua Adrian. N'y touche pas, s'il te plaît. Est-ce que ça t'intéresse de passer quelques jours avec des gens qui sont partants pour te défendre ?

Karsten sortit de sa torpeur.

– Comment ça ?

– Tu peux venir avec nous au rassemblement.

– Chez ce vieux cinglé ?

Adrian fit un geste de la main :

– À toi de voir.

Karsten se frotta le front. Revit la silhouette sombre penchée au-dessus de lui, un couteau à la main.

– Je peux faire en sorte que tu aies la voie libre, déclara Adrian, mais il faut que tu prennes une décision. Si tu dis oui, tu ne pourras plus revenir en arrière.

– Et ils participent aussi au rassemblement, ceux avec qui tu parles au téléphone ?

– Tu peux compter sur eux. C'est ça l'essentiel maintenant, Karsten, il faut que tu t'en tiennes aux gens sur qui tu peux compter.

– Je peux aller nulle part dans cette tenue, répondit Karsten en montrant les vêtements qu'il avait empruntés ; les siens, il les avait fourrés tels quels dans une poubelle.

– De quoi as-tu besoin ? voulut savoir Adrian.

Il avait besoin... de calme. De partir loin d'ici, d'être tout seul, peut-être d'aller au chalet. Mais l'idée que les Pakistanais le suivraient là-bas déclencha une avalanche de nouvelles réflexions.

– Nous ferons en sorte que tu aies ce qu'il te faut pour les prochains jours.

Karsten avait dû acquiescer de la tête, car Adrian tapota sur son portable et leur indiqua sa position. Quelques minutes plus tard, une Toyota gris métallisé se rangea derrière eux, avec trois hommes à bord. L'un d'eux descendit du véhicule et s'approcha. Karsten reconnut le type trapu et musclé aux cheveux décolorés. C'était lui qui l'avait interrogé dans la cuisine de Sæter. Kai.

Adrian baissa sa vitre.

– Il faut que vous entriez dans la maison et preniez quelques affaires pour Karsten.

– Salut, Karsten, dit le trapu. Il paraît que tu t'es trouvé une petite amie ?

Il ricana.

– Bon, alors qu'est-ce qu'on doit récupérer ?

Karsten baissa les bras. Il expliqua où était sa chambre, et où, dans la penderie, étaient rangés les caleçons, les pantalons de jogging et les chaussettes propres. Et son livre de maths qu'il avait laissé sur la table de la cuisine.

– Ton livre de maths ?

– Fais ce qu'il te dit, Kai, trancha Adrian.

Les chiens hurlaient et couraient partout quand ils s'engagèrent dans la cour de la propriété. Sæter surgit et leur cria de se calmer, sans grand résultat.

– L'opération s'est déroulée comme prévu ? demanda-t-il quand ils sortirent de voiture.

– *Yes, sir*, dit Adrian.

Sæter lui serra la main, comme pour le féliciter, puis serra celle de Karsten en plantant son regard dans le sien.

– Nous avons entendu parler de l'incident avec les Pashtouns.

Il portait un pantalon marron en velours côtelé, un pull kaki et des bottes militaires. Ses fins cheveux presque gris étaient peignés en arrière.

– C'est comme ça que j'appelle les Pakistanais, expliqua-t-il. Les Pashtouns sont l'ethnie qui représente le mieux ce que nous avons en face de nous : une culture de clans avec un code d'honneur et une brutalité sans pareille envers leurs ennemis.

Il avait dû marcher dehors, nota Karsten, car ses sourcils broussailleux étaient trempés et une grosse goutte lui pendait au nez.

– Laisse-moi te dire qu'ils ont quelque chose à nous apprendre, ces gens-là. Nous aussi on avait un code d'honneur autrefois. Mais bon, tu as été agressé.

Karsten lança un coup d'œil à Adrian.

– Nous en avons parlé après ton coup de fil. C'est important que les gens comprennent pourquoi tu es là.

– Nous en reparlerons plus tard ce soir, décréta Sæter. Peut-être que tu pourrais nous faire part de tes expériences ?

Le ventre de Karsten se noua comme un ver de terre épinglé.

– Peut-être, dit-il simplement.

– C'est bien.

D'un doigt, Sæter essuya la goutte qu'il avait au nez.

– Tu dois être au courant, mais je te rappelle que nous ne voyons pas l'intérêt d'utiliser ici nos noms de famille. C'est mieux pour la sécurité de chacun. Le prénom, c'est suffisant. Karsten ou autre chose si tu préfères.

Il les fit entrer dans le vestibule et se tourna vers Karsten.

– Tu as un téléphone ? Eh bien éteins-le et on le laissera dans un endroit fermé à clé jusqu'à ton départ.

Hésitant, Karsten sortit son portable de sa poche.

– Telles sont les règles ici, dit Adrian en lui adressant un clin d'œil.

La femme voûtée près du plan de travail de la cuisine leva les yeux en les voyant passer. Selon Adrian, elle s'appelait Sonja et était la sœur de Sæter. La fille boulotte que Karsten avait vue la fois précédente était attablée, une Game Boy dans les mains. Elle semblait plus âgée qu'il n'avait cru au premier abord, plutôt de l'âge de Synne. Il lui adressa un signe de tête, elle le regarda avec de grands yeux, sans réagir.

Adrian emmena Karsten dans une des pièces à l'étage où il y avait deux lits superposés. Sur l'un, des vêtements et des sacs à dos.

– Tu préfères certainement le lit du haut, dit-il avec un sourire en coin. Je prendrai celui du bas et je surveillerai la porte. Ça te ferait du bien de te reposer. On risque d'être réveillés cette nuit.

Sur ce, il ressortit. De la fenêtre, Karsten le vit traverser la cour avec Sæter et quelques chiens, Adrian le dos droit, Sæter le dos courbé et avançant par à-coups. Ils disparurent dans une des remises et en ressortirent avec des skis et des bâtons qu'ils emportèrent à la lisière de la forêt.

Quelques minutes plus tard, deux voitures pénétrèrent dans la cour et se garèrent à côté de celle d'Adrian. La nuit était tombée mais Karsten compta neuf silhouettes, quand tout le monde fut sorti. Peu après, il entendit des bruits de bottes dans l'escalier et la porte de la chambre s'ouvrit. Les deux hommes qui entrèrent semblaient avoir son âge ou quelques années de plus. Ils portaient des pantalons camouflage et des bottes militaires. L'un était un gringalet avec une mèche de fins cheveux en travers du front, l'autre plus grand, bien en chair, avait des cheveux bouclés coupés court et des traces d'acné sur les joues. Quand il enleva son pull, son T-shirt révéla de grandes auréoles de sueur sous les bras et sur le dos. Le maigrichon jeta un sac plastique sur le lit de Karsten. À l'intérieur, des vêtements et son livre de maths.

– C'est pour faire des maths que t'es venu ici ou quoi ? Putain, je crois qu'on va t'appeler Einstein.

– Si vous voulez, dit Karsten, conciliant, en sortant son bouquin. Et moi je vous appellerai Heisenberg et Schrödinger.

– Très drôle, commenta le gros en faisant semblant d'avoir compris l'allusion.

– C'est toi qu'as baisé une pute pakistanaise ? lança le gringalet. Et ça te botte ? Tu trouves ça *intligent* ?

Je reste ici jusqu'à demain, songea Karsten. Pas une journée de plus.

Sonja avait préparé une soupe de petits pois ainsi qu'une omelette aux pommes de terre et au lard. Elle les servit, aidée par la gamine boulotte. Malgré sa faim, Karsten était trop stressé pour faire honneur au repas. Il parcourut la pièce du regard et compta quinze personnes. Il reconnut plusieurs visages de la réunion de l'avant-veille. Au bout de la table trônait le colosse Noah avec sa coupe d'Iroquois et son gros nez aplati. À côté de lui, la jolie femme, Gail, parlait avec un accent anglais et se disait responsable de l'encadrement des femmes. Un travail qui ne devait pas être fatigant, car elle était la seule femme présente. Sonja et la fille restaient, quant à elles, la plupart du temps cantonnées dans la cuisine. Ses camarades de chambrée s'étaient assis face à lui. Le gringalet essayait de faire de l'esprit mais dès que Kai les eut rejoints, il la boucla. Si Kai faisait la même taille que l'autre, sa carrure en revanche était impressionnante.

La table débarrassée, Sæter dressa un tableau blanc.

– Bienvenue au deuxième jour du séminaire, déclara-t-il. Notre pays entre dans la semaine dite « sainte », mais sachez qu'ici il y aura de l'action, croyez-moi.

Certains chantonnèrent, Gail fit une grimace censée être un sourire, qui sait ? Selon Adrian, elle était titulaire d'un doctorat – en philosophie ou un truc de ce genre, Karsten n'avait écouté que d'une manière distraite – d'une université anglaise et était d'une intelligence remarquable.

– Dès que j'aurai terminé les préparatifs, nous allons entendre un récit personnel, poursuivit Sæter en jetant un coup d'œil à Karsten.

Puis il exposa tout ce qui se passerait le lendemain et qu'il appela « des manœuvres ». Il parla de structures de commando, de partager les troupes en équipes. Karsten renonça à se concentrer. Dans la courte pause qui précéda son allocution, il resta raide comme un piquet sur sa chaise jusqu'à ce qu'Adrian lui tape sur l'épaule.

– Tu vas y arriver ?

– Je ne sais pas. Je ne m'attendais pas à ça.

Adrian s'assit à côté de lui.

– J'ai une proposition à te faire. Au lieu de te laisser parler tout seul, on peut faire ça sous forme d'un entretien. Je te pose quelques questions et tu réponds comme tu peux.

Karsten hocha faiblement la tête.

– Ça serait mieux, en effet.

Quand tout le monde eut regagné sa place, Sæter reprit la parole. Il présenta Adrian, même si la plupart savaient qui il était.

– Adrian Wilkins est un combattant du front, quelqu'un qui s'est battu sur le terrain où se joue l'avenir de notre civilisation.

Adrian se leva, nullement gêné par cette introduction dithyrambique. Il confirma qu'il avait été soldat au Kosovo, en Bosnie et en Afghanistan, et révéla qu'il avait l'intention de rejoindre les forces armées britanniques en Irak. Tous écoutaient avec le plus grand intérêt. Il ajouta quelques mots sur les musulmans et leur vision du monde. « Nous commettrions une grande erreur à vouloir trop généraliser et à les sous-estimer. » La culture musulmane avait des valeurs que la civilisation occidentale avait perdues. Il s'agissait de courage pour défendre ses croyances. Il s'agissait d'honneur. Il s'agissait de prendre soin de ses proches, de sa famille, de tous ceux avec qui on a un lien.

– Jetons un coup d'œil sur les statistiques. Combien y a-t-il de Norvégiennes qui se mettent en couple avec des musulmans et ont des enfants avec eux ?

Il jeta un regard sur l'assemblée.

– Ça doit arriver souvent, répondit quelqu'un.

– Beaucoup trop souvent, renchérit Noah.

– Et combien y a-t-il de musulmanes qui sortent avec des Norvégiens ?

– Aucune.

– Ou plutôt, rectifia Adrian, cela arrive très rarement. Et pourquoi ?

– Elles n'en ont pas le droit.

– Exactement. Il est même écrit dans le Coran que c'est répréhensible. On pourrait penser que les Norvégiens, avec leur manque de poigne, ne seraient pas attirants pour une femme du Pakistan par exemple.

Un mélange de grognements et de rires parcourut l'assemblée.

– Mais ce n'est évidemment pas la vraie raison. Si nous faisions une expérience, l'hypothèse serait vite vérifiée. Les mâles pakistanais surveillent leurs femmes comme ils le font dans leur pays. Ils n'hésitent pas à recourir à l'intimidation et à la violence. Comme nous allons en avoir maintenant un exemple.

Adrian fit un geste vers Karsten.

– Les Pakistanais, les Somaliens et les autres qui sont établis ici peuvent continuer à se comporter comme chez eux. Ils ont leur propre système économique en circuit fermé et érigent au sein de notre société norvégienne une société musulmane. Leur seule crainte, c'est de voir certaines de leurs femmes préférer s'accoupler avec un Norvégien pure souche. C'est pourquoi ils font en sorte que ça n'arrive pour ainsi dire jamais. C'est tout à fait naturel, il en a toujours été ainsi. C'est une question de lutte pour le territoire et pour les femmes qui donneront une descendance. Si les écologistes ont un tant soit peu raison dans leurs prévisions les plus pessimistes, des catastrophes et des destructions de l'habitat naturel dans d'autres parties du globe vont conduire à des migrations massives comme le monde n'en a encore jamais connu. Les arrivées des Huns et des Mongols au Moyen Âge seront des broutilles en comparaison. Dans quelques années, ces immigrants seront majoritaires en Europe, en Norvège aussi. Allons-nous laisser cela se produire sans nous y préparer ?

Il laissa quelques secondes la question en suspens.

— Certains êtres humains ont plus de valeur que d'autres, déclara-t-il brusquement. Il faut d'abord oser le penser, puis oser le dire à voix haute et enfin oser franchir le pas décisif. Seule *l'action* montre qui on est vraiment. Qu'est-ce qui distingue ceux qui marchent devant la foule ? Ils agissent quand les autres hésitent.

Karsten jeta un regard autour de lui. Gail, avec son beau visage, assise en biais derrière lui, portait une jupe en jean et un petit pull noir et ses yeux disaient indubitablement qu'elle était prête à le suivre dans ce combat… et accessoirement dans sa chambre. Karsten ne put s'empêcher d'imaginer ce que ce serait de les avoir tous les deux dans le lit en dessous du sien. Ce fut l'instant que choisit Adrian pour lui poser la main sur l'épaule. Karsten se leva avec difficulté et s'approcha de la chaise, la bouche si sèche que sa langue se collait à son palais.

— Je vous ai déjà dit quelques mots aujourd'hui de mon camarade Karsten.

Ce mot « camarade » associé à cette main sur son épaule donna à Karsten la force de lever la tête et de regarder en face ceux assis là. Le garçon maigrichon bâilla de manière exagérée, mais Gail lui adressa un large sourire, en inclinant légèrement la tête, et Sæter qui s'était assis à côté d'elle opina.

— Karsten s'est attiré des ennuis, poursuivit Adrian. Sa gaffe, son erreur, si on peut appeler ça comme ça, c'est de sortir avec une musulmane. Du coup, il se retrouve avec toute la famille de la fille sur le dos.

Il parla de l'agression des Pakistanais à la BMW noire.

De Karsten qui l'avait appelé en demandant l'aide des seules personnes sur lesquelles il pouvait compter. On aurait cru entendre le récit d'un sauvetage, type raid commando derrière les lignes ennemies. Il avait suffi d'un appel au secours pour qu'ils l'aient mis en sécurité, indemne, exception faite d'une estafilade au ventre.

Tous applaudirent à la fin du discours d'Adrian qui fit un pas de côté pour diriger les applaudissements vers Karsten qui n'avait toujours pas prononcé un mot. Le visage brûlant, il se tenait là comme une sorte de héros, un soldat Ryan que l'on venait de sauver, et il ne put faire autrement que de courber la nuque. Un geste à peine perceptible, mais qu'il fit plusieurs fois. Il s'inclina.

22

Bondissant hors du lit, il se réveilla et jeta un coup d'œil égaré dans la chambre. La présence des corps endormis dans les lits superposés, l'air froid pénétrant par la fenêtre ouverte, la lumière dehors car derrière les rideaux, la lune éclairait la nuit.

Le téléphone !

Au plus profond de son sommeil, il avait entendu la voix de cette femme qui venait vers lui, traversant toutes les couches de la conscience. C'était elle qui l'avait tiré du lit.

Il avait fait les choses comme il fallait avant de quitter l'appartement, suivant une procédure méticuleuse. Essuyer le mortier où il avait écrasé les médicaments, essuyer les robinets de la baignoire, tirer la couette du lit, faire comme si une seule personne y avait dormi. Puis il avait détruit chez lui toutes les cartes, brûlé les coupures de presse qui parlaient de l'incendie ainsi que la petite culotte qu'il avait gardée tout au fond de sa penderie. Il avait sauvegardé toutes les données de son ordinateur et de son portable sur une clé USB qu'il avait cachée derrière une poutre au grenier, avec une boîte d'ampoules qu'il avait prises dans la salle de bains de Monica et les clés de son appartement.

Il avait pensé à tout, sauf à son portable qui était resté sur la table du salon lorsqu'il était parti de là, avec le message qu'il avait envoyé juste avant qu'elle le laisse entrer.

Je peux passer ?

Il empoigna ses vêtements et ses bottes, et se faufila dans le couloir. Il était minuit dix. Plus d'une demi-journée depuis qu'il avait quitté l'appartement. Quelqu'un avait dû passer.

Il déverrouilla la porte d'entrée. Un des chiens de Sæter se mit à aboyer dans le chenil. Il aurait pu aller là-bas, le tuer d'un coup de poing. Il faut que je me calme, pensa-t-il en courant vers la voiture. Je dois aller voir, décida-t-il en chemin.

C'était la veille du dimanche des Rameaux et la nuit était fraîche ; le printemps tardait à venir, comme s'il hésitait encore. Des bandes traînaient dans les rues de Lillestrøm. Il roula à vitesse réduite en descendant la Storgata, tourna à gauche et gara la voiture. Sur la place du marché, trois ou quatre adolescents faisaient du skate-board. Une patrouille de police les surveillait de l'autre bout de la place. Il se plaça près de l'entrée de la banque et leva les yeux vers la fenêtre du salon. Une faible lumière y brillait. Il était parti dans la matinée, et n'avait pas fait attention si une lampe était ou non allumée.

Un coup d'œil à la voiture de police lui permit de découvrir qu'ils étaient deux à l'intérieur. Il était deux heures moins vingt. Il fit le tour du quartier, s'arrêta devant la porte d'entrée et l'ouvrit avec la clé qu'il était passé chercher chez lui. Sa boîte à lettres débordait de prospectus publicitaires. Il avait pris sa décision. De toute façon, avait-il vraiment le choix ?

La cage d'escalier baignait dans une lumière crue. D'un appartement au premier étage s'échappait de la musique à fort volume et quelqu'un braillait. Il ne regarda pas par les grandes fenêtres de la cage d'escalier, monta comme s'il habitait là, ne s'arrêtant qu'une fois arrivé au dernier étage. Il colla son oreille contre la porte de l'appartement, n'entendit rien.

Encore une fois, il évalua le risque. Vendredi, elle avait

été absente au travail sans prévenir. Elle avait une sœur, avait-il découvert, mais elle n'habitait pas ici. Et puis il y avait ce policier avec qui elle allait rompre. N'avait-elle pas dit qu'il était parti en voyage ?

Il glissa la clé dans la serrure et ouvrit la porte. Resta dans l'entrée à humer l'air. Il y flottait une odeur de pourriture qui le tranquillisa. Cela prouvait que personne n'avait encore trouvé son corps. Il jeta un coup d'œil dans le salon. Son téléphone portable était bien sur la table ! Il dut se retenir pour ne pas laisser exploser sa joie. Vite, il le fourra dans la poche de sa veste. Le sentiment d'être invulnérable l'envahit à nouveau, personne ne pouvait l'encercler, les marges de manœuvre étaient toujours de son côté, même quand il commettait des erreurs. C'était le destin et à cet instant, il pensa à Elsa et aux cartes qu'elle avait tirées. Après Pâques, tout serait différent, avait-elle annoncé, et il avait toujours eu confiance en ses prédictions.

Au moment de repartir, il s'arrêta près de la salle de bains. La lumière était restée allumée. Il ouvrit la porte. L'odeur de pourriture l'assaillit aussitôt. Elle se mêlait à un soupçon de parfum, lourd et capiteux, qu'elle avait mis pour aller au travail. Le rideau de douche qu'il avait tiré n'avait pas bougé. Il l'écarta. L'eau avait pris une couleur rouge brun et sentait le marais. À la surface flottait une main d'un blanc crayeux, toute ridée. Il se pencha, ne pouvant résister à l'envie de la saisir. Elle était froide et douce, et lorsqu'il la caressa et la palpa, la peau se détacha sous ses doigts. Il souleva l'avant-bras de la jeune femme, le serra lui aussi, de grandes étendues de peau s'étaient détachées des muscles et glissaient quand il frottait d'avant en arrière. Mais en découvrant la tête, il dut lâcher la main et se redresser. Renversée en arrière, d'une teinte marron foncé, celle-ci semblait avoir doublé de volume. Autour de la bouche et du nez, de grandes quantités de mousse d'un blanc jaunâtre s'étaient formées, on aurait dit un chou-fleur. Il ne put s'empêcher d'y toucher et enfonça sa main dans l'eau. Soudain, on sonna à la porte. L'espace d'une seconde, son cerveau relia le bruit de la sonnette au contact de ce visage sous l'eau. Il fit un bond en arrière, glissa sur le sol mouillé, tomba et se cogna la tête contre la cuvette des toilettes. Cinq, peut-être dix secondes, il resta par terre. Puis on sonna à nouveau. Il se releva et fila dans le salon. Tandis qu'il ouvrait sans bruit la porte de la terrasse, il se ravisa et entra dans la chambre à coucher. À cet instant, une clé tourna dans la serrure, il s'aplatit sur le sol et rampa sous le lit.

– Monica ?

C'était une voix d'homme. Il imagina le policier. Horvath, il s'appelait. Grand certes, mais s'il parvenait à le surprendre par-derrière, il pourrait facilement le mettre K.-O. Il essaya de se représenter la scène, Horvath penché au-dessus de la baignoire et le coup de poing qui heurte sa nuque.

– Monica ?

À présent, la voix provenait du salon. Il retint son souffle, compta les secondes. Il en était à quatre lorsqu'un faisceau de lumière traversa la chambre à coucher. Des pas sur le sol. Ils s'arrêtèrent à côté du lit, deux pointes de bottes à moins de vingt centimètres de son visage. Le matelas s'enfonça légèrement comme si le policier voulait en éprouver la fermeté. Il se rendit compte qu'il était pris au piège. Les bottes reculèrent d'un pas, la couette qui pendait un peu sur le sol fut relevée, il allait être découvert, pensa-t-il. Mais les bottes firent demi-tour et retournèrent dans le salon.

Il souffla doucement et s'interrompit encore une fois, car un bruit lui parvint de la salle de bains. Moins fort qu'un cri, mais plus qu'un gémissement. Plutôt le grognement d'un animal, sans un mot. Puis les mêmes pas et une plainte étouffée venant du couloir, avant que le silence ne retombe.

Allez, fous le camp, implora-t-il, mais la voix dans le couloir s'éleva de nouveau et il imagina la gueule du policier avec sa moustache rousse ridicule.

— Il s'est passé quelque chose, l'entendit-il dire. Il y a une personne morte.

Voilà donc comment il parlait de sa copine…

— Cinq minutes ? J'attends ici. Je suis policier.

Comme s'il ne le savait pas. Et maintenant tout ce foutu petit monde allait rappliquer pour s'occuper d'une « personne morte ».

— La porte en bas est fermée. Je descends vous ouvrir.

Il redonna l'adresse. La porte d'entrée claqua. Adrian sortit de sa cachette en rampant.

La lumière dans la cage d'escalier lui parut beaucoup plus forte et les fenêtres donnant sur la rue plus grandes à chaque palier. Il passa devant l'appartement du premier où la fête continuait. Jeta un coup d'œil dehors. Le flic attendait en bas, à dix mètres de la porte extérieure, le téléphone collé à l'oreille, faisant de petits pas en décrivant un cercle, comme s'il était tenu par une laisse invisible. Il n'y avait pas de grenier tout en haut, mais il avait vu des marches menant à la cave. La porte devait être fermée, mais il n'avait pas d'autre issue pour s'enfuir. Il descendit au sous-sol, entendit la porte extérieure que l'on ouvrait, des bruits de bottes, des voix. Il se retourna, remonta en courant, imagina la terrasse, la possibilité de grimper sur le toit. Redescendit et s'arrêta net devant la porte où la fête battait son plein. Au moment où ils montèrent, il s'appuya contre le mur et posa le doigt sur la sonnette, en faisant semblant d'appuyer et d'attendre que quelqu'un lui ouvre. Ils passèrent derrière lui, d'abord deux hommes qui portaient quelque chose entre eux. Sans tourner la tête, il devina qu'ils avaient les tenues rouge et jaune des secouristes. Puis vint celui qui devait être le policier. Ses pas s'arrêtèrent un peu plus haut dans l'escalier.

Alors il appuya longuement sur la sonnette pour que le

son résonne bien dans la cage d'escalier. Il courba la nuque, poussa un juron silencieux, s'attendit à ce que le policier revienne vers lui, il entendait déjà sa voix lui demander : « Qui es-tu ? Qu'est-ce que tu fais ici ? »

Les pas reprirent leur ascension.

Arrivé en bas, il entendit s'ouvrir la porte de l'appartement du premier. La musique augmenta en intensité, puis il referma la porte derrière lui et se dirigea le plus calmement possible vers l'angle de la Solheimsgata.

23

Karsten courait le long d'une plage mais faisait presque du surplace. Quelqu'un avait allumé un feu de joie, il le voyait de loin, c'est là où il voulait aller. À côté de lui se tenait Adrian, pourtant il n'arrivait pas à tourner la tête pour le voir. Mais il savait que l'autre était nu et cela le mettait en colère. Alors Adrian passait un bras autour de lui.

Il se réveilla en sursaut parce qu'on lui arrachait sa couverture. Le plafonnier était allumé. Le gringalet nommé Vemund se tenait devant lui en pantalon militaire, torse nu.

– Allez, debout. On part en manœuvre.

Le petit trapu était aussi là, occupé à s'habiller.

Karsten jeta un coup d'œil vers la fenêtre : le jour ne s'était pas encore levé.

– Il fait encore nuit, protesta-t-il.

– Mais non, il est presque quatre heures et demie.

– Laissez-moi tranquille, marmonna Karsten en remontant sa couverture et en se tournant vers le mur.

Vemund la lui arracha de nouveau.

– Nous avons l'ordre de faire sortir tout le monde du lit. T'es qu'une tafiole. En fait, tu veux juste te branler.

Il prit le livre de maths posé au pied du lit.

– Bordel, c'est quoi ce taré ?

Son pote grassouillet ricana en boutonnant sa chemise crasseuse.

– *Lire* un bouquin de maths.

Karsten se rendit compte que ce garçon avait un cheveu sur la langue. Il allait lui proposer un cours pour se débarrasser de ce défaut, mais jugea préférable de se taire.

– Donne-moi ce livre, dit-il à Vemund.

Le type fluet le balança dans un coin de la pièce. Karsten descendit de sa couchette. Le lit d'Adrian était vide. Il s'enroula dans la couverture en laine. Vemund la lui arracha. Karsten se retrouva en caleçon, il avait la chair de poule.

– Mon œil que t'as baisé une Pakistanaise ! T'es qu'une tafiole.

Karsten essaya de récupérer sa couverture. Vemund la jeta par terre, marcha dessus et attendit, les poings serrés.

– Baisse-lui son calbute, lança Vemund.

Karsten fixa son visage, son petit nez pointu et les yeux rougis.

– Nous allons t'examiner. Gros-qui-sue connaît quelqu'un de ta classe. Il dit qu'on t'a coupé les couilles. Paraîtrait que tu serais même pas capable de baiser une truie.

Il s'approcha.

– Allez, enlève-lui son froc.

Le petit trapu arriva par-derrière et saisit la bande élastique du caleçon. Karsten se dégagea.

– Soit tu baisses ton caleçon de ton plein gré, soit on te le découpe. Qui sait ce qu'on peut couper par la même occasion. Enfin, s'il y a encore quelque chose à couper…

C'était à qui rirait le plus fort et ils pressèrent Karsten contre l'embrasure de la fenêtre. Le grassouillet lui saisit les mains, lui fit une prise dans le dos et bloqua sa tête. Sa chemise trempée sentait l'urine. Vemund se planta devant lui, se pencha et lâcha un pet au visage de Karsten. Le grassouillet exulta. Au même moment, la porte s'ouvrit en grand. Kai se tenait sur le seuil.

– Qu'est-ce que vous foutez ? On vous attend.

L'autre relâcha la nuque de Karsten, qui put dégager la tête. Vemund se mit à danser autour de lui.

– Nous faisons quelques rondes, faut bien se réchauffer avant de sortir.

Il poussa quelques cris sous l'œil sévère de Kai.

– Deux contre un, constata-t-il. Bravo. Si combat il y a, c'est deux contre deux. À toi de choisir si tu veux que ce soit toi ou moi du côté d'Einstein.

Vemund ricana.

– Je parle sérieusement, poursuivit Kai en enlevant son T-shirt.

Sa poitrine imberbe ressemblait à un mur, ses bras à des troncs de chêne. En sautillant, il s'approcha de Vemund et lui donna un violent coup sur l'épaule. L'autre valsa à l'autre bout de la pièce et alla cogner l'armoire.

– Dans ce cas, ce sera Einstein et moi contre toi et Gros-qui-sue, décréta Kai en assenant un nouveau coup à Vemund.

– Arrête, merde, gémit Vemund.

– *Arrête, merde*, le singea Kai en le remettant debout. Dis donc, tu ne tiens pas plus sur tes jambes qu'un prisonnier de Bergen-Belsen.

Il se tourna vers Karsten.

– Occupe-toi de l'autre. Flanque-lui quelques caramels.

Il lui montra dans l'air comment s'y prendre. Si Vemund avait reçu ses coups, il aurait eu la nuque brisée.

– Je tiens Gros-qui-sue tranquille, tu as le champ libre pour Vemund.

Il se tourna vers le grassouillet que l'on appelait Gros-qui-sue, qui levait les mains en l'air, et fit un large sourire, mais son visage restait toujours aussi inquiétant.

– Allez, Karsten, l'encouragea-t-il. Maintenant c'est d'homme à homme. Ou peut-être de femme à femme.

Karsten se retourna, saisit la couverture et son livre de maths.

– Tu ne veux pas ? ricana Kai. T'oses pas ?

– Ce type est débile, répondit Karsten. Et le gros porc ne sait même pas prononcer correctement.

Kai baissa la garde et relâcha le dénommé Gros-qui-sue.

– T'aurais peut-être mieux fait de t'abstenir de ce genre de commentaires, fit-il en reprenant son T-shirt qu'il avait balancé sur le lit du haut.

Il essuya ses cheveux courts d'un blond presque blanc. Sur le pas de la porte, il se retourna et pointa son index vers Vemund.

– Si tu as le cran de t'en prendre seul à Einstein, pas de problème. Mais si Gros-qui-sue doit te prêter main-forte, je rapplique. Dans cinq minutes, je veux vous voir dans la voiture.

Karsten enfila ses vêtements en hâte et sortit pour trouver un endroit où pisser tranquille. Quelques fines plaques de neige tombèrent du toit. Le jour gris se levait tout doucement. À l'arrière de la maison il y avait un petit jardin. Les bâtards derrière le grillage l'avaient déjà flairé et s'excitaient comme des fous. Il décrivit un cercle pour rester hors de portée et atteignit l'arrière d'une grange. Par un interstice, il découvrit un espace sombre. Au bout d'un mur, quelques planches s'étaient détachées et il passa la tête en dessous. Cela sentait le fumier et la peinture. Il aperçut des seaux par terre. Soudain une tête d'animal surgit de l'obscurité. Il poussa un cri et tomba à la renverse. Il s'appuya contre le mur de la grange. Il ne neigeait plus et un mince croissant de lune apparaissait entre les cimes pointues des sapins.

Tu ne vas quand même pas avoir peur d'un malheureux cochon ? pensa-t-il, mais il n'était pas sûr de connaître la réponse.

C'était le lundi de Pâques. Ils se mirent au garde-à-vous dans la cour, montèrent dans quatre voitures et partirent. Ils roulèrent d'abord sur la nationale, puis continuèrent sur des petites routes. Karsten était coincé à l'arrière de la Toyota de Gros-qui-sue. À plusieurs reprises, il prit des virages serrés en faisant des dérapages si bien que l'araignée suspendue au rétroviseur fit des bonds en écartant les pattes.

Karsten avait facilement mal au cœur en voiture.

– Tu ne pourrais pas rouler normalement ? gémit-il. Je crois que je vais vomir.

Sur le siège avant, Noah, le géant à la crête d'Iroquois et au nez aplati, se retourna :

– Écoute, t'as le choix, gronda-t-il. Soit tu descends ici et tu rentres par tes propres moyens, soit tu la boucles.

Karsten regarda la forêt qui défilait des deux côtés de la route où la neige fondue avait laissé place à la boue, et choisit de la boucler.

Il n'était pas encore cinq heures et demie quand ils arrivèrent sur un terrain avec des bâtiments bas et des engins de chantier, un paysage lunaire qui se terminait par une paroi rocheuse. D'énormes blocs de pierre dynamités jonchaient le sol. Vemund, qui travaillait apparemment là, leur montra un hall d'usine hors d'usage. C'était là qu'ils allaient jouer à la guerre. Adrian les divisa en deux groupes et distribua des bleus de travail et des casques. Le lanceur de paintball était facile à utiliser : il suffisait de viser et de tirer.

Vemund, qui les précédait, gravit un escalier à l'extérieur du bâtiment. Dans l'entrée, cela sentait un mélange de moisi et de produits chimiques. Il ouvrit une porte donnant sur un hall immense. La lumière matinale perçait à peine à travers quelques fenêtres brisées, tout en haut du mur.

Kai était leur chef de groupe. Il installa deux projecteurs rotatifs sur le sol et les mit en mouvement.

– Les uniformes se ressemblent assez dans l'obscurité, déclara-t-il. Dans une telle situation, le risque de *friendly fire* est grand. C'est pourquoi nous devons être bien d'accord sur certains points.

Karsten fut posté près d'une pile de palettes. Il frotta

ses mains l'une contre l'autre pour empêcher ses doigts de s'engourdir. Les faisceaux des deux projecteurs se croisaient sous le plafond avant de s'éloigner et de repartir chacun dans une direction. Il serra la crosse du mince fusil et vérifia qu'il était chargé. Il s'aperçut que son cerveau fonctionnait au ralenti quand il avait froid. Au fond, ce n'était pas plus mal, ça éliminait d'office certaines pensées. Le rêve dont il avait été brusquement tiré lui revint soudain en mémoire. Adrian venait vers lui sur une plage. Jasmeen aussi était là, il y avait quelque chose entre elle et Adrian, mais il n'arrivait pas à déterminer quoi.

Il n'avait pas entendu la porte s'ouvrir, il supposa que la silhouette descendant de l'échelle faisait partie de son groupe. Un coup partit d'un lanceur là-bas. Il entendit quelque chose toucher le mur derrière lui et il se tapit. Au même moment, une porte à sa droite s'ouvrit avec fracas. Il y eut des bruits de pas précipités sur la coursive, suivis d'un échange de tirs nourri. En jetant un coup d'œil par-dessus la palette du haut, il aperçut un homme qui sortait du faisceau lumineux et ressemblait à Vemund, mais il ne put s'empêcher de tirer dessus. Il entendit quelqu'un hurler et reconnut la voix du gringalet.

— C'est pas vrai, putain, ce que tu peux être maladroit !

Trois heures plus tard, ils retournèrent aux voitures. Vemund les arrêta près d'un surplomb. Il était clair qu'il avait envie de jouer les guides et il demanda à chacun de se pencher près du bord pour regarder en bas. Un trou énorme s'ouvrait sous eux. Des pierres provenant de la carrière s'entassaient là, dont les plus grosses devaient peser plusieurs centaines de kilos.

— Ça, c'est le concasseur. Ce qui ressort de l'autre côté fait moins de douze centimètres.

Il lorgna vers Karsten. La poitrine de son bleu de travail était couverte de peinture rouge.

— Une fois que tu es bien écrasé, tu continues sur la chaîne jusqu'au broyeur fin, reprit Vemund en indiquant un tas de sable gris. Au pire, tu deviendras de l'asphalte.

Karsten recula un peu. Mais Gros-qui-sue le poussa pour qu'il soit tout au bord.

— Imagine que tu tombes dedans...

— C$_3$H$_7$COOH, murmura Karsten tout bas. En d'autres termes, la formule de l'acide butyrique.

Il avait enfin trouvé ce que sentait la transpiration de ce type.

Quand ils eurent mangé les restes du ragoût de la veille, Adrian réapparut en compagnie de Noah et s'installa près de la porte de la cuisine. Karsten alla vite les rejoindre.

— Il faut que je te parle, glissa-t-il à Adrian.

— Des problèmes ?

— Le programme d'activités ici, c'est vraiment pas mon truc.

Adrian continua à manger.

— Les deux types avec qui on partage la chambre...

— Tu ne les aimes pas ?

— Combien de temps faut-il que je reste encore ici ?

— Tu es libre de partir quand tu veux, répondit Adrian en posant son bol.

— Que dois-je faire une fois chez moi ?

Adrian préféra parler dans le couloir.

— Je comprends que tu sois inquiet, Karsten.

Le ton de voix était si amical que Karsten eut envie de poser sa tête contre son épaule.

— J'ai discuté de ça avec les autres. Nous allons mettre en place un dispositif autour de toi. Ainsi tu seras tranquille. Et ta famille aussi. Jusqu'à ce que les Pakistanais cessent de te menacer.

— Tu parles sérieusement ?

— Nous allons rester quelques jours de plus. Mais ce

soir, tu seras libre. Toi qui es athée, tu n'as pas besoin de participer aux offrandes.

— Aux offrandes ? s'exclama Karsten. Tu plaisantes ou quoi ?

Adrian lui tapa sur l'épaule.

— Détends-toi dans ta chambre. Amuse-toi avec ton livre de maths pendant que nous serons en forêt et ferons la fête.

La fille potelée sortit du salon avec des verres et des bols de soupe dans les mains.

— Salut, Vera, lança Adrian en souriant.

— Salut, répondit l'adolescente aux taches de rousseur en rougissant jusqu'aux oreilles.

— Sonja est sa grand-mère, expliqua Adrian quand elle eut disparu dans la cuisine. Sa mère ne peut pas s'occuper d'elle.

Il fit un geste de la main vers le bras, comme s'il se piquait. Peut-être pour faire comprendre à Karsten qu'il n'était pas le seul à avoir des problèmes.

24

Dan-Levi jeta un coup d'œil dans le salon du Fagerborg Hotel. Un feu crépitait dans la cheminée, mais il n'y avait personne. Il n'était pas encore quatre heures, on était mardi en pleines vacances de Pâques. Il attendit et en profita pour descendre aux toilettes. Roar l'avait appelé plus tôt dans l'après-midi et il avait apparemment besoin de parler. Dan-Levi se doutait de quoi il s'agissait.

En remontant l'escalier, il aperçut son camarade assis près de la cheminée. Son verre de bière était déjà bien entamé.

– Je suis sûr que tu ne bois pas de bière à Pâques, dit-il quand Dan-Levi vint le rejoindre. Ou est-ce que c'est seulement la Pentecôte qui est sainte pour vous autres ?

La plaisanterie tomba à plat. Dan-Levi ne fit aucun commentaire. Son camarade tripota son verre, visiblement mal à l'aise.

– Comment c'était à Trysil ? Je croyais que tu devais y rester toute la semaine ?

Roar secoua lentement la tête.

– Monica, lâcha-t-il, le regard perdu sur les flammes.

– Des soucis ?

– C'est le moins qu'on puisse dire. Elle est morte.

Il fallut quelques secondes à Dan-Levi pour se ressaisir. Lorsque la serveuse apparut, Roar montra son verre presque vide et pointa deux doigts en l'air.

– C'est moi qui l'ai trouvée. Sa sœur m'a téléphoné pour savoir si elle était avec moi à Trysil.

– C'est ce qui était prévu, non ?

Roar marqua un temps d'hésitation.

– Elle avait changé d'avis. En fait, on était en train de mettre fin à notre relation.

Il lança un regard à Dan-Levi.

– Je crois que je n'ai jamais compris cette femme.

Moi non plus, faillit dire Dan-Levi.

– J'ai essayé de l'appeler. Elle ne répondait pas. Ni le vendredi ni le samedi et impossible de joindre le gardien de l'immeuble. Sa sœur n'arrêtait pas de me relancer, et sa mère aussi. Alors dans la soirée, j'ai cédé et j'ai promis de tirer ça au clair.

Les deux verres de bière arrivèrent sur la table.

– Je ne lui avais pas rendu le double des clés, j'ai pu ouvrir la porte.

Il termina son premier verre en deux gorgées.

– Elle était allongée dans la baignoire. Noyée.

– Comment est-ce possible ?

Roar s'essuya la mousse restée sur sa moustache.

– C'est possible quand tu as le corps bourré d'anxiolytiques et de somnifères.

– Je ne savais pas qu'elle avait ce genre de problème.

– Elle n'avait pas ce genre de problème. Elle n'était vraiment pas du genre à se suicider.

– Non, admit Dan-Levi sans en être trop sûr.

D'ailleurs, y avait-il vraiment des gens qui étaient « du genre à se suicider » ? Un des jeunes de son équipe avait mis fin à ses jours, deux ans auparavant. C'était le plus rayonnant et extraverti de tous. Personne n'avait rien compris.

– Elle était là depuis vendredi matin, voire jeudi soir.

– Ça ne devait pas être beau à voir.

– Ce n'est pas la première fois, heureusement.

– Mais elle, tu la connaissais bien.

Roar lui jeta un regard furtif.

— En fait, c'est elle qui voulait rompre.

Dan-Levi comprit que ce qui, autrement, aurait été difficile à avouer était devenu une forme de consolation.

— Je n'ai pas eu l'impression que vous discutiez beaucoup ensemble.

— Discuter ? Il s'agissait de tout à fait autre chose. Non, elle était seulement intéressée par le sexe, pour dire les choses comme elles étaient.

Ce n'était pas la première fois que Roar expliquait ainsi leur relation.

— Ça me laisse une drôle de sensation, dit-il en vidant sa bière.

Il se tourna vers le bar en désignant son verre vide.

— C'est pas simplement parce que c'est moi qui l'ai trouvée. Mais il y a plusieurs choses qui ne collent pas.

— Comme quoi, par exemple ?

— Son portable n'était pas là. Le double des clés non plus.

— Pas étonnant, puisque c'est toi qui les avais.

— Elle avait un troisième jeu. Et il y a aussi autre chose. Pourquoi une nana se mettrait dans la baignoire en gardant sa petite culotte ?

Dan-Levi se gratta le cou.

— Tu n'es pas sûr que ce soit un suicide, c'est ça ?

Roar ne répondit pas. Le troisième verre de bière fut posé sur la table. Dan-Levi prit son portable et prévint Sara qu'il rentrerait plus tard que prévu, car son camarade, de toute évidence, avait besoin de lui.

Ils sortirent faire un tour en ville. Roar s'arrêta sur la place du marché et montra du doigt une fenêtre. Dan Levi comprit aussitôt de quel appartement il s'agissait.

Ils finirent par s'attabler au café Klimt, en devanture. Roar était légèrement parti. Cela ne se voyait pas pour ceux qui ne le connaissaient pas, mais les signes étaient là : sa manière d'agiter la main en parlant, le volume sonore de sa voix, son flirt lourdingue avec la fille derrière le bar... Pour sa part, Dan-Levi était passé depuis un bon moment à l'eau gazeuse.

– Tu vas travailler demain ? demanda-t-il en indiquant du menton la cinquième ou sixième pinte de la soirée.

Roar enroula une pointe de sa moustache autour de son doigt.

– Il faut que je passe en revue les éléments des incendies qui ont eu lieu, dit-il.

Dan-Levi regarda autour de lui, il n'y avait personne à proximité.

– Est-ce que vous avez de quoi mettre en évidence un rapport entre eux ?

Roar se rembrunit.

– Si nous voulions avoir tous les détails étalés dans la presse, je n'aurais pas hésité à t'en faire part.

Il but quelques gorgées.

– Bon, en effet, il semblerait qu'il y ait un lien.

Dan-Levi ôta ses lunettes et les essuya, une manière comme une autre de dissimuler sa curiosité.

– Raconte un peu ce que tu sais, dit-il d'une petite voix. Moi, j'ai toujours été franc avec toi.

– Tu jures que ça reste entre nous ? Devant Dieu et tout et tout ? Bon, nous pensons que l'agresseur a utilisé un système de mise à feu.

– Tu l'avais déjà mentionné. Il serait temps d'être plus précis.

– Dans le jardin d'enfants, nous en avons trouvé un encore presque intact. Il y a eu plusieurs départs de feu simultanés.

Roar sortit un stylo et commença à faire un croquis sur une des serviettes qui traînaient sur la table.

– Une cigarette et des allumettes maintenues ensemble par un élastique, le tout fixé à une sorte de mèche. Cela donne au pyromane la possibilité d'allumer et de se mettre à l'abri avant que ça prenne vraiment feu.

Dan-Levi saisit la serviette et fixa intensément le dessin assez sommaire. Il savait qu'il avait déjà vu quelque chose d'analogue.

– C'est dingue.

– Qu'est-ce qui est dingue ?

Il baissa la voix.

– J'en ai trouvé un tout à fait semblable à ce que tu as dessiné.

Roar reposa brutalement le verre qu'il s'apprêtait à porter à ses lèvres. Cela fit un bruit sec.

– Tu plaisantes ou quoi ?

Dan-Levi retourna la serviette et dessina à son tour.

– Une cigarette et trois allumettes, attachées avec un élastique.

– Des allumettes normales ?

Dan-Levi réfléchit.

– Non, elles étaient plates, du genre qui traînent dans les hôtels et les restaurants.

Roar se pencha par-dessus la table.

– Où as-tu trouvé ça ?

– Sur les marches devant chez moi.

– Putain, Dan-Levi, excuse-moi mais est-ce que tu comprends que notre conversation a tourné à l'interrogatoire ?

Quand Dan-Levi rentra vers onze heures du soir, Sara était déjà couchée. Il prit un yaourt dans le réfrigérateur, se laissa tomber sur une chaise de la cuisine et feuilleta distraitement le journal en mangeant. Avant qu'ils se séparent, Roar avait insisté pour faire venir un enquêteur spécialiste des incendies. Même si les poubelles avaient été vidées depuis belle lurette, ça vaudrait le coup de jeter un œil dans le jardin, disait-il. Comme s'il espérait y trouver quelque chose ! Quelqu'un avait perdu ce dispositif de mise à feu devant chez lui, tout simplement, décréta Dan-Levi. Mais il n'avait pas voulu dire à qui il pensait, refusant de mêler Karsten Clausen à ça. Car le jeune homme était là quand il l'avait ramassé. Non, il devait y avoir une autre explication. Il parlerait lui-même au garçon. Il avait vu trop de cas où des personnes, accusées à tort, sortaient traumatisées des interrogatoires. C'était difficile d'affronter les regards soupçonneux des voisins et des amis... Karsten Clausen était un garçon très vulnérable. Un solitaire qui avait du mal à avoir des amis et, *a fortiori*, des petites amies. Deux autres pensées lui étaient venues tandis qu'il discutait avec Roar. Karsten lui avait paru bizarre ce matin-là, comme s'il voulait lui dire quelque chose. Et le soir où le jardin d'enfants avait brûlé, il avait aussi eu un comportement un peu étrange, sans que Dan-Levi se souvienne exactement de la teneur de leurs propos.

Le cours de ses pensées fut interrompu par un bruit dans l'escalier. C'était Sara. Elle avait enfilé un jogging.

— Tu n'étais pas couchée ?

— Je me suis endormie sur le sol de la salle de bains.

Elle s'approcha de la table avec un sourire las. Il la prit par la taille et l'attira sur ses genoux. Son odeur le rassurait et l'excitait à la fois. Surtout ce que son corps dégageait quand elle venait de dormir.

— Tu sens si bon, lui murmura-t-il à l'oreille.

— Et toi, tu sens la bière et la cigarette.

— Victime de tabagisme passif, se défendit-il.

— Et la bière, espèce d'ivrogne ?

— Pareil.

Elle rit, ensommeillée, le visage contre ses cheveux.

— Tout va bien pour Roar ?

Dan-Levi hésita. Il faudrait qu'il lui dise ce qui était arrivé à Monica, mais pas maintenant. Elle avait besoin de dormir.

— Ça va, dit-il sans grande conviction en regardant ces yeux gris dont il n'aurait su dire s'ils étaient tristes ou joyeux. Je suis l'homme le plus heureux du monde, ajouta-t-il en l'embrassant.

— Porte-moi dans le lit, demanda-t-elle.

Il la souleva, elle était aussi légère qu'une gamine.

— Tu sais, ça m'excite drôlement de te porter, lui avoua-t-il en poussant du pied la porte de la chambre.

— Je suis bien trop fatiguée pour te résister, chuchota-t-elle.

Il déboutonna sa chemise. À cet instant, il entendit la voix de Rakel.

— Reste éveillée, je reviens.

Sa fille était assise dans son lit.

— Soif.

Elle avait toujours soif.

— Bon, je vais te chercher de l'eau.

— Non, protesta-t-elle. Le môssieur va chercher.

Dan-Levi se pencha par-dessus la barrière du lit et lui donna un baiser. Ils avaient ri entre eux de cette histoire de *môssieur* dont la petite n'avait cessé de parler.

— Le môssieur n'a pas pu venir ce soir, dit-il, alors il m'a prié d'aller chercher de l'eau pour toi.

— Le môssieur, insista Rakel.

De retour dans la chambre à coucher, il trouva Sara endormie. Il ravala sa déception, remonta doucement la couette sur son corps chaud, se pencha et fit une prière pour elle. Puis il descendit et enfila ses chaussures et une veste. Il marcha dans la rue et prit la petite impasse où Karsten habitait. Une voiture noire était garée, moteur tournant au ralenti, une BMW qu'il ne se souvenait pas d'avoir vue dans les parages auparavant. Quelqu'un attendait à l'intérieur : il aperçut la lueur d'une cigarette derrière les vitres teintées.

Dans la maison des Clausen, tout était éteint. Pourtant, Karsten avait dit qu'il n'accompagnerait pas sa famille au chalet pendant les vacances. Dan-Levi décida de le réveiller au cas où il serait chez lui. Au même moment, il aperçut quelqu'un près de la porte.

– Je peux vous aider ? cria-t-il.

L'homme sur le perron se détourna brusquement et redescendit vite les marches. Dan-Levi eut le temps de voir qu'il n'avait pas l'air norvégien, plutôt un Pakistanais ou quelqu'un du Moyen-Orient. Il répéta sa question. Le jeune homme secoua la tête et regagna la voiture qui fit marche arrière jusqu'à la Erleveien avant de repartir en trombe vers le quartier pavillonnaire et de disparaître.

25

Karsten saute par-dessus une barrière, arrive sur une place couverte de neige, s'arrête au bord d'un précipice. Sous ses pieds s'étend une carrière profonde où d'énormes pierres sont lâchées d'en haut pour y être broyées. Quelqu'un l'appelle en bas, il part en courant, ouvre une porte, trébuche dans un escalier. Ailleurs dans le bâtiment, il entend un bébé pleurer, mais au fur et à mesure qu'il monte les marches, les pleurs changent de nature et semblent venir d'un enfant plus âgé. Soudain, il voit qu'il est de retour chez lui et monte à l'étage. Il faut qu'il trouve Synne avant qu'il ne soit trop tard.

Il se redressa dans le lit, le corps en sueur. Lentement, il se rappela où il était. Vemund se tourna dans la couchette supérieure d'en face ; c'était comme si l'autre l'observait dans le noir, mais Karsten devina à son souffle qu'il dormait. Il se pencha vers le lit d'Adrian. Vide.

Il se recoucha, le corps raide après l'entraînement. Ce matin aussi, il avait dû monter à l'arrière de la Toyota, se coltiner de nouveau la puanteur de l'acide butyrique qui émanait du corps de Gros-qui-sue et éviter de regarder l'araignée ridicule suspendue à un ressort sous le rétroviseur.

Quelqu'un pleurait. Karsten descendit du lit et resta au milieu de la pièce, l'oreille tendue. Il l'entendit encore une fois. Il se faufila dans le couloir et s'approcha de l'escalier. Dans la chambre de l'adolescente boulotte, quelqu'un parlait à voix basse. Tout à coup, la porte s'ouvrit. Il reconnut aussitôt la silhouette qui en sortit.

– Qu'est-ce que tu fais là ?

La voix d'Adrian trahissait davantage la colère que l'étonnement.

– Quelqu'un pleure, chuchota Karsten. Il fallait que je voie ce que c'était.

– Tout va bien, l'interrompit Adrian en le faisant retourner dans la chambre et en fermant la porte derrière eux. Ce n'est pas la peine de réveiller toute la maison, ajouta-t-il d'une voix sourde.

Karsten s'appuya contre le lit.

– Qu'est-ce qu'elle a, Vera ?

Adrian lui jeta un regard, Karsten devinait à peine ses yeux dans le noir.

– Il est arrivé quelque chose. J'ai dû régler ça. Ça va mieux maintenant.

– Régler quoi ?

– Tu garderas ça pour toi ?

Karsten hocha la tête.

– Sa mère essaie de la récupérer, mais Sæter refuse de la laisser voir Vera. Alors elle a pleuré toute la soirée, elle m'a réveillé, moi aussi. Je suis allé lui parler. Elle traverse des moments très durs.

– Tant mieux si tu l'as consolée, dit Karsten, soulagé, en regagnant sa couchette.

Il dormait si profondément qu'il n'avait pas remarqué que le jour pénétrait à travers les fins rideaux ni qu'on lui avait retiré sa couverture et son caleçon. Il se réveilla en sursaut en recevant un liquide glacé en plein visage.

Il descendit vite du lit, nu comme un ver. Vemund sautait dans la pièce, plié en deux de rire, tandis que Gros-qui-sue hurlait de joie en se cognant la tête contre le mur.

Outre son caleçon, ils lui avaient aussi piqué son pantalon et son pull.

– Hé, gamin, tu dors comme un bienheureux, criait Vemund. Tu t'es même pas rendu compte que t'avais plus de caleçon !

– Ça, pour être opéré, il l'est…

– Rends-moi mes vêtements ! gueula Karsten.

– Ça coûte de faire la grasse matinée, dit Vemund en montrant la fenêtre ouverte. T'as qu'à descendre les chercher toi-même.

– Ouais, ça coûte, répéta Gros-qui-sue en zézayant.

Vemund sortit son portable, se pencha devant Karsten et commença à prendre des photos.

– C'est avec ça que tu voulais impressionner ta pute pakistanaise ?

Quelque chose implosa dans Karsten. Avec deux pas d'élan, il assena un coup de poing au visage du gringalet. Recula un moment, surpris d'avoir eu ce cran ; il entendit un bruit sourd et ressentit une violente douleur dans les os. Le temps de s'en rendre compte, il reçut un coup de poing de Vemund sur la lèvre. Cela provoqua comme un court-circuit, tout devint sombre. Il empoigna les cheveux clairsemés, tira dessus, mit son frêle adversaire à terre, s'assit à califourchon sur son thorax, lui bloqua les bras avec ses genoux et lui donna un coup de poing dans la bouche. Il sentit les mains de Gros-qui-sue autour de son cou, mais il continua à cogner, cogner contre ce visage ensanglanté qu'il avait à sa merci. Il entendit vaguement la porte s'ouvrir.

– Laisse-les se battre, ordonna Kai.

– Il le massacre, protesta Gros-qui-sue, mais Kai l'écarta.

Karsten sentit les ténèbres se dissiper. Il souleva son poing encore une fois, le corps malingre se tortillait sous lui, mais sa colère était retombée dès que Kai avait franchi le seuil. Il regarda la bouche en sang et les yeux apeurés, laissa retomber son poing, se releva et saisit une couverture pour l'enrouler autour de lui. En se penchant par la fenêtre, il vit tous ses vêtements dans la neige fondue et boueuse.

– Ah, putain ! marmonna-t-il en sentant revenir la colère.

– Comment tu vas régler ça ? demanda Kai venu se placer à côté de lui. Qui va chercher tes vêtements ?

Vemund, qui s'était relevé et assis sur le bord du lit, pleurnichait en crachant du sang.

– Lui, trancha Karsten en le montrant du doigt.

– Alors dis-le-lui.

– Tu vas descendre chercher mes affaires.

– C'est pas moi qui les ai jetées, hoqueta Vemund.

Karsten réfléchit.

– Je m'en fous de savoir qui c'était, répliqua-t-il surpris de la colère qui pointait dans sa voix. Tu vas les chercher.

Vemund lorgna vers Gros-qui-sue, mais son copain bouclait son sac à dos, il n'y avait aucune aide à attendre de ce côté-là.

– J'aurai ta peau ! hurla-t-il à Karsten avant de se lever et d'aller vers la porte.

26

Il s'introduisit avec la clé TrioVing qu'il avait prise lors de sa visite précédente. L'entrée était éclairée, mais les autres lumières étaient éteintes. Il tendit l'oreille. Le ronronnement régulier du réfrigérateur, rien d'autre. Il monta lentement les marches, évitant celles qui craquaient – la quatrième, la huitième et la dixième – pour se diriger vers la chambre qui avait été la sienne autrefois. Qui était encore la sienne. Tant que cette pièce existerait, elle serait la sienne.

Les rideaux n'étaient pas tirés. Il regarda par la fenêtre. De l'autre côté du bois se trouvaient les ruines du jardin d'enfants, tandis que de ce côté-ci les gens dormaient paisiblement. C'était le genre d'endroit où rien ne pouvait arriver. Jusqu'au jour où ça arrivait et que tout partait en fumée. Il faudrait des années avant que le calme ne revienne. À supposer que ce soit le cas. Même quand tous ceux qui dormaient derrière les fenêtres sombres auraient disparu, on continuerait à en parler : « La maison qui se trouvait sur ce terrain, il y a un siècle, a entièrement brûlé. Personne ne sait pourquoi. » Des puissances sur lesquelles les hommes n'ont aucune prise interviennent dans leurs vies. Il suffit d'une étincelle entre une petite tête d'allumette, couverte de soufre, et un morceau de carton émaillé de minuscules éclats de verre.

Il avait emporté quatre dispositifs de mise à feu. La fois précédente, il en avait perdu un quelque part. Il sortit les deux bouteilles d'alcool à brûler de sa poche et les posa sur la table. L'ordinateur était encore en veille. Il le réactiva, ouvrit quelques documents, des articles qui paraîtraient sans doute dans le journal local. Il était question d'un chauffard sous l'emprise de l'alcool, de tombes profanées dans un cimetière. Il trouva le fichier qu'il avait lu l'autre soir, celui qui contenait les notes prises au jour le jour.

15 avril.
Sara est dans la salle de bains. Rakel a dormi toute la soirée. J'ai tout.
16 avril.
Karsten n'est toujours pas chez lui. Je dois lui parler avant qu'il soit convoqué. Il ne faut pas qu'il soit la victime de soupçons infondés. Dilemme de Judas.

Il jeta de nouveau un regard par la fenêtre. Tout au bout de la rue habitait Carsten Klausen. Était-ce de lui que parlait le journaliste ?

Il ouvrit l'armoire, éclaira l'intérieur avec sa lampe de poche. Il y avait une valise qui n'était pas là avant. Il la déposa à l'extérieur et rampa sous une combinaison, des manteaux et quelques chemises. Il souleva la plaque et coinça son corps entre les deux murs. Il se rappela comment c'était de se dissimuler là, autrefois, dans cette cachette que personne ne connaissait. D'entendre les pas dans l'escalier, la porte que l'on ouvrait avec fracas, la voix colérique qui criait son nom. Savoir que personne ne le trouverait.

Il éclaira le mur du fond, vit les petites lettres qu'il avait gravées de manière malhabile : *L'Incendiaire, ramène-les chez toi !* Les marques de brûlure encadrant sa prière étaient toujours visibles ainsi qu'une une tache, du sang, se souvenait-il. C'était le côté sombre de la pièce, toutes les ténèbres qui l'habitaient étaient rassemblées là. Sur l'autre montant, il y avait inscrit son nom à elle. Jour après jour, il avait gravé le bois. Trente-cinq fois, avait-il compté jusqu'à maintenant. Il prit son couteau et fit une nouvelle entaille. Car c'était à Elsa qu'il avait pensé, ici. C'était elle qu'il avait le pouvoir de ressusciter dans ce recoin obscur. Quand elle lui parlait, sa voix était plus forte que celle qu'il entendait au cœur des flammes. C'était sa voix qui le retenait de tout faire flamber. Quand il gravait son nom dans le bois, ce recoin devenait une vaste pièce blanche, un temple où elle apparaissait quand il appuyait ses doigts sur ses paupières.

À présent, l'équilibre des forces s'était inversé, l'aiguille de la balance penchait de l'autre côté. C'est elle qui avait utilisé cette image lorsqu'elle lui avait tiré les cartes et parlé de la mort et du feu purificateur. Tout ce qui existe au monde se pose sur les plateaux d'une balance et le moindre de nos gestes peut faire bouger l'aiguille. Peut-être que Monica a été le poids décisif. Son corps dans la baignoire, à moitié attaqué par l'eau ; sa peau qui, sous ses doigts, se détachait de la chair.

Il sortit un des dispositifs de mise à feu, redressa la cigarette qui était un peu cassée. Le feu partirait d'ici. Des vêtements suspendus contre le bois sec des parois. Ça commençait à le démanger et cette sensation se répandait dans son corps, en partant des jambes pour remonter dans son dos. Et en arrière-plan une fatigue qui menaçait de tout emporter avec elle. Il tendit l'oreille dans le silence et crut percevoir de faibles voix. Elles provenaient de la chambre à coucher dont la porte était entrebâillée.

« Il faut le lui dire, Gunnhild. Tôt ou tard, on sera bien obligé de le raconter au gamin. »

Une petite pause, il remua les lèvres pour former sa réponse à elle :

« Il est encore si jeune. On ne peut pas attendre un peu ? »

Il était sorti dans le couloir, s'était planté devant la chambre à coucher à la porte entrebâillée.

« Pourquoi ce serait à nous de nourrir son gosse à moitié

pakistanais ? Quand on sait qu'elle a de l'argent à ne savoir qu'en faire !

– Tu sais très bien pourquoi, Tord. Je n'ai pas le courage de reparler de ça tous les soirs. »

Le silence était revenu. De retour dans sa chambre, il avait pris le briquet dans le tiroir du bureau. Ce soir-là, il avait inscrit sa prière à l'Incendiaire dans le bois du montant. L'avait décorée avec une frise de taches carbonisées. Mais là, alors qu'il allait allumer, Elsa lui parla et l'empêcha de commettre ce geste.

Un bruit le réveilla. Une voix d'enfant qui appelait. Pas fort, mais seule la cloison peu épaisse le séparait de la chambre d'à côté. Il sortit de l'armoire et se faufila dans la chambre.

La fillette se tenait debout dans son lit à barreaux.

– Tu as soif, Rakel ? Je vais te chercher de l'eau.

Elle ne répondit pas, mais malgré l'obscurité il lut dans ses grands yeux clairs que c'était ce qu'elle voulait.

En bas dans la cuisine, il se donna la peine de prendre un verre propre dans le placard. Attendit quelques secondes une fois qu'il eut rempli le verre, mais n'entendit que le ronronnement du moteur du réfrigérateur. Il remonta auprès de l'enfant.

– Bois ça, et après il faudra dormir.

Encore une fois, il resta à écouter le liquide couler dans la petite gorge qui déglutissait, ce qui prenait du temps, remarqua-t-il non sans agacement.

L'enfant lui tendit le verre.

– Encore soif.

Il hésita un instant, puis se décida. La salle de bains se trouvait à l'autre bout du couloir. La pièce sentait le moisi. Rien d'étonnant, car ce journaliste était un expert en procrastination, un homme qui laissait la maison tomber en ruine, le genre d'homme qui n'avait pas dû tenir un marteau depuis ses cours de menuiserie au collège. Il remplit le verre et au moment où il fermait le robinet, il entendit une porte s'ouvrir et, la seconde d'après, la lumière s'alluma dans le couloir. Il ne bougea pas d'un pouce, mais toutes les fibres de son corps étaient tendues.

— Tu ne dors pas, mon trésor ?

La voix venait de la porte de la chambre d'enfant. Une voix de femme.

— Tu veux que j'aille te chercher de l'eau ?

— Non ! Le môssieur.

Lorsque les pas de la femme se rapprochèrent, il eut le temps de grimper dans la douche et de tirer à moitié le rideau, qui était presque transparent. Moins de deux mètres le séparaient de la porte et de l'interrupteur, son corps se projetait déjà là-bas.

Elle n'alluma pas dans la salle de bains. Il la vit grâce à la lumière du couloir. Elle portait une chemise de nuit blanche qui laissait deviner sa silhouette, debout dans l'embrasure de la porte, ainsi que le contour de ses longs cheveux blonds. Elle était aussi frêle qu'un oiseau. Avec une nuque qu'il suffirait de courber un peu pour la briser.

Elle souleva la lunette des toilettes, remonta sa chemise de nuit et s'assit, à quelque trente centimètres de lui. Il sentit son odeur ensommeillée, l'entendit respirer. Puis le jet dans la cuvette. Il pensa à une autre femme avec qui il avait été dans une salle de bains. Cela faisait six jours maintenant. Elle n'existait plus. Peut-être que celle-ci connaîtrait le même sort... Cette pensée fit se soulever sa poitrine comme si un cheval galopait à l'intérieur. Si elle me voit, elle ne sortira plus jamais de là, pensa-t-il. Mais si elle ne me voit pas, elle aura la vie sauve. Ainsi, ce n'était pas lui, mais elle qui déciderait. Ou un concours de circonstances. Elle serait graciée – ou pas. Peut-être que tout était entre les mains de Dieu, le Dieu auquel ils croyaient et qu'ils priaient dans cette maison. Ce Dieu qui l'avait envoyé chez eux, précisément cette nuit-ci.

La femme s'appelait Sara. Il aimait bien ce nom. Elle lâcha un pet discret dans la cuvette. Il aimait ça aussi, que ce qui était à l'intérieur d'elle sorte, qu'il soit d'une certaine façon convié à découvrir des choses qu'elle gardait pour elle-même. Il dut lutter un instant contre la tentation de revenir sur sa décision, de faire du bruit avec le rideau pour qu'elle se retourne et découvre sa présence, car alors il devrait l'entraîner dans le cabinet de douche et serrer son corps chaud.

Il la laissa partir.

La maison aurait le droit de rester là un jour de plus. Pendant quelques heures encore, le quartier paisible dans la Erleveien aurait le droit d'être une enclave préservée du monde. Cette nuit, ça brûlerait ailleurs.

Il attendit plusieurs minutes avant de ressortir. Dans la chambre d'enfant, la petite fille s'était rendormie. Il posa le verre d'eau par terre à côté du lit.

— Je reviendrai, Rakel, chuchota-t-il. Je reviendrai demain.

Il prit la vallée de Sagdalen, en direction du centre-ville de Strømmen. Il était presque trois heures moins le quart. Un vent glacial venant du fleuve lui cingla le visage quand il sortit de la voiture. Chez Sæter, ils avaient décidé de mettre en place un dispositif de sécurité autour de Karsten Clausen. Une équipe de surveillance le suivrait les prochains jours, voire plus longtemps si nécessaire. Il avait suggéré de prendre les devants, de se faire respecter des agresseurs. C'était ça l'important, avait-il dit. Rendre visite à la famille Chadar, leur délivrer un message qu'ils comprendraient, tenir le même langage qu'eux.

Sæter n'était pas contre l'idée et prit le temps de l'analyser. Elle était rationnelle et si on la mettait en œuvre, cela prouverait qu'ils menaient un combat, donc que les guerres de l'avenir avaient commencé depuis longtemps. « On se prépare », répétait-il sans arrêt. Mais rien de concret n'en était ressorti. « On se prépare, mais on n'est pas encore prêts pour la guerre », disait Sæter avec sa voix de stentor, comme s'il croyait impressionner quelqu'un. « Pas encore, mais notre temps viendra et alors, on sera prêts. »

Comme si le reste du monde n'attendait que ça, que le vieux Sæter soit prêt un jour.

Il leva sa capuche, tourna au coin du restaurant Bukken, et remonta à pied la rue déserte. La supérette se trouvait un peu plus loin, dans une cour d'entrepôt, près d'une vieille et grande construction en bois qui abritait un magasin de luminaires. Devant l'entrée, des panneaux lumineux orange affichaient les prix des bières et des sodas. Il fit le tour du bâtiment qui se révéla être en pierre. Il lui faudrait donc entrer.

Par deux fois, il était déjà venu là. La première fois, c'était plus de quatorze ans auparavant. L'homme derrière le comptoir était un Pakistanais et devait avoir la quarantaine. Khalid Chadar ? avait-il failli demander. Mais ce n'était pas nécessaire car s'il n'avait jamais rencontré Khalid Chadar, n'avait jamais vu une photo de lui, il l'avait reconnu. « Vous désirez quelque chose ? » Le regard de Khalid Chadar s'était fait hésitant, il avait les tempes grises et des poches sous les yeux. T'as le bonjour d'Elsa, aurait-il pu répondre avant de tabasser ce corps de Pakistanais grassouillet de l'autre côté du comptoir. Mais il s'était contenté de le regarder droit dans les yeux et était reparti sans rien acheter, sans un mot.

Et il y a un mois, juste avant que son prince ne revienne, alors qu'Elsa était distraite, tendue et n'avait soudain plus une minute à lui consacrer, il était retourné au magasin. Khalid Chadar n'était pas là, juste un type d'une vingtaine d'années. Un Pakistanais arrogant, tiré à quatre épingles, avec une chaîne en or autour du cou, le col de chemise ouvert, les cheveux couverts de gel. Un gars qui se sentait maître du monde et le toisait avec mépris. Je te connais, Shahzad Chadar, aurait-il pu lui dire. Je te connais, toi et toute ta famille de fraudeurs. Khalid Chadar qui, selon les registres de Brønnøysund possédait d'autres magasins de ce type, déclarait seulement quelques centaines de milliers de couronnes de revenus. Ensuite, il avait raconté à Elsa la conclusion à laquelle il avait abouti : « Ils vivent comme s'ils gagnaient des millions avec leurs quelques magasins. Khalid Chadar roule en Mercedes et joue à l'homme raffiné, et il faudrait qu'on accepte ça sans broncher ? Est-ce qu'on va laisser ce genre d'hommes venir ici, tout reprendre à leur compte et nous obliger à vivre selon les lois débiles de leurs clans ? » Mais Elsa lui avait interdit d'aller les voir. Elle ne voulait pas que l'on remue le passé. C'était ainsi qu'elle avait réussi à tourner la page, à préserver le bon côté des choses.

Il trouva une fenêtre à l'arrière, ôta son pull-over, enveloppa le marteau dedans et frappa au niveau des charnières. Un coup suffit. Il sentait en lui un calme impérial. La rue Erleveien me concerne directement, songea-t-il, mais ça je le fais pour toi, Elsa.

La cave était l'endroit le plus approprié, une sorte de pièce fourre-tout. Dans le coin sous l'évier traînait une poubelle remplie de vieux détritus. Les murs étaient en contreplaqué, il faudrait trois départs de feu. Mais il agissait au nom de quelqu'un d'autre, avec l'accord implicite d'Elsa, quand bien même elle ne le saurait jamais.

Il sortit la première bouteille de sa poche, arrosa largement les murs, déposa les dispositifs de mise à feu. Au moment où ils s'enflammèrent, il lui restait entre une minute et demie et deux minutes. Juste le temps pour lui de regagner sa voiture.

27

Dan-Levi n'avait ni l'assurance ni l'éloquence de son père. Il n'avait jamais été question qu'il endosse le rôle du pasteur Jakobsen. Son père avait très tôt accepté cela et n'avait jamais critiqué le choix du journalisme, même si c'était, à ses yeux, un moyen peu spirituel de gagner sa vie. Pendant plusieurs dizaines d'années, son père avait été le président de Betania, un homme réclamé dans tout le pays. Ces réunions dans des salles pleines à craquer faisaient partie de ses premiers souvenirs. Toute la famille était du voyage : Tønsberg, Molde, Mosjøen. Sa mère se souvenait du visage inquiet de Dan-Levi lorsque le père prenait une autre voix sur l'estrade. Elle le consolait en lui disant que son père, en présence de l'Esprit saint, était porté vers quelque chose de plus grand. Des chuchotements joyeux ponctuaient son prêche jusqu'à ce qu'une voix entonne un « Alléluia », que les gens lèvent les mains vers le plafond et clament des mots dans une langue étrangère que tous semblaient pourtant comprendre.

Voilà à quoi pensait Dan-Levi tandis qu'il attendait la sonnerie du réveil. Le jour s'était levé depuis longtemps, semblait-il, et il fut pris d'un doute. Son portable sur la table de nuit n'avait toujours sonné. Il le saisit et constata que la batterie était à plat. Il bondit hors du lit et brancha le chargeur. Dan-Levi poussa un soupir de découragement en voyant que Stranger avait cherché à le joindre une heure plus tôt. Il était de garde et visiblement, il s'était passé quelque

chose au cours de la nuit. Il s'apprêtait à rappeler quand il
se ravisa. C'était le jeudi saint et il s'offrit une douche, le
temps de se préparer à affronter la colère de son chef qui
n'en était plus à cinq minutes près. Sous le jet d'eau chaude,
il rêva encore une fois du jour où il passerait enfin au service
culture. Plus de veilles, plus de sorties en pleine nuit pour se
rendre sur le lieu des accidents. Il écrirait sur la musique et
le théâtre amateur, interviewerait des écrivains et des artistes.

Le corps trempé, il s'assit sur la lunette des toilettes. La
salle de bains aussi aurait besoin d'être rénovée, il y avait
des taches d'humidité sur le mur et la cabine de douche
n'avait plus de porte. Il avait accroché un rideau, mais la
barre n'arrêtait pas de tomber. Dès que Sara irait mieux, il
s'y mettrait, se persuada-t-il. Il commencerait par la pièce
qu'il utilisait maintenant comme bureau. Ce deviendrait la
chambre de Rakel.

En sortant de la salle de bains, il entendit un son provenant de la chambre d'enfants. Soudain il eut la vision
terrifiante du corps inerte de la petite fille. Ce genre de
pensées pouvait surgir à tout moment. Il avait pourtant posé
la question au médecin lors de sa dernière visite. Quand
l'enfant avait dix-huit mois, les chances de la mort subite
du nourrisson devenaient infimes, mais tant d'autres choses
pouvaient se passer, d'autres risques apparaissaient au fur et
à mesure que l'enfant grandissait. Dans sa tête, Dan-Levi
avait un catalogue de tous les malheurs susceptibles de
frapper un jeune enfant. Sans parler des dangers habituels
qui menaçaient à tout instant : la noyade, être renversé par
une voiture, la méningite. C'étaient les plus rares auxquels
il essayait de faire attention : l'étranglement sur une barre
de jeu, la pendaison avec la courroie du casque de vélo.
Quelques années plus tôt, il avait lu l'histoire de deux enfants
qui avaient joué à cache-cache et s'étaient glissés dans un
congélateur débranché. Le couvercle s'était refermé sur eux
et la pression avait été telle qu'il avait été impossible pour

les petites mains de le soulever à nouveau. Personne n'avait su où ils étaient... Le poids de telles images – de véritables séquences de films – le submergeait parfois au point qu'il devait faire une prière, si modeste fût-elle. Jusqu'ici, cela avait aidé. Mais les autres enfants ? De quel droit priait-il Dieu de veiller sur sa propre fille, tandis que des millions d'autres subissaient un destin affreux à chaque minute ?

Il jeta un coup d'œil par la porte. Rakel ne dormait pas. Assise dans son lit, elle bavardait toute seule. Dan-Levi la prit dans ses bras et la serra contre lui, s'enivrant de son odeur d'enfant à peine réveillé. Il murmura une prière, les lèvres pressées dans ses cheveux, pour remercier pour le bonheur intense qu'il vivait chaque jour, chaque seconde en sa présence. Il remercia aussi pour l'inquiétude qui ne le quittait jamais et qui était le prix à payer pour ce qu'il avait reçu.

Sa fille dans les bras, il dansa dans la pièce avant de relever le store pour laisser entrer la lumière du jour. Un verre d'eau à moitié vide était posé sur le sol. Il ne l'avait pas entendue appeler. À plusieurs reprises, il avait prié Sara de le réveiller si Rakel réclamait quelque chose la nuit, pour lui éviter d'avoir à se lever. Elle avait quand même dû le faire et donner de l'eau à l'enfant. Mon Dieu, quelle chance il avait d'avoir Sara auprès de lui, Sara qui attendait un deuxième enfant de lui, Sara qui lui disait des mots si doux quand ils faisaient l'amour... Il adressa une nouvelle prière de gratitude au Ciel.

Rakel se pencha pour saisir le verre.

– Soif.

C'était un des premiers mots qu'elle avait appris à dire. Par nécessité, car elle avait toujours soif. La dernière chose qu'il devait faire le soir et la première préoccupation du matin, c'était d'étancher cette soif. C'était bon signe, songeait Dan-Levi. Car la quête de Dieu aussi est soif.

– Est-ce que maman t'a donné de l'eau ?

Rakel secoua la tête.

– Le môssieur.

Dan-Levi sourit et serra de nouveau l'enfant contre lui. Il avait caressé l'idée de lui écrire un conte. Ce serait l'histoire d'une gentille fée, peut-être d'un ange gardien qui ferait la tournée des enfants qui se réveillaient la nuit, un envoyé du Seigneur. Et il l'appellerait « l'Homme-eau ».

À sept heures et demie, il appela Stranger.

– Un incendie, annonça son patron. À Strømmen. Quand tu seras sorti du lit, tu iras là-bas pour relever Gunders. Il n'a vraiment pas eu une garde facile.

Stranger était apparemment trop stressé pour lui remonter les bretelles. Dan-Levi prit le temps de boire son café et emporta ses tartines dans une serviette en papier. Au moment de quitter la zone pavillonnaire, il croisa une Toyota gris métallisé. Deux jeunes étaient à l'intérieur. Il ne les connaissait pas. C'était le genre de chose qu'il notait. Même dans un endroit tranquille comme celui-ci, tout pouvait arriver.

Une couche de fumée granuleuse flottait au-dessus du centre de Strømmen. L'odeur du plastique brûlé coupa l'appétit de Dan-Levi. L'espace autour des ruines de l'incendie ainsi que la rue étaient fermés. Sur le trottoir, non loin de ce qui avait été le magasin, Roar Horvath discutait avec deux policiers que Dan-Levi connaissait. En apercevant son camarade, Roar fit signe à l'agent près du cordon de sécurité de laisser passer le journaliste.

– On se rencontre un peu trop souvent dans des lieux qui sentent le brûlé, lança Roar en essayant de paraître calme.

Dan-Levi l'avait appelé plusieurs fois après la fameuse soirée en ville, pour savoir comment il vivait le suicide de Monica, mais l'autre n'avait répondu à aucun de ses appels.

– Un lien avec les autres incendies ? demanda-t-il en sortant son carnet.

– Il faut que tu nous laisses un peu plus de temps si tu veux qu'on débroussaille tout ça. Mais on fait forcément certains rapprochements. (Roar haussa les épaules.) Nous ne devons exclure aucune piste : défaut technique, négligence, arnaque à l'assurance. Et alors on arrivera à la question que tu te poses.

– Qui est le propriétaire de ça ?

Roar indiqua la grande maison en bois.

– Le local commercial vient d'être vendu à M. Thon.

Que le vieux magnat de l'immobilier ait aussi acheté ici n'étonnait personne.

– Le magasin est loué à des Pakistanais.

– Leur nom ?

Roar sortit un calepin de sa poche.

– Chadar. Ils habitent à Lørenskog.

– Tu penses à une histoire d'assurances ?

Roar agita son carnet.

– Garde tes préjugés pour toi, Dan-Levi. Dis-moi plutôt pourquoi je n'ai rien entendu de toi à propos de ce dispositif avec la cigarette.

Le ton était direct, non dénué de reproches.

– J'ai essayé de te joindre, se défendit Dan-Levi.

Roar plissa le front, trois gros sillons apparurent au-dessus de ses sourcils, on aurait dit des oiseaux s'enfuyant à tire-d'aile.

– L'autre local commercial est en bois, comme tu peux le voir, marmonna-t-il. Il date de presque un siècle. Au deuxième étage habite une famille et au premier il y a une bande de jeunes. Si le vent était venu du nord, je te laisse imaginer ce qui aurait pu se passer. Mais qu'est-ce que tu as, bon sang ? Est-ce que je vais être obligé de te convoquer au commissariat pour te tirer les vers du nez ?

Dan-Levi se secoua. Son camarade était carrément en colère, et non sans raison.

– Donne-moi quelques heures, dit-il d'une voix blanche. Je te rappellerai après déjeuner.

28

Karsten se réveilla en sursaut. Les rideaux laissaient filtrer un jour gris. Il se retourna et saisit son portable sur le sol. Il était plus de onze heures. Un message de Jasmeen s'afficha : *Il s'est passé quelque chose. Dois te parler.*

Quand il sortit chercher les journaux, de fines aiguilles flottaient dans l'air, hésitant entre la pluie et des flocons de neige. La boîte à lettres était vide. Mais il se rappela soudain que c'était le jeudi saint.

Il n'y avait personne dans la rue. Adrian avait dit que la bande de Shahzad Chadar attendrait qu'il se trouve dans un endroit où il n'y aurait pas de témoins. Il devait rester vigilant et ne pas faire un mètre sans avoir son portable à la main. Drôle de sensation que de se sentir traqué dans sa propre maison. Il glissa une main sous son T-shirt et sentit l'estafilade qui lui barrait le ventre. Il faudrait qu'il prenne le temps de réfléchir posément à la situation. Comprendre ce qui avait fait tout basculer. Faire en sorte que cela affecte le moins possible sa vie future.

Il emporta son bol de muesli dans le salon, alluma son ordinateur et regarda le site de *VG Nett*. Ses yeux parcoururent les grands titres et s'arrêtèrent sur un article à propos d'un incendie. Combien de magasins de ce genre y avait-il à Strømmen ? Une vague d'inquiétude le submergea, il se leva, cliqua sur le lien, reconnut le vieux bâtiment en bois sur la photo.

Il essaya de mettre de l'ordre dans ses pensées. a) Jasmeen. Sa famille possédait le magasin qui avait brûlé. b) Jasmeen avait voulu le joindre.

Mais à partir de là, il était coincé. Il lui manquait des éléments, beaucoup d'éléments, à supposer qu'ils existent. Il repoussa le bol de muesli et fit le numéro de la jeune fille. Aucune réponse. Le message qu'il avait reçu lui avait été envoyé d'un numéro inconnu. Il enfila son haut de jogging et noua, fébrile, les lacets de ses baskets. À cet instant précis, on sonna à la porte. Il monta dans sa chambre et jeta un coup d'œil à travers les rideaux. Dan-Levi se tenait sur le perron.

– Désolé de ne pas être allé au club d'échecs, dit-il après lui avoir ouvert. Et je n'ai pas pu vous envoyer de message.

– Tu m'avais prévenu. Qu'est-ce qui t'est arrivé ?

– Rien. Je me suis pris une porte.

Karsten passa un doigt sur sa lèvre inférieure enflée.

– Vous êtes courant pour l'incendie à Strømmen ? reprit-il pour changer de sujet.

– Oui, j'en viens justement.

– Il y a du nouveau ?

Dan-Levi essuya la buée sur ses lunettes.

– La police est convaincue que c'est un incendie volontaire.

– Ils ont des preuves ?

– Ils ne veulent pas trop en parler, mais j'écrirai là-dessus. Tu en sauras alors davantage.

Il jeta un coup d'œil par-dessus l'épaule de Karsten.

– Tu es toujours seul à la maison ?

– Oui, jusqu'à cette après-midi. Pourquoi ?

Dan-Levi remit ses lunettes et passa la main dans ses longs cheveux noirs.

– Tu te rappelles le matin de la semaine dernière où tu es passé me voir ?

Karsten réfléchit.

– Oui, je me souviens, c'était vendredi.

– Tu te souviens que j'ai trouvé quelque chose près des marches ?

– Vous voulez parler du petit personnage ?

– Ce n'était pas un personnage, en tout cas ce n'était pas pour jouer. Je l'ai appris par la suite.

Il était rare que Dan-Levi lui parle sur un ton aussi sérieux. En temps normal, il ne semblait jamais s'en faire.

– Alors c'était quoi ?

– Karsten, il faut que cela reste entre nous.

– D'accord.

– Je crois qu'il s'agissait d'un dispositif de mise à feu.

Le regard de Dan-Levi s'était fait tout à coup soupçonneux, forçant Karsten à baisser les yeux.

– Pourquoi vous me demandez ça ?

– Parce que je crois que c'est toi qui l'as perdu.

– Mais non, il était par terre, vous le savez bien puisque vous étiez à côté de moi.

Dan-Levi continuait à ne pas le lâcher des yeux.

– Je veux bien croire que c'était accidentel, Karsten. Le problème, c'est que celui qui trouve ça, en l'occurrence, moi, devient automatiquement un témoin. Et la police voudra t'interroger aussi.

– La police ?

– Je veux que tu ailles les voir. C'est préférable à une convocation.

Karsten jeta un regard autour de lui.

– Je connais ceux qui possèdent le magasin qui a flambé.

Il baissa la voix.

– C'est la famille d'une fille de ma classe. Vous croyez qu'il y a un rapport ?

Dan-Levi écarquilla les yeux. Il retira ses lunettes et les essuya en prenant tout son temps.

– J'ai un copain qui travaille au commissariat, finit-il par dire. C'est un type avec qui on peut s'entendre. Tu me promets d'y passer dès que tu auras un moment ?

Karsten haussa les épaules.

– Je ne vois pas trop en quoi je pourrais les aider.

– Dis-leur simplement ce que tu sais, c'est tout.

Dan-Levi fourra la main dans la poche de sa veste et en sortit un bout de papier. Y était inscrit *Roar Horvath, agent de police* avec un numéro de téléphone.

– Alors marché conclu, Karsten ?

*

La Peugeot se trouvait devant le garage peint en rouge, le coffre ouvert. Avant que Karsten n'appuie sur la sonnette, la porte s'ouvrit et Elsa Wilkins sortit en manteau, une valise à la main.

– Bonjour Karsten, dit-elle. Encore une fois, ça n'a pas l'air d'aller fort.

Elle posa une main sur son bras. Il baissa la tête.

– Oui, je suis un peu stressé. Mais ça va s'arranger. Vous partez en voyage ?

– Juste pour le week-end de Pâques.

Elle sourit et il faillit la prier de rester. Comme si rien de mal ne pouvait lui arriver tant qu'elle était là.

– Où allez-vous ?

– Åsgårdstrand, répondit-elle, la main toujours posée sur son bras. Je vais participer à un séminaire.

– De tarot ?

– Entre autres.

– La dernière fois que j'étais ici, vous avez parlé de cette carte avec la tour en feu.

Il disait ça surtout pour la retenir.

– Il y avait quelque chose de juste.

– Je le sais, Karsten. C'est bien que tu viennes ici. Adrian est quelqu'un qui prend soin des autres.

Elle lui serra le bras.

– Peut-être que moi aussi je pourrai t'aider quand je rentrerai, dit-elle avec un petit rire. Je sais à quel point tu es sceptique. Et tu as raison.

Elle se dirigea vers la voiture et se retourna.

– Il est en bas au sous-sol. Vous avez la maison pour vous pendant tout le week-end.

Adrian était devant son ordinateur.

– Ah ! te voilà, fit-il quand Karsten frappa à la porte et passa la tête dans l'embrasure.

Karsten eut le temps de voir sur l'écran un article avec une photo de l'incendie.

– Tu sais qui est le propriétaire du magasin ? lança-t-il d'une voix un peu éraillée. Jasmeen m'a envoyé un message. Ils croient peut-être que je suis impliqué là-dedans.

Adrian lui fit signe de s'asseoir dans le fauteuil en cuir et lui tendit une tasse.

– Ah bon, ce n'est pas le cas ?

Karsten se releva d'un bond, renversant du café brûlant sur sa main, et poussa un juron.

– T'es sérieux ?

Adrian le regarda les sourcils froncés, puis sourit.

– Fallait bien que je demande. Maintenant c'est fait. Tu peux te rasseoir.

Karsten resta debout.

– Est-ce que cet incendie a un rapport avec Sæter et ses activités ?

Adrian croisa les mains derrière sa tête et leva les yeux au plafond.

– Nous étions d'accord, semble-t-il, pour leur délivrer un message, marquer une limite. Mais parfois les choses ne se passent pas comme prévu.

– Alors tu sais qui a fait le coup ?

Adrian secoua lentement la tête.

– Mais ça n'empêche pas d'avoir sa petite idée.

– Est-ce que tu peux les convaincre de se dénoncer ?

– Écoute, Karsten. Ce magasin est assuré pour beaucoup plus d'argent qu'il n'en vaut réellement. Et ils ont déjà eu un incendie dans un autre de leurs magasins. Peut-être que quelqu'un a pris les devants cette fois-ci, ou peut-être qu'ils l'ont fait eux-mêmes.

Karsten ne pouvait pas rester tranquille. Dans quelques heures, ses parents et Synne reviendraient du chalet et il fallait absolument remettre d'ici là de l'ordre dans toute cette pagaille.

– Quand ils auront pigé que tu as du soutien, ils y regarderont à deux fois avant de s'en prendre à toi, le rassura Adrian. C'est la seule langue qu'ils comprennent.

– Je vais aller à la police, finit par dire Karsten. Ils m'ont prié de venir.

Il essaya d'expliquer ce que Dan-Levi lui avait dit.

– À quoi ça ressemblait ? l'interrompit Adrian.

Karsten décrivit le dispositif de mise à feu tel qu'il s'en souvenait.

– Et il était sur les marches de ton partenaire d'échecs ?

– Ou tout à côté.

– Réfléchis bien.

Adrian paraissait tout à coup fébrile.

– Est-ce qu'il était *sur* les marches ou *à côté* des marches ?

– À un mètre de là, dans la neige.

Les yeux d'Adrian se plissèrent.

– Nous devons toujours avoir un coup d'avance, dit-il soudain comme se parlant à lui-même. Il faut surprendre, tout le temps.

Il se pencha et tapota la cuisse de Karsten, puis se leva et s'approcha de la penderie pour se regarder dans la glace.

– Elsa est partie pour le week-end de Pâques.

– Je l'ai rencontrée dehors, déclara Karsten.

Adrian fit brusquement volte-face.

– Tu ne lui en as pas parlé, j'espère ? Tu n'as rien dit sur ce qui s'est passé ce week-end ?

Karsten n'avait pas dit un mot sur les réunions secrètes ni sur l'entraînement au tir ou les rites païens.

– Elsa est une bonne personne, expliqua Adrian. Je voudrais lui épargner ce qu'elle n'a pas besoin de savoir.

Il glissa la main sous des vêtements empilés sur une des étagères et sortit une sacoche noire en cuir.

– Vemund et Gros-qui-sue surveillent ta maison.

Karsten resta bouche bée, sa lèvre l'élançait toujours et ses os de la main étaient encore douloureux.

– Celui qui a dit qu'il allait me tuer ? Ne me dis pas que tu comptes sur cet imbécile. Ou sur son acolyte timbré !

Adrian ouvrit la sacoche et sortit le Luger.

– Mon grand-père a participé au débarquement en Normandie. Il était un des premiers à poser le pied sur Sword Beach.

Il sortit le chargeur, y glissa des cartouches.

– Le cran de sûreté est mis, mais ne joue pas avec. Tiens-le quelques minutes pour voir l'effet que ça fait de l'avoir en main.

Avec un petit sourire, il tendit l'arme à Karsten.

– Moins d'une semaine après le Débarquement, mon grand-père a été envoyé en éclaireur avec une troupe à l'intérieur des terres, vers une ville du nom de Bayeux. Ils sont tombés sur une grange, il pleuvait et le capitaine a demandé à mon grand-père de voir s'ils pouvaient faire halte à cet endroit. Il a donné un coup de pied à la porte et là, derrière un cadavre de cheval entièrement couvert de rats, il y avait un soldat allemand allongé. L'Allemand a pointé son pistolet vers mon grand-père, mais celui-ci a été plus rapide et a tiré deux coups. L'arme du soldat mort, ce Luger, lui est revenue. Essaie d'imaginer à quoi elle a servi.

Il n'avait pas lâché Karsten du regard.

– Je vais te raccompagner chez toi. Désormais, tu dois

faire très attention à qui t'entoure. Tu dois savoir qui ils sont, s'ils sont prêts à intervenir pour toi ou à te poignarder dans le dos. Ni Vemund ni Gros-qui-sue n'appartiennent à la catégorie des surhommes, c'est bien pour ça qu'ils te haïssent. Non sans raison. Et Vemund est un entêté de première qui n'a pas peur de se venger. Mais il fait ce que je lui dis de faire. Tu dois me faire confiance, et à moi seul.

Il finit sa tasse de café, enfila son blouson en cuir et prit le Luger des mains de Karsten pour le glisser dans sa poche intérieure.

— Tu peux dormir ici jusqu'au retour d'Elsa. Nous avons quelques jours pour trouver une solution.

Karsten sentait au fond de sa poitrine qu'il allait encore se passer quelque chose. Oui, indéniablement, il allait se passer quelque chose, mais quoi ?

Au moment où ils sortaient, une camionnette s'engagea dans la rue et s'arrêta à côté du garage.

— Tu as pu les joindre ? demanda Adrian dès que Kai descendit du véhicule.

— Ils seront prêts demain soir.

— Pas avant ?

Kai haussa les épaules. Malgré le vent mordant, il ne portait qu'un simple T-shirt.

Adrian se tourna vers Karsten.

— Nous avons une idée pour régler le problème avec ta bande de Pakistanais ; il se trouve que nous avons des contacts avec une autre bande. Des Vietnamiens.

— La bande de Lia ? s'exclama Karsten.

— Appelons ça de la collaboration transculturelle, précisa Adrian.

— Des gens formidables, ajouta Kai avec un large sourire ; ses cheveux décolorés paraissaient plus jaunes à la lumière de l'après-midi.

En remontant la rue, Karsten se demanda si c'était censé être ou non une plaisanterie.

– Cela ne résoudra pas ton problème, répondit Adrian. Mais nous allons faire en sorte que Chadar et ses copains aient d'autres chats à fouetter pour Pâques.

Karsten tenta de se ressaisir.

– On peut faire confiance à ce Kai ?

Adrian lui posa la main sur l'épaule.

– Kai est mon cousin, le rassura-t-il. Il sait ce qu'il fait.

Synne était dehors, sur les marches, quand ils arrivèrent.

– Merde, ils sont déjà rentrés, gémit Karsten.

– Il ne leur arrivera rien, répéta Adrian.

– Bonjour, Adrian, dit Synne toute heureuse.

Elle portait une doudoune rose et des leggings noirs.

– Vous ne deviez pas rentrer ce soir ? s'étonna Karsten.

– Maman avait sa réunion à préparer. Je peux vous demander votre aide ? demanda-t-elle en regardant Adrian.

– Bien sûr que nous allons t'aider, Synne.

Elle rougit.

– Papa a promis de sortir mon vélo, mais il a toujours mieux à faire. Et maintenant il est parti faire des courses à Statoil.

Adrian leva la main.

– Pas de problème.

Son vélo était suspendu tout au fond du garage, derrière la Volvo. Karsten alla chercher les clés de voiture. Quand il revint, Synne tapotait sur son portable.

– Je lui ai donné mon numéro, expliqua Adrian avec un clin d'œil. On ne sait jamais, ça peut toujours servir.

Karsten recula la voiture pour qu'Adrian puisse descendre le vélo.

– Tes deux pneus sont dégonflés et il faut graisser la chaîne.

Il entreprit de regonfler les pneus tandis que Karsten tenait le vélo. C'était rassurant de faire quelque chose ensemble. Adrian saisit une bouteille d'huile et imprégna la chaîne. Cela fait, il passa le doigt sur le pare-chaîne où il y avait des autocollants à moitié déchirés avec des images de princesses Disney.

– Qu'est-ce que tu vas faire aujourd'hui ? s'enquit Karsten.

Synne monta sur son vélo.

– Je serai chez Tamara. Elle est seule chez elle.

– Vous ne serez que toutes les deux ?

Elle fit signe que oui.

– Maman et moi, on devait aller voir un film mais finalement elle n'a pas le temps. Alors, pour compenser, j'ai le droit de dormir chez Tamara.

Adrian lui caressa la tête. Ses cheveux bruns épais étaient comme toujours en bataille, et tout emmêlés à l'arrière.

– Tu devrais porter un casque, déclara Karsten.

Elle fit la moue.

– Personne ne porte de casque au collège.

Il ne faut pas qu'il lui arrive quelque chose, se dit Karsten qui soudain passa un bras autour d'elle et la serra contre lui.

– Sois prudente.

Elle se hissa sur la pointe des pieds pour l'embrasser. Cela faisait longtemps qu'elle ne l'avait pas fait et il fut un peu désarçonné, mais il comprit mieux pourquoi en la voyant faire la même chose avec Adrian, avant de donner un coup de pédale et de disparaître par le portail.

29

Le policier qui vint à sa rencontre était un homme bara-
qué qui arborait une moustache aux extrémités recourbées.
Elle doit être fixée avec de la cire, songea Karsten quand
on l'invita à entrer dans un petit bureau quasiment vide.
Quelques classeurs et reliures de magazines sur les étagères,
un tableau avec la liste des gardes.

— Je voulais parler à… commença Karsten en sortant le
bout de papier que lui avait donné Dan-Levi… à quelqu'un
qui s'appelle Horvath.

— Tu vas parler avec moi, répondit le policier sans préciser s'il était Horvath ou non.

Karsten s'assit tout au bord d'une chaise en plastique. Il
n'avait pas grand-chose à raconter. Il était passé un matin
devant la maison de Dan-Levi sur le chemin de l'école, il
avait vu son partenaire d'échecs sur le perron et était monté
le saluer. Et au moment où il allait repartir, Dan-Levi avait
ramassé quelque chose par terre.

— Décris-moi ce qu'il a trouvé.

Ce matin-là, Karsten y avait jeté un coup d'œil distrait.

— Une cigarette, quelques allumettes, un élastique.

Le moustachu poussa vers lui un papier et un stylo.

— Dessine-le.

Il fit un croquis.

— Et c'était la première fois que tu voyais quelque chose
comme ça ?

Karsten n'aimait pas la question même si elle appelait une réponse simple. Le flic sortit un sac d'un tiroir, posa des cigarettes, des élastiques, des trombones et quelques bouts de ficelle sur la table.

— Tu pourrais en fabriquer un ?

— Vous voulez dire, assembler ces trucs-là ?

— Oui.

— Pourquoi devrais-je le faire ?

Le policier l'observa un moment.

— Essaie, finit-il par dire.

Karsten colla quelques allumettes contre la cigarette, passa l'élastique autour et parvint, plus ou moins, à faire tenir l'ensemble.

— Ça ressemblait à ça ?

— Oui, à peu près.

— Pas de ficelle ou de fil ?

— Je ne crois pas.

Le flic se lissa la moustache, d'abord d'un côté puis de l'autre. Karsten n'avait qu'une envie : se lever, sortir de cette pièce et foutre le camp. Ou alors, il pouvait raconter à cet homme tout ce qui s'était passé. Finalement, il ne choisit aucune des deux options.

— Vous avez une idée de qui pourrait être derrière ça ? bredouilla-t-il.

Le moustachu le regarda avec un sourire en coin qui disparut vite.

— On a notre petite idée.

Il cala son dos dans le fauteuil et croisa les bras derrière la tête.

— Alors tu joues aux échecs.

Karsten confirma d'un signe de tête.

— Je peux avoir un verre d'eau ?

Le policier se leva et sortit dans le couloir. Moins d'une minute plus tard, il revint avec un gobelet d'eau tiède, au goût métallique. Karsten se força à en boire la moitié. Au même moment, une pensée lui traversa l'esprit qu'il n'arriva pas à chasser.

– Est-ce que c'était... de l'eau ?

Le policier fronça les sourcils.

– Que veux-tu que ce soit ?

Karsten regarda le liquide clair, aperçut de petites bulles à l'intérieur et ne put s'empêcher de penser que l'on y avait ajouté quelque chose.

– Je vais te demander quelques précisions au sujet des dates. Essaie de te rappeler ce que tu faisais ces jours-là.

Karsten serra si fort le gobelet que le fin plastique se fendilla et que l'eau coula en un mince filet sur son pantalon. Le policier l'observa à nouveau puis se tourna vers la fenêtre, prit des serviettes en papier et les lui lança.

– Le premier jour est un dimanche, le 31 mars. Plus précisément le soir et la nuit de dimanche à lundi.

– Pourquoi vous me demandez ça ?

Le policier haussa les épaules.

– J'ai posé la même question à des centaines de personnes et je continuerai à en interroger des centaines, voire des milliers d'autres s'il le faut.

La réponse n'était pas faite pour rassurer Karsten qui ressentit une douleur de plus en plus forte au ventre.

– J'étais à la maison, répondit-il après un moment.

– Sûr ?

La douleur gagnait sa poitrine. Il y avait quelque chose dans cette eau, il en était persuadé, quelque chose qui faisait s'emballer son cœur.

– Il faut que je prenne l'air, dit-il.

– Ça attendra.

Le flic continua à l'interroger sur son emploi du temps tel et tel jour. Où il était allé, s'il savait où se trouvaient la ferme Stornes et le foyer de Furutunet. Cette dernière question fut la goutte d'eau qui fit déborder le vase. Karsten se releva, la vue comme obstruée par des ombres.

— Assieds-toi, dit le policier. Je n'en ai pas terminé avec toi.

Mais Karsten se précipita vers la porte et tituba dans le couloir, courut vers le hall d'entrée et se retrouva sur le parking, le corps courbé en deux, le souffle court.

Son père était dans le salon et regardait la télévision. Karsten se faufila dans l'entrée. Est-ce que sa mère était rentrée du bureau ? Il s'agissait, semble-t-il, de querelles juridiques, de problèmes de succession. Ou est-ce que c'était une réunion politique ? Depuis qu'elle avait été élue au conseil municipal, elle rentrait toujours à la maison avec deux liasses de documents, une du boulot et une de la direction de la commune.

— C'est toi, Karsten ?

Il passa la tête dans le salon.

— Tout va bien ? lança son père.

Il dit que oui, tout allait bien. Absolument tout. Il ne cria pas ; au contraire, sa voix était si calme qu'elle en était presque inaudible.

— Je vais dormir chez un copain.

— Pas de problème.

— Où est Synne ?

Son père se tourna de nouveau vers l'écran de la télévision.

— Chez son amie, tu sais, celle qui habite à Vigernes.

— Tamara ?

— Exactement. C'est bien qu'elle sorte un peu. À propos, un garçon est venu te demander.

— Un garçon ?

— C'est Synne qui lui a parlé.

Karsten ferma la porte. Monta les marches quatre à quatre, alla dans sa chambre et lui téléphona. Elle ne décrocha pas. Il appela Adrian. Pas de réponse non plus. Il descendit l'escalier en trombe, enfila vite ses chaussures et sortit sans même prendre le temps de nouer ses lacets.

Il pédala comme un forcené jusqu'à Vigernes. Tamara habitait un immeuble de trois étages non loin du rond-point. Il se débarrassa de son vélo, courut la dernière partie du chemin, cherchant des yeux la BMW noire. Ou une autre voiture qui l'attendrait. Il resta un moment devant le bâtiment. Il avait cessé de pleuvoir. Il faut que je me calme maintenant, se dit il. Surtout ne pas faire de bêtises. Rester ici jusqu'à ce que la situation soit sous contrôle, c'était la première chose.

Il sonna. Aucune réaction. De l'extérieur, on entendait de la musique, genre heavy metal, le son poussé à fond. Ce n'était pas ce qu'écoutait Synne d'habitude. Il se faufila vite à l'intérieur. La musique provenait d'un immense écran de télévision. Ça sentait la pizza sortie du four. Dans la pénombre, il devina quatre ou cinq personnes. Il trouva l'interrupteur et alluma.

– Karsten ! s'écria Synne en se levant d'un fauteuil.

Tamara aussi vint vers lui. C'était une fille frêle aux cheveux bruns, avec de longues jambes, en minijupe.

– Il est arrivé quelque chose ? demanda Synne.

Karsten regarda autour de lui. Il n'y avait que des filles dans la pièce. Des adolescentes de treize ans qui mangeaient une pizza et des chips. L'une d'elles prit une bouteille sur la table et la cacha par terre, à côté du canapé.

– Non, il n'est rien arrivé. Je passais juste comme ça.

– Tu en veux ? demanda Tamara en baissant le son de la télévision et en lui tendant une part de pizza.

Il refusa d'un geste de la main et entraîna Synne dans le couloir. Elle leva les yeux. Elle s'était maquillée, constata-t-il malgré lui, trop de mascara, elle avait l'air d'une étrangère.

– Le paternel a dit que quelqu'un était venu me voir. Il s'appelait comment ?

– Il n'a pas dit son nom. C'était un Pakistanais ou quelqu'un comme ça.

Elle avait la bouche pleine de chewing-gum et souffla une bulle qu'elle laissa éclater.

— T'es sûre ?

— Il parlait un peu comme ça : *Salue ton frangin,* dit-elle en imitant son accent, avec un petit sourire.

— À quoi il ressemblait ?

Elle le décrivit. En complet veston et chemise, une boucle d'oreille, un semblant de barbe – le genre que l'on pourrait effacer avec une gomme.

— Il était seul ?

Elle secoua la tête tout en mâchant son chewing-gum. Il eut envie de le lui arracher de la bouche et de le balancer contre le mur.

— Des amis à lui l'attendaient dans une voiture plus bas dans la rue.

— Quel type de voiture ?

— Noire. Très classe.

— Il t'a fait peur ?

— Pas du tout, répondit-elle en soufflant une grosse bulle de chewing-gum qui éclata et se colla à ses lèvres. Un type plutôt cool, je trouve.

Il s'avança tout près d'elle et lui saisit fermement le bras.

— Écoute-moi, Synne, c'est important.

— Mais qu'est-ce qui te prend ?

— Il y a des gens à qui il vaut mieux de ne pas parler.

— Je croyais que c'était un copain à toi.

— Ce n'est pas un copain. Si lui ou un autre Pakistanais t'arrête, continue surtout ton chemin et fais comme si tu n'avais rien entendu.

— Tu es devenu raciste ?

Il la lâcha.

— Je te dis juste de faire attention, dit-il. Fais attention et réfléchis. Et autre chose : pas un mot aux parents sur ma visite. Je t'expliquerai plus tard.

Elle le regarda avec de grands yeux ronds. Puis elle acquiesça de la tête. Elle aimait les secrets.

– Vous fermerez bien à clé après mon départ, d'accord ? Et si quelqu'un sonne à la porte, vérifiez qui c'est avant d'ouvrir. Et tu m'appelles si des gens que tu ne connais pas veulent entrer, c'est compris ? Je reviendrai dans quelques heures.

Une lueur de malice passa dans ses yeux, comme si elle pouvait à tout moment éclater de rire.

– Je peux contacter Adrian, répliqua-t-elle. Il m'a appelée tout à l'heure.

– Il t'a appelée ?

– Il voulait te joindre. Tu ne répondais à ton portable.

Il resta songeur. Synne avait le chic pour mentir sur ce genre de choses. Jamais il ne comprendrait ce qui se passait dans sa petite tête.

Il refit le numéro d'Adrian. Toujours pas de réponse. Il était sept heures et demie. Il descendit la Storgata à vélo. On était jeudi saint et peu de monde était de sortie. Une voiture vint se placer derrière lui, puis le doubla lentement, une Toyota gris métallisé. À l'intérieur, deux hommes qui ressemblaient à Vemund et à Gros-qui-sue. Il freina net. La voiture continua à rouler puis se rangea sur le côté et s'arrêta le long du trottoir. Karsten fit demi-tour, prit une rue perpendiculaire puis de nouveau un chemin sur la droite. Quand il se retrouva sur la Storgata, la Toyota n'était plus là.

Il aperçut alors Presten qui sortait de la pizzeria en portant cinq ou six cartons. Karsten se détourna pour faire comme s'il ne l'avait pas vu.

– Qu'est-ce que tu fais dehors à cette heure-ci ? s'étonna Presten en accourant. Tonje m'a demandé de tes nouvelles, ajouta-t-il en lui faisant un clin d'œil. Vous ne seriez pas en train de me cacher quelque chose, tous les deux ?

Quelques minutes plus tard, Presten faisait entrer Karsten chez lui, dans son salon.

– Regarde qui j'ai trouvé, cria Presten. Un génie en chair et en os !

Inga poussa un cri en le voyant. Ils étaient une petite dizaine, la plupart d'entre eux faisaient partie du bureau des élèves de terminale, et il y avait aussi quelques camarades de classe. Certains saluèrent son arrivée en faisant une ola. Tonje n'était pas parmi eux.

– Voilà un gamin qui traîne tout seul à Lillestrøm. Personne ne lui a dit à quel point c'est dangereux…

– Heureusement que tu es là.

Presten jeta les cartons de pizza sur la table du salon.

– Maintenant, je ne ferai plus le chauffeur avant juillet, dit-il en prenant une cannette de bière.

Il en but une gorgée avant de la passer à Karsten. Ce dernier secoua la tête.

– Un type aussi intelligent que lui ne partage pas ses bactéries avec toi, dit Inga en saisissant une cannette non ouverte.

Karsten se prit un jet de bière au visage quand il la décapsula et la porta à sa bouche.

– Où est Tonje ? demanda-t-il après avoir bu une gorgée.

Inga haussa les épaules.

– Elle devait faire un truc avec Thomas.

Voilà. Rien n'avait changé, Tonje était toujours avec Thomas, même s'il y avait de petites interruptions. Elle envoyait alors un message ambigu, et puis elle retournait à son amoureux.

Karsten prit une autre cannette de bière et la but d'un coup. Je vais vomir, pensa-t-il, mais rota à la place, provoquant une salve d'applaudissements dans le canapé. Inga l'enlaça.

– *I wanna be kissed by you*, chanta-t-elle en l'entraînant dans quelques pas de danse maladroits.

– Je crois que tu vas perdre ta vertu ce soir, Karsten, ricana Presten.

– Inga aussi, lança quelqu'un du canapé, provoquant des gloussements.

On monta le volume de la musique. De la techno. Karsten parvint à boire quelques gorgées encore et comme Inga refusait de le lâcher, il passa son bras autour de sa taille. Soudain, il se pencha et l'embrassa dans le cou. Elle tressaillit et le regarda, les yeux écarquillés.

– Mais qu'est-ce qui te prend ?

Il la lâcha et se détourna. Sur la table, Presten découpait des parts de pizza avec une paire de ciseaux à ongles.

– Opérer une pizza dans un monde équitable requiert une précision chirurgicale, affirma-t-il. Personne ne doit avoir un grain de maïs de plus que les autres.

Karsten se força à finir sa cannette, les bulles dans le liquide amer lui montaient au cerveau et bruissaient là-haut. Bien sûr, pas les bulles elles-mêmes, raisonna-t-il, l'éthanol libérait certains neurotransmetteurs, entre autres la dopamine, dans des parties du cerveau qui avaient trait à la sensation de plaisir. Il se sentit plus léger, comme s'il était gonflé d'hélium, songea-t-il. S'il montait encore un cran, il pourrait observer le monde d'en haut. Il appellerait Synne toutes les demi-heures, décida-t-il en ayant déjà l'impression de voir plus clair. En fait, il avait débarqué dans ce qui ressemblait à un labyrinthe. Pour peu qu'il le voie avec une perspective d'oiseau, il trouverait facilement la sortie.

– Tu as encore une bière ? demanda-t-il à Presten.

– Karsten, mon cher frère, ai-je jamais laissé un homme dans la peine sans lui porter secours ?

Il fila à la cuisine et revint avec une cannette.

– Dis-moi si tu veux quelque chose de plus fort. Ou un remontant.

– Tu as dit que Tonje était là.

– Elle va certainement venir.

– Tu as dit que tu avais quelque chose de plus fort…
Presten lui fit un large sourire.

– *That's my boy.*

Il passa un bras autour des épaules de Karsten et l'emmena dans la cuisine où il prit une bouteille dans un placard à côté de la cuisinière.

– Ceci est une occasion particulière. Une expérience. Qu'arrive-t-il à un génie quand il boit ? Devient-il encore plus génial ou se rabaisse-t-il à notre niveau ? Je suis sûr que mon paternel trouvera que ça vaut la peine de sacrifier un peu de son cognac au service de la science.

Cela brûlait dans la bouche, mais la sensation n'était pas déplaisante ; une déflagration qui partait du palais pour gagner l'arrière du crâne, et quand il avalait, la brûlure descendait dans son ventre et noyait enfin tout ce qui, pendant une semaine, s'était accroché là comme une tique.

– Tu sais quoi, Karsten ? T'as toujours été un chic type. Pour dire les choses clairement, je t'aime bien.

Presten l'enlaça.

– À ta santé, frère Karsten.

Ils vidèrent chacun leur verre. Karsten dut reprendre son souffle, mais ne protesta pas quand il eut droit à un deuxième verre plein à ras bord.

– Toi et moi, on va sacrément leur montrer qui on est, s'exclama Presten en l'embrassant sur la joue. Ensemble, on est invincibles.

Karsten tira son portable de sa poche.

– Faut que j'appelle ma sœur.

Cette fois, elle répondit aussitôt.

– Non, personne n'est venu ici. Non, je n'ai pas peur des Pakistanais. Arrête de stresser. Salut.

– Il ne faut pas qu'il lui arrive quelque chose, expliqua-t-il à Presten en reprenant une gorgée de cognac. J'ai la police aux trousses, ajouta-t-il.

Presten lui jeta un regard oblique, avant de ricaner.

– T'inquiète, je m'occuperai d'eux s'ils débarquent.

– La police et une bande de Pakistanais, rectifia Karsten. Et Schrödinger et Heisenberg.

Presten fronça les sourcils et cette fois il ne sourit pas.

– Ça en fait du monde…

Tout à coup, Inga surgit.

– Excuse-moi pour tout à l'heure, dit-elle. Je ne m'y attendais pas, c'est tout.

Sur ce, elle l'embrassa sur la joue. Il la retint et la serra contre lui de sorte qu'il sentit les seins de la jeune fille s'étaler sur son thorax.

– Je vais mourir, lui cria-t-il à l'oreille.

Elle avait du mal à le fixer droit dans les yeux, son regard flottait dans la haute mer. À moins que ce ne soit le sien qui refuse de rester tranquille.

– Salut, Karsten, dit Tonje.

Il se dégagea et se retourna. Elle se tenait sur le pas de la porte.

– Tonje, murmura-t-il en faisant quelques pas vers elle.

Au même instant, ça le prit. Pas une vague nausée qui se répandait lentement dans son abdomen, mais plutôt une main de fer qui enserrait son estomac et le tordait. Sans prévenir, il dégobilla sur la table et le tapis. Enfin pas tout. Soixante-dix pour cent atterrirent directement sur Tonje.

Ensuite, poussant un mélange de jurons, de rires et de soupirs, il se retrouva sur le sol, un chiffon à la main, à essayer de nettoyer son dégueulis. C'est donc ça que j'ai à l'intérieur de moi, songea-t-il ou peut-être le dit-il à voix haute. De la nourriture à moitié digérée et des boissons qu'il ne supportait pas et ne supporterait jamais, le tout malaxé dans de l'acide… Plus tard, allongé sur un canapé, dans une grande pièce au sous-sol, il sentit la présence d'une personne à ses côtés. *Tonje ?* murmura-t-il dans la pénombre. Mais ce n'était pas elle. Un portable sonna et il mit du temps à comprendre que c'était le sien et il n'arriva pas à le retrouver. Ah, si ! Il dut passer la main à travers un trou dans sa poche pour le récupérer en bas de la doublure. Entre-temps, son portable avait cessé de sonner. *Synne*, gémit-il en se relevant dans la pièce sombre. *Je devais veiller sur elle et je ne suis même pas foutu de tenir sur mes jambes...* Sans trop savoir comment, il parvint à rappeler son correspondant.

– Allô ? Ici Kai.

– Kai ! s'écria Karsten en essayant de se rappeler qui c'était.

– Tu es où ?

Il parcourut du regard la pièce au sous-sol.

– À Lillestrøm, bredouilla-t-il.

– T'es soûl ?

Karsten dut avouer que oui. Fin soûl même. Comme un Polonais, pour reprendre l'expression de son père.

– Tu t'amuses bien ?

– Je ne sais pas.

Karsten aurait pu se mettre à rire. Ou à pleurer. Cela pouvait aussi bien pencher dans un sens que dans l'autre.

– Je ne crois pas, en effet. Sur une échelle de un à dix, je suis à moins neuf. Et toi, tu t'amuses bien ?

– Dis-moi où tu es, surtout ne bouge pas. Je viens te chercher.

– À la gare, réussit-il à dire avant que l'autre raccroche.

Il ouvrit la lucarne, se hissa et se retrouva dans un jardin qui devait être celui de la maison du pasteur, escalada une barrière, traversa en chancelant un autre jardin et finit par arriver à un chemin. Il essaya de marcher droit, mais c'était mission impossible, car toutes sortes de forces – centrifuges, centripètes et gravitationnelles – l'entraînaient dans des directions diamétralement opposées. Et dire que c'était la somme de ces forces qu'il devait gérer ! En chaussettes, ses pans de chemise flottant au vent, il tituba sur le chemin qui longeait la voie de chemin de fer. *Il y a un tunnel quelque part*, marmonna-t-il. *Il faut que je me dirige vers le tunnel.*

*

Kai l'examina quand il grimpa dans la camionnette.

– Ça tombe mal.

Il quitta la gare et roula vers Volla. Le moteur grondait sourdement comme s'il était énervé, lui aussi.

– Nous devons trouver Synne, bafouilla-t-il.

– Qui est Synne ?

Il avait du mal à se faire comprendre. Certaines consonnes refusaient d'être prononcées d'affilée, se comportant comme des aimants qui se repoussaient. D'autres s'attiraient et s'agglutinaient.

– Nous passerons nous assurer que tout va bien, l'interrompit Kai, mais peut-être vaut-il mieux que ta petite sœur ne te voie pas dans cet état.

Karsten acquiesça et pas qu'une fois. Kai était un bloc de muscles, mais aussi la personne la plus sensée sur terre.

– T'es un type bien, commença à dire Karsten, mais son ventre se noua encore une fois. Il tripota un levier dans l'espoir d'ouvrir la fenêtre avant qu'il ne soit trop tard.

– Ne touche pas à ça !

Karsten parvint à ravaler le contenu de son estomac.

– Ça ne marche pas, aboya Kai.

Karsten leva maladroitement les mains pour montrer qu'il n'allait plus rien toucher dans la voiture.

– Le lève-vitre est cassé. J'ai passé des semaines pour essayer d'en trouver un neuf.

Kai parla d'une histoire de câbles et de gaines.

– Tu t'imagines, je suis sûr, qu'il suffit de s'adresser au premier concessionnaire de Chevrolet venu pour en avoir un autre.

Était-ce une question ? Karsten hocha la tête, au cas où, et Kai continua à parler. Tant mieux, comme ça il n'avait qu'à marmonner et acquiescer, alors qu'il ne comprenait pas un traître mot dans ce flot de paroles. Il était apparemment question des lève-vitres européens ; certains s'arrêtaient et descendaient rien qu'en soufflant dessus, pour que les gamins ne soient pas étouffés, alors qu'aux États-Unis, les moteurs des lève-vitres étaient aussi puissants que des chevaux et on ne pouvait pas les arrêter : ce n'était pas le rôle des fabricants automobiles de surveiller les gamins des gens.

Kai continua à discourir tandis qu'ils faisaient le tour du quartier où habitait Tamara. Il y avait encore de la lumière aux fenêtres, en tout cas si c'était bien le bon appartement. Karsten avait cru reconnaître le numéro, mais il n'en était plus aussi sûr, trop occupé qu'il était à se cramponner au siège de la Chevrolet pour se retenir de vomir.

— Ça a l'air calme, constata Kai.

— Il faut que je lui parle.

Karsten essaya de sortir, mais reçut une tape sur le bras.

— Je t'ai déjà dit de ne pas toucher à cette porte !

— *Sorry*, bredouilla Karsten qui de nouveau leva les mains en l'air pour montrer qu'il se rendait sans conditions.

Kai se rangea sur le côté.

— Reste ici et ne touche à rien.

Il descendit et s'approcha de l'entrée.

Karsten n'arrivait pas à garder les yeux ouverts. Il se laissa glisser sur le sol et se crut sur le pont d'un bateau qui tanguait dangereusement. Qu'est-ce qu'il foutait sur la mer ?

— Tout va bien, annonça Kai en refermant la porte. J'ai appelé Vemund, il prend la relève. Maintenant il faut que tu te tiennes debout. Nous n'avons pas beaucoup de temps devant nous.

— Qu'est-ce qui se passe ?

Kai ne répondit pas. Ils croisèrent la Storgata et continuèrent à rouler, en passant devant le lycée. Peu après, ils s'engagèrent dans la cour devant chez Adrian et s'arrêtèrent à côté du garage.

Karsten parvint à descendre. Tituba vers l'entrée.

– Ce n'est pas là qu'on va, cria Kai derrière lui. Adrian n'est pas encore rentré.

Karsten jeta un regard perdu autour de lui. Lorsque Kai se dirigea vers l'autre entrée de la maison et ouvrit la porte avec une clé, il le suivit avec docilité.

– Tu n'as pas besoin d'enlever tes chaussures, plaisanta Kai.

Karsten baissa les yeux.

– Où sont mes chaussures ?

Kai haussa les épaules.

– Tu les as peut-être données à l'Armée du Salut, que sais-je ? Ou alors elles sont parties de leur côté. Tu crois que tu vas réussir à monter l'escalier ?

Karsten posa le pied sur la première marche et tangua vers le mur.

– C'est un peu glissant, s'excusa-t-il.

Kai le souleva et le porta jusqu'en haut. Il ouvrit la porte d'une salle de bains et déposa Karsten sur les toilettes.

– Allez, enlève-moi ta tenue de gala. T'as besoin d'une douche.

– Je ne peux plus me retenir, gémit Karsten qui glissa par terre et vit que Kai avait juste eu le temps de lever la lunette avant qu'il ne se mette à vomir.

Plus tard, assis dans la baignoire, il dirigea le jet de douche contre son visage. Des bribes de ce qui s'était passé plus tôt dans la soirée remontèrent à la surface. Le visage de Tonje lorsqu'il s'était dirigé vers elle et que sa bouche s'était ouverte d'un coup. Il frotta la pomme de douche contre son front, s'imagina que l'eau pénétrait à l'intérieur de son crâne et nettoyait tout, libérant les synapses qui s'étaient formés ces dernières heures, ces derniers jours, depuis l'instant où Jasmeen s'était approchée de sa table. Ah, si tous les souvenirs depuis ce moment pouvaient disparaître à jamais dans le syphon ! Il revit la pierre tombale percée par un cylindre. Un monument adéquat pour l'enterrement de cette période.

Il sortit péniblement de la baignoire. Kai avait posé à son intention une serviette et des vêtements, mais il sentait qu'il avait des choses à évacuer, sans trop savoir par quel bout cela allait sortir. Il n'y avait plus de papier toilette. Il ouvrit un placard sous le lavabo. Il y avait là quatre bouteilles d'alcool à brûler qu'il dut enlever pour trouver ce qu'il cherchait. À peine fut-il assis que ses intestins lâchèrent tout. Bon, au moins c'était l'évacuation normale, se consola-t-il. Comme quoi, il ne fallait jamais désespérer.

— C'est déjà mieux, constata Kai en voyant Karsten descendre dans la cuisine vêtu d'un pantalon de jogging beaucoup trop court pour lui.

Il posa devant lui une tasse fumante sur la table.

— Je ne sais pas combien de tasses de café il te faudra, mais tu ferais mieux de dessoûler vite. On part dans quelques minutes.

— On part ?

Ses consonnes se détachaient mieux.

— Tu ne peux pas rester ici.

Kai se versa une tasse de café.

— On croit que les Pakistanais t'ont filé.

— Personne ne sait où je suis, protesta Karsten.

Il ramassa son pantalon, palpa la poche, son portable n'y était plus.

— Oh, merde ! lâcha-t-il.

Où donc l'avait-il utilisé pour la dernière fois ?

— Il doit être chez Presten. Il faut que je parle à Adrian.

— Je m'en chargerai.

Karsten tenta de faire marcher son cerveau un peu plus vite.

— Tu habites ici ? demanda-t-il.

— *Yes.*

– Adrian a dit que tu étais son cousin, c'est vrai ?

Pas de réponse.

– Alors Elsa est ta tante ?

Kai s'assit à la table.

– Tu la connais ?

– Elle m'a tiré les cartes. C'est dingue qu'il y ait des gens pour croire à des trucs pareils.

– Maintenant, tu la fermes ! l'interrompit Kai. Je ne veux plus entendre tes foutaises.

Karsten se recroquevilla sur sa chaise.

– Ce n'est pas ce que je voulais dire.

Kai se pencha vers lui et planta son regard dans le sien.

– Si tu te crois supérieur, tu te trompes lourdement.

– Bien sûr, marmonna Karsten en fixant la table.

– Tu te fais des ennemis partout. Tu te passes toi-même la corde au cou. Si tu ne fais pas gaffe, ça risque de mal tourner pour toi. Compris ?

– Compris, répondit Karsten sans lever les yeux.

– Je ne veux plus entendre un mot de toi. Et je t'interdis de prononcer le nom d'Elsa, compris ?

– Compris, répéta Karsten qui ne comprenait toujours rien.

– Tu ne lui arrives pas à la cheville, alors t'as intérêt à la boucler.

Kai se leva. Karsten crut un instant que l'autre allait le frapper et il se protégea instinctivement la tête, mais Kai sortit dans le couloir et monta l'escalier. Quand il redescendit quelques minutes plus tard, il s'était visiblement calmé.

– Est-ce qu'Adrian t'a mis au courant de ce qu'on va faire ?

– Non, je sais que vous en aviez parlé l'autre fois.

Kai se pencha au-dessus de la table. Il portait un débardeur : ses muscles saillants luisaient comme s'ils étaient enduits d'huile et ses avant-bras affichaient de nombreuses cicatrices.

— Les Viets feront ce qu'on leur demandera. Ils détestent les Pakistanais. Les Viets sont différents, eux. On peut leur faire confiance. Ils ne cherchent pas à contrôler le monde entier. Ils sont contents si on les laisse faire leur business. Mais si tu t'avises de fourrer ton nez dans leurs affaires, t'es un homme mort.

Il se redressa.

— Des gens formidables, ajouta-t-il.

Karsten prit soin de ne rien toucher quand il remonta dans la Chevrolet.

— Où allons-nous ?

— Chez Sæter, répondit Kai.

— Comment ça ? Je n'ai rien à faire là-bas !

Kai fit marche arrière et la voiture fut de nouveau dans la rue.

— Ils sont partis. Tu auras la maison pour toi. La seule chose que tu auras à faire, c'est de nourrir les chiens.

Ça le fit rire. Karsten n'y vit pas un bon signe.

Ils longèrent la piste d'atterrissage. Au moment où ils dépassaient la station-service Statoil, une voiture vint se coller derrière eux.

Kai grimaça.

— Ah, les voilà, je pense.

— Qui ça ?

— Ceux de la BMW noire.

Karsten se pencha en avant pour regarder dans le rétro, mais ne put distinguer que les phares avant de la voiture derrière eux.

— C'est la Porsche des Pakistanais.

— Une Porsche ?

— Ou un tacot kebab ou un taxi pendjab, appelle ça comme tu veux. Des gens comme eux, je les sens à un kilomètre.

Il accéléra sur le rond-point, ce qui fit vibrer la carrosserie, et changea de vitesse. Karsten glissa ses mains sous ses cuisses pour les empêcher de bouger. Dans la plaine en direction de Hvam, l'aiguille grimpa à plus de cent kilomètres à l'heure. Derrière le virage, Kai freina à mort et engagea la Chevrolet vers la zone commerciale, puis derrière le premier bâtiment et s'arrêta net à quelques centimètres d'une barrière. Le contenu de l'estomac de Karsten restait, lui, en mouvement, et sans trop savoir comment, il réussit à ouvrir la portière et, plié en deux, il vomit.

Il lui fallut plusieurs minutes avant de pouvoir se rasseoir.

– Ce genre d'individus refusent de monter dans une voiture américaine, ricana Kai en lui tendant du papier absorbant. Ah, ces putains d'immigrés avec leurs préjugés à la con ! Pas étonnant que ça parte en vrille avec eux.

Il attendit encore quelques minutes avant de faire marche arrière et de repartir sur la route dans la direction opposée.

– C'est presque trop facile de les semer, lâcha-t-il en prenant la bifurcation vers Korset.

– Arrête-toi ici ! s'écria Karsten quand ils arrivèrent à la Erleveien.

Kai le regarda, sans ralentir.

– Je n'ai pas l'intention de nourrir des chiens, protesta Karsten. Je veux rentrer chez moi.

– Les Pakistanais t'attendent.

– Je m'en fous. Laisse-moi descendre ici.

Kai appuya sur le champignon.

– On se coupe en quatre pour t'aider quand t'as des ennuis. Tu ne comprends pas que t'as aucune chance de t'en sortir sans nous. Alors, une bonne fois pour toutes, arrête de faire la gueule. Tu vas rester chez Sæter jusqu'à demain.

Parler avec Kai, c'était comme jouer au démineur : on pouvait calculer à un certain moment où ça valait le coup d'aller, mais soudain, ça foirait quand même. Karsten choisit de la boucler.

En passant devant l'église, Kai ouvrit la boîte à gants et prit un CD.

— Tiens, mets ça.

Nirvana, lut Karsten qui glissa le CD dans le lecteur. Kai appuya sur les touches pour arriver à ce qu'il voulait entendre et monta le son. *Hello, hello, hello, hello, how low ?* Derrière la musique, Karsten remarqua un grondement dont il ne comprenait pas l'origine. Jusqu'à ce qu'il tourne la tête et découvre les grosses lèvres de Kai qui remuaient et fredonnaient avec Cobain.

— C'est le genre de musique que j'écoutais à ton âge, cria-t-il. *I feel stupid and contagious.*

Quand ils s'engagèrent sur la E 6, Karsten s'enfonça dans son siège. Toujours nauséeux et un peu dans les vapes, il tenta de récapituler ce qui lui était arrivé. Premièrement, il avait vomi sur Tonje. Deuxièmement, Kai voulait qu'il passe la nuit tout seul dans une ferme au fond de la forêt. Troisièmement, ils avaient dans l'idée d'envoyer les bandes des Vietnamiens et des Pakistanais se taper dessus. Quatrièmement, cette bande de Pakistanais continuait à surveiller sa maison. Il aurait pu continuer à énumérer ainsi cinquante ou cent points, avant d'arriver à un seul qui fût positif.

— Adrian a dit que tu étais son cousin, répéta-t-il en manière d'introduction.

Il fallait qu'il puisse emprunter le portable de Kai pour joindre Adrian, car cette histoire de Sæter et des chiens était forcément un malentendu.

Kai haussa les épaules.

— Ce n'est pas vrai.

Karsten se redressa.

— Pourquoi mentirait-il à ce sujet ? C'est donc un tel honneur d'être ton cousin ?

Kai rit. Heureusement, car Karsten trouva qu'il y avait eu, malgré lui, une pointe de mépris dans sa voix.

— Adrian est mon frère.

– Tu plaisantes ?

– Mon demi-frère, rectifia Kai.

L'explication réveilla les neurones de Karsten.

– Est-ce qu'Elsa… ?

– Je croyais t'avoir interdit de parler d'elle !

– En effet.

– Qu'est-ce qui t'a fait croire que tu pouvais te le permettre maintenant ?

– Euh, rien…

Kai prit la voie extérieure, doubla deux ou trois voitures et monta encore le volume de la musique.

À la bretelle de sortie pour Kløfta, il quitta la route et s'arrêta à la station-service.

– Reste là pendant que je fais le plein.

– Il faut que j'aille pisser.

– T'attendras que je revienne.

Il prit le pistolet de la pompe à essence et commença à remplir le réservoir. Puis il entra dans la boutique.

Karsten pesta en son for intérieur. Pas question qu'il reste dans la ferme de Sæter, dût-il rentrer chez lui à pied, dans les chaussons que lui avait prêtés Kai. Dans la pochette de la portière intérieure, il y avait une carte routière. C'était une carte de l'Europe, pas d'une grande aide pour qui cherche à s'orienter sur les chemins forestiers de Nannestad en pleine nuit. En la remettant à sa place, il remarqua que la doublure de la porte était sortie de la glissière. Il essaya de la faire rentrer, mais quelque chose bloquait. Il passa deux doigts à l'intérieur, qui rencontrèrent un morceau de plastique sur lequel il tira. Un sac rempli de cigarettes. Il n'avait pas vu Kai fumer. Il sortit du sachet une sorte de personnage composé d'une demi-cigarette et de trois allumettes attachées ensemble avec un élastique. C'était comme si ses doigts reconnaissaient l'objet avant que l'info ne remonte au cerveau. Le sac en contenait encore cinq ou six autres, certains avec une longue queue de ficelle. Il fit tourner le dispositif entre ses doigts, il savait qu'il devait le remettre dans le sac, mais n'y arrivait pas, trop de pensées qui partaient dans toutes les directions l'assaillaient, déchiraient des images, mélangeait les cartes et soudain il en revit une qu'Elsa avait tirée pour lui. « Ça peut être dangereux, Karsten », avait-elle dit en montrant l'image d'une tour en flammes du haut de laquelle des personnes se jetaient dans le vide. Il s'agissait de faire le tri dans sa tête : Dan-Levi sur les marches, qui tenait un de ces dispositifs dans la main, le policier qui lui avait demandé d'en reconstituer un à l'identique, Synne. Que venait faire sa sœur là-dedans ? Il l'imagina chez eux dans la cuisine, il lui préparait son bol de muesli, déversant les flocons qui débordaient et se répandaient sur la surface de la table où la lumière du soleil se reflétait si fort qu'il devait fermer les yeux...

Au prix d'un grand effort, il se ressaisit et lâcha la demi-cigarette dans le sac. Il fallait rassembler ses esprits. Si la police l'avait interrogé, c'est parce que ces cigarettes avaient un lien avec l'incendie. Que lui avait expliqué Dan-Levi en le priant d'aller à la police ? Ces bouts de cigarettes avec les allumettes étaient une sorte de dispositif de départ de feu.

Il leva les yeux au moment où Kai sortait de la boutique. Il voulut replacer le sac sous la protection en feutre de la portière, mais il n'avait pas le temps, aussi le glissa-t-il sous le siège. Trois secondes plus tard, Kai sauta sur son siège, deux hot-dogs dans sa main. Il en tendit un à Karsten.

– Il faut que tu manges un peu.

Karsten parvint à articuler un vague « merci ». Il envisagea un moment de sortir en trombe, de se précipiter à l'intérieur de la boutique, de crier, de se cramponner au comptoir ou à la fille qu'il apercevait à travers la vitre. Elle ne paraissait guère plus âgée que Synne.

La voiture redémarra avec un grondement impatient. Une fois sur l'autoroute, Kai se rangea sur la dernière voie et monta jusqu'à cent quarante kilomètres à l'heure.

– Tu ne manges pas ? demanda-t-il la bouche pleine.

– J'ai toujours la nausée.

Kai rit tout haut.

– Voilà ce qui arrive quand on ne sait pas se contrôler. Des types comme toi, ça ne doit pas boire d'alcool, tu sais. Si tu carbonises tes neurones, tu ne nous sers plus à grand-chose.

Il semblait soudain d'excellente humeur.

– Est-ce qu'Adrian viendra aussi ? hasarda Karsten.

– Adrian viendra. Ou ne viendra pas. Il fera comme ça l'arrange.

Dans les champs sombres, les dernières plaques de neige formaient comme des cicatrices blanches. Soudain, Kai baissa le volume de la musique et reprit :

– Adrian a été élevé comme un prince. C'est comme ça que je l'appelle. Le prince. Son père possède cinq ou six usines et plus de propriétés que tu ne peux compter sur tes doigts et tes orteils. Si quelqu'un est né avec une cuiller en argent dans la bouche, c'est bien lui. Et voilà qu'il débarque ici, putain, et qu'il veut tout diriger !

Il fit rugir davantage le moteur. Ah si seulement on avait pu avoir les gendarmes aux trousses !

– Pourquoi Adrian prétend-il être ton cousin ? demanda de nouveau Karsten, pour prétendre s'intéresser à la conversation.

Kai s'essuya la bouche avec le papier d'emballage qu'il jeta ensuite par la fenêtre.

– Il n'aime pas avoir quelqu'un à côté de lui, marmonna-t-il. Comme j'ai grandi chez notre tante, il pense sans doute qu'on peut s'appeler cousins.

Il se pencha en arrière et appuya sur le champignon.

– Ce n'était pas très loin de là où tu habites, d'ailleurs.

La voix avait beau sembler amicale, Karsten restait sur ses gardes.

– Dans la Erleveien ? hasarda-t-il.

– *Yes.*

– Où ça ?

– Peu importe.

Kai mit son clignotant pour prendre la bretelle vers l'aéroport de Gardermoen.

– Celle qui se disait ma mère est tombée malade. Alors je me suis retrouvé dans un foyer pour jeunes. C'est une expérience que je ne recommande à personne. Et puis Elsa a fini par revenir.

À l'évocation de son nom, Karsten revit la carte de la tour en feu.

– Un propriétaire d'usines à la con l'avait laissée tomber. T'as pas intérêt à me demander pourquoi…

Encore une fois, Karsten fit un effort pour rassembler ses pensées. Il tripota inconsciemment les boutons sur la portière. Kai lui flanqua une tape violente sur la cuisse.

– C'est pas vrai ! Combien de fois faudra-t-il que je te dise de ne pas toucher à la fenêtre ?

Karsten se recroquevilla sur son siège.

– J'avais oublié, bredouillait-il, j'ai besoin d'un peu d'air.

Kai grommela quelque chose et baissa à mi-hauteur la vitre côté conducteur. Heureusement, il remit la chanson qu'il avait passée en premier et beugla : *Hello, hello, hello, hello, how low ?*

– Ah, Furutunet, putain ! hurla-t-il soudain par la fenêtre entrouverte en répétant ce nom plusieurs fois.

À la quatrième ou cinquième fois, Karsten comprit qu'il faisait référence au foyer où il avait été placé. Les dispositifs de mise à feu, songea-t-il. C'est ça qu'il y a dans le sac. Son esprit était encore embrumé mais de nouvelles pensées se pressaient dans son cerveau. Le foyer de Furutunet avait brûlé et le policier qui l'avait interrogé avait voulu savoir en réalité s'il avait un alibi pour ce soir-là. Une fillette, à l'étage, était morte dans l'incendie, et ce type assis à côté de lui dans la voiture avait quatre bouteilles d'alcool à brûler dans le placard sous le lavabo de sa salle de bains.

Ils s'engagèrent sur le chemin menant à la ferme de Sæter. Les phares balayèrent la façade et les chiens se mirent à aboyer comme des fous. La vieille Mazda était toujours garée près du bâtiment principal, mais il n'y avait aucune lumière aux fenêtres.

– Ah, ces sales cabots ! grogna Kai. Sæter ne devrait pas avoir des chiens s'il ne peut pas s'en occuper lui-même.

Karsten jeta un regard à travers le pare-brise. La vitre côté conducteur était restée à moitié baissée et il grelottait dans le fin T-shirt qu'il avait emprunté. Avec le pouce, il toucha un bout du sac plastique qui ressortait de dessous le siège.

– Sæter a prié Adrian de venir ici pour nourrir les clebs, mais le prince se débrouille toujours pour refiler le sale boulot aux autres. Alors c'est toi qui vas le faire.

Kai s'emporta de nouveau.

– Je déteste les chiens, éructa-t-il en se tournant vers Karsten. Je vais t'ouvrir la porte. Tu resteras ici cette nuit et tu leur donneras à manger. Et demain il y a aura quelqu'un qui viendra te chercher.

– Bon, marmonna Karsten sans quitter des yeux un point à la lisière de la forêt, de l'autre côté du domaine.

Kai éteignit le moteur, ouvrit la portière, la lampe dans l'habitacle s'alluma. Il descendit et s'arrêta net, se pencha en avant. Karsten n'avait pas bougé. Du coin de l'œil, il vit Kai tripoter le feutre et glisser toute sa main à l'intérieur. Tout à coup, celui-ci se rassit et claqua violemment la portière. Pendant quelques secondes, aucun des deux ne dit mot. Karsten sentait son regard le percer dans la pénombre, le hot-dog qu'il avait tenu dans sa main depuis la station-service lui glissa des doigts et tomba sur ses genoux.

– Ils sont où ?

L'idée lui traversa l'esprit de demander à être châtié immédiatement. Qu'on en finisse et qu'il puisse s'en aller d'ici.

— Quoi donc ? bredouilla-t-il et il comprit que ce n'était pas la réponse attendue quand un coup de poing l'atteignit si fort à la tempe que sa tête alla heurter la vitre.

— Tu me prends pour un con ? hurla Kai. Où est-ce que tu les as cachés ?

La douleur l'élançait de partout, se concentrant sur un point au milieu de la tête. Il parvint à glisser une main sous le siège et attrapa le sac. Kai alluma la lumière, étudia le contenu, comptant deux fois pour s'assurer que le nombre y était. Au moment où il replaça le sac sous le feutre, Karsten poussa la portière et se précipita hors de la voiture. Se débarrassant de ses chaussons, il courut pieds nus en direction de la maison. Il entendit à travers les aboiements des chiens déchaînés l'autre portière claquer et Kai qui hurlait derrière lui. Il disparut au coin de la maison, poursuivit sa course dans le jardin, vers la grange, essaya d'ouvrir la porte mais, comme la fois précédente, impossible. Il se jeta par terre, prêt à se rendre, il ferait n'importe quoi du moment que ça pouvait calmer la colère de celui qu'il avait sur les talons. Il aperçut alors l'endroit au bout du mur où des planches s'étaient un peu détachées. Il se faufila en dessous, tomba dans le trou, se releva et se rappela qu'il y avait un animal enfermé là-dedans. Même plusieurs. Il entendait dans un coin des grognements sourds et de petits sons plaintifs. Il resta immobile et compta. Quatre secondes plus tard, des pas s'enfoncèrent dans la neige boueuse à l'extérieur. Karsten était tétanisé par le froid. Une de ses jambes se mit à trembler et il l'empoigna pour l'empêcher de bouger.

— Alors c'est ici que tu te planques ?

Malgré les grognements de la truie et les couinements de ses petits, il entendit la respiration de Kai sous les planches disjointes. Oui, je suis là ! faillit-il crier. Car attendre ce qui allait arriver était pire que tout. Les pas reprirent, longèrent le mur et disparurent.

Il devrait rester là sans bouger. Soudain il sentit quelque chose de mou contre son cou, un groin humide qui grognait contre son oreille. Il se releva sur les genoux, tâtonna dans l'obscurité, se heurta à une étagère, se redressa. Un mince rai de lumière filtrait sous les planches sous lesquelles il s'était faufilé. Il fit quelques pas en arrière, son pied heurta quelque chose, un seau se renversa avec son contenu et la truie commença à courir autour de lui. La voix de Kai s'éleva à nouveau.

– Ça ne sert à rien de te cacher, espèce de petit con.

Karsten l'entendit arracher les planches pourries qui cédèrent avec un craquement. Il bondit dans l'obscurité et se cogna contre une barrière, tituba un moment, aperçut un tracteur et une charrue. Derrière eux, il y avait une échelle. Il l'escalada et, arrivé au dernier barreau, se hissa sur une sorte de mezzanine. Il entendit alors un énorme bruit sourd et soudain plus un seul grognement de la truie, les couinements de ce qui devait être ses petits. Il se réfugia à quatre pattes tout au fond. Une pâle clarté tombait d'une lucarne dans le faîte. Il distingua des skis et des pots de peinture. Une pelle. Il s'immobilisa, accroupi.

– Tu seras bien obligé de redescendre.

Kai lui parlait de quelque part tout près de l'échelle.

– Je ne comprends pas que tu aies autant la frousse. Tu n'as rien fait de mal, que je sache ?

La voix se voulait amicale et, une fraction de seconde, Karsten fut tenté de descendre, de prendre la main de Kai et de lui demander pardon d'avoir fouillé dans ses affaires.

– Je monte, dit Kai. Comme ça, on va discuter tous les deux.

Karsten l'entendit monter pas à pas. Dans un éclair, il revit Synne, attablée dans la cuisine, qui le fixait. *Elle a peur, je veux la consoler, elle n'a confiance en personne d'autre.*

À peine visible dans la pénombre, la tête de Kai surgit au niveau du plancher de la mezzanine. On aurait dit qu'il souriait et ses yeux étaient deux trous noirs dans son large visage. Karsten empoigna la pelle contre le mur, la brandit et frappa de toutes ses forces. Il poussa un cri quand le manche se détacha, il se pencha pour retenir Kai, entendit le corps massif s'écraser au sol tandis que l'échelle se renversait.

Il recula, n'osant jeter un regard en bas. Il aperçut une poutre oblique, s'agrippa et passa ses jambes autour. Il se laissa descendre un peu, une écharde lui entra dans la cuisse, il lâcha prise, tomba, atterrit sur ses pieds et roula en avant.

En se relevant, il marcha sur quelque chose de ferme et de collant, il donna un coup de pied dans le seau renversé et se retrouva là où il était au départ. Le trou dans le mur était plus grand et, à la lumière qui pénétrait par cette ouverture, il découvrit la truie qui gisait inerte, avec tous ses petits autour d'elle. Karsten enjamba le corps sans vie et se glissa hors du trou. À peine eut-il posé le pied dans la neige boueuse que les chiens reprirent leurs aboiements. Il traversa la cour en courant. Il était bien décidé à poursuivre sa course et à ne pas s'arrêter avant d'être arrivé chez lui. Mais à la vue de la portière ouverte de la Chevrolet, il tendit le cou et vit qu'il y avait encore les clés. Il grimpa sur le siège avant et tourna la clé de contact, et le moteur commença à ronronner. Au même instant, une ombre apparut à la limite de son champ de vision. Une ombre grandissante qui soudain passa la tête par la vitre à moitié baissée.

— Alors, comme ça, tu comptes partir sans moi ?

Karsten appuya sur l'accélérateur, le tableau de bord s'alluma mais le moteur ne démarra pas. Le poing de Kai lui enserra tout à coup la nuque. Une poigne de fer.

— Alors on veut se la jouer perso ? lui chuchota Kai à l'oreille. T'es du genre solitaire qui as peur de tout le monde, hein ?

– Je ne dirai rien, hoqueta Karsten.

– Ah bon ? À quel sujet ?

Karsten ouvrit et ferma la bouche, hors d'état de répondre.

– À quel sujet, hein, Karsten ?

T'es un pyromane, faillit-il dire, mais ce mot était noir, et tout ce noir rôdait autour de lui et menaçait de l'engloutir, tel un tunnel dont il ne pouvait s'échapper. La voix qui lui parlait à l'oreille devenait de plus en plus lointaine. Je vais mourir, songea-t-il en touchant les boutons sur les portières. Il appuya sur tout ce qu'il sentait sous ses doigts et tout à coup il entendit la vitre remonter. Il lui fallut une seconde avant de comprendre qu'elle allait faire office de guillotine contrairement à la loi de la gravitation. Des sons montèrent de la gorge qui se pressait contre son oreille, comme de petites bulles qui éclataient. Kai poussa un hurlement de douleur et retint la vitre avec une main, tandis que l'autre agrippait les cheveux de Karsten. Ce dernier se jeta en avant, le doigt toujours appuyé sur le remonte-vitre.

– Tire-toi ! hurla-t-il.

Le visage coincé à la fenêtre avait l'air gonflé, avec des yeux exorbités de poisson bouilli.

– Je vais te décapiter ! Tu entends ce que je dis ?

Il perçut un vague bruit émanant du visage sur le point d'éclater et il vit que Kai pressait le bord de la fenêtre avec les deux mains et parvenait à baisser suffisamment la vitre pour dégager sa tête. Karsten tâtonna pour trouver la clé de contact. Le moteur toussota. Il allongea la jambe mais il n'y avait pas de pédale d'embrayage, alors il tourna encore une fois la clé et, cette fois, il sentit la vibration jusque dans son dos. La voiture rugit et fit un bond de quelques mètres, le moteur manquant d'être étouffé de nouveau. Au dernier moment, il réussit à donner un coup d'accélérateur et le véhicule se dirigea vers le perron de la maison principale, il passa la marche arrière, recula d'un coup brusque, tourna et fut projeté contre le volant quand il rentra dans la Mazda garée derrière lui. Il remit la marche avant, la portière côté passager restée battante. Quelque chose était coincé devant le pare-chocs avant ; il y eut une détonation quand il roula dessus et, pendant une seconde, il se dit qu'il était en train de broyer le corps de Kai. Il aperçut alors, dans la lumière des phares avant, sa silhouette massive se précipiter sur la voiture.

Il appuya à fond sur le champignon et fonça droit sur lui.

DEUXIÈME PARTIE

Avril 2011

1

Dan-Levi avait à peine le temps de faire un crochet par la maison. Sara ne finirait pas avant trois heures de l'après-midi et il fallait sortir Pepsi avant ça. Rakel avait une longue journée à l'école et les autres étaient trop petits pour promener la chienne tout seuls.

Il lui fallait neuf minutes pour aller jusqu'au bout de la Erleveien et revenir. Pendant tout ce temps, Pepsi tirait comme une malade et quand il tentait de la gronder, elle mordait la laisse. Pourtant ce n'était pas les bons conseils sur l'éducation canine qui manquaient, il existait même des cours pour apprendre à se faire obéir de son chien. Malheureusement, Dan-Levi et Sara avaient compris depuis bien longtemps qu'ils ne pourraient trouver le temps de s'y consacrer.

À une heure et quart, il fut de nouveau dans sa voiture. Le journal publiait un dossier sur l'engouement pour les nouvelles spiritualités. Plus tôt dans la semaine, il avait interviewé un guérisseur à Vormsund ainsi qu'un propriétaire de supérette qui avait suivi des cours à l'École des Anges fondée par la princesse Märtha-Louise.

À présent, c'était au tour d'une cartomancienne qui vivait de la voyance. Il s'était promis de passer une heure à se documenter avant le rendez-vous, mais il n'en avait pas eu le temps, malheureusement. Le plus grand défi serait de ne pas laisser transparaître son scepticisme.

Elle vivait dans un petit immeuble à Volla, près de la piscine. Dan-Levi resta debout au centre de la cour à regarder le bâtiment. L'immeuble devait dater des années cinquante, mais avait cependant l'air d'être bien entretenu : il était repeint en blanc avec des chambranles rouges. Dans l'appartement le plus éloigné, les rideaux étaient tirés, mais ce n'était pas là-bas qu'il devait se rendre.

La femme qu'il devait interviewer possédait sa petite entreprise à elle, dûment enregistrée à Brønnøysund, et ses revenus dépassaient largement, pour l'année précédente, quatre cent mille couronnes, net d'impôt. Impossible qu'autant d'argent provienne de la seule activité de voyance ! Si c'était le cas, il envisagerait lui-même de changer de métier, se dit-il en plaisantant. Dan-Levi avait grandi dans une maison où l'on ne jouait même pas aux cartes. Les tirer, c'était encore moins concevable : c'était essayer de se mettre à la place de Dieu, donc de prendre les habits du diable lui-même. Cela étant, son père n'était pas de ceux qui brandissaient constamment la menace de la damnation éternelle. Au contraire, jusqu'aux dernières réunions qu'il avait tenues au temple évangélique Betania, cinq ans auparavant, le pasteur Jakobsen avait envoyé un message de joie.

S'il n'avait pas vérifié son âge auparavant, Dan-Levi aurait pu croire que la femme qui lui ouvrait la porte était encore loin de la cinquantaine. C'était une jolie brune avec de légères pattes-d'oie au coin des yeux. Son regard était franc quand elle lui serra la main. Rassurante, tel fut le premier adjectif qui lui vint à l'esprit. Force était d'admettre qu'Elsa Wilkins était une personne dont le pouvoir de séduction ne laissait pas insensible. Il la détailla quand elle le précéda dans le salon. Cela ne faisait-il pas d'ailleurs partie de la mission ? Elle était presque aussi grande que lui et avait des formes très généreuses. Dan-Levi avait toujours apprécié les femmes bien en chair et n'avait rien contre le fait que Sara prît un peu de poids après chaque naissance.

Il trouvait que cela lui allait bien, elle qui était si fluette quand ils s'étaient connus.

– Alors, vous vous qualifiez de cartomancienne ? demanda-t-il, installé dans le canapé du salon.

– Taromancienne, corrigea Elsa Wilkins avec un sourire en lui versant une tisane. Je donne également des cours sur d'autres sujets.

– Des cours ?

– Oui, de développement personnel, de méditation, pour apprendre à se connaître soi-même.

– Ah, très bien, dit-il en sortant son carnet pour noter quelques mots-clés tandis qu'il s'efforçait de refouler un flot de questions critiques.

Établir un bon contact avec les personnes interviewées constituait probablement son meilleur atout en tant que journaliste. Les gens lui faisaient rapidement confiance et en racontaient souvent plus que ce qu'ils avaient prévu. Mais il usait avec parcimonie de ce don. Aucun de ses interlocuteurs ne devait se sentir berné.

– Et on peut en vivre ?

Il ne lui révéla pas qu'il était déjà allé vérifier sa déclaration d'impôts.

– J'entends par là, grâce aux tarots divinatoires et aux choses de ce genre ?

– C'est comme pour tout, constata-t-elle en repoussant ses cheveux derrière l'oreille. En ayant des compétences et en travaillant dur, on réussit. C'est probablement le cas dans votre travail aussi.

Sans qu'il eût besoin de poser d'autres questions, elle lui parla de savoirs ancestraux ayant survécu à leur mise au ban par l'Église et au mépris des temps modernes. Elle lui parla d'inconscient collectif et d'archétypes – sujets que Dan-Levi se rappelait vaguement avoir étudiés au collège. Elle insista sur la nécessité de développer l'intuition, de rechercher d'autres moyens de se connaître soi-même.

Voyant la difficulté d'arguer contre cela, il choisit de laisser de côté les questions les plus critiques qu'il avait préparées. Questions auxquelles le guérisseur et le propriétaire de supérette instruit à l'École des Anges avaient été contraints de répondre. Mais rien de tout ce que cette femme disait n'aurait pu déconcerter le pasteur Jakobsen.

Avec habileté, Dan-Levi déplaça les questions vers la sphère plus personnelle.

– Wilkins ne sonne pas très norvégien, je me trompe ?

Elle tarda un peu avant de répondre :

– Mon ex-mari était anglais.

Dan-Levi laissa passer un peu de temps pour voir si elle voulait ou non aborder ce mariage.

– Vous avez vécu en Angleterre ? hasarda-t-il.

– À Birmingham et au Zimbabwe. C'était il y a une éternité.

Elle lui sourit à nouveau, mais il pouvait deviner une ombre légère voiler ses yeux d'un bleu foncé.

– Mais vous êtes originaire d'ici ?

Elle but une gorgée de thé et il l'imita. Il devina un goût de menthe poivrée, mais aussi une pointe de quelque chose de plus intense qu'il ne réussit pas à identifier.

– J'ai grandi dans une ferme non loin d'ici. À Stornes. Nous avions un élevage de chevaux.

– Où il y a eu cet incendie ? s'exclama-t-il.

Elle acquiesça.

– La ferme fut vendue longtemps après ça. À la mort de mes parents, il n'y avait plus personne dans la famille pour reprendre l'affaire.

– Quelle tragédie ! dit Dan-Levi. L'incendie, je veux dire. Ce sont des choses que l'on n'oublie pas, même après des années.

– Ça fait huit ans maintenant, constata-t-elle. En fait, exactement jour pour jour. Je me rappelle que c'était un premier avril.

Dan-Levi s'abstint de commenter cette coïncidence.

– Dites-moi si cela vous gêne d'en parler, mon article ne concerne en réalité que les tarots.

– Non, ça va. J'ai eu un petit garçon, ajouta Elsa Wilkins avec un sourire avant de marquer une pause. Enfin, il n'est plus un petit garçon. Il a votre âge.

Dan-Levi réfléchit.

– Peut-être… ?

– Certainement pas. Il a grandi en partie en Angleterre, en partie en Afrique. Il a fréquenté l'université ici pendant quelques mois au printemps, il y a plusieurs années. Il habitait à cette époque chez moi, mais finalement il a choisi de repartir. Il a toujours recherché des défis.

– Qu'étudiait-il ?

– Histoire et sciences politiques. Avant, il s'était engagé dans l'armée. Il a servi et en Irak et en Afghanistan.

Dan-Levi s'intéressa au sujet.

– Il y est toujours ?

Elle lui resservit du thé.

– Il a repris l'entreprise que son père avait montée. Ils s'occupent de la sécurité des habitants dans le sud de l'Irak. Adrian n'a jamais eu peur de rien. C'est justement cela qui m'empêche de dormir.

Elle regarda par la fenêtre.

– Quand il était petit, je l'appelais Cœur de Lion. Il voulait toujours me protéger… Je peux vous montrer comment je travaille, si vous voulez.

Elsa Wilkins se leva et Dan-Levi comprit qu'elle ne souhaitait plus parler de son fils.

– Je ne le ferais pas pour n'importe quel journaliste, dit-elle en le précédant dans l'escalier. Vous êtes l'un des rares en qui j'ai confiance.

La pièce à l'étage sentait l'encens et une épice indéterminée. Elsa Wilkins alluma trois bougies qu'elle posa sur une table couverte d'une nappe rouge sang, frangée de noire, qui descendait jusqu'au sol. Elle lui désigna un fauteuil, très confortable, en cuir souple, et elle sortit un jeu de cartes d'un tiroir de la table. Celles-ci étaient d'un grand format avec le dos parsemé d'étoiles dorées.

— Le jeu de tarot comporte cinquante-six cartes appelées Arcanes mineurs. Cela veut dire les Petits secrets. Les tarots sont à l'origine du jeu de cartes que vous avez certainement à la maison.

Il évita de répondre.

Elle distribua les cartes en éventail sur la table.

— Les quatre couleurs comportent des Bâtons, des Deniers, des Épées et des Coupes. Elles révèlent différents côtés matériels et spirituels de la vie des gens. Par exemple, les Épées sont fortement liées au pouvoir de l'esprit et les Coupes aux relations affectives. Vous verrez au fur et à mesure. En plus de ces cinquante-six cartes, nous en avons vingt-deux autres appelées « Arcanes majeurs ».

— Les grands secrets ?

— Exact. Ce sont des cartes qui symbolisent les événements majeurs de l'existence, qui vont de l'épanouissement et de l'amour jusqu'à la destruction et la mort.

Dan-Levi résista à l'envie de lui demander comment les secrets et les événements de la vie pouvaient se trouver dans un jeu de cartes. Il dut s'avouer qu'il était impatient de le savoir. La pièce avec ses odeurs et les chandelles, ainsi que les cartes soi-disant magiques sur la table, lui évoquèrent un cirque de Tsiganes.

— Disons que vous êtes venu pour avoir un conseil par rapport à un problème qui vous empoisonne la vie. Voulez-vous qu'on choisisse un problème hypothétique ou allons-nous parler d'un fait réel ? C'est à vous d'en décider.

Il réfléchit. Il se représenta le visage amical du pasteur Jakobsen. Je suis ici pour mon travail, se dit-il pour se rassurer.

– On ne pourrait pas plutôt voir l'avenir ? Dans les grandes lignes ?

– Dans ce cas, nous choisirons le « spécial six mois », déclara-t-elle en disposant les cartes trois par trois en sept rangées. La première concerne vos préoccupations actuelles.

Elle retourna deux cartes de Bâton ainsi qu'un valet tenant une coupe avec un poisson à l'intérieur. Elsa Wilkins resta un moment à regarder l'alignement des cartes, comme si elle cherchait à y découvrir un système logique. Dan-Levi jeta un coup d'œil vers les rideaux ; à travers une fente, il vit qu'il avait commencé à pleuvoir. Il devait encore faire un saut au journal pour terminer deux autres articles. Ensuite, il irait chercher Ruth et Rebekah au jardin d'enfants, puis rentrerait à la maison pour aider à la préparation du dîner. Après le repas, il conduirait Ruben à son entraînement de foot. Étant capitaine d'équipe, il participait à la plupart des entraînements. De retour à la maison, il superviserait les devoirs, rangerait la cuisine, puis irait présider la réunion du temple évangélique Betania qu'il dirigeait. Sans oublier qu'il devait aussi promener Pepsi.

– Vous parvenez à mener de front beaucoup de choses, commença Elsa qui réussit à se brancher sur ses pensées. Vous êtes quelqu'un sur qui on peut toujours compter et vous passez pour une personne bien.

Elle marqua une pause.

– Pourtant, vous n'êtes pas tout à fait satisfait de vous-même.

Qui le serait ? pensa Dan-Levi en ressentant une pointe d'irritation. Peut-on jamais être satisfait de soi-même ? Mais Elsa semblait plus interrogative qu'insistante. Elle le regarda droit dans les yeux ; peut-être allait-elle laisser tomber la piste de l'insatisfaction ? Il remarqua qu'il s'était tendu et il se cala au fond du fauteuil. Ses articles sur les formes alternatives de la foi et des nouvelles religiosités ne devaient pas donner lieu à un examen critique du New Age et du « fast-food spirituel ». À la rédaction, ils s'étaient mis d'accord pour ne pas écrire uniquement sur le charlatanisme et ses victimes, mais aussi pour chercher à interviewer des personnages avec la plus grande bienveillance possible.

Elle lui montra la carte : le huit d'Épée.

– Cette carte représente de nouveaux horizons. Vous prévoyez un voyage ?

Il ne put réprimer un sourire : c'était typique de la voyance, selon lui. Existait-il des gens qui, d'une façon ou d'une autre, n'auraient pas un voyage en vue ? Depuis toujours, il avait rêvé de parcourir les États-Unis à moto, d'une côte à l'autre, en traversant les prairies infinies, avec les Rocheuses pour seul horizon. Longtemps, ils avaient songé à ce voyage, son meilleur copain Roar et lui. Tous deux partageaient une même attirance pour cette Amérique sauvage, sa mentalité ou sa musique. Et il arrivait encore parfois que Dan-Levi aborde ce sujet, mais Roar se tapotait la bedaine pour signifier qu'il était trop vieux, désormais.

La dernière rangée de cartes révélerait son futur proche, c'est-à-dire de trois à six mois, selon Elsa. Elle ferma les yeux. Toutes les professions ont leurs ruses, se dit Dan-Levi. Les psychologues, les juristes, comme bien sûr les journalistes. Cette attitude devait faire partie de celles des taromanciens. Fermer les yeux comme si l'on pouvait scruter les profondeurs de l'âme et trouver ce qui était enfoui dans l'inconscient...

La dernière carte de la rangée, appelée « Les Amants », portait le numéro six en chiffres romains. Même en gardant une distance toute professionnelle, Dan-Levi fut soulagé : c'était visiblement une carte concernant l'amour.

– Les Amants, constata Elsa Wilkins.

– Les Amants, répéta Dan-Levi.

Cette répétition sur un ton sincère prouvait qu'il prenait cette cérémonie plus au sérieux qu'il n'aurait voulu. Il s'en ouvrirait à Sara dès son retour à la maison.

– Les Amants, tirée à l'envers.

– Tirée à l'envers ?

– Quand une carte est tirée à l'envers, sa signification change.

Il se sentit froncer les sourcils ; le visage de son père surgit à nouveau.

– La carte est à l'envers pour vous, mais pas pour moi, essaya-t-il de faire valoir.

Encore ce sourire empreint de tristesse. Il repensa aux bribes de vie qu'elle lui avait révélées. Un mariage brisé et ce fils qui assurait des missions de sécurité en Irak.

– C'est à l'envers pour moi, dit Elsa Wilkins. C'est ce qui compte.

– Qu'est-ce que ça veut dire ?

Le regard de la femme balaya encore une fois les rangées de cartes, comme si elle cherchait quelque chose.

– Les Amants à l'envers signifie des problèmes sentimentaux, des mariages brisés et du sexe sans amour. Il peut s'agir de jalousie, de rejet, d'infidélité ou seulement une mise en garde dès les prémices d'une liaison. Cela peut aussi vouloir dire que le doute s'oppose à la foi.

Dan-Levi se redressa dans le fauteuil. L'infidélité n'avait jamais été un problème dans sa vie. Il connaissait Sara depuis l'enfance. Leurs parents étaient amis. Elle était la plus jolie fille du temple évangélique Betania. Elle jouait de l'orgue et était soliste pour la chorale. Arrivée au lycée, elle avait rompu avec la communauté religieuse, en tout cas partiellement. À l'époque, elle était sortie avec son meilleur ami, Roar Horvath, le fils d'un réfugié hongrois athée. Mais après quelques années, elle était retournée au temple évangélique Betania et, à partir de ce moment, elle savait avec qui elle allait partager sa vie. Même dans ses fantasmes les plus fous, Dan-Levi n'aurait jamais pu s'imaginer être avec quelqu'un d'autre, et il en était forcément de même pour Sara.

Elsa Wilkins lui parla également des autres cartes. Il y aurait une ou deux graines semées qui n'avaient pas encore germé, et l'une des cartes indiquait quelque chose comme une maladie latente ou peut-être seulement des soucis pouvant s'aggraver. Mais quand elle eut terminé, ses commentaires concernant Les Amants à l'envers continuèrent d'occuper l'esprit de Dan-Levi. Quinze minutes plus tard, il conclut l'entretien par une série de photos qu'il prit d'elle dans la fraîcheur de cette après-midi d'avril, heureux de constater qu'il était parvenu à capter les cristaux de givre qui étincelaient dans sa chevelure noire. Mais même là, il repensa à cette carte et cette obsession le poursuivit durant tout le trajet jusqu'à son bureau au sein de la rédaction, où il devait choisir l'angle de l'interview, décider de l'emploi d'encadrés ou non, et imaginer l'effet produit par les photos qu'il venait de prendre quand elles paraîtraient dans le journal.

2

J'ai toujours ressenti le besoin de mentir.

Synne Clausen leva ses yeux du clavier, laissa son regard flotter par la fenêtre sur le mur de briques au fond du jardin, avant de revenir à l'écran pour relire la ligne – la première qu'elle eût rédigée depuis des mois. Depuis une chambre plus loin dans le couloir, les sons d'une flûte se firent entendre. Soulagée de savoir que Maja était rentrée à la maison, elle alla dans la cuisine faire chauffer de l'eau, alluma la radio, puis l'éteignit en espérant que Maja comprendrait par là qu'elle y était et viendrait la rejoindre. Mais elle continuait de faire ses gammes. Synne resta seule avec sa tasse de café dans la minuscule véranda, emmitouflée dans une doudoune et des couvertures. Dans une demi-heure, le soleil se coucherait derrière le toit de l'immeuble voisin. Elle essaya de se vider l'esprit, de fixer son attention sur le bourdonnement de la ville, qui montait et descendait en permanence. Une voiture accélérant dans la Sognsveien, le pépiement d'une mésange dans un pin, une autre qui lui répondait un peu plus loin et, venant de la maison, les sons plus graves de la flûte.

Cela faisait bientôt un an que l'inimaginable avait eu lieu. Elle avait posté une enveloppe en papier kraft à destination du monde extérieur avec, dedans, les mots qu'elle avait accouchés dans la douleur, un ensemble de mots qu'elle avait décomposés et recomposés, des mots qui formaient des images miniatures soigneusement sélectionnées. Poster cette enveloppe avait été pour elle comme jeter une bouteille à la mer depuis un rocher ou le bastingage d'un bateau. L'inimaginable était que quelqu'un avait retrouvé cette bouteille. Dans la semaine suivante, un éditeur d'une grande maison l'avait appelée. Il avait prétendu que ses poèmes ne ressemblaient à rien de ce qu'il avait pu lire jusqu'alors. Après les avoir un peu retravaillés, il voulait les publier au plus vite afin de permettre au plus grand nombre de pouvoir les lire. Et, fait encore plus incroyable, plusieurs grands journaux avaient consacré une place précieuse dans leurs colonnes à ce mince livre qu'ils avaient encensé, affirmant qu'il fallait vraiment méditer sur ce qu'elle avait écrit... Bien avant la publication du livre, elle avait recommencé à écrire, travaillant jour et nuit, pendant plusieurs mois. Pendant tout l'automne, elle avait été tel un génie, une Virginia Woolf au bord de la folie, et tout ce qu'elle touchait lui avait brûlé les doigts. Puis tout s'était arrêté net. Elle avait développé comme une aversion physique contre le clavier. Alors elle avait commencé à griffonner dans des cahiers, mais l'aversion l'avait rattrapée. Le simple fait de tenir un stylo à plume était synonyme de douleur et de nausée. Devant son bureau, son corps s'était raidi, heure après heure. À la nouvelle année, elle comprit qu'elle était en train de tomber malade. Les douleurs se déplaçaient à l'intérieur de tout son corps. Tout lui faisait mal : se mouvoir, rester assise ou couchée. Le médecin avait envisagé toutes sortes de diagnostics sans trouver la cause. Il avait fini par suggérer une fibromyalgie, une pathologie controversée.

Au moment où le soleil disparut derrière le toit, elle se leva brusquement et retourna dans sa chambre avec sa tasse de café. Elle se laissa tomber sur la chaise devant le clavier, prit les deux bouchons de mousse jaune pour en former des cônes qu'elle s'enfonça dans les oreilles, et ferma les yeux tandis que les bruits du monde environnant s'évanouissaient.

Je ne mens jamais quand il s'agit de choses importantes ni quand on risque de me démasquer. Seulement pour des vétilles. Comme quand je dis à Erika que j'ai envoyé un mail et passé deux ou trois coups de fil, alors que je n'ai appelé qu'une seule personne. Ou quand je lui raconte que j'ai parlé à une camarade du collège rencontrée sur l'avenue Karl-Johan, alors que je suis seulement passée devant Tamara qui était assise sur une marche devant une boutique de la rue Dronningen ; je lui ai juste fait signe de la tête. Si Erika me demande ensuite qui c'était, je lui donnerai un nom quelconque ou lui dirai que je l'ai oublié. Si cela devient un peu embarrassant je lui ferai un grand sourire. Si elle me demande de quoi nous avons parlé, je n'aurai qu'à rire en disant que c'est confidentiel ou inventer une conversation. Bien sûr qu'elle s'en contenterait. Mais si elle voulait vraiment tout savoir en détail, elle découvrirait des trous dans l'histoire de ma vie, de tout petits trous, mais nombreux et un peu partout.

Synne savait qu'il ne fallait pas s'arrêter à cet endroit, sinon elle ne pourrait plus reprendre le fil de son récit. Pendant des semaines, des mois, peut-être plus jamais. Il ne fallait pas qu'elle se relise ; elle devait laisser travailler ses doigts, laisser couler le flot des mots.

je n'ai rien à dire à Tamara
je me retourne pour guetter du côté de l'échelle sombre, quelqu'un vient de là pour s'approcher de moi
Karsten, dis-je à voix haute, et une silhouette se matérialise dès que je prononce ce nom, son visage est émacié et son regard ne me reconnaît pas, ne reconnaît rien
tu me dois quelque chose, dit la voix qui n'est plus la sienne
tu me dois quelque chose parce que tu n'as jamais eu à payer ta part
je le sais, balbutié-je, je te dois plus que je ne pourrai jamais te rendre
ce n'est pas à moi que tu dois quelque chose, dit-il de cette voix mécanique qui n'est plus la sienne
tu dois quelque chose à la grisaille, c'est pour cela que tu

t'enfonces, tu paies ta dette en t'enfonçant, en devenant, toi aussi, une partie de cette grisaille.

De nouveau, elle leva les yeux du clavier et jeta un coup d'œil par la fenêtre. Une pie s'était posée sur une branche du pin. Elle était énorme et tenait dans son bec quelque chose de grand et de blanc, peut-être une tranche de pain de mie trouvée en bas, sur l'aire de jeux des enfants. Synne se mit à écrire au sujet de cette tranche de pain, sur son origine, sur la mère qui l'aurait tartinée ce matin pour sa petite fille, une maman sur le point de sortir de la maison, en route pour déposer sa petite fille au jardin d'enfants. Courbée sur le clavier, elle força ses doigts à continuer. Elle ne comprenait pas où les phrases voulaient en venir, mais ne tenait pas à le comprendre, car alors elle aurait dû s'arrêter, abandonner, se recoucher.

Elle venait de mettre l'ordinateur en veille quand Erika arriva. L'après-midi était déjà bien avancée. Erika avait animé un séminaire à l'université de Blindern et avait l'air fatiguée.
– Vous qui pouvez vous libérer quand ça vous plaît, vous ne savez pas quelle chance vous avez, gémit-elle en s'étirant sur le lit.
La remarque ne se voulait pas blessante, mais elle agaça Synne.
– Tu penses que je travaille moins que toi ?
Erika fit un geste d'excuse :
– Je ne voulais pas te vexer.
Synne alla dans la cuisine et mit en route la cafetière. Quand elle revint avec deux tasses pleines, Erika était allongée avec les yeux mi-clos.
– J'ai si mal dormi cette nuit après ton départ, se plaignit-elle. Viens ici.
Synne s'assit sur le bord du lit en lui tendant l'une des tasses.

– Pose-la.

Elle s'exécuta. Erika passa une main autour de son cou et l'attira vers elle.

– Reste contre moi. Juste un petit moment. Je te promets que je ne vais pas m'endormir.

Quand Synne se releva, le café était froid. Elle y mit une cuillerée de sucre supplémentaire pour le faire passer.

– Tu as écrit un peu aujourd'hui ?

Erika se retourna sur le côté pour la regarder.

– Oui ? C'est fantastique.

– N'exagère pas.

– Montre-moi.

Synne hésita. C'était trop neuf. Un premier essai très fragile. Un mot de travers de la part d'Erika ou un simple regard pourrait tout anéantir, et il se passerait des jours et des nuits entiers sans qu'elle ait le moindre espoir de s'y remettre. Elle prit cependant l'ordinateur, le plaça sur les genoux d'Erika et ouvrit le fichier où Karsten avait surgi. Les autres textes, surtout ceux à propos des mensonges bénins, elle ne les montrerait jamais à personne, et certainement pas à Erika.

Elle se retourna et posa le front contre la vitre. Elle essaya de ne pas penser à ce qu'Erika lisait, de ne pas surveiller les changements dans sa respiration ou tout autre bruit s'échappant de sa gorge, de ne pas guetter des mouvements de son corps exprimant le moindre signe d'impatience ou, encore plus insupportable, d'enthousiasme. Erika était d'une précision impitoyable. Elle l'avait aidée avec son recueil de poèmes, l'avait sublimé. Mais Synne aurait souhaité, pour l'heure, une lectrice bien plus candide. Quelqu'un dépourvu de ce regard perçant, quelqu'un qu'il eût été facile d'embobiner.

Erika reposa l'ordinateur par terre. Synne attendait, n'osa pas se retourner. Ne comprenait-elle pas son calvaire ? Ne comprenait-elle pas l'enjeu de ces secondes ? Soit le texte était bon, soit il était mauvais ; ou quelque part entre les deux, là où il se trouvait probablement... Erika devait savoir qu'un seul mot pouvait l'envoyer au septième ciel ou la précipiter aux enfers. Elle faisait exprès de la torturer par son silence !

Enfin, Erika se leva. Synne regardait fixement par la fenêtre le sol d'un jaune grisâtre entre les immeubles. Naturellement, la pie s'était envolée. Pas le moindre moineau en vue. Rien que cette pelouse sale et tachée de cette neige de fin d'hiver qui aurait dû disparaître depuis longtemps.

Erika vint dans son dos et l'entoura de ses bras. Si c'était un geste de consolation, c'était plus que raté. Elle se dégagea de l'étreinte de son amie.

– Ne te colle pas à moi. Dis-moi plutôt quelque chose. C'est si difficile d'en parler ?

Les larmes lui montèrent aux yeux. Non pas que ce texte de rien du tout eût une quelconque valeur à ses yeux. Elle avait tapé sur le clavier comme une folle, il lui avait fallu cinq minutes pour accoucher de ces lignes, dix à tout casser. Elle avait voulu l'effacer, mais avait cédé à la tentation de le montrer et, qui plus est, à Erika, professeur adjoint en littérature qui préparait une thèse de doctorat sur les antiromans de Beckett. Erika, la lectrice la plus cynique, la plus impitoyable et la plus cruelle parmi les milliards de lecteurs possibles.

– Tu l'as détesté, déclara Synne. Tu plains mon disque dur d'avoir à abriter ce genre de bavardages de gamine...

Erika éclata de rire. Et Synne rit aussi. Elle jura tout haut, sans que cela puisse arrêter leur fou rire. Cela faisait du bien, oui, la seule chose que son texte méritait, c'était d'en rire.

– Ne me demande pas de juger ça, dit Erika et ce fut comme un nouveau coup de pied dans le ventre.

– *Ça* ? C'est ainsi que tu qualifies mon travail ? Tu ne trouves pas d'autre mot ?

– *Sorry*, ce n'est pas ce que je voulais dire.

– Tu le détestes, s'écria Synne. Tu détestes tout ce que j'écris. Tu n'as jamais pu supporter de me lire.

Erika secoua la tête.

– Synne, chantonna-t-elle dans une vaine tentative d'être drôle.

– Laisse-moi te dire une chose, l'interrompit Synne. Tu n'aimes pas me voir écrire du tout. En fait, ça te rend jalouse.

Son sourire s'évanouit enfin, elle avait dû toucher un point sensible. Non pas qu'elle l'eût fait exprès. Elle avait tout balancé, en vrac, et avait fini par tomber dans le mille.

Erika s'éloigna et s'assit de nouveau sur le lit.

– C'était peut-être trop tôt pour le montrer, dit-elle assez calmement.

– Non, cria Synne, c'était trop tôt pour te le montrer à *toi*.

Erika but le café qui devait être complètement froid à présent.

– Est-ce que cela veut dire que tu ne veux rien savoir ?

Synne frissonna tout à coup et s'emmitoufla dans son pull en laine.

– Je ne veux pas me faire démolir, c'est tout.

– Synne...

La voix d'Erika prit ce ton maternel qu'elle avait toujours au début.

– Assieds-toi près de moi, dit-elle doucement mais avec fermeté en tapotant le couvre-lit.

Synne s'exécuta.

– Si j'avais dû donner un avis général, j'aurais été plus élogieuse que négative.

– Parce que tu as pitié de moi !

– N'importe quoi.

Erika lui caressa les cheveux.

– Je comprends que tu veuilles te défendre. Ça veut dire qu'il y a beaucoup en jeu.

Synne enfouit le visage dans son cou.

— Tout est en jeu.

— Si tu vois les choses ainsi et que tu veux t'exprimer d'une manière aussi dramatique. De mon point de vue, l'important est qu'il s'est passé quelque chose. Ne parlons pas d'un tournant ou de la voie à suivre et tout ça. Mais tu as visiblement tenu compte de quelque chose dont nous avons parlé cette nuit.

— Ah ?

— Les raisons d'écrire de Karl Ove Knausgård ont trouvé un écho chez toi et tu as essayé de l'imiter, non, ne m'interromps pas, je sais ce que tu vas dire, mais la seule chose à retenir de ce projet « d'écrire-la-vie », c'est ce que tu as évité jusqu'ici.

— Ah bon ?

Erika continua de lui caresser les cheveux ; Synne aurait voulu qu'elle ne s'arrête jamais.

— Quand tu as parlé de ton frère cette nuit...

— J'avais bu.

— Pas de problème. Je suis contente que tu me l'aies dit.

— C'est bientôt Pâques et cette époque me met toujours dans cet état.

— Arrête de t'excuser. Tu as fait exactement ce que je t'ai dit cette nuit.

— Vraiment ?

— Tu as creusé à l'endroit où ça fait le plus mal. Quand ton frère apparaît dans ce texte, il se passe quelque chose.

— Ah ?

— C'est ce que j'essaie de te dire. À ce moment-là, j'ai été si bouleversée que j'en ai eu le souffle coupé. Tu comprends ? C'est dans cette direction que tu dois aller.

— Si tu le dis, murmura Synne en effleurant de ses lèvres le cou de son amie.

Elle ne se rappelait plus avoir ressenti pareil bonheur depuis longtemps.

*

Synne sonna à la porte, au lieu d'entrer directement en lançant un salut. Cela faisait des semaines, voire plus d'un mois, qu'elle n'avait pas rendu visite à son père. À plusieurs reprises, elle avait annulé sa venue. Jamais il ne lui en avait fait le reproche, mais elle savait qu'il avait été déçu.

La porte d'entrée s'ouvrit. Son père se tenait là, les lunettes à la main. Comme il avait vieilli ces dernières semaines ! Le bas de ses joues s'affaissait et ses cheveux qui paraissaient pourtant propres étaient en bataille.

— Bonjour, Synne, dit-il en ouvrant un peu ses bras, signe qu'elle pouvait l'embrasser, si elle en avait envie.

Elle se mit sur la pointe des pieds pour coller sa joue contre la sienne et demeura ainsi quelques secondes. Il s'était rasé et sentait le même après-rasage que d'habitude. Ce fut un soulagement de retrouver cette odeur qui véhiculait un souffle de vacances : la route vers le chalet, les arbres qui défilent à toute vitesse.

Sans attendre, elle se déchaussa. Elle voulut dire quelque chose sur la raison pour laquelle elle n'était pas venue plus tôt, mais se ravisa.

Au lieu de cela, elle demanda :

— Tu as faim ?

Elle alla préparer un plateau de sandwiches, leur en servit à tous les deux, comme elle le faisait chaque soir avant de déménager. Il ne fit aucun commentaire. Ni sur le fait qu'elle se serve dans ce réfrigérateur qui n'était plus à elle, renifle le fromage afin de vérifier qu'il était toujours bon, ou endosse le rôle de la maîtresse de maison, le transformant en invité sous son propre toit.

Quant ils eurent fini de se restaurer, elle déclara :

— J'aimerais voir la chambre de Karsten.

Il la regarda par-dessus ses lunettes, en donnant l'impression d'avoir été arraché à ses pensées.

– Celle de Karsten ? Pourquoi ça ?

Elle ne lui avait jamais raconté ce qu'elle faisait dans la vie, et il n'avait d'ailleurs jamais exprimé de mécontentement quand elle avait pris une autre direction que celle qu'il aurait souhaitée pour elle. Qu'elle fasse des études littéraires, si ça lui chantait, bien qu'il n'en vît pas l'utilité. Ou qu'elle publie des poèmes, pourquoi pas ? Il était visiblement fier quand elle lui avait présenté son premier exemplaire, celui que l'éditeur lui avait envoyé avant parution. Il s'était mis aussitôt à le feuilleter avec une gêne manifeste. Il avait ensuite pris le temps de lire chaque poème, plusieurs fois même, tout en regrettant de n'y comprendre que des bribes. « Mais ce ne sont effectivement que des bribes », lui avait-elle alors rétorqué.

Il était trop tôt pour faire part à son père de son désir de se rapprocher de Karsten par le biais de l'écriture. Elle se rendit compte qu'elle redoutait déjà le jour où elle serait obligée de lui en parler. À supposer que cela arrive vraiment, car pour l'instant elle n'en était qu'au stade de l'expérimentation.

Elle monta à l'étage, demeura un moment dans le couloir avant de pousser la porte. Depuis Pâques, huit ans plus tôt, elle s'était tenue à l'écart de la chambre de Karsten. La seule idée d'y entrer lui faisait peur. Elle s'imagina un instant qu'elle le trouverait à l'intérieur. Qu'il serait assis à sa table de travail, le dos tourné, comme d'habitude avant ce qui était arrivé. Qu'il se retournerait mais qu'elle ne le reconnaîtrait plus. Voilà le genre de pensées qui la tourmentaient. Deux ou trois ans s'étaient écoulés avant qu'elle n'ose pénétrer dans sa chambre, de crainte que son imagination la submerge. Elle avait compris par elle-même qu'elle devait le faire un jour, mais avait laissé le psychiatre croire que c'était son idée à lui. Elle continua quand même l'analyse plusieurs semaines après avoir pris sa décision.

À l'intérieur de la chambre flottait une étrange odeur de

renfermé et de plastique. Au-delà de la piste d'atterrissage, elle pouvait apercevoir une boucle de la rivière. Ils avaient fini par croire qu'il était allé là-bas, ce jeudi saint.

Si les meubles n'avaient pas bougé, ses affaires avait été enlevées depuis longtemps. C'était sa mère, à l'époque où elle vivait encore dans la maison, qui avait insisté pour le faire. Synne s'assit au bureau, ouvrit le premier tiroir où se trouvaient quelques rares objets ayant survécu au rangement. Même quand elle avait osé revenir dans sa chambre la première fois, elle n'avait pas réussi à toucher ces objets. Elle sortit une calculatrice et un cahier de maths avec, en majuscules et souligné, le nom de son frère sur la page de garde. À l'image d'une addition, se rappela-t-elle de ses cours de maths. Un double trait sous la somme finale.

Au fond du tiroir, il y avait aussi un manuel. Elle le feuilleta, vit les annotations de Karsten dans la marge, des croix et des gribouillis, quelques commentaires. Sur l'une des feuilles blanches à la fin du cahier, son frère avait dessiné une silhouette transpercée de trous. À côté étaient notées des formules ainsi qu'une équation. Sur la silhouette, il avait écrit ses initiales, sa date de naissance et une autre date. En dessous, il était écrit RIP, soit *Resquiat in Pace*. Elle contempla le dessin, comprit qu'il devait représenter une pierre tombale. Et la date de la mort qui y était inscrite n'était pas très éloignée du jour de sa disparition. Avait-il planifié sa propre mort, dessiné sa pierre tombale, puis essayé de calculer son volume et sa taille ? Peut-être sa tête fonctionnait-elle ainsi : une suite de calculs, d'analyses, de formules et, comme arrivée à point nommé, la mort qui s'approchait.

Un peu plus bas sur la page, quelque chose d'autre était écrit.

Schrödinger : « Je vais te tuer. » Heisenberg l'aide. Seul A peut les en empêcher.

Ces noms évoquaient des scientifiques allemands, peut-être en relation avec la guerre. Brusquement, elle sortit son bloc-notes pour noter tout ce qui était écrit sous le dessin. C'était un point de départ. Ce clivage entre l'analyse, où la vie était une donnée qui pouvait être dévoilée, et l'imprévisible, la menace que représentait le fait de vivre.

Tout au fond du tiroir, elle trouva une enveloppe en papier kraft avec un paquet de photos à l'intérieur. Sur le dessus, une de son frère. Elle semblait avoir été prise devant la maison. Le cerisier n'avait que peu de feuilles. Elle scruta son visage, cet ovale pâle, cette mâchoire inférieure qu'il avait héritée de leur père. Ses yeux étaient clairs et rieurs. *Avais-tu déjà pris ta décision à ce moment, Karsten?* Sur une autre photo, ils étaient tous les deux ensemble. Elle s'accrochait à sa veste, il l'entourait de ses bras, le même sourire sur le visage oblong. Comme sur les autres photos. Était-ce un masque, alors que, derrière, au plus profond de son regard, la pulsion de mort avait déjà pris le dessus?

Il y avait également une photo de classe, du lycée. Karsten se tenait dans la dernière rangée, mais il ne faisait pas partie des garçons les plus grands et les plus costauds. Il portait un sweat-shirt gris anthracite, les cheveux mi-longs. Il ne souriait pas, le regard baissé, comme absent. Elle examina les autres visages, se souvenait de certains ; Tonje, bien sûr, dont Karsten avait été secrètement amoureux depuis l'école primaire. Mais il l'avait quand même avoué à sa petite sœur, un matin qu'il lui avait préparé le petit déjeuner. Elle n'arriva pas à se rappeler si quelqu'un de sa classe était venu chez eux, à part le Vietnamien avec qui il faisait des maths. Elle le retrouva dans la première rangée, mais ne se rappela pas son nom. Karsten n'avait pas eu beaucoup d'amis, peut-être même aucun. C'était probablement de famille. Ah si, il en avait eu un, de plusieurs années son aîné, un prof remplaçant.

Tout au fond de l'enveloppe, il y avait un faire-part. Il était imprimé sur un papier épais couleur pêche. La photo sur la première page était celle prise dans le jardin, celle où il se tenait près du cerisier. En dessous, en lettres cursives noires : *Pour la cérémonie en mémoire de Karsten le 8 juillet 2003.*

Ils avaient attendu longtemps avant de se décider à l'organiser. Presque trois mois s'étaient écoulés depuis le jeudi saint. Il faut croire qu'ils avaient alors perdu tout espoir de le retrouver. Mais elle non. Même si ses parents avaient baissé les bras. Elle s'imaginait qu'un beau jour, il serait ici, dans sa chambre et qu'il ouvrirait tout simplement la porte pour se joindre à eux. Sans avoir besoin d'expliquer où il était allé et pourquoi il était parti. Au fil du temps, elle s'était dit qu'il réapparaîtrait dans un endroit lointain, peut-être dans un autre pays, qu'il s'était égaré en bateau, qu'il était tombé malade et avait perdu la mémoire avant qu'une infirmière d'un hôpital en Angleterre, en Égypte ou encore sur une île de l'océan Pacifique, n'eût réussi à le faire parler à nouveau et découvert qui il était. Elle avait vu *Le Patient anglais*, et cela se serait passé à peu près de la même manière. Son frère aurait vécu une aventure extraordinaire et terrible à la fois, forcément en lien avec une histoire d'amour ; il aurait été blessé mais pas aussi sérieusement que ce patient. Il recouvrerait sa mémoire et un jour il reviendrait par la petite route, s'arrêterait près du portail et lèverait les yeux vers la maison. Et elle l'apercevrait à travers la fenêtre du salon et sortirait en courant, et ce serait elle, avant tous les autres, qui se jetterait à son cou.

Ses souvenirs de cette époque étaient flous, mais elle se rappelait bien la cérémonie. Celle-ci avait eu lieu à l'église, c'était donc certainement leur mère qui l'avait décidé, le père ne mettant jamais les pieds dans une église, sauf en cas de force majeure. Ils avaient chanté un cantique, le texte parlait de mourir à force de penser. Ensuite, tout le monde avait évoqué Karsten, comme s'il n'existait plus. Mais dans sa tête à elle, il était toujours vivant.

Elle ouvrit le faire-part de la cérémonie. Le texte du cantique s'y trouvait et elle tomba sur la phrase qui lui était restée à l'esprit : *Ô Seigneur, quand je mourrai à force de penser, alors dis ce que Tu as pensé.*

À l'intérieur du faire-part, il y avait une feuille qu'elle déplia. *Discours à la mémoire de Karsten Clausen, par le pasteur Olav Kiran.*

Avait-elle déjà vu ce texte ? Impossible de se rappeler. Mais en le relisant sur le bureau de Karsten, des images lui revinrent à l'esprit. La lumière dans l'église ce jour-là. Les rangées de sièges combles malgré la période de vacances. Tout à coup, elle se souvint de *lui*, l'ami de Karsten, Adrian Wilkins, mais il n'avait pas été présent ce jour-là. Plus tard, elle sut qu'il était reparti en Angleterre poursuivre ses études.

Pourquoi les meilleurs doivent-ils nous quitter ? Pourquoi ceux qui portent en eux tant de promesses, qui auraient pu aller si loin et apporter tant aux autres, pourquoi doivent-ils nous quitter ? Vers qui nous tourner pour trouver un sens à la vie quand cela arrive ?

Si la réponse du pasteur était la foi en Dieu, alors cela s'accordait mal avec les convictions de Karsten. Il avait refusé de faire sa confirmation, soutenu sur ce point par leur père. Et le jour de ses dix-huit ans, il avait demandé à être exclu de l'Église d'État. Le pasteur n'avait cependant pas prononcé le mot « Dieu » pendant la cérémonie. Il s'était probablement forgé une image assez précise de Karsten au cours de ses entretiens avec les parents et les camarades de classe. Elle se rappela tout à coup que le fils du pasteur avait été dans la même classe que Karsten. Et ce qu'elle-même avait confié au pasteur sur son frère s'était retrouvé dans le discours prononcé ce jour-là à l'église.

C'était un être à part. Il arrivait à résoudre des problèmes de maths et de physique qui posaient des difficultés même à ses profs. C'était un brillant joueur d'échecs. Il était toujours disponible pour ses amis et s'occupait bien de sa petite sœur.

Ça lui revenait. Le pasteur était venu à la maison chez eux et s'était assis sur le canapé près de la fenêtre, dans le salon. Synne n'arrivait pas à replacer son père, peut-être était-il absent ? Le pasteur lui avait demandé si elle passait beaucoup de temps avec son frère, et elle n'avait pas su quoi répondre. Elle avait treize ans, lui presque six de plus. Mais il prenait soin d'elle. Le soir, quand elle faisait ses devoirs, lisait ou jouait sur l'ordinateur, il pouvait surgir dans sa chambre, rester derrière un moment afin de voir ce qu'elle faisait, puis lui donner une indication si elle restait bloquée sur quelque chose. Il arrivait qu'il lui tapote doucement la tête et elle ne se rappelait pas s'être jamais disputée avec lui. Oui, c'était bien elle qui avait dit ces mots repris par le pasteur : « il prenait soin de sa petite sœur ».

Après le moment de recueillement, elle se rappelait être restée à l'extérieur avec ses parents. Des gens qu'elle ne connaissait pas avaient défilé en un flot ininterrompu devant eux, ils lui avaient serré la main en disant ce mot étrange et guindé de « condoléances » et d'autres choses qui n'avaient pas grand sens, comme, par exemple, qu'elle pouvait les contacter s'ils pouvaient faire quelque chose pour elle.

Elle remit le faire-part et le discours dans l'enveloppe. Si elle voulait s'approcher de Karsten, c'était l'empreinte laissée en elle, le poids de son absence, qu'elle devait cerner. Dehors, le temps gris était devenu lourd. Elle ne distinguait plus la rivière de l'autre côté de la piste d'atterrissage. Elle songea à ce qu'Erika lui avait dit sur la douleur qu'il fallait creuser, le seul thème sur lequel cela valait la peine d'écrire. Mais jamais elle n'aurait la force de raconter le soir de la disparition de Karsten.

Son téléphone portable aussi était resté dans le tiroir. À l'époque, celui de Synne n'avait pas d'appareil photo. Elle se rappelait avoir tanné ses parents pour en avoir un comme tout le monde. Elle avait envié celui de Karsten, beaucoup plus avancé, lui demandant sans arrêt si elle pouvait l'emprunter pour prendre des photos. Et il avait été assez sympa de le faire. Il ne lui avait même pas caché le code pin : la date de son anniversaire à elle.

Elle brancha le chargeur. L'écran s'alluma. Elle tapa les quatre chiffres et déverrouilla la carte SIM.

Il n'y avait guère de photos, son frère n'était pas un photographe assidu. Elle trouva plusieurs clichés qu'elle-même avait pris, dont certains de lui. C'était à Noël, devant le chalet à la montagne, il s'appuyait sur les bâtons en affichant le même sourire. Elle avait ensuite pris une photo d'eux ensemble. Il l'entourait de ses bras, joue contre joue, les visages tout près de l'objectif. Il y avait aussi, entre autres clichés, une photo de lui, debout près de la table de la cuisine, en train de verser du muesli dans un bol. Elle s'arrêta sur l'avant-dernière. Karsten avait l'air d'être nu, il riait face à l'objectif, tout à coup complètement différent. Il devait l'avoir prise lui-même. Et la dernière représentait une jeune fille à la chevelure brune. Vêtue à la pakistanaise, elle avait des yeux en forme d'amande et des lèvres charnues, bien dessinées, que toute femme devait lui envier. Synne ressortit encore une fois la photo de classe, retrouva la jeune fille assise à l'extrémité de la première rangée et la compara à la photo sur le portable. À gauche de la tête de la fille, elle vit le bout d'une peinture, un paysage ; ce tableau était encore accroché en bas dans le salon. La fille se protégeait d'une main comme si elle ne voulait pas être photographiée. L'image était datée du vendredi avant le dimanche des Rameaux à neuf heures et demie du soir, soit au même moment que la photo de Karsten nu. Elle se souvenait que ses parents et elle étaient partis au chalet de montagne pour le week-end des Rameaux, et que Karsten était resté à la maison pour réviser ses cours avant les examens. Jamais elle n'aurait pu imaginer qu'il attendait la visite de sa petite amie, car il était timide dans ce domaine. Synne croyait savoir que cela était dû à une opération, une hernie ou quelque chose dans ce genre, mais on n'abordait jamais le sujet à la maison.

Elle ouvrit la messagerie, remonta aux SMS datés du jeudi saint, en découvrit certains venant de Tonje, plusieurs messages courts ; il semblait avoir un rendez-vous. Un autre nom aussi apparaissait, ce nom qu'à l'époque elle avait trouvé le plus excitant au monde. Ce jeudi saint, Karsten avait envoyé plusieurs messages à Adrian Wilkins. Karsten avait dû chercher à le contacter. Du coup, Synne se rappela un épisode ce soir-là. Elle avait été chez Tamara pour y passer la nuit. Cette dernière avait le droit de rester seule à la maison bien qu'elle aussi n'eût que treize ans. Trois autres copines étaient également invitées et elles avaient bien l'intention d'appeler des garçons. Elles avaient pu se procurer de l'alcool. Synne avait menti à sa mère en disant que celle de Tamara était à la maison. Et au cours de la soirée, Karsten l'avait appelée, l'air légèrement ivre, mais elle comprit à présent qu'il s'agissait d'autre chose. En y repensant, il était évident qu'un changement s'opérait en lui. Mais comment aurait-elle pu le deviner à l'époque ? Karsten disait qu'il s'inquiétait pour elle. Il était en train de plonger dans un abîme et, même à ce moment-là, il s'inquiétait encore pour elle.

Elle parcourut la liste. Pendant les jours qui avaient suivi le jeudi saint, leurs parents lui avaient envoyé un grand nombre de SMS. Elle ne se sentait pas le courage de les ouvrir, s'imaginant trop bien ce qui y était écrit. En revanche, le dernier message du jeudi saint venait d'un autre numéro, il était arrivé à dix heures quarante-deux : *Appelle-moi, c'est important.* Rien sur l'expéditeur. Elle sortit son téléphone et consulta son répertoire sans se faire trop d'illusion : combien de personnes gardent le même numéro de portable pendant huit ans ?

Mais le nom de la personne qui avait envoyé ce dernier message s'afficha sur l'écran.

3

Dan-Levi cliqua sur la liste de ses favoris sur l'iPod. « Almost Cut My Hair » résonna dans ses oreilles quand il commença à débarrasser la table. C'était vendredi. Comme il avait attendu cette soirée sans rendez-vous et sans programme ! *Well, it happened just the other day.* Il jeta les restes des tacos à la poubelle. Ils gaspillaient trop. En dehors de l'aspect financier, c'était mal avant tout. Rebekah avait quatre ans. Ils s'étaient mis d'accord pour ne pas la forcer à finir ses plats. Ruben avait appris à ne pas se servir de trop grosses quantités. En revanche, Rakel et Ruth étaient des cas désespérés. Ruth n'avait que cinq ans mais Rakel, âgée de dix ans, s'en sortait trop facilement. Quelque chose dans son regard décourageait Dan-Levi quand il voulait la punir, comme si le monde entier autour d'elle s'écroulait. Une seule fois, il avait haussé le ton et s'était emporté. Cela lui avait fait peur, mais Sara avait trouvé ça drôle, ayant elle-même été la prunelle des yeux de son père.

La voilà qui arrivait dans la cuisine avec deux verres de lait à moitié remplis. Dan-Levi, pour sa part, les mettait toujours dans le réfrigérateur. Ce lait ne serait jamais bu, mais il lui était plus facile de vider les verres quelques jours après, quand les boire représentait un risque sanitaire certain.

– C'est comme tu veux ? demanda-t-il à propos du travail qu'il avait fait.

Sara passa un doigt sur le plan de travail, jeta un coup d'œil dans l'évier, où traînait un trognon de pomme.

– Presque.

Il le jeta dans la poubelle qui débordait.

– Et maintenant ?

– Trois points en moins, jugea-t-elle après une nouvelle vérification.

– Alors je passe haut la main. Je trouve que j'ai mérité une récompense.

Il s'appuya contre le placard de cuisine et ferma les yeux ; il l'entendit pousser un soupir exagéré en abandonnant la partie. L'instant d'après, ses lèvres étaient là, le frôlant à peine avant de s'éloigner.

– Eh, protesta-t-il. Tu m'as dit que ça allait.

Il l'entoura de ses bras, la hissa à sa hauteur pour mordiller une de ses lèvres.

– Andouille, dit-elle en se dégageant quand Ruth apparut à la porte.

– Rakel, maman et papa s'embrassent, cria leur fille vers le salon.

– Et alors ? répliqua une autre voix.

– Embrasse-la encore, exigea Ruth en s'agrippant à sa mère.

– D'accord, dit Dan-Levi en collant ses lèvres sur le nez de Sara et en soufflant si fort qu'elle sursauta.

Quand elle se détourna pour essayer de s'échapper, il la retint par-derrière en lui chuchotant dans l'oreille :

– *I'll be back.* Quand les enfants se seront endormis. Ne crois pas que tu vas t'en tirer si facilement.

Elle se tourna de nouveau vers lui.

– Dans ce cas, pense à te raser avant, espèce d'homme des cavernes.

C'était à son tour de coucher les enfants. Il fallait les laver, les mettre en pyjama, les faire se brosser les dents, soit une quarantaine en tout dans les deux bouches. En revanche,

Ruben avait clairement fait savoir depuis longtemps qu'il n'admettait aucune interférence dans sa toilette du soir.

Chaque jour, Dan-Levi se ménageait un petit moment seul avec Rakel après le coucher des enfants. Elle en avait besoin, Sara et lui étaient d'accord sur ce point. Une fois Ruth et Rebekah bien au chaud sous leurs couettes respectives et Ruben seul dans la salle de bains, il entrouvrit la porte de sa chambre.

– Rakel ?

Au moment où il allait repartir, il l'entendit répondre.

– Tu es là ? demanda-t-il en la cherchant sous le lit.

La porte du placard s'ouvrit et elle sortit la tête.

Il ne put s'empêcher de rire.

– Que fais-tu là-dedans ?

– Je réfléchis.

Il ne lui demanda pas pourquoi elle se cachait pour réfléchir. Rakel faisait des choses de ce genre. Sa maîtresse disait qu'elle avait un « monde intérieur très riche », ce qui était un euphémisme. Dan-Levi était celui qui arrivait le plus souvent à entrevoir ce monde peuplé de princes et de princesses, de magiciens, de trolls et de démons. Mais avant tout, il avait remarqué que Rakel avait des dons presque divins qui échappaient aux autres. Ils avaient découvert cela deux ans auparavant, quand elle était venue dans leur chambre en pleine nuit pour leur raconter son rêve. Elle avait vu le grand-père paternel au milieu de la pièce, vêtu d'une longue tunique blanche. D'après Rakel, il riait tout le temps et parlait une langue qu'elle n'avait encore jamais entendue. Le matin même, la mère de Dan-Levi avait appelé. Son père était mort cette nuit-là. Il s'était couché la veille sans le moindre signe de malaise et s'était endormi pour ne plus jamais se réveiller.

Ils s'étaient tous deux mis d'accord pour ne pas parler du don de Rakel, avant que le Seigneur ne s'en charge lui-même.

– J'ai une cachette à l'intérieur, lui confia-t-elle.

— Dans le placard ? Y aurait-il une porte ouvrant sur un autre monde ?

Il avait lu les histoires de Narnia pour elle et Ruben. Ruben était entré à contrecœur dans cet univers qui s'opposait aux lois de la raison, alors que Rakel s'y était plongée avec délice.

Elle fit non de la tête.

- Seulement une cachette. Quelqu'un a écrit sur le mur. Des vilaines choses.

Dan-Levi dressa l'oreille. Ils habitaient dans cette maison depuis plus de onze ans et il croyait en connaître le moindre recoin.

— Si je te la montre, tu dois me promettre de ne pas en parler.

Il réfléchit.

— OK, déclara-t-il, ça restera notre secret.

Elle fouilla dans le tiroir du bureau et lui tendit une lampe de poche. Il ouvrit grand la porte du placard. Outre les vêtements de Rakel, il regorgeait de chaussures, de chemises et de vestes, surtout des vêtements qui traînaient là depuis des années et qu'il ne pouvait se décider à jeter alors qu'il ne les portait plus. Il repoussa le tout sur le côté et se glissa à l'intérieur. Tout au fond, il y avait une plaque posée de travers et, derrière, une étroite ouverture dans le mur. Il introduisit son bras et alluma la lampe de poche. L'espace était juste assez grand pour qu'un enfant puisse s'y glisser.

— Un endroit parfait pour jouer à cache-cache, admit-il.

Elle soupira.

— Non, ce n'est pas pour jouer, sinon tout le monde le saura et ce ne sera plus un secret.

— Tu as raison, reconnut-il en sortant. C'est bien d'avoir un jardin secret, ajouta-t-il en lui rendant la lampe de poche.

Voilà qui ne respectait pas ce que Sara et lui étaient convenus d'enseigner aux enfants, mais tant pis.

Un verre de vin rouge dans la main, il se laissa tomber sur le canapé. Il venait d'une famille où l'alcool était banni, mais après avoir consulté les Écritures, il avait conclu qu'un verre de temps à autre n'était pas contraire aux paroles du Seigneur. Il avait essayé de convaincre Sara de l'imiter. Comment aurait réagi Jésus-Christ si, invitée à un mariage au pays de Canaan, Sara avait refusé de boire le vin qu'Il offrait ? Mais ses spéculations théologiques l'avaient laissée de marbre.

La série policière qu'ils regardaient était si banale qu'ils éteignirent la télévision. Au moment où il prit Sara dans ses bras et glissa la main dans son décolleté, on sonna à la porte. Pepsi aboya, Sara sursauta et se mit debout. Elle avait une sœur qui parfois faisait des crises. La dernière fois que cela s'était produit, elle avait fait irruption chez eux, toute nue et transie de froid, après avoir parcouru une bonne dizaine de kilomètres. Elle leur avait demandé, au beau milieu de la nuit, de l'aider à trouver quinze litres de lait. C'était plusieurs années auparavant, mais Dan-Levi put lire sur le visage de Sara qu'elle y songea immédiatement en entendant la sonnette.

— J'y vais, si tu veux, lança-t-il, mais elle était déjà dans le couloir.

Il l'entendit donner des ordres stricts à Pepsi. Le chien se calma aussitôt, Sara étant celle qui avait le plus d'autorité sur l'animal. Dan-Levi tendit l'oreille, sans parvenir à tout saisir, mais, à l'intonation, il comprit qu'elle connaissait cette personne et il se dit qu'il devait s'agir d'un homme. Il repensa tout à coup à la cartomancienne et ses Amants à l'envers. Il se leva, troublé par son imagination.

— Dan, c'est pour toi, lui cria-t-elle.

Encore le boulot, songea-t-il découragé, mais aussi un brin soulagé. Il arrivait que des gens viennent sonner à la porte pour lui suggérer des sujets d'articles ou, pire encore, passer par lui pour faire publier leurs textes dans le journal local.

Sara revint.

– C'est pour toi, répéta-t-elle en laissant la porte entrouverte. Elle a insisté pour t'attendre dehors, ajouta-t-elle en faisant une moue qu'il ne put interpréter.

L'une des ampoules de la lampe à l'extérieur était cassée depuis plusieurs semaines. La changer n'était pas dans ses priorités. Dans la pénombre, il ne la reconnut pas immédiatement.

– Je suis désolée de vous déranger.

– Non, ce n'est rien, dit-il en essayant de mettre un nom sur ce visage.

– Ça fait un moment, dit-elle.

Il hocha la tête.

– Le temps passe.

Elle était plus petite que la moyenne. Sous la pluie fine, elle portait un court manteau noir et un châle sur la tête. Il décida de changer cette ampoule dès que possible.

– Vous avez quelques minutes ?

Il évita de répondre et dit simplement :

– Tu veux entrer ?

Soudain, il la reconnut. Synne Clausen avait grandi deux cents mètres plus loin dans la rue, mais depuis qu'elle avait déménagé, il ne l'avait pas revue. L'année dernière, à l'occasion de ses débuts littéraires avec la publication de son recueil de poèmes, ils avaient publié un portrait d'elle dans le journal. Dan-Levi avait emprunté le livre au collègue qui l'avait interviewée ; il se rappela soudain qu'il ne le lui avait toujours pas rendu.

– Tu es venue rendre visite à ton père ?

Elle acquiesça. Soulagé de s'être rappelé qui elle était, il fit un pas de côté en réitérant son invitation.

Elle déclina l'offre.

– Je comprends que le moment est mal choisi, mais il faut que je vous demande quelque chose.

Il se douta de la suite.

— Attends, j'enfile une veste.

Pepsi était debout, en train de glapir à côté de la gamelle d'eau vide.

— Bon, bon, dit-il en enfilant ses boots, tu peux aussi venir.

— Désolée pour le dérangement, répéta Synne Clausen en descendant lentement la route avec Dan-Levi.

— N'y pense pas. De toute façon, il fallait sortir le chien.

Dan-Levi essayait de retenir Pepsi en tirant sur la laisse, alors que le chien sautait sans cesse sur la jeune femme. Il s'excusa pour le manque d'éducation de l'animal, mais Synne esquissa à peine un sourire. Il estimait qu'elle devait avoir dans les vingt ans. Son père travaillait toujours à l'Institut de recherches sur l'énergie, mais sa mère avait déménagé. Autrefois, elle avait été très active dans la vie politique locale et il l'avait interviewée à plusieurs reprises. Tout ça, c'était avant.

— Comment vont tes parents ? demanda-t-il.

Synne mit un peu de temps avant de répondre.

— Ma mère habite à Stockholm. Je n'ai pas beaucoup de contacts avec elle. Et mon père vit comme avant. En tout cas, vu de l'extérieur. Personne n'a pu surmonter ce qui s'est passé.

— Je peux comprendre, dit Dan-Levi.

Il lui arrivait de se réveiller en pleine nuit, terrorisé à l'idée qu'il puisse perdre Sara ou l'un des enfants. L'élément déclencheur était toujours un rêve, qui le laissait à chaque fois tétanisé. Serait-il capable de continuer à vivre si cela se produisait pour de vrai ? Rien n'était moins sûr, même avec l'aide du Seigneur…

— Huit ans se sont écoulés, déclara-t-elle.

— Ça fait déjà si longtemps ?

Toutes les réflexions qu'il s'était faites à l'époque refirent surface. Il aurait dû comprendre le problème de Karsten, alors qu'il l'avait poussé à aller voir la police parce qu'il le soupçonnait vaguement d'avoir un lien avec les incendies. L'idée d'avoir peut-être incité le jeune homme à passer à l'acte l'avait tourmenté longtemps par la suite.

– J'ai trouvé son portable à la maison, reprit Synne. J'ai lu quelques-uns des messages.

Pepsi avait senti quelque chose et tirait Dan-Levi vers le bas-côté ; il la ramena vers lui d'un coup sec.

– Il n'avait pas son portable sur lui ?

Elle fit non de la tête.

– L'appareil était resté chez un camarade de classe. Karsten avait été chez lui plus tôt dans la soirée.

Cela expliquait pourquoi Karsten ne lui avait pas répondu.

– L'un des messages ce jeudi saint venait de vous, l'informa Synne.

– Effectivement.

– Et vous n'avez jamais eu de réponse ?

– Non.

Dan-Levi faillit tout lui raconter. *J'aurais dû comprendre que c'était grave. J'aurais dû aller chez vous. Tout mettre en œuvre pour le retrouver.*

– Pourquoi vouliez-vous parler à Karsten ?

Il tira Pepsi qui reniflait une crotte, car elle mordait parfois dans les déjections des autres chiens. Fallait-il lui dire que c'était à cause de lui que Karsten avait été soupçonné par les policiers ? Serait-ce mentir que de ne pas répondre à la question ?

– Je l'ai rencontré au club d'échecs, dit-il sur un ton évasif. Nous avons souvent joué l'un contre l'autre. Il avait du talent, même s'il ne s'impliquait pas plus que ça.

Il s'arrêta pour laisser Pepsi renifler dans le fossé imbibé d'eau. Il savait que la police avait fait une enquête minutieuse. Ils avaient naturellement analysé le portable de Karsten et interrogé un certain nombre de personnes, sans résultat. Parallèlement, la police avait essayé de savoir si Karsten était impliqué dans les incendies, mais cela aussi avait été classé sans suite.

– Le jour où il a disparu, il avait subi un interrogatoire au commissariat de police.

Synne s'arrêta net.

– Un interrogatoire ?

Il expliqua. Certes, il aurait préféré ne pas mentionner le rôle qu'il avait joué dans cette histoire, mais maintenant qu'il avait commencé, autant aller jusqu'au bout et lui avouer à quel point il se sentait coupable.

– Jamais Karsten n'aurait pu faire des choses pareilles, dit-elle. Je n'y crois pas une seconde. Et vous ?

– Je n'ai pas d'autres réponses que celles données par l'enquête, se contenta-t-il de dire. Karsten était visiblement désespéré. Il s'en voulait peut-être pour quelque chose. Je n'en sais pas plus. Si on l'avait retrouvé, nous en saurions forcément plus.

Elle repoussa le chien qui, encore une fois, voulait fouiner sous son manteau.

– C'était peut-être un accident, qui sait ?

Il lui donna raison sur ce point, même si les conclusions de la police étaient claires : des personnes disparaissaient très rarement sans laisser de trace après un accident. À moins de faire une randonnée en montagne et de tomber dans une faille ou une crevasse de glacier. Mais ici… Après le suicide et l'accident, l'éventualité d'un meurtre n'avait pas été écartée, mais on n'avait retrouvé aucun indice allant dans ce sens.

Brusquement, elle lança :

– Moi aussi, j'ai traîné une sorte de culpabilité après ce qui s'est passé.

Il se tourna vers elle, soulagé de voir qu'elle ne l'accusait pas.

– En quoi aurais-tu été coupable ?

Elle eut l'air de réfléchir avant de répondre.

– Il m'est arrivé quelque chose ce soir-là. Vous l'avez su ? J'ai fait une crise.

Non, il n'en savait rien.

– J'en avais de temps en temps quand j'étais petite. Les médecins n'ont jamais pu l'expliquer. On a cru un moment qu'il s'agissait d'épilepsie. Puis les crises ont disparu en grandissant. Mais ce soir-là, le jeudi saint...

Pepsi tira comme une forcenée sur sa laisse, ayant certainement flairé un autre animal, un chat probablement. Dan-Levi l'attacha à un poteau et se retourna vers Synne.

– Je ne me rappelle pas très bien, poursuivit-elle. Il paraît qu'on m'a retrouvée sur le bas-côté de la route, près du lycée de Lillestrøm, mon vélo couché à côté de moi. Maman et papa m'ont transportée à l'hôpital. Si cela ne s'était pas produit, ils auraient pu se rendre compte que Karsten n'était pas rentré à la maison. On aurait peut-être pu le retrouver, s'ils avaient signalé sa disparition tout de suite.

– J'en doute fort.

– Peut-être. Mais moi, je l'ai pensé. Et je le pense toujours.

– Qui t'avait retrouvée ?

Elle détourna le regard.

– Un type. Mes parents m'ont dit qu'il avait sonné à la porte. Mais ils étaient si choqués qu'ils ont oublié de l'interroger avant qu'il disparaisse. Ils ont su où j'avais été retrouvée parce que mon vélo était resté sur les lieux.

Dan-Levi l'observa à la lumière du réverbère. Elle ne ressemblait pas à Karsten. Son visage était plus rond et ses yeux avaient une autre expression qui lui rappelait ses poèmes. Il n'avait pas réussi à capter le sens de la plupart d'entre eux, mais parfois il y avait quelque chose qui le touchait, quelque chose d'insondable qui ouvrait sur un monde d'étranges incohérences. L'un de ses poèmes commençait ainsi :

Si les arbres ne peuvent pas me dire qui je suis, la parole de Dieu est vaine.

Il n'aurait su dire s'il avait l'aimé, mais il l'avait lu plusieurs fois.

— Qu'est-ce qui te fait penser à tout cela maintenant ?

Elle haussa les épaules.

— Tous les ans, vers Pâques, cela refait surface.

Il détacha Pepsi du poteau. Au moment où ils remontaient le chemin, elle ajouta :

— Il y a une autre raison aussi. J'ai commencé à écrire là-dessus. C'est pour ça qu'il fallait que je vous parle.

4

La lumière se frayait un chemin sous le rideau. Il enfouit sa tête sous la couette et resta ainsi longtemps dans la pénombre à prolonger le sommeil qui s'évanouissait. Puis il ouvrit les yeux et fixa le plafond. Les jointures entre les lattes étaient décalées. Quelques-unes avaient l'air d'avoir été posées n'importe comment. Auparavant, cela l'avait beaucoup énervé, mais à présent il suivait calmement les raccords de la porte à la fenêtre, s'y attardait un instant avant de revenir vers la porte. Il resta ainsi une demi-heure, peut-être plus, avant d'entendre la voiture d'Elsa arriver dans la cour. Elle était partie vers neuf heures ; maintenant il devait être une heure de l'après-midi. Il s'assit sur le bord du lit en se disant qu'elle mettrait cinq minutes pour entrer dans la maison. Il avait préparé une excuse pour aller chez elle : se proposer de lui faire ses courses. Elle lui demanderait certainement ce qu'il comptait faire de sa journée et il lui débiterait son laïus habituel : entraînement sportif, recherche de travail sur Internet, contact avec l'assurance-maladie pour changer de médecin traitant. Il n'avait aucune intention de faire tout cela. Pas question de se coltiner ces gens toute la journée. Et il se foutait bien de leur argent.

Si Elsa n'avait pas besoin qu'il aille faire des courses, il pourrait lui demander si son ordinateur marchait bien, depuis qu'il avait installé le nouveau système d'exploitation. Même s'il lui avait posé exactement la même question chaque jour depuis une semaine. Et en réserve, il y avait le message d'Adrian. En le lui disant, il capterait forcément son attention, au moins pour un temps.

Enfin, il entendit ses pas devant la fenêtre. Il avait cru avoir fermé à clé, mais elle ouvrit la porte.

– Kai, tu es à la maison ?

Il sursauta et se mit debout, enfila son pantalon de jogging, se passa les doigts dans les cheveux et eut juste le temps de sortir dans le couloir. Elle se tenait en bas de l'escalier, vêtue de son manteau rouge, avec dans une main les journaux et dans l'autre, le courrier.

– Tu apportes le courrier ? laissa-t-il échapper avant d'ajouter rapidement : Je vais bientôt sortir. Tu as besoin de quelque chose ?

Elle fit non de la tête et il crut deviner l'esquisse d'un sourire sur son visage. Il descendit mais veilla à rester sur la dernière marche – seule garantie d'être plus grand qu'elle.

– Tu dormais ?

– Non, mentit-il tout en sachant qu'elle n'était pas dupe. Je vérifiais des factures.

Elle garda le silence.

– Je voulais mettre de l'argent sur ton compte pour ce mois-ci, déclara-t-il, pour qu'elle ne pense surtout pas qu'il ne voulait plus payer.

L'automne dernier, une des dernières fois qu'il lui avait téléphoné de Basera, elle lui avait dit à mots couverts qu'elle aimerait vendre cette partie de la maison. Si bien qu'une fois rentré, il n'était pas certain de pouvoir y habiter à nouveau. Quelques jours plus tard, heureusement, elle lui avait annoncé qu'il pouvait y rester jusqu'à nouvel ordre. Il s'était proposé de payer un loyer et avait demandé combien elle voulait. Elle avait haussé les épaules en le laissant libre de fixer la somme. Il avait vaguement étudié le marché immobilier et comparé avec d'autres appartements à Lillestrøm : il lui verserait cinq mille couronnes sur son compte bancaire le premier du mois. Elle n'avait fait aucun commentaire sur le montant du loyer.

— Tu veux une tasse de tisane ? proposa-t-il en s'étonnant qu'elle accepte.

Il la précéda dans la cuisine, brancha la bouilloire, s'attendant à tout moment à ce qu'elle se ravise.

— J'ai eu des nouvelles d'Adrian, dit-il en sortant les tasses.

— C'est vrai ? s'écria-t-elle d'une voix aussitôt changée, comme s'il lui offrait un cadeau.

— Il a appelé.

Ce n'était pas très loin de la vérité.

— Où est-il ?

— À Bassora.

— Que disait-il ?

— Pas grand-chose. Il voulait savoir si j'étais intéressé par un nouveau contrat dans l'entreprise.

Ça, c'était dangereusement éloigné de la vérité, mais il voulait tester sa réaction.

— Ça me paraît une bonne idée, non ?

Sûrement, se dit-il. Faire des boulots de merde pour le petit frère, s'occuper de tout ce qui craint pendant que l'autre restait assis sur son cul derrière un bureau à ramasser le pognon…

— Je vais y réfléchir, fit-il d'un ton détaché, mais si j'accepte, je serai absent assez longtemps.

Elle ne dit pas que ce serait dommage.

— Ce n'est pas non plus sans danger.

Elle ne dit pas non plus qu'elle lui interdisait de courir un tel risque.

— Tu auras de nouveau un bon salaire, fut son seul commentaire, comme s'il ne s'agissait que d'argent.

Il saisit la bouilloire, balança sur la table une boîte de tisanes du type qu'elle buvait d'habitude et se laissa tomber sur la chaise en face d'elle. Elle choisit la camomille et l'imita. Il aurait pu lui demander d'enlever son manteau, mais cela paraîtrait bête et aurait peut-être l'effet inverse : la faire repartir immédiatement.

— Pas de courrier pour toi aujourd'hui, l'informa-t-elle en posant la pile de journaux sur la table et en glissant les lettres dans sa poche.

— C'est bien. Il n'y a guère que les fonctionnaires du fisc qui savent que je suis de retour.

Pendant tout l'hiver, elle était presque le seul être humain qu'il eût vu. Avant Noël, il s'était rendu une ou deux fois au Studio Q, avait essayé sans beaucoup d'enthousiasme de reprendre l'entraînement, mais depuis le nouvel an, il était surtout resté dans l'appartement.

— Tu devrais peut-être faire quelque chose pour que ça change, suggéra-t-elle.

Il la scruta pour décrypter ce qu'elle entendait par là. La dernière fois qu'elle lui avait tiré les cartes, plusieurs années auparavant, elle lui avait annoncé qu'il n'aurait aucun problème pour attirer les femmes. C'était peut-être à cela qu'elle faisait allusion.

— À propos, j'ai vu quelque chose dans le journal.

Elle tourna les pages du *Romerikes Blad*.

— J'ai pensé que ça pourrait t'intéresser.

Il cherchait à déceler un signe dans ses paroles, principalement dans le ton de sa voix. Elle faisait souvent appel à lui pour les problèmes d'informatique, ou pour des problèmes concernant la maison ou la voiture. Mais il arrivait parfois qu'elle veuille partager quelque chose avec lui.

Il la regarda pendant qu'elle feuilletait le journal. Elle arrivait aux pages culturelles. Il n'en avait rien à cirer du théâtre amateur de Sørumstrand ou de l'opinion d'un plouc sur le dernier album des Hellbillies… Mais elle lui montra la page en regard et retourna le journal pour qu'il puisse mieux voir. Il s'agissait d'une interview et il examina la photo de la jeune fille concernée. Puis il lut le titre de l'article : *Travail d'écriture sur un frère disparu*. Il parcourut en diagonale les trois colonnes. Comprit immédiatement de qui il s'agissait, bien avant de lire le nom du frère disparu. Cela faisait huit ans, et il n'avait jamais été retrouvé. Kai ne tenait pas la comptabilité des années écoulées, cela aurait pu être sept ou neuf. Mais il se rappelait chaque détail de ce soir-là. La plupart des journées se déroulent sans distinction, mais ce jeudi saint avait laissé des marques indélébiles.

— Pourquoi tu me montres ça ? demanda-t-il d'une voix atone.

Il soutint son regard une seconde ou deux avant de baisser les yeux à nouveau sur la page du journal avec la photo et l'interview. Il avait un jardin secret, et jamais il ne la laisserait y entrer.

— Tu m'avais parlé de l'époque où tu fréquentais Karsten Clausen, répondit-elle.

— J'ai dit ça ?

Son regard était si insistant qu'il ne pouvait l'éviter.

— Je l'ai peut-être rencontré une ou deux fois, avec Adrian, dit-il.

— Jamais sans la présence d'Adrian ?

Il haussa les épaules.

— C'était il y a huit ans.

— Tu as toujours eu une très bonne mémoire.

À ce moment précis, il aurait dû secouer la tête d'un air las ou peut-être se montrer agacé et lui demander où elle en voulait venir.

— Si j'avais quelque chose à te dire, je l'aurais fait depuis longtemps, lâcha-t-il en se rendant compte que cela sonnait faux.

Pourtant, elle qui d'habitude remarquait la moindre fausse note dans sa voix le tapota simplement sur le bras et replia le journal.

— Quand je pense comme la famille a dû souffrir, soupira-t-elle. Si au moins nous avions pu faire quelque chose pour eux.

Elle avait l'air si malheureuse qu'il eut envie de la consoler. Mais ce qu'il aurait pu dire n'aurait fait qu'aggraver les choses, pour elle aussi ; pas sûr qu'elle aurait pu s'en remettre...

Dès qu'elle s'en fut chez elle, il s'habilla et partit au Studio Q. Il avait l'impression que les gens le regardaient, mais il se concentra et parcourut cinq kilomètres sur le tapis de course, fit du rameur et souleva de la fonte pendant une heure. À son retour, il n'y avait plus de lumière aux fenêtres d'Elsa et sa voiture était partie. Il déverrouilla la porte de chez elle, jeta un coup d'œil dans le salon, puis dans la cuisine. Le journal se trouvait dans le placard sous l'évier. Il arracha la page de l'interview pour l'emporter chez lui. Dans le tiroir de son bureau, il conservait dans une enveloppe un certain nombre de coupures de presse et quelques pages imprimées sur Internet. Il les feuilleta rapidement. *Disparition d'un jeune homme de dix-huit ans* et *Toujours aucune piste pour Karsten (18 ans)*.

D'un geste brusque, il remit le tout dans l'enveloppe, et resta avec l'enveloppe dans la main comme s'il la soupesait avant de la ranger. Il se déshabilla, alla dans la salle de bains en traînant les pieds, ouvrit la douche et laissa l'eau chaude lui plaquer les cheveux. On n'avait jamais retrouvé Karsten Clausen. Personne n'était au courant de ce que le jeune homme avait découvert avant sa disparition. Ni la police, ni la famille, ni cette sœur cadette qui avait commencé à fouiller dans ses affaires. Pourtant, une idée commença à germer dans sa tête. Il réussit à la saisir et se mit à rire tout bas. Quelque part dans ce rire, le même visage apparut : celui de la jeune sœur, telle qu'elle apparaissait sur la photo publiée dans le journal. Cette idée appelait une suite. Après la douche, il s'assit devant l'ordinateur et lança une recherche sur Facebook. Il la trouva immédiatement. Elle avait publié des informations et des photos accessibles à tous, ce qui prouvait qu'elle n'était pas très au fait de la sécurité informatique. À moins qu'elle voulût être vue par le plus grand nombre. Il ressortit la page avec l'entretien. Elle avait les yeux tout ronds, comme si elle se posait toujours des questions. Sur l'une des photos du site, elle tenait un cheval par la bride.

En faisant quelques recherches dans le bottin, il trouva trois personnes au nom de Synne Clausen. Une seule résidait à Oslo. Si c'était bien elle, elle habitait une cité universitaire. En quinze secondes, il avait déniché son adresse mail, et en quatre minutes, préparé un virus type « cheval de Troie ». Si elle était assez crédule, cela devrait suffire.

Il se leva, alla d'un pas décidé à la cuisine et ouvrit une cannette de Red Bull. Toujours avec la page du journal à la main. Il y avait autre chose dans cette interview, un détail qu'il avait vu mais sans y prêter attention, plus tôt dans la journée : le nom du journaliste qui avait interviewé la sœur. Le pentecôtiste qui habitait la maison de la Erleveien. Il y avait là de drôles de coïncidences, des morceaux de puzzle qui s'assemblaient pour former une image plus grande. Le journaliste, sa femme enceinte, l'enfant qui avait toujours soif la nuit. Pendant les huit années qui avaient suivi ce qui était arrivé à Karsten, il s'était tenu à l'écart de cette rue. Il se rendit tout à coup compte qu'il parlait tout haut.

Dehors, le ciel était dégagé ; il avait pris une teinte bleu-gris au-dessus de la rivière. Il ouvrit grand la fenêtre et resta un moment à humer le vent tiède.

Il est temps de sortir de l'hibernation, murmura-t-il.

5

Cette histoire résiste à toute tentative d'écriture. Je veux m'approcher de Karsten, mon frère, qui n'est plus. Il est là où j'écris maintenant, il est le vide laissé par son absence. Le vide est une porte vers autre chose et je n'ai pas encore la force de la franchir.

Synne retira ses bouchons d'oreilles et referma l'ordinateur portable. Les sons de la maison lui parvinrent de nouveau. Des voix dans le couloir, le bruissement des canalisations. Maja faisait ses gammes dans son studio, à côté de la cuisine. Elle écouta tous ces bruits pendant un moment avant de consulter sa messagerie électronique et son compte Facebook. Une foule de messages qui, tous, concernaient l'article dans le *Romerikes Blad*. Elle avait été furieuse en le découvrant. Lorsque Dan-Levi l'avait appelée, le lendemain de sa visite chez lui, il lui avait demandé la permission d'écrire quelques lignes sur son nouveau projet et elle avait eu la faiblesse d'accepter. Cela ne devait être qu'un simple entrefilet dans les pages culturelles, lui avait-il assuré. Quand il lui téléphona, le lendemain, pour lui annoncer que l'article allait être publié sous une autre forme, elle avait craint le pire. Encore un coup du rédacteur en chef qui avait mal compris et de la rédaction qui n'en faisait qu'à sa tête... Il assumait aussi sa part de responsabilité. Cela la contraria mais elle lui pardonna du bout des lèvres. C'était *avant* de lire l'article sur Internet. Quant à la version papier, elle s'étalait sur toute une page, avec une photo d'elle et un titre épouvantable.

Son portable vibra, elle vit que c'était Erika.

— J'ai mal dormi cette nuit, se plaignit-elle sans être vraiment sûre que cela avait été le cas.

C'était le genre de choses qu'elle disait à Erika.

— Est-ce à cause de l'article dans le journal ?

Non, je ne l'ai vu que ce matin. Si j'avais su ce qu'ils allaient écrire, j'aurais bloqué la parution.

— C'est si grave que ça ?

— Va sur le site de *Romerikes Blad* et vois par toi-même, gémit Synne en répétant le contenu de l'article écrit par Dan-Levi. Je n'ai pas du tout envie que les gens sachent ce que je suis en train de faire et voilà que je suis submergée de demandes d'amis sur Facebook.

— Peut-être que c'est ce que tu veux sans le savoir, soutint Erika. Tu as envie, au fond, que les gens soient au courant de ton projet.

Synne sentit de nouveau monter la colère en elle.

— Épargne-moi ton bavardage freudien à la noix, fit-elle. T'as l'intention d'explorer mon inconscient ou quoi ?

Continuant sur sa lancée, elle rejeta sur Erika la faute de l'interview et de ce qu'avait fait le journal local. C'était si exagéré qu'Erika finit par éclater de rire. Du coup, elle aussi ne put garder son sérieux.

— Je viendrai tout à l'heure, déclara Erika. On en reparlera à ce moment-là.

— Ça tombe mal, j'ai rendez-vous avec quelqu'un, dit Synne.

— Et qui est ce « quelqu'un » ?

— C'est un interrogatoire ?

— Arrête. C'est l'étrangère ?

Synne faillit rétorquer que cela ne la regardait pas.

— Elle s'appelle Maja, je te l'ai déjà dit plusieurs fois.

Erika resta un moment silencieuse, ce qui pour elle était inhabituel.

– Tu sais, finit-elle par dire, tu es libre de sortir avec qui tu veux…

– Je te remercie.

– Ne le prends pas mal.

Elle ne s'était visiblement pas rendu compte de ce qu'elle disait. Synne sourit, satisfaite d'elle-même, mit un terme à la conversation et retourna à ses mails. Encore d'autres messages sur Facebook. Elle n'y répondit pas, pour contredire Erika. Il y avait aussi un message d'une entreprise inconnue qui se proposait de « booster » son ordinateur. Synne avait entendu parler des chevaux de Troie, du chaos qu'ils pouvaient causer, des vers et autres virus dont il était impossible de se débarrasser. Elle se garda donc d'ouvrir le fichier joint, regarda l'heure, sortit dans le couloir et frappa à la porte de Maja.

Celle-ci entrouvrit, les cheveux mouillés, la tête enveloppée dans une serviette.

– Attends, faut que je m'habille.

– Tu joues de la flûte toute nue ? demanda Synne, amusée, et Maja rougit.

Quelques minutes plus tard, elle vint la rejoindre et s'assit à la petite table dans un coin de la cuisine.

– Tu as encore fait du sport ? demanda Synne, d'un ton découragé.

– Cela faisait deux jours que je n'en avais pas fait, protesta Maja.

Cet échange faisait partie d'un jeu entre elles : Synne jouait la paresse incarnée et Maja l'addiction au sport. En réalité, il s'agissait d'un programme pour réguler son diabète.

– Tu sais bien que je ne suis pas comme toi, la flatta Maja. Toi, tu es belle, célèbre et intelligente. Tu peux avoir qui tu veux.

Synne ne put s'empêcher de rire, à la fois des paroles de Maja et de son drôle d'accent.

— Ni la célébrité ni l'intelligence ne constituent des atouts pour une femme qui veut trouver un homme.

— C'est quoi, un atout ? voulut savoir Maja.

Cela faisait moins d'un an qu'elle était en Norvège, mais elle apprenait vite et Synne aimait bien lui faire découvrir les finesses de la langue. Elle servit le café. Il leur restait dix minutes avant de prendre le bus.

— Quel genre d'homme tu cherches à rencontrer ?

Elle avait constaté qu'elle aimait bien parler des hommes avec Maja. Avec Erika, ce n'était pas possible.

— Est-ce que tu veux trouver un bon Norvégien qui fait la vaisselle ou un Grec plein de tempérament qui te fera grimper aux rideaux, mais qui couchera aussi avec tes copines ? Ou un musulman qui exige que tu dissimules ton visage chaque fois que tu passes le seuil de ta porte ?

Elle avait lancé ces banalités avec une pointe d'ironie, mais Maja prit ces questions très au sérieux.

— Tout d'abord, il doit avoir un conduit irréprochable.

Synne la regarda quelques secondes, étonnée, avant de comprendre ce qu'elle entendait par là. Après avoir éclaté de rire, elle se ressaisit et expliqua à Maja la différence entre le sens de ce mot au masculin et au féminin, ce qui fit rire son amie à son tour. Maja disparut dans sa chambre et revint avec un cahier. En dehors du polonais, du français et de l'allemand, elle parlait aussi couramment l'anglais, mais elles étaient tombées d'accord pour s'en tenir au norvégien, afin que Maja puisse progresser dans cette langue.

— *Conduite*, donc, nota-t-elle.

Synne aimait l'idée d'exiger d'un garçon un certificat de bonne conduite avant d'accepter un rendez-vous.

6

La lumière s'éteignit dans la chambre de Synne Clausen. Kai regarda l'heure. Six heures vingt. Quatre minutes plus tard elle sortit par la porte du bas. Elle n'était pas seule. Une petite brune qui n'avait pas l'air norvégienne l'accompagnait. Elles se dirigèrent vers le portail qui donnait sur la Sognsveien. Il les suivait de si près qu'il pouvait entendre leurs rires, celui très clair de Synne Clausen et celui plus grave de l'autre femme. Quand il eut la certitude qu'elles se dirigeaient vers l'arrêt de bus, il fit demi-tour et prit le raccourci en courant pour rejoindre plus haut la Sognsveien. Au tournant, il vit le bus parti de Kringsjå, et il piqua un sprint pour arriver à temps à l'arrêt précédent.

Il choisit un siège vers le fond et les vit sur le trottoir quand le bus s'approcha. La petite brune monta en premier. Quand elles lui jetèrent un regard avant de s'installer, il tourna la tête pour fixer le crépuscule. Elles s'assirent quelques places devant lui. Synne avait les cheveux plus longs que sur la photo du journal, ça lui allait bien, son visage paraissait ainsi moins rond. Dans l'interview, elle disait qu'elle avait retrouvé des choses laissées par son frère. Elle avait donc commencé à creuser… Le risque que l'on puisse remonter jusqu'à lui, huit ans après, était minime. Mais le calcul de probabilités n'étant pas son fort, il lui fallait savoir exactement dans quoi elle avait fourré son nez. Depuis qu'Elsa lui avait montré l'interview, c'était son obsession. Comme si, inconsciemment, elle avait voulu faire surgir cette pensée en lui. Cela le titillait, le sortait de sa torpeur hivernale. Il avait mis un appât sur Internet. Elle l'avait peut-être flairé, mordillé, méfiante.

Elles descendirent à Majorstua. Il attendit qu'elles soient sorties avant de se lever. Il resta à l'arrêt jusqu'à ce qu'elles aient traversé la rue. Il les vit s'engouffrer dans le cinéma Colosseum, s'y rendit à son tour, et les retrouva dans la queue pour le guichet. À un moment, Synne Clausen se retourna et son regard s'arrêta sur lui pendant une ou deux secondes. Peut-être se souvenait-elle l'avoir déjà vu dans le bus. Cela lui procura une joie subite. Un sentiment qui avait hiberné en lui se réveillait. Une faible flamme, encore engourdie par le froid... *Content de te retrouver, Kai,* murmura-t-il.

Ils entrèrent dans la salle 4. Un film sur les étudiants, comme aiment les jeunes. Kai parcourut du regard la salle aux trois quarts vide. Synne et la brune avaient pris place au cinquième rang. Il s'assit trois rangs plus loin et s'enfonça le plus possible dans son fauteuil. À la lumière de l'écran, il étudia les silhouettes des deux femmes. Au bout d'un moment, Synne appuya sa tête contre celle de son amie, et ce n'était apparemment pas pour lui dire quelque chose.

La police l'avait appelé la semaine qui avait suivi Pâques. Un agent avait expliqué qu'ils contactaient toutes les personnes dont les numéros figuraient dans le journal d'appels du portable de Karsten. Le téléphone de Kai apparaissait à la date du jeudi saint, et les agents voulaient savoir s'il était au courant de quoi que ce soit qui puisse les aider. Il s'était attendu à d'autres péripéties de la sorte : que la police rappelle, le convoque pour un interrogatoire, pose sur la table un indice compromettant, reconstitue le fil des événements, le confonde. Il n'arrivait pas à trouver le sommeil, toujours sur le qui-vive. Au bout d'un mois, il avait fini par comprendre qu'ils n'avaient rien du tout. Mais il avait gardé un doute, un léger doute qui le taraudait, qui restait là, comme une graine. Et quelque chose dans les propos de la sœur avait fait pousser cette graine.

*

En retournant à sa voiture, une idée lui vint et il se rendit chez un coiffeur de la Bogstadveien. Synne Clausen l'avait déjà vu deux fois : la troisième serait de trop. Mais il était aussi temps qu'il se préoccupe de son apparence. Il s'était laissé aller, comme l'attestait le double menton naissant qu'il vit dans le miroir du coiffeur lorsque ce dernier lui demanda de se pencher. *Content de te retrouver*, se répéta-t-il en son for intérieur.

Il y avait de la lumière chez Elsa. Il ne sonna pas, mais frappa plusieurs fois à la porte avant d'entrer. Dans le vestibule, il l'appela. Il crut un moment qu'elle était à l'étage dans sa pièce à tarot et, dans ce cas, mieux valait ne pas la déranger. Mais la voix qui lui répondit venait du salon. Il retira ses baskets et alla la voir. Elle lisait un livre dans un fauteuil, une tasse fumante posée sur le guéridon. Elle enleva ses lunettes et le regarda.

– Tu as été chez le coiffeur, s'écria-t-elle.

Il guetta le moindre signe d'approbation.

– Il fallait que je fasse quelque chose, lâcha-t-il.

– Tu es devenu très blond.

– J'étais comme ça avant, lui rappela-t-il.

Exactement comme il était à Pâques, huit ans auparavant.

– Faut que je me reprenne en main.

Elle hocha la tête, comme si elle avait longtemps attendu qu'il le dise.

– Tu as faim ? Il y a une tarte dans le réfrigérateur.

Il s'était déjà arrêté en route pour manger un burger, mais une proposition de sa part, ça ne se refusait pas. Une fois qu'il fut assis dans la cuisine, elle le rejoignit.

– Où étais-tu ce soir ?

– Au cinéma, répondit-il tout en mâchant lentement.

Elle s'assit près de la table. Il aurait aimé lui demander pourquoi elle lui avait montré l'interview, mais il ne prit pas le risque. C'était lui qui, l'autre fois, lui avait appris que Karsten n'était plus de ce monde. Il se souvenait de son désespoir. Elle avait rencontré le jeune homme et l'appréciait. Quand elle était rentrée de son séminaire, le week-end de Pâques, il était sorti dans la cour à sa rencontre, prétendant avoir quelque chose à faire au garage. C'est là qu'il le lui avait annoncé. D'abord, elle n'avait pas voulu le croire. « Que veux-tu dire ? » Il se rappelait sa voix perçante. « Ça fait plusieurs jours que Karsten a disparu ? » Elle avait exigé qu'il lui raconte tout ce qu'il savait. Ce qui l'avait obligé à répondre qu'il n'en savait fichtrement rien. Elle l'avait scruté, l'avait transpercé du regard et compris qu'il dissimulait quelque chose. Soudain, elle avait dit : « Je ne sais pas ce que tu as fabriqué, Kai, mais il faut que tu arrêtes. » Pour une fois, il lui en avait voulu. Il y avait des zones où même elle n'avait pas accès. Il s'était détourné, pour cacher sa colère. Elle n'en avait plus jamais parlé. Mais il sentait qu'elle posait sur lui le même regard inquisiteur, chaque fois que le nom de Karsten était mentionné. Cela lui était insupportable. À la fin du printemps, il était retourné à la Défense. Le monde était en guerre. Il avait voulu aller en Afghanistan, essayé d'entrer dans le bataillon du Telemark, sans succès. Ils avaient pris comme prétexte son congé maladie et lui avaient offert à la place un travail de bureau, de la logistique informatique. Adrian était alors en Irak avec les forces britanniques. Elsa n'arrêtait pas de chanter ses louanges comme si c'était lui qui menait le combat pour sauver la civilisation. Et quand il reprit l'entreprise de son père et commença à faire des missions de sécurité à Bassora, c'était apparemment tout aussi héroïque à ses yeux. En réalité, il s'agissait de gagner une fortune sur le dos de la guerre perdue. Adrian avait toujours un coup d'avance. Il avait appelé, un jour d'avril de l'année dernière, pour demander si Kai avait envie de le rejoindre et de faire ses preuves. Tout en soupçonnant Elsa d'être à l'origine de cette demande, Kai s'était gardé de tout commentaire. Pendant cinq mois, il avait bossé dans l'entreprise. Il s'était tapé tous les sales boulots pour un salaire de misère. Et à la première erreur, il avait été éjecté. Il n'avait alors pas dormi pendant quatre jours et avait été envoyé mettre de l'ordre dans un foyer. Il avait tiré. Adrian affirmait qu'il avait besoin de se faire soigner.

Lorsqu'il était rentré plus tôt cet automne-là, Elsa avait d'abord paru contente de l'avoir à la maison. Certains soirs, elle l'avait invité chez elle, lui avait préparé des repas et servi du vin. Mais ce qu'elle voulait, c'était parler d'Adrian. Son « Cœur de Lion », comme elle continuait à l'appeler. Elle exigeait de savoir pourquoi Kai ne travaillait plus pour lui, comme si dans la vie, il n'avait d'autre devoir que d'être au service de son petit frère.

— Ça fait plaisir de voir que tu es toujours en vie, dit-elle avec ce timbre de voix irrésistible.

— Je voulais simplement mettre à jour ton système de sécurité, s'empressa-t-il de dire. Il y a un nouvel antivirus qui met un peu de temps à être installé.

Il l'avait aidée avec son nouvel ordinateur et lui avait créé un site.

— Très bien, dit-elle en lui souriant.

Cela faisait une heure qu'il était rentré chez lui et elle n'avait pas encore prononcé le nom d'Adrian.

Il avait glissé un sachet avec des ampoules d'anabolisants au fond du réfrigérateur. C'était de la mauvaise qualité. Il ferait mieux de se procurer de meilleurs produits. Et s'il appelait un des dealers ? Non, pas la peine. Il s'injecta quatre millilitres, un peu plus que sa dose habituelle ; il avait hâte de retrouver la forme. Dans la cave, il se déshabilla, fit des pompes et des abdos, et s'entraîna une demi-heure avec le punching-ball. Quand il remonta, il s'attarda dans le salon plongé dans le noir et regarda par la fenêtre. « Je ne sais pas ce que tu as fabriqué, Kai, mais il faut que tu arrêtes. » Elsa ne savait pas ce qu'elle lui demandait. Elle ne pouvait pas savoir pour les incendies. Il ne fallait jamais qu'elle apprenne ce qu'il avait fait ce printemps-là. Il alla dans sa chambre, sortit l'enveloppe du tiroir de la commode avec l'interview parue dans le *Romerikes Blad*, *À propos de son frère qui a disparu*. Il s'arrêta au troisième paragraphe :

Pour la première fois, je fouille dans ses affaires. Tout ce qu'il a laissé, des choses dont lui seul connaissait la significa-tion. Et son portable avec les derniers messages et les photos. Tout ce qui le fait un peu revivre. Je veux aussi parler avec certaines de ses connaissances.

Kai se frotta le cou, la douleur éprouvée quand la vitre de la voiture avait coincé son larynx lui revint en mémoire, le moment où il avait bien cru mourir étouffé. Plus il étudiait la photographie de Synne, plus il voyait les yeux de Karsten. Oui, Karsten qui était mort de trouille en sortant le sac qu'il avait essayé de cacher sous le siège. Un regard révélant qu'il savait parfaitement à quoi servait le contenu du sac.

Il alluma l'ordinateur, relut le mail qu'il avait envoyé à Synne Clausen. Elle n'avait pas ouvert le fichier joint, trop prudente pour marcher dans ce genre de combine ; il lui faudrait donc ruser davantage. En rassemblant les informa-tions qu'il avait réunies sur elle, il eut soudain une idée. Il la revit avec son amie dans le bus puis au cinéma, quelques rangs devant lui, leurs têtes qui s'étaient effleurées. Il n'aban-donnerait pas la partie avant d'avoir obtenu ce qu'il voulait savoir. Songeant que Synne Clausen n'était pas de taille à lutter contre lui, il éclata de rire. Il ouvrit la fenêtre et laissa son rire s'échapper dans l'air frais de cette soirée d'avril.

7

L'homme qui ouvrit avait l'âge de Karsten, et pourtant il paraissait beaucoup plus vieux. Le menton était flasque et la mèche de cheveux fins dissimulait mal les rides naissantes. Synne avait essayé d'imaginer le visage de son interlocuteur, à partir de la photo de classe, en le vieillissant de huit ans, comme peuvent le faire certains logiciels. Elle n'avait pas vu juste, même si le jeune homme ressemblait clairement à son père. De temps à autre, des photos du pasteur étaient publiées dans le journal local.

Synne lui tendit la main. Sa poignée était moite, sans être molle.

– Bonjour, je suis Finn Olav. Tu es donc la petite sœur de Karsten ?

Il avait dit ça sur un ton presque paternel, ce qui la faisait toujours réagir, selon Erika.

– Je ne t'ai jamais rencontrée à l'époque, mais Tonje se souvient bien de toi, s'empressa-t-il d'ajouter.

Synne en était beaucoup moins convaincue.

– Elle est à la maison ?

– Elle arrive dans quelques minutes. Elle avait rendez-vous chez le coiffeur, quelque chose comme ça.

Il eut un sourire un peu méprisant, comme pour signifier que les femmes perdaient un temps fou dans des occupations inintéressantes. Synne ne releva pas, consciente que l'issue heureuse de cette visite dépendait de sa bonne volonté, puisqu'elle avait pris l'initiative de le contacter.

– J'ai lu ton interview dans le *Romerikes Blad*, dit-il.

Elle ôta ses bottines et soupira.

– Comme tout le monde, je pense.

Il plissa le front.

– Ce n'était pas ce que tu voulais ? Est-ce que ce n'est pas pour ça qu'on donne des interviews ?

Sans attendre sa réponse, il lui tourna le dos.

– C'est super d'écrire un roman sur sa propre famille, commenta-t-il en la faisant passer dans le salon.

Ils habitaient un appartement qui appartenait à l'hôpital où il travaillait.

– Ce n'est pas sûr du tout que ça devienne un roman, répliqua-t-elle.

Il posa des tasses sur la table basse.

– J'imagine très bien une sorte de projet autobiographique à la Knausgård.

– Ah je vois, dit-elle en restant sur ses gardes. Alors tu as le temps de lire des romans ?

Elle avait appris qu'il travaillait comme chirurgien et que lui et Tonje avaient deux enfants en bas âge. Elle se rappelait qu'il avait comme surnom Presten, c'est-à-dire « le pasteur », et avait décidé d'utiliser ce nom-là au cas où elle parlerait de lui dans son texte.

– J'ai toujours lu très vite, affirma-t-il, surtout quand ça parle de choses qui m'intéressent. J'ai dévoré tous les tomes qui ont suivi *La Mort d'un père* de Karl Ove Knausgård, sans sauter la moindre ligne.

Il cherchait clairement à l'impressionner car, avant que Tonje n'arrive, il eut le temps de lui parler de toutes ses lectures. Un véritable catalogue. Contrairement à son époux, Tonje n'avait guère changé depuis l'époque de la photo de classe.

— Bonjour, Synne, dit-elle en l'embrassant. J'ai dû déposer l'aîné à une fête d'anniversaire.

Synne comprit tout de suite pourquoi Karsten s'était épris d'elle. Avec ses pommettes hautes et ses yeux légèrement en amande, son visage avait quelque chose d'exotique. Sans être grande, elle semblait sportive : typiquement le genre de filles qui faisait craquer tous les garçons du pays…

— Je suis contente que vous acceptiez de me consacrer du temps. Vous êtes plus qu'occupés.

Tonje balaya ses scrupules d'un mouvement de la main.

— Il ne manquerait plus que ça. Si tu savais combien de fois j'ai pensé à Karsten pendant toutes ces années.

L'air était plus respirable depuis l'arrivée de Tonje dans la pièce, comme si toutes les fenêtres s'étaient soudain ouvertes.

— Tu as dit au téléphone que tu voulais en savoir plus sur le soir de sa disparition.

Elle parut réfléchir.

— C'était le jeudi saint, chez Finn Olav, on trouvait ça cool de faire la fête au presbytère pendant la semaine sainte.

Finn Olav renchérit :

— Mon père n'a jamais été très à cheval là-dessus.

— Comment était Karsten, ce soir-là ? demanda Synne.

Les deux concubins échangèrent un regard. Aucun des deux ne voulait prendre la parole.

— Eh bien, finit par dire Olav, il avait un peu trop bu.

— Faut dire que c'était le moment où les terminales faisaient la fête avant les examens, commenta Synne.

Tonje se redressa.

— Karsten ne buvait jamais. Pas même en fin de terminale.

— Jamais ? demanda Finn Olav avec une pointe d'ironie.

— Jamais avant ce soir-là, insista Tonje. Il était très déterminé. Et plus mûr que certains à cette époque. Il savait ce qu'il voulait faire de sa vie.

— Se lancer dans la recherche, expliqua Finn Olav.

– Quand je pense à tout ce qu'il aurait pu faire, soupira Tonje, l'air triste. Il était d'une intelligence rare.

Synne chercha la photo de classe au fond de son sac.

– Ça fait des années que je n'ai pas revu cette photo, s'écria Finn Olav en la regardant. La mienne doit traîner au grenier.

Tonje la lui prit des mains et parcourut des yeux les trois rangs d'élèves.

– C'est une bonne photo de Karsten, dit-elle et sa voix se brisa légèrement.

Synne vint se placer derrière elle.

– C'est qui ? demanda-t-elle en pointant du doigt la fille dont elle avait trouvé la photo dans le portable.

– Jasmeen. C'était comment son nom de famille, déjà ? Oui, tu sais, comme le politicien ?

– Chadar, dit Finn Olav.

Il leva les yeux vers Synne.

– Tu sais qui est son frère ?

– *Chadar* ?

Synne réfléchit un moment.

– Tu ne veux pas parler de Shahzad Chadar ?

– Si, justement, répliqua Finn Olav. Il était deux classes au-dessus de nous au collège. On ne pensait pas qu'il s'en sortirait. Mais, tu vois, on s'est trompés. Je me souviens de lui comme d'un voyou qui vivait en fauchant les téléphones et les ordinateurs portables.

– Tu n'es pas obligée de répéter ces vieux préjugés, intervint Tonje.

– Arrête. Tout le monde savait qu'il avait des contacts avec les différents gangs du quartier. Quand il est interviewé aujourd'hui, il ne cherche pas à cacher qu'il a un passé de délinquant. Il a même réussi à en faire un atout, comme si tout le monde devait avoir ce genre d'expérience.

– Jasmeen n'était pas comme ça, l'interrompit Tonje. Une fille bien, mais on ne la voyait pas beaucoup. Elle ne venait jamais aux fêtes. Elle n'était pas là ce fameux soir, et n'était pas avec nous non plus les jours suivants. Elle était douée, mais on ne sait pas trop pourquoi, elle a arrêté le lycée un peu avant les examens.

— Les musulmans, précisa Finn Olav. Les filles sont élevées dans une chasteté digne du Moyen Âge, alors que les garçons sont libres de faire tout ce qu'ils veulent.

— Karsten et elle sortaient ensemble lâcha Synne, croyant que c'était un fait notoire.

Le jeune couple échangea un regard et Finn Olav lui adressa un sourire indulgent.

— Je crois que tu fais erreur.

— Karsten et Jasmeen se connaissaient à peine, pour autant que je sache, renchérit Tonje.

Synne haussa les épaules.

— J'en suis pas si sûre.

— Quelqu'un t'a dit le contraire ?

Synne resta songeuse.

— Je suis tombée sur des photos. Il semblerait bien qu'ils aient eu une histoire ensemble.

— Des photos ? répéta Tonje, soudain curieuse.

— Comme quoi on ne sait pas tout, ricana Finn Olav.

Tonje lui lança un regard agacé. Au même moment, de petits cris résonnèrent à l'étage.

— À ton tour, trancha-t-elle.

— De lui donner le sein ?

Elle leva les yeux au plafond.

— Tu n'as qu'à m'appeler quand tu l'auras changé.

Finn Olav se leva, toujours souriant, et monta l'escalier.

— Encore heureux qu'ils servent à quelque chose, soupira Tonje.

— Je t'ai entendue ! leur cria-t-il.

Synne l'entendit ouvrir une porte à l'étage et parler avec une voix de bébé.

— Cette histoire avec Jasmeen, reprit Tonje en secouant

la tête. Je ne crois pas que Karsten ait eu une amoureuse, enfin, rien de concret.

Elle se redressa dans le fauteuil et croisa les jambes.

— En fait, il s'était passé quelque chose. Il était venu me voir. Je crois, sans vouloir me vanter, qu'il m'aimait bien.

— Je crois aussi, confirma Synne.

— J'étais avec un autre, enfin par intermittence. Mais il y avait quelque chose de spécial chez Karsten. Il était différent. Toujours terriblement sérieux et déterminé quant à ses choix pour l'avenir. Mais je n'ai jamais pensé à lui autrement qu'en ami...

Elle but quelques gorgées de café.

— Une semaine avant Pâques, nous avions fait une fête chez moi. Une bande avait débarqué et frappé quelqu'un de la classe, un Vietnamien. Karsten avait été le seul à sortir et à essayer de les arrêter, pourtant il n'était pas du genre à se bagarrer. Cela a dû lui en coûter.

Elle jeta un coup d'œil vers l'escalier.

— Un jour, pendant les vacances de Pâques, il était passé me voir. Il n'était pas du tout comme d'habitude. Il se dégageait de lui je ne sais quoi...

Elle joua avec la perle au bout de son collier.

— Et soudain il m'avait embrassée. Sur le perron devant notre maison. Et le dernier soir, le jeudi saint, je me demandais s'il viendrait ou pas à la soirée.

Elle marqua une pause. Synne ne tenait pas en place, impatiente de connaître la suite.

— Quand je suis arrivée, il était déjà là. Il était – autant le dire clairement – complètement soûl. J'étais furieuse. Non pas contre Karsten, mais contre Finn Olav, car c'était lui naturellement qui l'avait fait boire. Ça a été assez terrible. Karsten a vomi et allait très mal. Nous l'avons allongé sur le canapé au sous-sol. Et puis il a disparu. Ses chaussures sont restées dans l'entrée. Ça aurait été une histoire amusante de fête d'étudiants s'il était rentré chez lui en chaussettes, mais…

Synne vit que Tonje était à deux doigts d'éclater en larmes.

– Il n'est jamais rentré chez lui.

Son compagnon l'appela de la chambre d'enfant.

– Finn Olav n'aime pas que je parle de Karsten.

Elle continuait à regarder la photo de classe.

– Je n'aurais jamais dû le laisser seul, ce soir-là, déclara-t-elle brusquement. J'aurais dû veiller sur lui.

Elle s'interrompit en voyant Finn Olav redescendre.

– À ton tour, lança-t-il d'une voix faussement gaie.

Une fois que Tonje fut montée à l'étage, il ajouta :

– Ces fêtes de terminale ne se sont pas exactement passées comme on l'imaginait.

Comme si Karsten avait tout gâché, songea Synne. Sans doute devina-t-il sa pensée car il ajouta :

– Disons qu'un suicide, ça fait forcément de l'effet.

Elle reposa sa tasse qui heurta la table avec un petit bruit sec.

– Tu es sûr que c'est ce qu'il s'est passé ?

Il se gratta les tempes.

– Bien sûr que non. Personne ne sait au juste.

– Alors pourquoi tu le dis ?

Il rougit légèrement.

– C'est ce qui paraît le plus vraisemblable.

– Tu ne t'es jamais dit que ça pouvait être un accident ?

Il hésita.

– Je ne sais pas vraiment si ça vaut le coup de remuer tout ça.

– C'est important pour moi.

Il prit le temps de réfléchir.

– Karsten avait changé dans les jours précédents, finit-il par dire, lui qui était si timide et empoté. Il s'était passé quelque chose. Et puis il y avait ces histoires d'incendie.

Elle respira profondément.

– Tu crois vraiment que Karsten était pyromane ?

Il se gratta à nouveau la tête.

– Non, pas vraiment. Même s'il y avait des rumeurs qui couraient. Et le soir où il est venu à la fête…

Il jeta à son tour un regard inquiet vers le premier étage.

– Tonje n'aime pas m'entendre raconter ça. Elle a une autre opinion de lui.

– Qu'est-ce qui s'est passé à cette soirée ?

– On a un peu discuté et il avait l'air assez bouleversé. Il m'a dit qu'il avait des gens à ses trousses.

– Qui ?

– La police, a-t-il déclaré. Et des bandes, des Pakistanais, et d'autres personnes aussi. La psychiatrie, ça n'a jamais trop été mon truc, mais j'ai compris qu'il souffrait d'un délire de persécution. Ça le rendait important à ses propres yeux. Sans doute un moyen de compenser tout ce dont il était privé dans la vraie vie. Il ne participait jamais à rien. Aujourd'hui, avec ce que j'ai appris entre-temps, je dirais qu'il présentait des signes de paranoïa ce soir-là.

– Et c'est pour le soigner que tu lui as fait boire de l'alcool ? répliqua Synne, qui regretta aussitôt sa pique en voyant le visage du jeune médecin se décomposer.

*

En attendant le bus, elle regarda la colline, ornée de barres d'immeubles en contrebas et de villas sur ses hauteurs. Elle décida de la gravir, en faisant attention à l'endroit où elle posait les pieds : le trottoir était couvert d'amas de neige qui fondaient, ce qui l'obligeait, à certains endroits, à marcher au milieu de la chaussée. Une fois en haut, elle sortit la carte qu'elle avait fait imprimer, constata que le nom de la rue correspondait au plan et continua d'avancer le long des pavillons séparés par leur garage. La quatrième maison sur sa droite, peinte en bleu pâle, se détachait des autres.

Une Mercedes noire était garée devant et, sur la boîte à lettres, une étiquette indiquait *Chadar*.

La fenêtre à côté de l'entrée était sombre, mais Synne vit quelque chose bouger derrière les rideaux couleur crème quand elle sonna à la porte. Elle crut apercevoir un visage. Elle sonna donc une seconde fois, en appuyant un peu plus longtemps, et attendit encore une minute. Il lui était difficile de sonner à la porte d'étrangers, de rentrer chez eux pour leur poser des questions et de ne pas s'en aller avant d'avoir obtenu des réponses. Journaliste était un des derniers métiers qu'elle aurait choisis.

Au moment où elle s'apprêtait à faire demi-tour, elle aperçut quelqu'un derrière la vitre, entendit des bruits dans l'entrée et, finalement, une clé tourna dans la serrure.

La femme qui apparut devait approcher la soixantaine, si ce n'est plus. Elle était petite, ronde, avec un menton qui disparaissait sous plusieurs plis que semblait retenir le hijab. Les yeux dévisagèrent lentement la jeune fille.

Synne se présenta.

— J'aimerais parler avec Jasmeen Chadar.

Le regard de la femme resta impénétrable.

— Il n'y a pas de Jasmeen ici, répliqua-t-elle dans une langue hésitante.

Une jeune femme surgit derrière elle. La femme plus âgée se retourna et lui dit quelques mots en ourdou ou en pendjabi. La jeune femme devait avoir un peu moins de trente ans et portait elle aussi un foulard noir serré autour d'un visage rond.

— Où puis-je la rencontrer ?

La jeune femme commença à parler, mais fut aussitôt interrompue par l'autre, visiblement en colère, qui se tourna de nouveau vers Synne :

— Il n'y a pas de Jasmeen ici.

Synne fit une nouvelle tentative.

— Je suis ici parce que j'ai besoin lui poser une question.

– Nous savons pourquoi tu es là, rétorqua la femme d'un ton sec. Nous ne pouvons pas t'aider.

Et sans lui laisser le temps de répliquer, elle ferma la porte.

Lorsque Synne arriva au coin de la rue et s'apprêta à redescendre jusqu'à l'arrêt de bus, elle entendit une voix l'appeler. Elle tourna la tête et vit que la jeune femme courait à petits pas vers elle.

– Quelqu'un veut te parler, annonça-t-elle, essoufflée.

– Qui ?

La jeune femme s'arrêta juste devant elle.

– Viens, fit-elle, entraînant Synne par le bras.

La femme plus âgée l'attendait sur le perron. Elle n'était pas particulièrement joyeuse, mais elle prononça des mots censés sans doute lui souhaiter la bienvenue et la fit monter au premier étage. Elle frappa à une porte. N'obtenant pas de réponse, elle l'ouvrit et introduisit Synne dans une chambre claire aux rideaux fermés, orientée plein ouest. Un homme maigre au teint jaunâtre était assis sur un lit contre le mur du fond, le dos calé par des oreillers. Il examina de ses yeux perçants la jeune fille de la tête aux pieds. Elle était décontenancée.

– Assieds-toi, dit-il d'une voix faible en désignant une chaise.

La femme, probablement son épouse, était restée sur le pas de la porte, mais l'homme lui fit un signe de la main et elle se retira, non sans jeter un regard oblique à Synne.

– Tu es donc la sœur de Karsten, dit l'homme.

Synne acquiesça de la tête.

– Et vous, le père de Jasmeen.

Il sourit malgré ses lèvres gercées et essaya de saisir un verre d'eau sur sa table de chevet. Elle se releva et lui tendit le verre.

– Merci, murmura-t-il avant d'avaler péniblement quelques gorgées.

Il lui rendit le verre ; elle le posa et resta près de lui, et lui demanda s'il avait besoin d'autre chose.

– Assieds-toi, répéta-t-il en esquissant un sourire. Si j'avais su que tu viendrais, tu aurais été mieux reçue.

Il jeta un regard vers la porte.

– Ma femme éprouve beaucoup d'amertume. Pourquoi veux-tu rencontrer Jasmeen ?

Elle s'était préparée à cette question et expliqua son projet.

Il hocha la tête.

– Les mots n'ont pas le pouvoir de faire resurgir quelqu'un. Mais ils peuvent aider.

– Je vois que vous me comprenez, dit-elle en regardant par la fenêtre.

Au bout d'un moment, il reprit la parole.

– Je vais te raconter une histoire. La mienne. Peut-être qu'elle ne signifiera rien pour toi, peut-être que si.

Elle se tourna de nouveau vers lui.

– Je suis arrivé en Norvège en 1974, commença-t-il.

Au fil du récit, il paraissait reprendre vie, sa voix s'éclaircit et il parvint à saisir le verre d'eau sans son aide. En l'écoutant, Synne se demandait pourquoi il tenait à lui raconter tout ça. Mais, à bien y réfléchir, elle se dit que cette histoire pouvait servir de trame de fond pour la sienne. Peut-être devait-elle s'éloigner suffisamment de son sujet pour se l'approprier à nouveau.

Le père de Jasmeen marqua une pause et indiqua du menton une photo en noir et blanc sur la table de chevet. Synne l'observa de plus de près. Deux jeunes garçons et un homme se tenaient devant une maison en pierre. Tous portaient des tuniques, des pantalons larges et des sandales. Le plus âgé devait avoir entre quarante et cinquante ans, il était vêtu d'une tunique blanche au col brodé et arborait un turban plus sombre. Il posait sur les deux garçons un regard grave. L'un d'eux avait la même expression, tandis que l'autre enlaçait le cou d'un buffle et souriait.

Pourquoi le père de Jasmeen voulait-il tant que Synne s'attarde sur cette photo et écoute son récit ? Petit à petit, les pièces s'assemblaient. Khalid Chadar avait travaillé et vécu dans une ferme à Nittedal où il se passa quelque chose de trouble. À la suite de cela, il fut renvoyé comme un malpropre. Il lui décrivit les endroits peu reluisants où il avait dû habiter, des foyers, des caves moisies. Il avait dû exercer jusqu'à trois métiers en même temps. Il lavait les toilettes dans les écoles et les cafés, distribuait les journaux et, une fois passé son permis grâce à l'argent ainsi gagné, devint chauffeur de taxi. Et l'argent qu'il n'avait pas envoyé à sa famille, il l'économisa pour rentrer au pays et épouser une femme là-bas.

De retour en Norvège, il ouvrit un magasin, y travailla jour et nuit jusqu'à ce qu'il soit rentable et put ensuite en ouvrir un autre, en travaillant deux fois plus dur. Après dix-sept ans passés dans ce pays, il put conduire sa *zainab* dans l'allée menant à une maison toute neuve, celle-là précisément où ils se trouvaient maintenant.

Toute sa vie, il n'avait vécu que pour offrir à ses enfants une existence meilleure que la sienne. Ils grandiraient dans ce pays incroyablement riche, y auraient leurs racines et ne seraient plus étiquetés comme des étrangers, ils seraient des Norvégiens, sans renoncer aux valeurs qui faisaient d'eux de bonnes personnes : la foi en Dieu, la foi en la justice, la chasteté, le sens de la famille.

Shahzad, l'aîné, était devenu un avocat et un homme politique très respecté ; quant à ses jeunes frères, cela allait bien aussi. Mais Jasmeen, à laquelle il tenait comme à la prunelle de ses yeux, qui était plus intelligente et volontaire que son grand frère, avait eu une vie plus difficile, parce qu'elle avait éprouvé une attirance pour le frère de Synne et que ce frère avait abusé de cette faiblesse. Voilà donc où il voulait en venir...

Il reprit de l'eau, à grandes gorgées.

– Ça lui a fait beaucoup de tort. Plus que tu ne peux l'imaginer. Nous étions furieux contre ton frère. Pourtant, je savais, depuis le temps que je suis en Norvège, que ce genre de choses arrive entre jeunes gens, que les Norvégiens élèvent ainsi leurs fils et leurs filles.

Il la regarda droit dans les yeux.

– Nous avons décidé de ne rien faire. Et puis ton frère a disparu. Nous étions sincèrement tristes pour ta famille. Mais après ce qui s'était passé avec Jasmeen, nous n'avons jamais exprimé notre compassion.

Il s'interrompit pour reprendre son souffle.

– Il y a eu une collecte dans la classe pour acheter une couronne, mais nous n'y avons pas participé.

Ses yeux brillaient d'un éclat particulier.

– Je vais rencontrer Allah et je sais que nous aurions dû le faire. Voilà ce que j'aimerais que tu saches avant de partir d'ici. Après toutes ces années, j'aimerais que tout soit réglé entre ta famille et la nôtre.

Il se tourna légèrement vers elle et lui tendit une main noueuse.

8

Janus savait qu'elle viendrait. En tout cas, Synne aimait
à le penser. Et Åse, qui s'occupait de l'écurie, en était aussi
persuadée. Selon elle, Janus se comportait différemment dans
les heures qui précédaient la venue de Synne : il s'agitait
dans son box, les oreilles dressées.

Le cheval qu'Erika montait d'ordinaire s'appelait Sancto
Spirito. C'était un hongre calme qui se mettait à côté de
Janus, frottait sa tête contre son flanc et acceptait sans
rechigner que Janus soit le maître. Sancto Spirito était plus
intéressé par le côté spirituel, affirmait Åse.

De la même manière, Erika devait accepter que Synne soit
la patronne quand elles faisaient une sortie à cheval. Elle
n'avait jamais fait d'équitation avant de rencontrer Synne,
ce qui rétablissait un peu l'équilibre de leur couple. Erika
ne manquait jamais de le souligner, s'attirant à chaque fois
les foudres de Synne : « Je suis novice, j'ai tout à apprendre
de toi. »

Pour traverser la vallée, elles laissèrent les chevaux marcher au pas. C'était une belle après-midi sans nuage,
les rayons du soleil leur parvenaient à travers les cimes
des sapins. Quand Synne se baladait seule, elle pouvait
laisser vagabonder son esprit et s'enfoncer dans la forêt
jusqu'à ne plus penser à rien. Mais quand Erika la suivait
et commentait tout ce qu'elle voyait, exprimait tout ce
qu'elle ressentait, ce n'était pas possible. Parfois cela ne la

dérangeait pas, mais par cette belle après-midi, elle aurait préféré être seule.

Une fois sur le sentier forestier, Janus put accélérer dans la neige fondue. Synne entendit Erika pousser des cris de joie, ce qui la fit rire. Elle attendit d'atteindre l'étang au-delà de Tuftemyra pour ralentir. Lorsque Erika la rejoignit, elle descendit de cheval. Elles ôtèrent les selles des chevaux et laissèrent les animaux brouter l'herbe entre les plaques de neige.

Erika se colla contre Synne qui s'était installée près d'un rocher de la rive.

– Quand aurai-je le droit de voir ce que tu écris ?

Synne plissa paupières et leva les yeux vers le soleil, entre les branches de pins, qui surplombait la colline, inquiet, comme s'il voulait s'approcher, mais avait peur de leur faire du mal.

– Je croyais qu'on était tombées d'accord et que tu me laisserais tranquille.

– Je n'insiste pas.

La curiosité d'Erika paraissait si sincère que Synne finit par céder et lui parla de son excursion à Lørenskog.

– Je note ce que me racontent les gens qui ont connu Karsten. Avec la plus grande fidélité possible. Je ne peux pas passer ma vie à ressasser mes souvenirs et mes émotions.

Erika ne put s'empêcher de demander :

– Tu cherches à prendre de la distance, c'est ça ? De trouver un moyen de penser à lui qui soit moins douloureux ?

– Je ne veux pas me noyer dans des trucs sentimentaux, c'est tout.

Erika détourna son regard et observa l'autre rive.

– Tu n'aimes pas cette façon de faire ? s'exclama Synne.

La réponse mit un temps insupportable à venir :

– Ça sera forcément médiocre. Ça ressemblera aux livres de toutes les filles appliquées qui pullulent à chaque rentrée.

Depuis qu'elles étaient descendues de cheval, chacune avait repris son rôle habituel, celui du mentor pour Erika, celui de l'élève pour Synne.

— Tu essaies de te protéger contre ce qui fait mal.

— Tu ne comprends pas, trancha Synne.

— Es-tu sûre toi-même de comprendre ?

Synne se releva. Janus tendit la nuque et la regarda. Le long de l'arête de son nez courait une démarcation, une moitié de la tête était noir foncé comme le reste du corps, l'autre moitié blanc gris.

— Autant te parler à *toi*, murmura Synne en pressant sa bouche contre son naseau.

Le cheval poussa un hennissement grave.

— Toi au moins, tu m'écoutes.

— Allez, viens t'asseoir quand tu auras terminé de bouder, lança Erika en s'allumant une cigarette.

Synne abandonna la partie, se laissa retomber à côté d'elle, lui prit la cigarette de la bouche pour tirer une bouffée, faisant descendre le nuage de fumée qui la brûlait le plus profond possible dans ses poumons.

— C'est par là que tu dois commencer, insista Erika. Par le soir où ton frère a disparu.

Elle avait raison. C'était à la fois une frustration et une évidence.

— Raconte-moi ce qui s'est passé.

— Je t'ai déjà tout raconté, dit Synne pour éviter de répondre. C'est une pelote où tous les fils sont emmêlés, il y a des choses dont je me souviens, d'autres que j'ai imaginées et qui se mélangent à ce que des gens m'ont raconté.

Elle n'avait réellement repris ses esprits qu'une fois à l'hôpital où on l'avait gardée en observation toute la nuit. Ses parents étaient restés près d'elle jusqu'à ce que les médecins procèdent aux premières analyses et constatent qu'elle n'était pas gravement blessée. Le lendemain seulement, ils s'étaient rendu compte que Karsten n'était pas rentré à la maison. Le psychiatre était sans cesse revenu sur ce point : elle ne devait pas se faire de reproches. Il s'agissait d'un concours de circonstances et elle n'y était pour rien. Mais elle avait toujours pensé qu'il y avait autre chose. Des pensées obsessionnelles, avait décrété le psychiatre. Il existait des méthodes pour s'en débarrasser. Lui-même avait élaboré les siennes. Elle devait chasser de son esprit ce fameux soir, et cela avait plus ou moins bien fonctionné. Mais quelques jours plus tôt, elle avait aperçu Tamara assise sur des marches dans la Dronningens gate et, après cela, elle avait commencé à écrire un texte sur Karsten.

— Peut-être que tu ne dois pas trop te focaliser sur la vérité objective de ce qui a eu lieu, suggéra Erika.

Synne cueillit une brindille, la pinça entre ses dents et joua avec. S'en tenir à la version mise au point par les autres l'avait aidée à un moment. Selon ce récit, elle avait été chez Tamara, et sur le chemin du retour, elle avait fait une crise, la première après plus d'un an. Elle était tombée de vélo et s'était cogné la tête. C'était arrivé tout près du lycée de Karsten. Heureusement, quelqu'un était passé. Un type l'avait trouvée dans le fossé. Il l'avait soulevée et déposée sur la banquette arrière d'une voiture. S'en souvenait-elle ou était-ce seulement quelque chose qu'on lui avait raconté ? Le type lui avait parlé. Une forte odeur flottait dans la voiture. Ça, elle était sûre de s'en souvenir. Et une phrase qu'avait lâchée l'homme : « Je connais *Kasten*. » Il l'avait ramenée chez elle et avait disparu de nouveau. Et elle avait alors repris complètement conscience.

— Une chose m'a frappée, entonna Erika.

Synne n'eut pas la force de lui demander de se taire.

— Le soir où nous sommes allées à Lillestrøm, tu m'as montré l'endroit où tu as été retrouvée. Ce n'est pas du tout sur le chemin de retour de chez ton amie.

Synne s'était bien sûr fait la même réflexion. Mais personne d'autre qu'Erika ne lui avait posé ouvertement la question :

— Si tu rentrais directement chez toi à vélo, comment se fait-il que tu as été retrouvée tout à côté du lycée ?

9

*Pourquoi écris-tu ? demande Erika pour me provoquer. Et
si je ne réponds pas, elle croit qu'elle a une emprise sur moi.
J'écris parce que quelque chose s'est cassé, aurais-je pu répondre,
mais je ne veux pas partager ce genre de pensées avec elle.
J'écris parce que quelque chose s'est cassé le soir où j'ai eu ma
dernière crise. Ensuite, il n'y avait plus que des débris autour
de moi. J'écris pour rassembler ces morceaux, même s'ils ne
vont plus entre eux.*

Elle remonta le store roulant et regarda dehors. Le soleil
jouait à travers les nuages, d'abord à peine visible derrière
leur voile gris, puis il parut s'éteindre complètement.

*C'est sur Karsten que je dois écrire, ce doit être son histoire,
pas la mienne,* murmura-t-elle.

Elle entendait la pluie ruisseler dans la gouttière et, derrière elle, à l'intérieur de la maison, la flûte de Maja. Elle
se releva brusquement, se rendit dans le couloir et frappa
à la porte. Les sons de la flûte s'arrêtèrent.

— Je te dérange avec mes exercices ? s'écria Maja en lui
ouvrant la porte.

Synne secoua la tête.

— C'est moi qui viens te déranger.

— Pas de problème. Tu veux du café ?

C'était exactement ce que Synne voulait. Boire un café
avec elle, se changer les idées.

– Qu'est-ce que tu as écrit aujourd'hui ? demanda Maja, lorsqu'elles furent assises sur le petit balcon.

– Je préfère qu'on parle de toi, répondit Synne.

– De moi ? s'étonna Maja en prenant une drôle d'expression. Comme tu veux. J'ai rencontré quelqu'un, avoua-t-elle en regardant alentour, bien qu'elles soient seules.

– C'est vrai ?

– Puisque je te le dis.

– Qui est-ce ?

Maja parut un peu gênée.

– Il a de l'allure.

– Et un « conduit » irréprochable ?

Elles éclatèrent de rire.

– Il est musclé.

– Ça, c'est bien, dit Synne sans être sûre de le penser vraiment. Comment l'as-tu rencontré ?

– Dans le métro. Nous avons parlé. Il s'intéresse beaucoup à la musique, à la Pologne, à tout ce que j'aime, en fait.

Maja donnait presque l'impression de chanter en parlant.

– Il se trouve qu'on est descendus à la même station, alors il m'a invitée à boire un café.

Synne aimait ce genre d'histoires.

– Est-ce qu'il est... je sais que ça ne veut rien dire, mais est-ce que tu aimes son apparence ?

– Beaucoup d'allure, répéta Maja. Pas très grand, mais terriblement fort.

Elle replia son bras et contracta son biceps, qui n'avait aucune chance d'effrayer une mite.

– Nous allons sortir ce soir, poursuivit-elle. Manger et prendre du bon temps...

Synne se pencha par-dessus la table et l'embrassa sur la joue. Parler avec Maja était un antidote au désespoir qu'elle ressentait à tourner en rond dans sa chambre.

De retour à son bureau, elle regarda l'écran où les mots

qu'elle avait écrits s'affichaient comme de petits insectes. Si elle s'en approchait, ils s'envoleraient, à coup sûr.

Son portable sonna.

– Synne ? demanda une voix de femme.

Elle confirma.

– Tu voulais avoir des nouvelles de Jasmeen.

Elle s'assit sur le bord du lit, saisit machinalement un stylo.

– Je voulais lui poser une question, commença-t-elle.

– Tu n'as pas besoin d'expliquer, répliqua la femme, qui avait un léger accent. Tu veux toujours la rencontrer ?

Synne attendait à l'arrêt de bus de la Ringveien. Elle regarda l'heure : cinq heures cinq. Elle avait décidé d'attendre cinq minutes de plus. Une voiture vert foncé lui fit alors un appel de phares et s'arrêta. La vitre se baissa. Synne s'approcha à grands pas. Dans la lumière pâle de l'après-midi, elle reconnut la jeune femme au visage tout rond qui l'avait rattrapée à Lørenskog. À présent, elle ne portait pas de hijab. Ses cheveux étaient courts et elle avait relevé le col de son blouson en cuir.

– Viens avec moi.

Synne monta dans le véhicule. La femme reprit la Ringveien.

– Je m'appelle Rachida. Je suis la cousine de Jasmeen.

– Où allons-nous ?

La femme changea de voie.

– Quelque part où tu pourras la voir sans danger.

– Sans danger ?

Elle continua à conduire sans répondre. Après avoir pris l'embranchement vers Vester Aker, elle expliqua :

– J'ai été assez bête pour raconter à Jasmeen que tu es venue nous voir l'autre jour. Je l'ai mise en garde, mais rien ne l'arrête. Si d'autres apprennent qu'elle veut te parler, il se passera encore des choses terribles. Il y en a déjà eu assez comme ça.

Que répondre à ça ?

– Pourquoi veux-tu la rencontrer ?

– J'essaie de comprendre ce qui arrivé à mon frère.

Rachida haussa les épaules.

– Je ne peux pas t'en dire plus.

L'été, Synne allait parfois à Huk pour se baigner, mais ce jour-là il n'y avait pas âme qui vive sur les prairies grises qui descendaient en pente douce vers la baie. Elles s'arrêtèrent sur un parking. Une autre voiture était garée cent mètres plus loin, ses phares s'allumèrent puis s'éteignirent.

– On peut y aller, dit Rachida.

Synne descendit et, sous la bruine, traversa le parking avec elle. L'autre véhicule était une Mercedes noire, sans doute la même qu'elle avait vue près de leur maison.

Rachida ouvrit la portière arrière.

– Assieds-toi.

Une femme était au volant, une autre à l'arrière, vêtue d'un hijab noir. Synne se rendit compte qu'elle aurait dû prévenir quelqu'un avant d'accepter ce rendez-vous... Erika, peut-être. De toute façon, c'était trop tard. Elle se glissa sur la banquette arrière.

La femme en hijab avait le visage à moitié tourné. Elle lui tendit une main gantée.

– Je suis Jasmeen.

Synne essaya de reconnaître les grands yeux sombres de la photo de classe prise huit ans auparavant.

– Je suis heureuse que tu aies accepté de me rencontrer, répondit-elle simplement.

Jasmeen regardait droit devant elle.

– Karsten parlait tellement de toi. Il aimait beaucoup sa petite sœur.

À travers les gouttes de pluie qui glissaient sur le pare-brise, Synne aperçut au loin la baie et les nuages gris au-dessus du fjord.

– Oui, je sais.

– On m'a dit que tu voulais lui consacrer un livre. C'est une belle pensée. Karsten mérite qu'on ne l'oublie pas.

En réalité, son texte avait un autre but, mais elle préféra lui laisser croire ça.

– J'ai compris qu'il y a au monde une seule personne qui vous soit destinée, poursuivit Jasmeen à voix basse. Si tu as de la chance, tu la rencontres. Ce n'est pas donné à tout le monde.

– Tu penses à Karsten en disant ça ? demanda Synne, stupéfaite.

Rachida s'était assise à l'avant. Elle échangea un regard avec la femme au volant.

– Karsten ressentait la même chose, affirma Jasmeen. Je n'en ai jamais douté. On était faits l'un pour l'autre. Si nous avions vécu à une autre époque ou ailleurs. Il m'a dit qu'il était prêt à se convertir pour moi.

Synne encaissa le coup. Elle cherchait les mots qui lui serviraient plus tard pour décrire cette rencontre. Elle ressentit une forme de soulagement. Ses blocages disparaissaient et elle découvrait enfin l'espace qu'elle devait investir par l'écriture.

– Tu es venue chez nous, dit-elle. Karsten a pris une photo de toi dans le salon.

Les deux femmes à l'avant, silencieuses, ne perdaient pas une miette de la conversation. La conductrice ne s'était pas retournée pour la saluer. Elle portait des lunettes de soleil et un châle noué lâchement autour de ses cheveux.

– Sais-tu qui est Shahzad ? demanda Jasmeen.

– Ton frère ? Je ne l'ai jamais rencontré.

– Il a peur que je te parle.

– Pourquoi ?

Jasmeen secoua la tête.

– Il sait que ça fera tout remonter à la surface.

Sa voix trahissait son amertume.

– Tu as dû quitter l'école.

– J'ai dû arrêter les cours, le lycée, arrêter toute ma vie. Ils m'ont envoyée au Pakistan.

Elle sortit un paquet de cigarettes et lui en offrit une. Synne l'accepta, même si elle n'avait pas envie de fumer.

– J'avais jeté l'opprobre sur ma famille. Selon Shahzad, je devrais me rendre compte que j'ai de la chance d'être encore en vie.

Elle alluma la cigarette de Synne puis la sienne avec un briquet doré qu'elle tendit ensuite à la femme au volant pour qu'elle puisse aussi fumer.

– Je ne me sens pas chanceuse.

La conductrice dit quelques mots en ourdou dont Jasmeen ne tint pas compte.

– On m'a mariée de force. Mais le prix qu'ils ont pu tirer de moi avait chuté. L'homme était d'une caste inférieure. Et il avait vingt ans de plus que moi. Il me méprisait et, pour compenser le fait de se marier avec une femme déshonorée, il pouvait faire de moi ce qu'il voulait. Ma famille l'a laissé faire à sa guise. S'il avait voulu me tuer, ils n'auraient pas levé le petit doigt. Mais il ne l'a pas fait. J'étais son billet d'entrée en Norvège.

De nouveau, la femme au volant dit quelque chose et Jasmeen fit un geste d'impatience.

– Il faut que tu saches que je n'oublierai jamais ton frère. Il est ce qui est arrivé de meilleur dans ma vie. Le souvenir de la courte période où nous étions ensemble m'aide à tenir.

Synne tira sur sa cigarette et laissa la fumée grandir dans sa bouche.

– Est-ce que tu comprends ? L'amour que j'éprouve pour Karsten est la seule chose que je préserve à tout prix. Tout le reste n'est que haine.

Encore un commentaire, cette fois de la part de Rachida. Synne l'interpréta comme une mise en garde. Jasmeen répondit, en colère. La pluie redoublait à présent. La femme au volant tourna la clé et actionna les essuie-glaces. Le fjord apparut au loin, derrière les volutes de fumée dans l'habitacle, avant de disparaître à nouveau.

– Quand j'ai appris que tu allais écrire un livre sur Karsten, j'ai pensé te contacter. Il se trouve que tu m'as devancée.

Synne baissa à moitié sa vitre et expira la fumée au-dehors.

– Je veux savoir ce qui lui est arrivé, ce jour-là, dit-elle d'un ton plus déterminé qu'elle n'aurait pensé. Je veux le savoir, parce que ça me concerne, ça concerne ma vie, ce qu'elle est devenue. C'est de ne pas savoir qui me ronge. S'il a vraiment voulu mettre fin à ses jours, j'ai besoin de comprendre pourquoi.

Jasmeen posa la main sur son bras.

– Karsten ne s'est pas suicidé, dit-elle.

Synne tressaillit et se tourna vers elle, mais ne put croiser le regard de Jasmeen.

– Pourquoi aurait-il fait ça ? poursuivit-elle. C'était quelqu'un de bien. Il était le meilleur. Il était la personne la plus intelligente que je connaisse. Il savait où il allait. Il était fort.

Elle s'interrompit. Synne brûlait d'envie qu'elle continue à parler :

– Tu parles comme si tu savais ce qui s'était passé.

Jasmeen ouvrit la portière, jeta sa cigarette et referma vite.

– Ils l'ont tué.

Les deux femmes se retournèrent en même temps vers elles.

– Tu ne devrais pas parler de ça, dit Rachida en norvégien.

Jasmeen la regarda fixement.

– J'ai fermé ma gueule assez longtemps. Toute ma vie, j'ai fermé ma gueule ! Je croyais qu'on s'était promis d'en finir avec ça ?

– Jasmeen, je t'en prie.

Elle secoue la tête.

– Je n'ai pas peur, dit-elle. Je n'ai rien à perdre.

Synne avait la moitié du visage soudain tout engourdi. Cela faisait des années que cela ne lui était pas arrivé.

– Tué ? balbutia-t-elle.

Jasmeen remit en place une mèche sous son hijab.

– Je ne sais pas si mon frère l'a tué personnellement ou s'il a chargé un de ses gorilles de le faire. Mais c'est lui qui est derrière ça.

Synne s'aperçut que Jasmeen tirait sur la peau de son cou, comme si cela la démangeait en dessous.

– Comment le sais-tu… ?

– Shahzad était en colère contre moi. À tel point qu'il s'est trahi. Il m'a dit qu'il voulait me tuer *aussi*. Je lui ai demandé ce qu'il entendait par là. Alors il m'a dit que Karsten avait été étranglé et découpé en morceaux, puis jeté dans le fjord.

Synne serra plus fort la main autour de son propre cou. Elle s'immobilisa ainsi, retenant son souffle. Soudain, une idée la traversa :

– Pourquoi n'as-tu rien dit à la police ?

Jasmeen se tourna vers elle et prit ses mains dans les siennes.

– J'avais peur. J'étais lâche et j'avais peur. Ce n'est plus le cas maintenant.

Sur le siège avant, Rachida laissa échapper un soupir.

– Aujourd'hui, je porterais plainte, chuchota Jasmeen. Et c'est ce que je vais faire.

Synne ne put s'empêcher de la fixer. La partie gauche de son visage paraissait flétrie. La peau, fine, avait l'aspect luisant d'un film plastique qui recouvrait un entrelacs de cicatrices, semblables à de petits vers. L'œil qui la regardait était logé quelque part en bas de l'orbite et n'avait pas de cils.

Synne se rendit compte qu'elle la dévisageait bouche bée et s'empressa de la refermer aussitôt. Jasmeen souleva sa main gantée et lui effleura la joue d'un doigt. Elle dit une phrase dans son autre langue, à voix basse, d'une manière indistincte, mais Synne comprit un mot : *Karsten*.

10

Kai se gara dans la cour. Ils restèrent un moment dans la voiture à contempler la nuit humide d'avril. Il était presque une heure. Après le dîner, il avait emmené cette femme faire une longue balade en voiture pour passer le temps. Elle n'était pas du genre bavard. Tant mieux. Il lui avait demandé d'où elle venait et comment elle s'était retrouvée en Norvège. Elle lui avait raconté qu'elle avait grandi dans une petite ville polonaise de l'Ouest, une région qui avait fait partie de l'Allemagne avant la guerre, mais elle n'avait pas voulu s'attarder sur ce sujet. C'était tout aussi bien car cela lui permettait, de son côté, d'en dire le moins possible sur ses origines. Quelques allusions suffisaient. Il était soldat et avait servi dans une zone de guerre ; c'est fou tout ce à quoi il fallait faire attention si on ne voulait pas finir le corps criblé de balles ou sauter sur une mine. Il avait réussi à lui faire de l'effet, ça ne faisait aucun doute.

Il avait passé la soirée à se rapprocher tout doucement du but qu'il s'était fixé. Il lui avait posé des questions sur sa vie à Oslo, ses études de musique, demandé où elle s'exerçait, comment c'était de vivre en cité universitaire, si elle s'était fait beaucoup d'amis, comment était la fille qui habitait dans le même couloir, celle qu'elle disait préférer parmi toutes les personnes rencontrées depuis son arrivée en Norvège.

Cela faisait dix minutes qu'ils étaient là, dans la voiture. Il était temps de passer aux choses sérieuses.

– Est-ce que tu crois en quelque chose, Kai ?

Il ravala un sourire. Était-ce la question elle-même ou la manière dont elle avait prononcé son prénom qui était le plus drôle ? Elle avait séparé les deux voyelles, « Ka-i » comme si elle voulait laisser un espace entre elles. Quand il l'avait contactée, il avait hésité un moment à lui donner un autre prénom, mais s'était contenté de changer son nom de famille.

– Je crois à l'être humain, dit-il en lui lançant un coup d'œil. À ce qui est bon dans l'homme, Maja. Indépendamment des dieux et tout ça.

Il ne prenait guère de risques et elle eut l'air d'apprécier ses paroles. Il comprit que le moment était venu de se pencher vers elle et de l'embrasser. Elle avait un petit visage ravissant, de grands yeux bruns qu'elle dissimulait sous sa frange noire, des lèvres minces mais des dents blanches et régulières. Il ne supportait pas les mauvaises dentitions.

Il crut qu'elle allait esquiver, car elle lui jeta un regard craintif. Mais elle se laissa finalement faire et entrouvrit légèrement les lèvres. Comme un poisson, songea-t-il. Ça ne le gênait pas. Du coin de l'œil, il suivit un couple qui traversait la cour pour se diriger vers l'immeuble.

Ensuite, elle resta appuyée contre le siège, les yeux fermés.

– Je n'ai pas l'habitude de faire ce genre de choses, s'excusa-t-elle. Pas le premier soir.

– Je te crois, la rassura-t-il en lui caressant les cheveux.

Elle avait gardé les yeux fermés, cela voulait sans doute dire qu'il devait l'embrasser encore une fois.

– Je t'accompagne chez toi, dit-il en ouvrant la portière, sans attendre de réponse.

Elle le rejoignit à petits pas.

– Je ne suis pas sûre que ce soit une bonne idée.

— Je ne resterai pas longtemps, dit-il en passant un bras autour d'elle. J'ai juste envie de voir où tu vis.

Devant la porte, elle chercha les clés dans son sac.

— J'ai perdu mes clés mercredi. J'ai eu du mal à en avoir d'autres.

— Tu ne m'as pourtant pas l'air d'être tête en l'air.

— Ça ne m'arrive jamais. Je ne comprends pas ce qui s'est passé.

Le couloir était très lumineux. Quatre portes de chaque côté. Des chaussures et des bottes à l'extérieur de presque toutes. Pas un son dans les autres chambres. Il était une heure et quart. Difficile de ne pas songer à ce qui se passerait en cas d'incendie ici. On avait affaire à des murs composites, donc peu inflammables, cela provoquerait plus d'émanations de gaz que de flammes. Il vit deux détecteurs de fumée au plafond, ainsi qu'une alarme au mur. Selon les informations sur Internet, celle-ci était directement reliée au service des pompiers. Mais en un coup de pince la liaison pouvait être coupée. Il devait y avoir aussi des détecteurs dans chaque studio, mais sans doute n'étaient-ils pas tous connectés directement, raisonna-t-il. La cuisine se trouvait au bout du couloir. Une petite cuisinière, un réfrigérateur, un grille-pain, un micro-ondes. Le feu devrait obligatoirement partir de là : une casserole oubliée sur une plaque de cuisson, un défaut dans la résistance du grille-pain ou la bouilloire allumée par mégarde et qui brûlait.

Il entendit tirer une chasse d'eau. Elle posa un doigt sur ses lèvres et ils restèrent immobiles près de la table de la cuisine. Il était clair qu'elle ne tenait pas à faire savoir qu'elle avait de la visite. Il n'aurait pu rêver mieux. Quelqu'un ouvrit une porte, des pas résonnèrent dans le couloir, puis tout redevint silencieux.

Son studio correspondait à l'image qu'il s'en était faite : bien rangé, un poster au mur représentant des arbres, un pupitre à côté du bureau. Elle éteignit le plafonnier, alluma une lampe sur la table de chevet. La pièce devait faire environ onze mètres carrés.

– C'est joli chez toi, commenta-t-il.

– Oh, tu exagères, protesta-t-elle tout bas.

Il l'enlaça.

– Je suis fatiguée, dit-elle en se dégageant.

– Je ne vais pas rester longtemps, se hâta-t-il de dire.

Elle le regarda tout à coup d'un air triste.

– On ne pourrait pas s'allonger un peu sur le lit ? Sans aller trop loin ?

Il acquiesça sans lui demander ce qu'elle entendait par *trop loin*.

Elle resta longtemps blottie contre lui. Il la tenait dans ses bras et lui caressait le dos, puisque c'était apparemment ce qu'elle voulait. À travers son chemisier, il sentit soudain deux larges cicatrices qui lui descendaient jusqu'à la hanche. Elle tressaillit quand il les toucha. Il évita de lui poser la moindre question à ce sujet et continua seulement à la caresser, de façon encore plus attentionnée.

– Est-ce qu'on pourrait être nus ensemble ? demanda-t-elle à brûle-pourpoint.

Stupéfait, il ne put réprimer un éclat de rire.

– Pourquoi pas ? répondit-il.

– Tu trouves que je suis trop entreprenante ?

– Pas du tout.

Elle se leva et prit une pochette dans un tiroir de la commode.

– Il faut que j'aille à la salle de bains.

Il hocha la tête.

– T'as pas intérêt à t'en aller, ajouta-t-elle sur un ton presque sévère.

– Je ne vais pas me sauver, promit-il.

À peine eut-elle franchi la porte qu'il alla inspecter les tiroirs de la commode. Dans le premier, des partitions, des produits de maquillage ; dans l'autre, des culottes, des collants et des soutiens-gorge. Derrière les sous-vêtements, quatre boîtes d'ampoules. De l'insuline, constata-t-il, et, tout au fond, il trouva une seringue, en forme de stylo. Il remit les choses en place, ouvrit la porte pour jeter un coup d'œil dans le couloir. Synne Clausen habitait donc deux portes plus loin, de l'autre côté. Il avait apporté la clé de la chambre de Maja à un ex-collègue qui, autrefois, avait travaillé pour les services de sécurité de la Défense. Ce type lui avait appris à crocheter les serrures. Il prenait douze cents couronnes pour fabriquer un passe mais garantissait un taux de réussite de soixante-dix pour cent.

Il entendit Maja tirer la chasse d'eau et fermer la porte. Il alla vite se poster près de la fenêtre. As-tu vérifié ton taux de sucre dans le sang ? aurait-il pu demander, mais au lieu de cela il la prit dans ses bras et la serra fort.

– On ne fera rien si tu n'as pas envie, la rassura-t-il en lui caressant de nouveau le dos, évitant soigneusement d'effleurer ses cicatrices.

– J'ai envie, dit-elle en déboutonnant son fin chemisier.

Il s'appliqua à la satisfaire, jusqu'à ce qu'elle gémisse en se cramponnant à lui. Elle mit ensuite plus d'une demi-heure à s'endormir. Lorsqu'il s'écarta doucement, elle émit un grognement en se retournant, mais ne se réveilla pas. Il laissa ses chaussures où elles étaient.

Une fois devant la porte de Synne Clausen, il sortit son trousseau de clés et une lime. Il introduisit le passe, donna un petit coup avec le manche de la lime avant d'essayer de tourner la clé. Rien ne se produisit. Il s'était entraîné sur des serrures à la maison, mais cela faisait cinq ans qu'il n'avait plus essayé. Il fit trois autres tentatives, les coups qu'il donnait résonnaient comme de petites explosions dans le couloir désert. Il comprit qu'il allait devoir changer ses plans et prévoir un ou deux jours de plus. Mais cela impliquait de revoir Maja. Alors il fit encore un essai et donna des coups sur la tête de la clé, sentit que ça mordait enfin sous ses doigts : la clé tourna, presque sans frotter. La porte s'ouvrit sans un bruit quand il se faufila à l'intérieur, dans l'obscurité.

Il n'entendit pas la respiration de Synne tout de suite, mais il sentit l'odeur de sa peau chaude et, de façon diffuse, un parfum qui faisait penser à du lait aigre. Au même instant, elle prit une grande inspiration et la retint longtemps avant d'expirer par à-coups.

Les yeux de Kai s'habituèrent à la pénombre. Il vit sur sa droite le contour d'un lit, devina des cheveux contre une literie blanche. Elle avait le visage vers le mur. Ses vêtements étaient jetés sur une chaise. Il les palpa, reconnut l'étoffe rêche d'un jean, des chaussettes en coton, un T-shirt. Il inséra une main dans le pantalon, la fit glisser le long des coutures. Au milieu d'une jambe, il sentit un bout de tissu roulé en boule. Il le sortit, le déplia et il découvrit entre ses doigts un petit string soyeux. Soudain, il se pencha au-dessus d'elle, son visage effleurant presque le cou blanc. C'était sa peau qui avait ce parfum sucré. Il pensa à du lait, non pas aigre cette fois, mais tiède, qui serait resté dehors toute la journée. En une fraction de seconde, il se revit dans une autre chambre, à côté d'un autre lit où, là aussi, il s'était penché au-dessus d'un visage. C'était il y a huit ans. La chambre n'existait plus. La fillette non plus. Il ne se rappelait plus son nom, ni d'où elle venait. Cela aurait pu lui revenir s'il avait voulu, mais le souvenir était profondément enfoui ; le simple fait de l'évoquer le faisait se dissoudre dans l'obscurité de la nuit.

Il se tourna vers le bureau. Son ordinateur était là, un iBook, crut-il reconnaître. Il jura tout bas, même s'il s'était préparé à l'éventualité qu'elle ait un Mac. S'il voulait entrer dans son disque dur, cela allait lui donner du fil à retordre. Il remarqua alors que l'appareil était en veille : il faillit réveiller la jeune femme endormie pour la remercier de lui faciliter autant la tâche. Il sortit une clé USB et se plaça de telle façon que la lumière de l'écran n'atteigne pas le lit. Il lui fallut trente secondes pour installer un logiciel espion qui lui permettrait d'être tenu informé de la moindre touche qu'elle enfoncerait et de la moindre image qu'elle verrait. Il avait terminé lorsque Synne Clausen se retourna sur le dos et marmonna quelques syllabes ; on aurait dit qu'elle cherchait à consoler quelqu'un. Un court instant, ses yeux s'ouvrirent en grand et le fixèrent, il ne bougea pas, resta cloué au sol dans l'obscurité, mais prêt à agir, à bondir hors de la pièce ou à saisir le visage de la jeune fille entre ses mains et à le broyer… Mais les paupières retombèrent et de nouveau, un gros ronflement retentit.

Il s'apprêtait à repartir mais s'arrêta soudain. Il rebroussa chemin, ramassa le string et le fourra dans sa poche. Il entendit tout à coup des pas dans le couloir, des pieds nus ; il se colla derrière la porte et tendit l'oreille. Laissa passer trente secondes avant de se précipiter dehors. Maja se tenait près de la porte de la cuisine. Elle le regarda, ouvrit la bouche. Ne crie pas, pensa-t-il, s'il te plaît, ne crie pas. Si tu la fermes, tout ira bien. Elle dut entendre sa prière car pas un son ne sortit de sa bouche. Mais elle se mit soudain à courir en direction de sa chambre. Il la rejoignit à temps pour l'empêcher d'en refermer la porte. Elle n'avait toujours pas émis le moindre son, mais ses paupières frémissaient. Il referma la porte derrière lui, la saisit dans ses bras, posant une main sur sa bouche et l'autre autour de son corps frêle. Il avait encore en tête l'image de Synne Clausen, son corps endormi, ses vêtements sur la chaise, son string qu'il avait mis dans sa poche. Tout se bousculait en lui, mêlé à l'odeur de ce corps tremblant de peur qu'il serrait contre lui ; ça lui procurait une excitation plus forte que lorsqu'il avait couché avec elle.

— N'aie pas peur, lui chuchota-t-il dans l'oreille. Je vais te lâcher. Je vais tout t'expliquer.

Il l'allongea, s'assit à côté d'elle, enleva la main de sa bouche. Il y eut quelques sons, pas de cris, rien qui nécessite une nouvelle intervention. Tout était encore en suspens, il aimait être ainsi à la croisée des chemins, avoir l'embarras du choix. C'était comme être tapi dans sa cachette dans la maison de la Erleveien. Il y avait gravé sans cesse son nom, en pensant que, tôt ou tard, cela la ferait revenir. S'il tournait le dos à ce mur, la voix de l'incendiaire s'emparerait de lui. S'il parvenait à lui résister, c'était la voix d'Elsa qui aurait le dessus.

Là où il était, sur le bord d'un lit dans cette cité universitaire, il ne pouvait pas graver le nom d'Elsa dans le mur, mais penser à elle protégeait la fragile silhouette qui tremblait de tous ses membres et murmurait des mots en polonais.

— Tu pries ?

Sa voix était calme. S'il réussissait à parler de cette manière, les choses pourraient en rester là.

Elle fit oui de la tête.

— Pourquoi tu es sortie ? demanda-t-il.

Elle se mordit la lèvre.

— Tu n'étais pas là. Mais tes chaussures étaient dans la chambre. Alors j'ai pensé que tu étais peut-être dans la cuisine.

Elle parlait un peu trop et il lui posa de nouveau la main sur la bouche. Pas fort, juste pour endiguer le flot de paroles.

— Tu crois que je suis venu piquer des trucs.

— « Piquer » des trucs ?

Il eut un petit sourire.

— Voler.

Elle se recroquevilla au fond du lit.

— Tu es un voleur ?

Elle lui offrait une porte de sortie. Se retirer, la laisser croire que c'était ça l'explication. Rien n'avait été volé chez Synne Clausen, à part le string. Personne ne se donnerait la peine de le rechercher pour ça. Et il pouvait se tenir à carreau le temps que tout soit oublié.

– Non, je ne suis pas un voleur.

– Qu'est-ce que tu cherchais alors ?

– Ne pose pas de questions.

Soudain, elle se redressa.

– Tu lui as fait quelque chose ?

Il n'eut pas le temps de répondre qu'elle avait déjà réitéré sa question, cette fois à haute voix, et il fut obligé de se coucher sur elle pour l'obliger à rester allongée.

– Je t'ai dit de ne pas me poser de questions, aboya-t-il. Tu ne comprends pas que si je te raconte ce que je faisais là-bas, même Elsa ne pourra pas t'aider ?

Il lui pressa si fortement la main sur la bouche que le regard de la jeune femme vacilla. Il se déploya comme un serpent et pesa de tout son poids pour qu'elle reste tranquille.

– Son frère, dit-il soudain tout en sachant qu'il ferait mieux de garder ça pour lui, mais il entendait la voix de l'incendiaire ricaner en lui ; le choix était maintenant définitif. Elle veut savoir ce qui est arrivé à son frère. Mais tu ne peux pas comprendre, toi. Tu t'es mise en travers de ma route, tu étais au mauvais endroit au mauvais moment. Ce n'est pas de ta faute. Tout dépend de moi, maintenant.

Il s'empara d'une des chaussettes, l'enfonça dans la bouche de Maja et s'allongea à côté d'elle.

– Tu veux savoir pourquoi, c'est bien ça ? Tu n'aurais jamais dû me poser la question.

Elle poussa un son guttural et il posa un doigt sur les lèvres de la jeune femme.

– Son frère s'appelait Karsten. J'ai essayé de l'aider. Il a trouvé quelque chose dans une voiture, quelque chose qu'il n'aurait jamais dû voir. Il n'était pas bête. Il a tout de suite compris ce que cela signifiait. Il m'a fait sortir de la voiture et a fichu le camp. Il a foncé droit sur moi.

Il revoyait les phares de la voiture qui s'approchaient, lui qui se jetait sur la carrosserie, convaincu que Karsten allait s'arrêter mais le garçon, désespéré, avait accéléré.

— Je me suis cramponné aux essuie-glaces, je lui ai hurlé dessus, mais il a continué à avancer et est rentré dans une clôture. J'ai été projeté à terre, le souffle coupé.

Il se revit à genoux et entendit le moteur rugir de nouveau, pleins gaz, la vitesse que l'on enclenche, et les phares qui s'éloignaient en descendant sur le sentier forestier.

Maja gémissait dans son oreille. Difficile de savoir ce qu'elle avait compris de ce qu'il lui avait raconté. Mais elle en avait déjà entendu assez, elle en savait trop, Elsa ne pouvait plus lui venir en aide.

— Il m'a fallu plusieurs heures pour revenir à Lillestrøm. Mon téléphone portable était resté dans la voiture. J'ai dû descendre jusqu'à la station-service. J'ai essayé de faire du stop, mais personne n'a voulu me prendre, je n'ai pas besoin de te faire un dessin.

Tous les événements de cette nuit lui revenaient à l'esprit. Maintenant qu'il avait ouvert la vanne, tout sortait. L'histoire se racontait toute seule.

— À la station-service, j'ai pu appeler un taxi. La fille au comptoir a regardé fixement mon cou, j'ai toujours une marque à cet endroit à cause de la vitre de la Chevrolet. Le gamin, ce petit con, avait essayé de m'étrangler.

Dans le taxi, il avait réfléchi à ce qu'il allait faire de Karsten quand il le retrouverait.

— J'ai aperçu ma voiture garée dans la Erleveien, le pare-brise fracassé. Je n'avais aucune idée de comment ça s'était produit, je savais seulement que j'avais arraché un essuie-glace quand il avait accéléré pour me faire lâcher prise.

Les clés étaient restées à l'intérieur. Il avait glissé la main dans la doublure de la portière, mais tout avait disparu. Il avait fouillé la voiture de fond en comble, impossible de retrouver le sachet avec les dispositifs de mise à feu. Karsten avait dû l'emporter.

– J'ai couru chez lui et sonné. Ce n'était pas très malin de ma part, mais j'étais si furax que je n'ai pas trop réfléchi. Il n'y avait personne à la maison.

Raconter tout cela, allongé sur le lit de Maja, l'apaisait. Il aurait pu rester ainsi jusqu'au bout de la nuit, la tenir serrée contre lui et lui parler tout bas à l'oreille.

– Maintenant tu sais pourquoi je suis entré chez Synne Clausen, dit-il sans élever la voix. Elle va écrire ce qui est arrivé à son frère. Karsten a rencontré quelqu'un ce soir-là, et je suis persuadé qu'il leur a parlé des dispositifs de mise à feu. Et ceux qu'il a rencontrés, pour une raison ou une autre, n'ont pas fait circuler l'info. Pas encore, en tout cas. Peut-être que quelqu'un garde ce sac chez lui. Recouvert de mes empreintes digitales. C'est pour ça que je veux avoir accès à son ordinateur : pour voir où elle en est de ses recherches.

Il ne pouvait pas s'arrêter en si bon chemin et il lui révéla sa cachette dans la maison de la Erleveien, lui parla des incendies, du gardien de nuit et de la fillette au foyer de Furutunet dont il avait oublié le nom. Il évoqua aussi Monica, avec un *c*, qui n'était pas morte par le feu mais par l'eau. Ensuite, il leva la tête et examina le visage de Maja. Ses traits s'étaient figés, elle avait fermé les yeux, seuls quelques tressaillements aux commissures des lèvres montraient qu'elle était en vie.

– Ce qui me rend si triste maintenant, chuchota-t-il, c'est que toi aussi tu sais tout ça.

Il saisit la ceinture de la robe de chambre dans le placard et lui attacha les mains derrière le dos. Elle le regardait les yeux grands ouverts à présent, alors il éteignit la lampe. Il sortit le stylo à insuline du tiroir de la commode. Peut-être l'entendit-elle et comprit ce qu'il fabriquait, car il dut se coucher sur elle pour la maintenir en place. Il enfonça la seringue dans son épaule et il entendit ses hurlements étouffés par la chaussette.

– Ça va aller, tu verras, la consola-t-il. Ça n'est que ton médicament. Tu n'as rien à craindre.

Il appuya bien sur le stylo, attendit, appuya encore et continua jusqu'à ce qu'il soit vide.

Il était trois heures moins le quart. Cela faisait une demi-heure qu'elle avait cessé de bouger. Il posa un doigt sur son cou et ne sentit pas de pouls. Il s'habilla, enveloppa le stylo dans une serviette en papier et le glissa dans sa poche. Il en avait terminé avec elle, mais son travail n'était pas fini, car il avait été assez idiot pour éjaculer quand ils avaient baisé. Il était donc obligé de se débarrasser du corps.

Il la balança sur son épaule. Au moment de sortir, il entendit des bruits dans le couloir. Des pas, une porte que l'on ouvrait. Il la reposa. Jeta un coup d'œil par la fenêtre. Aucun immeuble en face, uniquement les toits de maisons individuelles. De nouveau, une porte s'ouvrit. Puis le silence. Il attendit trois minutes avant d'ouvrir en grand la fenêtre. Aucune lumière dans les pièces de ce côté-ci de l'immeuble. Il souleva le corps si léger, le tint le long du mur extérieur et le lâcha. Le son qu'il fit en tombant sur la pelouse un étage plus bas fut sourd mais il crut entendre quelque chose se briser.

Il ferma la porte derrière lui et s'engagea dans le couloir en tenant ses chaussures à la main. Il attendit d'être dans la cage d'escalier pour les enfiler. Dehors, le vent s'était levé et il s'était remis à pleuvoir. Il se posta au coin et jeta un coup d'œil alentour. Il pouvait voir la masse informe qu'il avait jetée d'en haut. Il s'approcha : on aurait dit une poupée désarticulée dans une position qu'il n'avait encore jamais vue, les jambes en grand écart, la tête brisée retombant sur le dos. Vite, il se pencha pour l'empoigner et la traîna le long de l'immeuble pour la mettre à l'ombre.

Il regagna sa voiture en pressant le pas, fit marche arrière jusqu'au mur, souleva le tas informe, les bras et jambes ballants comme s'ils allaient se détacher. Il la balança dans le coffre. Cela n'avait pas dû lui prendre plus de quatre minutes. En traversant lentement à nouveau le parking, il fut envahi par un formidable soulagement. Il alluma la radio, trouva une station qui passait de la musique, du classique, chœur et orchestre, et il chanta alors à pleine voix une mélodie qu'il ne connaissait pas : il savait soudain ce qu'il allait faire d'elle.

Dans la Thereses gate, il repéra le véhicule qu'il cherchait, une petite camionnette qui devait avoir au moins une dizaine d'années. Il tourna dans une impasse, trois immeubles plus loin, et gara sa voiture tout au fond, devant un container. Il avait dans la boîte à gants tout ce dont il avait besoin : un tire-bouchon, du fil de fer. D'un pas calme, il remonta la Thereses gate, força la portière de la camionnette avec le tire-bouchon, introduisit le fil de fer, déverrouilla la portière et réussit ensuite à démarrer le moteur.

Après avoir amené le véhicule à côté de sa propre voiture, il essaya d'en ouvrir la porte arrière. Impossible. Il regarda autour de lui. Il y avait de la lumière à certaines fenêtres, mais personne en vue. Il était trois heures et demie. Il ouvrit le coffre de sa voiture, en extirpa le corps et le laissa tomber sur le siège passager de la camionnette, puis il abaissa le siège pour l'allonger. On aurait pu croire qu'elle dormait. Il prit les deux bouteilles d'alcool à brûler, les jeta par terre à l'avant et quitta les lieux.

Il dépassa le stade d'Ullevål. Le corps sans vie glissait d'avant en arrière sur le siège à côté de lui, la tête dodelinant sur la poitrine. Il fit halte sur le bas-côté et l'attacha avec la ceinture de sécurité avant de repartir. Il alluma le lecteur CD et eut droit à un air de country de la part du propriétaire du véhicule. Lui qui avait toujours détesté cette musique, il trouva que, pour une fois, elle convenait à la situation.

Dans la vallée de Maridalen, la pluie s'intensifia. Il n'avait croisé que trois voitures après avoir traversé le Ringveien. Peu après le lac, il tomba sur un sentier en terre, s'y engagea et parcourut plusieurs centaines de mètres à l'intérieur de la forêt, avant de couper le moteur. Il aperçut alors une lumière un peu plus loin qui dansait parmi les arbres. Il voulut redémarrer, manipula les fils, mais le moteur était mort. La colère s'empara de lui. Qui se baladait en forêt au milieu de la nuit ? La torche n'était plus qu'à cinquante mètres. Certes, libre à lui de piquer un sprint et de la laisser remplie de ses gènes à lui. La police finirait par retrouver sa trace, tôt ou tard, l'encerclerait et le coincerait. Il se tourna vers le corps à ses côtés, souleva la tête en la tirant par les cheveux et s'allongea sur elle, collant sa joue contre la sienne, froide. Sa peau avait une autre odeur à présent, quelque chose qui évoquait déjà la viande faisandée. Au même moment, le faisceau d'une torche éclaira l'habitacle, balaya son dos et sa nuque. Les gens qui se promenaient la nuit dans la forêt ne se gênaient pas pour s'arrêter et jeter un coup d'œil à l'intérieur des voitures, voire ouvrir les portières et demander ce qui se passait. Il remonta le col de son blouson et baissa à moitié son pantalon, glissa les deux mains dans les longs cheveux et pressa ses lèvres contre les siennes ; le goût lui rappela un dissolvant à vernis à ongles de Gunnhild qu'il avait sniffé un jour. Il enfonça sa langue entre les dents dans cette bouche pleine d'écume. Ce goût de produits chimiques putrides acheva de l'enrager, et lorsque le halo lumineux s'arrêta à la hauteur de sa vitre, il donna un coup de bassin dans le corps sans vie, prêt à ouvrir en grand la portière et fracasser la torche sur la tête du propriétaire. À l'instant où il saisit la poignée, la lumière s'écarta et le faisceau partit danser plus loin sur le sentier.

Il resta un bon moment à scruter l'obscurité parmi les arbres. La pluie avait cessé, des gouttes glissaient ici et là sur le pare-brise. Lentement, la fatigue le gagna, cette fatigue qu'il avait ressentie tout l'hiver, ce poids qui le clouait au lit, à regarder la lumière du jour poindre sous les rideaux puis disparaître le soir, sans avoir bougé.

Il ne retournerait pas sur les lieux, non. Il s'essuya la bouche et le menton du revers de la manche pour se débarrasser de cette saloperie, ouvrit la portière, ramassa les bouteilles par terre et en répandit le contenu sur le tas informe allongé sur le siège passager. Il continua jusqu'à ne plus sentir qu'une seule odeur, celle de l'alcool à brûler.

11

Jasmeen saisit mes mains. « J'étais lâche. Aujourd'hui, je por-
terais plainte. »

Synne faisait défiler le texte. Sa rencontre avec Jasmeen
Chadar avait donné lieu à un texte de sept pages. Elle
s'était attardée sur ce que les trois femmes dans la voiture
portaient, sur leurs gestes quand elles parlaient, l'odeur des
cigarettes et de leur eau de toilette. Pour que quelqu'un
croie à ce qu'elle raconte, il fallait qu'elle donne tous ces
détails. Pour qu'elle aussi y croie. Sans avoir la force de
tout relire, elle l'imprima, alla dans le couloir en emportant
les feuilles ; elle avait besoin de montrer à quelqu'un ce
qu'elle avait écrit.
Elle n'avait pas entendu la flûte de Maja de la journée.
Malgré cela, elle frappa à la porte. Pas de réponse. Voyant
que la porte n'était pas fermée à clé, elle frappa encore
une fois avant d'entrer. Personne à l'intérieur. Elle jeta un
coup d'œil dans la cuisine, retourna à la chambre de Maja.
Elle-même avait oublié de fermer sa porte avant d'aller se
coucher. Quand elle s'était réveillée et l'avait trouvée entrebâillée, elle avait ressenti un malaise. Mais Maja prenait
toujours soin de fermer à clé, c'était presque une obsession
chez elle. Elle découvrit le canapé-lit défait, la couette jetée
par terre et tous les tiroirs de la commode ouverts. Ça ne
lui ressemblait pas non plus. Sa flûte était dans son étui

sur le pupitre et, près du mur, le sac que Maja emportait pour aller au conservatoire. Ce devait être la première fois qu'elle séchait les cours depuis que Synne la connaissait. Il y avait peut-être un lien avec son rendez-vous galant de la veille. Synne ramassa la couette et l'étala sur le lit, en tentant de se persuader que cet écart de conduite n'avait rien d'inquiétant.

De retour dans son studio, elle sortit son téléphone portable pour appeler Erika, qui se rendait à une réunion.

– J'ai rencontré quelqu'un que fréquentait Karsten juste avant de disparaître.

– Ne me dis pas que tu vas continuer tes interviews, l'interrompit Erika, essoufflée, comme si elle montait un escalier.

– Elle a dit que Karsten a été tué. Et qu'elle savait qui l'avait fait.

– Synne, tu cherches quoi exactement ?

– Je ne sais pas.

– Je m'inquiète pour toi.

– Tu aurais dû y penser avant.

– Non, je suis sérieuse. Tu devrais voir un psy pendant que tu travailles sur ce sujet.

– Je n'ai qu'à prendre le tien quand tu auras terminé tes séances. Cela ne fait pas sept ans que t'as commencé ?

– Eh, on parle de toi, là. Tu m'as dit que tu avais reçu de l'aide, à l'époque, après ce qui était arrivé.

– Je n'ai pas dit ça, rétorqua Synne en s'appuyant contre le lavabo pour se regarder dans la glace. J'ai dit que j'avais été suivie un certain temps par un psychiatre. Mais il était impossible et ne comprenait rien du tout.

Elle soupira profondément.

– Parfois, cela dit, contre toute attente, on parvenait à échanger.

– Tu crois qu'on peut espérer plus que ça ? fit remarquer Erika. Tu devrais peut-être le rappeler.

– Il n'est plus psychiatre. Tu sais ce qu'il fait maintenant ?

– Comment veux-tu que je le sache ?
– Il écrit des romans policiers.

Erika pouffa de rire, peut-être un ricanement vexé.

– Ce n'est pas vrai ! De l'argent facile. Au lieu de se rendre utile...

On aurait dit qu'elle avait changé d'avis sur la psychiatrie. Synne raccrocha et composa le numéro de Dan-Levi.

– J'ai écrit quelque chose que j'aimerais vous montrer.
– Volontiers, dit-il, surpris. Tu veux me l'envoyer par mail ?

– Je vais rendre visite à mon père tout à l'heure. Est-ce que je peux passer en coup de vent ?

Elle entendit des aboiements et des voix d'enfants en fond sonore.

– Bien sûr, j'ai la soirée de libre.

Elle ne chercha pas à savoir ce que cela voulait dire. Soudain, son studio lui parut étouffant, elle enfila ses bottines et saisit son manteau.

En bas de l'escalier, la porte d'entrée s'ouvrit. L'homme qui était entré avec une clé la regarda avant de s'intéresser au tableau d'affichage, l'air arrogant, sans même la saluer. Elle eut l'impression de l'avoir déjà vu, mais il paraissait trop vieux pour être étudiant. Elle se retourna et lui jeta un regard noir. Je ne suis pas transparente, que je sache ! faillit-elle lui dire, car les gens qui ignoraient les autres répandaient le vide autour d'eux, croyait-elle. Le type avait des cheveux blonds décolorés, il n'était pas très grand et ses muscles proéminents lui donnaient une apparence difforme. Arrête de t'énerver à cause des autres, se sermonna-t-elle, ça retombe toujours sur toi.

*

Cette fois-là, elle ne sonna pas.

Elle trouva son père dans le salon. Ce dernier leva la tête, ses yeux étaient grands et gris derrière ses lunettes de lecture où se reflétait le ciel de cette après-midi sans soleil. Mais son regard s'anima dès qu'il la vit.

— Il se passe quelque chose ? demanda-t-elle en montrant sur l'écran de télévision les images d'ambulances qui circulaient parmi des ruines.

— Des voitures piégées, répondit-il. Des inondations, la sécheresse, des fuites radioactives et d'autres signes de catastrophes naturelles et de destruction à court terme de la terre. À part ça, pas grand-chose.

Elle ne put s'empêcher de sourire. Il lui restait un peu d'humour et d'ironie pour contrebalancer son pessimisme. Il semblait de meilleure humeur que la dernière fois, et elle hésita à lui exposer la raison de sa visite.

Elle prépara des tartines avec du fromage et des tomates pour tous les deux et sortit une bouteille de bière pour lui, il s'était mis à boire plus régulièrement ces derniers temps. Autrefois, il prenait un verre à de rares occasions, maintenant c'était tous les jours. Tant que les bouteilles vides ne s'entassaient pas dans la cuisine, elle ne s'inquiétait pas outre mesure. Un morceau de viande hachée traînait dans la poêle et le paquet où il l'avait pris était resté sur le plan de travail. Il ne devrait pas vivre comme ça, pensa-t-elle, acheter des plats tout prêts. Il ne devrait pas passer ses soirées seul à regarder la télévision et feuilleter des magazines. Il y a quelques années, peu après son déménagement, elle lui avait proposé diverses activités, mais il avait prétexté être trop vieux pour aller en ville se faire de nouveaux amis et trouver une compagne, et trop jeune pour aller à des réunions du troisième âge.

Quand ils dégustèrent leur tartine, il baissa le son de la télévision. C'était une émission sur la nature, avec des insectes, il avait dû se réjouir à l'idée de voir ça.

— Tu as vu l'interview dans le *Romerikes Blad* ? dit-elle.

Il acquiesça, attendant qu'elle poursuive, comme d'habitude. C'était toujours à elle de mettre les choses sur la table. Il baissa davantage le son.

– En réalité, ce n'était pas une interview. Dan-Levi m'avait appelée pour me demander s'il pouvait évoquer mon nouveau projet.

– Tu écris sur Karsten.

– En quelque sorte.

– Pourquoi sur lui ?

– Je ne sais pas. Ça te déplaît ?

Il haussa les épaules.

– Je trouve qu'il vaut mieux le laisser où il est.

Elle posa sa tranche de pain.

– À t'entendre, on croirait qu'il est quelque part et qu'il suit ce qu'on fait.

– Tu sais très bien ce que je veux dire.

– Dans ce cas, tu comprends que je ne fais pas ça pour lui.

Il se versa un verre de bière.

– C'est important pour toi.

Elle se sentit soulagée de la manière dont il avait dit cette phrase. À défaut de la comprendre, au moins ne l'accusait-il pas.

– À ton avis, que pense ta mère de ça ? demanda-t-il.

– Ça la regarde.

Il continua de mâchonner lentement.

– Je veux que tu me racontes ce qui s'est passé ce soir-là, dit-elle.

Les rides de son front se creusèrent.

– Ce soir-là ?

Pourquoi faisait-il semblant de ne pas comprendre ?

– Tu ne penses pas qu'on en a suffisamment parlé ? répondit-il au bout d'un moment.

Elle aurait pu lui épargner cette discussion, mais elle avait une idée bien précise en tête.

– J'ai réfléchi à plusieurs choses.

– Comme quoi, par exemple ?

Elle jeta un coup d'œil sur l'écran de télévision. La caméra zoomait sur une vaste plaine, une savane ou la pampa. Des bœufs se tenaient sous les arbres, avec un essaim de mouches vertes qui grouillaient, attirées par une blessure sur le dos de l'un d'entre eux.

— Ce soir-là, j'étais chez Tamara. Je suis rentrée à vélo, mais celui qui m'a trouvée a dit que j'étais dans un fossé à côté du lycée de Lillestrøm. Ce n'était pas du tout sur mon chemin.

Cela paraissait encore plus étrange maintenant qu'elle le formulait devant son père.

Il repoussa son assiette.

— Cela nous a frappés aussi, bien évidemment.

— Et ?

Elle fit attention à ce que sa voix n'ait pas un ton de reproche.

— Nous n'avons jamais trouvé d'explication. Tu ne te rappelais pas ce que tu faisais sur ce chemin.

— Parle-moi de celui qui m'a ramenée.

— Que veux-tu que je te dise ? Je ne sais rien de lui.

— Il était comment, physiquement ?

Son père réfléchit.

— De taille moyenne, je crois, costaud, peut-être. Mais il faisait sombre. Et ça remonte à huit ans.

— Comment parlait-il ?

— Normalement, je pense. Pas de dialecte ou d'accent particulier. Mais tu peux imaginer le choc qu'on a eu, ta mère et moi.

— Qui de vous deux a ouvert ?

— Moi.

Il ferma les yeux quelques secondes.

— Je crois qu'il te tenait dans ses bras, tu étais ensommeillée, l'esprit confus, comme tu l'étais après ce genre de crises, et tu avais le visage et les cheveux couverts de sang.

— De sang ? répéta-t-elle en se redressant dans le canapé. Tu ne me l'avais jamais dit.

Elle vit qu'il était mal à l'aise, mais pas question de s'arrêter en si bon chemin.

— Ah bon ? En tout cas, ça a été un peu la panique. Ta mère a crié et t'a prise dans ses bras. Et le jeune homme est reparti. Nous avons certainement dû lui dire merci, peut-être que nous lui avons demandé son nom ou autre chose, je ne me rappelle plus.

— J'ai donc été blessée à la tête et personne ne m'en a jamais parlé.

Son père la regarda d'un air hésitant.

— Tu n'étais pas blessée.

— Qu'est-ce que tu veux dire ?

Nouveau silence. Il referma les yeux, peut-être pour rassembler ses souvenirs ou peut-être pour chasser des pensées qui remontaient à la surface. Sa bouche pâle restait ouverte. Elle appréhendait le moment où elle allait le quitter en proie à des souvenirs et des images qu'il avait pris soin de reléguer au fond de sa mémoire, dans des tiroirs destinés à ne jamais être ouverts.

— J'étais blessée, oui ou non ? demanda-t-elle malgré tout.

Il vida son verre de bière et s'essuya la bouche avec sa serviette, frottant plusieurs fois le papier contre ses lèvres.

— Je me souviens que nous avons interrogé le médecin de l'hôpital à ce sujet, finit-il par dire. Ils n'avaient pas relevé la moindre blessure sur toi, pas même une égratignure.

— Pourquoi j'avais alors le visage couvert de sang ?

— Cela fait partie des questions qui sont toujours restées sans réponse.

Elle se laissa retomber dans le fauteuil. Sur l'écran, un petit animal courait sur l'eau, des petites pattes qui déchiraient la surface sans passer au travers.

— Tu étais épuisée, somnolente, atone, tout cela correspondait aux symptômes des crises que tu faisais souvent à cette époque-là. Nous avons d'abord cru que tu avais fait une chute de vélo, que tu t'étais heurté la tête, mais à l'hôpital, ils nous ont assuré à cent pour cent que ce n'était pas le cas.

– Quelles analyses ils m'ont faites ?

Son père ôta ses lunettes, les posa sur la table et se passa la main sur les yeux.

– Ils ont dû faire les analyses qu'ils jugeaient nécessaires. Tu comprends bien qu'entre-temps, on avait autre chose en tête...

Elle comprit, se sentit soudain égoïste et eut honte.

– Pardonne-moi, dit-elle.

Il secoua la tête, ce qu'elle ne sut pas interpréter.

– Tu vois un inconvénient à ce que j'emporte certaines des affaires de Karsten ? demanda-t-elle en se levant.

– Quelles affaires ?

– Des livres, son portable, le programme de la cérémonie de recueillement. Je te rapporterai tout ça après.

Avec un léger hochement de tête, il se tourna de nouveau vers la télévision et remit ses lunettes. Une foule de minidrames se déroulaient sur l'écran, de minuscules insectes capables de s'adapter au moindre changement de leur environnement. Mais ce soir-là, elle lut sur son visage qu'il aurait du mal à suivre les péripéties de ce microcosme.

12

Dan-Levi se leva, rajusta le rideau de la cuisine et, plutôt que de se rasseoir, ouvrit le réfrigérateur. Il prit une brique de jus de fruits et la posa sur la table, à côté d'une autre, déjà entamée.

— Elle sous-entend donc que son frère pourrait avoir tué Karsten, dit-il sur un ton le plus calme possible.

Synne rassembla les feuilles qu'elle venait de lui lire à haute voix.

— Elle ne le sous-entend pas. Elle le dit clairement.

Dan-Levi ne tenait pas en place, tournait autour de sa chaise. Pepsi sursauta dans son coin, se mit sur ses pattes et commença à gronder. Il prit la chienne par le collier, l'entraîna dans le couloir et ferma la porte. Il ne pouvait s'empêcher de voir l'aspect journalistique : il imaginait déjà les gros titres et les chapeaux. *Une disparition vieille de huit ans se révèle un assassinat, un politicien norvégien d'origine pakistanaise est accusé. Un des plus éminents porte-parole du grand projet d'intégration est soupçonné d'avoir commis un crime d'honneur dans sa jeunesse…* Honnêtement, Synne, avait-il envie de dire, tu ne crois pas que tu vas trop loin ?

— Alors, que faisons-nous ? dit-il en se rendant compte que ce « nous » trahissait qu'il était lui aussi impliqué dans cette affaire.

La dernière fois qu'elle était venue le voir, il l'avait invitée à partager ses soucis avec lui. Le voilà bien obligé d'assumer maintenant.

— Je ne crois pas que Jasmeen puisse entreprendre quoi que ce soit par elle-même, affirma-t-elle. Elle acceptera peut-être de témoigner contre son frère s'il y a un procès, mais elle ne le dénoncera pas.

Il devait absolument freiner Synne dans son élan.

— Un procès ? Disposons-nous d'un quelconque élément de preuve ?

Synne fit signe que oui, avec un peu trop de d'empressement, jugea-t-il.

— Son frère n'était pas à la maison ce soir-là.

Dan-Levi leva les bras en l'air.

— Synne, *please*, nous parlons du jeudi saint d'il y a huit ans. À supposer que nous puissions prouver qu'elle avait raison, et alors ? Moi non plus, je n'étais pas à la maison ce soir-là.

Elle se cala dans sa chaise.

— Je sais que c'est léger. C'est pour ça je suis venue vous voir. Vous connaissez bien un policier, je crois. Vous pouvez lui parler.

— Oui, ça peut se faire.

— Peut-être que la police pourra rouvrir le dossier. Ils n'ont pas besoin de le crier sur tous les toits, avant d'avoir trouvé de nouveaux éléments.

Dan-Levi se laissa tomber sur la chaise. Bien sûr qu'il pouvait appeler Roar Horvath. Ils étaient souvent en contact dès qu'il s'agissait d'affaires criminelles. Tous les deux avaient à y gagner.

— J'en parlerai à mon ami, promit-il.

— Merci. De mon côté, je vais continuer mes recherches.

— Comment ça ?

— J'ai essayé à plusieurs reprises de joindre Shahzad Chadar.

Dan-Levi tressaillit.

– Je ne pense vraiment pas que ce soit une bonne idée.

– Pourquoi pas ?

Il ne sut que répondre.

– Comme vous savez, j'écris un nouveau livre, reprit-elle.

Le son de sa voix trahissait qu'elle ne lui avait pas tout à fait pardonné l'interview, mais il préféra ne pas relever.

– Il vaudrait mieux que cette histoire avec Shahzad Chadar n'apparaisse pas dans un roman.

– Je ne sais pas si ça sera un roman. Ça prend une autre direction. Je n'y ai pas encore réfléchi. J'ai commencé à écrire des textes sur les autres personnes qui l'ont connu. Je crois que je m'approche de lui par cercles concentriques.

Elle se leva.

– Promettez-moi de m'appeler quand vous aurez parlé avec votre ami.

Il la raccompagna dans l'entrée.

– Je voulais te poser une question, dit-il avec une pointe d'hésitation, tandis qu'elle enfilait ses bottines. Dans quel jardin d'enfants est allé Karsten quand il était petit ?

Elle le regarda en plissant le front.

– Jardin d'enfants ? Le même que moi, je crois, celui de Vollen.

– Tu en es sûre ?

– Je ne me souviens pas d'en avoir jamais parlé avec lui. Vous pensez aux incendies, n'est-ce pas ?

Il ne voulait pas mentir.

– Vous vous demandez si c'était Karsten le coupable ?

Dan-Levi ne savait pas si c'était la raison pour laquelle il avait posé la question.

Après son départ, il mit l'eau à chauffer pour les spaghettis et sortit la viande hachée du réfrigérateur et l'étala dans une poêle. Pris d'une impulsion subite, il attrapa son portable et composa le numéro de Solveig, la sœur de Sara. Elle était institutrice et avait travaillé au jardin d'enfants de Vollen dans les années quatre-vingt-dix, avant de s'installer en ville. Dan-Levi éprouvait toujours de l'appréhension avant de lui téléphoner. Solveig était une personne à l'intelligence acérée, dans tous les sens du terme. Sa mémoire était infaillible au point que cela en était pénible. Et elle ne se gênait pas pour dire crûment ce qu'elle pensait. À trois ou quatre reprises, elle avait connu des épisodes maniaco-dépressifs. Dan-Levi avait été le premier à le remarquer, mais Sara avait fait la sourde oreille le plus longtemps possible. Il y avait des signes qui ne trompaient pas. Solveig devenait plus brusque, comme si toute censure avait disparu ; elle faisait des commentaires à l'emporte-pièce et blessait allègrement les autres. Ensuite elle se laissait gagner par une frénésie qui lui faisait acheter des choses tout à fait superflues pour elle ou sa famille, elle stockait de la nourriture, surtout du lait. Elle pouvait vider des rayonnages entiers et rentrer avec le coffre plein. Alors elle était à deux doigts de disjoncter et la maladie devenait patente aux yeux de tous. Il avait même dû une fois la faire interner contre sa volonté ; cela restait pour lui une de ses pires expériences.

– Allô ? Ici Lundwall, répondit-elle alors qu'elle devait savoir qui appelait.

Il tendit l'oreille mais ne perçut aucun signe d'alerte. En quelques jours, la directrice de jardin d'enfants bien habillée, énergique et compétente pouvait se transformer en une personne possédée par les pires démons. Ils lui avaient rendu visite à l'hôpital, un jour qu'elle était attachée à son lit, vêtue d'une simple culotte et d'un T-shirt déchiré.

Dan-Levi expliqua sans trop entrer dans les détails qu'il préparait un article.

– J'essaie d'en savoir davantage sur le garçon du voisinage qui a disparu.

– Karsten Clausen.

– C'est ça. Est-ce qu'il n'était pas au jardin d'enfants de Vollen à l'époque où tu travaillais là-bas ?

– Si, dit-elle avant de marquer une pause. Pourquoi tu me demandes ça ?

Il aurait préféré faire marche arrière, mais fut obligé de dire que cela avait un lien avec les incendies.

– Parce que tu crois que Karsten Clausen a quelque chose à voir là-dedans ?

– Et toi, qu'est-ce que tu crois ? voulut-il savoir.

– Ça ne m'a jamais effleuré l'esprit. Dis-moi à quoi tu reconnais qu'un gamin de six ans sera plus tard un pyromane.

Cela doit être possible, songea-t-il mais il se garda de le dire.

Après avoir raccroché, il arracha une feuille du carnet à dessin qu'une de ses filles avait laissé sur la table de la cuisine. Il voulait faire une sorte de jeu qu'il avait appris lors d'un stage professionnel. L'animateur avait appelé ça « le soleil des associations ».

Au milieu de la feuille, il nota *incendies au printemps jamais élucidés, il s'agissait, selon la police, d'incendies volontaires.* Il fit partir des traits de cette phrase et écrivit quelques mots au bout de chacun. *Jardin d'enfants de Vollen : Karsten, enfant, y est allé. La supérette à Strømmen : Khalid Chadar en est le propriétaire. Jasmeen Chadar dit que son frère a tué Karsten. La ferme Stornes : Elsa Wilkins a grandi là-bas.* « Les Amants à l'envers », eut-il comme association, comme si la carte de tarot était liée de façon inextricable à cette femme. Près du trait qui menait au *foyer de Furutunet*, il n'avait rien à écrire.

Il regarda dehors, par cette soirée claire, et prit son portable pour composer un autre numéro.

Roar Horvath semblait de fort bonne humeur. En reconnaissant les Pink Floyd en arrière-plan, Dan-Levi en déduisit que son camarade était seul chez lui.

– T'es tout seul à faire du tricot ? Tu n'es pas dehors à courser des voleurs ?

Il aboya plusieurs fois et entendit Roar rire au bout du

fil. Après son divorce, quelques années plus tôt, il avait obtenu du travail dans la police d'Oslo et avait emménagé dans un immeuble à Mangerud.

– Tu n'es pas au temple de Betania pour prier ? répliqua son camarade.

– Si, et j'ai eu une vision : je devais t'appeler.

Roar rit encore une fois de bon cœur.

– J'ai une question concernant Karsten Clausen. Tu te souviens de cette affaire ?

À cette époque, Roar était un bleu qui paradait dans les rues de Lillestrøm en uniforme, arborant une moustache en guidon de vélo. Il avait fallu beaucoup de temps à Dan-Levi pour réussir à le convaincre de la raser.

– Tu crois que j'ai Alzheimer ou quoi ?

– Je voulais seulement vérifier si ça c'était aggravé, répondit Dan-Levi.

Il lui rapporta sa conversation avec Synne.

– Si j'ai bien suivi, la sœur de Chadar le haïssait, commenta Roar.

– Je crois qu'il faudrait creuser, insista Dan-Levi.

Roar commença à grignoter quelque chose, Dan-Levi était prêt à parier que c'était une pizza froide. Il prit la feuille où il avait dessiné en soleil ses associations et exposa le lien entre Karsten et les incendies.

– Tu n'espères quand même pas que nous rouvrions l'enquête sur cette disparition, répondit Roar, que ces dernières informations laissaient apparemment de marbre. Nous parlons d'une affaire vieille de huit ans…

Dan-Levi se souvint d'un autre drame survenu à Pâques, cette année-là, un drame qui concernait directement Roar. Il avait retrouvé sa petite amie morte dans sa baignoire et l'enquête avait conclu à un suicide. Roar ne voulait plus jamais parler d'elle, prétendait qu'il avait rapidement tourné la page, mais Dan-Levi savait que cette histoire continuait à le tourmenter. Plus tard ce printemps-là, Roar avait rencontré une autre femme. Ils s'étaient mariés à l'automne et avaient eu une fille l'année suivante. Sa femme était psychologue. Leur couple avait tenu deux ans et demi.

— Quand de nouvelles pistes apparaissent dans une affaire aussi grave, vous êtes bien obligés de vous pencher dessus, insista Dan-Levi. Shahzad Chadar avait deux motifs évidents pour supprimer Karsten. En plus de l'histoire avec sa sœur, il a pu croire que Karsten était impliqué dans l'incendie de la supérette. Il est même possible que ses soupçons soient justifiés.

— Est-ce que tu connais le pourcentage d'élucidation de nos enquêtes ? l'interrompit Roar. Tu n'es pas le premier à nous critiquer pour notre inefficacité. À ton avis, quelles sont nos chances de résoudre une affaire qui remonte à huit ans, quand on croule déjà sous le nombre de plaintes dont personne n'a le temps de s'occuper ?

— Ce n'est pas à moi qu'il faut demander ça.

Roar respira lourdement.

— J'y penserai, dit-il, mais je ne te promets rien.

— Sinon, j'irai moi-même, répondit Dan-Levi qui venait soudain d'avoir une idée. J'irai lui parler.

— À qui ?

— Shahzad Chadar. Je vais l'interviewer.

Roar soupira à l'autre bout du fil.

— Tu vas lui demander s'il a tué Karsten Clausen ?

— Plus ou moins. S'il avoue, je te l'amènerai. Affaire résolue.

— N'oublie pas d'emporter des menottes, le railla Roar. Comment ça va chez toi ?

— *Business as usual.*

— Sara ?

— Elle va bien.

— Tu lui diras bonjour de ma part.

Après avoir raccroché, Dan-Levi réfléchit à cette dernière

phrase. Ces temps-ci, Roar finissait toujours leur conversation en évoquant Sara.

Les Amants à l'envers, pensa-t-il soudain. Il secoua la tête, peiné par sa stupidité.

Après avoir fini de cuisiner, il monta au grenier et ralluma son ordinateur. Il reprit ce qu'il était en train de faire avant que Synne ne surgisse. Comme une fente dans la charpente laissait passer un léger courant d'air, il s'enveloppa dans une couverture. Il faudrait faire appel à un menuisier et à un électricien pour que cette pièce puisse vraiment servir de bureau. Mais où trouverait-il l'argent ?

Qu'est-ce que le Seigneur attend de nous ? tapa-t-il et il regarda sa montre. Dix minutes s'étaient déjà écoulées. Il relut la question qui ne cessait de le poursuivre. La réponse du pasteur Jakobsen était simple : pour le savoir, il suffisait d'écouter Sa voix. Et si on ne l'entendait pas, si l'on n'entendait pas résonner ses mots en nous, cela voulait dire qu'on s'était égaré et qu'il fallait retrouver le chemin du bercail. Souvent, Dan-Levi avait entendu cette voix, mais en ce moment où, les doigts gelés sur le clavier, son temps était compté, c'était le silence. La veille au soir, au lit, il avait joint les mains et affronté ce même silence. En son for intérieur, il n'avait entendu que ses propres pensées, et cela l'avait effrayé. Il était resté allongé, les yeux fixés au plafond, à écouter le souffle de Sara, et pour la première fois, il n'avait pu trouver le sommeil.

Les Amants à l'envers, écrivit-il avant de l'effacer aussitôt. Il ferma le document au moment où la porte s'ouvrit. Il savait qui c'était.

— Coucou, Rakel, dit-il en entendant le son des pieds nus de sa fille sur le plancher brut. Fais attention aux échardes, le parquet n'est pas verni, tu sais.

Il la prit dans ses bras.

— Qu'est-ce que tu écris ? voulut-elle savoir.

— Oh, des pensées qui me traversent l'esprit.

– Elles me concernent ?

Il la prit sur ses genoux.

– Oui, répondit-il, posant la tête sur ses cheveux. J'écris aussi sur toi.

– J'ai fait un rêve affreux cette nuit, dit-elle.

– Oh ma pauvre.

Depuis la mort de son grand-père, elle n'avait pas parlé de ses rêves.

– Tu veux me le raconter ?

– Je ne sais pas.

– Ce n'est pas dangereux de raconter. Je supporterai ça très bien.

Elle se blottit contre lui.

– Il s'agissait de toi.

– Ah bon ?

– Tu étais parti en voyage et puis tu es revenu, je t'ai regardé par la fenêtre.

– Je ne vois pas ce qu'il y a d'affreux là-dedans.

– Je suis sortie pour courir vers toi et j'ai vu qu'il s'était passé quelque chose d'horrible. Ils t'avaient abîmé.

– Abîmé ?

– Au visage et partout. C'est ça qui était le plus terrible. Je ne t'ai pas reconnu.

13

Il suivit Synne Clausen dans la Erleveien. Comme si elle lui montrait le chemin. Il n'y était pas retourné depuis le soir de la disparition de Karsten. Elle allait rendre visite à son père. Il poursuivit sa route, dépassa la maison et se posta près du bois. Il bruinait, mais il ne faisait ni froid ni chaud, les soirées n'étaient pas encore trop claires.

Il n'avait pas fermé l'œil depuis vingt-quatre heures. La vision de la camionnette en feu le maintenait éveillé chaque fois qu'il fermait les yeux. Tapi parmi les sapins, il avait vu le feu prendre, attendu l'explosion en sachant qu'il y avait un corps sur le siège, un corps que lui-même avait placé là… Il était à moins d'une centaine de mètres quand ça avait explosé. La voix de l'incendiaire avait hurlé et il avait hurlé avec lui. Longtemps. Jusqu'à ce qu'il entende les sirènes. Alors, il s'était enfoncé dans la forêt et éloigné.

Au bout d'une heure, Synne Clausen était ressortie. La voilà qui redescendait la Erleveien, elle était à moins d'une centaine de mètres devant lui. Le matin, en rentrant chez lui, il avait espionné son ordinateur et parcouru tous les textes qu'elle avait écrits ces dernières semaines.

Elle s'arrêta devant la maison du journaliste. Rien d'étonnant à ce qu'elle lui rende visite aussi, ce type l'avait interviewée et elle mentionnait plusieurs fois son nom dans ses textes, ce qui attisait encore davantage sa curiosité ; un même fil reliait toutes ces choses ensemble et le ramenait toujours à cette maison. Il était six heures et demie, le crépuscule n'était pas encore perceptible. Il passa devant le portail, s'arrêta dans la rue. Ce n'était pas la maison du journaliste. Quand bien même cent familles auraient habité là et essayé d'en faire leur foyer, cela ne changeait rien. Ça restait à jamais la maison de son enfance. Il balaya du regard les fenêtres les unes après les autres. S'attarda dehors le plus longtemps possible. Puis il s'approcha du portail et lut ce qui était inscrit sur la boîte à lettres. Il y avait six noms. Deux filles et un garçon étaient venus s'ajouter aux autres depuis la dernière fois. Il marcha calmement dans le passage encore gelé, entre les clôtures. Le long du sentier poussait le thuya que Gunnhild avait planté pour se protéger des regards des voisins. Il se posta là pour guetter. Quelques minutes plus tard, Synne Clausen passa devant lui. Il rit tout bas. Quels risques il prenait ! Mais il savait évaluer la marge d'erreur. Quelques heures plus tôt, elle lui était presque rentrée dedans, dans le vestibule de la résidence universitaire. Elle l'avait regardé avec insistance et curiosité. Malgré cela, il l'avait suivie jusqu'à Lillestrøm. Elle ne l'avait pas reconnu, ne savait rien de lui, mais il avait accès à ce qu'elle faisait, quand il le voulait.

Il jeta de nouveau un coup d'œil dans la Erleveien. Elle en arrivait au bout et disparut en direction de l'arrêt de bus. Il la laissa s'éloigner, remonta à grands pas le sentier et déboucha à l'arrière de la station-service Statoil. De là, il courut en direction du centre-ville. S'arrêta en chemin au Studio Q et fit deux fois son programme de musculation à la suite, sans pouvoir se débarrasser de cette démangeaison intérieure. Une fois chez lui, il cassa deux ampoules, s'injecta la dose dans le biceps, alla sous la douche et poussa l'eau chaude au maximum supportable. Puis de l'eau glaciale. Il resta immobile une minute.

Mais ensuite, il fallait qu'il retourne dans la Erleveien.

Il fit les cent pas dans le passage près de la maison. La clé qu'il avait emportée l'autre fois était toujours dans un tiroir. Il y avait de fortes chances pour qu'ils n'aient pas changé de serrure. Il s'imagina ouvrir la porte, se balader de pièce en pièce et reconnaître les odeurs, de la cave jusqu'au grenier que Tord aurait voulu aménager. Il terminerait par son ancienne chambre à coucher, par le parfum moisi de sa cachette au fond du placard. Il se vit ramper à l'intérieur. Le seul endroit où il pouvait être en paix.

À l'abri du thuya, il sauta par-dessus la barrière, arriva en bas du jardin, s'approcha du coin de la maison, consulta l'heure : dix heures dix. Il monta sur la terrasse, les rideaux étaient tirés mais il trouva une fente et jeta un œil à l'intérieur. Le journaliste regardait la télévision dans le salon. Par terre, à côté de lui, une masse sombre s'étira quand une voix d'enfant retentit : c'était leur chien. Le journaliste se leva, sans quitter des yeux l'écran, et se dirigea vers la porte, suivi par le chien. L'enfant était à l'étage au-dessus, dans son ancienne chambre. La fenêtre était entrouverte. Peu après, il entendit la voix du journaliste là-haut. Kai l'imagina dans la chambre de l'enfant, s'approchant du lit pour s'asseoir à côté de l'enfant. Peut-être s'agissait-il de la petite fille pour qui il avait été chercher de l'eau, la dernière fois. À présent, le journaliste lui disait quelques mots pour la consoler. Elle avait peur de dormir toute seule. Kai s'imagina aussi au chevet de l'enfant.

Avant que le journaliste ne revienne dans le salon, Kai s'écarta de la fenêtre et redescendit de la terrasse. Contre un mur latéral, ils avaient installé un cabanon. La porte n'était pas fermée. À l'intérieur, quelques vélos et une tondeuse à gazon.

Il referma la porte et traversa le jardin. L'herbe était dure sous ses pas, quelques plaques de neige subsistaient sous le cerisier. Lors de sa dernière visite, il avait scellé le sort de cette maison. Si la confrontation avec Karsten n'avait pas bouleversé ses plans, elle n'existerait plus aujourd'hui. La décision qu'il avait prise s'était flétrie, feuille après feuille. À présent, elle allait pouvoir s'épanouir de nouveau.

*

De retour chez lui, il s'installa devant l'ordinateur. Ouvrit encore une fois les fichiers de Synne Clausen. Il parcourait sa vie : travaux universitaires, mails archivés, photos. Mais c'était en examinant les notes en vue de son nouveau livre qu'il pouvait étudier son mode de pensée.

> *Quand j'écris, il s'approche, Karsten, mon frère, lui qui a disparu, lui que j'ai toujours cru voir revenir un jour. Je trace des cercles autour du néant. J'écris pour comprendre que Karsten est ce vide. Mais ce vide est un porche que je n'ai jusqu'ici jamais osé franchir.*

Kai non plus n'avait pas compris tout de suite que Karsten avait disparu pour de bon. Il lui avait fallu du temps. Il avait attendu toute la nuit, mais personne n'avait appelé. Ni le jour suivant. Ni le reste des vacances de Pâques. Il avait évité les rencontres, s'attendant à être coffré à tout moment. Il avait fallu la cérémonie commémorative de l'été pour qu'il retrouve son calme. Et il n'avait plus pensé à ce que Karsten savait sur lui jusqu'à ce que sa sœur entreprenne de fourrer son nez partout. Voilà qu'elle rendait visite à tous les gens qui avaient connu Karsten à l'époque, rédigeait de longs comptes-rendus de leurs entretiens. Pour l'instant, elle n'avait pas écrit un mot sur les dispositifs de mise à feu ni sur les incendies.

Elle était intelligente. Mais il pouvait voir ce qui se passait dans sa tête. Elle ne pouvait pas en dire autant. Il avait attaqué le système de son ordinateur à l'aide un programme de cryptage de l'adresse IP et il défiait n'importe quel expert en informatique de remonter jusqu'à lui, à supposer que l'on détecte le piratage. Il se leva, chercha le string qu'il avait dérobé chez elle et le respira pendant qu'il poursuivait sa lecture. Un nouveau fichier apparut. Elle était donc sur l'ordinateur en ce moment précis. Il pouvait voir les pensées se former dans la tête de la jeune femme. Il alla se chercher un mug de café corsé. En se réinstallant devant l'écran, il vit qu'il était question de Khalid Chadar. Il sursauta, renversa le café sur ses cuisses et cria.

Dès qu'il se fut essuyé et resservi, il retourna à ce qu'elle écrivait. Khalid Chadar était alité, gravement malade. Il parlait d'Allah qu'il allait bientôt rencontrer. Kai se mit à faire les cent pas. Ferma les rideaux. Quand il se rassit, elle avait fini d'écrire. Il espionna ailleurs dans son ordinateur et tomba sur un document qu'elle avait créé dans l'après-midi : *Jasmeen Chadar*. Une fille de la même classe que Karsten. Adrian avait été professeur remplaçant pendant quelques semaines, ce printemps-là. Kai n'avait pas aimé qu'Adrian se mêle de ça et fréquente d'aussi près des personnes qui avaient un lien avec sa propre vie. Mais Adrian n'en faisait qu'à sa tête. Il voulait voir ce qui se passait s'il mettait en relation un Norvégien à peau blanche avec une jeune Pakistanaise en âge d'être mariée. Ça s'était tout sauf bien terminé, pour chacun des deux.

À présent, Synne écrivait qu'elle avait rencontré Jasmeen Chadar dans un parking à Bygdøy. Stupéfait, Kai s'approcha de l'écran :

Shahzad a tué Karsten, lut-il. *Je ne sais pas si mon frère l'a tué personnellement ou s'il a chargé un de ses gorilles de le faire. Mais c'est lui qui est derrière ça.*

14

Les embouteillages matinaux s'étaient déjà formés près de Karihaugen ; les voitures roulaient au pas et à partir d'Ulven, plus personne n'avançait. Dan-Levi était parti très en avance. Il en profita pour relire les questions qu'il avait préparées. Le rédacteur en chef avait tout de suite approuvé son idée de faire un portrait-interview de Shahzad Chadar. Selon lui, cela aurait dû être fait depuis longtemps. Il est vrai que Chadar, qui s'était s'installé à Oslo plusieurs années auparavant, et occupait un poste au conseil municipal de la capitale, avait grandi dans le Romerike, et, qu'il le veuille ou non, le *Romerikes Blad*, fût-il local, était et resterait à jamais son journal.

Dan-Levi avait prévu d'introduire d'emblée le thème de l'article : grandir à Lørenskog en tant que Norvégien d'origine pakistanaise. Il avait esquissé dans les grandes lignes le parcours de Shahzad Chadar. Beaucoup soulignaient que son histoire était représentative de l'évolution de la Norvège des dix dernières années. Il l'interrogerait sur sa jeunesse mouvementée, sur son appartenance à une bande, sur son changement de cap à l'âge adulte, son rejet de la violence, son travail de prévention auprès des jeunes délinquants, ses examens de droit qu'il avait passés haut la main, ses débuts en politique, sa découverte des arcanes du pouvoir. Dans un article d'un confrère, le nom de Shahzad Chadar était évoqué au poste de ministre de la Justice, après les nouvelles élections législatives. Le parti de Chadar se vantait d'accueillir tous ceux qui voulaient faire quelque chose pour le pays et de pardonner à chacun les erreurs du passé. Le journaliste avait fait remarquer qu'avoir un homme comme lui au gouvernement serait un signe fort. Ce serait plus difficile de critiquer ce parti pour ses positions contre l'immigration.

Shahzad Chadar était un homme occupé. Ils étaient convenus que Dan-Levi viendrait d'abord chez lui puis l'accompagnerait au bureau pour terminer son interview. Il était huit heures et quart quand il se gara dans la cour à Nordstrand. Il traversa le grand jardin et se dirigea vers la villa peinte en bleu.

Shahzad Chadar lui ouvrit en personne. Vêtu d'un costume clair, il lui tendit une main ornée de deux grosses bagues. Son sourire était chaleureux. Dan-Levi s'était promis de ne pas laisser son scepticisme vis-à-vis de la religion musulmane interférer dans son travail. Il remercia l'avocat et homme politique pressé d'avoir pris le temps de le recevoir dans un délai aussi court.

Il fut conduit dans un couloir qui venait visiblement d'être refait, passa sous une arcade et entra dans un grand salon lumineux.

– Voici ma femme Iram, et mon fils Usman.

Dan-Levi ne savait pas si l'on devait serrer la main d'une musulmane, mais elle le devança. Mince, elle portait une tunique turquoise sur un jean, et son foulard lâchement noué laissait apparaître une chevelure noir corbeau. Comme à chaque fois qu'il rencontrait une femme ravissante, il ressentit une pointe de mélancolie.

Le garçon qu'elle tenait dans ses bras avait le regard du père. Shahzad Chadar lui caressa la joue et fit un signe à sa femme. Au moment où celle-ci sortait avec l'enfant, il invita Dan-Levi à s'asseoir dans un canapé. La bague qu'il portait à l'index représentait un croissant de lune en or serti d'une pierre précieuse verte. Chadar prit place dans un fauteuil à haut dossier et croisa les jambes, prêt à répondre à ses questions. Sur le mur derrière lui était suspendue une grande tapisserie rouge, avec des motifs brodés au fil d'or.

– Jolie tapisserie, commenta Dan-Levi, même s'il ne savait pas réellement quoi en penser.

Shahzad regarda l'objet en question.

– C'est la sourate dite de la *Lumière*. Vous lisez l'arabe ?

Dan-Levi dut reconnaître qu'il ne maîtrisait pas encore cette langue. Shahzad indiqua la ligne du haut : *Allah est la lumière des Cieux et de la Terre.*

Iram revint discrètement pour leur servir du thé qui sentait le camphre. Puis elle les pria de bien vouloir l'excuser et repartit aussitôt. Dan-Levi s'était renseigné sur elle, il avait appris qu'elle travaillait comme médecin au Rikshospitalet.

– Voilà, j'ai très exactement…, lança Shahzad Chadar en regardant sa montre, quarante-trois minutes à vous consacrer.

Comme prévu, Dan-Levi commença par l'interroger sur son enfance à Lørenskog, cette commune de Norvège qui avait le deuxième plus haut pourcentage d'immigrés d'origine pakistanaise. Il n'avait jamais cherché à cacher d'où il venait, lui dit Shahzad, et cela avait été un grand atout dans sa carrière politique. Il évoqua les bandes, les règlements de comptes, les prises de position et les menaces, bref le combat à mener pour survivre quand on est un adolescent. Lorsque Dan-Levi l'interrogea sur la criminalité, il dit avec un large sourire :

– Si vous voulez savoir s'il y a eu des vols à l'étalage dans le centre commercial, des bagarres, de la conduite sans permis et ce genre de choses, la réponse est oui. J'ai participé à tout ça. Mais je remercie mes parents de m'avoir empêché d'être entraîné plus loin. Mon père nourrissait de grands projets en venant dans ce pays dans les années soixante-dix. Sa famille serait norvégienne, ses racines seraient ici, ils seraient parfaitement intégrés et contribueraient de manière positive à la croissance et au développement.

— Est-ce que votre père a toujours habité à Lørenskog ? intervint Dan-Levi pour approfondir encore l'ancrage dans cette commune.

— Pour ainsi dire. Le hasard a fait qu'il est entré en contact avec une famille qui possédait une grande ferme dans la vallée de Nittedal. La première année, il a pu loger là-bas, en échange d'un coup de main. Il savait tout sur les chevaux.

Dan-Levi saisit une pensée au vol.

— Quelle ferme était-ce ?

— Elle s'appelait Stornes, je crois.

Dan-Levi en lâcha son stylo.

— Alors, il connaît la famille qui... Il a gardé le contact avec eux ?

Shahzad Chadar secoua la tête, avec détermination. Une ombre passa sur son visage.

— Il s'est produit quelque chose qui a provoqué son départ. Mais vous n'allez pas écrire là-dessus ?

— Non, si vous n'y tenez pas.

— Je compte sur vous.

Shahzad but une gorgée de thé et le reposa sur la table avec des gestes calmes.

— Mon père habitait dans une remise qui n'était guère mieux que l'écurie et était mal payé. Quand il leur en a parlé, il a compris que, pour eux, les Pakistanais n'avaient pas la même valeur que les Norvégiens, c'est le moins qu'on puisse dire.

— Est-ce que vous connaissez Elsa Wilkins ? hasarda Dan-Levi.

— Qui est-ce ? demanda Shahzad en plissant le front.

— La fille du fermier. Je viens de l'interviewer. À propos de tout autre chose.

Shahzad haussa les épaules et garda le silence.

— Vous pouvez effectivement remercier vos parents, reprit Dan-Levi.

– Allah et ma famille.

Dan-Levi récupéra son stylo par terre.

– Beaucoup tirent leur force de leur foi, déclara-t-il sur un ton neutre.

– Pour moi, la rencontre avec Allah a marqué un tournant dans ma vie, dit Shahzad. Je n'ai pas grandi dans un foyer particulièrement religieux. Mon père allait à la mosquée le vendredi. Il ne buvait pas une goutte d'alcool, mais priait rarement seul. Ma mère était davantage croyante, même si elle ne parlait pas tellement de sa foi. J'ai dû y venir par moi-même.

– Comment ça ? s'étonna Dan-Levi.

– Un été où je rendais visite à ma famille au Pakistan, j'ai rencontré un *pir*, un homme saint qui à travers la foi et le renoncement au monde était parvenu à l'illumination. Nous sommes régulièrement en contact. C'est grâce à lui si je suis ici aujourd'hui et non dans une cellule de prison à Ullersmo. Vous connaissez le soufisme ?

Dan-Levi avait noté que Shahzad Chadar en parlait dans un entretien qu'il avait lu sur Internet. Au premier coup d'œil, le soufisme présentait beaucoup de points communs avec sa propre foi. Ils partageaient certains traits un peu New Age, telle l'âme commune à tous.

– C'est un courant de l'islam, hasarda-t-il.

– Non, « courant » n'est pas le terme juste, corrigea Shahzad. Le soufisme peut se combiner sans problème avec d'autres branches religieuses. Il est aussi fort chez les sunnites que les chiites. On peut dire que c'est une manière directe d'atteindre le contact avec Allah.

Tout à coup, la curiosité de Dan-Levi l'emporta sur son scepticisme. Dans sa congrégation aussi, il s'agissait d'atteindre un contact direct avec Dieu, ce que les membres de sa communauté appelaient « être rempli de la présence de l'Esprit ». Les souvenirs les plus marquants de Dan-Levi étaient ceux où, assis au premier rang, il regardait son père

– un homme raisonnable qui élevait rarement la voix à la maison – monter sur l'estrade. Il cessait d'être son père et devenait le pasteur Jakobsen. Il pouvait rire, crier, condamner ou implorer la grâce. Le visage en larmes, il parvenait toujours à toucher son auditoire dans la salle bondée, les gens tombaient à genoux, levaient leurs mains au-dessus de la tête ou se mettaient à crier dans des langues qu'ils n'avaient jamais apprises. Dan-Levi restait longtemps troublé et apeuré en voyant son père sur l'estrade, cet homme sinon doux et taciturne, passer du rire aux larmes. Pendant toute son enfance, l'apparition de l'Esprit l'avait effrayé, et encore aujourd'hui il n'était pas à l'aise avec cela ; la joie qu'il pouvait ressentir lors des réunions de la communauté était toujours teintée de désespoir, car il n'arrivait pas à chasser cette peur d'enfant : que son père restât comme il était « en présence de l'Esprit », qu'il ne redescendrait jamais de l'estrade et ne redeviendrait plus jamais lui-même.

– Comment savez-vous que vous avez réussi à entrer en contact avec Allah ? voulut-il savoir.

Shahzad Chadar réfléchit un instant.

– Par la gratitude. Je ne trouve pas d'autre terme.

– La gratitude ! s'écria Dan-Levi.

Shahzad Chadar le regarda.

– En arabe, le mot *kufr* signifie à la fois le paganisme et l'ingratitude, parce que les deux choses sont par essence les mêmes.

Dan-Levi hocha la tête.

– Le soufisme est la voie de la réconciliation, poursuivit Shahzad. En lui, nous avons la possibilité de laisser le temps des conflits derrière nous. La possibilité de se rencontrer, en tant que chrétien ou musulman. Ou encore juif.

Il parla longuement de cela et Dan-Levi ne l'interrompit pas. Il ne lui posa pas une question sur la charia ou le projet des musulmans de conquérir le monde et de chasser ceux qui ne partageaient pas leur foi, leur croisade inversée, comme ils disaient dans sa communauté.

Dan-Levi avait un objectif caché. Les intentions cachées étaient une forme de mensonge. Son père, qui était un homme cultivé, désignait cela par le concept jésuite de *reservatio mentalis*. En utilisant une expression à double sens propre à égarer l'esprit, tout en y conférant en son for intérieur un sens bien précis, le jésuite s'autorisait le mensonge. C'était, aux yeux du pasteur Jakobsen, une des raisons déterminantes de la décadence de l'Église. Dan-Levi s'était fixé une limite à ne pas dépasser lors de son interview. Pendant trois quarts d'heure, il essaya de ne pas penser à ce que Synne Clausen lui avait raconté. Plus tard seulement, dans la voiture qui filait dans le tunnel sous l'Opéra en direction du centre-ville, il décida de tenter une approche.

— Vous avez une sœur.

— J'ai deux sœurs et un frère, répondit Shahzad. Je suis l'aîné.

— Est-ce qu'une de vos sœurs s'appelle Jasmeen ?

— Vous la connaissez ?

Le ton amical laissait percer une pointe de suspicion.

— Pas directement, mais je connais quelqu'un qui l'a rencontrée, répondit Dan-Levi en se grattant le cou. J'aimerais bien parler aussi avec Jasmeen. C'est toujours mieux d'avoir des commentaires de proches, dans une interview de ce genre.

Le visage de Shahzad Chadar tressaillit légèrement.

— Ma sœur est rentrée au Pakistan. Qui connaissez-vous qui l'aurait rencontrée ?

La conversation était arrivée à un point critique. Dan-Levi songea un instant à se défiler, mais répondit finalement :

— Elle s'appelle Synne Clausen. Son frère était dans la classe de Jasmeen.

— Ah.

– Vous en avez sans doute entendu parler. Celui qui a disparu.

Shahzad Chadar ne répondit pas. Il y eut un silence dans la voiture, Dan-Levi s'en voulut de s'être montré aussi direct.

– C'est pour me parler de lui que vous êtes venu me voir ? demanda Shahzad quand ils furent sortis du tunnel.

– Je suis venu pour vous interviewer, répondit Dan-Levi en tentant de se justifier.

– C'est cette fille qui vous a demandé de venir me trouver ? Synne Clausen ?

Sa voix était glaciale et, sous cette froideur, Dan-Levi crut percevoir une immense colère.

– Non, dit-il. C'est le journal qui m'a envoyé.

Shahzad Chadar indiqua un arrêt de bus en bas de Bygdøy Allé.

– Arrêtez-vous ici. L'interview est terminée.

Et d'ajouter :

– Il n'existe pas d'interview. Ne te donne pas la peine de l'écrire. Elle ne sera jamais publiée.

Il ouvrit la portière avant l'arrêt complet de la voiture et la laissa grande ouverte.

Dan-Levi observa un moment le flot matinal des voitures qui allaient au centre-ville ou en revenaient. Ou plutôt comme Pepsi, lorsque la chienne venait de se faire gronder et filait, la queue basse, dans un coin. La honte lui donnait la nausée et soudain il se rappela ce qu'Elsa Wilkins avait dit à propos de la carte Les Amants à l'envers : il ne s'agissait pas seulement d'amour entre deux personnes, mais aussi de foi et de doute. Par la portière ouverte, le bruit de la circulation pénétrait dans l'habitacle de la voiture et Dan-Levi sut qu'il devait interroger Elsa Wilkins à ce sujet.

15

Maja n'était toujours pas revenue. Synne avait interrogé ses voisins de couloir : personne ne l'avait vue du week-end, personne n'avait entendu le moindre bruit dans la chambre, mais ils ne la connaissaient pas bien et ne s'en étaient pas inquiétés. Synne téléphona au conservatoire et parvint à joindre un de ses professeurs. Maja ne s'était pas présentée à ses cours de flûte et n'avait pas prévenu non plus de son absence.

Alors elle appela la police et fut mise en contact avec le standard de la brigade criminelle. La femme au bout du fil paraissait avoir son âge.

– Et si elle était rentrée en Pologne ? suggéra-t-elle avant que Synne ait fini de parler.

– Sans fermer sa porte à clé ? Sans prévenir personne ? Sans faire ses valises ? Sans emporter sa flûte ou son passeport ?

De nouveau, elle fut interrompue.

– J'aurais besoin de ses nom, prénom, date de naissance, signalement, et on verra ce qu'on peut faire.

Synne entra dans la chambre de Maja et lut à haute voix les indications notées sur le passeport trouvé la veille dans le tiroir du bureau.

– Et quand l'avez-vous vue la dernière fois ?

Elle jeta un coup d'œil par la fenêtre et regarda la pelouse derrière l'immeuble.

– Jeudi.

Cela provoqua un déclic. Maja avait un rendez-vous ce soir-là. Elle avait été si contente pour elle. Soudain, elle fut parcourue d'un frisson, sortit précipitamment de la chambre de son amie et ferma la porte derrière elle.

Des flocons de neige tombent. Je m'arrête au milieu de la passerelle. Je reste à regarder le flot des voitures qui défilent sous moi, dans les deux sens. Maja avait dit qu'elle avait rendez-vous avec quelqu'un, mais je n'écoutais que d'une oreille.

Je continue d'avancer sur le pont. C'est le printemps et ces légers flocons n'ont pas le temps de toucher le sol. Je veux les saisir, mais la chaleur de mes mains les fait fondre. Il en va de même pour certaines pensées. L'absence de Karsten est un porche, c'est pourquoi j'écris sur ceux qui l'ont connu. Il faut que j'écrive quelque chose sur Adrian Wilkins. J'avais treize ans. Commencer là. Voir avec le regard de la gamine que j'étais à l'époque. Adrian Wilkins entre dans la pièce. Je crois que c'était dans notre salon, chez nous. Adrian est le meilleur ami de Karsten. Il a quelques années de plus, vingt-trois ou vingt-quatre ans. Il reste au beau milieu de la pièce et son regard me fait un peu peur mais je ne veux pas qu'il détourne les yeux. Car je suis différente quand il me regarde.

Si je n'avais pas fait une crise, ce soir-là, il ne serait rien arrivé à Karsten. Mais ce que Jasmeen Chadar dit bouscule tout. Ils en avaient après Karsten. Il y a une raison à sa disparition. Je n'ai jamais cru à un suicide. Et maintenant Maja a disparu. Est-ce que c'est moi qui pousse les gens à disparaître ?

Synne effaça les deux dernières phrases. Sans relire son texte, elle se leva et prit sa serviette et la trousse de maquillage qu'elle n'utilisait presque jamais. Au moment d'ouvrir la porte, elle eut l'impression qu'elle était seule. Pas seulement dans le couloir, mais dans tout le bâtiment. Elle rentra de nouveau dans sa chambre, prit la clé et verrouilla derrière elle.

Dans la salle de bains, elle se déshabilla et ouvrit le robinet de la douche. *Si tu désires te souvenir, tu te souviendras.* Elle était tombée de vélo. Mais pourquoi était-elle partie vers le lycée de Lillestrøm au lieu de rentrer directement à la maison ? Et d'où venait ce sang ?

Ensuite, après avoir essuyé la buée sur le miroir, elle observa son visage dans la glace. Soudain, la poignée de la porte tourna, quelqu'un essayait d'entrer. Elle sursauta, passa vite son peignoir et resta immobile à tendre l'oreille avant de pouvoir respirer normalement. Elle noua la serviette en turban autour de ses cheveux, fit un tas de ses vêtements et ouvrit la porte. Tout était calme dans le bâtiment, mais il y avait quelqu'un. Elle s'avança en chaussons dans le couloir et entendit alors un bruit venant de la cuisine. Sans se retourner, elle se dirigea vers sa chambre. À l'instant même où elle ouvrit sa porte, quelqu'un surgit derrière elle et la poussa à l'intérieur. Elle voulut crier, mais une main immense s'était posée sur sa bouche tandis qu'elle avait les deux bras immobilisés.

— Ne dis rien !

La tête pressée contre le mur, elle ne pouvait pas bouger. Tout son corps frissonna.

— Pas un son. Tu entends ?

C'est maintenant que ça arrive. Elle essaya de faire oui de la tête. La prise se desserra, le poids du corps étranger se fit moins oppressant. Il s'écarta.

— Assieds-toi.

Il parlait norvégien sans accent, si ce n'était une infime inflexion dans son phrasé.

— Oh, non, gémit-elle sans oser le regarder en comprenant que son peignoir s'était ouvert.

Il la laissa resserrer la ceinture.

— Qu'est-ce que vous voulez ? chuchota-t-elle comme s'il pouvait y avoir encore un doute.

Il ne répondit pas. Elle sut alors qu'il était arrivé quelque chose de terrible à Maja. Elle aurait pu crier maintenant, elle en aurait eu le temps avant qu'il ne se jette sur elle, mais elle n'avait plus la force de pousser un cri, aucune fibre musculaire ne voulait répondre. Elle se sentit céder comme si elle tombait dans un gouffre ; autant disparaître jusqu'à ce que ce soit terminé, rester pétrifiée au fond du trou. *J'ai déjà été au fond de ce trou*, chuchota-t-elle si bas qu'elle ne s'entendit pas le dire.

– Je ne te toucherai pas.

Elle ne comprit pas ce qu'il disait, ses deux oreilles bourdonnaient, toute la pièce tournait et était sur le point de disparaître. Elle s'affala sur une chaise.

– Je ne suis pas ici pour te faire quoi que ce soit.

Lentement, ces mots se frayèrent un chemin dans sa tête et, plus lentement encore, leur sens lui apparut. Mais elle avait du mal à y croire. Ces mots n'avaient pour but que de lui procurer de faux espoirs.

– Je n'ai rien, bredouilla-t-elle.

– Détends-toi, dit-il d'une voix rauque. Je ne vais rien te prendre.

Elle entrouvrit un œil.

– Surtout ne bouge pas, répéta-t-il.

Il était brun, les cheveux presque noirs, et portait des vêtements sombres. Elle n'osait toujours pas le regarder en face. Il s'était assis sur le bord de la table, les bras ballants. Il répéta qu'il ne la toucherait pas. Comme s'il ne l'avait pas déjà touchée.

– Tu fourres ton nez partout et tu poses trop de questions sur Chadar.

Elle essaya de comprendre de qui il voulait parler.

– Jasmeen, marmonna-t-elle, l'esprit encore confus.

Son environnement cessait de tourbillonner. Elle avait la nausée, mais avait retrouvé une respiration normale. Elle se concentra sur son souffle. Inspirer profondément, bloquer la respiration, expirer. C'était la voix d'Erika qui lui expliquait comment faire.

– J'ai rencontré Jasmeen. C'est pour ça que vous êtes ici ?

Au lieu de répondre à sa question, il dit :

– Tu cherches à savoir ce qui est arrivé à ton frère.

Elle acquiesça, même si elle aurait pu préciser : *Oui, je veux savoir ce qui est arrivé à Karsten, je veux savoir où il est, je veux qu'il revienne.*

Elle pleura.

Les mains de l'homme commencèrent à bouger comme s'il ne savait pas quoi en faire.

– Je croyais que vous alliez me tuer, murmura-t-elle. Mon amie a disparu.

– Désolé.

Il semblait le penser vraiment.

– Je voulais être sûr que tu n'allais pas crier. Personne ne doit savoir que je suis ici.

Soudain elle laissa éclater sa colère.

– Espèce d'imbécile ! cria-t-elle.

Le type se releva. C'était une montagne de muscles.

– Je sais ce qui s'est passé ce soir-là, dit-il, et cette phrase la cloua sur place.

Mais quelque chose avait changé, elle osait regarder son visage. Son signalement s'imprima aussitôt : visage large et massif, cicatrice au front, grande bouche, petits yeux rapprochés, sourcils qui se rejoignent au-dessus du nez. Elle l'avait définitivement fiché. *Maintenant je t'ai vu*, songea-t-elle, *il ne te reste plus qu'à partir sans me toucher. Ou me tuer.* Mais elle ne croyait plus à cette dernière éventualité. Elle rajusta encore la ceinture de son peignoir.

– Est-ce que Shahzad Chadar a quelque chose à voir là-dedans ? demanda-t-elle le plus distinctement possible.

Le type l'observa un moment.

– Shahzad sait tout, dit-il enfin. Il a pris ton frère en voiture.

– Il l'a pris en voiture ?

– Ils l'attendaient devant chez vous. Ils l'ont emmené dans la voiture.

Elle eut soudain la vision de Karsten qui s'engouffrait dans une voiture.

– Comment le savez-vous ? demanda-t-elle. Vous étiez là ?

Il haussa les épaules.

– Peut-être. Peut-être pas. C'est pas ça l'essentiel. Ils l'ont emmené à la piste d'atterrissage. Shahzad l'a ensuite entraîné vers le fleuve. Personne n'a vu ton frère après ça.

– Pourquoi vous me racontez tout ça ?

Il se leva.

– Nous savons que tu prépares un livre sur ton frère. Il y en a qui aimeraient que tu saches ce qui s'est passé. Après, c'est à toi de voir ce que tu veux en faire.

Elle se trouvait entre cet homme et la porte. Une partie d'elle-même voulait qu'il s'en aille sans en dire davantage. Mais, au fond, elle voulait qu'il reste et lui raconte tout. Elle recula dans le coin près du bureau.

– Je ne peux pas écrire ce genre de choses sans preuves.

Il avait la main sur la poignée de la porte.

– Si tu oses déjà parler de ça, tu en sauras plus après.

Il sortit en fermant doucement la porte derrière lui.

Elle s'allongea sur son lit. N'avait pas la force de lever la tête. Encore moins de se lever pour fermer à clé. Elle tenta de faire le tri dans le flot de pensées qui l'assaillait, mais dut y renoncer. Dès qu'elle fermait les yeux, elle voyait Karsten monter dans une voiture. Elle aussi était là, tout à côté, allongée sur le sol ou assise sur des marches d'escalier. Elle essayait de l'appeler, mais aucun son ne sortait. Elle assistait à la scène ou bien elle l'avait vue en rêve. La voiture était de couleur sombre, pas très grande, un phare arrière ne fonctionnait pas. Était-ce le signe que cela avait réellement eu lieu ou qu'elle ne pouvait s'empêcher de faire marcher son imagination ?

Le soir était tombé. Elle se releva, s'assit devant son ordinateur et tapa sans réfléchir avant de marquer une pause et fermer les yeux. Elle se trouva soudain dans une autre pièce, elle regarda son corps, elle était nue. La porte de la pièce s'ouvrit violemment...

Elle se releva, ouvrit la fenêtre, et emplit ses poumons de l'air frais du printemps. Elle saisit le téléphone. Heureusement, Dan-Levi répondit.

– Ça fait du bien d'entendre votre voix, s'écria-t-elle.

Dan-Levi l'écouta sans l'interrompre. Elle mit du temps avant de parvenir à parler de l'inconnu qui avait été chez elle. Mais dès qu'elle eut commencé, les mots se bousculèrent. Elle parla de Maja, elle avait désormais la certitude qu'il lui était arrivé quelque chose de grave, elle avait même cru qu'elle allait connaître le même sort.

– Il est temps que la police intervienne, dit-il ensuite.

– Il faut que je lui parle. Il faut que j'arrive à joindre Shahzad Chadar.

– Tu n'y songes pas ! s'écria Dan-Levi. Je suis déjà assez inquiet pour toi. S'il s'est passé quoi que ce soit entre Chadar et Karsten, il ne faut pas que tu t'en mêles, Synne. Ne fais rien sur un coup de tête.

– Je ne peux rien vous promettre.

Elle raccrocha et s'installa devant son ordinateur.

Karsten sur le chemin du retour. Il fait sombre dans le jardin, personne n'est à la maison. Des gens sont tapis parmi les arbres. Quatre silhouettes surgissent de l'obscurité et l'encerclent. L'un le saisit par le col de son blouson. « Ça fait un moment qu'on te cherche, Karsten. Pourquoi tu te caches ? »

C'est Shahzad Chadar qui parle. Karsten a peur maintenant. « On va t'emmener faire un petit tour », dit Shahzad Chadar. Karsten veut se dégager, ils le retiennent, l'empoignent et l'emmènent. La voiture est garée plus bas dans la rue, là où personne ne peut la voir. Ils le poussent sur la banquette arrière. « Qu'est-ce que vous allez me faire ? »

Personne ne répond, ils descendent la Fetveien et passent devant
la piste d'atterrissage.
À un moment, ils bifurquent, s'enfoncent entre les arbres,
s'arrêtent. Les mains de Karsten sont attachées. Shahzad Chadar
le saisit, le soulève. Karsten essaie de crier mais il est bâillonné
avec du ruban adhésif. Shahzad Chadar est celui qui le pousse
devant lui en direction du pont. Vers le fleuve, vers le fleuve.

Elle ressentit des élancements dans une tempe. Elle avait
eu ça tout l'après-midi, mais tant pis. Ces élancements lui
évoquaient de minuscules flammes qui hésitaient à prendre
de l'ampleur. Elle imprima le dernier texte, fourra le papier
dans la poche arrière de son pantalon, enfila ses bottes et
son manteau bleu.

Elle était déjà allée une fois chez Erika. C'était l'été
dernier, à l'occasion d'une fête donnée pour les étudiants
qui avaient réussi l'examen de son cours de sémiotique.
On avait bu. Mangé aussi, mais surtout bu. Synne avait eu
des difficultés à s'expliquer, le lendemain matin, ce qu'elle
faisait dans le lit d'Erika et de son mari. Il n'était pas là,
bien sûr, leur fils non plus. Mais à présent ils étaient à la
maison, ou du moins le petit garçon l'était, car c'est lui
qui ouvrit quand Synne sonna.
– C'est qui ? voulut savoir l'enfant de quatre ans, exigeant,
comme toujours, une réponse immédiate à sa moindre
question.
– Je m'appelle Synne, et toi, tu t'appelles Sturla, si je ne
me trompe. Est-ce que maman est à la maison ?
À cet instant, Erika surgit derrière lui.
– Ah, c'est toi !
Sa voix exprimait à la fois la surprise, la résistance et
le rejet, le tout emballé dans quelque chose qui se voulait
chaleureux.
– Il faut que je te parle, annonça Synne.

– OK, dit Erika d'un ton plus neutre.

Faut-il vraiment que cela ait lieu ici ? exprimait son regard.

– Tu n'entres pas ? demanda l'enfant à la place de sa mère.

Synne regarda Erika dans les yeux. La situation la contrariait fortement, mais elle ne pouvait pas le montrer.

– Pourquoi ne m'as-tu pas appelée plutôt ? chuchotat-elle avec un calme feint.

– Tu ne réponds pas au téléphone.

Erika parut en douter. Elle tenait la porte d'entrée, incapable de se décider si elle allait laisser passer Synne ou lui claquer la porte à la figure. À cet instant, une porte s'ouvrit dans le couloir et un homme de haute taille, aux cheveux gris mi-longs, apparut. Synne le reconnut pour avoir vu sa photo sur Facebook. Il était saxophoniste et avait déjà enregistré des albums avec son propre quartet.

– Salut ! lança-t-il avec un regard presque aussi curieux que celui de son fils.

Erika décida de faire contre mauvaise fortune bon cœur.

– C'est Synne, dit-elle en se tournant vers son compagnon. Synne Clausen.

Il s'approcha et serra sa main avant qu'elle ait eu le temps de la tendre.

– Enfin, je te rencontre, Synne, il était temps. Je suis Johan.

Elle marmonna vaguement qu'elle connaissait déjà son nom.

– J'apprends que tu es en train d'écrire un nouveau livre, s'écria-t-il avec un enthousiasme qui témoignait d'un réel intérêt.

Synne jeta un coup d'œil à Erika.

– Appeler ça un livre est un peu exagéré. Je ne sais pas si ça ira jusque-là. Erika m'aide à démarrer.

Johan hocha la tête comme si c'était la chose la plus naturelle qui soit.

– Ton recueil de poésies était vraiment super, dit-il. J'ai hâte de lire ce que tu vas écrire.

Il paraissait sincère et, une fois qu'ils furent assis dans le canapé du vaste salon, il continua à parler de ses poèmes. Il se souvenait même de plusieurs d'entre eux.

– J'aimerais bien composer quelque chose à partir d'eux, dit-il.

– De la musique, tu veux dire ?

– Tout à fait.

Synne eut un sourire gêné à la pensée que ces textes fragiles, qui supportaient déjà difficilement la lecture, allaient donner lieu à des improvisations de saxophone.

– Johan a toujours au moins quatre mille idées en même temps, dit Erika en revenant dans le salon avec un plateau chargé de tasses d'espresso et une cafetière.

Ensuite, Erika la fit monter dans son bureau au premier étage. Synne regarda dehors les pommiers nus. Sa tempe continuait de la faire souffrir. La douleur était supportable.

– Il est vraiment sympa, hasarda-t-elle en entendant sa propre voix résonner dans la pièce.

Erika fit un bruit entre ses dents, comme si elle lâchait de la vapeur sous pression.

– Qu'est-ce que tu fabriques, Synne ?

– Il se passe tellement de choses, je ne sais plus où j'en suis, il fallait que je parle à quelqu'un.

– Qu'est-ce qui t'a pris de venir ici ? Tu ne comprends pas que c'est mon foyer ? ma famille ?

Synne sortit la feuille avec le texte qu'elle avait écrit.

– Lis.

Cela prit à Erika moins d'une minute.

– Qu'est-ce que c'est ?

Synne avait raconté sa rencontre avec Jasmeen. À présent, elle aurait voulu dire quelque chose sur l'inconnu qui s'était introduit dans son studio et sur Maja qui avait disparu, mais y renonça.

— Ce qui est arrivé à Karsten, balbutia-t-elle.

Erika jeta un nouveau coup d'œil au texte.

— Tu ne peux pas écrire ce genre de choses comme si ça s'était réellement passé ainsi, s'écria-t-elle.

— Pourquoi ?

— Mais tu le fais exprès ou quoi ? Tu te conduis comme une gamine. Mon fils en sait plus sur les relations sociales que toi.

— Tu veux que je m'en aille ?

Erika soupira.

— Je crois que ce serait bien de faire une pause, dit-elle, s'efforçant visiblement de ne pas hausser la voix.

— Comme tu veux, fit Synne en se levant.

— Je ne voulais pas dire ça, dit Erika en la retenant. Appelle-moi demain, on y verra plus clair.

Synne secoua la tête, ouvrit la porte et descendit l'escalier d'un pas mal assuré. Johan sortit de la cuisine pour la regarder enfiler son manteau.

— Déjà terminé ? demanda-t-il étonné.

— Faut croire que oui.

— Erika dit que tu écris au sujet de ton frère. Elle m'a montré une interview sur Internet.

Erika les rejoignit, on aurait dit qu'elle venait d'essuyer un orage.

— Je ne sais plus sur quoi j'écris, lâcha Synne. J'y comprends de moins de moins.

Elle rentra lentement chez elle. Les gouttes de pluie se déposèrent dans ses cheveux. Au-dessus de sa joue droite, la douleur l'élançait plus violemment. Cela lui rappelait trop de choses, impossible de ne pas y penser. Elle avait déjà ressenti ça, plusieurs fois même, mais c'était il y a longtemps. Peu avant que les crises ne surviennent, cette douleur l'avertissait ; un signe avant-coureur quelque part à la tempe, comme si son oreille brûlait d'une minuscule flamme perçante. Elle pouvait tout à coup s'évanouir. *Il ne faut pas que ça recommence, il faut que j'aille voir un médecin.* Pour une raison ou une autre, elle avait gardé le numéro du psychiatre qu'elle voyait à cette époque-là. Elle sortit son portable et composa le numéro. Il n'était plus en service. *Personne ne peut t'aider cette fois, Synne,* marmonna-t-elle, *personne ne peut t'aider maintenant.* Soudain, c'était comme si la voix de Karsten lui parlait. Sa voix jaillissait d'un lieu où il était seul et où personne ne pouvait l'atteindre. *Je vais écrire sur toi,* murmura-t-elle, le visage tourné vers le bitume, où la lueur des réverbères formait des flaques orangées dans l'obscurité humide. *Je vais t'écrire, Karsten.* Elle s'arrêta et ferma les yeux, prise de vertige, s'agrippa à un réverbère, posa son front contre le métal froid. Comme dans un film en noir et blanc aux images sautillantes, elle le vit, il se dirigeait vers une voiture, il pleuvait, il se tournait pour la regarder. *Ne sois pas fâché,* implora-t-elle, *s'il te plaît, ne sois pas fâché contre moi.*

16

Après que Synne eut raccroché, Dan-Levi téléphona à Roar, qui, d'après le son de la télévision, regardait un match de foot.

— Tu as trop de temps libre, le railla-t-il.

— Eh ! Fais gaffe à ce que tu dis, sale journaliste, gueula Roar. J'ai eu une journée de merde au boulot, si tu veux savoir. C'était vraiment le bordel aujourd'hui.

— C'est peut-être la pleine lune, hasarda Dan-Levi. Je voulais te dire que j'ai de nouveaux éléments dans l'affaire dont nous avons parlé.

Son camarade soupira. Trois fois, carrément.

— Tu veux dire cette vieille affaire de disparition et d'incendies ?

— J'ai du nouveau, je te dis, l'interrompit Dan-Levi. Ça devrait t'intéresser. Je pense que Synne Clausen aurait besoin d'une protection policière.

Il répéta ce qu'elle venait de lui raconter et s'attendait à ce que Roar tombe des nues.

— Et la fille n'a pas porté plainte ? fut tout ce qu'il trouva à dire.

Dan-Levi s'impatienta.

— Le type qui s'est introduit chez elle ne lui a rien fait. Mais c'est Shahzad Chadar qu'il faudrait signaler.

Il se leva et jeta un coup d'œil dans le jardin. Autant ne pas parler de sa piteuse tentative d'interview.

– Écoute, Dan-Levi, je vais me prendre une bière glacée et regarder la retransmission de la Ligue des champions. Tu es sûr que tu ne veux pas venir ?

Avant que Dan-Levi eût le temps de répondre, il jura tout haut. Il était clair que le match l'intéressait tout autant, sinon plus, que la conversation.

– J'ai quand même fait quelques recherches pour toi, poursuivit-il après avoir baissé légèrement le son. S'il faut convoquer la sœur de Chadar à titre de témoin, ça risque d'être compliqué. Il semblerait qu'elle soit retournée au Pakistan pour de bon. Alors, il nous reste quoi ? Si cet agresseur mystérieux accepte de se soumettre à un interrogatoire, cela pourrait permettre, éventuellement, de rouvrir le dossier. Ça sera au pouvoir judiciaire du Romerike d'estimer s'il faut reprendre l'enquête ou non.

– Tu parles comme un bureaucrate, se plaignit Dan-Levi.

– Peut-être qu'on devrait avoir une équipe pour les *cold cases* dont la tâche serait exclusivement de déterrer de vieux cadavres ? lança Roar, plus grincheux que jamais. Tu n'as qu'à nous filer quelques briques et on verra ce qu'on peut faire.

Dan-Levi ne commenta pas la proposition.

– J'ai appelé un de mes collègues de Lillestrøm, ajouta Roar, radouci. Je lui ai demandé de trouver des documents de l'époque. Karsten Clausen a fait l'objet d'une plainte à l'encontre de Jasmeen Chadar.

– C'est vrai ?

– Selon la plainte, Karsten Clausen l'aurait attirée chez lui et aurait commis une agression sexuelle.

– Qu'a dit Karsten face à ça ? Et la fille ?

– Ça n'a jamais été plus loin. La plainte a été retirée au bout de quelques jours. Il s'agissait vraisemblablement d'une relation consentie, mais la notion de consentement n'est pas la même pour les filles d'origine pakistanaise.

Dan-Levi l'entendit avaler quelques gorgées – de bière, forcément – avant de poursuivre.

– Avec le recul, on peut voir le lien avec une autre plainte. Celle que le père de Karsten a déposée.

– À quel sujet ?

– Pour des éraflures sur sa voiture. Quelqu'un se serait introduit dans son garage et l'aurait rayée des deux côtés.

– Par vengeance, donc ? Et vous ne vous êtes pas donné la peine d'enquêter là-dessus quand Karsten a disparu ?

– Attention à ne pas offenser la police, le mit en garde Roar. C'est répréhensible par la loi, comme tu sais. Je te rappelle que nous avons convoqué Shahzad Chadar après la disparition de Karsten. Deux fois. Le type avait un alibi. À quoi bon, quand tu as toute une bande de copains qui peut témoigner ? On a vraiment bossé sur cette affaire, Dan-Levi, ne me dis pas que tu as oublié.

Roar était clairement sur la défensive.

– C'est la moindre des choses, dit Dan-Levi. Un jeune homme de dix-huit ans qui disparaît…

– Allez, ça ne sert à rien de m'engueuler. Nous avions de bonnes raisons de conclure que ce garçon avait attenté à ses jours. Plusieurs déclarations de témoins indiquent qu'il était psychologiquement fragile. Entre autres, celles d'un certain Jakobsen qui habitait dans le voisinage et fréquentait le même club d'échecs.

Dan-Levi se gratta la barbiche.

– Le fait est que Karsten Clausen a filé quand j'ai voulu l'interroger, reprit Roar. Et force est de constater que les incendies ont cessé après sa disparition. On n'a pas pu pousser plus loin les investigations. Nous avons interrogé tous ceux qui le connaissaient, et les avis divergeaient quant à son état. Personne dans sa famille n'avait remarqué qu'il était instable.

– Moi non plus. Je n'ai jamais dit ça.

– Peut-être, mais un autre témoin l'a affirmé. Il a même soutenu que Karsten avait des pensées suicidaires.

– Qui était-ce ?

Le commentateur du match se mit à hurler comme un fou et Roar poussa un juron.

– Il n'était pas hors jeu, grommela-t-il.

Dan-Levi le ramena à la conversation.

– Ce type avait un nom étranger, Wilkins, je crois.

– Adrian Wilkins ?

– Tout à fait. Tu le connais ?

Dan-Levi eut quelques secondes le regard fixe.

– J'ai interviewé sa mère, il y a quelques semaines de cela. Qu'est-ce qu'il a dit sur Karsten ?

– Qu'il était de plus en plus déprimé à l'approche de Pâques. Wilkins avait décidé de prévenir les parents pour leur conseiller de demander de l'aide, mais Karsten a disparu avant qu'il puisse le leur dire.

Dan-Levi chercha autour de lui un bout de papier pour prendre des notes.

– J'ai trouvé autre chose, reprit Roar. On a fait quelques recherches autour de Karsten Clausen, mes collègues de Lillestrøm n'ont pas eu accès aux résultats de cette enquête.

– Qu'est-ce que cela signifie ?

– TSPT. Trouble de stress post-traumatique.

Dan-Levi ouvrit de grands yeux.

– Tu essaies de me dire que la brigade criminelle a un dossier sur Karsten ?

– Ton partenaire d'échecs ne menait pas une vie aussi calme que ce que tu croyais, fit sèchement remarquer Roar.

*

Pepsi avait besoin d'une longue promenade, et c'était à lui de la sortir, mais Dan-Levi ferma la porte du salon et laissa la chienne s'amuser avec ses filles à l'étage. Il entendit qu'elles lui jetaient une balle et que Pepsi aboyait, toute excitée. Il aurait dû monter les voir, répéter qu'elles ne devaient pas l'énerver, que la chienne n'avait pas le droit d'être dans leur chambre, mais il se laissa glisser dans le canapé et essaya de se remémorer ce que son camarade avait dit.

La fatigue le submergea, il avait besoin de faire une pause. Il commença à lire une chronique sur les problèmes dans les services de santé, ses yeux se fermèrent et il sentit l'odeur du papier journal quand celui-ci lui tomba sur le visage. Les aboiements étaient toujours aussi forts. Il voulut se relever, mais la nuit était tombée et ni Sara ni les enfants n'étaient à la maison. Lorsque Pepsi descendit en trombe l'escalier, il leva la main et lui plongea un couteau dans la poitrine. Une fois la lame acérée bien enfoncée, il emporta l'animal dans la cuisine, le posa sur le plan de travail et commença à le découper, d'abord en deux, puis en petits morceaux. L'animal dépecé, seule sa tête permettait de savoir ce qu'il était en train de découper. Une gaieté l'envahit tandis qu'il fourrait les morceaux dans un sac-poubelle. Puis il enterra ce sac dans le jardin. Au moment de rentrer discrètement à la maison, il découvrit Rakel sur le pas de la porte. « Pepsi a disparu », dit-elle, chagrinée, et tout à coup il fut saisi d'une culpabilité incommensurable. « Nous allons sortir la chercher », répondit-il en redescendant les marches. Ruth et Rebekah coururent après lui dans le jardin. Synne Clausen était déjà là. Tous appelèrent Pepsi. Rakel remarqua alors un trou creusé dans la pelouse. Elle enleva du pied la terre que Dan-Levi avait jetée par-dessus, fourra la main dans le trou et commença à remonter le sac-poubelle. « Ne fais pas ça ! » cria-t-il en sursautant. Le journal tomba par terre.

Sara se tenait à côté de lui.

— Qu'est-ce tu fais là à dormir en plein après-midi, le gronda-t-elle en lui caressant le front. Mais tu as la peau moite ! Tu es sûr que tu vas bien ?

Mais oui, il allait bien — si l'on peut dire.

— Qu'est-ce que Synne Clausen venait faire là ? demanda-t-il tout haut, encore troublé.

Sara le regarda d'un air interrogateur. Il ne valait mieux pas lui raconter le rêve.

17

*Je suis allongée dans une pièce. Ce doit être une cave, car il
n'y a aucune fenêtre. J'ai froid, je constate que je suis nue. Il y
a quelqu'un d'autre dans la pièce, une voix me parle.*

« Ceci n'est pas un cygne, Synne. »

*C'est lui qui dit ça. Ou moi qui le crie. Ou quelque chose
qui me traverse l'esprit tandis que je suis en train d'écrire sur
l'ordinateur, comme si la réponse était dans ma tête.*

*Ne sois pas fâché, Karsten, chuchoté-je, s'il te plaît, ne sois
pas fâché contre moi.*

Le document avait été créé la veille au soir, à vingt et une
heures douze. Kai le relut sans comprendre davantage de
quoi il était question. Parmi tous les fichiers dans le disque
dur de Synne, c'était ce genre de texte qui l'agaçait le plus.
Malgré cela, il le copia et le rangea dans un dossier où était
stocké tout ce qui pouvait lui servir. Synne Clausen avait
appelé certains de ces textes simplement « Rêve », tandis
que d'autres avaient eu droit à des titres aussi différents que
« Le Sommeil de cent ans », « Le Château en feu », « Léda
et le Cygne ». Ce dernier document s'avéra parler d'Adrian.

*Adrian Wilkins est le meilleur ami de Karsten. Un jour, il
sonne chez nous. Je suis seule à la maison, le fais entrer. Nous
restons longtemps assis dans le salon à discuter avant que Karsten
revienne. Adrian Wilkins me demande comment je vais. Pas la*

question rituelle que tout le monde pose, ou celle du psychiatre.
Je sens que la réponse lui importe, alors j'essaie d'expliquer.
Adrian Wilkins est adulte, mais il peut en quelque sorte voir
avec mes yeux. Est-ce que les autres m'embêtent ? veut-il savoir.
« Non, je réponds, personne ne m'embête. C'est juste qu'il y a
quelque chose en moi qui les fait se tenir à distance. » « Je ne
comprends pas, dit-il. Est-ce parce que tu es meilleure qu'eux
à l'école ? » « Peut-être, je réponds. Ou peut-être que c'est à
cause de mes crises », car je peux parler à Adrian même de cela.
« Tu n'as pas d'amies ? » demande-t-il. « Je sors de temps en
temps avec Tamara, je réponds. Tamara non plus n'a personne
d'autre. On ne s'aime pas spécialement. Mais maman et papa
veulent que j'aille chez elle, je ne dois pas rester enfermée dans
ma chambre parce qu'alors tout le monde comprendrait que je
n'ai pas d'amis, et c'est une situation embarrassante pour eux. »
Peut-être que les autres n'aiment pas mon odeur, pensé-je, mais
je ne le dis pas à Adrian.

Kai repoussa le string du bureau, le laissa tomber par terre et alla à la fenêtre. Un temps printanier. Le soleil brillait au-dessus du fleuve. Il ressentit un mélange de colère et de soulagement. Non, Shahzad Chadar ne savait sans doute rien sur les incendies et les dispositifs de mise à feu, sinon il n'aurait pas fermé sa gueule pendant huit ans. Ils avaient dû liquider Karsten avant que le gamin n'ait eu le temps de dire quoi que ce soit.

Une autre pensée lui avait traversé l'esprit en lisant ce que Synne Clausen avait écrit. Il sortit son portable. Cela faisait un moment qu'il n'avait pas téléphoné à Adrian. Il fut un temps où ils avaient fait des choses ensemble. Il avait travaillé pour son petit frère. Ce qui semblait contre-nature. Et puis il y avait eu la rupture.

– T'es toujours en vie ?

Approche classique. Ça pouvait signifier n'importe quoi. Le simple fait qu'Adrian ait décroché était en soi le signe qu'il avait tourné la page.

– J'ai une réunion, dit Adrian après les politesses d'usage.

– Tu es où ?

– À Londres. Essaie de me rappeler plus tard.

Kai entendit le bourdonnement de voix en fond sonore. Il n'avait pas besoin d'appeler, il n'avait pas besoin de l'aide d'Adrian ni de son fric. Pendant presque six mois, il avait travaillé pour lui. Une seule erreur, et par ici la sortie. « T'as tout fait foirer », fut le jugement d'Adrian. Et il fut renvoyé chez lui comme un écolier qui se serait soûlé lors d'une excursion scolaire. Que serait devenu Adrian si son père ne lui avait pas filé du fric ?

– Il s'agit de Synne Clausen.

Un silence. Adrian réagit :

– Tu parles de la sœur ?

– *The very same.*

– Attends un peu.

Adrian se déplaça, semblait-il, dans une pièce adjacente, car les bruits de fond cessèrent. Kai fut surpris de la rapidité avec laquelle il avait réussi à retourner la situation et capter son attention. Mais Adrian s'était intéressé à Karsten. Il avait été heureux que le garçon tombe amoureux de Jasmeen Chadar. Il avait encouragé leur relation, avait joué avec eux. Il appelait ça une « expérimentation ». Un garçon naïf qui grandit dans une ville de Bisounours et qui rencontre une fille pakistanaise destinée à être mariée avec un lointain parent du Pendjab. Qu'allait-il se passer si on les réunissait de façon accélérée ? N'importe quel idiot aurait pu deviner le résultat. Après la disparition du garçon, Adrian perdit l'envie d'expérimenter.

– Qu'est-ce qu'il y a avec la sœur ?

– Il ne t'a pas échappé qu'elle est devenue écrivain ? Eh bien, elle est en train de préparer un livre sur son frère qui a disparu.

– Ça remonte à un siècle.

– Huit ans très exactement, rectifia Kai, qui s'attendait

encore à être rejeté, mais Adrian n'avait toujours pas raccroché.

— Quand sortira ce livre ?

— Aucune idée. Mais à en croire ce qu'elle dit dans une interview, elle vient à peine de commencer. Je pensais voir un peu ce que ça donnait.

Adrian ne dit rien, et Kai sentit qu'il aurait du mal à se contenir plus longtemps.

— Ce n'est pas tout, poursuivit-il.

— Allez, crache le morceau, grommela Adrian et son langage brutal fit grimacer Kai.

— Synne Clausen a une liste de gens qu'elle contacte pour leur poser des questions sur Karsten. Elle a été chez la sœur de Shahzad Chadar.

Ma sœur, faillit-il ajouter en se pinçant le front avec un ricanement.

— Jasmeen ?

Kai ne savait trop quoi penser du fait qu'Adrian se souvînt si bien de son prénom.

— Jasmeen Chadar a affirmé à Synne que Shahzad a tué Karsten.

La pause qui s'ensuivit dura une éternité. Kai savait qu'Adrian, sous l'effet de la surprise, devenait silencieux, qu'il se retirait comme pour se mettre à couvert et jugeait la situation avant d'en ressortir, pour mieux reprendre sa progression ou battre en retraite.

— Elle le *sait* ?

Soudain Kai se sentit d'excellente humeur.

— Elle dit qu'elle le sait. Pour toi non plus, ça ne faisait pas l'ombre d'un pli, à l'époque, que c'était Shahzad et sa bande qui lui avaient réglé son compte, à Karsten.

Ils n'en avaient pas beaucoup parlé ensemble. Ils avaient simplement constaté qu'ils n'avaient pas réussi à protéger le jeune homme, qu'ils avaient perdu une bataille, mais que la guerre venait à peine de commencer. Cela étant, cette bataille perdue expliquait peut-être pourquoi Adrian était parti en Angleterre.

— Tu m'as l'air bien informé, dis donc.

— Eh oui, admit Kai qui aimait le tour que prenait la conversation. Tu sais que Shahzad Chadar est en train de se construire une carrière politique ?

— Passer de délinquant à homme politique, rien de plus normal.

— Il a misé sur le bon cheval, le parti le plus hostile à l'immigration.

Adrian soupira.

— En Norvège, tous les hommes politiques pensent la même chose. Ils se sont distribué les rôles et font semblant de se quereller. Shahzad Chadar se comporte comme une myxine.

— S'il est accusé de meurtre, il peut dire adieu à sa carrière politique, dit Kai.

— Pourquoi tu me racontes tout ça ? l'interrompit Adrian, contrarié.

— Parce que j'ai l'intention de me faire ce foutu musulman.

C'était le genre de langage qu'il fallait tenir pour avoir Adrian de son côté.

— L'Irak, c'est fini pour nous. Et l'Afghanistan, c'est encore pire. C'est ici, chez nous, qu'il faut poursuivre la lutte.

Kai entendit qu'Adrian ouvrait la porte donnant accès à la première pièce, un bourdonnement de voix lui parvint. Néanmoins, Adrian continuait à l'écouter attentivement.

— Elsa se trouve aussi sur la liste des personnes avec qui Synne Clausen veut parler.

Adrian toussa à l'autre bout du fil.

— De quoi va-t-elle parler avec Elsa ?

— Tu peux l'imaginer. Karsten venait souvent ici avant sa disparition.

— Elsa a déjà trop de choses à penser. Nous devons la préserver des soucis.

Il avait raison. Elsa se dispersait toujours trop. Cet hiver-là, huit ans plus tôt, Kai s'était rapproché d'elle comme jamais. Il était chez elle tous les jours, car Adrian avait décidé d'aller vivre chez son père à Birmingham. Elle s'était ouverte, avait commencé à parler des épreuves qu'elle avait traversées et Kai l'avait aidée pour tout. Jamais il n'avait été aussi heureux. Puis le prince s'était décidé à revenir et, encore une fois, Kai avait été banni dans un autre pays. D'ailleurs, ce n'était même pas un pays, rien qu'un endroit qui puait et où il gelait.

– Ça t'intéresserait d'avoir la copie de ce qu'écrit Synne Clausen ? lança-t-il, pas peu fier. Elle parle de toi.

– Non, surtout pas ! s'écria Adrian. Laisse-moi en dehors de tes magouilles.

Kai ricana.

– Je pars pour Bassora, expliqua Adrian.

– Je te tiendrai au courant, répondit Kai en veillant à raccrocher en premier.

*

Chadar habitait au 47C, dans la dernière maison mitoyenne de la rue. La maison était peinte en bleu turquoise, ce qui lui fit pousser un ricanement méprisant. Seule l'entrée était éclairée et aucune voiture n'était garée devant. Kai continua son chemin jusqu'au pâté de maisons suivant, aperçut un sentier entre les jardins et se retrouva à l'arrière du 47C. Il pouvait voir leur salon. Les rideaux étaient tirés. Il s'attarda quelques secondes avant de se glisser dans des fourrés et d'aller en direction du bois.

C'était une journée d'avril où l'air était vif, le vent s'était fait mordant depuis la matinée. Il remonta le col de son blouson, prit son portable et tapa le numéro. De là où il se tenait, sous les arbres, personne ne pouvait le voir.

– Allô ? Qui est à l'appareil ?

C'était une voix de femme âgée avec un fort accent. Il en déduisit que ça devait être son épouse.

– C'est de la part d'Interflora. Est-ce que Khalid Chadar est à la maison ?

– Non.

– Quand doit-il revenir ?

La femme dit quelque chose dans une langue étrangère, puis une autre personne prit le combiné.

– C'est à quel sujet ?

Une voix plus jeune qui parlait sans accent. Il récita ce qu'il avait préparé.

– Nous pouvons réceptionner les fleurs ici, répondit la femme.

Il refusa la proposition, arguant qu'il fallait remettre le bouquet directement à la personne. Il se rendait bien compte que son explication ne tenait pas debout, mais la jeune femme ne protesta pas.

– Alors il faut l'envoyer à la maison de retraite médicalisée de Lørenskog, dit-elle.

Il voulut savoir dans quel service, obtint le renseignement demandé et déclina de nouveau sa proposition d'aller lui apporter les fleurs à sa place.

C'était une idée géniale, cet envoi de fleurs, et il rit tout bas en s'asseyant dans sa voiture. Et quand on le laissa entrer dans l'aile Bjørkelunden, il tenait effectivement un bouquet à la main qu'il avait acheté dans une station Esso à côté. Ça puait la pisse dans le couloir. On le fit passer dans un salon où cinq vieux qui n'avaient que la peau sur les os fixaient un écran de télévision éteint. Kai sentit qu'il allait s'énerver.

– Vous êtes de sa famille ? demanda la fille rondouillette en uniforme bleu clair d'aide-soignante.

Il hocha la tête et essaya de prendre un air peiné.

– Oui, je suis un de ses proches. Est-ce qu'il y a du changement ?

– Il dort la plupart du temps. Mange à peine. Nous lui donnons de la bouillie.

Elle ouvrit une porte au fond du couloir.

– Vous avez de la visite, Khalid, lança-t-elle d'une voix joyeuse. C'est votre neveu.

Kai ne savait pas d'où elle tirait ça, mais à quoi bon démentir ? L'homme à moitié assis dans le lit ne bougea pas d'un millimètre, ses paupières semblaient collées à ses globes oculaires enfoncés. Sa poitrine se souleva par à-coups, deux, trois fois, puis s'arrêta avant de recommencer au bout d'un moment.

– Il est conscient, déclara l'aide-soignante. Il entend tout ce que vous lui dites. Il est *si* content d'avoir de la visite. Ah, si toutes les familles prenaient autant soin de leurs proches que vous !

Kai fit un sourire assez modeste. Elle prit les fleurs qu'il lui tendit, remplit un broc en métal, mit les fleurs dedans et les posa sur la table de nuit.

– Je vous laisse entre vous, dit-elle chaleureusement, en refermant la porte.

Kai resta près du lit à observer l'homme à la peau presque transparente. Un cathéter sur le dessus de la main était relié à un tuyau et un liquide blanchâtre tombait goutte à goutte de la pochette de perfusion. Il avait déjà rencontré une fois Khalid Chadar, dans la supérette à Strømmen. Kai avait quatorze ans, il avait séché les cours après la grande récréation et pris son vélo pour monter jusque-là. Il n'avait rien acheté, s'était contenté de regarder Chadar droit dans les yeux. « Vous désirez quelque chose ? » avait demandé l'homme. Kai était ressorti sans répondre. Après toutes ces années, il se souvenait encore si bien de cette question qu'il dit :

– Oui, je désire quelque chose.

Car il savait aujourd'hui ce qu'il aurait dû répondre

autrefois. Il poussa la chaise en plastique posée contre le mur pour la rapprocher du lit et s'assit.

– La première fois que j'ai entendu parler de Khalid Chadar, c'était par Tord Hammer, voilà ce que je voulais te dire. Tord Hammer se prétendait mon père. Il savait qui tu étais. Et il ne pouvait pas te voir en peinture.

Kai eut l'impression que les paupières collées bougèrent légèrement, signe que l'homme en face de lui était éveillé et entendait chaque mot qu'il prononçait. Il sentit revenir la démangeaison. Ce genre de démangeaison qui pouvait l'amener à faire toutes sortes de choses.

– Tord Hammer ne me supportait pas non plus. Ce qui n'a rien d'étonnant, au fond. Il ne pouvait pas avoir de gosses à lui, ses spermatozoïdes étaient pourris, alors il a dû s'occuper de moi, l'enfant d'un autre. Gunnhild voulait m'épargner la vérité le plus longtemps possible, mais Tord Hammer n'était pas d'accord. Il avait raison. Pourquoi les gosses n'auraient-ils pas le droit de savoir d'où ils viennent ?

Des photos étaient posées sur la table de nuit. Kai en saisit une, en noir et blanc. Elle semblait avoir été prise dans un village au Pakistan. On voyait un homme plus âgé portant un turban, avec deux enfants devant lui, l'un entourant de son bras le cou d'un buffle.

– Tord était furieux quand il m'a tout raconté. C'est ce jour-là que j'ai mis le feu à un pré, à côté de la maison. Il s'en est fallu de peu pour que l'incendie ne se propage et consume entièrement la maison voisine. Mais Tord et quelques autres ont réussi à l'éteindre juste à temps. Ensuite il est monté dans ma chambre. Il m'avait envoyé là-haut pour que je réfléchisse. Je n'ai fait que ça, et pourtant je n'ai pas regretté mon geste une seconde. Je l'ai dit à Tord Hammer quand il est venu pour savoir ce que je comptais faire plus tard.

Kai secoua la tête et reposa la photo sur la table.

– Regretter, avoir honte de ce qu'on a fait, c'est tout un

art. Ça ne m'intéressait pas. C'était bon pour les mauviettes. Tord Hammer a compris qu'il devait employer les grands moyens. *Tu ne sais même pas qui est ta mère*, il a dit en pensant qu'il était temps que la vérité éclate. C'était vrai. J'avais compris depuis longtemps que ce n'était pas Gunnhild. *Ta mère est mariée avec un richard en Angleterre*, il m'a expliqué d'une voix radoucie. Le problème, c'est que cet homme n'a pas su tout de suite qu'elle avait déjà mis au monde un rejeton. *Quand il l'a appris, on ne peut pas dire qu'il ait été content. Mais ce qui l'a vraiment foutu en rogne, c'est l'identité du père, un sale musulman qui avait pris soin de celle qui était devenue sa femme.* J'ai mis un moment à comprendre ce qu'il me disait. Je ne connaissais ni le mot « rejeton » ni celui de « bâtard », mais en me creusant la tête j'ai deviné. Et avant de quitter la pièce, cette après-midi-là, Tord Hammer a lâché que j'étais un gosse de Pakistanais. Tout à coup, les pièces du puzzle ont trouvé leur place.

Kai rapprocha encore la chaise du lit. L'homme respirait différemment maintenant, son souffle était plus rapide et plus régulier. Sa gorge voulut déglutir et un filet de salive coula du coin de sa bouche sur son menton.

— Mais je ne suis pas venu ici pour te parler de ça, reprit Kai en se penchant vers l'oreille du vieillard.

Il émanait de tout son corps une odeur de pourriture. Est-ce que ça venait de la bouche, des cheveux ou de la peau ?

— Tu pues. Mais Shahzad pue encore plus. Je comprends mieux pourquoi vous autres musulmans, vous passez la journée à vous laver. Dommage que ça ne serve à rien. L'odeur reste. Bientôt, tout le monde saura ce que je sais sur Shahzad. Oui, c'est de lui que je parle, Shahzad Chadar, ton fils. Un petit loubard pakistanais qui se croit intelligent parce qu'il a arrêté de piquer des téléphones portables et a commencé à jouer à l'homme adulte et responsable. Un type qui fait semblant d'être aimable et cultivé, qui prétend qu'il ne faut pas cogner sa femme, qui prêche la tolérance et la liberté d'expression. Mais au fond il reste toujours un musulman de merde. Et bientôt, tout le monde saura qui il est vraiment.

Il chuchota la suite dans l'oreille de Khalid :

– Un assassin. Qui a tué pour défendre *l'honneur de la famille*. Comme s'il y avait de l'honneur dans ta famille. Maintenant, il peut aller se faire foutre avec son arrogance. Il aura tous les journalistes du pays sur ses talons. Ils feront le siège de sa maison, suivront sa femme au boulot, son môme au jardin d'enfants. Personne dans ta famille d'enfoirés n'aura un moment de répit avant que les journaux et les chaînes de télévision ne soient lassés de vous. Toute cette satanée famille Chadar peut tout aussi bien rentrer dans leur bled paumé du Pendjab dont tu as voulu t'échapper. Personne ici ne vous regrettera.

Tout à coup, les fines paupières du vieil homme tressaillirent et il ouvrit les yeux, le regarda ou regarda un point au-delà de lui, et à cet instant, la pensée d'Elsa effleura Kai. Elle aurait la revanche qu'elle n'avait jamais osé demander. Si elle le voyait, songea-t-il, elle aurait été contente qu'il soit en état de faire quelque chose, qu'il ne se défile pas, qu'il la protège.

18

Synne s'assit sur le bord du lit. Lentement les images de son rêve furent aspirées par la lumière de l'après-midi et elle ne fit rien pour les retenir.

Lorsqu'elle se leva, la douleur était toujours là, comme un signe.

Quatre messages sur son portable. Janus était enrhumé, rien de grave mais Åse pensait que ce serait bien de passer le voir. Deux messages d'Erika que Synne effaça, avant de le regretter : elle aurait dû d'abord les lire. Erika avait aussi cherché par trois fois à la joindre. Synne allait la rappeler, puis changea d'avis. Elle allait bientôt être injoignable, peut-être pour une semaine entière, ou pour toujours. La pensée qu'Erika en souffrirait lui procurait une sensation intense et délicieuse.

Elle était encore fatiguée, aurait pu continuer à dormir, mais après avoir bu un verre de Coca-Cola, elle s'assit devant son ordinateur.

Ne sois pas fâché, Karsten, s'il te plaît, ne sois pas fâché contre moi.

Elle avait écrit ça après être rentrée, chancelante, la veille, alors que la douleur remontait de l'oreille jusqu'à l'intérieur de la tête. Elle n'avait pas été elle-même. C'était comme si quelqu'un d'autre avait écrit ces mots. Quelqu'un qui en savait plus long sur elle qu'elle-même.

Janus était plus mal en point qu'Åse ne l'avait dit. Il s'agita quand elle entra dans le box, et la salua de son mouvement de la nuque. Elle posa son visage contre sa bouche chaude et lui caressa la crinière.

– Tu m'as manqué aussi, lui chuchota-t-elle à l'oreille, sans bouger.

Janus aussi restait immobile.

– Beaucoup de choses se bousculent dans ma tête, lui confia-t-elle. Je ne sais pas ce qui se passe. Je n'y comprends rien.

Ensuite, elle emmena Janus et Sancto Spirito dans le grand manège et les fit trotter. Janus avançait un peu bizarrement, elle prit le cure-pied et souleva un des sabots pour nettoyer l'intérieur. Lorsque la porte s'ouvrit, Synne aperçut la silhouette d'un homme dans la lumière de l'après-midi. Il était assez grand, les cheveux noirs.

– Bonjour, dit-elle.

Il s'approcha. Aussitôt, elle le reconnut, elle avait vu des photos de lui dans les journaux et sur Internet. Qu'est-ce que vous faites ici ? voulut-elle demander, mais pas un son ne franchit le seuil de ses lèvres. Elle tenait toujours le cure-pied, essayait de continuer son geste, mais Janus était trop agité. Elle lâcha son sabot et le caressa, ne sachant si elle communiquait sa propre nervosité au corps de l'animal ou inversement.

– Vous avez essayé de me joindre, dit Shahzad Chadar.

S'il ignorait à quoi elle ressemblait, elle avait une chance. Il fallait qu'elle continue de caresser Janus sans dire un mot. Les élancements douloureux se rappelèrent à son bon souvenir et ses tempes se mirent à battre très fort.

– Il fallait que je sache ce que vous me vouliez.

Elle en lâcha le cure-pied sans l'entendre tomber sur le sol couvert de sable.

– Vous auriez pu rappeler, parvint-elle à dire.

Il se tenait à moins d'un mètre d'elle. Janus commença à frapper le sol avec un sabot. Elle lui chuchota quelque chose à l'oreille, des sons que lui seul comprenait.

– J'aurais pu rappeler, mais j'ai préféré venir.

Elle songea un instant à monter sur Janus, car une fois sur son dos, personne ne pourrait lui faire de mal, pas même Shahzad Chadar. Il faisait une tête de plus qu'elle, portait une veste sombre et sentait l'après-rasage. Une odeur qui paraissait incongrue dans cette écurie. Ce détail la perturbait.

– Comment s'appelle votre cheval ?

Elle voulait lui demander de s'en aller car il allait lui arriver quelque chose s'il ne foutait pas le camp en emportant cette odeur avec lui.

– Janus, répondit-elle.

Cela lui fit du bien de prononcer son nom.

– Et lui, c'est Sancto Spirito.

– Jolis noms, fit-il en hochant la tête et en saisissant le harnais de Sancto Spirito. Moi aussi, j'ai fait beaucoup de cheval.

L'animal se laissa caresser, baissa sa bouche et la frotta contre sa paume. Elle vit qu'il ne mentait pas, il avait l'habitude des chevaux. Janus le remarqua aussi et son tremblement diminua.

– Vous aimez les histoires, déclara Shahzad Chadar, alors je vais vous en raconter une. Sur ma famille.

Elle lâcha un soupir de soulagement. Il commença à parler d'une voix basse. Elle ne comprit pas tout ce qu'il disait, mais ne l'interrompit pas. Janus s'agitait de nouveau. Elle avait gardé le visage collé contre son encolure, mais sentait le regard de Shahzad Chadar sur elle. Comme s'il voulait avoir quelque chose en retour.

Soudain, elle prit son courage à deux mains :

– J'ai rencontré Jasmeen.

Comme s'il ne le savait pas.

– Alors vous pouvez imaginer ce qu'elle m'a dit.

Maintenant que les mots étaient prononcés, elle osa se tourner vers lui.

Shahzad Chadar plongea ses yeux dans les siens.

– Jasmeen me hait.

Sans la quitter du regard, il poursuivit :

– Elle a détruit sa vie. J'ai fait ce que j'ai pu pour l'aider. Est-ce qu'elle m'en a été reconnaissante ?

Il éleva la voix, son calme apparent se fissura et Synne perçut, sous la surface, une immense colère. Janus s'écarta, tapa du sabot dans le sable. Synne se pressa contre lui.

– Mon frère a été tué, dit-elle tout bas, aussi bien à Janus qu'à Shahzad Chadar. Je l'ai toujours su. Quelqu'un l'a tué. Et cette personne, c'est vous.

Elle n'aurait pas dû dire ça, pas ici dans ce box, seule avec lui. Mais maintenant qu'elle avait commencé, autant aller jusqu'au bout.

– J'en ai parlé à la police, mentit-elle. S'il arrive quelque chose…

– Il ne vous arrivera rien. Pas ici.

– C'est une menace ?

– J'essaie de vous faire prendre conscience de ce que vous êtes en train de faire.

Il parut réfléchir avant de poursuivre.

– Jasmeen fait tout ce qu'elle peut pour me faire du mal. J'ai perdu une sœur.

– J'ai perdu un frère.

Un instant, elle vit quelque chose dans son regard. Peut-être une forme de regret.

– Karsten était un gamin, dit-il, d'une voix de nouveau placide. Un gamin à qui on donne un jouet. Comme vous, je n'ai pas compris au début ce qu'il fabriquait. J'ai essayé de lui parler. Il n'a pas voulu entendre. Ensuite j'ai compris que d'autres le poussaient, lui disaient exactement ce qu'il devait faire.

– Le poussaient à faire quoi ?

Il secoua la tête.

— Il avait de mauvaises fréquentations. Ce sont eux qui l'ont poussé à faire de ma sœur un jouet. J'ai essayé de la protéger. Elle était naïve, elle croyait que Karsten parlait sérieusement.

— Et ce n'était pas le cas ?

— Ce sont eux qui ont fait mettre le feu à la boutique de mon père.

— Arrêtez, protesta-t-elle. Karsten n'avait rien à voir avec ça.

Shahzad haussa les épaules.

— Vous êtes trop crédule. Ce n'est pas de votre faute. Mais ça peut être dangereux.

Un frisson la parcourut de la tête aux pieds.

— Quelqu'un est venu chez moi, dit-elle. Un type qui vous connaît. Il m'a raconté que vous aviez rencontré Karsten ce soir-là et que vous l'aviez embarqué dans une voiture.

Shahzad la regarda longuement. Elle le vit lutter pour conserver son calme. Elle voyait la colère gronder en lui, un flot de magma qui ne demandait qu'à sortir.

— J'ai des ennemis, finit-il par dire. Beaucoup voudraient me voir échouer. Certains sont des Norvégiens racistes, d'autres des Pakistanais qui pensent que je leur dois quelque chose. Le monde dans lequel j'ai grandi ne ressemble pas tout à fait au vôtre. Vous croyez que j'en serais arrivé où je suis, si je m'étais aplati devant tous ceux que j'ai rencontrés ?

Elle ne savait pas trop quoi en penser.

— Vous l'avez embarqué dans votre voiture. Je vous ai vus.

Il fit un pas vers elle et la regarda fixement.

— Vous n'étiez pas là, objecta-t-il tout bas.

Il lui toucha l'épaule.

— C'est ce qu'attendent tous ceux qui veulent m'empêcher d'avancer, vous ne comprenez donc pas ? Enfin l'occasion de me faire retomber dans la boue. Ils vous utilisent vous, la naïve de service. C'est ça que vous voulez ?

Elle n'était pas en état de répondre. Alors elle se pressa contre le corps chaud du cheval. *Je suis allongée dans une pièce. Ce doit être une cave, car il n'y a aucune fenêtre ici. J'ai froid, je m'aperçois que je suis toute nue. Puis la porte s'ouvre d'un coup, Karsten est là, il m'appelle, mais je n'entends pas les mots, car tout ce que je vois est comme dans un film dont on a coupé le son.*

— Et si vous me racontiez tout ce qui est arrivé ce soir-là ? murmura-t-elle. Sans rien me cacher ?

19

Dan-Levi saisit la télécommande. Ces derniers temps, il n'avait fait que zapper. Il se laissait porter, regardait un peu les infos, découvrait un documentaire sur la nature. À la fin, il dut se forcer à éteindre.

Il emporta des feuilles et des feutres, s'installa dans la cuisine et dessina un autre soleil d'associations, en notant des informations à l'extrémité des rayons. *Khalid Chadar a travaillé à la ferme Stornes. La ferme Stornes brûle. Karsten sait quelque chose à ce sujet. Karsten sort avec Jasmeen Chadar. Shahzad Chadar le menace. Jasmeen affirme que Shahzad a tué Karsten.* Un autre rayon mène à Elsa Wilkins. *Un fils en Irak. Il s'appelle Adrian et connaissait Karsten, il le voyait beaucoup le printemps où il a disparu.*

Il fit une nouvelle tentative, en mettant cette fois la ferme Stornes au centre. Soudain, il lui vint une idée et il écrivit au bout d'un rayon : *Le père de Sara a acheté notre maison à quelqu'un qui avait de la famille à Stornes.* Cela le laissa songeur. Qu'est-ce que cela voulait dire ? Pourquoi avait-il eu cette association d'idées ?

Il téléphona à Sara. Elle mit moins de deux secondes pour décrocher.

– Il s'est passé quelque chose ? s'écria-t-elle.

Dan-Levi n'osa pas lui avouer qu'il voulait juste entendre le son de sa voix, qu'il était heureux de savoir qu'elle rentrerait bientôt à la maison, comme dans les premières années. Il lui arrivait encore de ressentir ce manque, tout à coup, même si elle était seulement partie faire les courses. Elle se trouvait dans le vestiaire du gymnase de l'école de Kjellervola.

– Tout va bien, lui assura-t-il. Je voulais seulement te demander quelque chose.

Elle soupira, lasse.

– Ne me fais pas peur, Dan.

– Ce n'est qu'un coup de fil.

– Je serai à la maison dans vingt minutes. Ça doit être drôlement important si ça ne peut pas attendre… Les petits sont couchés ?

C'était le cas. Ruben passait la nuit chez un camarade de classe et il avait longtemps parlé avec Rakel avant le journal télévisé.

– Tu ne m'as pas dit que ton père a acheté notre maison à quelqu'un qui avait de la famille à Stornes ?

Elle lâcha un cri de surprise.

– C'est pour parler de ça que tu m'appelles ?

– Réponds-moi. C'est vrai ou pas ?

– Je crois. Solveig en sait plus long là-dessus que moi. Pourquoi tu me poses cette question ?

Mentir n'avait jamais été son fort, mais il ne voulait pas lui faire part de ses interrogations.

– Je te le dirai plus tard, lui promit-il en espérant qu'elle n'y penserait plus.

Il savait qu'il aurait pu appeler Solveig tout de suite au lieu de déranger Sara. Mais il ne contactait sa belle-sœur qu'en cas d'urgence. Il n'ignorait pas que c'était la maladie qui la faisait changer du tout au tout. Et cela éveillait forcément sa compassion. Seulement, il y avait autre chose chez elle qui le mettait mal à l'aise, même quand elle n'avait pas ses crises, mais il ne parvenait pas à l'identifier clairement. Travailler sur soi était un processus qui durait toute la vie, se dit-il en composant son numéro.

Elle parut étonnée : il l'appelait pour la deuxième fois en l'espace de quelques jours. Sans passer par quatre chemins, il lui posa la même question qu'à Sara.

— Gunnhild Hammer, répondit Solveig. Elle était la fille aînée à la ferme Stornes.

— Hammer, répéta Dan-Levi, songeur. Tu la connais ?

— Non, mais je me souviens d'elle à l'époque où nos parents ont acheté la maison.

— Parle-moi d'elle.

— Qu'est-ce que tu veux savoir ?

— Elle avait de la famille ? Qu'est-ce qu'elle faisait comme travail ? Combien de temps ils ont vécu ici ?

— T'es devenu détective privé ?

— Oui, dit-il avec un petit rire forcé.

— Elle s'est mariée avec un homme qui s'appelait donc Hammer, un militaire. Ils ont adopté un fils, à peu près à ton âge.

— Ils habitent où, maintenant ?

Solveig grommela quelque chose, une habitude chez elle quand elle faisait travailler ses méninges.

— Gunnhild Hammer avait une maladie, ses muscles fondaient. C'est pour ça qu'ils ont vendu. Elle devenait invalide et ne pouvait plus monter l'escalier.

— Elle vit toujours ?

— Comment veux-tu que je le sache ? Mon père les a revus, quelques années après avoir acheté la maison, et elle était en fauteuil roulant. Ça fait réfléchir. Elle n'était pas tellement plus âgée que moi.

Dan-Levi enchaîna aussitôt pour qu'elle ne pense pas trop à son propre destin.

— Et leur fils ?

Il perçut un mouvement d'impatience au bout du fil et se prépara à écourter la conversation.

— Il était dans une institution, je ne sais plus laquelle, dit-elle. Ils ne pouvaient plus le garder avec eux.

Il resta un moment à observer son soleil avec les associations, avant d'ajouter : *Gunnhild Hammer, myopathie. Mari militaire. Enfant en institution.*

Il ôta ses lunettes et les essuya pendant qu'il montait l'escalier. Il sentait qu'il touchait au but mais ça lui échappait. La vérité était cachée dans ses notes.

Les plus petits dormaient, mais la lumière était encore allumée chez Rakel. La porte de l'armoire était ouverte, il glissa sa tête à l'intérieur.

— Il est temps de revenir à notre monde.

Elle sortit à quatre pattes, une lampe de poche à la main.

— Le garçon qui a habité ici a écrit sur le mur, dit-elle.

— Le garçon ? T'es sûre que ce n'était pas une fille ?

Elle fit un oui énergique de la tête.

— Il a écrit ici un nom de fille. C'est gravé avec un couteau dans le bois.

— Peut-être que c'était son nom à elle ?

Rakel grimpa dans son lit.

— Je l'ai vu.

— Ah bon ? dit Dan-Levi en s'asseyant sur le bord de son lit. Où ça ?

Elle leva les yeux vers lui.

— Ici, je crois. Je ne suis pas sûre.

Dan-Levi quitta le lit pour éteindre la lumière.

— À quoi il ressemblait ?

— Il avait les cheveux très clairs. Presque comme ceux des anges sur les images.

Elle ferma les yeux.

— Mais il a de mauvaises pensées, ça se voit à ce qu'il a écrit.

Dan-Levi préféra ne pas l'interroger davantage, il ne fallait pas évoquer de mauvaises pensées avant de dormir.

Il lui chanta une prière et la borda avec la couette, quand elle dit :

— J'ai rêvé quelque chose de tellement bizarre cette nuit.

Il s'arrêta sur le pas de la porte et revint s'asseoir auprès d'elle.

– D'habitude, mes rêves disparaissent au réveil, mais celui-là, je n'arrive pas à l'oublier. C'était affreux. J'ai rêvé de toi.

Sa curiosité fut la plus forte.

– Encore ? Raconte.

Elle hésita.

– Tu avais emmené Pepsi, tu voulais faire une balade avec elle. Et puis, tu disparaissais.

Ils étaient convenus de ne jamais l'interroger sur ses rêves, mais de la laisser raconter, si ça venait d'elle-même. Sara avait dit que sa grande sœur faisait, semble-t-il, des rêves prémonitoires quand elle était enfant. La pensée que Rakel puisse avoir hérité de cette instabilité qui avait rendu la vie de Solveig si difficile leur était insupportable ; Dan-Levi chassait ces pensées de son mieux dès qu'elles surgissaient.

– J'ai rêvé que tu tuais Pepsi.

Il sursauta.

– Qu'est-ce que tu dis ?

Elle fixa le mur comme si c'était elle qui avait fait quelque chose de mal.

– Pardon. Je n'aurais pas dû dire ça.

Il l'entoura de ses bras.

– Raconte-moi exactement ce que tu as rêvé.

– Je ne m'en souviens pas.

– Essaie.

Il remarqua qu'elle se raidit et la lâcha. Elle enfouit son visage dans la couette.

– J'ai entendu Pepsi gémir, j'ai couru dans la cuisine et là tu l'avais poignardée avec un couteau.

Il voulut lui caresser la tête, d'un geste vaguement consolateur, mais elle s'écarta.

*

Elsa Wilkins plissa les yeux à cause de la forte lumière au-dessus de la porte d'entrée.

— Vous ? s'écria-t-elle en reconnaissant tout de suite Dan-Levi.

— Je passais dans le coin, expliqua-t-il, et je voulais vous demander quelque chose.

Il s'était décidé sur un coup de tête, sans se donner la peine d'inventer un prétexte pour débarquer sans prévenir.

— Vous êtes certainement occupée.

— Aucune importance, dit-elle. J'ai trouvé l'interview très bien. Mais vous venez pour une autre raison, j'imagine.

Il ne voulut pas mentir :

— Effectivement je ne viens pas pour ça.

Il se débarrassa de ses chaussures.

— La dernière fois que je suis venu, vous m'avez parlé de votre fils.

Elle le précéda dans le salon.

— Ah bon ?

— Vous l'avez mentionné, au détour de la conversation, en disant qu'il avait une entreprise avec des missions en Irak. J'ignorais à ce moment-là qu'il était ami avec un garçon que je connaissais aussi. Un garçon qui a disparu.

Elle attendit qu'il soit assis dans le fauteuil en face d'elle pour lui répondre :

— Vous parlez de Karsten Clausen.

Dan-Levi acquiesça.

— Karsten habitait dans mon quartier, et nous fréquentions le même club d'échecs.

— Une histoire terrible.

Le terme lui parut adéquat.

— J'ai eu tellement de peine pour sa famille, poursuivit-elle. Le pire, ce doit être de ne jamais savoir ce qui est arrivé.

Elle secoua la tête.

— Karsten voyait beaucoup votre fils, ce printemps-là, dit Dan-Levi.

Elle glissa une mèche de cheveux derrière l'oreille.

– Adrian l'aimait bien. Il s'est occupé de lui. Karsten était, comme vous avez dû le remarquer, un garçon fragile. Adrian a un grand cœur. Du café ou du thé ?

Il déclina l'offre. Il n'allait pas rester longtemps.

– C'est donc à Karsten que je dois le plaisir de votre visite.

Au fond, c'était un soulagement de ne plus avoir à tourner autour du pot.

– J'essaie de savoir ce qui lui est arrivé.

Le regard qu'elle lui lança prouvait qu'elle le savait depuis longtemps.

– Vous pensez qu'Adrian pourrait vous aider ? Il est allé voir la police dès qu'il a appris la disparition de Karsten. Il leur a dit tout ce qu'il savait. Il a aussi été chez ses parents, leur a longuement parlé. Ils ont apprécié ce geste.

Elle se cala dans son fauteuil. Elle portait une robe sombre et était bien maquillée même si elle n'attendait pas d'invités, vraiment une femme séduisante.

– Vous saviez que Karsten avait des problèmes, non ? Il voyait une jeune Pakistanaise et avait reçu des menaces de sa famille.

– Ce serait à cause de ça qu'il a disparu ? demanda Dan-Levi sans rien révéler de ce que Synne lui avait raconté.

Elsa resta pensive.

– Pas forcément, mais Adrian n'exclut pas cette possibilité. Il a d'abord cru que Karsten n'avait pas supporté toutes ces menaces. Ils en avaient vraiment après lui. Il avait été agressé.

– Je n'étais pas au courant.

– C'était arrivé une semaine avant sa disparition, si je me souviens bien. Il s'était réfugié ici après, il ne savait plus quoi faire, il était mort de peur. Ils lui avaient entaillé le ventre avec un couteau. Adrian l'a accompagné au commissariat, il me semble.

– Vous êtes sûre qu'il a porté plainte ?

– Ils ont dû le faire, Adrian m'a dit que c'était réglé. (Elle soupira.) Ce n'est pas toujours évident de savoir s'il faut laisser dormir les fantômes du passé ou faire entrer la lumière.

Dan-Levi ne savait pas quoi en penser.

– J'appelle Adrian, dit Elsa avec détermination. Je vais lui demander de vous contacter. Il fera tout son possible pour éclaircir ce qui s'est passé ce jour-là.

– Irak ?

– En ce moment il est à Londres.

– Il doit bien passer vous voir de temps en temps.

Elsa regarda par la fenêtre et Dan-Levi comprit qu'il devait y aller plus doucement.

– Il me manque, finit-elle par dire. Mais il ne pouvait pas rester ici. Ce milieu était trop limité pour lui.

Dan-Levi jeta un coup d'œil sur sa montre. Cinq minutes s'étaient déjà écoulées.

– À propos, j'ai appris que mes beaux-parents ont acheté leur maison à un membre de votre famille. Elle est située dans la Erleveien.

Elsa Wilkins se redressa dans son fauteuil.

– C'est ma femme et moi qui avons repris la maison. C'était votre sœur qui habitait là ?

– Effectivement, dit-elle en lissant la nappe.

– Gunnhild et Tord Hammer, précisa-t-il. Ils ont aussi un fils, je crois.

Elsa fit un bref hochement de tête.

– Votre neveu, donc. Peut-être que je le connais ? Ce n'est pas lui qui a été placé un moment dans une institution, lorsque votre sœur est tombée malade ?

– Si vous voulez bien m'excuser un moment, dit Elsa en se levant.

Elle sortit dans le couloir et réapparut aussitôt dans l'embrasure de la porte :

– Désolée, je dois passer un coup de fil.

À son tour, Il se dirigea vers l'entrée.

– C'est moi qui suis désolé. Venir sonner chez vous à l'improviste...

Elle l'interrompit d'un geste. Au moment d'enfiler ses chaussures, il ajouta :

– J'ai réfléchi à la carte que j'ai tirée l'autre jour, celle des Amants à l'envers. Vous m'avez dit que ça concernait aussi l'amour dans un sens plus large, comme la foi.

Elle l'observa sans rien dire.

– Je vois que vous êtes habité par le doute, déclara-elle. C'était ça, le message de la carte : le soupçon ne fait que grandir.

20

La lumière au bout du couloir ne fonctionnait pas. Synne resta dans la pénombre devant la salle de bains. De fortes odeurs de cuisine lui parvenaient : du safran ou du curcuma qu'elle ne savait pas différencier, de l'ail et de la viande grillée. De la musique bhangra résonnait à l'étage au-dessus. Un éclat de rire. En passant devant le studio de Maja, elle vit qu'il était fermé à clé. À tout hasard, elle frappa à la porte. Peut-être son amie était-elle revenue ? Elle attendit, pas de réponse. La veille au soir, elle avait rappelé la brigade criminelle, avait eu droit à la même batterie de questions sans pouvoir leur dire rien de nouveau. Elle fit de son mieux pour se persuader, comme eux, que Maja était rentrée chez elle sur un coup de tête et qu'elle lui donnerait bientôt signe de vie, comme ils finissaient toujours par le faire. Qui ça « ils », songea Synne, mais l'autre avait déjà raccroché.

Elle entra chez elle et ferma sa porte à clé. Se pencha sur son ordinateur et essaya de relire ce qu'elle venait d'écrire comme si elle découvrait son texte pour la première fois.

« Vous ne niez pas avoir rencontré Karsten ce soir-là ? »
Shahzad Chadar s'approche d'un pas. De nouveau Janus se met à trembler, et je pense que ce cheval, mon cheval, est plus intelligent que nous, qu'il est capable de remarquer la profondeur des paroles et leur degré de vérité. Il est plus fiable que n'importe quel détecteur de mensonges.

« Vous l'avez dit vous-même : *"Je l'ai rencontré."*

— Vous l'avez attendu et vous vouliez le coincer.

— C'est vrai. Nous voulions le coincer. Lui faire comprendre ce qu'il avait fait.

— Vous aviez l'intention de le tuer. »

Shahzad Chadar pose la main sur la bouche de Janus, le caresse.

« Nous étions postés dans votre jardin. Il a remonté l'allée. On l'a encerclé. Il a voulu crier, mais mon cousin l'en a empêché. Quand il l'a lâché, Karsten a gémi : *"Je sais qui a mis le feu."*

— Mis le feu à quoi ?

— À la supérette et à tous les autres endroits. »

— S'il croyait qu'il allait s'en sortir par ce coup de bluff ! Mais je lui ai demandé de nous en dire plus. Alors il s'est retourné, nous a filé entre les doigts et a sauté par-dessus la haie. On s'est lancés à ses trousses, mais il connaissait le coin comme sa poche et on n'a pas réussi à le retrouver. Mon cousin et un autre sont partis plus haut sur la route et ils l'ont aperçu qui essayait de faire démarrer une voiture, une grosse camionnette, l'un d'eux a brisé le pare-brise avec une batte de base-ball. Quand je suis arrivé, ils l'avaient maîtrisé et nous l'avons poussé dans ma voiture.

— Je m'en souviens, dis-je. Karsten a été poussé dans une voiture. Vous m'avez aussi poussée à l'intérieur. Sur la banquette arrière avec lui. »

Shahzad Chadar me regarde droit dans les yeux.

« Tu ne penses pas vraiment ce que tu dis, Synne. »

À l'instant où il prononce mon prénom, je sais qu'il a raison : il ne m'a pas poussée dans une voiture.

« Tu n'étais pas là.

— Vous mentez, dis-je », ou peut-être le crié-je, parce que je veux qu'il mente, je veux que la réalité corresponde à l'idée que je m'en fais, que je rentrais à la maison, que j'ai vu ce que Shahzad et sa bande faisaient, qu'ils m'ont poussée dans la voiture et m'ont éjectée près de l'école.

Shahzad Chadar se propose de me ramener à la maison. J'ai encore des doutes sur la véracité de ses dires, mais je n'aurais pas accepté de l'accompagner si je croyais encore qu'il avait tué Karsten.

Pendant qu'il conduit, il parle, m'explique le contexte de l'affaire, peut-être procède-t-il ainsi quand il plaide au tribunal. Je le laisse continuer. Il parle de son père qui est venu en Norvège dans les années soixante-dix, comment à force d'honnêteté et d'efforts il est devenu ce qu'il est aujourd'hui, c'est la même histoire que Khalid Chadar m'a racontée en personne, tous ses sacrifices pour que ses enfants puissent avoir une meilleure vie que la sienne. Puis Shahzad me parle de lui-même, de ce qu'il est devenu et de son fils.

« J'ai fait un grand pas, dit-il. Et il s'agit de bien autre chose que de ma simple personne. Est-ce que tu comprends ce que cela signifiera si je réussis ? »

Je le comprends. Mais il y a aussi une autre histoire ici, elle est nichée derrière ce qu'il a raconté, comme un œuf de serpent.

« Vous ne m'avez toujours pas raconté ce qui est arrivé à Karsten. »

Un long silence s'installe entre nous. Jusqu'à ce qu'il dépasse l'embranchement pour Oslo et continue dans la Fetveien.

« Je rentre en ville », protesté-je.

Il ne répond pas, roule encore un moment, se dirige vers un arrêt de bus et s'arrête près du fossé.

« Viens avec moi. Je veux te montrer quelque chose. »

Il sort de la voiture. Je le suis dans la lumière déclinante du soir, on traverse la prairie boueuse et on se dirige vers un bosquet. Malgré le bruit de la circulation, on entend des oiseaux chanter, on est à la fin du mois d'avril, dans quelques jours ce sera Pâques, qui tombe encore plus tard cette année qu'il y a huit ans.

Ici.

Shahzad Chadar s'arrête et pointe du doigt. La rivière, marron mat, coule entre les arbres comme un serpent lent encore à moitié gelé.

« C'est ici que j'ai emmené Karsten. J'étais seul, les autres sont restés dans la voiture. C'était à moi de le faire si je voulais venger l'honneur.

— L'honneur ?

— C'est comme ça qu'on pensait à l'époque. C'était plus une manière de parler qu'autre chose. Nous ne comprenions pas nous-mêmes à quoi ça menait. »

Je regarde l'eau en contrebas qui coule à nos pieds.

« Karsten était mort de peur », dis-je.

Shahzad acquiesce.

« Il avait peur. Il avait les mains liées dans le dos. Il croyait qu'il allait mourir. Il continuait à parler des incendies et disait qu'il savait qui avait fait ça. Il voulait me montrer quelque chose qu'il avait dans la poche. Il appelait ça un dispositif de mise à feu. Je lui ai dit que ça ne m'intéressait pas. Alors il a commencé à parler de toi. »

Je me tourne vers lui.

« De moi ?

— Il a dit que s'il mourait, il n'y aurait plus personne pour s'occuper de toi. Il m'a raconté que tu étais malade, que tu n'avais pas d'amis. J'étais sûr que c'était du bluff. Mais ça a marché. Il était là à pleurer, persuadé qu'il allait mourir et voilà qu'il parlait de sa petite sœur.

— Vous l'avez tué, dis-je et ma voix a pris l'intonation d'une prière. Dites-moi que vous l'avez fait. »

Shahzad Chadar lève les yeux vers sa voiture, le moteur tourne et les phares avant jettent une lumière aveugle dans ce soir de printemps.

« Quand je me tourne vers mon passé... commence-t-il. Quand je repense au moment où tout a basculé, je comprends qu'il s'agit de cette soirée. Si je l'avais égorgé et jeté dans le fleuve, ma vie aurait été détruite à jamais.

— Vous l'avez tué.

— J'ai sorti mon couteau, j'ai coupé les bandes adhésives qui entravaient ses poignets et je lui ai demandé de rester couché là jusqu'à ce que je m'en aille. Je savais qu'il allait se passer quelque chose de déterminant. Je savais que j'aurais une journée devant moi avant que les autres comprennent que je n'avais pas fait ce que je leur avais dit que je ferais. J'ai utilisé ce temps pour décider que j'allais prendre une autre direction.

— Mais il était mort ! » crié-je.

Shahzad Chadar se tourne vers moi.

« Peut-être que Karsten a sauté dans la rivière. Ou qu'il est tombé. Peut-être qu'il a rencontré quelqu'un qui lui a fait quelque chose. Je n'ai pas tué ton frère. »

21

La veille, elle avait créé un nouveau document. Kai l'ouvrit. Elle parlait de Shahzad Chadar. Il l'avait suivie dans l'écurie.

« Je sais qui a mis le feu.
– Mis le feu à quoi ?
– À la supérette et à tous les autres endroits. »

Kai interrompit net sa lecture et se rendit lentement dans la cuisine. Il se versa un café, posa sa tasse, sortit dans la cour, poussa le portail et fit un aller et retour dans la rue en courant. Quand il regagna sa chambre, il était suffisamment calmé pour reprendre sa lecture. Karsten avait emporté les dispositifs de mise à feu. C'était pour ça qu'il ne les avait pas trouvés dans la voiture. Apparemment, il aurait aimé raconter ce qu'il savait sur les incendies, mais Shahzad n'avait pas voulu l'écouter.

Kai but son café en deux gorgées, il fallait qu'il se lève et fasse encore quelques pas. Il avait du mal à se concentrer sur la suite du texte de Synne.

Shahzad Chadar l'avait menacée. Pourtant, semble-t-il, elle l'avait accompagné à l'endroit où Karsten avait disparu. *Je n'ai pas tué ton frère.*

Kai jeta un coup d'œil à l'écran. Que Synne Clausen se laisse embobiner par cette anguille visqueuse l'énervait prodigieusement. Mais peu importait ce qu'elle croyait. Il allait régler le reste tout seul.

Sur l'écran apparaissait mot à mot le texte qu'elle était en train d'écrire. Il lisait tellement dans ses pensées qu'il devinait ce qu'elle allait taper.

Voilà ce dont je me souviens du soir où Karsten a disparu : Je me réveille dans une voiture, sur la banquette arrière. Dehors, il fait sombre. La lumière des réverbères défile, passe sur mon visage. Ça sent le vomi et la sueur. Ce sont ces odeurs insupportables qui me ramènent dans ce monde. Les sens s'éveillent en premier et mettent en route les pensées. Suis-je réduite à cela maintenant ? J'ai toujours eu besoin de mentir. C'est pourquoi j'écris. Je peux me créer un monde où il n'y a pas de différence entre mes mensonges, mes souvenirs, ce qui m'arrive à cet instant et ce que je crois va m'arriver. Quand j'écris, personne ne peut exiger de moi que je différencie un monde de l'autre.

Kai tapa du poing sur la table. Elle tenait quelque chose qui ressemblait à un aveu de la part de Shahzad Chadar et puis elle se perdait dans son imagination, confondant ses élucubrations avec ce qui s'était réellement passé. L'espace d'un instant, il la vit à son bureau en train d'écrire, les phrases jaillissant sous ses doigts. Elle n'avait fait que répandre la confusion autour d'elle. Ce qu'elle écrivait n'avait pas la moindre valeur.

Je suis allongée sur la banquette arrière. Celui qui conduit porte un bonnet. J'aperçois vaguement ses yeux dans le rétroviseur. Ou peut-être que je ne peux pas les voir. Sous ce rétroviseur, il y a une bestiole suspendue, une araignée en tissu ou en plastique. Elle gigote avec ses pattes quand la voiture roule sur une bosse.

On s'arrête, la portière s'ouvre. Celui qui était au volant se penche au-dessus de moi, son odeur est épouvantable. Il saisit mon bras. Je veux crier, mais je n'ose pas.

« Où suis-je ? demandé-je peut-être.

— À la maison », répond-il, mais je ne le crois pas.

Il me tire par les jambes, me soulève. C'est lui qui pue comme ça, son T-shirt est trempé de sueur, c'est ça qui sent le vomi comme si quelqu'un avait dégueulé des pommes pourries sur lui. J'ai la nausée, je n'ai plus la force de bouger, je pends comme une chiffe molle dans ses bras.

« Je connais Kasten », dit-il.

Il zozote, ça me revient à présent. Sans ajouter un mot, il me porte dans l'allée et je vois qu'il dit la vérité, je suis à la maison, mais je n'ai pas encore la force de penser que je ne vais pas mourir, en fin de compte.

Quel autre souvenir ai-je ? Le visage effrayé de mon père quand il a ouvert la porte. J'entendais des pleurs sans comprendre qu'ils venaient de moi. Papa m'a prise dans ses bras et a parlé à l'étranger. L'odeur des pommes, des pommes pourries se mêlant aux relents de vomi, et la fatigue qui m'envahit et s'empare de moi... dormir le restant de ma vie, ne plus jamais se réveiller.

Kai examina longuement ces phrases. Dans le flot de ses paroles, il s'attacha à un détail : l'araignée accrochée au rétroviseur aux pattes qui gigotaient.

Il se leva. S'entendit pousser un juron. D'excitation, sans doute, parce qu'il n'était pas en colère. Pas encore, mais ça montait en lui, et ça serait violent, il le savait.

Il ne devrait pas appeler Adrian maintenant. Il devrait attendre de s'être calmé. Aller plutôt s'entraîner. Mais il ne pouvait pas attendre.

— Du nouveau ?

Il se produisait toujours quelque chose en lui quand il entendait la voix d'Adrian. Comme s'il était tout de suite rabaissé. Adrian pouvait lui faire mettre genou à terre par sa seule intonation. Kai l'imagina dans son bureau de Birmingham, bien calé dans son fauteuil. Le prince Adrian était devenu roi, Adrian Cœur de Lion.

— Je suis dans l'ordinateur de Synne Clausen, dit-il tout bas.

Deux ou trois secondes s'écoulèrent avant qu'Adrian ne réagisse.

– Tu te fous de moi ?

– Je lis ses pensées au fur et à mesure qu'elles surgissent.

Nouvelle pause.

– Tu te mets toujours dans des situations impossibles, lui rappela Adrian. C'est ça que tu cherches ?

C'est davantage le ton sur lequel il avait dit ça que les mots eux-mêmes qui déclenchèrent sa fureur.

– Maintenant, tu vas la boucler, dit Kai.

Il inspira plusieurs fois. Retrouva son calme. Il s'efforçait d'évacuer sa colère par éclats brefs, pour être en mesure de parler.

– Maintenant, tu vas la boucler, répéta-t-il avec une maîtrise qui le satisfit.

Adrian allait rétorquer quelque chose, mais se ravisa.

– Shahzad Chadar a suivi Synne. Il l'a surprise dans l'écurie.

– Est-ce qu'il la menace ?

– Je t'ai dit de la boucler et de m'écouter.

Sa colère formait désormais une masse compacte, quelque chose qu'il pouvait pétrir et utiliser comme il le voulait.

– Il lui a raconté ce qui s'est passé ce soir-là. Ce qu'il veut lui faire croire.

– Tu t'étais attendu à autre chose ?

Kai sortit son Zippo de la poche, se mit à jouer avec.

– Il se peut qu'il dise la vérité. Il avait l'intention de tuer Karsten. Et puis il l'a laissé filer.

– Tu dis toi-même que la fille invente des trucs, objecta Adrian. Elle n'écrit pas un roman ?

– Il y a autre chose, l'interrompit Kai. Elle semble revenir sur des choses qui lui seraient arrivées personnellement ce soir-là.

– Tu es sûr que ça n'a rien à voir avec son imagination ?

– Elle parle de quelqu'un qui l'a ramenée chez elle. Qui

sentait mauvais. Qui puait le vomi, elle a écrit, et qui avait un T-shirt trempé de sueur. Il avait un cheveu sur la langue. Et puis elle mentionne autre chose : dans sa voiture, il y avait une araignée qui se balançait sous le rétroviseur.

– Bordel.

– N'essaie pas de me faire croire qu'elle a trouvé ça toute seule. Il y a un type là-bas qui n'a pas su tenir sa langue. Et je vais lui faire cracher le morceau.

Adrian ne répondit pas tout de suite. Kai étudia la flamme de son briquet et savoura le silence, savoura l'ascendant qu'il avait pris sur Adrian à cet instant. Celui-ci n'était plus bien calé dans son fauteuil à présent, Kai entendait à sa respiration qu'il faisait les cent pas.

– Ce n'est jamais bon de remuer le passé. On risque de faire remonter d'autres choses à la surface.

– Comme d'avoir des contacts avec Sæter ? De s'entraîner au tir ? Qui veux-tu que ça intéresse, huit ans après ?

– Pour l'amour de Dieu, laisse Elsa en dehors de tout ça, le prévint Adrian.

– *Pour l'amour de Dieu*, l'imita Kai.

Mais il devait admettre qu'il était d'accord : Elsa en avait assez bavé comme ça dans la vie. Il poussa un grognement, contrarié.

– Je le ferai à ma façon, déclara-t-il. Celui qu'on appelait Gros-qui-sue, Morten. C'était quoi, déjà, son nom de famille ?

– Comme si je m'en souvenais !

Adrian n'oubliait jamais un nom. Personne ne pouvait rivaliser avec lui sur ce plan-là.

– Tu sais bien que je finirai par trouver. Réfléchis bien.

Adrian resta silencieux un moment.

– C'est plutôt à toi de réfléchir, dit-il enfin. Tu as été impliqué dans certaines histoires, à l'époque…

– Ah bon ? ricana Kai.

– Calme-toi, j'essaie de t'aider. Gros-qui-sue a découvert

un truc sur toi. Il voulait s'en servir contre toi. Alors j'ai fait en sorte que ça n'arrive jamais, tu comprends ?

Kai grogna.

— Et je suis censé te remercier ?

— Je ne veux pas savoir dans quoi tu fourres ton nez, l'interrompit Adrian. Je pense à Elsa. C'est pourquoi je te demande de liquider Gros-qui-sue et sa bande. À l'époque, il a fait ce que je lui avais demandé. Pas sûr qu'il le ferait aujourd'hui.

— On verra bien, dit Kai qui raccrocha et éteignit son briquet.

Il était dix heures cinq. Il avait la journée devant lui. Avec un cri qui était un mélange de rire et de grondements de colère, il se pencha sur l'ordinateur et alla sur le site de l'annuaire.

22

Synne saisit son portable et se leva, chercha le nom d'Erika dans sa liste de contacts les plus fréquents. Elle regarda l'écran et se retint d'appeler, se força à reposer le téléphone, se posta à la fenêtre, observa les pins aux aiguilles presque invisibles qui vibraient.

Ce qui, au départ, avait été un projet d'écriture lui échappait désormais. Elle était captive de ce qui, par-derrière, faisait bouger le texte, ce qui se donnait à voir à travers lui. Des souvenirs. Tout ce dont elle voulait se souvenir. Elle sentait la présence d'une ombre qui la suivait quand elle écrivait, s'arrêtait quand elle-même s'arrêtait, reprenait quand elle continuait, se tenant toujours deux pas derrière elle…

Cette ombre, c'est moi, songea-t-elle. Moi, ce soir-là.

Où étais-tu, Synne ?

J'étais chez Tamara.

Tu es partie de chez elle.

Je suis partie. J'ai enfourché mon vélo.

Pourquoi voulais-tu rentrer alors qu'il était convenu que tu passerais la nuit là-bas ?

Je ne sais pas.

Tu ne veux pas savoir.

Je ne veux pas savoir.

Elle s'installa de nouveau devant son ordinateur.

Je veux savoir. Là, il ne s'agit pas de Karsten. Il s'agit de Synne. Karsten a disparu. Synne n'a pas disparu. Synne a été ramenée chez elle par un étranger. Il ne s'est plus jamais manifesté par la suite. Pour autant que je sache... Synne avait le visage et les cheveux pleins de sang. Ils les ont lavés à l'hôpital pour tout enlever. Ils n'ont trouvé aucune blessure. Ce n'était pas son sang. Ce n'était pas le sang de Synne. Est-ce que quelqu'un a compris ce que ça signifiait? Comprends-tu, Synne Clausen, ce que cela signifie?

Ensuite, elle lut à haute voix pour elle-même.

Je t'accuse, Synne Clausen, parce que tu ne veux pas savoir. Je veux savoir.
Si tu veux savoir, pourquoi évites-tu la seule chose qui puisse te dire ce qui s'est passé ce soir-là?

Au loin, elle entendit que l'on cognait à la porte. Elle sursauta et arracha ses écouteurs.

– Qui est-ce?

Une voix d'homme répondit dans le couloir, il était apparemment de la police. En hésitant, elle ouvrit la porte. L'homme avait un court blouson noir et une casquette ornée de l'emblème de la police.

– Synne Clausen?

Elle hocha à peine la tête.

– Nous procédons à des investigations. Veuillez m'accompagner dans la cuisine.

Elle jeta un coup d'œil dans le couloir. La porte du studio de Maja était grande ouverte. En passant devant, elle aperçut une silhouette en combinaison blanche s'affairer à l'intérieur.

Attablé dans la cuisine, un homme prenait des notes. Il se leva à son arrivée. Il était maigre, le dos un peu voûté, guère plus grand qu'elle, vêtu d'un costume gris et d'une chemise blanche au col ouvert. Il pouvait avoir l'âge de son père.

– Viken, dit-il en lui tendant une main.

Sa poignée n'était pas trop ferme.

– Commissaire adjoint de la police d'Oslo. Merci de me consacrer quelques minutes.

– Maja… bredouilla Synne.

Le policier la regarda.

– Vous la connaissiez.

Synne se laissa tomber sur la chaise.

– Est-ce que vous l'avez…

– Nous avons ouvert une enquête. Nous ne savons rien pour l'instant. C'est vous qui avez déclaré sa disparition ?

Synne essaya de leur dire qu'elle avait été très inquiète et que c'est pour ça qu'elle les avait contactés à plusieurs reprises.

– Est-ce que vous pouvez répéter ce que vous avez expliqué au standard de la brigade criminelle ?

Elle fit un effort pour leur expliquer qu'elle avait découvert que la porte de Maja n'était pas fermée à clé et ça lui avait paru plus que bizarre.

– Vous l'avez retrouvée ? parvint-elle enfin à demander.

– Il est encore trop tôt pour être certain.

Synne se grattait involontairement la main, sans cesse. Ils avaient retrouvé quelqu'un, mais ne savaient pas si c'était elle. Réfléchir à ce que cela signifiait était au-dessus de ses forces.

Le policier continua à l'interroger et elle répondit de son mieux. Depuis combien de temps elle connaissait Maja, si Maja avait beaucoup d'amis en Norvège, sur sa relation avec les autres résidents de l'étage, si elle fréquentait des milieux à risque… Il nota qu'elle était diabétique, avant que Synne ne lui raconte ce qu'elles s'étaient dit lors de leur dernière conversation.

– Elle avait donc rendez-vous ?

– Oui, avec quelqu'un qu'elle venait de rencontrer.

– Qui ?

Synne se concentra.

– Un homme. Je ne sais rien de lui.

– Un nom ?

Elle secoua la tête.

– Je ne crois pas qu'elle m'ait dit son nom. Ni où ils allaient.

Le policier s'était présenté comme étant le commissaire adjoint. Elle aurait bien aimé lui redemander son nom, mais n'en avait pas la force. Il s'adossa à la chaise et se passa les doigts sur son crâne dégarni en remettant en place quelques maigres mèches de cheveux. Son regard avait quelque chose de bienveillant.

– Avez-vous quelque chose à ajouter ? fit-il.

Elle le regarda d'un air interrogateur.

– Comme quoi, par exemple ?

Cela le fit sourire.

– C'était justement la question à laquelle vous deviez répondre. Ce qui vous passe par la tête et qui vous paraît important.

– Karsten, lâcha-t-elle enfin.

– Qui est-ce ?

– Mon frère.

Quand elle leva les yeux, elle le vit en train de prendre des notes.

– Il a aussi disparu.

Le commissaire adjoint posa son stylo et se pencha de nouveau vers elle. Sa lotion après-rasage lui fit penser à celle que son père utilisait.

– Il y a longtemps, s'empressa-t-elle d'ajouter. Huit ans. Et quelques jours.

– Qu'est-ce qui vous fait penser qu'il y a un lien ?

Elle ne pouvait pas le dire. Simplement, les gens disparaissaient autour d'elle. Elle se sentait responsable ; peut-être aurait-il mieux valu qu'elle se tienne loin des autres. Ses propos étaient décousus et elle remarqua que le commissaire adjoint ne l'écoutait plus que d'une oreille. Elle se ressaisit et parla de Shahzad Chadar et de l'homme qui s'était introduit chez elle. Cette dernière information ranima l'intérêt du policier qui darda un regard perçant sur elle.

– Vous dites qu'il s'est introduit chez vous ?

Elle attendit un moment pour répondre.

– La porte n'était pas fermée.

– Mais il ne vous a rien fait ?

Elle soupira lourdement.

– Il m'a fait peur.

– Je comprends, dit le commissaire adjoint en hochant la tête. Mais vous n'avez pas porté plainte.

– J'aurais dû le faire ?

– Je vais laisser une note à ce sujet, dit-il. Si nous trouvons qu'il y a un lien avec votre amie, nous ferons alors une enquête.

– Et sinon ?

– C'est à vous de savoir si vous voulez porter plainte contre l'homme avec qui vous entretenez une relation.

23

Gros-qui-sue sortit de l'arrière-salle de la station-service d'un pas lourd. De grassouillet, huit ans plus tôt, il était devenu obèse. Plusieurs boutons de sa chemise avaient cédé sous la pression du ventre, laissant dépasser une touffe de poils.

Kai faisait semblant de contempler le rayon des huiles à moteur. Le choix était limité. Lorsque le dernier client fut parti, il s'approcha de la caisse pour le saluer. Après quelques rapides « ça alors, quelle surprise, ça fait plaisir », il n'y avait déjà plus rien à dire.

– Je suis un peu occupé, en fait, lâcha Gros-qui-sue en faisant un geste en direction du magasin désert. Appelle-moi, proposa-t-il, magnanime, en agitant près de sa joue un combiné imaginaire formé de son pouce et son petit doigt, et on ira se boire une bière.

Kai secoua la tête.

– Je ne t'appellerai pas, dit-il d'une voix sourde. Je suis juste venu te poser une question. Une question très simple. Ça concerne le soir de la disparition de Karsten Clausen.

Gros-qui-sue ouvrit des yeux ronds comme des billes.

– *Kasten*, zozota-t-il. L'autiste de Lillestrøm ?

– C'est ça, l'autiste de Lillestrøm.

– Celui qui a disparu dans la nature ?

– Exactement. Figure-toi que sa sœur a été retrouvée dans un fossé le même soir. Quelqu'un l'a raccompagnée chez elle en voiture.

– Ah ouais ? Le regard de Gros-qui-sue papillonnait nerveusement dans la salle.

– Pour une raison que j'ignore, c'est toi qui l'as raccompagnée.

Gros-qui-sue eut toutes les peines du monde à ricaner.

– Arrête tes conneries. Je la connais pas, sa sœur. Je savais même pas qu'il en avait une.

– Je crois que t'as pas compris ma question, dit Kai en se penchant au-dessus du comptoir.

L'odeur de Gros-qui-sue n'avait pas changé, un mélange d'acide butyrique et autres sécrétions corporelles qu'il avait toujours tenté de faire disparaître en s'aspergeant de toutes sortes de déodorants.

– Je veux savoir pourquoi t'as fait ça. J'attends ta réponse.

– T'as rien à foutre ici, affirma Gros-qui-sue en essayant de se faire encore plus volumineux.

On aurait dit un tonneau d'huile qui débordait de son uniforme de pompiste.

– Ça, c'est toi qui le dis, répliqua Kai. Mais un jour ou l'autre, il faudra que tu répondes à ma question. Alors autant le faire tout de suite.

– C'est que des paroles en l'air, et tu le sais très bien.

Kai leva les deux mains.

– T'as raison, dit-il en lui adressant un clin d'œil. Rien que des paroles en l'air.

Il lui tapota la joue.

– Loin de moi l'idée de te manquer de respect. Bon, je te laisse bosser.

Il reprit la route vers le sud et bifurqua pour Strömstad. Après avoir fait les cent pas sur le quai, il entra dans un troquet et s'offrit une pizza. Mais il n'avait pas d'appétit : tout ce qu'il put avaler, ce furent deux cafés noirs. Il secoua plusieurs fois la tête de lassitude. Il aurait pu ricaner. Ou rire à gorge déployée. Mais il se contenta de ce mouvement de tête. Il but un soda puis commanda encore un café. Il avait tout son temps, mais, ne tenant pas en place, il se remit à arpenter les rues. Gros-qui-sue habitait sur un bateau. L'adresse des fichiers du Trésor public indiquait « Bryggvägen », dans le port de Vallabostrand. Sans numéro. Kai y avait fait un saut. Pas mal de bateaux étaient amarrés, prêts pour l'été. Mais un seul semblait être habité. Dans un des sacs-poubelle qui traînaient sur le pont, il avait trouvé une enveloppe au nom de Gros-qui-sue.

Trois cafés plus tard, il était à nouveau derrière le volant de sa voiture. Il remonta la route de la côte. La soirée était claire et printanière. Il poursuivit vers le nord en empruntant des routes de campagne au son de vieux tubes de Nirvana. De temps en temps, il dialoguait tout haut avec Gros-qui-sue. Il brûlait tant d'impatience d'avoir cette conversation avec lui qu'il ne pouvait s'empêcher de se la répéter mentalement. Ce type est un ballon de baudruche, pensa-t-il. S'il explose, il ne restera de lui qu'un petit bout de caoutchouc humide…

À vingt-deux heures trente, il se gara près de Bryggvägen. La nuit était tombée. Depuis un monticule donnant sur la jetée, il aperçut le bateau qu'il avait repéré un peu plus tôt ; une faible lumière s'échappait de la cabine. Il l'observa un moment et crut discerner Gros-qui-sue. Mais l'autre ne pouvait pas le voir. Il se sentait comme un rapace encerclant sa proie. Le manteau de la nuit l'apaisait un peu, mais il ne tenait toujours pas en place.

À vingt-deux heures cinquante-sept, il traversa la route et retourna sur la jetée. Il enjamba discrètement le parapet. Le bateau, suffisamment grand, ne tangua pas.

La cabine n'était pas fermée à clé. Il ouvrit violemment la porte. Allongé sous une couette, Gros-qui-sue sursauta et tenta de se lever, mais Kai était déjà sur lui ; immobilisa son bras derrière le dos et lui assena deux coups de poing dans les reins.

– Putain ! s'étouffa Gros-qui-sue.

Son énorme corps craqua, vacilla en avant, puis vers l'arrière. Kai le culbuta au sol.

– Espèce de gros porc, grogna-t-il, je t'ai posé une question. Tu me connais, pas vrai ? Tu sais que tu ne dois pas me parler sur ce ton.

La panique suintait par tous ses pores, il puait le beurre rance encore plus que d'habitude.

– Je suis pas au courant pour la sœur, zézaya-t-il.

Kai se pencha vers lui, le souleva par le col avant de le lâcher. Sa tête vint heurter le sol.

– Arrête de hurler, gros porc. Ou je vais être obligé de te faire taire.

– Putain, répéta Gros-qui-sue en couinant.

– Je te parle de Synne Clausen, tu piges ? Pourquoi tu l'as ramenée ce soir-là ? Réponds-moi et je te fous la paix.

– Mais c'est quoi, cette histoire ?

Kai sortit une bouteille d'allume-feu de sa poche arrière, retira le bouchon et en versa la moitié sur sa chemise.

– Non !

Il sortit son Zippo.

– Je te laisse encore une chance, insista-t-il en allumant son briquet. Raconte-moi ce qui s'est passé ce soir-là.

– J'en sais rien, moi.

Gros-qui-sue le fixait à travers la flamme vacillante. Kai lui planta son pied dans le ventre, il expulsa quelques litres d'air.

– Je passais par là, hoqueta Gros-qui-sue. J'ai vu cette fille dans le fossé. Je la connaissais pas.

Kai ricana.

– Ben voyons, quelle coïncidence !

– Elle était pas bien. Elle avait fait une crise. Elle avait la gueule en sang.

Le pied de Kai s'enfonça encore.

– Et Karsten, t'en as fait quoi ? gronda-t-il.

Gros-qui-sue resta paralysé un moment avant de tenter de se dégager.

– C'est pas moi qui me suis chargé de *Kasten*.

Kai lui laissa le temps de reprendre son souffle.

– Mais t'as ramassé sa sœur ?

– On me l'a demandé, lâcha Gros-qui-sue. J'y suis pour rien, c'est tout ce que je sais. Elle avait fait une chute de vélo, elle était dans les vapes.

– Qui t'a dit d'y aller ?

Kai agita le briquet allumé devant la chemise trempée.

– Randeng, soupira-t-il.

– Lequel ?

– Vemund Randeng. Quand je suis arrivé là-bas, il était en train de prendre des photos de la fille avec son portable.

Kai essaya de se calmer. Vemund Randeng était le meilleur pote de Gros-qui-sue. Il se souvenait de ce week-end à la ferme de Sæter, durant lequel les deux compères n'avaient eu de cesse de provoquer Karsten. Kai était allé voir Adrian, pour lui suggérer de ne pas les laisser ensemble, mais Adrian était curieux de voir comment cela se terminerait. Adrian adorait observer son entourage, comme si la vie était une série d'expériences qu'il dirigeait.

Kai s'approcha à nouveau de Gros-qui-sue.

– Et Karsten, il était là ?

– Je te dis que non, putain !

Ses yeux étaient sur le point de sortir de leur orbite.

– Y avait que Vemund et la fille. Et puis Vemund s'est barré. C'est lui qui s'est occupé de *Kasten*.

Kai sondait l'expression de sa tronche.

– Où est-ce qu'on peut le trouver ?

– J'en sais rien, bordel.

– T'as qu'un seul pote dans la vie et tu ne sais pas où il crèche ?

– Ça fait des lustres que je l'ai pas vu. Des années.

Kai ressortit sa bouteille et arrosa la pièce. Il attrapa

des couvertures dans un panier et les aspergea du liquide inflammable.

— Avant de partir, Karsten t'a dit un truc, affirma-t-il. Un truc en rapport avec moi.

Gros-qui-sue le regarda fixement.

— Peut-être bien qu'il t'a montré quelque chose aussi, qu'il gardait dans un sac plastique.

— *Kasten*, je l'ai pas revu depuis qu'on est allés chez Sæter, zozota Gros-qui-sue.

Kai hésita. Le gros était mort de trouille et il avait tout à perdre. Pourtant il s'en tenait à sa version.

— Je ne supporte pas le mensonge. Il y a trop de menteurs sur terre. Réfléchis bien.

— Je te jure, s'essouffla Gros-qui-sue, l'écume de bave au coin des lèvres.

— Fais un effort, là faut que tu m'aides parce que sinon, ça va très mal se terminer.

Gros-qui-sue s'agrippa alors à ses jambes et Kai ressentit une douleur aiguë au mollet. Kai réagit en donnant un violent coup de pied dans le crâne de Gros-qui-sue.

— Ça va pas, non, de me mordre ! rugit-il en lâchant le briquet qui atterrit sur le linge qui traînait. Il recula hors de la cabine.

Il entendit la flamme se former, s'attaquer aux vêtements de l'occupant de la cabine avec un aboiement de chien tout content de jouer. Kai eut un flash, se vit brandir un extincteur pour arrêter tout ça. Il sauta par-dessus le bastingage, atterrit sur le ponton. Une déflagration retentit derrière lui, le souffle le rattrapa comme un cheval qui rue. Il se releva, et courut.

Une fois sur la route, il jeta un coup d'œil par-dessus son épaule. La flamme dépassait de la cabine, tel un œil vacillant dans la nuit claire.

24

J'avais treize ans et il était hors de question de dire à papa et maman ce qui s'était passé. Impossible d'en parler à qui que ce soit. Une semaine après la messe funèbre, j'ai appelé Elsa Wilkins. Elle m'a invitée chez elle. Je n'y suis pas allée. Sans doute pour éviter qu'elle me demande comment j'allais.

Ce n'est qu'hier, au bout de huit ans, que j'ai fini par rappeler Elsa Wilkins. J'ai commencé en lui expliquant qui j'étais, mais c'était inutile, elle ne m'avait pas oubliée. Elle sait que j'ai publié des poèmes. Elle a lu dans le Romerikes Blad *que j'ai l'intention d'écrire sur Karsten. J'ai l'impression de reprendre contact avec une vieille amie perdue de vue.*

Synne raya ce qu'elle avait écrit et rangea son carnet dans son sac, tandis que le train ralentissait à l'approche de la gare de Lillestrøm. Elle avait croisé Elsa Wilkins une fois, sur le parvis de l'église après la messe funèbre, alors c'était idiot d'appeler ça de l'amitié. Lorsqu'elle écrivait, elle avait des crises et était envahie par le besoin d'exagérer, de déformer. De petits mensonges venaient s'immiscer partout. Dans le journal local, elle avait dit qu'elle voulait coller au plus près de ce qui était arrivé à Karsten. Peut-être en était-elle incapable ?

Avant d'avoir eu le temps de changer d'avis, elle appela Erika.

— Synne, tu veux ma mort ?

Erika semblait véritablement inquiète. Elle avait appelé un

nombre incalculable de fois. Elle était même venue plusieurs fois sonner à sa porte. Synne aimait l'entendre raconter cela.

— Tu es où, maintenant ?

— Je vais rencontrer une femme appelée Elsa.

Elle descendit sur le quai.

— Qui est Elsa ?

— Une cartomancienne.

Erika laissa échapper un soupir difficile à interpréter.

— Je suis désolée, lâcha-t-elle au bout d'un moment.

Synne décida de déposer les armes.

— C'est déjà oublié. J'ai oublié ce qu'on s'est dit. Que je suis venue chez toi et que tu m'as foutue à la porte. Je n'avais rien à faire chez toi, d'ailleurs.

— Je veux bien lire ce que tu étais venue me montrer.

— J'ai tout effacé depuis longtemps.

— Ne dis pas de bêtises, je viens de te présenter des excuses.

— Je suis sérieuse. Je n'écrirai pas cette histoire.

Synne traversa la rue sans regarder et sursauta en entendant le klaxon d'une voiture qui avait manqué l'écraser.

— Quelqu'un d'autre doit le faire pour moi, reprit-elle une fois en sécurité sur le trottoir d'en face. Quelqu'un capable de reprendre l'histoire à son compte. Je perds mes forces à force de m'obstiner.

— Tu veux dire que quelqu'un devrait prendre le relais ? demanda Erika.

— Peut-être.

— Et si tu demandais au psychiatre que tu avais vu à l'époque ? Il pourrait en faire un bon polar.

Erika rit nerveusement et Synne grimaça.

— *Sorry*, j'arrête de me moquer. Je sais combien c'est important pour toi.

— Ah bon ?

Erika ne dit rien. Elle devait réfléchir.

— Et si *moi* je m'y mettais ? suggéra-t-elle après un moment.

— Tu es en train de me dire que tu écrirais ce livre ?

— Cela suppose bien sûr une étroite collaboration entre nous, se hâta-t-elle de préciser. Ce serait bien pour nous. Je te connais, tu te sentirais en confiance.

— Je vais y réfléchir, l'interrompit Synne, sachant que cela n'arriverait jamais.

En descendant la Grensegata, elle se souvint de ce qu'elle avait lu sur le site Internet d'Elsa Wilkins : le sens de la vie est de remettre le monde à l'endroit, de rétablir l'ordre et l'harmonie originels. La moindre des bonnes actions y contribue. Synne aurait aimé suivre le flot de cette pensée, mais son esprit semblait hésiter à la croisée des chemins et n'allait nulle part, au bout du compte.

Elle leva les yeux, juste à temps pour voir une voiture sortir d'un chemin privé et s'engager sur la route en contrebas. Elle s'approcha puis s'arrêta à quelques mètres de là. Elle remarqua qu'il s'agissait d'une Audi bleu foncé. Le conducteur regardait droit devant lui, mais elle crut un instant qu'il l'observait. La voiture redémarra et passa devant elle. Elle aperçut le conducteur de profil, il ne tourna pas la tête. Il lui sembla familier. Mais ça ne pouvait pas être lui.

Elle trouva la maison qu'elle cherchait, une habitation blanche aux fenêtres rouges, conçue pour loger deux familles. Elle était presque sûre que la voiture était venue de là. Son trouble ne s'était pas encore dissipé quand elle appuya sur la sonnette.

Après la cérémonie ce jour-là, Elsa Wilkins s'était ajoutée à la file des gens qui voulaient lui présenter leurs condoléances. Elle s'était présentée comme étant la mère d'Adrian. Elle était jolie et son regard bienveillant. Elle avait tenu longuement la main de Synne et l'avait priée de la contacter si elle pouvait l'aider en quoi que ce soit. Alors Synne lui avait demandé où était passé Adrian. Elsa lui avait répondu qu'il était reparti en Angleterre pour y poursuivre ses études. Mais les roses qu'elle avait achetées venaient aussi de lui.

Elsa ouvrit la porte et embrassa Synne sur la joue. Elle n'avait presque pas changé.

— Je suis au téléphone avec un client, expliqua-t-elle en indiquant à Synne le salon avant de remonter et fermer la porte derrière elle.

J'entends sa voix étouffée. Quelque part, quelqu'un a besoin de conseils pour remettre sa vie sur d'autres rails, comprendre ce qui lui est arrivé ou savoir ce qui l'attend. Au fond de moi, j'aimerais tant croire, moi aussi, qu'il existe des êtres capables de voir les fils qui pour nous autres sont invisibles.

Quelques minutes plus tard, Elsa Wilkins vint la rejoindre en bas.

— Désolée de vous avoir fait attendre.

— J'ai croisé une voiture en arrivant, dit-elle, alors qu'elle avait résolu de ne pas le mentionner. J'ai cru un instant voir Adrian au volant.

Elsa leva d'un coup les sourcils, Synne crut la voir rougir.

— C'est étrange que vous parliez de lui.

Elle s'engouffra dans la cuisine puis réapparut avec une théière et deux tasses.

— J'ai rêvé de lui cette nuit, dit-elle en posant le tout sur la table. Vous savez, ce genre de rêves qui ne lâchent pas prise au réveil, qui se cramponnent à vous tout au long de la journée.

Synne hocha la tête.

— Adrian a passé plusieurs mois d'affilée en Irak. Il est revenu en Angleterre il y a quelques jours, quel soulagement ! Je crois que ses départs m'angoissent de plus en plus. C'est le lot de toutes les mères, vous savez. Et voilà que vous me dites l'avoir vu ici !

Elle remplit les tasses.

— Goûtez-moi ça, ça va vous faire du bien. On appelle ça le thé de trois ans.

Synne but une gorgée de la boisson amère.

— Si seulement vous pouviez avoir raison, poursuivit Elsa.

Il me manque tellement, si vous saviez, cela en devient insupportable.

– Je comprends, il me manque à moi aussi.

Synne secoua la tête.

– Enfin, je veux dire…

Elsa eut l'air surprise.

– Je suis un peu à l'ouest ces temps-ci, dit Synne pour expliquer sa maladresse. Toutes ces histoires avec Karsten me touchent de trop près. Et les réactions s'enchaînent.

Cette explication sembla convenir à Elsa.

– Et puis, il y a ma copine… Elle habitait sur le même palier que moi. Elle a disparu et la police m'a interrogée. En venant ici, j'ai lu dans le journal que c'est peut-être elle qui a brûlé dans une voiture, il y a quelques jours.

– L'incendie de Maridalen ?

– Je n'en sais pas plus. Mais c'est comme si tout ça arrivait parce que je me rapproche de Karsten à nouveau.

Synne se frotta le front des deux mains, le regard plongé dans les vagues formant le motif de la nappe. Près d'un vase de tulipes se trouvait une broderie à peine commencée. Plusieurs aiguilles étaient piquées dans l'ouvrage et une paire de ciseaux dépassait en dessous.

– Les gens disparaissent autour de moi.

Elsa hocha la tête, comme si cette pensée n'était pas aussi farfelue que Synne l'aurait voulu.

– Et puis je suis tombée sur cette famille pakistanaise. Le père s'appelle Khalid Chadar. Vous le connaissez.

Elsa écarquilla les yeux.

– Le livre qui vous donne tant de mal, lança-t-elle, il vous a menée jusqu'à eux. Je crois que tout est lié à ce que vous écrivez.

Synne la regarda, stupéfaite, alors qu'elle-même avait émis cette idée.

– Comment va Khalid ?

– Il est très malade, répondit Synne. Mais il m'a raconté que vous avez infiniment compté dans sa vie.

– Khalid a toujours utilisé des mots trop grands pour lui. Elle agita sa main comme pour éloigner quelque chose.

– Racontez-moi comment vous travaillez.

Synne s'enfonça dans son fauteuil.

– Je rencontre tous ceux qui, d'une manière ou d'une autre, avaient un lien avec Karsten, dit-elle. À partir de là, d'autres histoires surgissent, et elles s'imbriquent les unes dans les autres.

– Mais ce que vous écrivez, c'est la réalité, ou vous inventez ?

Synne cherchait ses mots.

– Quelque chose s'est brisé, essaya-t-elle. Pas une fois. À maintes reprises. Je faisais des crises, et à mon réveil, il manquait toujours quelque chose. Et le soir de la disparition de Karsten, tout s'est cassé en mille morceaux et les fragments se sont éparpillés. Je me suis efforcée de les rassembler, pour reformer l'image. L'écriture, c'est ce qui me permettait de recoller les morceaux.

– On dirait que vous n'y croyez plus vous-même.

Synne haussa les épaules.

– En écrivant, j'invente les morceaux manquants, je lisse les angles pour que tout s'emboîte. Et je m'enfonce toujours plus loin dans la fiction.

Elsa réfléchit.

– Vous êtes venue chercher de l'aide.

Synne ignorait si c'était vrai, mais ne trouva pas le courage de la contredire.

– Tous vos tracas vous conduisent à la nuit de la disparition de Karsten. Si vous parvenez à vous rappeler ce qui s'est passé, vous pourrez enfin laisser tout ça derrière vous et aller de l'avant.

– J'ai tout essayé pour me souvenir. Rien n'a marché.

Elsa posa sa tasse sur la table et se leva.

– Vous n'avez pas essayé les cartes. Allons à l'étage.

25

Kai remonta le chemin de gravier qu'il n'avait pas emprunté depuis ce fameux soir. Les mauvaises herbes avaient envahi le terre-plein central de la route et la remise tombait en ruines, mais la grande maison avait visiblement été repeinte dans le courant de cette année. Le chenil était toujours là ; quatre ou cinq cerbères rivalisèrent dans une cacophonie d'aboiements dès qu'il ouvrit la portière.

Il traversa la place en diagonale. Il ignorait pourquoi Vemund avait repris la ferme de Sæter. Il avait perdu le vieux de vue depuis le printemps où Karsten avait disparu. Il avait passé l'arme à gauche l'hiver suivant, apparemment.

Il n'y avait pas de sonnette, alors il frappa au carreau. Les aboiements reprirent. Cette fois, ils venaient de l'intérieur. Il toqua encore une fois puis ouvrit la porte. Un chien noir vint à sa rencontre. Il la referma aussitôt et entendit une voix féminine s'adresser à l'animal. La porte s'entrouvrit juste après. Dans l'entrebâillement se tenait une femme au visage pâle et aux traits tirés, un enfant dans les bras. Kai eut la sensation de l'avoir déjà vue quelque part.

— Vous venez pour les chiots ? Vous ne pourrez les avoir qu'en fin de semaine.

Kai ne put réprimer un sourire narquois.

— Votre mari est là ?

Elle secoua la tête. Le bébé fit de même, les yeux écarquillés. C'était le portrait de sa mère, sans doute une fille, la bouche cachée par une tétine.

– C'est pour quoi ?

Son poing était serré, il brûlait d'envie de lui mettre un direct dans la figure ; il se fendit d'un sourire crispé.

– Je suis un vieux pote de Vemund. Comme je passais par là, je voulais prendre de ses nouvelles.

Il expliqua qu'il n'avait pas appelé avant, pour lui faire la surprise, tant qu'à faire.

– Ça ne me dérange pas d'attendre. Il est au boulot ?

Elle hocha la tête et ajouta :

– Vous êtes Kai ?

Il recula, surpris.

– Vous êtes voyante ?

Elle sourit. Le chien qui depuis le début barrait l'entrée en grognant recommença à aboyer. Elle posa l'enfant, attrapa l'animal par le cou et l'enferma dans une pièce attenante.

– Je sais pas si je suis voyante, mais j'ai de la mémoire.

Il commençait à la situer, mais ne se rappelait toujours pas son prénom.

Elle vint à son secours.

– Je m'appelle Vera.

Mais bien sûr, c'était la nièce de Sæter. À l'époque, elle vivait avec sa grand-mère et s'était incrustée à plusieurs de leurs réunions.

– Ravi de te revoir, Vera, dit-il en lui tendant la main.

Elle le fit entrer dans la cuisine, occupée par le molosse qui l'avait accueilli et par une portée de boules de poils noires, de la taille de rats adultes. Il n'avait jamais aimé ces bêtes et écartait la mère qui le léchait pour lui souhaiter la bienvenue. Comme l'animal s'entêtait, Vera le repoussa d'un geste brusque vers ses petits qui l'assaillirent rapidement.

– Vous avez un élevage ? dit Kai qui s'efforçait de garder son calme.

Il avait vérifié la déclaration d'impôts de Vemund. À l'époque, il travaillait dans une usine de goudron. Ils s'étaient entraînés dans le secteur, dans la carrière et la forêt environnante. Vemund voulait poursuivre des études en électronique, se souvenait-il. Mais il n'avait pas non plus le profil d'un astrophysicien... Il s'était débrouillé pour aligner des revenus de huit cent mille couronnes par an et amasser une fortune de trois millions, ce qui était un mystère aux yeux de Kai. Sur un site Internet, il avait remarqué que son nom était suivi du titre de « consultant ».

Quand Vemund arriva, Kai répéta l'histoire qu'il avait servie à Vera. Pas un mot de ce que Gros-qui-sue lui avait révélé. Pas un mot de la raclée que Vemund avait reçue de Karsten Clausen dans la pièce au-dessus de la cuisine où ils se trouvaient à présent. Pas un mot sur le serment qu'avait fait Vemund de tuer Karsten dès qu'il en aurait l'occasion. Pendant le repas, Vemund lui lança des regards obliques, montrant qu'il ne croyait pas une seconde aux explications de Kai. Son histoire était cousue de fil blanc.

Après avoir avalé le dernier morceau de lard et saucé le fond du plat avec un croûton, Vemund repoussa son assiette et se leva.

— Faudra que t'appelles, la prochaine fois, déclara-t-il.

Kai se retint de rire à haute voix devant tant de convivialité.

— Il faut que je sorte. Une clôture est tombée. Les gens se baladent dans la forêt et ils se fichent royalement de savoir si c'est une propriété privée ou non.

Kai saisit l'allusion et l'accompagna dehors. Ils sortirent dans la cour.

— Tu as compris que je ne suis pas ici par hasard.

Vemund s'arrêta près de la camionnette et sortit ses clés.

— Ah bon ?

— Je veux juste te poser quelques questions, c'est tout. À propos, tu as le bonjour d'Adrian.

Pourquoi avait-il dit ça ? Sans doute parce que Vera avait parlé de lui.

— Adrian t'a envoyé, c'est ça que t'essaies de me dire ?

Kai fut perplexe.

— Il m'a dit que je devais passer, mentit-il.

Vemund eut l'air de réfléchir.

— C'est pas l'endroit pour parler, finit-il par dire.

— Pourquoi ?

Vemund indiqua la maison derrière lui d'un geste de la tête. Kai se retourna et vit le visage de Vera à la fenêtre de la cuisine. Au même instant, il perçut un mouvement derrière lui, leva la main, mais son geste fut stoppé net : il sentit qu'on lui pressait quelque chose dans le dos et il reçut une décharge, une pluie d'aiguilles perfora son crâne.

26

La fenêtre de la pièce du dessus était grande ouverte.
Elsa la ferma.

— C'est important d'aérer entre chaque histoire, dit-elle.

Synne resta sur le seuil. La lumière de l'après-midi pénétrait à travers les rideaux rouge et une odeur doucereuse se
mêlait à celle du printemps à l'extérieur. Peut-être aurais-je
dû moi aussi procéder ainsi, ne pas laisser toutes les histoires se mélanger, mais faire un tri, chasser les anciennes
pensées, se dit-elle.

Elsa alluma une bougie.

— C'est important, le travail que vous faites, Synne. Oser
vous plonger dans tout ce que vous portez en vous.

Le parfum doux et épicé provenait de la bougie, il devint
en tout cas plus fort quand la mèche brûla.

Elsa étala six ou sept cartes qui formèrent une croix sur
la table. Bleu foncé au dos, avec des étoiles dorées de différentes tailles. Elle retourna la première. Une coupe, tenue
d'une main vers le ciel, d'où jaillissaient des jets d'eau.

— Joie. Joie et amour.

Plusieurs cartes furent retournées. Synne se sentit envahie
à la fois par un trouble et un calme étrange. Chaque image
donnait lieu à un petit récit qui pouvait se rattacher aux
autres cartes. Les différents fils s'entremêlaient pour former
un tout cohérent. *Écrire, c'est pareil, il s'agit de rassembler les
morceaux de ce qui un jour a été brisé. De ne pas être paralysé*

par le doute quant à la nature de ces choses et ce qu'elles me
veulent. Si les arbres ne peuvent pas me dire qui je suis...

Elsa retourna la dernière carte.

– Le passé.

Synne crut d'abord que ça représentait le soleil, mais on
pouvait y lire *La Lune.*

– La Lune à l'envers est une mauvaise carte, constata
Elsa. Et en ce qui concerne votre passé, c'est facile de faire
le lien avec l'être que vous avez perdu. La Lune à l'envers
signifie la perte, c'est Karsten qui a disparu.

Un visage sévère et fermé était dessiné à l'intérieur de
la sphère céleste.

– Le plus douloureux, c'est que vous n'avez jamais pu
savoir ce qu'il est devenu. C'est là, quelque part, cela fait
partie de votre passé et ce sera toujours ainsi.

– Est-ce que je ne saurai jamais ce qui lui est arrivé ?

Synne avait posé cette question avec le plus grand sérieux.
Elsa ferma les yeux. Resta ainsi un moment, apparemment
très concentrée et pourtant détendue.

– S'interroger, c'est ce qu'il y a de plus important pour
l'instant. Et non pas les réponses que l'on pourrait donner
ici ou là. Il faut poser la question et s'engouffrer à l'intérieur. Qu'est-ce que vous découvrez là ? Qu'est-ce que le
chagrin ? Qu'est-ce que la faute ?

– Devrais-je me sentir fautive ? s'écria Synne, stupéfaite, car
toutes ses pensées au sujet de Karsten tournaient autour de ça.

– Vous seule le savez, Synne.

– Mais je ne sais pas ce qui est arrivé, ce soir-là. Je ne
sais pas où était Karsten, je ne sais pas où il est parti, avec
qui il était. La seule chose que je perçois clairement, c'est
qu'il était complètement seul.

Elsa examina de nouveau la croix de cartes qu'elle avait
posées sur la nappe d'un rouge profond.

– Je crois aussi qu'il l'était.

On est en avril, peu avant Pâques. Les arbres du jardin

n'ont aucune feuille. Le soleil brille quelque part au-dessus du
fleuve, mais on ne le voit pas. Elsa est assise et m'observe, elle
attend. Elle est si calme, on dirait qu'elle peut tenir le monde
entier entre ses mains. Si elle croit à ce que je lui raconte,
alors je pourrai moi-même y croire.

— Cette carte est aussi apparue quand j'ai tiré les cartes
à Karsten.

Elle indiqua du doigt celle qui était au milieu : une tour
en flammes et des personnes qui se jetaient dans le vide.

— Cela traduit un profond désir de changement. Mais
aussi quelque chose qui peut s'avérer dangereux pour vous.
Dites-moi ce qui vous vient spontanément à l'esprit quand
vous voyez cette image.

— Récemment, d'autres choses me sont revenues, dit
soudain Synne sans réfléchir.

— Quoi, par exemple ?

— Une pièce. Je suis allongée par terre. Une cave.

— Est-ce qu'il fait froid là-bas ?

— Pas dans la pièce, je crois. C'est à l'intérieur de moi
que j'ai froid. Et alors Karsten arrive.

— Il arrive d'où ?

— Il passe une porte qui s'ouvre. Et il est au milieu de
la pièce et appelle.

— Il vous appelle ?

— Je ne sais pas… il y a quelqu'un d'autre dans la pièce.

— Une femme ? Un homme ?

— La voix est grave. C'est un homme. Il dit quelque
chose à Karsten.

Elsa ferma très fort les yeux, comme si elle aussi essayait
de voir.

— Nous sommes à présent à la limite de ce dont vous
êtes capable de vous souvenir, dit-elle tout bas.

Synne retint sa respiration.

— J'ai dû me trouver là, chuchota-t-elle. J'ai dû me trouver
là quand Karsten est mort.

La douleur commença à cogner de nouveau dans sa tempe.

– Je ne peux pas, murmure-t-elle en sentant tout son corps trembler.

– Ouvrez les yeux, Synne.

Elle obéit.

– Vous êtes là ?

– Oui, dit-elle dans un souffle.

C'était soudain si réel. Elsa posa une main sur son bras.

– Vous êtes revenue ici. Concentrez-vous sur votre respiration. Sur les odeurs. Les sons. Ce que vous voyez.

– Cette cave, c'est un souvenir ?

Elsa fronça les sourcils.

– C'est possible. Ou c'est un symbole. De toute façon, ces images sont vraies pour vous.

– Est-ce que d'autres souvenirs vont remonter à la surface ?

– Vous seule pouvez répondre à cette question, Synne.

– Mais vous pouvez m'aider ?

– Si vous voulez. Il y a une autre méthode.

– Avec les cartes ?

Sans la quitter des yeux, Elsa fit non de la tête.

– Quelque chose de plus direct. Nous pouvons contourner ce qui bloque votre mémoire.

Synne pressa ses mains de chaque côté de la tête. Entre chaque élancement douloureux, elle ressentait une lourdeur et un vide.

– Vous voulez parler d'hypnose ?

– Quelque chose d'approchant. Ça vaut la peine d'essayer. C'est à vous de décider. Mais nous n'irons pas plus loin aujourd'hui, vous êtes trop fatiguée.

Elles retournèrent dans le salon. Elle avait fait part de ses migraines à Elsa, avait eu droit encore une fois à son thé de trois ans, mais ses tempes continuaient de cogner douloureusement.

– Buvez encore quelques gorgées, ça aide, l'encouragea

Elsa en lui caressant les cheveux. Les douleurs à la tête augmentent quand vous vous approchez de ce que vous avez porté au fond de vous, pendant toutes ces années. J'ai souvent pensé à Karsten, moi aussi. Il lui est arrivé tellement de choses de façon si soudaine, cette année-là. Plus qu'il ne pouvait gérer. Adrian et Kai, tous les deux, l'ont mis en garde contre la fille pakistanaise.

Synne avait du mal à rassembler ses idées.

– Qui est Kai ?

Elsa cligna plusieurs fois des yeux.

– Il a grandi chez Gunnhild. Ma sœur. Elle est tombée malade et n'était plus en mesure de s'occuper de lui. Quand je suis revenue d'Angleterre, il a vécu chez moi.

Elle se leva et Synne se sentit obligée de l'imiter.

– Adrian essaie toujours d'aider les autres, reprit Elsa. Mais Karsten était amoureux. Ou disons très troublé. Lorsque je lui ai tiré les cartes, elles m'ont révélé bien plus que ce que je lui ai dit à voix haute. Par la suite, j'ai pensé que j'aurais mieux fait de rester à la maison le week-end de Pâques.

– Est-ce que cela aurait changé quelque chose ?

Elsa regarda par la fenêtre.

– Je ne sais pas, Synne. Il existe des forces qui sont beaucoup trop puissantes pour espérer les contrôler. Mais quelque chose en nous essaie de choisir à laquelle d'entre elles nous acceptons de nous soumettre.

Synne n'avait pas la force de se demander si on pouvait voir le monde de cette façon.

– Jasmeen Chadar dit que son frère a tué Karsten, dit-elle. Je l'ai rencontré. Il m'a dit qu'il a emmené Karsten au fleuve, qu'il était furieux contre lui, mais qu'il l'a laissé partir.

Elsa hocha la tête.

– Je crois qu'il dit la vérité.

27

— Qu'est-ce qu'ils ont fait avec ma tête ? pensait Kai.

Il avait l'impression qu'elle roulait à côté de son corps. Il essaya de se retourner, ses bras étaient attachés, ses jambes aussi. Il voulut vomir. Sa bouche était bâillonnée avec du ruban adhésif, mais impossible de se retenir, un renvoi le courba en deux ; il en eut plein la cavité buccale, ça sortit par le nez, il se tordit de douleur. Ne respire pas, se rappela-t-il, si tu respires, t'es mort.

La voiture qui le trimballait s'arrêta, le moteur tournait encore. Il se concentra pour avoir assez d'air. Les restes de bile lui brûlaient le nez. Les gaz d'échappement se mêlaient à l'odeur des chiens.

Soudain, le hayon s'ouvrit.

— On va te détacher les jambes. Si tu restes tranquille, tu éviteras une autre raclée.

Kai plissa les paupières en regardant Vemund, qui tenait le Taser à la main.

— Putain, t'as tout salopé.

La silhouette qui surgit à ses côtés paraissait grande. C'était un homme aux longs cheveux gris, en partie cachés sous un bonnet noir.

Quatre mains se saisirent de Kai, le soulevèrent et l'appuyèrent contre le véhicule. Il grommela des sons pour qu'ils retirent les bandes de scotch sur sa bouche.

– Ferme ta gueule, le railla Vemund. Ou tu veux que je casse les dents qui te restent ?

Kai fit signe qu'il avait compris que c'étaient eux qui décidaient. Il s'agissait de penser de manière tactique à présent, c'était sa dernière chance. Surtout ne pas paniquer. Ils n'allaient pas le liquider ici, tout près des voitures. Il avait un peu de temps devant lui, quelques minutes peut-être.

Ils étaient dans une forêt. L'homme de grande taille le poussait entre les arbres. Vemund fermait la marche. Quelques minutes plus tard, un pylône apparut. Kai reconnut l'endroit. Au-delà de la lumière orange, il aperçut les contours d'une entreprise, l'usine de bitume où Vemund avait travaillé autrefois.

Ils descendirent le long d'une pente et arrivèrent sur un chemin d'accès au chantier. La carrière se trouvait quelques centaines de mètres plus bas. Kai devina une excavatrice et un engin qui ressemblait à une foreuse. Ils prirent la direction opposée.

Quelques mètres plus loin, il s'arrêta et se plia en deux, comme s'il était encore pris de vomissements.

– Il doit dégueuler, dit l'homme le plus grand.

Kai reconnut alors la voix. Il n'avait pas vu Noah depuis huit ans. Le type était un colosse incontrôlable, mais qui ne s'était jamais vraiment entraîné.

– On le noie ?

– J'ai pas l'intention de porter cette masse de viande, répondit Vemund en touchant l'épaule de Kai.

Il lui arracha la bande adhésive sur la bouche. Kai se racla la gorge et cracha, se courba en deux, comme s'il allait tomber en avant. Noah le retint.

– Tu vas marcher tout seul.

Kai fit quelques pas en titubant et se laissa tomber sur les genoux.

Vemund prit son élan et lui flanqua un coup de pied dans les côtes.

– T'es pas faible à ce point. Allez, debout !

La douleur affûta ses pensées. Il n'avait plus la nausée. Il se concentra sur une idée, une seule, tandis qu'il gémissait et se remettait péniblement debout. Il laissa pendre sa tête, prit soin de chanceler même s'il avait retrouvé son équilibre et ses forces.

Noah était à côté de lui, il tenait un pistolet à la main, un colt.

– S'il se casse la figure encore une fois, je tire.

– Non, faut pas lui tirer dessus, l'interrompit Vemund. S'il a du plomb dans la peau, le détecteur de métal va sonner et alors le concasseur s'arrêtera.

– Eh merde !

Noah fit encore quelques mètres, se retourna.

– Et qu'est-ce qu'on fait de ses dents ?

– On va les vérifier et faire sauter celles avec des plombages.

Noah secoua la tête.

– C'est ta spécialité.

– Il va pas s'en tirer comme ça, cet enfoiré, grommela Vemund. Il va le sentir passer, je veux qu'il déguste dix fois plus que Gros-qui-sue.

Ils continuèrent d'avancer sur le sentier. On voyait des tas de gravier finement broyés en contrebas. À quelques centaines de mètres de là se trouvait une carrière et encore derrière, une plate-forme. Huit ans plus tôt, Vemund leur avait fait visiter cette usine, c'est ici qu'étaient broyées les plus grosses pierres. Kai s'était assis sur le rebord de la plate-forme et avait jeté un coup d'œil en bas dans le trou béant et sombre. Vemund avait expliqué comment on concassait la roche et que le gravier le plus fin servait à fabriquer du bitume. Il entendit alors le souffle dans son oreille, comme lorsque le vent se lève. C'était sa propre respiration. Lorsque Noah l'avança sur la plate-forme, il se pencha en avant, faisant semblant de ne pas tenir sur ses jambes. Au moment où il sentit Vemund lui agripper le bras, il fit volte-face et lui fonça dans le ventre, tête la première. Le corps malingre craqua comme une branche sèche. Kai fit un grand mouvement des bras et l'atteignit à la tempe.

Alors, Noah arriva par-derrière. Kai parvint à se retourner, mais le géant l'encercla de ses bras et le serra fort en grondant comme un chien. Kai lui mordit l'oreille et l'arracha. Il poussa un hurlement de bête et lâcha prise, recula et se tint la tête entre les mains ; un fin jet de sang filtrait à travers ses doigts. Kai se jeta en avant et lui donna un coup de pied entre les jambes, le géant se replia comme un transat de plage, et Kai lui martela le cou avec ses poignets. Le géant s'écroula et s'étala sur le sol. Mais il se remit vite debout. Kai réussit à prendre une pierre. De taille moyenne, elle avait les bords tranchants et il pouvait à peine la tenir entre ses mains attachées. Quand Noah fonça sur lui, Kai leva les mains au-dessus de sa tête et lui balança la pierre en pleine tronche. Noah tomba de nouveau en arrière, resta couché sur le côté ; Kai réussit à lui décocher un coup de pied d'une telle violence sous le menton qu'une protubérance se forma sous l'autre joue.

Il balança plusieurs coups de pied en direction de la tête avant de faire basculer le corps massif par-dessus le bord de la plate-forme. Il s'écrasa en bas, on entendit un bruit sourd lorsqu'il toucha le fond du concasseur, suivi d'une chute de pierres.

Vemund gisait là où il était tombé ; Kai boita jusque-là, posa son pied sur sa nuque et cracha ce qui devait être des restes de cartilage et de sang.

— Maintenant, je vais te tuer, dit-il avec un calme qui l'étonna lui-même.

Il caressa brièvement l'idée d'écraser le fragile larynx, mais il se retint.

— Ton couteau, vite.

— J'en ai pas, geignit Vemund.

Kai appuya davantage sur son pied et il entendit une plainte avant que Vemund sorte un couteau à cran d'arrêt. D'un coup de pied, Kai le lui fit tomber de la main et s'en saisit. Il coinça le manche entre ses genoux, fit jaillir la lame et commença à taillader le ruban adhésif, sans quitter Vemund des yeux.

— Je veux seulement te poser quelques questions, siffla-t-il.

Ses mains enfin libérées, il ramassa le Taser et l'appuya contre le cou de Vemund. Il envoya une décharge, puis une autre dans les côtes et une troisième dans le dos. Il se pencha et étudia le visage parcouru par les impulsions électriques.

— Fallait juste que tu répondes à quelques petites questions. Pourquoi, bordel, tu compliques toujours les choses ?

Kai trouva les clés de voiture dans la poche du blouson de Vemund, il le balança sur le siège passager où il s'affaissa comme un tas de vêtements.

À l'arrière, il y avait une serviette. Elle puait le chien mais c'était toujours mieux que rien. Il se mit au volant, alluma le plafonnier et se regarda dans le miroir. Il avait une entaille à la joue, mais l'essentiel du sang dont il était maculé n'était pas le sien.

Une fois qu'il eut essuyé le sang qui n'avait pas eu le temps de sécher, il se tourna vers la silhouette avachie.

— Maintenant, on va causer tous les deux. Et cette fois, c'est moi qui pose les questions et toi qui réponds.

Il vit dans les yeux de Vemund que le message était passé.

— On peut régler ça en quelques minutes, poursuivit-il, trouvant que sa voix avait une intonation gaie. Mais si je dois utiliser ça, dit-il en lui enfonçant le Taser dans le ventre, ça peut durer un petit moment. À toi de voir. J'ai tout mon temps.

Toujours pas de réponse.

— Il se peut qu'on soit obligés de faire un petit tour chez toi pour parler à Vera et aussi à ta petite, ça te dirait ?

— Non, marmonna Vemund.

— Comme tu veux. On va laisser la femme, l'enfant et les chiens en dehors de ça. Pour l'instant.

Il mit en marche le moteur et le laissa tourner.

— Nous allons parler du soir où Karsten Clausen a disparu, dit-il en donnant un petit coup à Vemund avec le canon du pistolet. T'es d'accord ?

Vemund gémit. Avec un peu de bonne volonté, cela pouvait passer pour un oui.

— La première question, c'est : Qu'est-ce que t'a dit Karsten ce soir-là ?

— Je lui ai pas parlé.

Kai pointa le pistolet vers sa nuque.

— Je te préviens que c'est douloureux. Je ne suis pas sûr que t'en aies si envie que ça. Je sais que c'est toi qui t'es chargé de Karsten Clausen. Je sais que tu as fait chercher sa sœur par Gros-qui-sue pour la ramener chez elle.

À cet instant lui revint en mémoire quelque chose que Gros-qui-sue lui avait dit.

— Je sais aussi que tu as pris des photos de ce qui a eu lieu ce soir-là. Et j'ai l'intention d'y jeter un coup d'œil. Ma question est : Qu'est-ce que t'a dit Karsten quand il pouvait encore parler ?

Vemund essaya de lever la tête, mais elle retomba sur sa poitrine.

— Il a rien dit, balbutia-t-il. Il était mort quand je suis arrivé là-bas.

28

Même si le vétérinaire avait établi que Pepsi était allergique et ne supportait pas le poisson, Dan-Levi se permit tout de même de lui refiler en douce un peu des restes du dîner ; il ne s'habituerait jamais à jeter de la nourriture.

Il installa ensuite Ruth et Rebekah devant la télévision, la solution d'urgence. Sara devant assister à une réunion de parents d'élèves, il devait aider Ruben pour ses devoirs. Et puis, il y avait Rakel. Il aurait dû se poser un moment avec elle pour lui demander ce qui s'était passé à l'école et sur le chemin. Ou plutôt, ce qui ne s'était pas produit ; pourquoi elle n'avait pas joué avec ses petites copines de la semaine.

Le téléphone sonna.

– Je vous dérange ? demanda Synne.

Dan-Levi reposa le plat de poisson sur la cuisinière et ferma la porte du salon où Ruth et Rebekah se chamaillaient à propos de l'émission qu'elles voulaient chacune regarder.

– Pas de problème, dit-il en faisant attention à ne pas laisser transparaître son stress. L'écriture avance ?

Comme c'était la pire des questions à poser à un écrivain, il ajouta :

– Ce n'est pas pour une interview, je te rassure.

Puis il eut un petit rire.

– C'est difficile, admit-elle. Mais pas pour les raisons que j'imaginais. Je ne crois pas pouvoir continuer.

Dans le salon, les filles se disputaient violemment.

– Un instant.

Dan-Levi ouvrit grand la porte et, avec une certaine détermination, consacra une minute à la négociation. Laquelle ne réussit qu'à moitié : aucune des partenaires ne fut satisfaite de la solution. Il referma la porte sur leurs protestations pour reprendre la conversation.

– Je rappellerai plus tard, dit Synne, mais il insista pour qu'elle ne raccroche pas.

– Tu ne penses quand même pas abandonner ton projet d'écriture ?

Elle ne répondit pas.

– Shahzad Chadar a bien failli tuer Karsten, dit-elle après un moment. Mais ce n'est pas lui qui l'a fait.

Dan-Levi ôta ses lunettes. Synne lui raconta qu'il était venu la trouver à l'écurie.

– Qui sait s'il ne t'a pas amenée à la rivière pour rendre son mensonge crédible ? argua-t-il quand elle eut fini de parler.

La même pensée lui avait traversé l'esprit.

– Vous croyez aux coïncidences, Dan-Levi ?

Il hésita.

– C'est un bien grand mot.

– J'ai été chez une femme qui lit dans les cartes. C'est la mère d'Adrian, une connaissance de Karsten.

Il s'assit dans l'escalier du premier étage.

– Tu veux parler d'Elsa Wilkins.

– Vous la connaissez ?

Il lui raconta quelques bribes de son interview, qu'elle lui avait aussi tiré les cartes, mais ne souffla pas un mot sur Les Amants à l'envers.

– Adrian était un ami de Karsten, continua Synne. L'un des seuls qu'il ait jamais eu. Lui et son cousin ont aidé Karsten quand il a reçu des menaces de mort.

Une idée n'arrêtait pas de tourner dans la tête de Dan-Levi. Au bout de quelques secondes, il put la saisir.

– Tu dis que Karsten connaissait ce cousin ? Qu'est-ce que tu sais sur lui ?

– Il s'appelle Kai. En tout cas, je crois que c'est le cousin d'Adrian. Il me semble me souvenir qu'Elsa a dit qu'il avait grandi chez sa sœur.

– Gunnhild ?

Au même moment, un bruit inquiétant se fit entendre dans la cuisine et Dan-Levi dut écourter la conversation. Avant même d'ouvrir la porte, il savait ce qui l'attendait. Il se prépara mentalement à voir le sol jonché de restes de poisson et de porcelaine cassée. Et une chienne tout heureuse de fourrer son nez dedans afin de trier les morceaux.

Rakel l'aida à tout ramasser. À tout malheur quelque chose est bon, se dit-il. Le bon étant qu'il pouvait ainsi passer un peu de temps avec elle.

– Voici ce qui reste, dit Rakel en lui tendant une poignée de débris du plat de service. On pourra peut-être les recoller.

– Je ne le pense pas, remarqua-t-il.

– Il ne faut pas que tu en veuilles à Pepsi, dit-elle.

Il lui caressa la tête.

– Pepsi est un animal. Et les animaux ne sont pas responsables de leurs agissements comme nous le sommes, toi et moi.

Le regard de Rakel était franc et direct. Comme celui d'une femme mûre.

– J'ai encore fait le même rêve cette nuit.

Il frémit.

– Pas celui sur Pepsi au moins ?

Elle fit non de la tête ; tant mieux.

– L'autre que je t'ai déjà raconté. Que tu avais été absent depuis tellement longtemps. J'ai rêvé que j'étais allée dans l'endroit secret. Puis, je t'ai entendu appeler dehors, devant la maison, je suis sortie en courant, mais ils t'avaient tellement amoché que je ne t'ai pas reconnu.

Sa fille avait des larmes aux yeux. Il la serra contre lui.

– Montre-moi notre pièce secrète, dit-il.

– Mais tu l'as déjà vue.

– Je veux la voir encore une fois.

Il la suivit à l'étage. Elle sortit la lampe de poche du tiroir, se glissa entre les vêtements et repoussa la planche.

– Tu n'avais pas dit qu'il y avait quelque chose d'écrit sur le mur là-dedans ? Des mauvaises pensées ?

Elle lui tendit la lampe. Il passa sa main dans l'ouverture, y glissa ensuite la tête et le torse. Il y avait une odeur d'humidité, mais en éclairant l'endroit, il n'y vit aucun signe de moisissure. Rien que des taches foncées sur l'un des montants. Il était si près qu'il dut enlever ses lunettes. Les taches étaient en fait des marques de brûlures ; elles formaient un cadre autour de mots gravés au couteau : *L'Incendiaire, ramène-les chez toi !* Sur l'autre montant, il y en avait aussi. Il dut s'aider de ses doigts pour déchiffrer les mots. Il y avait écrit *Elsa*. Quatre lettres répétées encore et encore jusqu'en bas.

Il ressortit du réduit ; essaya, accroupi, de voir à travers les vêtements dans le placard. Rakel, assise au bord du lit, ne dit rien. Il entendit alors Sara dans l'entrée. Elle poussa une exclamation de surprise en découvrant que les petites n'étaient pas encore au lit. Puis ses pas résonnèrent dans l'escalier. À sa façon de monter, elle était énervée. Aussi la devança-t-il.

– Il faut que j'aille au bureau, dit-il. Oui, c'est important. Non, ça ne peut pas attendre demain.

29

Kai stationna son véhicule à côté du garage. À l'intérieur, il vit la voiture d'Elsa. Une autre était stationnée à l'extérieur, une Audi bleu marine. Une voiture de location, se dit-il en la regardant de plus près. Il resta un moment dans la cour. Le temps était changeant ; un doux vent de printemps soufflait des marécages en bas près de la rivière. Dans la nuit au-dessus de lui, les nuages tourbillonnaient comme une horde d'animaux sans meneur.

Elle ne répondit pas quand il sonna à la porte. Il passa par-derrière, par le jardin. La lumière était allumée dans sa pièce de travail. Il entrevit des ombres là-haut.

Il ouvrit la porte et entra. Dans l'entrée, il s'accorda un rapide coup d'œil dans la glace. L'entaille sur sa joue suintait toujours ; au-dessus d'un œil, il avait une bosse de la taille d'une balle de golf et le devant de sa chemise était trempé du sang d'un autre.

– Salut, lança-t-il en direction de l'escalier.

Pas de réaction. Il ne résista pas à l'envie de monter. Une fois devant la porte, il entendit des voix étouffées à l'intérieur. Il savait qu'il ne devait pas y aller. Même si elle avait été seule, il n'aurait pas dû y aller. Il y avait quelqu'un avec elle. Mais il savait qui c'était et il ouvrit grand la porte.

La pièce n'était éclairée que par quelques bougies sur la table. Elle était lovée sur une des chaises, les jambes repliées sous elle, et Adrian était installé dans l'autre. Aucun tressaillement sur le visage d'Elsa ne trahit la moindre surprise en voyant son état.

— C'est toi, fit-elle.

On ne lui demanda pas d'entrer. Il aurait encore pu se retirer, partir en courant par l'escalier. Il resta sur le pas de la porte.

Adrian désigna la troisième chaise.

— Assieds-toi.

Sa voix était impérieuse : un prince s'adressant à un subordonné.

— Assieds-toi, répéta Elsa.

Il obéit, s'assit sur le bout du siège, sur le qui-vive, prêt à renverser la table, à attraper le chandelier pour répandre les flammes dans la pièce, dans toute la maison.

— Il paraît que tu as parlé avec Vemund, dit Adrian.

— C'est vrai, dit-il avec une voix beaucoup trop haut perchée ; il aurait voulu la contrôler, mais c'était peine perdue.

— Maintenant, je sais tout ce que j'ai besoin de savoir sur toi, petit frère.

En haussant les sourcils, Adrian regarda Elsa.

— Tu crois que tu le sais, le corrigea-t-elle.

Kai sentit sa poitrine parcourue d'un frémissement qui lui monta dans sa gorge.

— Il a tué Karsten, cria-t-il en désignant Adrian du doigt. Adrian a tué Karsten Clausen. Il l'a fait monter dans la voiture et il l'a tué.

Elsa se mit debout et le gifla. Cela se passa si rapidement qu'il n'eut pas le temps de lever le bras. Mais d'une certaine façon, il l'avait vu arriver depuis très longtemps.

— Je t'interdis de parler ainsi, rugit-elle avant de se rasseoir.

Le chandelier était à portée de sa main. Il pourrait mettre le feu à ses vêtements. Rester avec elle jusqu'à ce que tout soit consumé par le feu. Parce qu'ils étaient un et indivisible ; sans elle, il n'était rien.

– Ce n'est pas à toi de décider ce que je dois dire, protesta-t-il.

Sa voix était devenue celle d'un étranger, comme si quelqu'un parlait à travers lui.

– Écoute-moi, cria-t-il en la dominant de sa stature, mais sans la toucher.

Adrian ne bougea pas.

– Écoute-moi, répéta-t-il, mais il ne vit aucune peur sur son visage. Maintenant, tu vas écouter ce qui s'est passé ce soir-là.

Elle ne broncha pas.

– Synne Clausen était ici. Adrian l'avait appelée. Elle n'avait que treize ans. Tu entends : ton fils, Adrian, celui qui va sauver le monde, il avait un *rendez-vous* avec une fille de treize ans.

Toujours pas de réponse.

– Karsten est venu ici. D'une manière ou d'une autre, il avait compris que sa sœur était ici.

– À cause du vélo, lâcha Elsa. Il avait trouvé son vélo dehors.

Kai retomba sur sa chaise.

– Tu le savais ?

– Adrian m'a tout raconté.

Il la dévisagea.

– Il t'a dit aussi qu'elle était couchée à moitié nue sur la banquette arrière de la voiture ? Vemund a été obligé de lui remettre son pull et sa veste.

Elle réfuta d'un geste de la main.

– Elle est venue ici de son plein gré. Elle s'est déshabillée sans qu'Adrian le sache. Elle était amoureuse de lui et elle a mal interprété ce qui n'était que de l'amitié.

– Tu n'y étais pas ! hurla Kai. Tu n'en sais rien ! Il a tué Karsten parce qu'il avait sa petite sœur chez lui. Si Karsten avait pu aller à la police, il ne serait pas resté grand-chose de ton prince. Il a aussi embauché Vemund dans son entreprise et il lui verse une grosse somme pour qu'il ferme sa gueule.

Elsa fit non de la tête.

— Tu n'as jamais rien compris. Tu n'as jamais réussi à faire quoi que ce soit de ta vie.

Kai sortit une carte mémoire de sa poche.

— Ça, c'est des photos de ce qui s'est passé ce soir-là. C'est Vemund qui les a prises pour qu'Adrian ne lui fasse pas un sale coup.

Il la lui tendit ; elle ne la prit pas.

— Adrian dit que ce qui est arrivé à Karsten n'est pas de sa faute. Je le crois.

Elle posa sa main sur celle d'Adrian, mais Kai avait gardé un atout qu'il lui jeta au visage.

— Est-ce qu'il t'a dit qu'il a demandé à Vemund de se débarrasser de moi ? Qu'il a payé pour faire tuer son propre frère ?

Elle ouvrit ses bras d'un geste de lassitude.

— Tu exagères. Comme toujours.

— Regarde les photos, cria-t-il en tenant la carte mémoire devant ses yeux. C'est carrément atroce. Tu sais ce qu'Adrian a fait de Karsten ?

— C'est toi qui en avais après Karsten.

Elle lui coupa la parole.

— Il avait su ce que tu traficotais. C'est l'accusation la plus abominable que j'aie jamais entendue. Quand je pense que pendant toutes ces années, nous avons gardé tout ça pour nous ! La seule chose que tu pourrais faire pour moi à présent, c'est de laisser Adrian tranquille.

Elle se pencha vers lui par-dessus la table.

— Si tu ne le fais pas, nous irons à la police avec ce que nous savons sur toi.

Il voulut saisir le chandelier, mais sa main ne lui obéit plus.

– *Lui*, il a une vie, dit-elle tranquillement. Si tu la gâches, je ne voudrai plus jamais te revoir.

Elle soutint son regard jusqu'à ce qu'il baisse les yeux. Le parfum douceâtre de l'encens qui imprégnait les murs pénétrait son corps. C'était dans cette pièce qu'elle disait aux gens ce qu'ils devaient faire de leur vie. Lui aussi s'y était trouvé à plusieurs reprises, il avait eu le droit de voir son destin étalé sur la table. Sa tâche dans la vie était de suivre Adrian, d'aider Adrian à progresser, de protéger Adrian au besoin, de se faire oublier quand il n'était plus utile.

– Tu le savais, marmonna-t-il. Tu savais qu'ils voulaient me tuer.

– Va-t'en maintenant ! ordonna-t-elle.

Il leur jeta un regard oblique. Adrian avait le visage tourné vers la fenêtre.

– Va-t'en ! répéta-t-elle. Et pas un mot, pas un seul mot de tout ça à quiconque.

Il réussit finalement à se lever. Sortit dans le couloir.

– Quant à ces photos, tu vas les détruire tout de suite, tu m'entends !

En arrivant en bas de l'escalier, il entendit la porte se refermer.

Il resta dans sa chambre. N'eut pas le courage de fermer les rideaux. Les nuages s'étaient accumulés et avaient été repoussés vers la rivière. Il resta ainsi pendant une heure, peut-être plus. Il entendit une voiture démarrer dans la cour. Sans regarder, il savait que c'était Adrian qui partait. Peut-être pour Londres, pour Birmingham ou Bassora. Ou seulement pour aller faire une course. Peut-être allait-il rester chez elle, habiter la même maison qu'Elsa, pour être son fils, le prince qu'elle attendait, qui était sa raison de vivre. Il ouvrit un tiroir, sortit un paquet de cigarettes, des élastiques et des bouts de ficelle. Tandis qu'il assemblait les pièces, ses pensées s'envolaient follement dans l'obscurité.

Quand il eut monté cinq dispositifs, il ralluma son ordinateur et cliqua sur l'application permettant de s'introduire dans l'ordinateur de Synne Clausen. Il y ouvrit un nouveau document qu'il nomma : *Comment Karsten est mort.*

Puis il commença à taper avec deux doigts.

*

Dan-Levi mit près de trois quarts d'heure pour obtenir la clé des archives. Quand il pénétra enfin dans l'abri de guerre sous l'immeuble de la publication, il était déjà dix heures et quart.

On ne pouvait pas dire que le journal dépensait de grandes sommes pour le rangement : pour accéder aux fichiers classés, il dut déplacer un ordinateur datant du siècle dernier, un pneu de voiture crevé et un sac de terreau. Après avoir déniché quatre dossiers sur le foyer de Furutunet, il entreprit de chercher dans les coupures de presse. Il sursauta en lisant : *Deux départs de feu en une semaine.* L'article datait de l'automne 1981. Les pompiers s'étaient déplacés, mais aucun de ces départs de feu n'avait pris des proportions dramatiques. La cause des incendies n'était pas évoquée. En bas de la page, il y avait une courte interview du chef de l'institution.

En remontant à la salle de rédaction, il attrapa au passage une tasse de café. Le chef du service infos et un ou deux des rédacteurs du journal en ligne travaillaient dans un bureau à l'autre bout de la salle ; personne ne releva la tête. Une fois son ordinateur ouvert, il cliqua sur le site de l'annuaire, jeta un coup d'œil à sa montre, puis saisit l'occasion d'appeler.

Une voix de femme âgée lui répondit. Dan-Levi déclina son identité et expliqua qu'il enquêtait sur les incendies non élucidés à Romerike. Ce qui, en soi, n'était pas très éloigné de la vérité.

— Je ne peux rien vous dire sur les précédents pension-
naires de Furutunet, répondit la femme. Vous le compren-
drez aisément.

Dan-Levi s'attendait à une telle réponse. Il souligna qu'il
respectait qu'elle fût tenue au secret professionnel.

— Je voulais seulement savoir si, d'après vous, il aurait
pu y avoir un lien entre l'incendie d'il y a huit ans et les
départs de feu en 1999.

Silence à l'autre bout du fil. Puis elle dit :

— Nous avons bien eu des soupçons, de tels incidents se
produisent souvent dans ce genre d'institution.

— Une plainte a-t-elle été déposée concernant les départs
de feu ?

— Nous avons bien signalé le problème.

— À qui ?

— À la protection de l'enfance.

— La police a-t-elle été contactée ?

— Nous avions envisagé de le faire, mais je ne sais pas
ce qui a été décidé finalement.

Après avoir raccroché, Dan-Levi déplia une feuille de
papier avec un soleil représentant l'association, y dessina
un nouveau rayon pour noter l'idée qui n'avait cessé de
lui trotter dans la tête pendant toute la soirée : *Kai, le
fils de Gunnhild Hammer, un enfant adopté. A été placé à
l'institution à la maladie de sa mère adoptive.*

Il observa longuement le dessin. Brusquement, il reprit
son portable et appela Elsa Wilkins ; elle ne répondit pas. Il
rechercha sa page professionnelle sur Internet, puis composa
le numéro qui y était inscrit.

— Tarot divinatoire d'Elsa, j'écoute.

Il s'excusa de l'appeler à ce numéro, il s'excusa d'appeler
si tard, et il s'excusa finalement de l'appeler tout court.

— Alors, vous ne voulez pas que je vous tire les cartes
à nouveau ?

Son oreille lui chauffait, il changea le téléphone de côté.

– Je reviendrai là-dessus une autre fois. Là, je vous appelle à un autre sujet.

– J'aurais préféré que vous m'appeliez à mon numéro privé. En dehors de mes heures de travail. Vous savez combien celui-ci vous coûte ?

Il s'excusa encore une fois, bien qu'il fût le payeur.

– Vous semblez inquiet, constata-t-elle.

– Seulement un peu stressé. Je suis toujours au travail. Je me suis souvenu de quelque chose qu'il faut que je vous demande. Je vous ai déjà posé la question la dernière fois que j'étais chez vous. Mais on vous a coupée.

Silence à l'autre bout du fil. Il n'avait pas encore dit autre chose que la vérité.

– J'ai découvert que votre sœur et son mari ont vécu dans la maison qui, actuellement, est la nôtre. Donc, leur fils adoptif, Kai, y a également vécu.

– Qu'est-ce que cela a à voir avec moi ? intervint Elsa.

Dan-Levi sentit une goutte de sueur couler le long de sa colonne vertébrale.

– Je ne suis pas très sûr, mais cela m'aiderait si vous pouviez répondre à cette question.

– Bon.

– Pendant un certain temps, Kai Hammer a été placé dans un foyer pour jeunes. Je me demande s'il y était en même temps que quelqu'un que je connais.

C'était un mensonge. Un mensonge qui lui faisait un mal de chien. Les jésuites ressentaient certainement la même chose, au moins au début.

– Dan-Levi, je ne suis pas sûre de comprendre où vous voulez en venir.

Voyant qu'il s'y prenait mal, il posa carrément la question :

– Était-il à Furutunet, à Nannestad ?

Elle soupira :

– Je ne me rappelle pas du tout. À l'époque, je n'habitais même pas en Norvège.

*

Immédiatement après le rond-point, Kai prit la bretelle qui montait vers les bâtiments imposants construits sur la colline. Il gara la voiture sur le parking quasi désert. Caché par l'angle de la résidence médicalisée, il attendit près de dix minutes non loin de la porte d'entrée que quelqu'un sortît. La porte automatique bourdonna après le passage. Juste avant qu'elle ne se referme, il sortit de l'ombre et se faufila à l'intérieur.

L'odeur dans le couloir était encore plus forte que la dernière fois qu'il était venu : un mélange d'urine, d'excréments et de produits désinfectants. Deux vieillards étaient installés devant la télévision, les mêmes, qui sait, que la dernière fois. Et l'écran était toujours éteint. Personne d'autre en vue. Kai se glissa dans le couloir en prenant garde de s'écarter au maximum du bureau de surveillance.

La fenêtre de la chambre de Khalid Chadar était entrouverte et un brin d'air nocturne rafraîchissait un peu la puanteur qui émanait du lit. Un court instant, Kai se sentit soulagé : il avait la certitude de ne jamais finir ainsi, baignant dans tous ses fluides corporels.

Il entendit Khalid Chadar respirer et alluma la lampe de chevet. Un tressaillement parcourut le corps décharné du vieillard qui ouvrit les yeux. Dans la faible lumière, ils avaient l'air d'être recouverts d'une membrane jaune ambre. Khalid Chadar leva les yeux vers lui. Il s'attendait peut-être à ce qu'on le tourne ou à ce qu'on lui donne à boire. Sur le chevet, à côté de la photo des deux garçons et de l'homme au turban, on avait posé un verre. Kai s'en saisit et l'approcha des lèvres du vieil homme, puis le fit boire ; trop d'eau à la fois, car il y eut un bruit de gargouillis dans la gorge. Khalid Chadar toussa et la pupille de ses yeux s'agrandit sous leur voile jaune.

Kai reposa le verre.

— Tu ne sais pas qui je suis ?

Le vieil homme cligna des yeux.

— Tu es mon père. Tu le sais, ça ?

Aucune réaction.

— Mon père ! répéta Kai.

Les lèvres gercées de Khalid Chadar remuèrent à peine ; l'eau lui coula de la commissure.

— Tu sais au moins ce que *Mister* Wilkins à Birmingham a fait quand il a su qui était le père du bâtard ? Il a foutu Elsa à la porte.

Il jeta un coup d'œil vers le balcon. Sur la rambarde était fixé un oiseau taillé dans du bois. Il eut envie de l'arracher, de le balancer dans la nuit.

— Tout ça est arrivé parce que tu ne la lâchais pas, tu la poursuivais partout. Tu la serrais dans l'écurie. Et là, parmi les chevaux...

Il resta encore un moment à regarder le vieillard. Puis il ouvrit la bouche de Khalid Chadar, y versa encore un peu d'eau ; versa le contenu entier de la cruche dans son gosier, avant de recouvrir avec la couette le visage agonisant aux yeux fixes et de se glisser furtivement à l'extérieur.

Un mince croissant de lune était visible au-dessus de la rivière quand il descendit la Erleveien. *Il me reste une dernière chose à faire.* Cela faisait longtemps qu'il ne s'était senti aussi tranquille et léger. Le portail du parking était grand ouvert et la voiture du journaliste n'était pas là. Il savait comment il allait procéder. Tout était fin prêt dans sa tête.

*

— Il faut que tu me racontes ce que tu fabriques, Dan-Levi, s'exclama Solveig à l'autre bout du fil d'une voix plus que désespérée.

Pendant qu'il expliqua ce qu'il avait trouvé concernant les incendies d'avant, il tripatouilla la feuille dépliée sur le bureau devant lui, et sur laquelle il avait tracé son schéma.

Quand il eut terminé, elle lui dit :

– C'est complètement insensé.

Il était du même avis.

– Solveig, tu n'es pas obligée de me croire, se défendit-il. Je te demande seulement une faveur. Tu connais certainement quelqu'un qui aurait travaillé au jardin d'enfants de Vollen avant toi. J'aurais voulu savoir si Kai Hammer y était ; ça se serait passé au début des années quatre-vingt.

– As-tu parlé à la police ? intervint-elle.

Il lui rapporta la discussion qu'il avait eue avec Roar Horvath.

– Il faut que je mette au clair cette chose avec Vollen avant de le recontacter. Peux-tu m'aider ?

– Je peux passer quelques coups de fil. Dan-Levi, c'est une affaire très grave !

Il l'avait compris ; mais avant qu'elle ne le formule ainsi, il n'avait pas réalisé l'étendue de ce qu'il découvrait. Il tourna la feuille, dessina un nouveau soleil. Au centre, il écrivit : *Kai Hammer*.

*

Dans l'abri à côté du potager, Kai vida une des bouteilles de liquide d'allumage. Il prit son temps, laissa le liquide bien imbiber le bois sec, installa trois dispositifs de mise à feu devant. Il regarda l'heure : midi moins vingt. Il s'accroupit dans un coin, dévissa à nouveau le bouchon, mit le goulot sous son nez, inspira l'odeur. Se purifier par le feu, se dit-il. Les mots d'Elsa. Elle ne savait pas où cela pouvait mener. C'était maintenant à lui de montrer le chemin à Elsa.

Il se passa près un quart d'heure. Tout à coup, il entendit la porte d'entrée claquer, puis la voix de la femme qui habitait la maison. Il connaissait son nom, mais évitait d'y penser. Elle parlait à la chienne, Pepsi. La femme essayait visiblement de la calmer ; celle-ci avait certainement flairé le liquide d'allumage et, pendant un instant, il se dit que la truffe de la chienne allait la conduire jusqu'à l'abri où il était caché. Il crut l'entendre au coin de la maison ; elle reniflait et tirait sur la laisse, mais la femme la ramena en arrière d'un coup sec et, un peu après, il vit sa silhouette sur la route.

Il alluma les trois dispositifs, se faufila dehors, contourna la maison. Il avait une clé, ne savait pas si elle fonctionnerait huit années plus tard, mais la femme n'avait pas verrouillé la porte. Il entra sans faire de bruit, monta l'escalier qu'il connaissait si bien. Plusieurs des portes avaient à présent un nom, mais il ne voulait pas avoir à faire avec ces noms. Son ancienne chambre accueillait une fille. Il sut immédiatement que c'était celle qu'il avait rencontrée l'autre fois : la petite qui avait soif et qui croyait que l'inconnu était venu pour lui donner à boire.

Les enfants respirent si délicatement, se dit-il debout à côté du lit. Tu n'entends qu'une petite partie, quand la respiration se termine et qu'elle lâche prise. Il resta à l'écouter ; les sons et les odeurs se passaient de commentaires.

Puis, il ouvrit avec précaution la porte du placard. À l'intérieur il y avait surtout des vêtements d'enfant, des robes et des blouses. De petits souliers étaient alignés par terre. Il repoussa la plaque du réduit secret, alluma la lampe ; dans le rayon de lumière, il retrouva ce qu'il y avait jadis gravé. D'autres mots avaient été ajoutés, à l'encre, et ils provenaient d'une autre main que la sienne ; c'était peut-être la fillette qui avait soif et qui dormait juste derrière lui : *Je ne brûlerai pas.*

Depuis que la femme avait quitté la maison, il s'était écoulé trois minutes. Il lui restait peu de temps, il sortit la deuxième bouteille, aspergea tous les murs du réduit secret. Et aussi les vêtements ; le liquide gouttait sur ses mains, sur son visage. Comment ne pas sourire ! Le liquide purificateur lui brûlait les yeux ; il s'en imbiba les joues, et les cheveux.

— Toi aussi, tu es un ange ?

Il sursauta et sortit la tête, vit la fillette plantée devant lui. Elle portait une robe de nuit blanche.

— Qu'est-ce que ça sent ?

Il sortit son briquet.

— Va-t'en. Fiche le camp d'ici, sors de la maison.

— Je ne peux pas partir. Il fait nuit.

— C'est vrai, dit-il. Il fait nuit noire.

*

Un quart d'heure s'écoula avant que Solveig rappelle. Elle avait l'air à bout de souffle.

— Kai Hammer est bien allé à ce jardin d'enfants.

— C'est vrai ?

Dan-Levi rajouta *Vollen* sur son dessin.

— C'était un enfant bizarre, continua Solveig. On était inquiet pour lui. Mais nous ne pouvions pas faire grand-chose. D'ailleurs, les parents adoptifs ne voulaient pas qu'on s'en mêle. Une histoire assez particulière. En fait, Kai était l'enfant de la sœur cadette de Gunnhild Hammer.

Dan-Levi bondit en l'air.

— C'est le fils d'Elsa ?

— Tu la connais ?

Il était trop agité pour répondre.

— Elle a eu un enfant quand elle était adolescente, dit Solveig. Le père est un Pakistanais qui, pendant un moment, avait habité à la ferme. L'affaire a été étouffée.

Dan-Levi se pencha sur le dessin. Avec une main trem-blante, il rajouta un rayon : *Khalid Chadar, propriétaire de la supérette.*

— Tu es toujours là ? voulut savoir Solveig.

— Bien sûr, lui répondit-il en arpentant la pièce avant de retourner à son bureau. Solveig, il faut que je raccroche.

— Ce n'est pas tout.

Il n'était pas sûr de vouloir en savoir davantage.

— Je connais quelqu'un qui connaît… commença Solveig. Je l'ai l'appelée. Elle a travaillé à Furutunet au début des années quatre-vingt-dix.

Il devinait déjà la suite.

— Pendant l'été, la maison a failli brûler et ce à plusieurs reprises. Ils savaient à peu près qui, parmi les jeunes, aurait pu faire une telle chose, mais ils n'ont jamais pu le prouver. Peu de temps après, on l'a sorti de Furutunet. Sa mère biologique, c'est-à-dire la sœur de Gunnhild, de retour en Norvège, avait accepté de le reprendre avec elle.

Après avoir raccroché, Dan-Levi resta à fixer le soleil d'associations, relut la dernière phrase qu'il y avait ajoutée. Une idée le frappa. Si ce n'était pas Karsten qui avait perdu le dispositif de mise à feu, c'était donc quelqu'un d'autre. *Kai Hammer a grandi dans notre maison*, y écrit-il avant de replier le dessin. Il le fourra dans sa poche. Il était onze heures dix. Il appela Roar, n'eut pas de réponse. Son camarade était-il déjà couché ? Il envoya un message. *Je sais qui était à l'origine des incendies. Le même qui a tué Karsten ?*

Il se dirigeait vers la voiture quand le téléphone sonna. Il décrocha à la dernière seconde, mais ce n'était pas Roar.

— Je suis votre voisin.

Quel voisin ? faillit-il demander.

— Je suis dehors, sur la route. Sara est dans tous ses états… Une ambulance arrive.

— Une ambulance ? s'écria-t-il.

— Une voiture de pompiers aussi, là-haut dans le virage.

Dan-Levi entendit des sirènes dans le lointain puis, légèrement décalé, dans son portable.

– Je ne vous ai pas vu, c'est pour ça que j'appelle. Votre maison est en feu.

Dan tirait sur la portière de la voiture. Elle était verrouillée ; il fouilla dans sa poche pour trouver les clés, se jeta dans la voiture, démarra, rentra dans un poteau en faisant une marche arrière, le téléphone toujours collé contre son oreille.

– Les enfants ? bredouilla-t-il. Sara…

– Je ne sais pas, dit le voisin. Je pense qu'il vaut mieux que vous veniez.

Il fonça sur la Fetveien. Au feu rouge, il y avait une file de voitures. Il resta à l'arrêt à pomper sur l'accélérateur, la pédale d'embrayage enfoncée ; il la relâcha, dépassa la file et grilla le feu rouge. Il avait balancé sur le siège passager son portable d'où résonnait toujours la voix de son voisin.

Du temps où il faisait des piges sur des accidents, il avait déjà assisté à des interventions de ce type. Il avait couvert plusieurs incendies, pris des photos qui maintenant lui revinrent en mémoire, vacillantes. Incapable de repousser ces visions, il maudit la voiture devant lui qui avait freiné pour s'immobiliser au milieu de la chaussée.

La Erleveien était bloquée ; une femme policier en veste fluo lui fit signe de reculer.

– J'habite là, hurla-t-il par la fenêtre.

– Je comprends, dit-elle. Mais vous ne pouvez pas passer, votre voiture gênerait les secours.

Il faillit forcer le barrage, mais au dernier moment, il enclencha la marche arrière et monta sur le trottoir.

– La route est fermée, répéta la femme policier, mais il passa devant elle en trombe.

Il sentit d'abord une odeur de cheminée et de bois brûlé. Puis il vit la maison. De la fumée en sortait, mais seulement un peu. Au même instant, il aperçut une mince flamme qui jaillissait par-derrière, telle une déchirure jaune sur le ciel gris foncé.

Deux énormes voitures de pompiers étaient placées en travers de la route, formant une nouvelle barrière. Dans le jardin de l'autre côté, des gens s'étaient rassemblés.

– Dan !

Sara arriva en courant, s'accrocha à lui, tout son corps tremblait et elle n'arrivait pas à parler.

– Les enfants ?

L'un des voisins s'approcha eux.

– Les enfants ? répéta-t-il.

– Ruben est chez un camarade, dit le voisin.

– Les filles ?

– Les petites sont chez nous.

Brusquement, Dan-Levi s'écria :

– Et Rakel ?

Il plongea son regard dans celui de Sara ; elle lui fit non de la tête.

– Nous avons signalé aux pompiers qu'il manque une personne, précisa le voisin.

– Qui manque ? hurla Dan-Levi. Vous n'avez pas été dedans pour la chercher ?

Il se retourna vers la maison. De la fumée noire montait par les fenêtres du salon.

– Ils vont y aller dès que ça sera possible.

Il lui fallut trois secondes avant de comprendre le sens de ces mots. Au même instant, il eut comme une intuition.

– Je sais où elle est ! cria-t-il à Sara.

Elle le regarda fixement. Dan-Levi s'arracha de son regard et traversa la route en courant.

Une voix forte cria derrière lui :

– Arrêtez-vous ! Merde, foutez le camp d'ici !

Merde, foutez le camp d'ici : ces mots résonnèrent dans sa tête quand il monta les marches quatre à quatre. La porte d'entrée était entrouverte.

Il n'y avait presque pas de fumée dans le vestibule. Avant

d'ouvrir la porte du couloir, il prit une grande goulée d'air. Un mur noir l'accueillit. Il eut l'impression que ses yeux bouillaient dans leurs orbites et il enleva sa veste pour se couvrir le visage. Puis il se jeta par terre et se mit à ramper vers toute cette noirceur.

Encore deux mètres jusqu'à l'escalier. Il arrivait quelque chose à ses cheveux, comme s'ils fondaient. Il s'efforça de ne pas respirer, se hissa sur la première marche. Il y avait quatorze marches pour arriver en haut. Il les compta. À la quatrième, il dut s'arrêter. Tenta de l'appeler, mais ne put desserrer les lèvres. Il y eut comme un bruit d'écume dans ses oreilles, quelque chose coulait à l'intérieur, puis survint la douleur. *Rakel*, murmura-t-il en essayant de se représenter son visage. Il l'imaginait couchée dans le noir : son petit visage effrayé, ses petites oreilles, son mince filet de voix. Puis il se hissa sur la dernière marche, incapable de se concentrer. Il s'accrochait à l'idée qui fallait aller vers la gauche, vers la deuxième porte. Il se traîna à l'intérieur. Le mur de fumée y semblait encore plus dense, le sol était si chaud qu'il ne pouvait le toucher.

Avec le peu de forces qui lui restait, il se projeta vers le placard à l'aide d'un coup de pied dans le mur. Un objet était coincé sous la porte : une chaussure. Il tira de toutes ses forces. Elle ne bougea pas. Maintenant, il fallait qu'il ouvre la bouche vers la noirceur. *Rakel*, soupira-t-il tandis que sa poitrine était envahie par une fumée corrosive.

30

Quand Synne revint à elle, elle se rendit compte qu'elle était toujours près de la fenêtre à regarder le ciel au-dessus du toit de l'immeuble en face. Elle percevait les bruits provenant des pièces alentour, entendait la télévision des voisins. Le journal avait commencé, il était donc onze heures : elle avait dû rester dans cette position pendant plus d'une demi-heure.

Elle se laissa tomber devant l'ordinateur et, la tête entre les mains, contempla un cycle entier de l'économiseur d'écran : le dessin de vagues qui se défaisaient puis se reformaient. Quatre ou cinq fois déjà, elle avait essayé de raconter le soir de la disparition de Karsten. Pour cette tentative-ci, elle allait parler d'elle-même à la troisième personne.

Elle était chez Tamara, devait passer la nuit chez elle, puis elle changea d'avis, devait partir immédiatement.

« Synne, à qui as-tu téléphoné ?

— Tu le sais bien. »

Synne enfile sa veste bleu ciel, ses bottines qui ont des lacets et deux boucles pour fermeture.

Dehors, il y a du vent. Un vent de printemps comme elle aime le sentir sur son visage, dans ses cheveux. Un vent qu'elle peut rester à écouter le soir dans son lit pour s'endormir, un vent enveloppant qui chante tout doucement.

« Synne, où vas-tu ?

— Tu le sais bien. »

Ici, il y a un blanc. Puis elle se retrouve sur son vélo, mais n'arrive pas à se représenter toute la scène. Ne se rappelle que le vent, la bruine qui lui mouille le visage, une plaque de neige dans le fossé. Elle est incapable d'aller plus loin, de se remémorer l'image suivante.

Il faut que tu commences par l'autre bout.

Karsten entre par la porte.
« Que fait-elle ici ? hurle-t-il. Que fait Synne ici ? »

Il ne s'adressait pas à elle, mais à celui qui se penchait au-dessus d'elle.

« Synne est couchée par terre. Pourquoi s'est-elle déshabillée ?
– Tu le sais bien. »

Elle regarda ce qu'elle avait écrit. Se sentait absente. Son mal de tête s'était intensifié au cours de la journée, elle n'arrivait plus à s'en débarrasser. La douleur se manifesta par un picotement dans l'oreille, pour ensuite envahir tout son crâne par vagues successives. Il fallait qu'elle se couche et qu'elle prenne quelques comprimés de paracétamol. Elle ferma le fichier où elle avait commencé à écrire, puis le rangea dans le dossier nommé *Karsten*. À côté d'un autre fichier : *Comment Karsten est mort.* Un titre qui ne lui serait jamais venu à l'esprit. Elle se pencha sur l'écran, posa le doigt dessus comme pour vérifier que ce qu'elle voyait ne pouvait s'effacer. Son portable sonna. C'était son père. Même si elle n'arriverait pas à lui parler, elle décrocha.

– Synne, dit-il, et elle comprit qu'il se passait quelque chose de terrible.

Sa voix était atone, mais elle avait l'impression qu'il paniquait.

– Il y a le feu.

– Chez toi ? cria-t-elle en retour.

– Plus bas, dans le chemin. J'ai l'impression que c'est la maison des Jakobsen.

– Où es-tu ? bredouilla-t-elle.

– Je vois l'incendie de la fenêtre du salon. Il y a plein de gens là-bas, des camions de pompiers. Toute la maison flambe.

Un instant, les idées s'éclaircirent un peu dans sa tête, mais la douleur reprit de plus belle.

– J'arrive, dit-elle en comprenant que c'était ce qu'il espérait, qu'il avait peur et qu'il n'avait qu'elle à qui s'adresser.

– Prends un taxi, dit-il d'une voix à peine audible. C'est moi qui paierai.

En s'engageant dans la Fetveien, elle entendit le hurlement des sirènes.

L'accès à Vesterenga était bloqué par un embouteillage.

– Je descends ici, dit-elle au chauffeur de taxi en lui tendant sa carte de crédit.

La fumée s'échappait par tourbillons dans le ciel comme un fleuve d'une noirceur intense. Elle remonta, hésitante, la colline. Près de la Erleveien, une voiture de police était garée en travers de la route. Tout autour, une foule de curieux se pressait.

– Vous ne pouvez pas aller là-bas.

Une femme en uniforme lui barrait le chemin.

– Mon père habite là-haut. Il est seul.

– Il faut que vous preniez un autre chemin.

Elle pressa le pas pour arriver jusqu'au bosquet d'arbres, prit le sentier entre les jardins et, tout à coup, elle aperçut en surplomb le toit qui brûlait. Des étincelles montaient dans la nuit grisâtre, comme si quelqu'un était couché dans la maison et respirait avec d'énormes poumons. À cet instant précis, elle comprit à qui appartenait la maison, c'était celle de Dan-Levi. Elle s'arrêta au bout de la clôture. Les gens étaient sortis dans leurs jardins pour assister au spectacle. Certains par petits groupes, d'autres isolés.

– Ont-ils tous été sauvés ? demanda-t-elle à l'un d'eux, une dame en survêtement.

Elle lui fit non de la tête.

– Ils pensent qu'il y en a qui sont restés à l'intérieur.

Un homme en veste de cuir se retourna brusquement pour la regarder.

– C'est des gens que vous connaissez ?

Elle n'arriva pas à répondre, revint chancelante sur ses pas le long de la clôture. Retrouva le sentier entre les maisons. N'avait plus la force de regarder, n'avait pas la force de s'en aller. La vague de douleur grandissait dans sa tête, aspirant toute son énergie.

Surtout ne pas s'évanouir.

– Ça va ?

Elle se retrouva assise dans l'herbe mouillée, un homme penché au-dessus d'elle. Ne le voyant pas distinctement dans l'obscurité, il lui semblait que c'était celui qui lui avait adressé la parole quelques minutes auparavant.

– Je te connais, dit-elle dans sa confusion, mais ce n'était pas ce qu'elle avait voulu dire.

C'était Dan-Levi qu'elle connaissait et, pour une raison quelconque, elle voulait que cet homme le sache.

– Peut-être bien, répondit-il en l'aidant à se relever.

Elle s'agrippa à la manche de sa veste en cuir, sans vouloir la lâcher.

– Vous êtes malade, constata-t-il.

La douleur l'élançait comme un feu d'artifice dans sa tête. Elle leva son visage vers lui en essayant de distinguer ses yeux.

– Je suis Synne. La sœur de Karsten.

Une partie d'elle-même se rendit compte de l'absurdité de ses paroles. Mais il répondit simplement :

– Je vais vous aider. Vous avez besoin d'un médecin.

Il la soutenait, toujours agrippée à la manche de sa veste pour descendre la colline.

— Il faut que je rentre chez moi, dit-elle, mais personne ne l'entendit.

Il l'amena à la station-service Statoil. Là, il ouvrit la portière d'une voiture bleu foncé. Encore cette voiture ! L'idée la traversa, mais elle n'avait pas la force de la retenir. Il l'aida à s'installer sur le siège avant, puis se mit au volant, mais il ne démarra pas la voiture, ne demanda pas où elle voulait aller.

— Je connais ceux qui habitent la maison, dit-elle enfin.

Elle tenait sa tête douloureuse entre les mains, comme si celle-ci allait éclater si elle ne la gardait immobile.

— Je te connais aussi, je connais ta voix.

Elle eut l'impression qu'il acquiesçait, mais il aurait fallu qu'elle le voie, alors elle étendit le bras et alluma le plafonnier.

Elle s'était projeté tant d'images de lui, mais il était différent de tous ses souvenirs : les cheveux plus rares, les traits du visage plus accentués, le nez plus busqué ; tout cela, elle l'intégra dès la première seconde. Ses yeux, oui, elle s'en souvenait bien. Ils étaient comme avant, ténébreux, presque noirs. Mais ces yeux ne lui souriaient plus.

— Synne, dit-il.

Elle eut l'impression qu'elle dormait, qu'il fallait qu'elle se réveille, qu'elle se sauve. Tout à coup, elle fut consciente qu'il lui tenait la main.

— Adrian, réussit-elle à répondre. Tu es revenu, s'entendit-elle dire.

Il lui fit un sourire rapide. Une multitude d'images envahissait sa mémoire.

— Je dois régler quelque chose. Je ne reste pas longtemps.

— Combien de temps ?

— Je repars ce soir. J'étais déjà en route quand j'ai vu l'incendie.

– Où vas-tu ?

– À Göteborg. Puis je continue en avion.

Il lui serra la main.

– J'ai entendu dire que tu as publié un livre.

– Seulement quelques poèmes, bredouilla-t-elle.

Il lui sourit, un sourire plus large cette fois.

– Oui, c'est l'image que j'ai gardée de toi. Toi qui croyais que rien de ce que tu pensais ou disais n'avait d'importance.

– Je n'avais que treize ans. Pourquoi voulais-tu me voir ?

Son front se plissa.

– Je n'avais que treize ans, répéta-t-elle.

Au même instant, elle se rendit compte qu'elle allait lui dire tout ce dont elle se souvenait. Tout ce qu'elle n'arrivait toujours pas à saisir.

– J'étais chez Tamara. Je t'ai appelé. Et toi, tu m'as demandé de venir te rejoindre.

Il regarda à travers le pare-brise l'enseigne Statoil qui les éclairait d'en haut. Une alarme retentit tout près d'eux : une ambulance les dépassa dans un scintillement de lumières. Mais le hurlement de la sirène ne s'évanouit pas, il demeura à l'intérieur de sa tête.

– Tu étais une fille spéciale, déclara-t-il. Différente de toutes les autres. Et tu l'es toujours.

Il se pencha vers elle, lui caressa la joue. Son odeur l'assaillit : l'odeur du cuir ou de sa peau. *J'ai treize ans.* Cette pensée lui traversa la tête. *Même si ça me tue, c'est ça que je veux.*

Pourtant, quelque chose d'autre lui était venu à l'esprit. Elle essaya de repousser l'idée.

– Karsten était venu, dit-elle.

Et alors, il fut trop tard pour revenir en arrière. Il relâcha sa main mais elle s'agrippa.

Puis elle l'entendit dire :

– Veux-tu faire quelque chose pour moi ? Synne, veux-tu faire quelque chose pour moi ?

Elle sentit sa respiration sur son visage, la bouche qui s'approcha. Peut-être prononça-t-il son nom plusieurs fois, car dans sa tête résonnait : *Synne, Synne.*

– Cela a été la pire journée de ma vie, dit-il. Veux-tu m'aider à l'oublier ?

Était-ce lui qui demandait de l'aide ?

– C'était toi, bafouilla-t-elle. C'était toi qui étais dans la chambre quand Karsten est arrivé. C'est ton nom qu'il a hurlé.

Elle revit la scène, comme une pellicule de film qui sautait et vacillait, mais à présent il y avait le son.

– Il était furieux, il s'est jeté sur toi. Et toi, tu l'as jeté à terre.

Sa bouche était maintenant tout près, ses lèvres frôlèrent son oreille.

– Oui, je l'ai jeté à terre.

Elle le vit serrer le poing.

– Tu l'as frappé ?

Il l'entoura de ses bras, l'attira vers lui.

– Je l'ai frappé, dit-il doucement. Je l'ai frappé, encore et encore, jusqu'à ce qu'il meure.

– J'étais là et j'ai tout vu.

– Tu étais couchée à côté de lui. Et personne d'autre au monde n'est au courant. Seulement toi et moi, Synne.

Il prononça ces mots comme si c'était un pacte, qui les lierait pour toujours.

– Je n'avais que treize ans, chuchota-t-elle en sentant les mains se resserrer autour de son cou. Je disparais maintenant, dit-elle dans un souffle en répétant les mêmes mots que la fillette par terre, autrefois.

31

Dan-Levi est sur le chemin de sa maison. Des nuages gris et bas flottent autour de lui, troués de poches éclairées par une lumière venant d'ailleurs.

– Sur le côté droit, lance une voix d'homme. Commence par le côté droit.

Il se tourne vers la droite, mais le brouillard y est encore plus épais et il n'est pas sûr de pouvoir avoir confiance en cette voix.

– Mets-en plus, dit la voix.

En entendant ces mots, Dan-Levi est rassuré parce que d'en donner plus, c'est ce dont il s'agit. Il en a toujours été ainsi.

– Combien ?

La voix de femme qui pose la question vient d'une autre direction, au-dessus de lui vers la gauche. C'est comme si des poches de lumière se créaient à l'endroit d'où vient cette voix. Il lève la tête pour regarder.

– Dix milligrammes, dit la voix d'homme.

Cela fait rire Dan-Levi, parce que cette réponse est tellement simple. Il rit encore et encore à l'idée qu'il puisse exister des réponses aussi simples à des questions qui lui ont toujours posé problème. Le brouillard se fait encore plus dense, mais il arrive toujours à apercevoir la route lumineuse et, s'il la suit, il finira par arriver à la maison.

– Pasteur Jakobsen, dit la voix d'homme. C'est la route dont tu as parlé, n'est-ce pas ?

– Oui, mais elle est barrée un peu plus loin.

À sa surprise, Dan-Levi comprend que c'est son père qui répond.

– Ce sont ces travaux qu'ils n'arrivent jamais à terminer. Il ne faut pas qu'il aille par là, c'est trop tôt.

– Mais c'est justement ce que je dois faire, proteste Dan-Levi. Il faut que je rentre, ils m'attendent.

Il a l'impression d'avoir été longtemps absent, mais ignore combien de temps. Des mois peut-être, ou des années. Il regarde en bas, découvre qu'il est pieds nus. Il n'arrive pas à se rappeler où il a mis ses chaussures.

– Dan-Levi, tu ne peux pas aller par ici.

– Je ne trouve pas d'autre chemin tant que le brouillard reste si épais.

– Tu dois retourner sur tes pas, la route n'est pas prête.

Le bitume sur lequel il pose les pieds ne s'est pas encore solidifié ; il reste mou et plein de bulles.

– Mes pieds, se plaint-il, ils me brûlent.

Mais il ne ressent rien.

– C'est grave, n'est-ce pas ? Puisque je ne sens pas le bitume brûlant ?

– Comment réagit-il ?

La voix d'homme est de retour ; elle est un peu étouffée par l'épaisse couche de nuages à droite.

– Pas de réaction, dit la voix de femme.

Et cela l'étonne, parce qu'il bouge tout le temps et, l'espace d'un instant, il se demande si elle parle de quelqu'un d'autre, mais de qui ?

– La tension ?

La voix d'homme devient amicale en s'adressant à la voix de femme.

– Nous n'arriverons pas à la maintenir.

– Ce n'est pas grave, la rassure Dan-Levi.

Tant qu'il entend sa voix, il trouvera le chemin. Même dans l'épais brouillard.

– Dans ce cas, il faut qu'ils puissent venir le voir.

Il parvient à une montée, se rend compte que la marche est de plus en plus ardue, mais il est content parce que cela veut dire qu'il est presque au bout du chemin.

Dan !

C'est Sara qui l'appelle par son prénom. Il se rend compte que la voix de femme sur sa gauche a tout le temps été celle de Sara. Il ne comprend pas pourquoi elle a l'air si inquiet. N'est-il pas sur le chemin de la maison ? Le brouillard se lève, comme si les poches de lumière le dissipaient.

Il aurait pu lui expliquer où il avait été tout ce temps, pourquoi il avait été obligé de partir, à l'instar des Amants à l'envers, mais à présent plus rien n'a d'importance.

– Tout le monde est là ? demande-t-il.

Elle ne répond pas, mais lui il les entend : Ruben qui raconte son match de foot, Ruth qui chantonne tout bas et Rebekah qui demande quelque chose à Sara.

– Rakel ? dit Dan-Levi, mais Sara ne répond pas. Pourquoi tu ne me le dis pas ?

Enfin, elle réagit. Il sent qu'elle se penche sur lui, il devine son ombre dans la lumière vacillante.

– Elle est à la maison, Dan. C'est elle qui t'accueillera.

– Non !

Il veut s'arrêter, mais n'y arrive pas. Quand il ne marche pas, ses pieds lui brûlent. Ils sont noirs de goudron, et ses orteils ne sont plus qu'un alignement de plaies ouvertes.

– Je ne veux pas y aller, crie-t-il, tout en continuant de monter.

Au même instant, les nuages s'écartent et la maison de la Erleveien lui apparaît.

32

Synne ouvrit les yeux, reconnut le cheval à la crinière au vent qui galope dans les landes du haut plateau. Allongée, elle le contemplait ; elle se rappela le jour où elle avait reçu ce cadeau, sa joie indicible en déroulant le poster. C'était son père qui le lui avait offert. Il l'avait aidée à l'accrocher au mur, face à son lit, pour que le cheval soit la dernière chose qu'elle voie à son coucher et la première à son réveil.

Un bruit venant d'en bas la fit se retourner dans son lit. Se rendant compte qu'elle était seulement en culotte et soutien-gorge, elle saisit son jean jeté sur la chaise d'à côté.

Son père était attablé dans la cuisine. La lumière du soleil entrant par la fenêtre derrière lui était si forte qu'elle dut plisser les yeux.

— C'est ce que j'appelle faire le tour du cadran, dit-il.

— Il est quelle heure ?

— Dix heures dix. Tu n'as pas montré le bout de ton nez depuis trente-six heures.

— Quelqu'un est venu ici.

— J'ai fait venir un médecin de garde.

Elle n'en avait qu'un vague souvenir.

— Tu dois téléphoner pour prendre rendez-vous chez ton médecin traitant. On m'a donné toute une liste d'analyses que tu dois faire.

— J'espère que je n'ai pas eu de crise, au moins ? Rien qui ressemble à l'autre fois ?

Son père se gratta la barbe naissante au menton.

— Tu semblais complètement absente quand je suis arrivé à la station-service Statoil. Je ne suis pas sûr que tu aies eu conscience de l'endroit où tu te trouvais.

— J'ai eu des convulsions ? voulut-elle savoir en s'efforçant de ne pas replonger dans le gris cotonneux où elle avait flotté ces derniers deux jours.

— Pas à ma connaissance.

Elle prit place de l'autre côté de la table. Le journal *Aftenposten* traînait à côté d'une tasse de café fumant. Il lui jeta un coup d'œil par-dessus ses lunettes. *Lui raconter tout, tout de suite. Si je tarde maintenant à lui raconter comment Karsten est mort, je n'arriverai jamais à le faire.* Elle se prépara mentalement à le dire : *Je sais ce qui est arrivé à Karsten. Qui l'a tué.*

— C'est une terrible tragédie, dit-il.

Elle but le jus d'orange qu'il lui avait préparé. Il lui fallut un certain temps avant de comprendre que son père ne lui parlait pas du tout de Karsten. Puis, les événements lui revinrent en mémoire.

— L'incendie…

Il retourna le journal sur la table pour le glisser vers elle.

— *Décédé dans un incendie*, lut-elle d'une petite voix.

— Ce n'est peut-être pas le meilleur moment pour en parler…

Elle tira ses cheveux en arrière, si fort que le cuir chevelu lui fit mal.

— Papa, qui est mort ?

Le *Romerikes Blad* était également posé sur la table et il le poussa vers elle. Puis, ôtant ses lunettes, il commença à les essuyer.

Toute la une était bordée de noir : *L'un des nôtres a péri dans l'incendie.*

— Dan-Levi, murmura-t-elle.

La sirène de l'ambulance quand elle était assise dans la

voiture à la station-service Statoil résonnait encore dans sa tête, comme si l'écho se perpétuait indéfiniment.

— Il n'en a pas réchappé, se lamenta-t-elle en revoyant la maison en feu, la pluie d'étincelles rejetée par le toit et répandue dans le ciel noir.

— Il n'était pas chez lui quand l'incendie a éclaté.

— Comment ça ?

— Il a accouru quand la maison n'était déjà plus qu'un brasier. Personne ne savait où était Rakel. Il s'est jeté dans les flammes pour essayer de la trouver.

— Alors Rakel aussi est... s'écria Synne.

Son père rangea ses lunettes dans leur étui et le glissa dans sa poche.

— Non, elle n'y était pas, fit-il d'une voix atone. Elle s'était sauvée sans que personne l'ait vue, certainement par la porte de la terrasse. Elle a dû courir droit devant elle, complètement paniquée. Ils l'ont retrouvée un peu à l'écart du sentier, assise au bord de la rivière à parler toute seule.

Synne s'effondra et posa son front sur la table. Elle entendit son père se lever, sentit sa main lui caresser une ou deux fois le dos avant de s'écarter.

— J'ai commandé des fleurs de la part de nous deux, dit-il, mais en fait il n'y a plus d'adresse où les envoyer.

Elle faillit lever la tête pour l'engueuler. Comment pouvait-il penser à des fleurs après ce qui s'était passé ! Puis tout redevint calme, sa tête s'alourdit à nouveau ; il n'y eut que le faible bruit du papier froissé quand elle frotta son front contre le journal.

— Pourquoi tu n'es pas au boulot ?

Il était resté derrière elle.

— J'ai pris quelques jours. Je voulais voir comment tu allais. J'irai peut-être faire un tour après.

— Vas-y, renifla-t-elle, le visage toujours baissé. Je me débrouille maintenant.

Blottie dans le canapé, elle observa la lumière printanière dehors. Appeler Erika, se dit-elle encore. Le temps d'attraper son téléphone, elle se ravisa, soudain rebutée à l'idée de lui parler. À la place, elle fit défiler ses contacts et trouva le numéro que Dan-Levi lui avait donné.

– Horvath.

Le nom sonnait comme une menace. Elle voulut raccrocher, mais se rappela que Dan-Levi avait dit de ce policier qu'il était un bon ami. Elle déclina à contrecœur son identité.

– Je suis désolée pour ce qui est arrivé, dit-elle. À Dan-Levi.

– C'est pour ça que vous m'appelez ? répliqua-t-il d'un ton brusque qui la fit se sentir terriblement coupable.

Comme si non seulement la mort de Karsten était de sa faute, mais aussi celle de Dan-Levi.

– Il y a autre chose, bégaya-t-elle.

Il fallait que ça sorte. Elle savait que cela pouvait déclencher une avalanche d'événements qui échapperaient à son contrôle, qui pourraient même l'entraîner jusqu'à sa perte.

– J'ai eu une journée assez difficile, dit Horvath. Alors dites-moi exactement pourquoi vous m'appelez. Ou alors adressez-vous au commissariat de police.

– Je sais qui l'a tué, dit-elle tout bas.

– Vous parlez de Dan-Levi ? fit le policier.

– Je parle de mon frère. Karsten Clausen.

*

On la conduisit le long d'un couloir peint en rouge. D'autres couloirs étaient peints dans d'autres couleurs, ce qui lui rappelait les cabanes de jeux d'un parc de loisirs où ils avaient passé des vacances. Il avait fait froid dans ce parc ; elle ne voulait pas se baigner, mais sa mère l'avait tannée sans relâche. Karsten l'avait accompagnée jusqu'aux toboggans aquatiques et il l'avait amenée tout en haut de l'échelle avant de glisser lui-même en bas pour disparaître dans un virage. Elle ne se rappelait plus ce qui s'était passé ensuite, si elle avait fermé les yeux pour le suivre, si elle était restée sans bouger ou si elle était retournée sur ses pas pour redescendre l'échelle. Elle se rappelait seulement qu'elle s'était réveillée dans un lit et qu'ils étaient tous autour d'elle, l'air désolé.

Mais ce couloir peint en rouge ne lui permettait pas d'en redescendre. L'homme qui s'appelait Horvath et qui la précédait avait été brusque dans son salut et ne lui avait pas dit un mot dans l'ascenseur. Elle se rendit compte qu'elle le dérangeait, qu'elle lui volait de son temps et qu'elle le perturbait dans son chagrin.

La porte de son bureau était entrouverte. Sur la plaque de la porte, elle vit qu'il se prénommait Roar. Se souvenant que c'était le nom qu'utilisait Dan-Levi en parlant de l'officier de police, elle aussi aurait bien voulu l'appeler Roar. Alors que « Horvath » sonnait toujours comme une menace.

Un autre homme se trouvait déjà dans la pièce quand ils y entrèrent. Il était petit de taille, maigre et quelque peu voûté. Elle le reconnut, l'ayant déjà vu à la cité universitaire, dans la cuisine commune. Il lui tendit la main :

– Comment ça va depuis le temps ? Mon nom est Viken, au cas où vous l'auriez oublié. C'est moi qui vais procéder à l'interrogatoire.

Interrogatoire, se dit-elle, comme si elle comprenait seulement maintenant pourquoi elle était ici.

Le commissaire adjoint lui fit signe de prendre place dans une chaise près du bureau. Horvath s'installa derrière son ordinateur. Il n'arrêtait pas de cliquer, fixant l'écran d'un visage fermé, attendant. C'était elle qu'il attendait.

Celui qui s'appelait Viken souriait. Ses dents du haut avaient l'air fausses.

– Je veux que vous commenciez par redire ce que vous

avez raconté à Horvath au téléphone plus tôt dans la journée. Ensuite, nous vous poserons des questions.

Elle rassembla à nouveau les fils de l'histoire, commença à tâtons par l'appel de son père, disant qu'elle y était allée, avait rencontré quelqu'un près de la maison en flammes, quelqu'un qu'elle avait reconnu, et finit par rapporter les propos qu'il avait tenus dans la voiture.

– Il faut que je vous raconte une chose qui s'est passée, il y a huit ans, s'interrompit-elle en regardant d'un air suppliant le visage anguleux de l'inspecteur principal.

Sans son aide, elle n'aurait pas la force d'affronter son passé. À nouveau, il lui sourit. Elle ne savait pas si c'était un sourire amical, en tout cas rien n'indiquait que ce fût le contraire.

C'était une longue histoire, commençant par sa première rencontre avec Adrian Wilkins pour se terminer le soir chez Tamara, quand elle l'avait appelé au téléphone. Sans quitter l'écran des yeux, Horvath tapait. Le commissaire avait l'air de l'écouter, mais une de ses jambes n'arrêtait pas de bouger. Elle eut l'impression qu'il fallait formuler son histoire comme un véritable récit, le faire monter vers un point culminant pour leur faire comprendre qu'il se passait quelque chose d'important avant qu'ils ne perdent patience et se désintéressent. Elle s'imagina avoir à peu près réussi à faire le lien entre les deux soirées, à savoir le jeudi saint, huit ans auparavant, et l'avant-veille au soir, quand elle s'était retrouvée dans l'Audi bleu foncé à la station-service Statoil et avait compris qui était le meurtrier de son frère.

Après, elle se sentit toute nue et honteuse. Elle eut besoin d'une couverture en plus de sa veste et de son gros pull.

Viken se racla longuement la gorge.

– Donc, lors de ces deux soirs, celui où votre frère a disparu et avant-hier, vous avez subi des crises. Est-ce qu'on vous a déjà fait un diagnostic ?

Elle fit non de la tête.

– Pouvons-nous exclure toute consommation de stupé-fiants ?

– Je n'en prends pas. Et je ne bois presque jamais.

– Des médicaments ?

– Quelques comprimés de paracétamol contre la migraine. Mais je n'ai plus fait de crise depuis des années. Pas avant tout récemment.

– Mais la fois d'avant, vous preniez bien quelque chose ?

Elle dut l'admettre. On l'avait forcée à tester différentes pilules contre l'épilepsie. Elle avait bien refusé de les avaler, mais en vain. Viken reprit : les médicaments, dans quel état elle se trouvait, ce dont elle se souvenait, ce qu'elle avait oublié, pourquoi elle avait attendu presque deux jours avant de contacter la police, à quel point elle s'était sentie confuse dans la voiture, demanda si son ouïe avait été affectée, sa vision, l'état de sa conscience avant la crise. Une ou deux fois, il s'arrêta pour souligner qu'il ne s'y attardait que parce qu'il la croyait. Et elle tenta de s'y accrocher, parce que s'il ne la croyait pas, elle n'aurait plus jamais le courage de parler de ce qui s'était passé.

Brusquement, Horvath leur coupa la parole.

– Il y a quelques jours, vous avez pris contact avec Dan-Levi pour lui dire que vous saviez qui avait tué votre frère. Il s'agissait alors d'une autre personne que celle que vous indiquez maintenant.

Elle aurait préféré continuer de parler à Viken et lui adressa un regard interrogateur. Viken hocha légèrement la tête pour signifier que cela l'intéressait également. Elle reprit son récit, racontant cette fois l'histoire concernant Jasmeen Chadar qui avait pris contact avec elle, et celle de Shahzad qui était venu à l'écurie.

– Vous étiez alors sûre que la personne en question était le meurtrier de votre frère, rappela Viken.

Synne trouva que le ton de sa voix avait changé.

– Pas à cent pour cent, mais je le supposais. Jusqu'à ce qu'il m'amène à la rivière.

Voyant les lèvres du commissaire remuer, elle pensa qu'il réfléchissait à la véracité de ses propos.

– On m'a dit que vous travailliez sur un roman.

Ressentant un manque d'air, elle respira plus vite.

– Ce n'est pas exactement un roman. J'ai voulu écrire sur Karsten.

– Allez-vous y inclure l'incident dans la voiture ?

Elle se tassa sur elle-même.

– Allez-vous écrire que la personne que vous nommez vous a avoué avoir tué votre frère ?

– Je ne pense pas, je ne sais pas encore. Ce ne sont pas des choses qui se décident à l'avance.

– Je comprends, dit Viken. Ça doit dépendre de l'inspiration du moment.

Elle avait toujours détesté ce mot.

– Comme vous l'avez peut-être lu dans les journaux, on a retrouvé deux personnes dans la maison, continua-t-il.

Elle n'était pas au courant.

– L'une de ces personnes est Dan-Levi Jakobsen. L'autre est, pour l'instant, un adulte non identifié. Nous supposons que l'individu en question est, d'une manière ou d'une autre, lié à l'incendie. J'aimerais donc vous poser quelques questions à ce sujet. Cela concerne également votre frère.

Elle lui jeta un coup d'œil à la dérobée, avant de détourner les yeux.

– Karsten avait été interpellé juste avant sa disparition. Il semblerait qu'il ait su quelque chose sur une série de départs de feu ce printemps-là dans le Romerike. Êtes-vous au courant de quelqu'un dans le cercle de ses fréquentations pendant cette période qui, plus tard, aurait été mêlé à une quelconque activité criminelle ?

Elle secoua la tête, espérant qu'il allait arrêter de lui poser de telles questions, qu'il se pencherait vers elle pour lui dire qu'il la croyait. Mais en même temps, si elle s'était trompée, elle se sentirait soulagée. Si l'épisode avec Adrian Wilkins dans la voiture n'était qu'un fantasme, peut-être que tout le reste qu'elle croyait se rappeler n'était aussi qu'un fantasme. Était-il possible d'avoir rêvé qu'elle était allée à vélo chez Adrian pour le retrouver ce soir-là ? Qu'elle n'était en rien coupable de la mort de Karsten ? Si eux ne la croyaient pas, elle pourrait peut-être, elle aussi, ne pas y croire.

Les questions cessèrent enfin. Le cliquetis du clavier se tut. Le commissaire Viken se leva de sa chaise.

— Que va-t-il se passer maintenant ? réussit-elle à articuler.

Il lissa quelques mèches éparses en travers de son crâne dégarni.

— Nous transmettrons vos explications à la police judiciaire de Romerike. C'est à eux de décider de la suite à donner.

Horvath se tourna soudainement.

— Vous êtes, bien entendu, au courant qu'il n'est pas anodin d'accuser quelqu'un de meurtre ?

— Oui, murmura-t-elle.

— S'il s'avère qu'il y a quelque chose d'incorrect dans ce que vous avez déclaré, cela se retournera contre vous.

Il soutint son regard interrogateur et elle se tourna de nouveau vers Viken.

— Horvath ici présent vient de perdre son meilleur ami, dit-il sur un ton conciliateur.

— Je comprends, fit-elle tout bas. Moi aussi, je le connaissais.

— Personne ne vous accuse de fausses déclarations, reprit le commissaire. Mais on ne va pas rechercher un homme quelque part dans le vaste monde ou le convoquer pour un interrogatoire sans avoir de très bonnes raisons pour ça. Nous sommes obligés d'avoir des choses tangibles sous la main avant de taper du poing sur la table.

Elle s'accrocha à cette expression : « quelque part dans le vaste monde ».

– Je pourrais essayer de trouver où il habite, dit-elle piteusement.

Viken jeta un regard sur Horvath. Il semblait réprimer un sourire.

– C'est gentil, mais nous devrions être capables de le retrouver par nous-mêmes.

*

À son retour à la maison, elle alluma l'ordinateur et ouvrit la fenêtre sur les bruits de la ville : les voitures de la Sognsveien, le murmure lointain d'un chantier de construction, trois mouettes qui tournoyaient au-dessus de la pelouse en poussant des cris. Elle guettait le bruit qui n'y était pas, le son d'une flûte venant d'une pièce plus loin dans le couloir.

Le crépuscule tombait déjà quand elle s'assit à sa table de travail. L'idée n'était pas encore devenue impérieuse, mais elle sentait qu'elle allait sauter le pas. Elle avait les notes prises ces dernières semaines, les textes rédigés pour s'approcher au plus près de ceux qu'elle avait rencontrés : Tonje, Presten, Khalid Chadar, Jasmeen, Shahzad. Et les fragments de ce dont elle croyait se souvenir, mais qui parfois n'étaient que des tours que son imagination lui jouait. Elle en effacerait la totalité.

Dans la myriade de fichiers qui s'affichèrent sur son écran, l'un attira son regard : *Comment Karsten est mort.* Elle l'avait déjà entrevu à l'instant même où son père l'avait appelée pour lui annoncer l'incendie. Elle s'était alors dit que jamais elle ne donnerait un tel titre à un document. Mais dès que son doigt effleura la touche « supprimer », elle se ravisa. Elle repêcha le document dans la corbeille et l'ouvrit.

Je vais tout consigner de ce qui s'est passé depuis le moment où Karsten s'est sauvé avec ma voiture devant la maison de Sæter à Nannestad, jusqu'à son meurtre. Et ce qu'ils ont fait du cadavre.

Synne se leva si brusquement qu'elle renversa la chaise. *Ce n'est pas moi qui ai écrit ce texte*, s'écria-t-elle. *Ce n'est pas possible que ce soit moi qui l'ai écrit.* Avec d'infinies précautions, elle se pencha en avant pour toucher du bout des doigts la souris comme si elle craignait de se faire mordre. Elle déroula l'intégralité du fichier ; il se composait de quelques pages. *Ce n'est pas moi qui ai écrit ce texte*, murmura-t-elle à nouveau, d'une voix plus ferme cette fois-ci.

Après deux semaines, j'ai compris que Karsten n'avait pas contacté la police. Il avait simplement disparu. On a cru qu'il s'était suicidé. On a fait des recherches pendant un certain temps, puis on a laissé tomber. Mais il ne s'était pas suicidé. Il était d'abord allé chez lui où Shahzad et quelques autres Pakistanais l'attendaient de pied ferme. C'est ce que Shahzad a dit à la sœur de Karsten. Shahzad a dit à sa sœur qu'il avait laissé repartir Karsten. Moi, je n'ai pas confiance en Shahzad. Je croyais que ce con avait tué Karsten. Mais il ne l'avait pas fait. Karsten a réussi à se sauver, j'en suis sûr maintenant. C'est à ce moment qu'il est allé chez Adrian.

Quand je rentre ce soir-là, la porte d'Elsa est grande ouverte. C'est bizarre parce qu'Elsa est partie pour le week-end et Adrian a dit qu'il allait à Oslo. J'entre. Il n'y a personne, mais la lumière est allumée dans le salon. Et aussi à la cave. Dans la salle de bains en haut, le robinet est ouvert et l'eau coule. Je ressors. Aucune voiture dehors. Je vois un vélo. Un vélo de fille. Il a été caché derrière le garage. Mais je ne m'en occupe pas, peut-être que quelqu'un l'a volé et l'a dissimulé là. Mais à présent, je comprends. Parce que Karsten est venu ici le soir où il m'a échappé. Adrian avait la maison pour lui seul pendant tout le week-end. Adrian avait de la visite. Adrian avait la visite d'une adolescente. Elle avait treize ans. Elle avait caché son vélo derrière le garage. Karsten est venu et il l'a trouvé.

Huit ans plus tard, la sœur écrit sur ce qui s'est passé ce soir-là. Elle se rappelle qu'elle est allongée, nue, sur le sol d'une cave. Puis Karsten arrive en trombe, les trouve et veut savoir ce qu'Adrian est en train de faire. Quelques minutes plus tard, Adrian appelle Vemund Randeng au téléphone. J'ai besoin de toi. T'es où ? J'suis dans la voiture, près de Nebbursvollen. Bon, viens seul et n'en parle à personne. Vemund s'arrête à l'entrée de Nebben. Fait les derniers mètres à pied. Adrian est assis sur le capot de la voiture. Qu'est-ce qui se passe ? veut savoir Vemund. Adrian reste de glace. Il parle sans hausser le ton. Vemund s'en souvient très bien, même après toutes ces années qu'Adrian est resté sur le capot de la Peugeot qu'il a empruntée. Il parle calmement. On a l'impression qu'il s'ennuie. J'ai Karsten ici. Il a clamsé. Il faut que tu m'aides à me débarrasser de lui. Merde ! s'écrie Vemund qui est loin d'être aussi calme. Adrian dit que Karsten allait cafter sur ce que nous faisions chez Sæter. Il était en route pour se rendre à la police quand Adrian le fait monter dans sa voiture. Une fois dedans, il a tué Karsten à coups de marteau. Et Vemund est assez stupide pour le croire. Il jette un coup d'œil dans la voiture. Karsten est sur le siège du passager. Du sang partout sur le tableau de bord et sur le pare-brise. Le marteau sur le siège du conducteur. La petite sœur, totalement absente, est allongée sur la banquette arrière. Vemund haïssait Karsten. Il avait déjà dit à plusieurs reprises qu'il aurait pu le tuer. Vemund est une grande gueule qui ne serait jamais passé à l'acte. Mais cette grande gueule n'a jamais parlé. Il a reçu plus d'un demi-million d'Adrian chaque putain d'année depuis, et il n'a jamais pipé mot sur ce qui s'était produit ce soir-là. Même pas à son abruti de copain Gros-qui-sue.

Gros-qui-sue a ramassé la sœur de Karsten. Il a « trouvé » la fille sur le bas-côté d'une route des environs. Adrian a réussi à forcer Vemund à l'abandonner à cet endroit. Mais de tout cela,

Gros-qui-sue n'en sait rien. Il ne demande rien. Gros-qui-sue est du genre à fermer sa gueule quand on le lui demande. Vemund est un peu plus malin. Il pose des questions quand on lui demande un coup de main pour se débarrasser de ce qui reste de Karsten. Mais il arrête de poser des questions dès qu'on le paie pour la fermer. Tard dans la nuit, ils sont montés à l'usine de bitume. Adrian avait manigancé ce qu'il fallait faire du cadavre. C'est Adrian qui l'a balancé dans le concasseur de pierres. Quand on a remis les machines en route après les vacances de Pâques, le cadavre a été broyé avec les cailloux et mélangé à de l'asphalte. Un peu plus tôt dans la soirée, j'ai forcé Vemund à me raconter ça. Après Pâques cette année-là, on a commencé à faire une nouvelle route pour Eidsvoll. Désormais Karsten en fait partie. Les images prises par Vemund sont dans ton mail. Tu figures sur certaines d'elles.

Synne tâtonna avec la souris, parvint à ouvrir sa boîte de réception. Il y avait bien un dossier avec des photos. *Je n'ai pas la force*, se lamenta-t-elle, mais elle persévéra cependant. Un pop-up monta sur l'écran ; il manquait un programme à l'ordinateur. Elle n'avait rien mangé depuis plusieurs jours, mais ce qui restait dans son estomac voulait remonter. Elle déglutit. *Le vélo*, gémit-elle. Karsten était venu et il avait vu le vélo. C'est pour cela qu'il était entré dans la maison et qu'il était descendu à la cave. Elle s'obligea à relire le texte encore une fois. Elle était couchée sur le siège arrière quand Karsten a été tué à coups de marteau, elle a été jetée sur le bas-côté de la route et Karsten a été amené à l'usine de bitume...

Elle eut à peine le temps d'aller dans la salle de bains pour vomir.

Il était sept heures et demie. Le policier, l'ami de Dan-Levi, ne répondit pas à son appel téléphonique. Elle fit une nouvelle tentative à la police d'Oslo, demanda à parler à quelqu'un. Son nom était Horvath, Roar Horvath. On transféra son appel.

– Il n'est pas là aujourd'hui, répondit une femme à l'autre bout du fil.

– Ce n'est pas vrai. J'ai été interrogée dans son bureau, il y a quelques heures.

– En tout cas, il est parti maintenant.

– Il faut me passer quelqu'un d'autre, un inspecteur principal, un Vik quelque chose. C'était lui qui m'interrogeait.

– Viken ?

– Je dois lui parler.

– Vous ne pouvez pas appeler ici et demander à parler à qui vous voulez.

– Mon frère a été tué, hurla Synne. J'ai trouvé quelque chose.

La femme à l'autre bout du fil soupira à plusieurs reprises.

– Bon, je vais noter votre numéro de téléphone, dit-elle finalement.

Viken rappela dix minutes plus tard.

– Allô, Synne ? J'ai eu votre message.

Elle était soulagée qu'il l'appelât par son prénom. Elle se persuada qu'elle aimait sa voix.

– J'ai trouvé quelque chose sur mon ordinateur.

– Ah bon ?

– On a décrit le déroulement de la mort de Karsten.

– Quelqu'un vous a écrit un mail ?

– Un document a été mis sur mon disque dur. Je viens de le trouver. Quelqu'un a dû l'écrire pendant mon absence.

Elle essaya d'expliquer. Tout en se rendant compte que cela devait sonner complètement faux à ses oreilles.

– Y a-t-il eu des signes de cambriolage chez vous ?

Elle regarda la porte, la fenêtre, puis secoua la tête.

– Je ne sais pas comment cela s'est produit, gémit-elle. Il faut que vous le voyiez. Quelqu'un a décrit en détail comment Adrian Wilkins a tué Karsten. On y parle aussi d'autres personnes, en les nommant. Je ne les connais pas. L'un d'eux m'a ramenée à la maison. On le nomme Gros-qui-sue. Ça correspond, tout correspond. Il faut me croire. Et puis j'ai reçu un tas d'images que je n'arrive pas à ouvrir, des pièces jointes…

— Écoutez, Synne, l'interrompit le commissaire adjoint. Nous comprenons le choc que cela a dû être pour vous. Vous avez quelqu'un à qui parler ?

— Il faut me croire, supplia-t-elle d'une petite voix.

— Mon travail ne consiste pas à croire, dit-il. La croyance, nous laissons cela à l'Église. Vous dites qu'il y a un document dans votre ordinateur. C'est certainement vrai. Reste à savoir comment il est arrivé là.

— Vous ne me croyez pas, gémit-elle. Vous croyez que j'ai écrit cela pour mon roman.

À l'autre bout du fil, Viken émit un raclement de gorge.

— Envoyez-le-nous et nous y jetterons un coup d'œil.

— Un coup d'œil ?

— Si on décide d'aller plus loin, nous reprendrons contact avec vous. Dans ce cas, vous viendrez ici avec votre ordinateur. Si quelqu'un l'a piraté, nous le saurons. Et s'il y a des images jointes que vous n'arrivez pas à ouvrir, nous arrangerons cela également. Mais ces choses-là sont laborieuses et nous ne pouvons pas mettre toute l'équipe d'informaticiens dessus sans avoir une bonne raison.

Après que l'inspecteur principal eut raccroché, elle resta assise sur son lit, le regard dans le vide.

Il ne me croit pas, marmonna-t-elle. *Ils ne me croiront jamais.*

Elle passa un certain temps dans l'obscurité, le regard fixe. Puis elle se releva et ralluma l'ordinateur. Elle imprima le document, le fourra dans la poche de sa veste et sortit.

*

Elle monta l'escalier à grandes enjambées et sonna à la porte. Pendant qu'elle attendait, elle jeta un coup d'œil autour d'elle. Ce funeste soir, elle avait laissé son vélo à côté du garage. Était-ce Adrian qui le lui avait demandé ou bien l'avait-elle fait d'elle-même ? Le vélo ne devait pas être vu de la route, personne ne devait savoir qu'elle était venue le voir.

À présent, une voiture y était garée. Elle ressemblait à celle utilisée par Adrian pour l'amener à la station-service Statoil, quelques jours plus tôt. Elle avait cru comprendre que c'était une voiture de location.

La porte s'ouvrit. Les yeux d'Elsa étaient rouges comme si elle avait pleuré. Sans réfléchir davantage, Synne se colla contre son pull de velours rouge. Désirait-elle consoler ou être consolée ? Toujours est-il qu'Elsa la fit entrer dans le vestibule et l'étreignit.

– Ça va mieux maintenant ?

Synne n'avait pas de réponse.

– J'ai entendu dire que vous avez eu une sorte de crise. Pendant l'incendie sur la Erleveien.

Synne se dégagea.

– C'est lui qui vous l'a dit ?

Elsa soutenait son regard sans ciller.

– On a beaucoup de choses à se dire, Synne.

Elle la précéda dans le salon.

– Vous avancez dans la rédaction de votre livre ?

Synne eut droit à la même chose que la dernière fois : ce breuvage qu'Elsa appelait le thé de trois ans.

– Je ne veux plus écrire, dit-elle.

Elsa la regarda en silence.

– Je veux dire, pas seulement cette histoire. Je ne veux plus rien écrire du tout.

– Vous ne voulez plus devenir écrivain ? Vous qui avez toujours affirmé que c'était la seule chose dont vous vous sentiez capable ?

Synne ne savait toujours pas si elle serait en état de lui parler de la raison de sa visite.

— Écrire sur la vie a été une excuse pour ne pas la vivre, dit-elle en guise de réponse.

— Donc après tout ça, l'histoire de Karsten ne sera pas écrite ? Rien sur ce qui lui est arrivé ?

— En tout cas, pas par moi.

— Mais peut-être par quelqu'un d'autre ?

Synne haussa les épaules.

— Que vous a raconté Adrian ? osa-t-elle enfin lui demander.

Elsa but une gorgée de sa tasse et observa longuement Synne avant de répondre.

— Je suis la seule à le connaître vraiment.

Elle se tourna pour regarder par la fenêtre.

— Adrian est trop têtu pour avoir des regrets. Trop fort. Trop clairvoyant. Il a tout ce qu'il faut pour être le chef. Je l'ai toujours su. Dès le premier jour, je l'ai senti. Même avant sa naissance. J'ai fait ce qu'il fallait pour lui, mais la vitalité de l'existence trouve parfois ses propres chemins, force un passage dans sa direction propre.

Synne ne comprit pas où elle en voulait venir, mais ne lui coupa pas la parole.

— En me levant ce matin, je savais déjà que la journée serait décisive. Je suis restée, comme maintenant, à regarder par la fenêtre. Les nuages se déchiraient à une vitesse inouïe. Ce spectacle m'a paru en même temps beau et inquiétant. Je vois souvent dans les nuages ce que la journée me réserve.

Synne approcha la tasse de ses lèvres. Le thé avait une odeur plus amère que la dernière fois. Et son goût était encore pire.

— J'ai sauté le petit déjeuner pour profiter de cette lumineuse journée printanière, continua Elsa. Une de ces matinées où tout ce qu'on ressent est porteur d'un message : sur des choses qu'il faut garder, d'autres qu'il faut jeter. Il y a un temps pour tout, Synne. Et un jour comme aujourd'hui est très important. Toutes les personnes que j'ai vues me l'ont fait comprendre, sans qu'elles le sachent. Un groupe d'enfants d'une maternelle, de petits bouts de chou avec leurs combinaisons et leurs sacs à dos, encadrés par deux femmes de mon âge. Cela m'a fait penser à Adrian. Le petit Adrian que j'emmenais en promenade, que je gardais, soignais, à qui je donnais à manger. J'ai encore sa première paire de souliers dans un carton. Il arrive que je les ressorte, que je passe mes doigts sur le cuir craquelé, que je les hume.

« Que vous avait-il dit ce soir-là ? » Synne voulait de nouveau lui poser la question, mais ne put se résoudre à lui couper la parole.

– Je suis allée dans la salle de voyance. J'ai tiré les cartes pour moi-même. J'allais le faire pour Adrian aussi, mais j'ai commencé par les miennes, parce que sa vie et ma vie sont liées d'une manière que personne d'autre ne peut comprendre. C'est le cinq de Bâton qui est sorti, une carte désignant l'anxiété intérieure, le risque de commettre des actes irrationnels. Une voix intérieure me disait de ne pas continuer. Puis le cinq d'Épée est apparu, une carte difficile, mais aussi une carte qui donne des solutions à un problème ancien. Ce que tu ne veux pas voir, Elsa, ai-je pensé, c'est ce que tu as tout le temps sous les yeux. Accepte de voir ce que tu sais ! Mais l'épée a deux tranchants : elle peut blesser la main de celui qui la tient.

Elle se cala au fond du fauteuil. Synne rassembla ses dernières forces :

– Adrian m'a dit ce qu'il avait fait à Karsten.

Elsa ferma les yeux.

– Vous serez mère vous aussi un jour, Synne. Peut-être que vous aurez un fils. Dans ce cas, quoi qu'il arrive, vous serez toujours derrière lui. Vous serez capable de faire n'importe quoi si quelque chose risque de mal tourner, si quelque chose le menace. Vous n'avez aucune idée de la force qui est en vous, il n'y a rien au monde qui soit plus puissant que l'amour d'une mère.

Synne saisit enfin ce qu'Elsa voulait lui faire comprendre.

— Vous l'avez toujours su, s'écria-t-elle. Vous saviez qu'il avait tué Karsten.

— Le savais-je ? Tout comme vous, j'ai occulté ce soir-là.

— Mais je n'avais que treize ans, protesta Synne.

— Bien avant que Karsten ne vienne chez nous la première fois, je savais qu'il ferait son apparition dans la vie d'Adrian, finit par dire Elsa. Je l'avais vu en tirant les cartes à Adrian. La menace s'approchait de plus en plus. Après la disparition de Karsten, les cartes ont changé. Mais à présent, la menace est de retour.

— Savez-vous pourquoi je suis venue ici ? lui demanda Synne.

Elsa respira profondément.

— Vous voulez que je lui parle et que je le convainque d'aller se dénoncer ?

Voilà qui avait au moins le mérite d'être clair.

— Mais il ne peut pas faire ça. Vous devez le comprendre.

Synne se tenait le ventre. La nausée était de retour. Et, en dessous, la fatigue tapie menaçait de prendre l'avantage en effaçant de sa mémoire ce qu'elle avait retrouvé. Il lui semblait qu'il fallait qu'elle se lève pour sortir dans la lumière du printemps avant qu'il ne soit trop tard. Mais au lieu de cela, elle dit :

— Je veux que vous lisiez ceci.

Elle posa le texte qu'elle avait imprimé sur la table. Comment Karsten est mort, se dit-elle dans sa tête, sans oser prononcer les mots à voix haute.

Elsa se pencha en avant pour saisir la feuille. Pendant qu'elle lisait, Synne l'observa à la dérobée, vit que le chagrin dans ses yeux se transformait en colère.

– Ce texte vous a été envoyé par quelqu'un qui hait Adrian, dit-elle en repoussant la feuille.

– Vous savez alors qui l'a écrit ? s'exclama Synne.

Elsa prit la théière, alla à la cuisine, revint et en versa encore à Synne.

– Vous avez déjà rencontré Khalid Chadar, dit-elle.

Synne en avait assez de ce breuvage amer, mais n'osa pas refuser.

– Il a vécu un an à Stornes avant d'être mis à la porte, continua Elsa.

Elle commença à raconter une tout autre version de l'histoire que Synne avait apprise de la bouche de Khalid. Synne but le thé à petites gorgées, tout en écoutant l'histoire sur les chevaux, sur l'écurie et sur un homme nommé Tord Hammer qui était le fiancé de la sœur d'Elsa. Mais avant tout, l'histoire concernait le fils magnifique d'un grand chef venant d'un pays lointain.

– J'étais là à tourner en rond. J'avais seize ans, j'étais enceinte et la honte de ma famille.

– Adrian n'est pas le… ?

Elsa s'esclaffa de rire.

– Alors ça, vous pouvez en être sûre et certaine. Adrian a un demi-frère aîné. Il s'appelle Kai.

Synne resta interdite.

– Il n'est pas le cousin d'Adrian ?

Elsa secoua la tête et lui versa encore du thé.

– Kai aurait fait n'importe quoi pour nuire à son frère. J'ai toujours dû l'éloigner d'Adrian. Je me suis occupée de lui, je lui ai donné un but dans la vie. Mais je ne pouvais pas sauver son âme dévorée par la haine. Vous le voyez vous-même, dit-elle en pointant son doigt sur les feuilles restées sur la table. Dévorée à petit feu.

Elle se leva et resta debout à regarder par la fenêtre.

– Je sais quelle épreuve cela a été pour vous, Synne, de perdre un frère. Je vais vous raconter quelque chose.

Elle ouvrit entièrement les rideaux. La racine grise de ses cheveux apparaissait soudain dans la lumière crue de l'après-midi.

– Je vais vous raconter le plus beau jour de ma vie. Le jour de la naissance d'Adrian. À l'instant même où il est sorti de mon corps, toute douleur a disparu. Sa petite voix, ni trop faible ni trop forte, avait une profondeur qui chantait dans la pénombre de la chambre. Dehors, une étoile scintillait. Elle a pris de l'ampleur et, dans l'obscurité, j'ai entendu des voix. D'abord indistinctes, puis j'ai pu les comprendre. *Ceci est ton fils, Elsa. Tu lui as donné la vie. Son nom sera Adrian. Et il va changer le monde. Protège-le. C'est ton devoir de faire tout ce qu'il faut pour qu'il réussisse.*

Elle se retourna. Au fond de ses yeux brillait une lueur intense.

– Je possède quelque chose que tant de gens recherchent. Un but dans la vie ici-bas. J'ai donné naissance à Adrian. Je ne lui ai pas donné la vie, j'ai seulement été choisie pour le porter. Adrian possède des dons que peu de personnes parmi nous arrivent à comprendre. Même ceux qui l'admirent n'ont qu'une vague perception de qui il est réellement.

Synne fut saisie d'un froid glacial.

– Adrian avait certainement de grands talents, dit-elle tout bas. Mais cela ne lui donne pas le droit de…

Elsa lui coupa la parole d'un geste de la main.

– Les lois des autres ne valent pas pour Adrian. C'est ce que vous n'avez pas compris. Pas encore.

Synne avait l'impression quelque chose lui tombait dessus. Épuisée, elle ne parvenait plus à se maîtriser.

– Vous ne comprenez donc pas qu'Adrian est dangereux ?

Elle essaya de saisir les feuilles imprimées sur la table.

– Vous ne comprenez toujours pas ce qu'il a fait ?

Elsa secoua la tête.

– Il ne faut pas croire que les gribouillis d'un homme malade peuvent constituer une quelconque preuve.

– Mais Adrian disait la même chose dans la voiture. Que c'était lui qui...

– Adrian est quelqu'un qui protège toujours les autres, intervint Elsa. Même ceux qui ne le méritent pas.

Elle se détourna de Synne.

– Un avortement raté, marmonna-t-elle. J'ai bien essayé de le faire partir, mais il ne faisait que s'accrocher encore plus fort à l'intérieur de moi.

Synne cligna des yeux d'étonnement.

– Mais il existe des photos de ce qu'il a fait à Karsten. Je les ai sur mon ordinateur.

– Vous les avez vues ?

Elsa traversa lentement la pièce pour se planter devant elle.

– La dernière fois que vous êtes venue ici, nous étions convenues que je devais vous aider à progresser dans votre mémoire défaillante.

Synne s'était déjà trop attardée. Elle n'aurait jamais dû venir. Elle voulut se relever, mais eut l'impression d'être un animal lourd, tapi dans l'ombre et transpirant à grosses gouttes.

– Suivez-moi.

Elsa fit le tour de la table pour l'aider à se relever.

– Je vous disais l'autre fois qu'il existe une méthode plus directe pour retrouver la mémoire. À présent, vous êtes prête à l'essayer.

Elle soutint Synne pour traverser la pièce et ouvrit une porte.

– Vous reconnaissez les lieux ?

L'escalier était raide.

– Je ne veux pas descendre, gémit Synne.

– C'est important. Moi aussi, je veux savoir quels souvenirs il vous reste.

Elle se cramponna à la rampe alors qu'Elsa lui soutenait l'autre bras.

– Je suis épuisée. Qu'est-ce qu'il y avait dans le thé ?

La pièce était sombre et basse de plafond. Un poste de télévision était posé dans un coin ; sur la petite table devant le canapé, Synne reconnut la broderie qu'elle avait vue dans le salon la dernière fois qu'elle était venue et, dans un panier, un jeu d'aiguilles et une paire de ciseaux.

Elle se laissa choir dans le canapé.

– Je ne crois pas que je serai capable de le faire maintenant.

– Si, vous le pouvez.

Elsa tira la chaise tout près du canapé.

– Respirez profondément et calmement. Sentez la respiration vous emplir tout entière, ayez ensuite la sensation que vous vous videz complètement.

Synne n'eut pas la force à résister à ses ordres.

– Ça n'a aucune importance que vous soyez fatiguée. Suivez mon doigt.

Elle commença à passer un doigt de gauche à droite devant le visage de Synne.

– Vous n'avez qu'à le suivre. Oubliez tout le reste. Sentez vos mains devenir lourdes.

Synne eut l'impression que le bout de ses doigts se remplissait de plomb, puis la lourdeur remonta dans ses mains et dans ses bras.

– Levez votre bras !

Synne essaya, mais il retomba lourdement sur l'accoudoir.

– Qu'est-ce que vous avez mis dans mon thé ?

– Ne vous laissez pas distraire par vos pensées, continuez seulement à regarder mon doigt. Vous êtes en état d'éveil, vous ne dormez pas, vous êtes ici, vous êtes en sécurité tant que vous me suivez.

– Je ne dors pas, balbutia Synne.

– Nous allons retourner au soir en question. Hochez la tête trois fois si vous êtes prête à m'accompagner.

Synne se sentit hocher la tête.

– Vous êtes venue ici.

– Je suis venue ici.

– Vous avez mis votre vélo derrière le garage pour que personne ne le voie.

– Je range mon vélo. Je sonne à la porte. Adrian ouvre, m'embrasse sur la joue.

– Que ressentez-vous en ce moment précis ?

– Combien de personnes dans le monde sont contentes de me voir ? Karsten, quand nous ne nous disputons pas. Papa quand il n'a pas la tête ailleurs, peut-être maman, de temps en temps. Mais Adrian était un prince.

Elsa acquiesça.

– Adrian *est* un prince.

– Il me conduit en bas. Il y fait chaud. Et il y a un grand miroir sur le mur. Il remonte, revient avec du Fanta et deux verres.

– Adrian s'occupe des autres. Il veut toujours aider ceux qui vont mal.

– *Va te mettre devant le miroir, Synne,* me dit-il. *Regarde-toi. Tu as vu comme tu es belle ? Il faut être aveugle pour ne pas le voir.* Il s'assit sur le canapé. Il est assis exactement ici, à la même place. *Une jeune femme aussi jolie ne doit pas porter autant de vêtements.*

– Ce n'est pas ça qu'il a dit, intervint Elsa. Concentrez-vous, suivez mon doigt des yeux, ne laissez pas le sommeil prendre le dessus.

– *Tu es belle, Synne,* dit Adrian. Je suis grosse et moche. *Je n'ai jamais vu quelqu'un comme toi. Il fait chaud ici. N'est-ce pas ? Il fait beaucoup trop chaud pour porter autant de vêtements.* Seulement le pull. Le T-shirt, je ne peux pas l'enlever.

Synne cligna des yeux, sentit que la lourdeur avait déjà atteint les paupières.

– Je suis devant le miroir, j'enlève mes vêtements. Il est assis dans le canapé et me regarde. Puis lui aussi, il commence à enlever ses vêtements.

– Vous mentez, Synne. C'est vous qui imaginez ces choses avec les vêtements. Vous inventez tout ce que vous ne vous rappelez pas.

– Il se lève et vient vers moi. Et tout mon corps commence à frémir. Karsten !

– Pourquoi prononcez-vous son nom ?

– La porte s'ouvre brusquement. Karsten est là. Je tombe. Je suis couchée par terre, j'essaie de tendre la main vers lui. Il est furieux. Il s'avance vers Adrian. Adrian se saisit de lui, le met à terre. Adrian a dit qu'il l'avait frappé. Mais ce n'était pas vrai. Il ne le frappait pas. Quelqu'un l'appelle et alors il lâche Karsten pour remonter par l'escalier.

Elsa l'arrêta.

– Ceci n'a pas eu lieu, Synne. Je veux que vous répétiez après moi : *Ceci n'a pas eu lieu.*

Synne lutta pour garder les yeux ouverts, essaya de distinguer les contours du visage d'Elsa dans la pièce sombre.

– Ceci n'a pas eu lieu.

– Répétez après moi : *Je ne suis pas nue.*

– Je ne suis pas nue.

– Répétez après moi : *Un autre homme entre dans la pièce. Il s'appelle Kai.*

– Il s'appelle Kai, balbutia Synne.

– Ensuite, qu'est-ce qui se passe ?

– Quelqu'un est assis à côté du canapé et me parle.

– C'est Kai, dit Elsa. Répétez ce que je dis.

Quelque part dans la pièce, le sommeil rôdait. Synne essaya de tendre le bras.

– C'est Kai, répéta Elsa.

– Je ne connais pas de Kai. Il n'y a personne ici qui s'appelle Kai.

Elsa se pencha au-dessus d'elle, lui chuchota à l'oreille.

– C'est qui ?

– Quelqu'un qui me demande de rester tranquille.

Quelqu'un qui me donne un comprimé et un verre d'eau en me disant de l'avaler.

Synne ouvrit les yeux.

– C'est *vous*. Vous étiez rentrée à la maison.

Elsa la fusilla du regard.

– Alors vous vous souvenez de ça maintenant.

Elle se redressa.

– Oui, j'étais rentrée. Je me sentais malade et je n'arrivais plus à rester à mon cours. Vous croyez que c'était un hasard ?

Synne essaya de soulever la main. Elle ne bougea pas.

– Quelqu'un crie, balbutia-t-elle. C'est Karsten. *Calme-toi*, répond Adrian. Il remet sa chemise. *Je te ramène chez toi*, dit-il à Karsten. *On prend ta sœur avec nous. Elle a besoin d'aide.*

– Adrian voulait vous aider, susurra Elsa. Mettez-vous ça dans le crâne.

– *Je ne veux pas rentrer*, crie Karsten. *Je vais à la police. Bien*, dit Adrian, *dans ce cas, je te dépose d'abord là-bas.*

Synne n'osait pas croiser le regard d'Elsa et détourna les yeux.

– Vous lui reprenez les clés de voiture et vous dites à Adrian : *C'est moi qui vais conduire Karsten. Je pourrai alors discuter avec lui dans la voiture. Ça aide, de parler.*

Le sommeil la terrassait, mais elle s'obligea à rester éveillée.

– Vous étiez assise dans la voiture, dit-elle d'une voix pâteuse. Karsten me tenait dans ses bras, m'aidait à me mettre sur le siège, il disait qu'il ne me quitterait pas. C'est *vous* qui conduisez la voiture. Adrian n'est pas venu avec nous.

– On ne peut pas aider des gens comme vous, dit Elsa tout haut. Même maintenant, vous fabulez.

– Je suis couchée sur la banquette arrière. Il fait froid. Karsten est assis à l'avant. *Ce n'est pas la bonne direction*, hurle-t-il. *Vous n'avez rien compris, nous allons à la police.* Il est toujours aussi fâché. *L'un de vos fils est un pyromane.*

Il a essayé de me tuer quand je l'ai découvert. Karsten tient quelque chose dans la main, une pochette en plastique. Il la jette sur vos genoux. *Mais Adrian est encore pire,* crie-t-il. *C'est un pédophile !*

Brusquement, Elsa hurla dans ses oreilles. Sa voix perça la couche cotonneuse.

— Oui, je l'ai frappé. Encore et encore. Et je ne l'ai jamais regretté, pas une seconde, vous comprenez ? Il voulait faire du mal à mon fils. Karsten n'était qu'un moyen, un outil, et il allait nuire. Adrian, lui, protège les autres. Je l'ai appelé depuis la voiture. Et il est arrivé quelques minutes plus tard pour s'occuper de tout. Tous ceux qui s'approchent d'Adrian se sentent attirés par lui. Vous aussi, naturellement. Vous étiez raide dingue de lui. Vous l'avez appelé au téléphone. Vous êtes venue ici. Et vous savez pourquoi ?

Synne fit non de la tête.

— Parce que *votre* rôle était de le tenter. Vous n'y pouvez rien. Vous n'avez aucune idée des forces qui vous gouvernent.

— Je n'avais que treize ans, murmura Synne.

— « Que treize ans », ricana Elsa. Comme si cela avait de l'importance. Vous saviez exactement ce que vous vouliez et comment l'obtenir. Et puis toutes vos crises pour vous dédouaner après !

Synne se tassa encore davantage.

— Je ne suis pas comme ça.

— Si ! C'est exactement comme ça que vous êtes : une impertinente et une séductrice. Et vous continuez à faire tout ce que vous pouvez pour éveiller des désirs chez Adrian.

Elle vociférait en tambourinant du doigt sur la table.

— Il s'est moqué de vous, il a essayé de vous repousser, mais vous avez continué de plus belle ! Vous étiez venue ici de votre plein gré, n'est-ce pas ?

— Je n'avais que treize ans.

— Vous pouvez dire tout ce que vous voulez, personne ne vous croira.

Les mots l'atteignirent au plus profond de son être. Personne ne la croirait. Et, dans ce cas, comment y croire elle-même ?

— Les photos, gémit-elle. J'ai les photos.

Elle n'aurait pas dû dire ça, mais n'avait pu s'en empêcher.

— La police m'a demandé de les leur apporter. Ils vont me croire. Le commissaire adjoint s'appelle Viken, ça me revient.

Elsa la saisit par les cheveux pour la mettre debout.

— Ça ne va pas se passer comme ça. Personne au monde ne pourra empêcher Adrian d'accomplir son destin. C'est ce que quelqu'un comme toi n'est pas capable de comprendre.

Elle saisit quelque chose sur la table.

— Tu crois que ce marteau se trouvait dans la voiture par hasard ? Rien n'est accidentel, ma petite, pas un seul grain de sable n'est placé sur la plage par hasard.

Elle saisit Synne par le cou et leva la main. Synne vit qu'elle tenait des ciseaux, mais était incapable de lever le moindre petit doigt. Puis elle entendit des pas dans l'escalier. C'étaient peut-être les siens. Elle entendit une porte s'ouvrir. Elle pouvait sortir. Dehors, il faisait noir, mais elle n'avait plus peur.

Adrian était là.

— Non ! Pas cette fois !

Sa voix remplit la pièce entière et fit disparaître toutes les autres voix.

— Tu ne la touches pas.

Brigitte Aubert
La Ville des serpents d'eau

Cilla et Rolf Börjlind
Marée d'équinoxe

Lawrence Block
Heureux au jeu
Keller en cavale

C.J. Box
Zone de tir libre
Le Prédateur
Trois Semaines pour un adieu
Piégés dans le Yellowstone
Au bout de la route, l'enfer

Jane Bradley
Sept Pépins de grenade

David Carkeet
La Peau de l'autre

Gianrico Carofiglio
Les Raisons du doute
Le Silence pour preuve

Lee Child
Sans douceur excessive
La Faute à pas de chance
L'espoir fait vivre

Michael Connelly
Deuil interdit
La Défense Lincoln
Chroniques du crime
Echo Park
À genoux
Le Verdict du plomb

Funestes Carambolages
Homme sans chien

George P. Pelecanos
Hard Revolution
Drama City
Les Jardins de la mort
Un jour en mai
Mauvais Fils

Louis Sanders
La Chute de M. Fernand

Ninni Schulman
La Fille qui avait de la neige dans les cheveux
Le Garçon qui ne pleurait plus

Romain Slocombe
Première Station avant l'abattoir

Peter Spiegelman
À qui se fier ?

Carsten Stroud
Niceville
Retour à Niceville

Joseph Wambaugh
Flic à Hollywood
Corbeau à Hollywood
L'Envers du décor

Don Winslow
Cool
Dernier Verre à Manhattan

Austin Wright
Tony et Susan

RÉALISATION NORD COMPO À VILLENEUVE D'ASCQ
NORMANDIE ROTO IMPRESSION S.A.S À LONRAI
DÉPÔT LÉGAL : NOVEMBRE 2014. N° 112506 (1404022)
IMPRIMÉ EN FRANCE